我的二十世紀

李歐梵 著

我的二十世紀
李歐梵回憶錄

香港中文大學出版社

《我的二十世紀：李歐梵回憶錄》
　李歐梵　著

國際統一書號 (ISBN)：978-988-237-300-6

2023年第一版
2023年第二次印刷

出版：香港中文大學出版社
　　　香港　新界　沙田．香港中文大學
　　　傳真：+852 2603 7355
　　　電郵：cup@cuhk.edu.hk
　　　網址：cup.cuhk.edu.hk

My Twentieth Century: A Memoir (in Chinese)
　By Leo Ou-fan Lee

ISBN: 978-988-237-300-6

First edition　2023
Second printing　2023

Published by The Chinese University of Hong Kong Press
The Chinese University of Hong Kong
Sha Tin, N.T., Hong Kong
Fax: +852 2603 7355
Email: cup@cuhk.edu.hk
Website: cup.cuhk.edu.hk

Printed in Hong Kong

獻給

我的妻子李子玉

目 錄

序：重尋失去的時光

回憶錄(memoir)，顧名思義，是一種個人的備忘錄，目的在於「重尋失去的時光」，以免被遺忘。然而，既然時光已逝，又如何重尋得到呢？我的回答是：寫回憶錄。

對我而言，回憶錄和自傳不同，自傳往往有時間前後次序，傳統的傳記都是先定一個年譜，自傳至少也有一種自然的連續性；回憶錄的結構可以自由一點，而且不必遵守嚴格的時間次序，文體可以包括敘述、獨白、自問自答、對話，各種各樣，像一部尚未剪接的影片。

回憶也是不可靠的，幾十年前的事情，哪裡記得清楚？而我的每一次回憶都是一種累積，把我當下的所思所想所感疊加進最初的記憶，同一個細節似乎都被添加了不同的「佐料」。往事時隱時現，有時在腦海裡閃爍發光，但大多時候更像一場夢，夢醒了，這些「似水年華」的片段也隨夢而逝。

我的這本書，我自己所定的基調是「遊學」，目的在於追憶自己的成長過程和漫長的求學經驗，並特別把在美國六間大學任教的經驗也和求學連在一起，美其名曰「遊學」，當然有遊走各地的含義，但指的是我如何在實際的經驗中學習。

我寫的是個人的心路歷程、個人經歷，回顧人生的各個階段——從出生到成長到老年的過程。德國文學中有一個類型：成長小說（Bildungsroman，或譯教育小說），我跟著這個模式，寫我的生命經驗，而不是歷數自己在學術上的成就。在本書第二部分「對話篇」中，張歷君會從跨文化研究的線索入手，進一步引出我對自己學思歷程和閱讀經驗的反思。

我生於亂世，1939年是一個可怕的關鍵年代：中國對日本宣戰，納粹德國進攻波蘭。我的父母親都是河南信陽師範的音樂老師，二人在日軍轟炸聲中結婚，一年後生下了我。我除了追憶父母和他們的年代之外，沒有再描寫我的家史。大多數章節都不離開個人經驗的心路歷程，我從中逐漸體悟出一點人生。

現在我已經進入老年，試問誰不追憶自己的似水年華？普魯斯特竟然為之寫出數巨冊的名著《追憶似水年華》（*À la recherche du temps perdu*，直譯是「重尋失去的時間」），還有王爾德的那本 *De Profundis*（我暫時譯為「從內心深處」），竟然把他對那位年輕的爵士的同性戀情赤裸裸地暴露無遺，連我這個非同性戀的讀者也感動萬分，於是在我的回憶錄裡冒然加上一章自己的「感情史」，也就是我的「感情教育」（sentimental education）。更不必提奧古斯丁和盧梭的《懺情錄》（*Confessions*）了。我以這幾本經典作藍本。

然而，我到底從生命的經驗中學到什麼？回答是：活到老學到老。現在我已經過了八十歲了，仍然參不透人生，距離孔子所說的「知天命」、「不逾矩」的最高智慧相距甚遠。不過，在我的漫長「遊學」經驗中，我有幸交到很多知心朋友，也見到不少世界級的名學者，而且六十年代的美國是一個有特殊意義的年代：爭取黑人和白人平等、反越戰、吸大麻、留長頭髮，我雖然沒有參與，但和其他華人留學生不同，我是一個十分關心的旁觀者，甚至自稱是一個世界主義者（cosmopolitan）。這些往事我都一一記在這本回憶錄裡。

回顧自己的大半生，我覺得自己畢竟是一個二十世紀人。對於二十一世紀，我沒有期望，只覺得我的二十世紀尚未完結，這本回憶錄，也是我為自己的二十世紀寫的備忘錄，並以此獻給我的妻子李子玉。

2023年3月29日

我的二十世紀

1
無音的樂：我的音樂家庭

這一部分寫的是我的家庭背景和童年回憶。我有意把個人經歷和家庭背景放在歷史的框架中來審視，然而我心中湧現的卻是形象和聲音，我一生最喜愛的就是電影和音樂，但必須用語言和文字來書寫這本回憶錄。在這本書裡，我時常邀請一位虛擬的提問者來向我提問，希望構成一種對話，像作曲法中的對位（counterpoint）一樣，或將我的聲音融匯在歷史的交響樂裡，或者像舒伯特（Franz Schubert）的藝術歌曲一樣，至少有兩個聲音，一個是主唱，另一個是鋼琴伴奏，其實也是從另一個和弦基礎做的對位——這個名詞來自音樂，我很喜歡借用音樂的名詞。我出生在一個音樂的家庭，父母親和妹妹都是學音樂的。雖然我自己沒有走這條路，但一輩子喜歡音樂，甚至覺得我的生命和音樂分不開。我指的是我的「家學淵源」——西洋古典音樂。

如果我是一個作曲家，一定會把我的兒時回憶寫成一首鋼琴組曲，像舒曼（Robert Schumann）的《兒時情景》（*Kinderszenen, Op. 15*）一樣。然而我的回憶不像內中的〈夢幻曲〉（"Träumerei"）那樣的浪漫柔美，而像是馬勒（Gustav Mahler）的交響樂，波瀾起伏，到處流露毫不遮掩的激情，時而鑼鼓齊鳴，最後復歸平靜。它更像蘇聯作曲家蕭斯塔可維奇（Dmitri Shostakovich）的交響曲，充滿了戲謔和喧嘩，但其「基調」（又是一個音樂名詞）是和二十世紀的歷史分不開的。張愛玲不喜歡聽交響樂，覺得它太吵鬧；我恰好相反，反而從中感受到人生、歷史和文化的迴響。馬勒自稱他的九首交響曲構成一個自己的宇宙，例如他的第三交響樂，它的六個樂章本來是各有標題的：「牧神潘恩甦醒，夏日來臨」（Pan Awakes, Summer Marches In）、「綠野上的花朵告訴我什麼」（What the Flowers in the Meadow Tell Me）、「樹林裡的野獸告訴我什麼」（What the Animals in the Forest Tell Me）、「人告訴我什麼」（What Man Tells Me）、「天使告訴我什麼」（What the Angels Tell Me），最後是「愛情告訴我什麼」（What Love Tells Me）——好一個大自然的世界！最後還有天使和愛情。我如果用這類標題，讀者會笑死。馬勒自己後來也棄而不用，可能他覺得音樂最多只能作譬喻，不能代替音符。

我的對話者在催促我了，還是「言歸正傳」。

音樂父母

> 1932年，身居國外的我開始明白，我即將和自己出生的那個城市長久的、甚至是永久的告別。我的內心曾多次體驗過「接種疫苗」這種預防療法的益處。因而在當時的處境中我依舊遵循此法，有意從心中喚起那些在流亡歲月中最激起我思鄉之痛的——童年的——畫面。而就像不可使接種

疫苗主宰健康的身體一樣，這思念的情感也不應該主宰我的精神。我努力節制這種情感，在不可追回的社會發展必然進程中，而不是在個人的偶然經歷中審視昔日的時光。

——本雅明（Walter Benjamin）：《1900年前後的柏林童年》（*Berlin Childhood around 1900*）[1]

問：可否先從你的童年談起？

答：我很少談童年。人人都說童年的回憶如何美好，但對我而言它是一場夢魘，我不願意再回到過去，織造出任何美麗的幻象。

問：就是因為你想逃避？本雅明在他的《柏林童年》開端不是說，對於一個像他那樣的流亡分子，書寫他的童年就是為他的思鄉病打一個免疫針，一勞永逸？

答：老實說，我連思鄉病也沒有，也不必打防疫針。我認為本雅明把他的兒時回憶「客觀化」和「集體化」了，把自己的童年變成柏林這個城市的物質文明史和中上階級的社會史的一部分，有點小題大作，然而無論如何把自己的童年「理論化」，讀來還是很溫馨的。

問：我覺得書中也有不少探討個人回憶本身和歷史的關係。

答：不錯，這也是我最關心的主題。在德文的語境，回憶或記憶（Gedenken）的主要成分是思考（Denken），或者說回憶就是一種反思，就像經驗（Erlebnis）是生活（Leben）構成的一樣。

在回憶個人的經驗過程中，必須經過思考，才有意義。我借用過來，把自我反思變成一種自我對話和自我批判，更想把個人經驗放進歷史經驗之中。換言之，我的回憶就是從一個現在的關節點不停地反思，把過去召喚回來，找出值得回憶的東西（Gedächtnis）。

問：是否可以介紹一點你的家庭背景？很多音樂界的人都知道令尊李永剛教授是台灣音樂界的老前輩，令堂周瑗女士也是鋼琴家。[2]

答：我一家人都學音樂，連我妹妹李美梵也是聲樂家，她在美國的首都華盛頓組織了一個「童心」華人合唱團，她自己訓練，到處演唱，有三十多年吧，近年才退休。只有我沒有學音樂，只好做一個音樂愛好者。

問：你一度想到維也納去學指揮，但令尊堅決反對，所以只好進外文系。有這回事嗎？

答：有，當然每次提起來都不免故意渲染一番，來彌補生命中的這個缺陷。不過當年父親的確對我說過，在音樂界混一碗飯吃不容易。

問：你雙親學的都是西洋古典音樂？

答：對，他們是南京中央大學音樂系的同學。對我父母而言，他們最甜蜜的時光就是中央大學那四年，也就是1931到1935年。這從父親寫過的兩篇回憶文章中可以看得出來。[3]父親主修小提琴和作曲，母親主修鋼琴，兩人的戀愛史也是從那個時候開始。母親後來告訴我：系裡分配她作父親的小提琴伴奏，二人組成一個二重奏，我可能記憶錯誤；父親的回憶文章〈六朝松下〉僅提到一個三重奏，還有一位大提琴王孝存，這是一門課，只練習幾次，我忘了問父母，練習的曲目是什麼。不論是三重奏或是二重奏，說不定在練習的時候，情愫就隨著琴聲油然而生了。西洋文學變成他們戀愛的媒介，有一次，父親借給母親一本法國詩人拉馬丁（Alphonse de Lamartine）的詩集，然後就有了談戀愛的話題。這是母親事後告訴我的，試想還有比這個更浪漫的情節嗎？練完了貝多芬（Ludwig van Beethoven）的《春之奏鳴曲》（*Spring Sonata*），就談拉馬丁的詩，然後相約去看電影，也許他們看過劉別謙（Ernst Lubitsch）導演的《璇宮豔史》（*The Love Parade*）？南京是新成立的國民政府的首都，和上海不遠，開風氣之先，聽西洋歌曲和看荷里活的電影是一種新的時尚。這部《璇宮豔史》母親時常提起，她還會唱該片的主題歌！據說毛澤東的夫人江青也特別喜歡這部影片，她和我的父母親是同一代人。父親當年還學過世界語（Esperanto），為自己起了一個世界語的洋名字：A. Lionbro。我問過他：這個名字有典故嗎？父親有一次透露原來「A.」指的是小仲馬（Alexandre Dumas fils）的小說《茶花女》（*The Lady of the Camellias*）的男主人翁Armand（Armand Duval），威爾第（Giuseppe Verdi）把它譜成歌劇後，就變成了Alfredo（Alfredo Germont）。這些家庭典故，說來說去，說久了就變成「家庭傳奇」（family lore）了。

問：因此你的名字也有點洋味？

答：不錯。父母親為什麼給我起這個洋味十足的怪名字「歐梵」？原來它出自希臘神話中一個音樂神的名字：Orpheús。Orpheús是希臘文Ὀρφεύς的拉丁轉寫，意大利文是Orfeo，法文是Orphée，中文一般譯為俄耳甫斯、奧菲斯或奧菲歐。父親把它譯成中文，就成了歐梵。多年後，當我在台灣上中學的時候，偶然讀到一本關於希臘神話的書，才知道Orpheús的戀愛史是一場悲劇：他心愛的Euridice（歐律狄刻）被毒蛇咬死。他彈著古琴下地獄去找她，靠琴音馴服了地獄三頭犬，並打動了冥后Persephone（珀耳塞福涅）。Persephone允許他把妻子帶回陽間，條件是到陽間之前，不得回頭看妻子，也不得與她交談。他最終忍不住還是回頭看了她一眼，於是他的愛人永遠離不開地獄。後來我上大學的時候，特別為自己取了另一個外文名字Leo，以便「去邪」(exorcise)，免得自己將來的戀愛也變成悲劇重演。但畢竟Leo和Orfeo還共用了一個同樣的字母：「O」，也就是「歐」，依然驅不走歐洲文化的陰影。這是我幾十年後對自己名字的解釋。至於「梵」字對我的象徵意義，我寧願引用余英時先生送給我和子玉結婚的賀詩中的一句：「一笑拈花出梵天」，足夠保佑我的今生和引渡我到來生了。

問：看來這股「西潮」不僅是民初的都市文化的一部分，而且深入你父母親那一代的生活？

答：一點不錯，更令我驚奇的是，西潮竟然也進入河南西部的農村。父母親畢業後，本來各自東西，父親回到河南教中學，母親一時找不到事，於是父親採取主動，介紹母親到開封教書，因此得以繼續他們的courtship，經過了幾個轉折，最後是在一個河南西部山區的一個小鎮結婚的。1938年6月15日，父母親舉行婚禮的那一天，日軍飛機突然來襲，時當中日戰爭爆發後的第二年。這對年輕夫婦(父親27歲、母親25歲)到附近的一個避暑勝地雞公山度蜜月，家妹李美梵還保存了好幾張他們結婚的老照片，[4]內中有一張他們站在度蜜月的大華飯店前，我看到照片中飯店牆壁上有一個外文名字：TA HUA，下面還有一個字眼，被樹葉遮著左邊的一小半，只剩下十幾個字母「〔……〕SEALSSERVEDHERE」，這是什麼外文？Esperanto？竟然被塗在河南內鄉的避暑勝地的一個小旅館的牆上，真是不可思議。這個剝落的物質印記，像是一個破碎的歷史斷片痕跡，然而對我卻有不可磨滅的魅力，至今我還找不出這個字的意思。

民國的美育與音樂教育

問：為什麼你的父母親要學音樂？這個專業也是二十年代才建立的，應該算是蔡元培揭櫫的「美育」的一環？

答：不錯。蔡元培提倡美育的時候，有些新式學堂——譬如豐子愷在杭州念的浙江省立第一師範——在民國初年已經有音樂課了，教音樂的是李叔同(後來皈佛成了和尚，號弘一，即大家後來尊稱的「弘一法師」)，他從日本把西洋歌曲和樂譜(又名簡譜，用的是阿拉伯數字1–2–3，代表Do–Re–Mi)介紹進來。從新式學堂的音樂課發展到專科學校和大學的音樂系，也不過二十年，發展得很快。父母親考取南京中央大學音樂系的時候，全國最有名的當然是上海音專，校長是蕭友梅，教務主任是黃自。他們二人被公認為是中國現代音樂的奠基者，一個留學德國的萊比錫音樂學院，一個留學美國耶魯大學音樂學校。中央大學音樂系的系主任唐學詠則留學法國的里昂音樂學院，都是學有專長的留學生。

問：報考中央大學音樂系，需要什麼資格？

答：這就需要為民國初年的教育系統作一番整理了。正如你剛才提及的，我父親在河南省立第一師範學校藝術科畢業，這一科包括音樂、體育、美術和勞作，學生四樣都要學習。父親後來就靠這一點底子報考中央大學的音樂系，考聲樂的時候他自選一首歌曲："In the Gloaming"，這是一首1877年的英國情歌，由哈里森（Annie Fortescue Harrison）作曲；歌詞原是蘇格蘭詩人奧雷德（Meta Caroline Orred）的詩作，網上可以查到四重唱的歌譜。在《無音的樂》中，父親還提到一首歌：〈輕搖，可愛的馬車〉（"Swing Low, Sweet Chariot"），這首原是黑人靈歌，即非裔美國人創作的基督教歌曲。父親說，他在報考的路上輕輕地哼了兩句，覺得輕鬆愉快，考學校的緊張心情一下子消失了。兩首都是出自當時流行的一本歌曲集《名歌一百零一首》（*The One Hundred and One Best Songs*）。[5]這本歌集的內容豐富，包括古典藝術歌曲（如古諾〔Charles Gounod〕的〈小夜曲〉〔"Sérénade"〕），也包括世界各地的民歌，英文歌佔大多數，無論在歐美或中國，這本歌曲集都十分流行，往往用作音樂教材。我不大清楚，父親在考試的時候唱的這首"In the Gloaming"，當時是否已有翻譯成中文的歌詞，中文歌名是〈憶別離〉。

我的父母親在大學時代應該能通英文，否則如何與他們的外國教授交流？中文方面，父親在文章中提過吳梅和黃季剛（黃侃），都是古文大師。在三十年代，南京是國學的重地，和北京對峙。可惜我沒有問父親這個問題，當年我也心不在此。至於西洋音樂，我猜那幾位外國老師上課的時候用的也是英語，雖然指揮老師史達士博士（A. Strassel）更懂得德文和法文。他們上課用的樂譜和講義都是自己帶來的，至少父親存有指揮老師的講義，記得裡面舉了很多樂曲的實例。我剛才提及的那本《名歌一百零一首》，後來也一直用作中小學音樂教材，國民黨撤退到台灣後，音樂教育界的前輩呂泉生和蕭而化等人還把這部名歌集全部譯成中文。近年有師範大學的碩士論文專門研究這個問題。[6]

中央大學音樂系的入學考試分兩天，第一天考一般學科，第二天考術科：術科考試除了聲樂，還有鋼琴。父親在考試時只會彈一首小曲，但有的人彈的卻是奏鳴曲，可見考生的程度參差不齊，父親對自己的表現並不滿意，但竟然考上了。當年的中央大學教授陣容鼎盛，西畫系主任是徐悲鴻，音樂系的學生選修的法文課教師是徐仲年，英文系主任是張沅長，他後來在台大外文系也教過，算是我的老師。還有宗白華，音樂系的全體同學都選了他的美學課，還有中文系的幾位國學名家，父親選過吳梅教的詞學和黃季剛教的音韻學。試想一個音樂系的學生，一面拉小提琴、唱西洋歌曲，同時又去聽國學大師的課，這種學院文化，我真是很羨慕。當年的大學教育不比現在的差，課程中外兼具，如今的音樂系學生還有誰選過美學和詞學？當然，現在的音樂演奏技術要求比以前高多了。我想探討的是當時的音樂教育環境，可惜父親只寫了三篇回憶文章，我只能從中看到一個輪廓，必須加上一點自己的研究和考證。

父親文中最常提到的是音樂系主任唐學詠，父親說他在課堂上開口閉口都是法文。音樂系的教師陣容很強，包括新從法國歸國的小提琴家馬思聰，父親和他的緣分很深。父親的同學兼好友馬孝駿，後來也留學法國，並成了著名的兒童音樂教育家，他的兒子馬友友（Yo-Yo Ma）後來變成舉世知名的大提琴家。系裡的教師還有幾位外國人，例如教鋼琴的史勃曼夫人（Frau Spemann）是德國人，萊比錫音樂學院畢業；還有教聲樂的韋爾克夫人（Frau Wilk），她們都是德國軍事顧問的夫人。這不禁引起我的好奇，南京是新成立的國民政府的首都，請來的德國軍事顧問究竟有什麼政治背景？據說後來他們都歸國了，說不定有的人變成納粹分子？另一位父親最尊敬的老師是教指揮和作曲的史達士博士，他是經由奧地利教育部推薦從維也納音樂學院特聘來中央大學的，父親還珍藏了他送的簽名照片。我對他特別有興趣，很想找到一些關於他的資料。他是如何教指揮的？說不定我的指揮夢就是從這個神秘人物而起——我看過父親教指揮的講義，就是從他的這位奧地利老師得來的，裡面有指揮動作的畫圖，把節拍如何用右手點出一個弧線，我至今記憶猶新。如今聽音樂唱碟有時候還是忍不住指揮起來，右手的姿勢就是從這本書的圖片中抄來的。

問：研究中國現代音樂史的學者，似乎不太注重這些外國音樂家，現在也很難找到他們的史料了。但至少有一位俄國來的鋼琴家Alexander Tcherepnin，中文名字是齊爾品，曾經在上海住過一段時間，對中國現代音樂的發展有相當的影響。

答：我父母親提過這個名字。他似乎在上海停留了好幾年，娶了一位中國太太，1937年中日戰爭爆發，他逃到巴黎，後來又移民到美國，在芝加哥的德保羅大學（DePaul University）任教（1949–1964）。我初到芝加哥的那一年（1962），他還健在，而且在同一個城市，早知道就會想辦法登門拜訪了。多年後我買了一套他作品的唱碟（由水藍指揮，新加坡交響樂團錄製），包括四首交響曲和鋼琴協奏曲，聆聽了一遍，覺得相當「前衛」，有點後期史克里亞賓（Alexander Nikolayevich Scriabin）的味道。據父親說，他對於中國民謠很有興趣，還改編成藝術歌曲並作伴奏。我聽過幾首，原來的曲調完全保留，但伴奏卻十分新潮，千變萬化，形成一種特別的對比。劉靖之在他的《中國新音樂史論》中提到齊爾品在1934年訪問中國時，建議蕭友梅舉辦一個有「中國民族風格」的鋼琴曲作曲比賽，選出一首可以由他在世界各地演奏，結果頭獎發給賀綠汀的〈牧童之笛〉。[7]

問：你提到這個外國人，是否覺得外國音樂家對中國的新音樂發展很有貢獻？

答：不止是音樂，而且文學也是如此，例如在西南聯大任教的燕卜蓀（William Empson），訓練出一大批詩人，對於中國現代詩的發展有不可磨滅的功勞。還有一位溫德（Robert Winter），原來是芝加哥大學的碩士，而且曾在芝大任教。他在1923年隻身來到中國，直至1987年在北京逝世，為中國奉獻了大半生。然而，這些外國人在中國現代文學史的專業研究中都沒有受到足夠的重視和關注，或者僅點到為止。現代音樂更是如此。

問：你似乎想要把音樂作為文化史來研究？

答：不錯。王德威的研究專著《史詩時代的抒情聲音：二十世紀中期的中國知識分子與藝術家》(*The Lyrical in Epic Time: Modern Chinese Intellectuals and Artists through the 1949 Crisis*)，已經重點探討了畫家林風眠和作曲家江文也的案例。這是一個很好的開始。我希望將來有人可以把文學、藝術、音樂、建築，都放在同一個歷史範疇裡面，論述它們的互動，這才是文化史。有鑑於中國現代文學中的音樂成分不多，我曾經想寫一本小說，以我父親作主角，從一個音樂家的一生側視現代文化的變遷。這本書的主角出身於上海音專，是黃自、蕭友梅的得意門生，然而他在藝術上有一股叛逆的氣質，不滿他的老師作曲法的保守風格(這一點是我個人的主張，因為我覺得父親的作曲風格也很保守)，為什麼沒有學到華格納(Richard Wagner)、德彪西(Claude Debussy)、馬勒和史克里亞賓？更遑論勛伯格(Arnold Schoenberg)的十二音律了。於是他開始反叛，走一條自己的路，但很崇拜史克里亞賓，特別是他的交響音詩〈狂喜之詩〉("Le Poème de l'Extase")。他也要拜齊爾品為師……我還想加上一段浪漫情節：他愛上流亡在上海的一個白俄貴族女子，然而好事不成，日本人突襲上海，他逃到租界，最後流亡到重慶……這個故事的構思，越來越像無名氏的小說，而且音樂的部分很難寫：如何描寫他內心的那股藝術衝動？他腦海裡湧現的怪和弦又怎麼描述？最後他撤退到台灣，結婚成家，庸庸碌碌過了一生。可惜我的這本小說直到現今還寫不出來。我的靈感得自中學時代看的一本名著：羅曼．羅蘭（Romain Rolland）的《約翰．克利斯朵夫》（*Jean-Christophe*），這部小說當年轟動一時，現在沒有人看了。它對我的成長影響很大，近來我還寫了一篇長文紀念羅曼．羅蘭。我最初讀的當然是傅雷的中譯本，感覺到一股排山倒海式的激情，然而當主角談音樂的時候，我反而看不大懂了；如今重讀的是英文譯本，覺得文體太過浪漫，用詞很誇張，然而主角的感情成長過程依然引人入勝，大概只有我還看這種小說了，因為它伴隨我的成長，也連帶讓我覺得自己生活在一個音樂的家庭。

問：然而這個家庭卻不讓你去學音樂。

答：於是我把自己的frustration轉化為對父母親那一代的批評，可能有點苛刻。二十世紀上半葉是一個很開放的時代，從西方學成歸國的人也越來越多，在西潮影響之下，中國的確出現了不少名畫家：徐悲鴻、林風眠、劉海粟，後來還有像趙無極這樣的國際大師。然而作曲家呢？我父親這一代在專業課堂裡學到了什麼？西方音樂史上的德奧和法國傳統頗相迴異，我後來聽父親談起音樂來偶爾也用法文發音，但從來不用德文。他當然知道莫札特（Wolfgang Amadeus Mozart）和貝多芬，那麼華格納呢？還有馬勒和勛伯格，看來都沒有接觸過。父親一生最崇拜的作曲家是舒伯特，後來還研究他的藝術歌曲作法，但自己從來沒有寫過真正的藝術歌曲（例如趙元任的〈教我如何不想他〉），只作過幾首獨唱曲，其中兩首（作於1936年）的詞曲是父親一手包辦，但根據我的記憶，其中一首〈夢〉的歌詞是母親作的。我還記得看過父親作的一首小提琴獨奏曲的曲譜，題名〈遠念〉（作於1937年）。[8] 畢業後他從事音樂教育，為了實際需要，寫了大量的合唱曲和校歌。到台灣以後寫了一首歌劇《孟姜女》，花了不少心力，但最終沒有公演。我曾為他的紀念音樂會寫過一篇文章，略表一點遺憾之意。我認為父親和他那一輩的音樂家似乎錯過了西方音樂史上的「前衛」（avant-garde）潮流，連史特拉汶斯基（Igor Stravinsky）和巴爾托克（Béla Bartók）的作品都沒有沾過，可能只聞其名而已。然而他卻引用過另一位匈牙利作曲家柯大宜（Zoltán Kodály）的音樂教學方法。

多年後我和父親談過當年學習和聆聽古典音樂的局限，他完全承認。他說是當時的音樂文化環境不容許，全國只有一個上海工部局的交響樂團（Shanghai Municipal Orchestra），指揮梅百器（Mario Paci）是意大利人，也只能演奏一些經典名曲，哪裡能聽到前衛音樂？多年後我才聽說當年的哈爾濱也有一個第一流的交響樂團，由俄國流亡分子組成。我很想知道這兩個樂團演奏的曲目是什麼，我猜離不了老貝（貝多芬）和老柴（柴可夫斯基〔Pyotr Ilyich Tchaikovsky〕），外加一點十九世紀歐陸的國民樂派作品，例如俄國的鮑羅定（Alexander Borodin）和林姆斯基－高沙可夫（Nicolai Rimsky-Korsakov），還有挪威的葛利格（Edvard Grieg）。母親有一次提到他們聽過工部局樂隊演奏的葛利格的《皮爾金組曲》（*Peer Gynt Suite*），還有馬思聰演奏的孟德爾遜（Felix Mendelssohn）的小提琴協奏曲

(*Violin Concerto in E minor, Op. 64*)。總而言之，當時接受的西洋音樂就只有一個十九世紀的傳統，二十世紀的新潮流都沒有接觸過。當然，法國作曲家例如德彪西和拉威爾(Maurice Ravel)也有他們前衛的一面，音樂系主任唐學詠就是在法國留學的，當然很熟悉。父親提過這兩個名字，但當年是否演奏過他們的作品就很難說了，不過他似乎很熟悉另一位法國作曲家法朗克(César Franck)的一首小提琴奏鳴曲，可能他自己演奏過，因為他教我彈小提琴的時候，就練過此曲的慢板樂章。父親師從馬思聰學小提琴，在中央大學音樂系時組織的四重奏團任第二小提琴手。他後來告訴我，他和第一小提琴手馬孝駿是好友，二人每天一起練琴，馬鬍子(這是他的綽號)有時候抱怨父親練琴不夠用功。這些細節讓我猜想：父親做學生的時代不見得是出類拔萃的天才，雖然他在河南開封師範時代絕對是個高材生。

問：你的批評是否過於苛刻？從當時的情況測度，能夠在中央大學的音樂系畢業，已經是全國的精英了，對於西方古典音樂的造詣究竟能達到什麼高度？西洋音樂在中國的接受也要經過一段過程。

答：不錯，我不能用現在的眼光來批判當年的水準。如果從一個文化交流的立場來研究，當然另當別論。別人喜歡談中西文化如何對抗或衝突，以及西方的文化霸權如何壓迫中國，我反而喜歡談兩種文化如何在碰撞的過程中交融。西洋古典音樂和中國音樂傳統的差異很大，而且是不對等的，在最初接觸的時候，是什麼樣子？例如我從英文二手資料中得知：利瑪竇（Matteo Ricci）和其他西洋耶穌會教士明代來華傳教的時候，帶了不少進貢的禮物，裡面有一種小型羽管鍵琴（manicordio），他們教朝廷的宦官演奏，然而奏的是什麼曲子？那些宦官的反應如何？當時的傳教士唱的葛利果聖歌（Gregorian chant），明朝人聽來是什麼反應？到了二十世紀，情況當然有所不同，我再舉幾個小例子，可能以前也提過了。有一位波希米亞的作曲家德弗扎克（Antonín Dvořák），他的第九交響曲（又名《新世界》）的第二樂章的主題採自一首美國黑人民謠："Goin' Home"，不知是誰把它改譯成〈念故鄉〉，我小時候就會唱：「念故鄉，念故鄉，故鄉真可愛……」還有布拉姆斯（Johannes Brahms）的一首小曲〈搖籃曲〉（"Lullaby"）也被改編為中國民歌，在我的兒時記憶中，母親教我們唱這首歌，歌詞中竟然有一句：「狼來虎來用棒打」，聽來好笑，顯然被庸俗化了，這是一個很自然的現象。說起來這也是父母親和他們那一代留給我們的遺產。音樂故事的背後是童話，例如德國的《格林童話》（*Grimm's Fairy Tales*），何時介紹到中國來的？那個惡狼化身為老祖母的故事，我從小就聽過。我小時候，母親曾講過一個關於貝多芬《月光奏鳴曲》（*Moonlight Sonata*）緣起的故事：一對兒童，月夜走進森林，在月光映照下，看到一個人在彈鋼琴——或者我記錯了，應該是貝多芬一個人散步走進森林，月夜之下，看到一對少年男女（我母親說是兄妹）在彈鋼琴。這完全是德國浪漫主義的文學風景。現在回想起來，它對我的影響極大。

在台灣念中學的時代，中午休息的時候，學校的廣播器幾乎每天都播出舒伯特的藝術歌曲〈魔王〉，歌詞敘述的是一個小孩子如何被魔王騙取的故事，我每次聽就會聯想到兒時聽過的《格林童話》，內中有魔鬼，也有森林，當然也有美景，例如舒伯特的〈菩提樹〉(“Der Lindenbaum”) 和〈小夜曲〉(“Serenade”)。中學時代我最喜歡聽的是拉赫曼尼諾夫(Sergei Rachmaninoff)的《第二號鋼琴協奏曲》(*Piano Concerto No. 2*)，記得在台灣念高中的時候第一次聽到魯賓斯坦(Arthur Rubinstein)演奏此曲的唱片，我百聽不厭，每次聆聽，腦海中就浮現一個浪漫場景：月夜下一對戀人在海灘上散步，海風吹動了她的頭髮，越想越浪漫，似乎又和貝多芬月夜散步的故事連起來了。多年後我更愛聽勛伯格的〈變形之夜〉(“Verklärte Nacht”)，這首前衛作品也十分浪漫，創作靈感來自戴爾默(Richard Dehmel)的一首詩，內中也有月夜和一對戀人，不過她懷了另一個男人的孩子……總而言之，我從幼年開始就離不開音樂——她變成了我的戀人，我心目中的美好想像，自己製造出來的浪漫憧憬。難怪我一輩子和「浪漫」這個名詞分不開。朋友都說我是一個「浪漫主義者」，也許我的浪漫細胞來自父母親學過的音樂？也許我學指揮的夢想也和父母親的歷史命運有關：他們那一代人達不到的，我願意代他們實現——做一個指揮和作曲家。音樂夢沒有做成，文學變成了一個代替品。

問：你忘了提你幼年時代學過小提琴？為什麼不想當小提琴家？

答：不值一提。幼年學琴，可以做一個「神童」，不管你有沒有天分，到了中學的時候，拉小提琴就成了偶爾玩玩的

hobby。也許我本來就是一個凡人，沒有什麼音樂天分，只配欣賞評論，應該把我名字中的梵字（五四時期把violin譯成「梵婀玲」）變成「凡」——平凡的凡。其實把音樂變成一種愛好，做個外行人，不是很好嗎？幾年前我竟然以一個業餘愛好者的身分受邀指揮台大交響樂團，客串指揮一首七分半鐘的序曲：威爾第的《命運之力》（*La Forza del Destino*），心情的興奮無與倫比，似乎父親在天之靈幫了我一把！他去世後，我把他的一支指揮棒據為己有，時常用它來指揮唱片，但不知何故，有一天竟然不見了，我想是父親在天上也覺得技癢，把它收回去了。

問：你似乎把音樂創作和表演放在音樂教育之上？上面提到的前輩音樂家，不都是音樂教育家嗎？

答：不錯，父親真正的創作很少，但為實際需要而作的校歌與合唱曲很多。到了台灣以後，也寫了幾篇論文，出版了一本音樂雜文：《無音的樂》（1985），書名的典故出自徐志摩。我認為父母親扮演的是一個音樂普及的角色，在中等教育方面作了不少貢獻。他們的活動園地是台灣的中學和師範學校。這一個教育網絡——也就是新式學堂傳統的延續，在二三十年代逐漸擴張，師範學校最終遍佈全國各地，這是民國時代教育啟蒙的重要機制，培育了大量的教育人才，也教育了大量的學生。所以，我的父母親是音樂教育家，而非創作或獨奏型的藝術家。在三十年代做中學老師，即使地位不高，但薪水卻不低，父親大學畢業後，回到河南的一個小地方汲縣擔任當地師範學校的音樂和體育教員，月薪一百大圓，而他一個月的用費，包括宿舍的食宿，不過幾塊錢，根本用不完。這是他多年後親口告訴我的，沒有統計數字，不足為憑，然而父親的經濟景況似乎反映了三十年代初的民國欣欣向榮的面貌，至少在中國的一部分，包括河南。父親常掛在口邊的話就是：如果日本人不打過來會怎樣怎樣……所以日本人非侵略中國不可，否則就來不及了。那一段美好時光最多也不過持續幾年，日本人就等不及了，1937年盧溝橋事變後，日本急速進軍，不到一年已經佔領東部沿海最富裕的區域，三十年代初的文化建設毀於一旦，我父母親的黃金歲月也付諸東流了。唯一彌足珍貴的是：戰爭使得他們的戀愛加速，兩人在一個學校——信陽師範——教書，1938年結婚，次年就生下了我。我就是戰爭賜給這對夫婦的禮物！

戰爭也影響了音樂創作，至少對父親是如此。抗戰爆發後，他哪裡有閒情寫藝術歌曲？反而為了激勵愛國精神，寫了不少合唱曲。所以我一直認為：抗戰期間最主要的音樂形式就是歌曲，像蕭斯塔可維奇那樣的巨幅交響曲絕無僅有，現實情況不允許。到台灣後父親更寫了大量的校歌，變成名副其實的音樂教育家。

問：你對父親的回憶比對母親的還多，令堂不也是一位音樂家嗎？

答：我沒有「戀母情結」，也很少回憶到母親，這是我的罪過。我曾經問過她個人的音樂往事，她都語焉不詳，只說她在中央大學音樂系主修鋼琴，後來在台灣做了一輩子鋼琴教師，大多是私人授課。她教學生彈過貝多芬的鋼琴奏鳴曲，學生彈得當然很差。母親在我成長過程中扮演的角色不是音樂，而是文學。她讀過不少五四新文學的作品，例如郁達夫和徐志摩，然而令我印象最深的反而是她讀過的大量翻譯文學，我聽她説過以前和她的三個姊妹引用大仲馬（Alexandre Dumas）和小仲馬小説裡的對話，用她家鄉（蘇北）的口音説到什麼「斯華洛夫人」，也不知道出自哪一本小説。母親偶爾也會提起她讀過的中國古典文學作品，父親卻從來沒有提過他自己的文學讀物，只不過説認識一位詩人徐玉諾，也是河南人，我猜父親年輕時也寫過新詩，説不定還把其中一首譜曲。[9]和其他同代人比起來，我的雙親並不是傳統父母的典型，反而體現了五四的浪漫精神，所以我要把我的博士論文和書獻給我的父母和他們的那一代。

註 釋

加「*」者為編註。

1* 班雅明著，李士勛、徐小青譯：《班雅明作品選：單行道、柏林童年》（台北：允晨文化，2003），頁134。Walter Benjamin, *Berlin Childhood around 1900*, trans. Howard Eiland (Cambridge, MA; London: Harvard University Press, 2006), p. 37.

2 有一本關於家父的傳記《李永剛——有情必詠無欲則剛》，2003年在台灣出版，作者是邱瑗，曾任台灣的國家交響樂團的行政總監，她的名字中有一個「瑗」字，所以和我們全家有緣。我第一次遇到她，她就説：「我當然認識你，因為我寫過你父親的傳記」，如今我回憶父親的音樂往事，也要參照這一本書，特此鳴謝。她寫這本書的時候得到家妹李美梵的協助，得以複印大量照片，彌足珍貴。而我的回憶卻是支離破碎的，全憑個人回憶。

3 李永剛：〈六朝松下〉、〈歌聲琴韻話梅庵〉，收入《無音的樂》（台北：樂韻出版社，1985）。

4 邱瑗：《李永剛——有情必詠無欲則剛》（台北：時報文化，2003），頁40。照片是父母親保留下來的珍藏品，現珍藏在家妹李美梵家裡。

5 《無音的樂》，頁125。關於這本歌集，我的搭檔張歷君和研究助手陳曉婷找到不少資料，特此感謝。

6* 劉美慧：〈《101世界名歌集》歌詞翻譯研究〉（國立台灣師範大學翻譯研究所碩士論文，2013）。

7 劉靖之：《中國新音樂史論》，增訂版（香港：香港中文大學出版社，2009），頁100。

8 我根據的材料是1995年父親逝世後，他的學生為他出版的《李永剛教授紀念文集》中的作品表。羅盛灃編：《李永剛教授紀念文集》（台北：政治作戰學校，1995），頁137–156。

9 〈懷憶〉或〈夢〉，皆作於1936年，見作品表，載於羅盛灃編：《李永剛教授紀念文集》，頁145。

2
抗戰和逃難：虎口餘生錄

中華民國三十四年——抗日戰爭最後一年的春天，勝利的前夕，敵人最末一次的進攻……我也遭遇了戰爭中常見的悲慘命運。

在千萬死傷流亡的人群裡，我的命運，只是大海中的一點泡沫而已，本不足珍視；不過當性命從生死的邊緣掙扎到生之路上，一切衣物書籍完全損失之後，一小本鉛筆寫的日記，很幸運地沒有丟掉，也是一種奇跡。

——李永剛：《虎口餘生錄》小序[1]

父親的這本日記，原來是他隨身帶的日記，在抗戰逃難時用鉛筆寫成的，隨逃隨記，是一種即時性的紀錄，彌足珍貴，可惜後來遺失了，抗戰勝利後他用毛筆重新抄寫，這個手抄本父親一直珍藏著，隨身帶到台灣，終於多年後在台灣出版，命名為《虎口餘生錄》。1995年父親過世後，我和妹妹回台北奔喪，發現父親到台灣後的全部日記，還有這個手抄本，於是我把它們全數帶回美國，還有一本《虎口餘生錄》的印刷版和父親的少量文章，留作紀念。

近來搬家，這個手抄本和一刷版不翼而飛，令我十分懊惱，好在我的研究助理在香港的一家大學圖書館中找到一冊印刷版，影印了下來。印刷版製作得不錯，內中有大量的照片，還有父親特別畫的逃難路線地圖，可以説是歷史學家的「一手資料」。對我而言，這個「文本」又帶我重回歷史現場——河南西部山區，時當1945年春天，抗戰勝利的前夕。那年我六歲，我的童年記憶也從那一年開始，在此之前我還是一個多病的嬰兒，自我知覺（self-consciousness）是模糊的，日本侵略者的炮火把我震醒了，我最早的完整記憶就是從全家逃難的那一刻開始。

戰時日記與記憶蒙太奇

我生於民國二十八年（1939），中日正式開戰的第二年。八年抗戰（1937–1945）的逃難歲月永遠銘記於父母親那一代人的心靈裡。我生不逢時，用母親的話説，從生下來就沒有過過好日子。一個六歲大的孩子有知覺，但是不可能有完整的回憶，我只能把父母親後來告訴我和妹妹的回憶串連起來，變成下面的故事。

父親從南京中央大學畢業後，就回到河南，在一所師範學校教書，把母親周瑗從江蘇接到河南，這樣才可以繼續培養情愫。兩人都在信陽師範任教，抗戰爆發後隨著學校遷到河南西部山區的一個小鎮，名叫師崗。1938年在那裡結婚，舉行婚禮的那一天，日軍飛機突然來襲，這是日本侵略者送給這對年輕夫婦的結婚禮物。他們結婚第二年，我就誕生了。父母親為我用第一人稱寫日記，第一句是：「今天我誕生了。」這本日記早已丟失，也不知道寫了多久。

母親是音樂老師，她常抱著我去上課，據她的回憶，她在課堂上把我放在一個小凳子上，圍在四周的是一群信陽師範的學生，大家練習唱歌。那個時候我大概兩三歲吧，母親說我很乖，一點也不害羞，而且還指手畫腳。這也許是我最早的音樂記憶，但不是我自己的，而是母親說出來的。她們唱的是什麼？母親說是抗戰歌曲，她們師生練習唱歌的目的是為抗敵作宣傳。有時候母親帶著一批學生出去唱歌宣傳，她主唱（solo），學生合唱（chorus），母親用形象的語言說：「這是我們的大飛機和小飛機一起出征，打日本鬼子！」母親事後說我兒時的遊戲就是扮演大飛機和小飛機。最早的回憶中還有一個模糊的視覺斷片：在鄉下街道上亂跑的野狗，有一條可能是瘋狗，牠咬我媽媽，媽媽抱著我摔倒在地上，把我嚇得大哭，所以一直怕狗也不喜歡狗，直到近幾年態度才開始轉變。另一個相關的驚恐意象是看到一個躲在樹叢裡的瘋子，他的眼睛是紅的。還有一個意象是一雙外國人的藍眼睛，她到我家裡來，我嚇壞了，問母親：她是誰？母親多年後告訴我：她是一個挪威的傳教士，是母親的朋友……回憶是不可靠的，它更像是下意識製造出來的蒙太奇鏡頭（montage），也許有一天我可以拍一部童年回憶的實驗電影。

母親還說，我生下來就交給奶媽帶，卻被這個鄉下來的農婦慣壞了，每天抱著我，所以身體反而孱弱。1942年妹妹出世，是雙胞胎，父親親自接生的，因為助產婆臨時脱逃，到別人家接生去了。弟弟活了不到兩歲，我對他沒有什麼記憶，現在想來，他至少免受很多苦。當年大家常用的一個詞就是「吃苦」：孩子們必須學會吃苦，然後才能「受活」！

我最初有自覺性的記憶是1945年3月舉家隨著全校兩百多名師生到陝西的大逃亡——也就是父親日記《虎口餘生錄》的開始，當時我害了嚴重的傷寒病，幾乎送命，父母為了照顧我，只好離開他們的大家庭——信陽師範的師生，和幾位自願留下來的同事及他們的家人結伴漫行。日本軍隊在後面追趕，幾家人從一個村莊逃到另一個村落，我們還一度幾乎在一個小村子裡被日軍所捕獲，九死一生。所以父親的這本日記名叫「虎口餘生錄」。

這裡要再次請出我的對話者。

問：這次重看你父親的日記，有什麼新的感觸嗎？

答：感覺很不同。以前看，關心的是情節，像看小說一樣，也注意到父親主觀的感受，特別是他自己在求生本能的驅使下，把家人都拋棄，獨自翻山越嶺逃走，但心中更掛念家人的那一段。此次閱讀，我不但重溫了這一場驚心動魄的「戲」，但更注重事件的背景和歷史。原來這本日記所記載的日期不到三個月，從1945年3月26日至6月11日。[2]然而在我的記憶中時間長得多，好像是一年以上，而路程遙遠，經過豫西的無數個城鎮，翻山越嶺（河南和陝西交界的秦嶺高峰），最後到了陝西。父親在出版時還特別畫了一張地圖，佈滿了小城小鎮的名字。我的另外一個體悟是日記裡面提到的人物眾多，到處碰到朋友和熟人，也有不少陌生人，得到幫忙協助。逃亡時父親先打聽敵人是否打來了，然後問路和借宿，不論是認識的或不認識的人都願意招待，這些細節織造出一幅幅極有人情味的畫面。令我最感動的是和鄉下農民借宿的段落，時間是1945年4月11和12日，前一晚，四個自師崗逃難出來的「小知識分子」到一個農家借宿，簡單幾句話，站在門口的老人就答應了，第二天他們又翻山越嶺，到另一個村子，叫胡家台子，「一位老人招呼我們，為我們做早飯，盡其所有，作了一頓山裡最好的飯，包穀糝、紅薯乾、麵條煮在一起，但是沒有鹽」。[3]臨行時給他錢，他無論如何不要。這位李奎娃先生的樸誠忠厚，令父親萬分感動，一輩子記著他的好意。父親把這個農人的名字寫了下來，也為這一段邂逅留下一個文字紀錄。此次重讀，我頗有感慨，這才是值得歌頌的中國農民固有的美德。

中國現代史上的一大命題就是知識分子和農民的關係。它是五四新文學的主題，也是左翼文學的主要內容，然而真正的情況又是如何？從父親的日記中我得到一個答案，就是農民的確是樸實的，但農民的生活世界和知識分子的世界還是相隔得很遠。戰爭和逃亡使得流離失所的知識分子接觸農民，然而住了一夜又走了。中共多年來的運動就是要改變知識分子的人生觀，要他們向農民／人民學習，但真正又學到了什麼？逃亡的知識分子走了，農民依然過著他們自己的平常日子。在父親的日記中，從沒有記載農民隨著知識分子逃亡的事，也沒有逃亡的知識分子想在農村安家落戶。當年河南西部山區是一個很貧困而落後的地方，然而自成一個世界。中央政府的權力似乎還沒有達到這裡，這塊地方是「自治」的，我依稀記得逃難時經過一個鄉村，日本人要打來了，國軍（事後聽說是胡宗南將軍的部隊）溜得無影無蹤，只有幾個「地方自衛隊」的戰士，挖起戰壕、架起機關槍準備抵抗。這是不是我幼年的一個幻象？四十多年後，我在芝加哥大學任教時，有一個同事和好友艾愷（Guy Alitto），他在寫完關於梁漱溟的那本名著《最後一個儒家》（*The Last Confucian: Liang Shu-ming and the Chinese Dilemma of Modernity*）[4]後，開始對於河南西部鄉村的地方自治現象感到興趣，竟然到台灣去訪問我父親好幾次，但他的研究一直沒有出版，十分可惜。據他告訴我，這個「自治區」自成一體，不受中央統治，但治安非常好，可以夜不閉戶。這一個民間傳統的歷史悠久，可能源自清朝的地方「團練」，也就是過世幾年的歷史學家孔飛力（Philip Kuhn）早期研究的題目。

問：這一段故事，後輩聽來驚心動魄，猶如天方夜譚，你還有什麼印象？

答：兒時的印象都是一些碎片，連不起來的，反而逃難的片段印象較多，可以連成一個故事。我試圖用父親的日記作為連線，一方面是想重溫這一段家史，另一方面也是想喚起並驗證我自己的兒時回憶，因為這一年我六歲，開始有「自覺」了，腦子裡保存了一點印象。我以前說過：戰爭和流亡讓我早熟，思想開竅得比別人可能早了一兩年。閱讀父親的日記，也讓我記得不少斷斷續續的細節，例如和我們一起逃難的父親同事丁先生的一家人，丁家的女兒就是我的玩伴，後來聽說她死了。另一個印象是避開日本追兵之後，我們開始長途跋涉，從河南山區經過無數小鎮，最後翻過秦嶺到了陝西。那一段旅程，也就是父親日記的後半部分，大概從4月

13日至6月10日，大概也只有兩個月，但這兩個月應該是我從「半自覺」到「全自覺」的關鍵時刻！記得最清楚的是：有一天，從山頂看到一望無垠的大平原，簡直是開心死了，父親在日記中說這是他回歸祖國、回歸自由的一刻，我覺得自己到了另一個世界，因為生在山區，從來沒有看過平原！

自由的代價就是受難。父親日記的後半部敘述的全是爬山涉水的過程，「死亡在後面，生命在前面：『天無絕人之路』」，[5] 然而路途遙遠，眼看錢已不多，於是到處求人幫助，似乎到處都找到朋友，有時候陌生人也變成了熟人，友情的溫暖，成為日記的一大主題。但從日記的字裡行間也可以想見父母親卑躬屈膝的樣子，父親隨身帶的一把小提琴，鄉下人以為是機關槍，他只好當場演奏一曲，真可謂對牛彈琴！後來父親還是把小提琴丟在當地的一家人家裡，還有一把防身的左輪手槍也丟了，以免引起當地游擊隊的懷疑。作為一個小孩子，我變得出奇地乖，好幾個月沒有肉吃，也不吵鬧。母親不忍心看我可憐的樣子，為我買了一個夾肉的燒餅吃，還要我不要告訴妹妹，因為沒有買給她，這都是母親事後跟我說的。父親日記中另一個小標題就是「貧病相連」，記載5月間在豫陝邊境折騰的事，眼看錢要花光了，終於在5月底得到校方的信，已經遷至陝西武功，匯旅費五萬元，要他們立刻歸隊。於是5月29日出發，踏上最後一段旅程，翻越秦嶺的頂峰，終於看到了平原，似乎就在這個關鍵時刻我的知覺細胞全部開始運作了。6月10日到了西安，次日夜裡坐火車到目的地武功。我記得這最後一段旅程，因為從來沒有坐過火車！還記得深夜火車「闖關」，偷偷闖過日軍防線的驚險鏡頭，但是這一個記憶，父親的日記中反而沒有記載，難道是我在做夢？父親的日記也到此結束。最後兩段是這麼寫的：

> 像是作了個漫長的惡夢，經過了拼命的掙扎，夢不久就要醒了，然而，幾乎不能甦醒的餘悸，還留在心頭！
>
> 現實就在眼前，並不是夢呵！看見孩子們飢黃的面容，襤褸的衣著，遙念還需要面對窮困掙扎的未來歲月，不禁惘然！[6]

問：1945年是抗戰的最後一年，離勝利不遠了，你們一家不幸捲入這場戰爭，最後這幾個月，終於讓你體會到戰爭的滋味，這才是生命體驗……

答：也就是我父親日記所說的「賭上了命運」，用生命換來的實際經驗。他在《虎口餘生錄》的小序中是這樣寫的：「在千萬死傷流亡的人群裡，我的命運，只是大海中的一點泡沫而已，本不足珍視；不過當性命從生死的邊緣掙扎到生之路上，一切衣物書籍完全損失之後，一小本鉛筆寫的日記，很幸運地沒有丟掉，也是一種奇跡，因此，我很珍愛它，決定整理抄寫出來，以作紀念。」我再三閱讀這段話，感受到一種反諷的滋味：一家人從生死的關頭掙扎出來之後，所有的個人財物（personal belongings）都遺失了，卻剩下一本日記——一個記載生命體驗的「文本」。我輕輕撫摸著這個手抄本，眼淚幾乎奪眶而出。偶爾也會想到：那個時候我在哪兒？

在4月11日的日記中，父親寫他在日軍追擊之下落荒而逃進山裡，我忍不住又要抄下這一段：

倉慌地沒有來得及找路就向屋後的山上爬，所爬的山坡極難走，我跑了幾步，看見妻抱著幼兒美梵爬不上來，連忙把幼女接抱過來繼續向上走了幾步，一聲淒厲的喊叫，使我們停下來。

「媽！媽！……」歐兒哭著喊。

在生死的關頭，人本能的趨於自求生存的自私，我已沒有力量再去拯救他，又想到敵人對小孩子或許不會怎麼樣……就命女僕高嫂照護他不必再逃。[7]

父親不但「忍心地『遺棄』了歐兒」，也不顧自己的妻子和女兒。高嫂抱著我混進村裡的農民群中，「歐兒沒有走，雖然碰到敵人，因為借了鄉人小孩的衣服穿上，敵人還給他幾塊餅乾」。[8]我怎麼記得是糖果？我冒充農家孩子，穿上借來的衣服，很骯髒，上面爬滿蚤子，咬得我渾身發癢，和農婦及其他孩子們坐在門外，一隊日本兵經過，拋給我們幾顆糖，日本兵穿的好像是黃色的制服。這是我唯一的一次和日本兵面對面。

問：這一段經驗像是一部影片的高潮，連分鏡的鏡頭都寫出來了。後來呢？

答：下面的情節更驚心動魄：母親也跑不動了，父親把母親和妹妹留在一條深約二尺的山溝，他的另一位同事也把妻兒同樣安置，兩個男人翻一個山頭逃走，「幾十聲槍響，斷續地掠過頭頂，我感到一陣寒慄自脊背而下……『有人遇到不幸了！』」[9]父親躲在山洞裡，在日記本上寫著：

離開妻兒們已兩三小時，不知道她們安全否？剛才的槍聲——我欲哭哭不出來，我會重見她們嗎？生命繫於一髮，它隨時可斷呵！

她們如果遇到不幸，我的一切都完了，我會傻，會瘋，也許會死！死，多麼可怕的字！[10]

最後這幾句，我在那篇序文中也曾引用過。

問：許倬雲先生的回憶錄：《家事、國事、天下事：許倬雲八十回顧》中也提到抗戰時期的回憶，他幼年時期有一次在四川萬縣和重慶看到日本飛機轟炸後的慘象，簡直是人間地獄，他說多年後講起這些回憶他還會哭，不僅是痛心地哭，有時候還是恐懼地哭，他們那一代人都是如此，「教我怎麼能不恨日本人！」這句話在書中他說了不止一次。[11]

答：許先生是我的學長，我對他十分尊敬。他的回憶錄，我近來才看，發現我們的經歷竟然有不少相似之處，雖然我們的年紀相差九歲。他對抗戰時期的一些感受，也和我父親的日記頗有共鳴，家父過世時大家送給他一個輓聯：「有容乃大，無欲則剛」，倒是很契合他晚年的性格。然而，他什麼都能容，就是容不下日本，和許先生一樣，「教我怎麼能不恨日本人！」。他恨日本恨了一輩子，連我在美國買了一輛日本車也不敢告訴他！他們那一代人所受的創傷太深了。然而至今我還沒有讀過一本書，把這個抗戰的集體受難和創傷的心理描繪出來，並作分析，像猶太人書寫他們的「浩劫」(Holocaust)一樣。

問：《虎口餘生錄》裡面好像沒有提到日本飛機轟炸？

答：不錯，父母親只提過結婚那一天日軍飛機在天上飛過，但沒有丟炸彈，顯然目的地不是鄉村。

問：許先生也説，「小孩子很歡迎他們，他們還拿糖果給小孩子吃，這都是騙人的伎倆！」[12]

答：當然是宣傳，不過也確有其事，我自己就經驗過，前面不是説過，我被混進農家，日本兵經過，還丟給我們糖果？但小孩子那麼小，哪裡懂事？談何歡迎？另一個更關鍵的問題是：日本侵略者橫掃農村，留給農民的印象是什麼？我問過父母親類似的問題，他們的回答是：日本兵不會騷擾地方上的農民，只到處搶劫糧食，特別是村民所養的雞。農民不恨日本人嗎？我記得做研究生的時候看過一本書：*Peasant Nationalism and Communist Power: The Emergence of Revolutionary China, 1937–1945*（《農民民族主義與共產主義實力：革命中國崛起經過(1937–1945)》），[13] 作者是一位名學者詹鶽(Chalmers Johnson)，他的主要結論是：中國農民本來不見得有現代的民族國家概念，但是日本侵略反而使得農民也愛國，產生了民族主義的情緒，而中共的勢力也得利於這個情勢。詹鶽用了日本人的檔案，並和南斯拉夫的情況做比較。我很想重讀一遍，因為它牽涉到一個和我的家史相關的微妙問題：為什麼父親從來沒有提起中共游擊隊？他的朋友圈中有沒有中共的地下黨員？父親的日記裡從來沒有提到中共，也沒有提到國民黨，多年後我才知道他是國民黨員。如果學校裡有中共地下黨員的話，可能是抗戰勝利後國共內戰時期的現象。當時父親擔任信陽師範的代理校長，有一對孿生兄弟很左傾，父親聽說國民黨當局要抓他們，於是通知這對兄弟——陳佑華和陳佐華（也就是後來因寫《苦戀》而成名的白樺），連夜放他們逃走了。這段故事絕對是事實，因為多年後白樺在上海和我講過好幾次。在父親的日記所展現的顛簸流離的世界裡，似乎沒有國共對立這回事，甚至日記中逃難到陝西的那一段，也只提到一個在陝西邊境的游擊隊，但是否屬於延安，恐怕連他也搞不清，因為當時表面上還是國共聯合抗日。

問：你似乎要論辯在抗戰期間，本地農民和逃難的知識分子對於日本侵略的反應仍然有所不同？

答：有一個基本原因：日軍對待農民和知識分子的方式顯然不同，他們知道宣揚抗日的是知識分子，因此對知識分子姦淫殺戮的情況，屢有所聞。《虎口餘生錄》4月11日那一天的日記中，為什麼父母親丟了兒女不顧，翻山越嶺，落荒而逃？因為他們聽當地人說日本兵特別喜歡姦淫女性知識分子，所以把妻女藏在山溝裡。日軍對待農民是一回事，對待知識分子是另一回事，否則為什麼在同一年日本警察在印尼把郁達夫處決？當然我父親沒有郁達夫那麼有名。名人和大知識分子畢竟是少數，名人之外還有無數的「小知識分子」，這些小知識分子似乎在一般歷史的「大敘述」之中消失了，被人遺忘了。他們大多都是中學和師範學校的教師和學生，至少有幾百萬吧，遍佈在全國各地的中小城市或更小的鄉村，至少在落後地區如河南，這類師範學校就是五四新文化的繼承者，教師們都具備一種啟蒙的使命。

抗日戰爭也把他們的命運和中國的農民連在一起，這是另外一個大題目：「到民間去」。除此之外，師範學校這個教育制度在民國時代所扮演的啟蒙教育角色也值得研究，從豐子愷的浙江第一師範，到我父親讀過的河南第一師範，都有音樂課，而我父母親一輩子似乎都和師範學校結了緣。母親常說：從河南的信陽師範到台灣的新竹師範，一教就是幾十年。這一個小知識分子集體逃難的過程，當然比不上西南聯大具有「史詩」性的地位，但也構成一種文化現象。我的父母親不能算是大學者，只能算是「小知識分子」，他們為民國的教育貢獻了一己的心力，希望將來有學者為這些小知識分子寫一個集體傳記。

問：你是否可以先理出一個集體傳記的輪廓？

答：記得小時候看過信陽師範學生演的一齣話劇：《萬世師表》，頗受感動，也許這就是一個典型的例子。從我父親的日記這個小「文本」來窺測，我的初步印象是：他們的思想模式、生活方式、待人處世的態度，甚至習慣和愛好，都是一樣的，這些教師們和學生的關係密切，形同手足，完全是一個大家庭，父親對他的同事一貫稱兄道弟，日記裡一大堆名字前面都有個「兄」字，而且名字大多是「號」，譬如父親的同事稱他「影樺」，這是他的號，沒有人叫他「永剛」；母親原名周瑗，但父親和同事們都叫她「景蘧」。這一個團體，絕對是一個「生命共同體」。據父母親告訴我：逃難行軍時，教師走在前面，男學生走在四周和後面，保護走在中間的女學生，所有的家眷殿後，另有專人照顧。有的教師還帶槍，父親就有一把左輪手槍。平日全體師生都住在宿舍裡，因此我最早的記憶就是和母親的女學生一起，聽母親教她們唱抗戰歌曲。老師和學生穿的制服當然很樸素，照片上父親穿的是中山裝，和母親的結婚照片上穿的倒是西裝。

戰後的童話：內戰時期的歷史風景

問：抗戰八年絕對是一個中國現代史的分水嶺。如果沒有日本侵略的話，中國會是怎樣？

答：這個問題很難回答，不過我越來越覺得，如果日本沒有侵華，中國的政治面貌可能有所不同，而中國現代文化和學術又會有新的面向，至少五四一代人所開闢的思想領域會在這個「後五四」時期得以深化，「啟蒙」的知識成果也會更豐盛。然而，即便如此，我瀏覽《民國叢書》(共數百本)後的總體印象是，抗戰時期中國知識分子在顛沛流離的環境下創造出來的學術和文化成績依然十分可觀，令人佩服。至於抗戰時期的文學作品，那是另一個大題目，值得學者繼續研究。

問：其實《虎口餘生錄》就是一本很有價值的「報導文學」作品，甚至比一般報導文學更真實感人。我們看到的版本中令尊又加上了幾篇「後記」文章，還有附錄，把書中提到的數十個人物一一介紹，讓他們在這個小小的歷史文本中留名。可以說這些都是你所謂的「小知識分子」。這些人後來的命運如何？抗戰勝利後的情況怎樣？我們從左翼電影——如《烏鴉與麻雀》(1949)——看到的是亂成一團：

重慶派來的「接收大員」貪污腐敗，禍國殃民，再加上通貨膨脹，學生上街「反飢餓」遊行抗議，於是國共內戰爆發。你的父母親怎麼應付這個形勢？

答：這是另一個歷史的大題目。《虎口餘生錄》中的後記有一篇文章描寫信陽師範的師生如何從陝西大荘的臨時校址回到河南信陽，也是長途跋涉，坐隴海鐵路的火車到鄭州，然後步行到信陽。[14]

問：你對這一段經驗有回憶嗎？

答：回憶不多，而且很模糊，也記不得坐火車的事。反而記得在陝西大荘的片段情景，真可說是滿目瘡痍！日本在1945年8月15日正式投降，但我還記得每天看到天上的大批美國飛機，各種類型，有大有小，特別醒目的是一種俗名「黑寡婦」的轟炸機（Northrop P-61 Black Widow）。不知道你看過史匹堡（Steven Spielberg）的電影《太陽帝國》（*Empire of the Sun*）沒有？裡面就有一場戲：那個小孩子仰望天空，看到滿天都是飛機，興奮得不得了。我回憶中的場景，就是這個樣子。還有一點回憶是母親時常提醒才記得的：我那個時候很頑皮，和幾個鄰居孩子組織了一個「打狗隊」，專門打野狗！還依稀記得滿街都是美國兵遺留下來的食物罐頭，我們撿回來吃，還有一種「克寧牛奶」（Klim Milk）的奶粉罐頭，很有營養，我小時候喝多了，到現在反而不喜歡牛奶。地上還有丟棄的汽油罐，容易著火，非常危險。這些零碎的影像，有點超現實，像是夢囈。我好久沒有回憶這一段生活了……

問：現在回想起來，有什麼感覺？

答：那是一片窮困的場景，那時候我們小孩子穿的都是破破爛爛的，也成了滿目瘡痍的一景。也許將來會有一個像史匹堡或波蘭斯基（Roman Polanski）那樣的導演，把這段場景拍出來。事隔七十多年，我只記得這些「鏡頭」了，我的回憶沒有敘事的連續性，其實寫回憶錄的目的只不過把故事勉強連續起來，這是不真實的。而說故事的人如今都已經過世了，連我這個六歲大的小孩子如今也成了八十歲老人了。

問：能否繼續談談後來的經驗？怎麼從河南逃到台灣的？

答：這就牽涉到國共內戰的歷史背景。我們家只是一個普通老百姓的家庭，沒有直接捲入內戰，然而內戰的陰影仍然跟著我們。從抗戰到內戰，中間太平的日子也不過兩三年。大概在1946年，母親帶我和妹妹到江蘇鎮江投靠她的父母——我的外公外婆，而母親自己在南京找到一個教職，父親在信陽走不開，因為他是信陽師範的代理校長，職務在身。那一段時間反而帶給我幼年最快樂的回憶，回憶的高潮應該是1946年暑假，母親把我接到南京（妹妹還留在鎮江），父親從信陽趕到南京和我們重聚，心情也特別好，父母帶我到南京的新街口、夫子廟、中山陵等名勝遊玩，還為我買了淺藍色的新衣服（有一張照片，可惜找不到了）。我只記得坐三輪車，到新街口買小吃，到中山陵瞻仰國父孫中山的墓碑，它在一個小山頂上，要爬很多石階，我一口氣跑了上去。記憶中最溫馨的經驗，是到一家公園裡面的電影院看一部兒童電影：《鹿苑長春》(*The Yearling*)，主角是一隻鹿——名字叫「旗兒」，我看得津津有味，因為電影院設有同聲翻譯，用耳機(當時名叫「譯意風」〔earphones〕)聽，至今還記得。現在回想起來，當年南京的文化水平真不低，上海更不用說。相較之下，河南的鄉村實在落後，儼然是另一個世界。

我對於河南老家(太康縣朱口鎮)的祖父母的回憶不多，因為總共只在戰後回老家過年住了一個禮拜。當然，爺爺奶奶高興得很。我只記得坐平時用來載莊稼的馬車，到附近親戚家拜年。爺爺是一個小地主，據說後來解放初期被槍斃了，我們多年後才知道。外公對我的影響反而更大，抗戰勝利後，我和妹妹在鎮江的外公外婆家住了將近一年，幾乎每天都聽到外公吟詩弄詞。外公是一個蘇州才子，雖然來自蘇北，但一口蘇州口音，跟我和妹妹講了很多才子佳人的故事，例如唐伯虎點秋香，用詩詞和謎語互相調情，我到現在還記得。如今閱讀晚清通俗小說時，還會想到外公。我的文學細胞說不定就是外公培養出來的，記得剛到鎮江的時候，外公就要我作文，記述坐一艘招商局的輪船從武漢到鎮江的旅行經驗。這是我一生的第一篇文章！從河南到江蘇，就是從北部到南部，說話的口音完全不同。那個時候我還是一個土孩子，說的是河南話(現在全不記得了)，在鎮江的小學受學生譏笑和欺負，我只好撒謊說自己來自江蘇的徐州，因為徐州話很像北方話。我怎麼記得這些語言上的細節？也許是因為我自幼對語言就很敏感吧。

問：後來呢？你們到了哪裡？

答：「後來」是一個典型的敘事連結詞，而且有時間先後的順序。我說過，我的故事是不連接的，我對於chronology（敘事的前後次序）毫無興趣，也記不清了。外公在上海一家銀行有一個閒差事，也不知何時他到了上海，住在一家小旅館，名叫「中國飯店」。當時共軍尚未渡長江，但局勢已經很緊張，於是母親又帶我和妹妹從鎮江到武漢，再轉乘淮南煤礦公司的火車到上海，那時已經買不到普通車票，需要拉關係，找到一個遠房親戚，在公司做事，我們假冒是公司職員的直系親屬，才弄到這列專車的車票。記得火車內外都趴滿了人，我們三人坐在車廂裡，心情很緊張，生怕被發現。座位對面的一個陌生男子和母親搭訕，說她這兩個孩子多麼乖，母親唯唯諾諾，怕得罪他，但更怕他居心不軌。這一段經驗有點像張恨水的小說《平滬通車》的情節，小說的主角是一個女騙子，在火車上把男主人公的錢財騙了，溜之大吉。我母親雖然假冒身分，但沒有騙人騙財。晚上到了上海車站，那位陌生人一路送我們到上海外公住的旅店。那一晚我生平第一次在上海看到電燈和電車！誰會想到這個土孩子後來竟然寫了一本《上海摩登》！[15] 為了紀念這段回憶，我特別在書中序言裡提到在上海買包子的趣事：外公叫我到附近街邊買包子，回來的時候被旅館的旋轉門夾住耳朵，包子也不翼而飛不知去向了，當然被飯店前的黃包車夫拿走了。我故意用這個小插曲來描述都市「現代性」對一個鄉下孩子的刺激，所謂“the shock of the modern”！活像一幕卓別林（Charlie Chaplin）或夏勞哀（Harold Lloyd）主演的默片場景，記得在哈佛有一次見到英文系的名教授史蒂芬·葛林布萊(Stephen Greenblatt),他還對我說看過書中序言的這一段,而且印象深刻!

問:後來你們全家去了福州?

答:不錯,因為正如前一章說過,父親在中央大學音樂系的老師唐學詠先生請父親到福建音專作教授,於是我們全家四口就從上海坐船到福州。如果用電影剪接的手法,就可以用海水的意象「溶入/溶出」(dissolve),換了一個新的鏡頭:我們坐在從上海到福州的大輪船上,看到福州碼頭了……很多西方作家寫上海的時候,都用類似的場景,但我對上海的都市風景(包括街道和碼頭)無甚印象,在上海住了多久也不記得了,大概因為年紀太小,很少出街。反而對福州有點印象,因為在福州住了整整一年,也第一次迷上了古典音樂。

在福州的生活,幾乎可以說是很幸福的,因為父親找到了最適合他本行的工作,在福建音專教書,結交了另一批音樂界的同行朋友。關於這一段,父親寫了一篇長文:〈倉前山上弦歌聲——抗戰勝利後的國立福建音樂專科學校〉,收集在他唯一的那本關於音樂的散文集《無音的樂》,書名出自徐志摩的一句話:文學的文字如詩歌是「無音的樂」。對我來說,這個回憶資料彌足珍貴,因為它對我的音樂家庭提供了一個教育背景信息,可惜我無暇對福建音專的歷史做任何研究。

那時候我已經八九歲,非但有記憶力而且有領悟力了,我生平第一次聽到的音樂會,是在福州倉前山的一個美國教授家的客廳,節目是普契尼(Giacomo Puccini)的歌劇《波希米亞人》(*La Bohème*)，演出的是木偶戲，耳聽的是這個歌劇的唱片。這也是我第一次自覺地聆聽西洋音樂。父親寫得很清楚：那天是民國三十八年(1949)2月24日，不到半年解放軍就打來了，我們全家就去了台灣。試想父親當時心裡是什麼滋味？當時的倉前山和廈門的鼓浪嶼一樣，充滿洋味，因為住了不少外國人，都是福建音專的老師。父親在文章裡不厭其詳地介紹，特別提到一位美國鋼琴家，名叫福路(Albert Faurot)，他是一個傳教士，曾和一位聲樂家富爾登(Frances Spark Fulton)開了一場美國音樂的音樂會，父親把節目全部抄在文中，彷彿就是為了給台灣的音樂同行看，可惜後世人只有像我這種樂迷兒子才會注意。我對福路先生還有依稀的印象，他後來去了菲律賓，在西利曼大學(Silliman University)任教。我在網上竟然查到他的資料。

福州的這個特殊環境，開啟了我心靈的一扇門，像另一部歌劇《藍鬍子的城堡》(*Bluebeard's Castle*)一樣，但門裡藏的不是被謀殺的前任夫人，而是聽不完的古典音樂。多年以來我不斷地買古典音樂的唱片和唱碟/硬碟，變成了一個超級樂迷。音樂陪伴了我的大半輩子，直到現今。

問：你説的真像是一個童話。

答：兒時回憶大多如此，當然事後當事人也加油加醋地渲染。我説過自己沒有什麼值得懷念的快樂童年，音樂是唯一的例外。它是一丹妙藥，挽救了我的靈魂，甚至振奮了我的精神。至今我對《波希米亞人》這部歌劇中的一首歌曲念念不忘：〈妳好冰冷的小手〉("Che gelida manina")，是劇中主角詩人

Rodolfo向女主角Mimi示愛的主題歌，和詩人同住的室友個個都是窮光蛋，也都是畫家和哲學家。他們在巴黎屋簷下謀生活，但依然樂在其中。中國著名的電影經典《風雲兒女》(編劇是田漢)的前半部就是改編自《波希米亞人》，到了片尾，這些人才投筆從戎，奮身參加抗日的行列，高唱〈義勇軍進行曲〉，後來這首電影插曲變成中華人民共和國的國歌。

問：你就在這個時候學小提琴？

答：不錯，我的啟蒙老師就是我父親。我練習得不夠勤，學了幾首小曲，記得有一首叫做"Souvenir"(〈紀念〉)，如今我的演奏生涯真的成紀念了。

註 釋

加「*」者為編註。

1 李永剛：《虎口餘生錄》(台北：時報文化，1979)，頁25。
2 在《虎口餘生錄》中，父親又加了六篇文章，作為後記，談到戰後幾年的生活。
3 李永剛：《虎口餘生錄》，頁58。
4 Guy S. Alitto, *The Last Confucian: Liang Shu-ming and the Chinese Dilemma of Modernity* (Berkeley: University of California Press, 1979). 艾愷著，鄭大華等譯：《最後一個儒家：梁漱溟與現代中國的困境》(長沙：湖南人民出版社，1988)。
5 李永剛：《虎口餘生錄》，頁65。
6 同上，頁109–110。
7 同上，頁55。我對照手抄本，發現文字有稍許更改。
8 同上，頁59。
9 同上，頁56。
10 同上，頁56–57。

11 許倬雲：《家事、國事、天下事：許倬雲八十回顧》（香港：香港中文大學出版社，2011），頁61、75。

12 同上，頁76。

13* Chalmers A. Johnson, *Peasant Nationalism and Communist Power: The Emergence of Revolutionary China, 1937–1945* (Stanford, CA: Stanford University Press, 1962).

14 李永剛：〈復員回信陽〉，《虎口餘生錄》，頁128–136。

15 Leo Ou-fan Lee, *Shanghai Modern: The Flowering of a New Urban Culture in China, 1930–1945* (Cambridge, MA: Harvard University Press, 1999). 李歐梵著，毛尖譯：《上海摩登：一種新都市文化在中國（1930–1945）》（北京：北京大學出版社，2001）。

3
大分隔之後：台灣新竹的童年往事

大分隔

問：1949年是中國現代史上的關鍵年代，所謂大分隔（The Great Divide）的開始，楊儒賓在《1949禮讚》一書的開端，為1949年的意義作如是說：

> 一九四九年，一個不太受世人注目的歷史年份……此年在歐美史上或第三世界史上，都沒有太重要的地位，它似乎是個可以忽略的數字。但一九四九此年在兩岸關係上卻是舉足輕重的，此年十月一日中共建國，新中國建立，爾後的世界政治版圖就此全面改寫。此年十二月七日，國民政府遷移台灣，在一種更深層也更悠遠的意義上，新台灣從此誕生。台灣海峽兩岸人民各有他們的一九四九，一九四九年之於新中國，主要是政治的意義；一九四九年之於新台灣，則是文化的意義。[1]

我很好奇，在你的心目中，1949年又會是一個怎樣的歷史圖景？

答：在我的心目中，是又一次的逃難和大遷移：在這一年夏天，我們全家四口從福州飛到台北，誰也沒有想到，此後就定居在台灣了。不知道有多少人像我們一樣從大陸到台灣，有的坐飛機，有的坐船，其中有多少的不幸和悲劇，就罄竹難書了。楊儒賓說得有道理，1949年之於新中國，主要是政治的意義，而對於台灣則是文化的影響更大，因為這一次的大遷移把數以百萬計的大陸人——不僅是軍隊，而且是普通人，還有大量的知識分子——帶到台灣，有點像二次大戰開始時大批的猶太人逃到美國，因而對美國文化造成巨大的影響。我猜這是楊儒賓這本書背後的觀點。當然有不少台獨人士會反對，他們認為這也是另一種殖民勢力的入侵，把一個外來的政權強加在台灣人的土地上。這是一種意識形態的立場，我當然不同意。文化是難以捉摸的，我只能用我的「家史」為這段「大歷史」作一個註解。從一個「外省人」的立場回顧，我覺得台灣的經驗豐富了我的一生，沒有台灣的教育，我也很難想像自己會留學美國，因而走上學術這一條路。更不要說台灣這一段經驗決定了我的基本政治認同：我心目中的中國遠遠超過海峽兩岸的政權和意識形態。

中國大陸作家岳南也寫過巨著《南渡北歸》三部曲——《南渡》、《北歸》、《傷別離》，提出了知識分子在這次「大分隔」中的抉擇問題：留在大陸還是遷到台灣？這一個選擇決定了無數人的命運。近年來也有人開始質疑1949年作為歷史分水嶺的重要性，誠然從政治而言，1949年是一個改朝換代的標記，然而文化和文學是源遠流長的，不能一斬為二。一方面，五四以降的文化傳統在大陸還沒有被隔絕，雖然部分人士受到批判(如胡適和胡風);另一方面,五四的傳統,包括後五四時期的左翼文學,在台灣也沒有完全消失,而是改頭換面繼續出現,書籍的作者姓名被隱去了,換了一個假筆名,或乾脆用「本局編輯部」的名義,許多三四十年代的翻譯文學和學術著作都以這個面貌出現,否則我也不可能在中學時代就讀到傅雷翻譯的《約翰·克利斯朵夫》。除此之外,尚有幾部四五十年代拍的左翼影片,如《雞鳴早看天》和《月落烏啼霜滿天》,我都是在台灣的小城新竹的那家電影院——國民大戲院——看的。這個記憶說不定有誤,有待繼續查證。五十年代初期,台灣出現了兩本格調很高的文藝雜誌,一名《拾穗》,一名《野風》,內容包括翻譯和創作,似乎繼承了五四新文學的傳統,出版的機構竟然是高雄煉油廠和台灣糖業公司!我也常看這兩本雜誌,我的西方文學知識都是從中得來的,在印象中似乎和翻譯小說和希臘神話都混在一起了。但是我不記得看過什麼創作小說。

問:那麼岳南書中所描寫的知識分子,為什麼有的人決定留在大陸,有的人決定到台灣?他似乎沒有舉出一個決定性的原因。

答:一般人以為這和政治取向和意識形態有關,我覺得並不盡然。開始時候很多人持觀望態度,最後還是留下來了,畢竟中共革命提出一個新中國的願景,而多數知識分子都會受到吸引。也有些人留下來是為了其他——比較消極——的原因,譬如捨不開自己的藏書或研究環境(如周作人、陳寅恪),更多的情況是由於家人和親戚朋友的挽留:反正都是中國人，將來的情況不會壞到哪裡去，只會好轉。這個理由看來瑣碎，但可能是大多數人選擇留在大陸的原因。此外就是中共當局的統戰，暗地裡積極爭取重要人才和知識分子，舉一個例子：父親的老師，名小提琴家馬思聰，於1948年在上海開演奏會，唐學詠校長要父親到上海見馬先生，請他到福建音專任職，父親事後回憶道：馬思聰的演奏會剛完，在後台就被中共地下黨員包圍，根本無法脱身。這當然是父親一面之詞，但也相當可信，當時的氣氛是如此，知識分子大多不滿現狀，而且左傾。有的人是一念之差或其他種種私人原因而留了下來的，有的人是徹底痛恨中共、非走不可，但前者遠多於後者。當時的國民黨政府也的確腐敗，我的兩個姨母就常上街參加「反飢餓」遊行。那麼，為什麼父親不選擇留下來？在那個關鍵時刻，父親在福建音樂專科學校擔任教授，職務很理想，環境也不錯，校長也很看重他，沒有離開的必要。然而父親早已默默籌劃，託在台灣的朋友為他找份差事，以便辦理申請入境手續。而他的老師唐學詠決定留下來，因為他記掛著福建音專的前途。據父親的友人告訴我（父親從來沒有提過）：當時傳來謠言，説河南老家遭到清算，祖父母生死不明（後來證實祖父被殺死了），由於祖父是一個小地主，可能受害於一種「望中央」的刑法：罪犯被吊在一個高架上，越吊越高，行刑者不停地問：看到中央沒有？當犯人大喊「看到了」那一刻，就突然放手，吊得太高，犯人就跌死地上，如果叫得早，吊得低，或僅受傷，保了一命。我無法查證這個謠言的真偽，但這個謠言也間接決定了我們一家的命運。有時候我不免臆想：如果我留在大陸的話，命運又會如何？誰知道？五十年代末我該進大學的時候，會碰到大躍進和大饑荒，六十年代初大學畢業也絕對不會到美國留學。

在海峽彼岸的大陸，五十年代中卻發生了一連串的運動——從三反五反，到反右和大躍進，最後到了文革——接連不斷的運動，搞得翻天覆地，充滿了「聲音與憤怒」(the sound and fury)，再加上大饑荒，到底死了多少人？我事後得知：我的外公和外婆都是餓死的，然而父親當年在信陽師範的同事似乎都倖存下來了。我在八十年代初期返回河南探親的時候，我的姑母把這些人都請到開封來團聚，大家拍了一張照片留念。令我費解的是：父親在九十年代初自己到河南探親兩次，回來後對我們隻字不提，只說見到很多親戚朋友。他逝世後，他的老友、當年信師的校長周祖訓寫了一副輓聯寄到台灣悼念，內中有幾句是這樣寫的：「同事十年抗戰八載共患難弦樂不輟杏壇春風桃李芬芳正燦爛/闊別卅年念聚三日齊翹首神州一統……」雖然都是些陳腔濫調，但也暗含心酸——做了十年的同事，抗戰八年共患難，海峽兩地相隔三十年，見面卻只有三天，怎不心酸？他盼望統一，但即使統一又如何？在台灣生活了那麼久，搬回老家習慣嗎？父親似乎早已放棄了統一的想法。父親的妹妹，現住開封的姑母永毅(她是我童年最親近的姑姑，我第一次訪問大陸時她就不遠千里來上海找我)也寫了一篇真情洋溢的長文。那一輩的人不會忘記往事，也不會忘記歷史，因此父親的沉默令我費解。我突然想到侯孝賢的《童年往事》中的那個父親，一個身體衰弱的公務員，在片中也是沉默的。時日一久，逃亡到台灣的大陸人和留在大陸的大陸人之間，顯然存在一條心理上的鴻溝。我自己也早已淡化了對親戚的感情，更不相信所謂「血濃於水」的種族主義說法，然而客觀的事實是：國共內戰造成的兩岸親人長年分割的悲劇是無法彌補的，這是歷史造成的罪過。

楊儒賓從台灣人的立場看大陸人對台灣的貢獻，我覺得逃亡到台灣的大陸人更應該感激台灣。

新竹的童年往事

1949年夏天某日，確切日期不記得了，在解放軍抵達福州的前一個月，我們全家搭乘一架中國民航的班機抵達台北。記得登機之前父母禁止我吃飯，為了減輕體重，否則超過了規定的磅數就需要買全票。我還記得飛機是軍機改裝的，座位很簡陋，都是帆布椅。

問：1949年到台灣以後的生活是否很艱苦？你還有記憶嗎？

答：當然有，而且很清晰。戰爭和逃亡使得我早熟，使我記得很多細節，像電影鏡頭一樣，甚至有時候還包括特寫鏡頭，很多鏡頭合在一起，形成一連串回憶的蒙太奇意象；然而當時說的話，卻記不起來了，彷彿是默片，但是有情節。在此只能交代一下情節背後的家史，它是由各種交錯的人際關係組成的。

我們初抵台北時，暫住父親的老鄉劉子謙伯伯家裡，記得是一棟古老的日本式的房子，我第一次睡在「榻榻米」上。他就是為我們申請入台簽證的保人，也是父親當年在河南信陽師範的同事。他一家人早到了台灣，被任命為台東師範的校長，於是招兵買馬，請父親去做總務主任，那時我們還在福州，不知道台東在哪裡，要在地圖上找。抵達台北以後，劉伯伯告訴父親他不做校長了，改任教育部督察，是一個閒差，因此劉伯伯的心情很不好，和他太太時常吵架，而他的一兒一女都長大成人了，到了約會/婚嫁的年齡，每天外出。我看在眼裡，倒是很同情他們。台東的職位不保，父親只好到處求職，最後找到新竹師範的教師職位。這就印證了楊儒賓的一個觀點：大陸人湧進台灣的各行各業，而台灣缺乏人才，剛好補其不足。[2] 父親怎麼找到新竹師範的教職呢？也是靠舊時同學關係：新竹師範的新任校長也是南京中央大學的校友，因此攀上了關係，他連母親也請去當音樂教師。過了不久我們就搬到新竹去了。

當年的新竹是一個風城，也是一個小城，只有幾條大街，汽車不多，我們每天的交通工具就是單車或徒步。我們全家住在新竹師範的宿舍，設備十分簡陋，後來搬到一個新建的教職員宿舍區，共有二三十家人，家家屋子連在一起，每家只分到兩間房，前面是客廳兼臥室，後面還有一個小臥房，廚房在外面，是幾家合蓋的簡陋的草屋。我記憶最清晰的是廁所，十幾家人共用一個公共廁所，一進去臭氣熏天，茅坑裡的大便爬滿了蛆蟲。王文興的小說《家變》裡面就有一個極類似的場景，我讀了似曾相識。他是我的同代人，所以我看《家變》時倍感親切。主角上完廁所，竟然聽到孟德爾遜的小提琴協奏曲，美得不得了！王文興竟然把這個場景寫得如此細緻，把最醜的——也是最臭的——和最美的連在一起，真是令我佩服。[3]

問：你在新竹先讀兩年小學——新竹師範附屬小學的五年級和六年級(1949–1951)，然後考上新竹中學，初中、高中各三年，一共六年，直到1957年畢業，被保送入台灣大學外文系。在新竹總共住了八年，生活是否有所改善？

答：其實好不了多少，生活還是很窮，是這一代的年輕人想像不到的。記得上竹師附小的那兩年，我每天早上走路上學，赤腳走過稻田，因為鞋子只有一雙，要省著用。有一次下大雨，我滑倒在田裡，一身濕透，到了學校，校長正接見來賓，我立刻被拉上前台做代表，「看看這個窮孩子，連鞋子也沒有！」不是沒有鞋子，而是只有一雙，怕被雨淋壞了！其實在那個年代，小孩子光腳上學是很平常的現象。記得校長高梓女士是美國留學生(威斯康辛大學的體育博士)，剛上任不久，是一個新派人物，她的妹妹是舞蹈家，特別為我們這群男孩子編了一個「干戈舞」，我們這群小「男生」各個裸著上身、赤著腳，頭上還紮上一條紅帶子，手裡拿著竹竿，隨著音樂大步前進，又迴旋轉身，變換各種隊形。我至今還記得那種興奮的心情，開始的時候不習慣，覺得男生怎麼能跳舞？但不久就全心投入，從來沒有感受到舞蹈有如此的魔力。至今我還記得所用的音樂是舒伯特的〈軍隊進行曲〉("Marche Militaire")，排練時我覺得這段音樂聽來有點不對勁，到公演時由音樂老師伴奏，好聽多了！果然不錯，練習的時候臨時請的那個助手把半音彈成了全音，走了調！這段細節我好像在哪篇文章裡寫過？[4]

我永遠忘不了新竹，近年來我每次到新竹講學都有一種親切感。這個小城如今是大都市了，而且是世界的電腦芯片製造中心，但我的下意識中它還是一個稻田遍野的小城，我在那裡度過了整整八年的歲月，從十歲到十八歲，恰是我的成長期(adolescence)。白先勇寫過一篇短篇小說〈寂寞的十七歲〉，而我的十七歲又是什麼樣子？有些往事一經召喚，就湧出來了，就像重溫老電影一樣，每次重看，都不是從頭看到尾，而是選其中的幾段情節，把內中鏡頭一遍又一遍地看……每一個人都有他的童年回憶，我反而比較認同侯孝賢的《童年往事》，每次重看，都覺得影片中的那個中學生主角就是我，那個家庭也和我的家庭很相似，畢竟侯孝賢是我的同代人。侯的另一部經典影片，我也很喜歡，但不能認同，就是《悲情城市》，描寫的是四五十年代台灣人的悲情，台灣人的悲情是一種集體的失落感，彷彿被大歷史所遺棄，成了「亞細亞孤兒」，不能選擇自己的前途，又對國民黨的統治極度失望，於是有的人起而反抗，這一切都聚焦在1947年的「二二八」事變，如今研究的人也很多。然而流亡到台灣的大陸人也有一種悲情：表面上是鄉愁，有家歸不得，海峽彼岸遙不可及，本以為在台灣暫居，反攻大陸後就可以歸故鄉了，然而蔣介石的「反攻大陸」從開始就是一個口號，軍事計劃被美國人強迫叫停。於是日復一日，時間久了，台灣的大陸人早已變成了台灣人。

問：可否談談中學時代的經驗？約十年前你在香港中文大學作了一次公開演講，題目叫做「挫而彌堅」(The Nobility of

Failure)，[5]全部說的是失敗的經驗。記得你提到的第一次失敗就是考新竹中學的時候幾遭滑鐵盧，數學只有40分，是以備取最後一名進新竹中學的。為什麼你念念不忘這一次經驗？進了竹中以後反而一帆風順了。

答：那一次演講是一個學生公共活動中的節目，據說在視頻上有不少人看。其實我不過是以個人的例子證明一個很普通的勵志觀點：失敗是成功之母。但是對我個人而言，每一次失敗的經驗都造成一種心理的創傷。那一次考試幾乎失敗，因為數學考得太差，從此對數學（和理科）有恐懼感，直接導致我上大學的選擇：外文系。那次失敗經驗在我個人的回憶中留下的另一個印象就是羞恥——在眾人面前丟臉。父母親是新竹師範的教師，而當年的新竹只有兩三間中學，教育界的同仁，大家都認識，父親只好硬著頭皮去說人情，帶我去見新竹中學的教務主任羅老師。我只記得大家都叫他「羅胖子」，倒是一位好好先生，他看了我的考試成績單，自言自語地說：「數學只有40分，嗯，嗯，有點困難，讓我想想辦法……」，最後我以備取12個學生的最後一名進了竹中！我永遠記得這個「備取最後一名」的恥辱，它像是一個stigma（污名印記）掛在我頭上，讓我抬不起頭來。我只好拼命用功讀書，把名譽挽回來，從此變成了一個品學兼優的好學生。人生必須要有幾次創傷，有時候創傷的回憶反而可以變成創作的源泉。張愛玲在她的小說裡還不是不斷地重複她的童年記憶？特別是被繼母關在家裡的那一段。

問：可否談談你在新竹的家庭生活？

答：家庭生活？我還是要從父母親的經驗開始說起。五十年代初，我的父母親剛剛四十歲出頭，正當壯年，卻被日常生活的重擔壓得喘不過氣來，只有默默承受。記得我們在新竹生活剛安頓好，母親的身體就因為多年操勞而出了問題，醫生說是一種骨結核，須長期治療，為她訂製了一個石膏床，把整個背部卡在裡面，不得動彈，睡覺時也不能翻轉身體。試想病人怎麼受得起折磨？母親的個性本來就很脆弱，這次卻靠無比的毅力硬挺了一年之久，最後竟然治好了！這是一個ordeal，一場痛苦的考驗，可把父親害慘了，然而他也默默承受，沒有抱怨，只是脾氣越來越不好。在侯孝賢的影片中沒有這一段童年往事，如果拍出來，也只能用沉默的場景來呈現。我那個時候剛過了十歲，初懂人事，在父親面前很乖，不惹他生氣，有一段時間還幫他養雞養鴨，和其他同事的家庭一樣。有時候父親心情好一點，就找一個場合殺一隻雞、燒一大鍋雞湯「補一補」。這倒是很像侯孝賢的電影場景，不過裡面沒有那個老祖母吵著要回廣東梅縣老家。

這段回憶，和八年抗戰不同，那是你死我活的生死關頭，父親的日記寫的是他如何為自己和家人的命運而拼搏，初到台灣的困境是另一種完全不同的經驗：母親躺在石膏床上，很少講話，父親下班回來照顧她，也是一臉灰色，我和妹妹只有拼命地學乖，連孩子氣都沒有了。妹妹喜歡運動，生性比我頑皮，有一次爬樹，被父親看到了，叫她下來，打了一頓，這是父親罕見的體罰，平時他從不處罰我們孩子。這一次經驗，妹妹時常向我提起，認為是父母親重男輕女，對她不公平，我只有深感歉意地默認。這本來是一件小事，然而也會造成一生的創傷。希望妹妹現在已經把這件事淡忘了。我的妻子李子玉在幼年時代也同樣遭到她婆婆不公平的待遇，對她哥哥放任，對她卻很嚴格。

母親痊癒後，我們的家庭生活逐漸穩定下來。我終於被新竹中學錄取，記得每天騎單車到學校，從家住的南大路到竹中的學府路，一路騎車上坡，我踩著單車似乎毫不費力。在學校的生活也一帆風順，不再需要父母親擔心。

新竹中學：教養與認同

問：你當年就讀的新竹中學是台灣的名校，訓練出很多人才。例如中研院前院長李遠哲、作家張系國……

答：還有新竹市長施性忠，後來吃了官司，他當年是我的同班同學，很頑皮。還有一位後來在美國暗殺蔣經國未遂的黃文雄，他也是我的同班同學，溫文爾雅，我曾向他請教過數學問題。張系國曾經說：「竹中出來的人，亦正亦邪，什麼人才都有」，[6]我聽後反而引以為榮，因為我當年太乖了。其實在白色恐怖的氣氛籠罩下，新竹中學還算是比較自由的，這要感謝我們的校長辛志平先生。我在一篇回憶文章〈母校新竹中學瑣記〉中提到他，有說不完的故事。[7]我在文章中說：每天早上上學，見到校長時鞠躬，他都會回禮；有時候彎腰更低，因為他看到地上的廢紙，要隨手撿起來！他是廣東人，1945年就來到台灣，趕上了「二二八事件」，他是外省人，卻受到本省人的保護。新竹中學是一間全部男生的中學，學生一向頑皮，但他並不懲罰，如果學生犯了錯，他會請學生到校長室講道理，要使得學生心服。每週一的週會和每天早晨在操場上的晨會他都會講話，我們在台下當然聽得不耐煩，但他從不生氣。現在回想起來，我不能說辛校長教我們如何獨立思考，但至少他對我們每一個學生，不論年紀大小，都有一份基本的尊重。他不相信體罰，也很少向我們灌輸黨八股，雖然他自己可能是國民黨員，在那個年代做一個自由主義的教育家很困難。我畢業多年，一直沒有返回新竹中學，也沒有和校方聯繫，是一個不負責任的校友。後來聽說辛校長退休了，住在一棟很簡樸的日本式舊屋；在他過世後，幾位有心的校友把他的住所變成一個小紀念館，並為他在校園後面的小山上立了一個銅像。有一次我到清華講學，順便訪問新竹中學，並特別去瞻仰他的故居。那篇文章描寫的就是那一次——也可能是多年來第一次——重訪母校的經驗和印象。

問：能不能談談當時的白色恐怖和冷戰氣氛？有沒有族群衝突？

答：你指的是「二二八事件」之後本省人和外省人之間的緊張關係？我承認我在這方面不夠敏感，至少和本省同學之間都相處得很好，多年後我的中學老友詹行懋提醒我：當年我的朋友圈子大多是外省人，我竟然沒有察覺！我記得同學中有不少客家人，因為我從他們那兒學到一點客家話，現在還會講兩句。反而閩南話不會講了，事關當年國民黨的語言政策，逼迫所有學生說國語，違反者處罰。我認為學國語有其必要，但是方言也不能忘記，現今的台灣人都是雙語：國語和台語都會說，這才是正常的現象。白色恐怖也好，冷戰也好，這些都是意識形態很強的名詞，人處在其中，並不會每天對自己說：我生活在白色恐怖之中，或者冷戰來臨了。冷戰是先有的名詞，「鐵幕」也是，源自戰後邱吉爾（Winston Churchill）的那篇演說，他第一次用了「鐵幕」一詞，在當年的台灣，也成了日用名詞，例如：「鐵幕裡的同胞生活在水深火熱之中」，連帶也把「水深火熱」這個名詞帶進來了，用多了成了陳腔濫調。「白色恐怖」是後來加上去的名詞，現在為了紀念那一段回憶把它合法化了。我承認我自己並沒有受到直接影響，倒是有一個同學歐文港被抓走了，坐了好多年的牢，受到很大的打擊，放出來以後心理有點不正常，十分可憐，近年才去世。我對於政治毫不敏感，現在回想起來，抓人的事都是從旁人聽來的，我只記得有幾次警察半夜來查戶口，敲門震天價響，霸道淩人，當年是例行公事。至少在學校裡沒有出過事，似乎受到校長和老師們的保護。自由主義知識分子和政府的衝突，在當年的台灣大學時常發生，但我又是身處其外，以後再談。

問：那麼先談談中學的教育，當時學校教什麼科目？教科書是誰編的？有沒有令人難忘的老師？像影片《暴雨驕陽》（*Dead Poets Society*）中的那位老師，夜裡帶學生到野外去讀詩？

答：那種傳奇人物當然沒有。不過，令我難忘的老師當然有，他們的姓名我都忘了，但我還記得他們教的是什麼科目，學他們的口音。我還記得初中的課本中有不少五四時期的名文，如朱自清的〈背影〉，還有晚清名著《老殘遊記》的第二章遊濟南的大明湖，至今還記得那位女老師用山東的口音帶我們朗誦黑妞、白妞說書的那一段，印象很深。多年後我重讀這本小說，還寫過一本談《老殘遊記》的小書。[8]當年的新竹中學老師很多都是大陸各省逃難來的，講話南腔北調：東北、山東、江浙、福建、廣東……他們的背景也很特別，譬如我的兩位英文老師，一位是退休的外交官，曾任中華民國駐古巴領事館的一等秘書——當然是卡斯特羅（Fidel Castro）革命前的古巴，他在哈佛念過碩士，有時在課堂上向我們大吹大擂：哈佛的圖書館有多大，閱覽室地下鋪了地毯，在古巴參加的舞會上和其他國家大使的女兒跳舞，聽得我入迷，於是發奮要學好英文做外交官！我還記得他的樣子，長得胖胖的，講國語有濃厚的廣東口音。還有一位高中時期來代課的英文教員，年紀輕輕，長得很瀟灑，剛從韓國回來，時當韓戰，他做過美軍的翻譯官，可能和中國戰俘遣返的交涉有關，他的英文則是美國口音。我在中學的英文特別好，後來上了外文系，和我的中學教育不無關係。

國文和英文課，我都得心應手，毫無困難，而且英文小考常得滿分。但數學課（包括高中的三角和幾何）卻是我的夢魘，考試拿不穩，成績最低。[9]竹中教數學的是一位名師彭商育，他寫的補習課本很流行，全台灣的中學生都讀過。彭老師教過我，記得他講得有條有理，在黑板上一步步演算公式，不費吹灰之力。可惜他只教了一門幾何課，其他的數學課都是一位王老師教的，我們給他一個綽號「王鬍子」，他也教得很認真，每次下課前就會發給我們一張homework作業單，然後有點幸災樂禍地宣佈說：「習題！這是你們今天回家必須做的作業，明天早上上課準時交卷後考試！」於是數學成了我的夢魘！幾乎每天晚上我都被這些稀奇古怪的演算公式纏繞，不得好睡，因為第二天要考試。我幾乎把所有找到的習題正確答案事先背了下來(有的題目是從彭商育的書裡選的)，如果考試的題目是新的，或我沒有找到，那就慘了！直到今天我還是懼怕數學，有時候還夢見到學校去補修數學課！據說很多喜歡人文科目的人都有這個毛病。

問：當時的中學教育，課程規劃的分配上是否文理並重？有沒有現在所謂的通識教育？

答：沒有「通識」，只有「常識」，記得是初中的課程。一般的課程都是教育部規定的，記得有國文、英文、歷史、地理、數學(初中的算術，高中的幾何、三角)、物理、化學、生物、美術、音樂、體育等課，每天排得滿滿的。教科書也是教育部審定的，記得高中的中國歷史教科書的內容已經非常仔細，從古到今，每一個朝代都沒有漏過，高中的歷史老師用濃厚的東北口音講「契丹人」的歷史，他把「人」讀成「銀」。據說一般的香港中學生都不喜歡歷史課，覺得歷史很悶，其實端看老師怎麼講，歷史本來就是講故事，它無法超越敘事的基本原則。我至今還記得一位歷史老師，在最後一課，對我們宣佈說：「今天不用教科書了，要為各位講一個特別的題目，也是我最喜歡講的題目：拿破崙！」他把這位歷史人物——他心目中的大英雄——的生平從頭到尾，描繪得有聲有色，連他的墓誌銘也沒有放過。他下課前在黑板上寫一個大字，就是拿破崙墓誌銘上的法文字：L'homme (人)。然而，這位老師似乎忘了講法國大革命。我也不記得中學的課程中有沒有西洋史和世界史，拿破崙似乎就代表了所有的外國英雄人物。後來我從荷里活電影中才學到一點英國史，當然一知半解，發現有一個俠盜羅賓漢（Robin Hood），還有一個「獅心王理查」（King Richard, the Lionheart），還有什麼「圓桌武士」（Knights of the Round Table），都是英國的中古史演義。所以我的西洋史的啟蒙課本就是電影，電影對於我的成長教育有決定性的影響。

問：看來你還是比較喜歡人文方面的科目？

答：不錯。也許值得檢討的是：當年的理科教科書和教法，是否能激起學生的興趣？除了數學課令我印象深刻外，其他理科的課我至今毫無印象，只記得生物課的夏元瑜老師有一個綽號：「老蓋仙」，意思是他很會吹牛，後來成了台灣文化界的名人。他講生物課時倒是十分生動。我在中學的科學教育和背誦有關，不僅數學習題答案是「用背的」，而且化學課的基礎也是背誦。記得在初中的課室牆上，掛了兩張圖表：一張是中國歷代朝代的時期和順序，另外一張是化學元素表，我至今能夠把中國所有朝代的名稱按次序背誦如流，而且背得很快，化學元素以前也會背，如今卻忘得一乾二淨。

問：當年有沒有三民主義之類和意識形態有關的課程？

答：我查了我的高中成績單：高一有公民課，高三有三民主義，都是應付政府的規定。有人說：中學教育就是培養學生的愛國情操和信仰，老實說，我對於所謂「愛國教育」的公民課和三民主義課毫無心得，當年國民黨的意識形態，我只記得幾句口號：「反共抗俄」、「殺豬拔毛」、「反攻大陸」。是否還喊過「蔣總統萬歲」、「三民主義萬歲」？可能喊過，都是不經過大腦，跟著別人喊的。只記得每星期一的週會上，校長帶著我們宣讀〈總理遺囑〉：「余致力國民革命凡四十年……」，這是週會的必備儀式，和唱「三民主義吾黨所宗」的國歌一樣。我至今覺得好笑，十多年的國民黨意識形態教育，在我身上算是白費了。所幸在我的中學回憶中沒有留下任何蹤跡和陰影，只讓我想到一件趣事：按政府規定，必須有軍訓一課，高中三年都有軍訓，在操場上做體操，這真是國民黨最愚蠢的決定，難道中學生能被訓練成軍人？其實又是意識形態教育。記得校方從軍隊請來一位教官，他是個老好人，但性格遲鈍，也不知道怎麼教課，讓我們隨意操練，因此有機可乘，在下午上軍訓課的時候，我們幾個影迷時常逃課，騎了單車直落電影院。如果在非週末時間被抓到了，會被記一大過，三大過就會被開除！我很幸運，從來沒有被抓到。這段趣事，我特別寫過一篇長文記載。[10] 在我中學六年的生涯中，除了讀書之外，就是看電影，我曾為此寫了一本專書，[11] 以後再談。

問：據説竹中的合唱團也很有名？

答：不錯，竹中的合唱團在全台灣的比賽中每年都得冠軍！我們的音樂老師蘇森墉很有名，和數學老師彭商育同樣有名，他也是我父親的同行和朋友。他們一輩子都獻給了音樂教育，蘇老師更是如此。他的一個女兒後來嫁給一位維也納的科學家，2001年我在港大客座時見到了她。所以我相信緣分，更相信音樂的緣分。我曾在一篇紀念父親過世的文章中提到：當年竹中的每一班都必須組織一個合唱團，每學期互相比賽。我在文章中很得意地說：有一次我當指揮，我們那一班得了全校的冠軍——因為父親被請來作評判！我還記得我們唱的選曲是奧芬巴哈（Jacques Offenbach）的〈搖船曲〉（"Barcarolle"），原來是一首女聲二重唱，我們這一班男生竟然把那股陰柔的味道唱出來了。因為同學選我做指揮，每天中午由我訓練，最後在比賽時表現出色，父親告訴我：他沒有偏見，我們的確唱得很好。這段指揮經驗，是我一生最大的成就之一，另一次要等到六十年後我受邀指揮台大交響樂團演奏威爾第的歌劇序曲：《命運之力》的〈序曲〉，雖然我沒有學指揮，但我的指揮夢至少實現了兩次。

問：那篇紀念令尊的文章〈「愛之喜」·「愛之悲」——悼念父親李永剛先生〉，裡面有一句話：「又有誰能在五十年代的新竹那個窮困的環境中為兒子創造那麼一個美好的音樂世界？」，[12] 指的是什麼？

答：指的是一場露天的唱片欣賞會。那個夜晚我永遠不會忘記，在父親任教的新竹師範的操場上，和全體學生從擴音器中聆聽一張唱片，克萊斯勒（Fritz Kreisler）的小提琴小曲：〈中國花鼓〉（"Tambourin Chinois"）、〈愛之喜〉（"Liebesfreud"）、〈愛之悲〉（"Liebesleid"）、〈維也納隨冥想曲〉（"Caprice Viennois"）。不知何故，這場夜景令我想起魯迅的短篇小說〈故鄉〉，只不過我沒有在月夜偷西瓜。

問：能不能總結一下新竹中學六年的經驗？

答：我不知道怎麼樣「總結」。我寫的那篇回憶竹中的文章，似乎故意主題不正確，沒有寫在課業上如何用功，反而把重點放在逃課看電影的經驗。其實我在這六年學到不少東西，至少知道自己的興趣在於文科，而不是理科，在傳統的人文科目領域打下一個很好的基礎：英文、歷史，當然還有音樂。只有體育成績平平，剛過80分。春天一到，體育課要學游泳，但身體檢查時醫生說我有一種「心悸亢進症」，不准我參加游泳課，這等於把我隔離，從此我對所有的醫生產生無名的恐懼，好在父親向辛校長說情，才准許我游泳。如果游不到50公尺，就不能畢業，這是竹中的規矩。我是一個好學生，除了成績好(數學例外)，就是守規矩，這使得我的個性不能自由發展，不敢犯校規，只有逃課看電影這件事可以視作叛逆的行為，因此多年後返回母校演講，就故意宣揚這個逃學的經驗。年輕的時候沒有叛逆，長大了就變成一個因襲規章的保守分子(conformist)，根本無法獨立思考。你想想看，霍布斯邦(Eric Hobsbawm)的中學是在德國柏林念的(德國的制度叫作「文理中學」〔Gymnasium〕)，剛好趕上威瑪(Weimar)時代，小小年紀就已經參加遊行，變成一個激進分子，加入共產黨。而我呢？在那個保守的環境中，似乎還沒有長大，沒有identity，沒有個性，只不過是一個乖孩子，做「乖孩子」不見得是好事。

在中學時代，學校就是一切，從早到晚，所有的生活都在學校裡面度過，放學回家，晚上就是做功課——做無休無止的數學習題！週末不上學，唯一的課外活動和娛樂就是看電影。父母親非但不禁止，而且還帶我們一起看。我的看電影習慣就是在這六年養成的。在中學時代，我所有反抗權威的行為都和看電影有關，例如逃軍訓課去看一部描寫墨西哥革命的電影，名叫《自由萬歲》(*Viva Zapata!*)，片中宣揚的革命內容，我卻是一知半解。我認為教育本身就含有一個悖論：它的目的是協助一個人的成長：中文的「教育」德文叫做Bildung，法文叫做formation，語意雙關，有教養和培養的雙重含義，英文才是簡單的education，然而人文教育的真諦也在於此，它不只是學科訓練，也是個性培養。我的中學時代是國民黨統治下的「威權」時代，表面上自稱是「自由中國」，然而人民根本沒有自由。如今回想我在新竹的中學教育，實在難能可貴，因為在一定的程度上校長給予老師和學生少許自由——尋求和表現自我的自由。

再舉一個小例子：竹中每年級有三班，初中、高中各九班，全校共十八班。每年學校都舉辦各班的壁報比賽，校方指定題目，大多不離意識形態的俗套，有一次輪到我作本班的壁報主編，經過全班同學同意後，我故意把壁報的內容全部改為電影，等於宣佈比賽棄權。於是煞有介事地票選在新竹上映的最佳電影，結果得獎的是一部不見經傳的影片：*Blowing Wild*，中文譯名是「狂吹」，從此之後我們這一班有個綽號——「狂吹班」，我們除了吹牛以外還「吹」什麼？就是吹自己看過的電影，而且說得繪聲繪影，我至今還記得同學潘永壽是此中好手，每天中午休息時間，他就開講，總是圍了一群同學聽他用說書的口氣大講自己剛看過的西部片，有時還突然站起來舉手槍作決鬥狀，好玩又好笑！

現在回想起來，這次壁報事件，我似乎並沒有事先向校方報備，而校方也沒有反應，可能辛校長認為沒有什麼大不了，且讓這班學生發洩一下情緒，大事化小，小事化無，然而在我的心中卻留下了溫馨的回憶。你上面提過的那部影片《暴雨驕陽》，何嘗不也是如此？那位老師帶著學生在夜裡去讀詩，作各種狂妄的儀式，都是和培養年輕人的性格有關，更是一種離經叛道的人文教育，然而到了影片結尾時那位老師卻被解僱了。

根據心理學家愛理生教授(Erik H. Erikson)的理論(我在哈佛曾經選過他的課)，人的成長共有八個階段，內中最重要的一個階段就是「青春少年期」(adolescence and youth)，它的關鍵價值在於自我「認同」(identity)，這個名詞也是他發明的，基本的主題就是：我是誰？我在這一生想做什麼？青年時期是一個「認同混淆」(identity confusion)的時期，所以年輕人應該多做點人生各方面的試驗，不要貿然決定自己的身分。[13] 在美國，teenagers想作的就是性向試探，而我們那個時候，在性的方面根本沒有覺醒，所以把心理的混淆發洩到其他方面，內中當然也隱含性的成分。竹中是男校，新竹還有一個著名的女校：新竹女中，兩校的學生嚴禁往來，我們只有好奇的份兒。記得有一件趣事，我在文章中也提過：我的竹中老同學詹行懋(諢名Abbor，後來回到母校當了歷史老師)，當時暗戀一位新竹女中的學生，她每天從學校回家必須經過我們學校大門前的一條馬路，於是我們就惡作劇，她走過去的時候在她背後說笑，自吹自擂，給她一個外號「掃把星」，如果見到她，第二天的數學考試一定遭殃！這個場景，簡直和《童年往事》中主角騎著腳踏車在女生面前炫耀技巧如出一轍。[14] 這是一個傳統保守社會的孩子必然經歷的狀態，身體是成長了，但是心理上還是一個孩子。我個人的「認同混淆」時期特別長，從中學到大學，都沒有解決認同問題，直到在美國留學多年後，才逐漸認清自己是誰，要做的是什麼。

我的觀影回憶

問：你已經說了不少關於電影的往事了，而且寫過一本書——也許不只一本——專談你看過的老電影，這些影片不少都成了經典了。用這種方式來寫往事回憶，我覺得很特別，現在可否總結一下你的觀影經驗？

答：原先寫關於老電影的雜文，完全是為了懷舊，但寫的時候偶然讀了卡爾維諾(Italo Calvino)的一本小書：《聖約翰之路》(*The Road to San Giovanni*)，內中有一篇文章對我啟發甚大，就叫作〈一個影迷的自傳〉("A Cinema-Goer's Autobiography")，[15] 我讀後大為感動，覺得他寫的也是自傳，不過他看電影的時代稍早，應該是三十年代末到四十年代初期，正是他的青春期，也是意大利法西斯當權的時候。生活在那個時代，卡爾維諾有什麼感覺？我認為他在這篇文章的前半部表露無遺，雖然是用間接的方式：看電影是一種逃避，也是一種和外在世界之間的隔離，在看電影的時候，他為自己營造了一個專屬於自己的空間，因為他不想面對外在的政治現實。他在文章開頭就說：電影中的世界不但和外在的世界不同，而且銀幕上的世界成了唯一圓滿而有條理的世界；離開影院，外在的世界是亂糟糟的一團！他住的意大利小城有五家電影院，比當年我住的新竹多一家，他幾乎每天都看電影，有時候不只看一場，大多是下午就進電影院——也是逃學，說個謊，從家裡逃出來——看完電影後走出戲院，已經天黑了，華燈初上，感到有些失落和迷茫。我很能認同那種感覺，因為我也是逃課看電影，趕上看下午的一場，戲院裡人不多，在黑暗中我完全可以進入電影中的世界，它和現實生活的差別太大了！試想荷里活出產的一部西部片的原野，馳騁著一個「原野奇俠」，名叫Shane，一手好槍法，最後他把壞人打死，在日落時分騎馬揚長而去！[16]我們這群年輕人誰不嚮往？又試想中古歐洲或英國的騎士Ivanhoe或Lancelot，英雄難過美人關！那個美人是伊利沙伯·泰萊（Elizabeth Taylor），抑或是亞娃·嘉娜（Ava Gardner）？都是美女，而英雄只有一個：羅拔·泰萊（Robert Taylor）[17]——不，應該有兩個，另一個是我幼年時代的偶像：埃洛·弗林（Errol Flynn），他主演的《俠盜羅賓漢》（*The Adventures of Robin Hood*）我看了好幾遍，還有海盜片*The Sea Hawk*（《海鷹》，當年的中文譯名已忘），都是我的至愛！小孩子誰不頑皮？頑皮就要鬥劍，一直到了大學二年級，有一次郊遊時竟然和同學林耀福（後來他做了台大文學院院長）撿了兩根竹竿，鬥起劍來，還拍了一張照片留念。

為什麼我說起這些瑣事就滔滔不絕，而且都和老電影有關？因為它在我的回憶中最生動，而且是以形象湧現的。現在回想起來，至少有一點是值得驕傲的：我從高中就開始寫影評給報刊投稿刊登，斷斷續續，一直寫到七十年代初在香港。記得我和香港的幾位影評人結緣，就是得自我寫的關於杜魯福（François Truffaut）和法國新浪潮電影的影評。我對於電影的熱愛是由衷的，不是為了討好文化研究理論的「視覺轉向」（現在又變成「聽覺」了），我和研究電影的學者不同，我是一個「影癡」，不是一個電影理論家或學者。說到這裡，我還可以舉出很多例子：法國當代哲學家從羅蘭．巴特（Roland Barthes）、福柯（Michel Foucault）、德勒茲（Gilles Deleuze），到布爾迪厄（Pierre Bourdieu）和朗西埃（Jacques Rancière），個個都喜歡談電影，但往往把電影當作他們哲學理論的實驗。[18]我比較喜歡看美國哲學家卡維爾（Stanley Cavell）的電影著作，他真的喜歡荷里活的喜劇片，特別是「曲線式」的喜劇片（screwball comedy），他不是用哲學的方法來審視電影，而是用他喜歡的電影來考驗哲學觀念。還有一位比較文學的著名學者紀彥（Claudio Guillén），據說也是一位電影愛好者，他從哈佛退休回到西班牙的故鄉之後，看荷里活的歌舞片自娛，聽說他就是在重溫《萬花嬉春》（*Singin' in the Rain*）時逝世，但願我也有這個福氣。

還有一個有趣的現象：前幾年出版的夏濟安和夏志清書信集中，他們兄弟討論最多的，除了文學之外，就是電影，甚至寫信給荷里活明星要照片。[19]這一個現象，似乎還沒有人研究：為什麼這兩位文豪學者喜歡電影，而且癡迷到這個程度？如果用當今文化研究的「政治正確」觀點來看，他們都受到美國資本主義文化的蠱惑：荷里活的幾家大公司，如米高梅（Metro-Goldwyn-Mayer, MGM）、霍士（Fox Corporation）、派拉蒙（Paramount）、華納（Warner Bros.），為了發展全球市場，組織了各種電影俱樂部，出版或贊助電影雜誌，旗下的大明星如雲，準備了無數照片贈送影迷。記得我中學時代也有類似的玩意兒：從報刊雜誌上偷看女明星的照片。不錯，這是一種文化生意，但這個生意不像當今的廣告，因為它裡面依然存著有價值的文化。我想如果本雅明可以逃到美國定居，他一定會研究荷里活電影，而不會像阿多諾（Theodor W. Adorno）一樣，把美國流行文化——甚至收音機廣播出來的托斯卡尼尼（Arturo Toscanini）指揮的交響樂——嗤之以鼻。今天我們不談理論，我現在寫的也不是一本電影理論的書。

問：在《自己的空間：我的觀影自傳》一書的附錄，你列了兩個荷里活「經典名片」的名單，一個是你個人心愛的，另一個是影評人公認的名片，而你也喜歡，譬如希治閣（Alfred Hitchcock，台譯希區考克）的《迷魂記》（*Vertigo*）和《北西北》（*North by Northwest*），還有尊福（John Ford）的西部經典《搜索者》（*The Searchers*），當然還有《金枝玉葉》（*Roman Holiday*）。比較特別的是第一個名單中的最後兩部：《美人如玉劍如虹》（*Scaramouche*） 和《學生王子》（*The Student Prince*），好像沒有人或影評家提過。

答：大多數影評家只選公認的經典名片，而我在那本《我的觀影自傳》書中選的大多是和個人記憶有關的片子。最後這兩部電影，我都曾經寫過文章仔細描述，收在那本書中，現在不多說了。[20] 不過，因為現在這一代人和我那一代人的觀影口味很不同，我還是要為我的老電影囉嗦幾句。《美人如玉劍如虹》這個譯名，不知是誰起的，真是恰到好處，聽來就像武俠小說的名字，而此片恰恰是一部以法國大革命為背景的歷史宮闈片（historical saga），原名*Scaramouche*是一個小丑的名字，影片中的英雄借用了他的身分和面具。原作者薩巴提尼（Rafael Sabatini）是一位歷史演義的高手，他的幾部暢銷小說都被搬上銀幕，成為我幼年時代的至愛，譬如《海鷹》和《鐵血艦長》(*Captain Blood*)等，他可以說是司各特(Sir Walter Scott)和大仲馬的傳人。這部*Scaramouche*是他的第一部暢銷作品，這本小說的副標題是"A Romance of the French Revolution"，法國大革命的歷史演義。如果我說自己的法國史是從這部電影學來的，可能沒有人相信。有一場是男主角(主演的是當年甚為走紅的史釗域·格蘭加〔Stewart Granger〕)被推為平民階級的代表出席參政會議，當面挑戰貴族的代表決鬥，看得我熱血沸騰，甚至比最後一場劇院鬥劍還過癮。我的英國史的啟蒙教材也是一部電影：《撒克遜劫後英雄傳》(*Ivanhoe*)，我先看電影，後看林琴南的中譯本。[21] 當年荷里活製作不少大型的宮闈片，這是一個「次類型」，融匯劍鬥和歷史於一爐，是我初中時代最喜歡看的類型電影。幾年前我偶爾發現印度的名小說家魯西迪(Salman Rushdie)在他的一本小說中也引用了這部《美人如玉劍如虹》，大吹片中最後一場的決鬥是荷里活影史上最長的(也不過幾分鐘)！他的年紀和我差不多，看這部影片的時候他還是一個十幾歲的少年，應該還在印度。這些細節我在那本書中都討論過了。[22]

至於《學生王子》，那是另一個故事。我也寫過一篇長文，寫的是一位我最崇拜的歌星馬里奧·蘭沙(Mario Lanza)，這位歌星最拿手的是演唱接近古典音樂的抒情曲，天生響亮而動人的歌喉，連杜明高(Plácido Domingo)都公開承認是自己的童年偶像。可惜他暴飲暴食，身體變得肥腫，不能演《學生王子》，只能在幕後演唱，片中的王子由一位初出茅廬的明星愛門·普頓(Edmund Purdom)代演，竟然惟妙惟肖。我看此片至少有六七遍以上，為的是聽蘭沙的歌喉，越聽越令我如醉如癡，片中每首選曲都直沁我心，大部分的歌詞我至今會背。這部影片評價不高，為什麼我特別喜愛？就是蘭沙的歌聲在我的「內心深處」("Deep in My Heart"，這是片中一首插曲的名字)[23]引起一種莫名的浪漫情緒。片子的情節不重要(王子在海德堡上學，竟然愛上一個酒吧的侍女)，令我著迷的是幾場歌唱的抒情場景，蘭沙如泣如訴的歌聲，竟然讓我不顧歌聲的對象——安 · 白禮芙(Ann Blyth)飾演的侍女——而失落在自己營造出來的夢境裡。表面上看來，這又是一種逃避，但也帶有一點浪漫的憧憬：我將來會愛上哪一個女子，把我的一腔熱情向她傾訴？這股激情是否屬於一種壓抑的欲望(repressed desire)？西方理論家必定會這樣分析，但我不認為是如此，它表達的是一種孤獨的溫馨——在這個歌聲營造出來的良辰美景中，即便有欲望，也昇華了。

數十年過後我重返新竹，當年上映此片的國民大戲院已經變成一個電影博物館，館長特別為我安排一場意外的驚喜，不知道他從哪裡找到這部老電影的拷貝，竟然把此片的所有歌唱場面剪在一起，變成一部半個鐘頭左右的蘭沙歌唱片集，請我和妻子作壁上觀，一剎那之間我又回到幾十年前流連忘返的戲院二樓座位，重溫舊夢，那一次我忍不住流下了眼淚。這一段往事我也寫過了，如今又在複述。乾脆再複述另一部令我難忘的影片：《金枝玉葉》，我也至少看了五六遍，而且每次都是最後離開，我故意一個人逗留在戲院裡，等到觀眾走光了，才起身一步一步走出來，學著影片中格力哥利 · 柏(Gregory Peck)飾演的記者的模樣。[24]他和柯德莉 · 夏萍(Audrey Hepburn)飾演的公主在羅馬玩了一整天，公主必須回宮，然而二人已經陷入情網；他參加第二天的記者招待會，黯然和台上的公主道別，他最後一個人離開記者招待會，影片最後的鏡頭是他孤獨地走在大理石地板上，嗒嗟的聲音，令我也有一種異樣的感覺，再三回味。到底是什麼味道？我也說不出來，恐怕不僅是孤獨和自憐吧。看完電影我騎著單車回家，新竹的夜晚是寧靜的，我故意慢慢騎，一方面品嚐這種溫馨的孤獨感覺，腦子裡幻想的是什麼？我也記不清了，也許覺得這個小城之外還有別的世界，我將來也要去「探世界」，這個世界在哪裡？當然是美國或歐洲。

問：最後想問一個問題，關於電影和冷戰的關係。冷戰時期的策略之一是審查（censorship），什麼書或電影能看，什麼不能看。近來研究早期香港電影的學者，如你在哈佛的學生吳國坤，都很關心這一方面。當時台灣的情況如何？

答：這是一個大問題，值得仔細研究。如台灣學者單德興曾有專著出版，[25]是以美國在香港和台灣的統戰機構為主題。當年國民黨的文化政策（包括電影審查）非常「道德化」，我認為道德上的保守主義是國民黨意識形態的第一要義：到處張貼「禮義廉恥，四維八德」的標語，都是蔣介石——我們尊稱「蔣總統」——讀了聖賢書（主要是王陽明）後的心得。這種道德上的保守主義，和冷戰時期以美國為首的自由世界國家的意識形態剛好契合，美國艾森豪（Dwight Eisenhower）做總統的五十年代也是二十世紀美國最保守的時代，和放任自由的二三十年代（所謂The Roaring Twenties，或The Jazz Age）以及後來的六十年代氣氛大不相同。每一個年輕人都要經過一個反抗的階段，但那個時候我們不敢反抗父母，也不敢反抗政府的權威，只好陽奉陰違，每個人找尋一個可以認同的世界，我的世界就是電影。現在每想起當年看的老電影都會情不自禁，可能因為和我的感情成長過程有很大的關係，我也有「寂寞的十七歲」，但都消失在電影院裡。電影中的世界不僅僅讓我逃避，而且給我憧憬，讓我下意識地想像自由，單槍匹馬馳騁在一望無垠的原野上。也許這就是我喜歡西部片的潛在原因。不只《原野奇俠》(*Shane*)和《俠骨柔情》，還有《驛馬車》(*Stagecoach*)、《紅河》(*Red River*)、《折箭為盟》(*Broken Arrow*)、《日正當中》(*High Noon*)、《赤膽屠龍》(*Rio Bravo*)，太多了。後來的「政治正確」的西部片，如《與狼共舞》(*Dances with Wolves*)，我反而覺得悶。

問：五十年代美國片中的保守價值，主要宣揚的是什麼？不可能也是「禮義廉恥，四維八德」吧。

答：試問西部片宣揚的是什麼價值？美國史家往往提到所謂Frontier或New Frontier的觀念，我想就和美國開發西部有關，這是西部片的歷史背景。十九世紀美國向西部的領土發展，把印第安原住民的土地佔有了，所以西部片中頻頻出現一個典型場面——白人英雄打紅番，這當然是不正當的行為，所以有人要為美國的原住民翻案，連西部片大導演尊福在他晚年的作品中也改變了立場。然而，對於一個生活在台灣小城的青年而言，嚮往的卻是西部英雄的自由。每當我看到西部片中的保守價值場面就覺得不耐煩：每部影片必有教堂，然後就是學校，星期日必須上教堂！女主角往往是學校的老師，即使西部片的草莽英雄，都會對婦女保持一份尊敬。這些都是美國的保守價值，它不但反映於電影，也反映於當時流行的雜誌，如《讀者文摘》(*Reader's Digest*)、《生活》(*Life*)和《皇冠》(*Coronet*)。我在舊文中稱之為「中西部」價值系統。[26] 甚至歌舞片也很保守，包括伊漱．蕙蓮絲(Esther Williams)主演的游泳歌舞片，如《出水芙蓉》(*Million Dollar Mermaid*)。我也曾寫過一篇文章自我分析，到底歌舞片和游泳片中的女明星大腿對於少年的我有沒有sex appeal？[27] 我的結論是，如果有的話，早已昇華了，她在跳舞或跳水時暴露出來的玉腿，並不令我想入非非。我用了一個英文字來形容伊漱．蕙蓮絲：wholesome，乾乾淨淨，很健康，像每天早餐飲的牛奶一樣。[28] 這也是美國「中西部價值」的一個表現。在五十年代的台灣，整個社會氣氛也是保守的，保守得令我覺得苦悶，但又不知道如何抒發，於是幻想飛到異邦，將來一定要到美國留學，去看看美國的西部是什麼樣子。

註釋

加「*」者為編註。

1　楊儒賓：《1949禮讚》(台北：聯經，2015)，頁31–32。

2　同上，頁112。

3　王文興：《家變》(台北：環宇出版社，1973)，頁137。

4*　參見李歐梵：〈聽舒伯特長大〉，《弦外之音》(香港：中華書局，2017)，頁22–23。

5*　「挫而彌堅 —— 李歐梵談挫敗造就謙厚人生」(The Nobility of Failure)，講座日期為2012年8月3日。

6*　張系國：〈美哉吾校〉，《橡皮靈魂》(台北：洪範書店，1987)。

7*　載李歐梵：《人文文本》(香港：牛津大學出版社，2009)。

8 李歐梵：《帝國末日的山水畫：老殘遊記》(台北：大塊文化，2010)。
9 我的研究助手竟然找到我的一份高三的成績單：三角/幾何及物理的成績較低，70多分；較高的是歷史、英語和音樂，都在90分以上；但美術較差。
10* 即〈母校新竹中學瑣記〉，頁259。
11* 李歐梵：《自己的空間：我的觀影自傳》(台北：印刻，2007)。
12* 李歐梵：〈「愛之喜」·「愛之悲」——悼念父親李永剛先生〉，載《浪漫與偏見》(香港：天地圖書，2005)，頁289。
13* 愛理生的理論，可參考 Erik Erikson, *Identity: Youth and Crisis* (New York: W. W. Norton, 1968)
14* 李歐梵：〈母校新竹中學瑣記〉，頁265。
15 Italo Calvino, *The Road to San Giovanni*, trans. Tim Parks (New York: Vantage, 1994).
16* 這裡指電影《原野奇俠》(*Shane*)。
17* 這裡指電影《撒克遜劫後英雄傳》(*Ivanhoe*) 及《圓桌武士》(*Knights of the Round Table*)，前者由羅拔·泰萊及伊利沙伯·泰萊主演，後者則由羅拔·泰萊及亞娃·嘉娜主演。
18 這些哲學家討論電影的文章，參見李洋等譯：《寬忍的灰色黎明：法國哲學家論電影》(鄭州：河南大學出版社，2013)。
19 王洞主編，季進編註：《夏志清夏濟安書信集》，五卷本(香港：香港中文大學出版社，2015–2019)。
20 見〈美人如玉劍如虹〉，載《自己的空間：我的觀影自傳》，頁38–46；以及〈追憶馬里奧蘭莎〉，載《浪漫與偏見》，頁290–298。
21 司各德著，林紓、魏易譯：《撒克遜劫後英雄略》(上海：商務印書館，1931)。
22 李歐梵：〈美人如玉劍如虹〉，《自己的空間：我的觀影自傳》，頁38–46。
23* 該曲的全名是"Deep in My Heart, Dear"。
24* 李歐梵：《自己的空間：我的觀影自傳》，頁12–13。
25* 單德興：《從文化冷戰到冷戰文化：《今日世界》的文學傳播與文化政治》(台北：書林，2022)。
26* 李歐梵：〈從出水芙蓉到派對女郎〉，《自己的空間：我的觀影自傳》，頁27。
27* 同上，頁25–29。
28* 同上，頁27。

4
台灣大學：文學教育與感情教育

《現代文學》與學院現代主義

問：這次要談談你在台灣大學外文系求學的經驗，這是你求學生涯中的一個重要里程碑。你是《現代文學》雜誌的一分子，白先勇在他主編的《現文因緣》中也多次提到你，[1]也許台大外文系四年也決定了你今後的文學命運？我們應該從何說起呢？不如先談你怎麼選上台大外文系。

答：我選上台大外文系，完全是一個「偶然」—— serendipity，我最喜歡用這個英文字。回憶我的一生，都是一連串的偶遇或機遇，個人的命運不是自己可以決定的。

1957年我從新竹中學畢業，以第四名的資格保送台灣大學，不必經過大學的聯合招生考試，這是一種「優惠」，也是一個榮譽。和白先勇不同，他一心要做文學事業，主動放棄了學水利而報考台大念外文系，是有自覺的選擇。我沒有這個自覺，只是感到自己不適合數理學科，只剩下法科或文科，但是又覺得自己對法律沒有興趣，而文科中最吃香的是外文，就這麼糊里糊塗地選了外文系。記得有一次父親問我，到底將來念大學想學什麼？我竟然冒出一句：「我想到維也納去學指揮！」父親的回答也斬釘截鐵：「你學什麼都可以，就是不能學音樂，除非你一輩子喝西北風，沒飯吃。」這個故事我重複了很多次，每次都加油加醋，到底這段對話是否發生，現在也存疑了，但至少它代表我心中的一個幻想：音樂才是我的摯愛。

問：你初進台大外文系的印象如何？

答：我進外文系，就是因為它是文學院最吃香的科系，學習外語，將來出國的機會較多，從來沒有想到文學。我英文成績一向很高，所以進台大外文系是合格的，就這麼迷迷糊糊地被「保送」進去了。台大是台灣的最高學府，也是最享盛譽的大學，學生都是從大學聯考競爭被錄取的，我沒有經過考試就進去了，得來容易，以為一切榮譽都唾手可得。

記得在開課前，我特別騎了單車從新竹到台北，到台大校園去熟悉環境。因為是星期日，校園裡空蕩蕩的，只有我一個人踩著單車沿著兩排棕櫚樹任意遨遊，感覺飄飄然如在雲端，不知自己哪世修來的福氣，進到一個教育的天堂和樂園，太快樂了！覺得自己應該高歌一曲，像幼時看過的無數米高梅公司的歌舞片的主角一樣。不料幾天後正式報到入學，看到文學院門口湧來成群的女生，個個穿著漂亮裙子，走起路來婀娜多姿，把我這個鄉下來的「土包子」看呆了，只好悄悄地跟在她們後面走進大課室，聽她們吱吱喳喳地說個不停，也沒有人理我。現在說起來令人難以置信：大學四年，至少系裡有一半的女同學我從來沒有和她們說過一句話！但互相都知道對方的名字。

問：白先勇有一次來中大演講，說台大外文系的那四年是他一生的黃金時代，希望時光倒流，回到大學時代，永遠停留在那段美好的過去。[2]你的黃金時代是什麼時候？是五十年代在台大，還是六十年代在哈佛？

答：各有千秋。在台大做本科生四年，在哈佛做研究生七年，之前還有在芝加哥大學一年——這十二年徹底改變了我的一生。我在台大四年的經驗不僅是在知識方面的得著（學術還談不到），而且也是一次寶貴的感情教育。這兩個因素混在一起，加上和《現代文學》的幾位先知先覺的同學交上朋友，潛移默化，最終還是走上文學的路，也可以說回歸文學。

問：在台大做學生的時代，你就參加了《現代文學》？

答：談台大外文系似乎離不了《現代文學》，大家都把我那一班和這本雜誌連在一起。不錯，我十分榮幸被拉進這個小文學圈子，這本雜誌對我的影響也極大，然而我對這本雜誌的貢獻實在微不足道。[3]《現代文學》出版於1960年，我已經是大三的學生，自己一心一意想當外交官，所以立志學好英文，其他皆在其次。我班上那幾位有創作才華的同學——白先勇、陳若曦、王文興，早已嶄露頭角，在大一已經開始發表小說，而我呢？自認毫無創作才氣，被拉進來，也只能做點翻譯外國文學的工作，白先勇和王文興要我翻譯什麼，我都遵命。這算是什麼貢獻呢？

因為當時我心不在文學，因此感受和《現代文學》的朋友們不盡相似。我進台大就是要體驗生活，大學之寶貴，就是給我足夠時間和空間去體驗生活教育。當年台大的校園可以說是一個「世外桃源」，走進去就不想出來，兩排高聳入雲的棕櫚樹，矗立在草地和花叢中，早春的黃昏時刻，也不知道有多少對情侶，在此流連忘返。這是台大的標誌，而我卻無暇享受，終日除了上課以外，就是鑽進圖書館——總圖書館和外文系圖書館。後者在一樓的角落，空間不大，藏書也不多，管理員孟先生是一個怪人，見到我們——特別是女生——會主動地從書架上或新購的書籍堆裡找出幾本借給我們看，也不管什麼時候歸還！他似乎認得每一個外文系的學生，但最喜歡的還是他認為有文學天分的學生。就在這個角落，我的幾位先知先覺的同學發現了「現代主義」，王文興在此閱讀了早期喬哀思（James Joyce）的作品如《一個青年藝術家的畫像》（*The Portrait of an Artist as a Young Man*）。約在大二時期，我也開始光顧這個圖書館，胡亂翻書，不得要領，因為自己心裡也不知喜歡看什麼，於是隨著大家看海明威（Ernest Hemingway）和費茲傑羅（Scott Fitzgerald），還有福克納（William Faulkner）。後來我把《現代文學》定義為「學院現代主義」，[4] 就是因為帶領我們入門的，都是這類圖書館中發現或閱讀的小說。有時候到敦煌書店買幾本此類讀物的翻版書，例如Modern Library出版的便宜紙面版（paperback）。課堂上沒有學到二十世紀的文學，都是我們課外自學的。

到了大三的時候，有的同學發現「存在主義」，立刻迷上了薩特（Jean-Paul Sartre）和卡繆（Albert Camus），還有齊克果（Søren Kierkegaard），而我卻在法文班上學到莫泊桑（Guy de Maupassant），在台大總圖書館的地下室無意間發現了日本學者註釋的英文譯本，大概花了一年時間全部看完。這不算是什麼成績，只不過證明我們這一群年輕人對於知識的飢渴和閱讀興趣。

台大的環境還提供了另一個特色，也是大家在事過境遷之後津津樂道的，那就是台大校長傅斯年奠定的自由傳統，外在的政治勢力不能隨意進入校園或任意干涉學校的政策，所以有人説這是一塊自由的「綠洲」。雖然有點誇張，但卻有其象徵意義。我們在思想上都很飢渴，有待師長們的啟迪和開導，然而學生言論的自由風氣更是台大的傳統，歷史系和哲學系是自由思想的大本營。這一個傳統孕育了一代又一代的「台大人」，分散在各行各業，留學美國以後出類拔萃的更不計其數，也帶動了整個政治取向。我卻沒有好好利用這個特殊環境做獨立思考，只知道死讀書，每年得成績最佳的「書卷獎」，又有何意義？不料數十年過後竟然被提名為台大榮譽校友，和王文興同時參加授獎典禮，這是我的一大榮幸，然而我對台大又有什麼貢獻呢？

台大外文系的老師和課程

問：可以談談台大的老師們嗎？你是夏濟安先生的學生，他是台大外文系最有名的教授，香港中文大學出版社重新出版了夏氏兄弟大部分著作，包括他們的通信集。

答：現在大家一定認為台大外文系最有名的教授是夏濟安，其實還有別的教授，他們的名字如今被埋沒了。不錯，我也上過夏濟安先生的一門課，然而他在講堂上講課往往心不在焉，也似乎沒有充分準備。由於《夏志清夏濟安書信集》的出版，我特別把卷二（1950–1955）和卷三（1955–1959）又翻閱了一遍，發現夏濟安於1951年初抵台大教書的時候，還很用心備課，教小說和文學翻譯。小說課所選的教材包括《苦海孤雛》（*Oliver Twist*）和《傲慢與偏見》（*Pride and Prejudice*），以及喬治．艾略特（George Eliot）的《織工馬南》（*Silas Marner*）和霍桑（Nathaniel Hawthorne）的《紅字》（*The Scarlet Letter*）。[5]他自己也早已閱讀了大量的其他小說名著，包括狄更斯（Charles Dickens）的《荒涼山莊》（*Bleak House*）。然而到了我們這一班入學的時候（1957年秋），他正在積極爭取到美國深造，找到教職就不回來了。所以，他在課堂上隨便敷衍，講課時還有點口吃，連他自己主編的《文學雜誌》他也感到心灰意冷，書信中充滿懷才不遇的感覺，對於台灣的環境極度不滿。我們幾個學生接觸到的夏濟安老師是另外一個形象，我隨著高我一班的同學劉紹銘到他的宿舍造訪，去過一兩次，聽他大談正在看的文學作品和日本電影。我印象最深的是他不停地抽煙，抽完就把煙蒂隨手拋到窗外，動作瀟灑之至。在台大我還沒有資格進入夏先生的門徒圈子，到了美國以後，在做博士論文的時期才和他開始通信，向他請教三十年代中國的左翼作家，特別是魯迅和蕭軍，承蒙他在信中指點（可惜他的幾封信我都不慎遺失了），獲益極大，受到他很深的影響，這是我在我的魯迅研究書中公開承認的。[6]

問：其他外文系的老師呢？當年的課程如何安排？

答：想起當年我在外文系的老師，和我對他們的印象，實在有點汗顏。由於那個時候我對文學研究毫無所知（雖然自己對文學的興趣越來越濃），上課時大多保持沉默。外文系的課程都是大班課，只有大二的英語會話和大四的翻譯課是小班。到了大三才接觸到英國文學方面的課程，大多令我失望。只記得大三時期朱立民教授從美國留學回來，教了一門美國戲劇，讀了阿瑟·米勒（Arthur Miller）的《都是我的兒子》（*All My Sons*），我才開始對美國文學感到興趣，才鼓起勇氣向他請教英文寫作。大四那年選了黃瓊玖教的西洋戲劇選讀，興趣更濃，竟然有點想放棄學外交，改學戲劇，就是因為在課本中發現了史特林堡（August Strindberg）、奧尼爾（Eugene O'Neill）和田納西·威廉斯（Tennessee Williams）的作品。於是我大膽申請到耶魯專攻戲劇，希望拜在大師加斯納（John Gassner）門下，當然未出預料，遭到拒絕。總之四年下來我對文學依然是個門外漢，唯一讓我接近西方現代文學的就是這兩門戲劇選讀課。當然還有參加《現代文學》的經驗，不知不覺受到白先勇和王文興的影響，特別是王文興，有時候他看什麼小說，都和我分享他的讀書心得。而他在寫作上的用功，也非常人所能及。我曾寫過一篇文章向他致敬，文中說：如果台灣要選一個不折不扣的現代主義作家，王文興絕對當之無愧。[7]

問：外文系還有什麼其他文學的課程？

答：當年的台大外國語文學系雖然名字上是Foreign Languages and Literatures，但主要課程是英美文學，歐洲文學（德國、法國）只是個點綴而已，我對這些課都沒有興趣，只是拼命學習語言，主要是英語，又選了法語和西班牙語。必修的文學課程我都在應付，沒有用心苦讀。二十世紀現代主義的文學作品和理論，都是在課堂外讀到的，完全得自幾位先知先覺的同學的影響。譬如艾略特(T. S. Eliot)，比我高一班的劉紹銘早在他大二那年就翻譯了艾氏的名文：〈傳統與個人才具〉("Tradition and Individual Talent")，葉維廉(香港來的詩人)翻譯了艾略特的〈焚燒的諾頓〉("Burnt Norton")。[8] 王文興介紹我看卡夫卡(Franz Kafka)，還和我談過不少其他西方作家，如喬哀思、屠格涅夫(Ivan Turgenev)、紀德(André Gide)、卡繆等等。《現代文學》第一期出版卡夫卡專號，大概也是王文興的主意，第二、第三期我受命翻譯了一篇湯瑪斯·曼(Paul Thomas Mann)的小說和一篇論文，我當時還不知他是何許人也，幾乎把這位德國作家和美國作家湯瑪斯·吳爾夫(Thomas Wolfe)混為一談。然而，這個文學上的現代主義(literary modernism)的視野畢竟被這一群外文系的年輕人打開了，而且是中國文學史上的第一次。[9]《現代文學》這本雜誌產生在一個現代主義完全缺席的學術環境中，換句話說，如果系裡有此類的課程，說不定就不需要《現代文學》了，也許白先勇會辦另一種文學雜誌，或接掌夏濟安的《文學雜誌》。

問：可否回過頭來多談談外文系的課程和師資？

答：我好像在迴避這個問題，因為提起這個問題我就不得不批評了。現在回顧，大學四年的課程至少有一半浪費在學英語上面，而不是文學，這也是現實環境造成的，注重實用。關於英語的課程有：大一英文(我中學的英語程度已經超過這門課)，大二的散文、文法和會話，大四的翻譯和作文。這些課的內容我都記不得了，只記得大四那年我被分在大名鼎鼎的曾約農教授的翻譯班上，他是曾國藩的曾孫，學識淵博，教翻譯用邱吉爾的文章和晚清的文言翻譯——如辜鴻銘譯的〈癡漢騎馬歌〉，原是十八世紀作家威廉·古柏（William Cowper）的一首歌謠"The Diverting History of John Gilpin"。此類典故，曾先生如數家珍，他自己都有辜鴻銘的「古風」，冬天穿著傳統的長袍上課，就差沒有留一個辮子。然而他的英文修養極高，後來擔任東海大學的首任校長。另一位英文功力甚高的老師是俞大綵，據說上課時很嚴格，時常問學生問題，好在我沒有分到她教的英國散文班上。還有一位教文法的吳炳鍾上校，也是一個傳奇人物，據說是在軍中為高級將領做翻譯的，教書是副業，他時常穿了軍裝、坐吉普車來校上課，上完了就匆匆離去，有公務時就請假。他採用一本極難的教科書：葉斯柏森（Otto Jespersen）的 *Essentials of English Grammar*，內中有不少選自英國文學經典——特別是莎士比亞（William Shakespeare）——的例子。[10] 我讀時叫苦連天，但至今還記得這本書的部分內容。近來我的研究助手竟然從港大借到這本書，而且是2007年的新版，可見此書是一本經得起考驗的經典。葉斯柏森是丹麥的語言學家，卻以研究英文文法著稱，他的一生巨作是七大卷的 *A Modern English Grammar*。當年讀的這本教科書應該是這部巨著的減縮本，雖然表述的英語十分簡潔清晰，然而對文法結構的分析卻是細緻入微。記得吳上校每次來上課只講書中的一小段，我們聽來已經吃不消了。

英國文學方面的課程，我修得不多，大多是必修課：英國文學史、維多利亞文學、英詩選讀、英文聲韻學、荷馬(Homer)史詩、莎士比亞戲劇(都是十分淺顯的介紹，由兩位神父講授)、英國十八和十九世紀散文選(如史威夫特〔Joanthan Swift〕的〈一個小小的建議〉〔"A Modest Proposal"〕、蒲柏〔Alexander Pope〕的〈論人〉〔"An Essay on Man"〕)以及十九世紀小說選讀。本來十九世紀的維多利亞文學應該很有意思(現在我竟然在研究，因為晚清的翻譯小說大多是維多利亞時代的作品)，然而我對這些課毫無興趣。英詩選讀更令我失望，因為教這門課的是系主任英千里先生，他時常因病缺課。倒是教授英國文學史的張沅長先生，雖然是一位兼任教授，教得卻很認真。他指定的那本教科書，我到現在還記得：Neilson和Thorndike的*A History of English Literature*。這本書的來頭不小，中大圖書館藏有一本，出版於1924年，但不是初版。[11]它應該是二十年代美國大學通用的教科書，可能很快就被中國各大學採用，一直用到我在台大讀書的五十年代。張沅長先生應該是照著這本書講的，把書中很多作家的姓名和著作——無論是著名的或是不見經傳的——都舉了出來，我記在腦子裡，直到現在還記得一點。

為了這本回憶錄，我又把此書翻閱了一遍，覺得它有幾個長處：組織嚴密，敘述簡潔，內容涵蓋整整十六個世紀的英國文學，從最早的安格魯－撒克遜時期(The Anglo-Saxon Period, 426–1066)，一直到二十世紀(1881–1914)，剛好在英國現代主義萌發前結束，因此錯過了幾位現代大師，如艾略特、葉慈(W. B. Yeats)和喬哀思。最後一章是二十世紀英國文學，主要討論的英國作家是史蒂文森(Robert Louis Stevenson)和吉布靈(Rudyard Kipling，此書出版時他還在世)，其他提到的作家有：奎勒－庫奇（A. T. Quiller-Couch）、康拉德（Joseph Conrad）、巴里（James Barrie）和威爾斯（H. G. Wells）。這些作家，除了康拉德之外，都不是一流，也是維珍尼亞．吳爾芙（Virginia Woolf）調侃的對象。我們的《現代文學》大幅介紹了這位現代文學的女作家，翻譯了至少五篇她的短篇小說，但是不提其他作家，連徐志摩崇拜的曼絲菲爾（Katherine Mansfield）也不看在眼裡。[12] 這本教科書顯然更注重較早的十八和十九世紀的三種文類：散文、詩歌和小說，蒲柏、德萊頓（John Dryden）和約翰生（Samuel Johnson）皆有專章討論，而這些反而是我們年輕人沒有興趣的題目。

張沅長先生應該是後五四那一代的人，近來我翻查他的資料，發現他在1931年就得到約翰霍普金斯大學英文系的博士學位，回國後在武漢大學和中央大學任教，在三十年代的《國立武漢大學文哲季刊》發表他的研究論文：〈英國十六十七世紀文學中之契丹人〉，[13] 我真想找來一讀，因為高中時期我的歷史老師就大談契丹人，而英國文學中竟然有契丹人的記載！在我的學弟單德興訪問李有成的一篇文章中，也提到了他，說他開過彌爾頓（John Milton）專題的課。[14] 英國文學史應該是外文系所有課程的中流砥柱。可惜的是，張先生雖然教得認真，而且一口英國口音，對於那些十七、十八世紀的冷門作家如數家珍，但他的教法似乎並沒有引起學生的共鳴。我自己把那本教科書背得滾瓜爛熟，就是為了應付考試。朱立民老師做系主任之後，提出要改革這種教法和教材，文學史應該多配文本的閱讀，否則只剩下一大堆日期、人名和書名而已。多年後我到哈佛讀書，旁聽的課中就包括英國文學，當年哈佛英文系的幾位大師級教授，如巴克利（Jerome Buckley）和布殊（Douglas Bush），也是用文學史的教法，然而講得十分生動，因為他們邊講邊分析文本，用文學作品來解釋它們產生的時代。我自己開始教中國現代文學的時候，也是從文學史著手，卻發現中文教科書都不能用，因為意識形態太濃，只好自己另起爐灶，用自己的方法來教。

另外一門我認為極為重要但卻令我失望的課，是大三學生必修的十九世紀英國小說。可惜那個時候夏濟安老師已經不教這門課了，記得我們班上的那位老師（名字已忘）只選一本小說：薩克萊（William Thackeray）的《名利場》（*Vanity Fair*），逐字逐句地講解。班上的高材生如白先勇和王文興早已讀過不下十數本的英國小說（亨利 · 詹姆斯〔Henry James〕、喬哀思、勞倫斯〔D. H. Lawrence〕、康拉德），再來讀這本小說，能學到什麼？而且這位老師沒有做文本分析，講得毫無幽默諷刺的意味，連我也受不了，只記得書中的女主人公叫做Becky Sharp。據說這位老師有時會採用另一本名著：哈代（Thomas Hardy）的《還鄉記》（*The Return of the Native*）做教本，我至今還未讀過。因為我對那堂英國小說課徹底失望，於是興趣轉到英國散文，但把它作為練習英文寫作的方法，而不注重文學分析。在學習英國散文方面，我從一位同班同學張先緒那裡學到很多，他對於這方面的知識很豐富，都是自學的，於是時而向我灌輸他的學問。他生性內向，不善交際，畢業不久就去世了。《現代文學》前幾期的封面就是他設計的，還翻譯了幾篇小說和論文。白先勇珍藏的那張《現文》編輯部同仁（也都是同學）的「經典」照片中也有他，人長得瘦瘦的，坐在旁邊，他永遠不想做中心人物，如今似乎被人淡忘。[15]記得教英國散文課有一位老師是耶穌會的神父，名叫傅良圃（Father Foley），後來他申請到哈佛英文系念博士，我們成了哈佛的同學。記得他告訴我：他的博士論文題目就是研究史威夫特的那篇散文〈一個小小的建議〉中提到的福爾摩沙土人（Formosan aborigines）的吃人典故，用現在的文化研究眼光看來，似乎有點「東方主義」。除了傅良圃之外，當年的外文系還請了好幾位神父授課，可能因為系主任英千里是天主教徒，和天主教的輔仁大學關係很深。耶穌會的神父是以服務教育為職責的，每位神父都受過良好的教育，然而他們都不是專家，譬如教荷馬史詩《伊利亞德》（*The Iliad*）和《奧德賽》（*The Odyssey*）的那位郝繼隆神父（Father O'Hara），是一位好好先生，在課堂上說故事，但他的專業是社會學。教莎士比亞的陶雅谷神父（Father Thornton）是愛爾蘭人，說英語有愛爾蘭口音，教莎翁的《羅密歐與茱麗葉》（*Romeo and Juliet*）時在課堂上兼演男女主角，逗得學生大笑。我至今只記得他教我們讀的《凱撒大帝》（*Julius Caesar*）中的Marcus Antonius演講詞，因為我對演講詞情有獨鍾："Friends, Romans, Countrymen! Lend Me Your Ears! ..."，然而莎翁戲劇的版本學和表演傳統卻隻字不提。沒想到我的姪女林在梅（Erika Lin）如今卻成了莎士比亞研究專家，現在美國一間大學任教。她自己說：當教授是受了她舅舅的影響，我引以為榮。

唯有教法文的卜爾格神父（Father Bourg）是專業人才，他來自加拿大，教學經驗豐富，用他自己編的教材，第一課就念莫泊桑的小說〈項鍊〉（"The Necklace"），而且第一堂就要我們隨他朗誦全文的第一段。這種教法有如舊時私塾的啟蒙老師教古文，但十分奏效，兩年下來，我的法文基礎打得很好，後來在芝加哥和哈佛考法文資格考試時，不費吹灰之力就通過了。我們幾個同學在修完兩年法文之後，還請求卜神父為我們開特別進修班，名義上是和他討論天主教教義，其實是為了練習法文，去了幾次，這位好心的神父知道我們不是為了信教而來，就主動中斷了。他說的法文有加拿大法語區的口音，這是懂法文的同學和老友戴天（原名戴成義）聽出來的，他是僑生，來自曾是法屬殖民地的毛里裘斯，說的法文也有口音，譬如把voiture中的"-ture"念成「居」，我跟著他學，有時也染上了一點他的口音。至今我對法文的口音特別感興趣，愛屋及烏，對於所有的外語——包括後來學的西班牙文、俄文和德文，還有廣東話——都先學發音，唯獨在哈佛學的日文是例外，只想閱讀，不想講出來，可能是抗戰時期見到日本軍隊的兒時夢魘在作祟。

除了天主教神父外，系裡也請了幾位基督教會的美國太太教大二會話和演說，她們給班上每位同學起一個英文名字，大多來自《聖經》，如Deborah、Esther等。好在我早已為自己選好了一個名字Leo，源自托爾斯泰（Leo Tolstoy），但和猶太教或希臘正教毫無關係。Leo的發音和「李歐」相近，從此就和這個名字結了半生緣。在這個班上，有一次輪到我登台演講，可能太緊張了，嘴部表情像是「豬嘴」（我太太有時也用這字開我的玩笑），使得坐在前排的女同學笑個不停，我也名譽掃地，這件小事，我至今還記得清清楚楚。然而我在課堂上到底學到多少？此類課程實在無聊，被列為必修課，可能就是為了實用——把英文當成語言的工具。因此我得到一個教訓：學語言的目的不是實用，而是要學習語言背後的文化。我學法文從第一堂就念莫泊桑，因此對這位法國文豪的作品產生興趣，所以後來把他所有的短篇小説都讀完了，雖然讀的是日本人編的英文譯本。

問：如果你認為當年很多課程都是浪費時間的話，什麼課是有價值的？除了夏濟安先生之外，還有哪幾位老師令你回憶？

答：我的批評也是基於對自己的反思，反思的目的就是批評自己。有時候一門課的「價值」是要自己來定的，否則會失掉很多寶貴的學習機會。在此我真的要懺悔了，當年有幾門必修的課都是名師教授的，可惜我迷迷糊糊，沒有好好聽課。最令我汗顏的是中國文學史，因為幾十年後它成了我的「專業」——1976年我應聘到印第安納大學教中國現代文學，但也要教一門中國小説史，怎麼辦？只有惡補。我想起了在台大上過臺靜農先生的中國文學史課，他教得很認真，不停地在黑板上寫筆記，而我坐在後排，心不在焉，什麼都沒有吸收，當年也不知道他是魯迅的大弟子。1980年我計劃召開魯迅誕生一百週年的學術研討會，定於次年在美國舉行，那個時候才決定到台灣去請臺先生來參加，他一口拒絕，説如果參加的話，在台灣的「後遺症」太多，指的當然是當年台灣的各種造謠生事和壓迫言論的方式，他沒有向我細説，只用了「後遺症」這個名詞。記得我向他道歉，説自己當年上他的中國文學史課不用心，後悔莫及，他聽後大笑，説我「孺子可教」，自願送我一幅字。當時他的書法已經名聞遐邇，我哪有資格求他的墨寶？不料過了一個禮拜他真的寄了一幅字來，寫的不是他自己的詩，而是抄自一篇古文，似乎在教訓我當年沒有讀好文學史，現在該讀讀了。我返回美國後，把臺先生的那幅字掛在我的住所客廳牆上，我住所搬到哪裡就掛在哪裡，足足有二十多年，然而卻忘了他抄寫的是哪一位大家的作品！昨天偶然在我的書房中找到一本《臺靜農詩集》，是香港一位朋友送給我的。隨手翻閱，讀到一首，令我驚嘆不止，爰抄於下：

時因炳燭銷長夜，寂寞清尊醒醉間。
一語語君君記取，老夫心事猶如環。[16]

如今讀來，真是百感交集。我雖然不是臺先生的入門弟子，甚至根本還沒有資格進入中國文學史的殿堂大門，但作為一個現代文學的研究者，我得到一個教訓：寄情詩酒是古代文人的特徵，然而「心事」卻是現代的環境所造成的，臺先生那個時候的寂寞心情豈是吾等後輩學生感受得到的！他還用了一個魯迅的典故：最後一句「老夫心事猶如環」中的這個「環」字令我想到魯迅早年寫的那首舊詩中的一句：「風雨如磐黯故園」，[17]環和磐同韻，但寓意更悲切，詩人飲酒時心事重重，鬱結如環。當年魯迅在日本的心情也是寂寞的，但臺先生的感受似乎比日本時期的青年魯迅深沉多了。如今我也老了，處在另一個風雨如磐的島上，也逐漸理解臺先生當年的心情——那種在「醒醉之間」的落寞。何時能向臺先生在天之靈敬一杯酒？臺先生於1946年就到了台灣，把五四的學術傳統帶到台大，他的身世也直接把五四/後五四那一代人的經驗和台灣掛勾。近來我對於這個「文化移植」的現象很感興趣。臺先生在二三十年代也是一位五四文學青年，滿腔熱血，充滿理想，然而歷史環境卻令他選擇古典文學的學術道路，和施蟄存先生異曲同工，兩人當年都是「左派」作家。

除了臺先生之外，還有教法文的黎烈文先生。他沉默寡言，他的法文班學生也遠較卜爾格神父的法文班少得多。我只知道黎先生曾留學法國，在巴黎大學念過書，是法國文學的翻譯大師，曾經譯過不少法國文學名著，包括《紅與黑》(*The Red and the Black*)和《冰島漁夫》(*An Iceland Fisherman*)等，但我一本也沒有看。我也聽說他在三十年代主編過《申報》的「自由談」，向魯迅約稿，二人的關係很好，這是我多年後在芝加哥大學的圖書館發現的。在台大外文系的時代，我不但對政治冷感，而且對五四新文學也沒有興趣。我在美國「發現」三十年代的左翼文學，恰是因為它在台灣是禁書，到了美國以後為了好奇而開始閱讀。黎烈文先生和臺靜農先生一樣，於1946年到台灣，先在一家報社工作，1947年到台大外文系任教，1972年在任內去世，享年僅68歲。他是否和臺先生一樣，一方面用心教學和研究，另一方面，在夜深人靜之時，獨自緬懷過去，借酒消愁？我不得而知，也不知道當今有沒有學者研究他。這是一代人的集體經驗。二次大戰爆發後，大批的歐洲猶太知識分子集體逃亡到美國和其他自由國家，而中國內戰引發的「內陸流亡」(internal exile)的現象也同樣值得重視，我父母親也可以算在內。

然而我還是要問：這些三十年代就在大陸文壇展露才華的人，到了台灣以後所寫的東西究竟和他們在三十年代的作品如何比較？我個人覺得中國現代學術史都要用文化史的方法重寫。

問：你上過殷海光先生的課嗎？

答：上過，他教的那門課是邏輯學。當時他已經是一位名人，在《自由中國》上寫政論，批評國民黨，我們都是仰慕他的名氣而上他的課。和夏濟安先生一樣，殷先生在課堂上也不用功教學，不過我至今還記得他在課上講的邏輯「三段論」，僅是入門。我還記得他在課堂上點名，看到一個漂亮女同學，於是半開玩笑，把她的名字在黑板上寫了出來，故意把最後一筆拉得很長，這是他的名士風度。多年來他的高足林毓生和我時常談起他業師的人格和精神，因此我對殷先生由衷地尊敬。殷先生生於1919年——五四學生運動的那一年，比臺先生和黎先生都年輕一紀，幾乎是兩代人了。他在台大任教時才四十歲出頭，恰當壯年。我建議大家看看他和林毓生的通信集。[18]

除了他之外，還有幾位外系的老師在外文系教授幾門「通識」課程，例如西洋哲學概論、西洋通史等，都是「後五四」時期的名人。而我在他們的課堂上都沒有好好聽課，如今後悔莫及。教西洋哲學概論的吳康先生，當年也是廣州中山大學的名教授，後來逃到香港，又從香港到台灣。他在課堂上講課的聲音微弱，我們根本聽不到，於是大家逃課，直到考試的時候再回到課堂。至今我毫無西方哲學的基礎訓練，有時讀歐洲文學理論的時候覺得吃力，因為背後都是西方哲學。教西洋通史的劉崇鋐老師，教法也很特別。整整一個學期(或是一學年，記不清了)他只講古希臘，而且從考古的角度入手，再三講那位德國考古學家施里曼(Heinrich Schliemann)如何發掘古希臘的一個廟宇，把它整個搬運到柏林的佩加蒙博物館(Pergamon Museum)，現在那是遊客必遊之地，我當然參觀過。我至今對古希臘的文化興趣極濃，都是劉先生課上得來的。他留學美國，在威斯康辛大學攻讀西洋史，後來得到哈佛的碩士，1923年回國後在南開大學任教多年，著作不多。我至今還記得他在課堂上講解希臘考古時的笑容，可惜的是他沒有時間講羅馬和歐洲中古史，我至今還是一竅不通。他當然也沒有講歐洲近代文化史，對於外文系的學生而言，這個時期太重要了！後來我到哈佛念書時，陰錯陽差，成了歷史系的學生(雖然學的是中國近代思想史)，只好自己旁聽這一方面的課程，重新來過。

最好的時光：我的感情教育

我曾經提過愛理生的心理成長理論，在人生的八個階段之中，大學時代還是屬於「認同混淆」的階段，這是一種常態，愛理生還創造了一個名詞"moratorium"，大意是：在認同期間，一切關於人生的大決定都要「延緩」，年輕人在這個階段要自由試驗人生各種角色，延緩最終的決定，所以教育也是成熟的過程。照愛理生的看法，大學教育不僅僅是灌輸知識，而更重要的是提供一個環境，以便培養個人的個性，這才是「成長」。這個過程在文學作品中屢屢可見，德國的「成長小説」(Bildungsroman) 就是一例。

我如果寫一本自己的成長小説，應該如何入手？上面的敘述的著重點是大學的課程和閱讀經驗，但是這只佔一部分，然而大學生活何止於此？個性的養成需要各種經驗，除了上課之外，當年在大學校園最常見的活動就是男女同學社交和戀愛。台大的風氣很自由，社團很多，然而我在一年級的時候竟然沒有參加任何社團。二年級的時候，班上的幾位女同學發起組織一個小小的社團，名叫「南北社」，邀請我們幾個男生參加，大家定期到各地旅行，並互相讀各自的作品。我被推為團長，這不過是一個頭銜而已，大概她們認為我的成績很好，乃「眾望所歸」，不過我還是一個鄉下佬，和風度翩翩有教養的白先勇不能相比，他出身顯赫，父親是名將白崇禧將軍，全家都是見過世面的。他早有辦一個文學雜誌的構想，於是趁著偶爾參加「南北社」的聚會向我們大談他的想法，最後把我們一夥人都拉進《現代文學》。我還記得我們有時在「傅園」練習社交舞，白先勇偶爾參加，教我們跳最難跳的探戈舞！學跳舞的目的當然是為了參加舞會，這是校園以外的活動，我至今還記得第一次參加的舞會，發起的是班上一位熱心的女同學，她十分大方，邀請我們幾個男同學到她家開舞會。在當時的台北，這類社交活動是要比較開明的父母親批准的。

問：香港五十年代拍的老電影也有類似的舞會場面，女主人大多是富家女。你還記得那次舞會的一些細節嗎？

答：我太太李子玉和我談過，原來她在七十年代的香港也參加過舞會，羞得躲到廁所不敢出來。我第一次參加舞會的經驗和我太太的經驗稍有不同，雖然也害羞，但舞會一開始，幾位女同學早就互相串通好了，主動邀請我們沒有經驗的男生跳舞。她們落落大方，在黑暗的燈光下，個個濃妝豔抹，把我這個鄉下佬嚇壞了，但也只好硬著頭皮接受邀請。當時流行的舞步是「吉特巴」(Jitterbug) 和「倫巴」(Rumba)，而我卻喜歡跳華爾滋。當唱片播出一段華爾滋音樂的時候，班上一位很漂亮的女生邀我跳，我真是受寵若驚！記得她拉著我一邊跳一邊說：「胸部要挺直，你個子高，最適合跳華爾滋。」後來我自己也練習多次，變成華爾滋舞的「專家」。數十年後，在哈佛參加一次學生宿舍的舞會，竟然有一位女士看我跳完一隻華爾滋後，邀我和她跳另一隻華爾滋舞。這個故事我好像在別處講過了？

人老了總是喜歡提舊事，特別是自己覺得得意的事。在我的台大歲月中，參加舞會的機會並不多，因為家住板橋，趕不上最後一班巴士便要借宿，很麻煩。參加舞會只不過是男女社交的一部分，男生討論得最多的是追女朋友。這個「追」字的意思究竟是什麼？其實就是主動約會 (dating)，廣東話叫做「拍拖」，大多是去影院看電影，然後到咖啡店談談。這完全是一種儀式，男生永遠主動，女生永遠被動，約會的目的就是社交，對雙方都是一種課外教育，當然沒有「性」這回事，最多也不過是「培養感情」，也就是「談戀愛」——這些都是當時常用的名詞，含義很明顯，社交就是談話，最後談到感情，感情「成熟」了是否一定結婚，那是另一回事，因為牽涉到雙方家庭環境和父母親的意願。

每當下課的時候，外文系的課堂門口都會出現一個「奇景」：一大群外系（大多是理工科）的男生在外面等候，好像小學放學家長接小朋友回家一樣，一個個外文系的漂亮女生都被接走了！我們這些本系的男生怎麼辦？我自己就有親身經驗，單戀一位女同學，然而沒有膽量和她約會，就被一位外系的男士「搶」走了。台灣有個導演拍過一部戀愛自傳的影片，但他比我年輕得多，片中的女友也大膽得多。如果我也導演一部自己主演的戀愛自傳的話，會把鏡頭故意拉開，避免尷尬。當然，同班同學中男女成雙入對的也有，但不多，只有一兩對，後來是否結為佳偶則不得而知。

問：除了舞會，還有什麼活動？

答：我們男生在課餘還有什麼活動？就是泡在圖書館裡看書，除了上面提到的外文系圖書館和台大總圖書館以外，還有設在植物園的美國新聞處圖書館，在那裡我發現幾本電影理論的英文書，包括布魯斯東（George Bluestone）的《從小說到電影》（*Novels into Films*），全都看完了。另一個去處就是西門町的電影院，看完電影就和幾位好友（都是男同學）到著名的「田園」咖啡館去大談存在主義。這家咖啡館是當年唯一播放古典音樂唱片的場所，但那裡的唱片我大多聽過了。王文興寫過一篇短篇小說，叫做〈大地之歌〉，[19] 就以這家咖啡店為背景，焦點放在一個年輕人偷窺一對情人親熱的複雜心理，寫得十分大膽，雖然用了馬勒那首名曲作為標題，但寓意並不在此。他小說中的年輕人，就代表我們這一代的「文學年輕人」，我忝居末座，但感覺相似，我們都是一群感情壓抑的「憤怒的年輕人」，文學變成我們唯一可以發洩的地方。當然，對我來說還有電影和音樂。

問：在中學時代，看電影是你生活中最重要的部分，怎麼在大學生活中你還沒有提到電影？是不是看的電影少了？

答：不是，而是看電影的作用和意義改變了。在中學時代，課餘好像沒有其他娛樂，最多也不過到小食店吃點零食，因此看電影成了唯一的娛樂。對我而言，電影院成了逃避現實的場所，我可以在銀幕上看到另一個美好的世界，甚至認同其中的人物。在大學看電影，如果不是為了和女友約會，就變成了藝術鑑賞。記得我和比我高一班的劉紹銘(他也寫影評)結為好友之後，有時就和另一位好友戴天三人同去看電影，看後在街上就討論起來，完全是一副法國「新浪潮」影評人的作風，而剛好那個時候，有一兩部法國新浪潮的影片在台北上映。還記得和另一位高班同學葉維廉和他的女友(後來成為他的夫人)同去看阿倫·雷奈(Alain Resnais)的《廣島之戀》(*Hiroshima Mon Amour*)，我們看得如醉如癡，等到影片看完，戲院裡的燈光亮後，全場只剩下我們三個人！這段故事，我也講過和寫過。[20] 抱歉，老是重複，似乎如果不重複敘述的話，這些美好的回憶就會消失了。我現在看老電影，不見得是為了學習，而是為了懷舊；重彈老調，也是這個目的。

然而，我還是要重複一點，那就是在大學時代我已經不把看電影作為娛樂。雖然在中學時代就寫影評，但那個時候寫的文章也包括荷里活的「八卦」，是我從幾本美國的通俗電影或新聞雜誌如《時代》(*Time*)和《新聞週刊》(*Newsweek*)電影版中「偷」來的，隨意加油加醋，變成我的文章；大學時代寫的影評，卻很嚴肅地做文本分析，把電影作為藝術，和文學對等。就在那個關鍵時期，當白先勇等人開始辦《現代文學》的時候，我卻開始研究電影藝術，到了大三以後，似乎對背誦演講詞的興趣也減低了不少。大四那年選的西洋戲劇課，我很喜歡，於是把戲劇和電影連在一起，對舞台劇改編的電影的興趣很大，剛好田納西 · 威廉斯的舞台劇《欲望街車》(*A Streetcar Named Desire*)的影片在台北上映，我立刻去捧場。記得那家影院在台北西門町，叫做萬國大戲院，它在我心中的地位猶如新竹的國民大戲院。也就在這個期間，我發現了希治閣，看他導演的《驚魂記》(*Psycho*)，我請了第一次約會的女友去看，結局的那一場謀殺戲把我嚇壞了，因此我也倒盡胃口。倒是從他的其他名片——如《迷魂記》、《北西北》等——才看出內中匠心獨運之處，變成他的崇拜者。法國新浪潮電影和希治閣的作品幾乎是同一時期，巧的是法國新浪潮導演杜魯福，也特別崇拜這位「緊張大師」，後來還專訪過他，寫了一本書。[21] 香港幾位現代主義的文學前輩作家如也斯(梁秉鈞)，對歐洲新浪潮電影也特別有興趣，也把文學創作和電影欣賞連在一起，當年《中國學生週報》的幾個年輕編輯更對杜魯福情有獨鍾。那個時候在台灣上演的外國首輪影片，和美國幾乎同步，差不了一年。當年夏氏兄弟也是影迷，一個在台北，一個在美國，在通信討論看過的最新出籠的美國電影，毫無時差。我可以驕傲地承認：他們看過的電影，我大多也看過。

問：現在我們還是從電影回到你在台大的社交生活，照你的說法，它是成長教育的一課？

答：是的。我想大膽談談我生平的第一次戀愛經驗。然而一說到這裡，我就要特別小心，必須尊重對方的私隱。我的這位大學女友已經逝世了，現在由我單方面來敘述這一段故事，把兩個人交往的回憶完全據為己有，是否有所僭越？因此我一定要慎重其事，也不能坦白得太多，只能講自己的感受，所以決定隱去這位女友的名字。為什麼事隔六十年之後，我還要「舊事重提」？因為這是我感情教育的第一課，也為了要紀念她。

先從我在台大的感情生活說起。男人是否也可以「情竇初開」？老實說，從大二開始我已經發現自己對一位女同學有好感，但還不認識她，這種好感是虛無飄渺的。我只覺得她走路的時候背影很好看，於是就不自覺地跟蹤她，這簡直是一個極不成熟的行為，現在看來十分可笑！

到了大三，班上的一位男同學鼓動我去追求另一位女同學，說我們很配，經他數次催促之後，我就試試，竟然承蒙她答應和我約會，而且表現得落落大方，令我意想不到。在當年的台大，約會並不是一件私事，一下子就傳開了，記得她住在台大的女生宿舍，我進門時先報她的姓名，再登記自己的姓名，然後看門的老太太就大聲叫：「×××，外找」，全宿舍的人都聽到了，有的好奇的女生還冒出頭來偷看，令我無地自容。約會幾次之後，我迷迷糊糊地就把這位女同學當作我的「女朋友」。這也是我的第一次「戀愛」——其實是我的幻想，而她一直認為這是正常的社交，我們只不過是同學和朋友而已。現在回想起來，這是一次不折不扣的「感情教育」(sentimental education)，我第一次覺察到自己感情的波動，以為自己在「戀愛」(in love)了。在我的心中，異性(特別是我這位女友)是一個美好的形象，純潔得很，幾乎和聖女一樣，說不定年輕一代人會覺得好笑。現在回想起來，我並不後悔，而且心存感激，因為我從這次經驗中學到很多東西。在台大我和她交往了將近兩年，到過她家裡，和她的雙親和姊妹都相處得很好，直到我們畢業，她立刻申請到美國留學，我卻必須留在台灣服兵役一年，才能出國。

問：然後呢？她出國後你們有沒有聯絡？

答：似乎每一個「愛情故事」，不管是真是假，都需要一段情節和結局。我的這段「初戀」本來沒有什麼值得宣揚的，只不過後來有意想不到的發展，像是一篇斷斷續續的連載小說，何況後來我真的變成她的一篇短篇小說裡的人物！不過在小說中我不是主要人物，也沒有「主體性」，只是從女主人公的主觀視角看到的一個純樸青年，他趁著暑假受軍訓的一個週末假期到她家裡看她。她從窗外看到他走進來，穿了一身軍人制服，但還是土裡土氣的樣子，我一眼就看出寫的就是我，然後敘述就轉到其他方面去了。這本小說集是她唯一的作品，有王文興寫的序文。多年後——至少二十年吧——

我和她不期在夏威夷偶遇，隔了半個太平洋，竟然有這種巧事！當時我去夏威夷大學開會，晚上到一家中國餐館吃飯，從我的眼角看到鄰桌有一個華人太太和她兩個孩子也在吃飯，我突然感覺到了，就是她！像是喬哀思小說裡的心靈顯現（epiphany），只有這麼一剎那，過去和現在碰撞在一起。我不知所措，於是故作沒有看見的樣子，不料她大大方方地走過來，對我說：「李歐梵，還記得我嗎？」哪會不記得？！但我還是故作矜持，在其他開會的學者面前，也不便多說話。會開完後，她請我到她家，見到了她的丈夫和兩個女兒，然後就送給我她的那本短篇小說集。她事後告訴我那一晚她和家人到那家餐館去吃壽麵，因為那一天是她的生日，我頓時也想：我就是她意想不到的生日禮物。這個場景簡直像一部電影，我甚至可以舉出一部同時期的影片作為參考：《90男歡女愛》（*When Harry Met Sally*）。法國導演伊力．盧馬（Eric Rohmer）也拍過類似的故事，片名叫做《六個道德故事》（*Six Moral Tales*）。我還會重提這位女友，此處先把情節洩漏一點。[22]

大學畢業後，她先到美國留學，在西雅圖的一間大學念書，一年後我也申請到芝加哥大學，飛機在西雅圖降落，因此我們又見面了。我只停留了一兩天，在離別之前，她和我長談，似乎為我們的關係做了一個總結，令我一生銘記在心。記得她不斷重複地說：我們只能做朋友，而不能進一步，因為她理想的結婚對象是一個比她年紀大很多的成熟男人，換言之，我太年輕了，還不夠成熟。多年後她的願望實現了，果然嫁給一個比她年長很多的科學家，還生了兩個女兒，一家人很幸福，那一次我在夏威夷和他們全家都見面了，這是一個圓滿的結局。可惜她逝世得太早了，約在九十年代末，我還是從楊牧那裡得知的。他偶然在《聯合報》副刊讀到這個消息，而且是刊在我的第一篇長篇小說《范柳原懺情錄》(當時在該報連載)的旁邊。我得知之後並不激動，但還是很感傷，於是想起她在西雅圖對我說的那番話。

如果她在天之靈能聽到我的懺悔，我會對她說：大學時代的我感情的確不夠成熟，這是環境造成的，是事後的領悟，當時我並不了解。在西雅圖聽了她那一番話後，我決定從此以後要以這段感情經驗為鑑。什麼才是「成熟」? 英文叫做maturity，依據愛理生的人生週期理論，繼「認同」後的人生階段就是「成年的早期」(early adulthood，20–25歲)，它的心理特徵是「親密」(intimacy)，我認為指的就是感情上開始成熟，如此才能進入親密階段。我開始交女朋友的時候是21歲，大學畢業時22歲，初抵美國時23歲，還是太年輕了，感情當然不夠成熟。然而我當時把女友對我的批評解釋為不夠「世故」(sophisticated)，也就是入世未深，天真得很，而她理想的配偶應該是一個很有經驗——也就是很世故——的中年男人。記得我們在西雅圖道別(我以為是永別)後，我坐灰狗長途汽車(Greyhound Bus)去芝加哥就學，一路上對自己默默許了一個願：我今後一定要證明我會變成一個感情成熟的男人。要先從男女約會的經驗積累開始，逐漸培養自己的日常生活知識、待人接物的風度舉止，更要了解女性的心理。

我追求「世故」凡數十年，在這個漫長的過程中才逐漸悟到：原來世故並不是一件好事，把人生看得太透了，會變得很憤世(cynical)，我不願意如此。多年後，我已經進入愛理生理論中的老年階段(65歲以後)，這才發現，作一個世故的老人並不難，但達到「天真」(innocence)的境界反而更難。我寫過一篇散文，叫做〈世故與天真〉，後來還以此為名出版了一本散文選。[23] 在文中我再三剖析英文中指涉「世故」的兩個名詞：cynicism和sophistication，前者可以譯為「憤世」或「犬儒」(此字源自古希臘的一派哲學家Cynics)，而後者才是我心目中的「世故」。集多年的經驗，我要向我的第一個女友證明我做到了。現在回想起來，這個想法本身就不夠成熟，似乎有不服輸的意味，又何必呢？然而，從六十年代開始，我的社交和感情生活的確走向一個磨練的階段，我故意標榜「國際主義」，專門和洋人和異族的女性拍拖，交了好幾個美國女朋友，積累感情的經驗，這些失敗的經驗造就了我的「成熟」，我的感情教育之路何其漫長！在經歷了兩次訂婚、一次婚姻失敗之後，才終於找到了真正的歸宿。子玉——我的妻子——是一個天真得像天仙一樣的女人，那是一種積累了很多經驗後依然出淤泥而不染的innocence，那才是真正的天真，不是幼稚無知(naïveté)。我愛子玉的天真，因為她受了不少苦，然而我們還是要克服她的憂鬱症。[24] 到了60歲，我的感情教育才終於結成正果，子玉給我帶來的「第二春」，令我感激不盡。其他的一切都不重要了。

參考文本

李歐梵：〈現代主義文學的追求 ——外文系求學讀書記〉，《人文文本》（香港：牛津大學出版社，2009），頁268–279。
李歐梵口述，陳建華訪錄：《徘徊在現代和後現代之間》（台北：正中書局，1996），第2章，頁27–55。

註 釋

加「*」者為編註。

1 白先勇主編：《現文因緣》（台北：聯經，2016）。

2* 「新葉 · 先勇 ——白先勇談永遠的青春夢」，講座日期為2012年3月21日。

3 我已經寫過數篇文章（中英文都有）討論《現代文學》的內容和地位，包括李歐梵：〈中國現代文學的現代主義〉，載《浪漫之餘》（台北：時報文化，1981），頁39–74；Leo Ou-fan Lee, "'Modernism' and 'Romanticism' in Taiwan Literature," in *Chinese Fiction from Taiwan: Critical Perspectives*, eds. Jeanette L. Faurot and C. T. Hsia (Bloomington: Indiana University Press, 1980), pp. 6–30等。

4* 2012年，作者獲邀擔任北京大學第三屆「胡適人文講座」的主講人，以「中西文化關係與中國現代文學」為總題，一共做了五次演講，第五講的講題便是「台灣的『學院現代主義』」。該次演講的記錄，見李歐梵演講，席云舒錄音整理：《兩間駐望：中西互動下的中國現代文學》（上海：上海人民出版社，2021），頁203–264。

5 王洞主編，季進編註：《夏志清夏濟安書信集》，卷二（香港：香港中文大學出版社，2015），夏濟安致夏志清（1951年9月30日），頁101。

6 李歐梵著，尹慧珉譯：《鐵屋中的吶喊：魯迅研究》（香港：三聯書店，1991），頁i。

7 李歐梵：〈閒話王文興〉，《情迷現代主義》（香港：牛津大學出版社，2013），頁37–43。

8* 伍雅希譯：〈焚燬的諾墩〉，《現代文學》，第2期（1960年5月），頁111–119。

9 當然，三十年代施蟄存辦的《現代》雜誌也可以説是中國文學史上現代主義的開創者，但那本雜誌在內容上比較兼容並包，並不明目張膽地發表現代主義的宣言（manifesto），獨樹一幟。關於這兩本雜誌的現代主義的比較，至今尚未見到專門的學術論著。

10 Otto Jespersen, *Essentials of English Grammar* (Oxford: Routledge, 2007). 此書初版於1933年，竟然於2007年重印再版，可見其在學界的經典地位。隨手翻閱就可以發現多處引用莎士比亞（"Sh."）為例，其他英國作家如狄更斯、麥考利（Rose Macauley）也不少，見第十章："Sentence-Structure"。

11 William Allan Neilson and Ashley Horace Thorndike, *A History of English Literature* (New York: Macmillan, 1924; copyright, 1920).

12* 參見《現代文學》第6期（1961年1月）「吳爾芙專號」，裡面收錄了四篇介紹吳爾芙的文章，以及五篇她的作品。

13 張沅長：〈英國十六十七世紀文學中之契丹人〉，《國立武漢大學文哲季刊》，第2卷，第3期（1933），頁495–534。

14 李有成、單德興：〈台大歲月：李有成訪談錄（三）〉，《中山人文學報》，第49期（2020年7月），頁140。

15* 白先勇主編的《現文因緣》中刊登了這張照片。

16 臺靜農：〈有感〉，許禮平編註：《臺靜農詩集》（香港：翰墨軒，2001），頁53。

17 魯迅：〈自題小像〉，《魯迅全集．集外集拾遺》（北京：人民文學出版社，2005），卷七，頁447。

18 殷海光、林毓生著：《殷海光．林毓生書信錄》（殷海光全集19）（台北：國立台灣大學出版中心，2010）。

19 王文興：〈大地之歌〉，《現代文學》，第6期（1961年1月），頁83–84；後收錄於王文興：《玩具手鎗》（台北：志文，1970），頁59–61。

20 參見李歐梵：〈廣島之戀〉，《自己的空間——我的觀影自傳》（台北縣中和市：印刻，2007），頁167。

21 François Truffaut, *Hitchcock* (New York: Simon and Schuster, 1967).

22* 見本書〈浪漫的追求：我的感情小史〉一章。

23 李歐梵：〈世故與天真〉，李歐梵著，舒非編選：《世故與天真》（香港：三聯書店，2002），頁48–52。

24 這一段故事，可以參見我們合寫的《過平常日子》，修訂版（香港：三聯書店，2018）。

5
遊學美國之一：芝加哥苦修

蔣夢麟的自傳《西潮》，記述的是他留學美國的經驗。「西潮」二字點出了一個重要的歷史現象，就是西學東漸後的留學潮：從晚清開始，大批留學生湧向外國，到了我這一代，台灣非但繼承了這個留學潮，而且猶有過之，一窩蜂往美國跑。我也隨波逐流，在大四的時候已經開始申請到美國留學，胡亂選了幾間大學的不同科系，結果大多落空，只有芝加哥大學「國際關係」給了我一個免學費的獎學金，於是就選了芝加哥。

我的留學經歷，開始的時候並不順暢，然而卻留下很深刻的印象，甚至不少細節至今還留在腦海裡，這一個新生活的心路歷程，值得大書特書。這一章是我的獨白。

一個人在途中：從西雅圖到芝加哥

那是1962年8月的一個晚上，我搭乘西北航空公司的飛機抵達西雅圖機場，機上的乘客不少是像我這樣初到美國的留學生。一位美國人來接機，並招待我到他家過夜。我和他素不相識，這位好心的中年男人屬於一個民間團體的義工，經過事先安排，專門接待外國留學生。他家在大學區，第二天早上醒來，聽到女學生唱歌的聲音，原來是華盛頓大學的一個女生聯誼會（sorority）宿舍的迎新會。我一向對音樂敏感，醒來聽到天使般的歌唱，精神為之一爽。女生歌唱的聲音，像荷馬史詩《奧德賽》中的女妖一樣，把我這個年輕不懂事的流浪「英雄」蠱惑住了，就此一頭栽進美國社會，不但沒有感到不適應，而且非常愉快。記得向我的主人告別時，他對我說："Good luck, young man, you need it!"（年輕人，祝你好運，你需要它！）他的這句話適當其時，似乎也給我帶來了好運。

就在那個關鍵時刻，我覺得自己變成另外一個人，到美國的第一天，膽子就大了起來——我要獨立自主，自力更生，先塑造自己，不能再依靠父母、家庭和原來熟悉的社會環境。我發現自己的英語訓練應付這個新的環境足足有餘，為什麼不像西部片的英雄人物一樣，單槍匹馬，闖蕩江湖呢？

於是，我就乘坐最便宜的交通工具「灰狗巴士」，隻身踏上征途，我的留學經歷從此開始。記得離別西雅圖，從巴士的窗外看到美國西北部的大平原，一望無際，有點像中學時代看過的西部片場景，但看不到騎馬的牛仔。到了蒙大拿州（Montana）的一個小鎮博茲曼（Bozeman），我走下巴士，打聽如何去黃石公園（Yellowstone National Park）。從西雅圖到芝加哥有很長的一段路，於是我好整以暇，利用這個機會先遊覽一番。因此，從一開始，我有意無意之間就把「留學」和「遊學」混在一起了，多數留學生打算將來學成後「留」在美國，我沒有想得那麼遠，只想趁開學前先遊覽名勝古跡再說。

在巴士站見到兩個女性遊客，竟然鼓起勇氣向她們問路，她們也正想去黃石公園，於是我們三人合租了一輛小汽車就啟程了。這就是我漫遊美國的開始。我還是一個來自台灣的23歲的鄉巴佬，什麼都不懂，沿途鬧了不少笑話。先舉一例：到巴士站的公共廁所，要先把一個兩毛五的銀幣塞進門上的小洞，才能打開門使用。我開門進去了，但出來的時候忘了拿相機，而門自動關上了，怎麼辦？只好呆呆地站在門口等下一個客人進來，然後求他把相機拿給我。現在想起來都覺得好笑！

多年來我保存了一張相片，現在找不到了，照片中有三個人：我穿了一件褐色的西裝，土裡土氣，兩邊站著那兩位旅遊同伴女郎，一個是法國人，一個是德國人，她們對我這個千里迢迢來的異鄉人很好，一路照顧我。在黃石公園的招待所，服務的美國年輕人更是非常友善，特別是女服務生，大多是夏天來打工的teenagers，天真爛漫。希治閣的名片《北西北》中有一場假謀殺，背景是一個半山上的咖啡店，地點在南達科他州（South Dakota）的拉什莫爾山（Mount Rushmore），我每次看到此處就想到我去過的那家黃石公園的咖啡店，就是那個樣子，當然沒有任何暴徒進來謀殺我！多年後我查了一下資料，那部影片發行於1959年，和我到美國的時間（1962）只差三年。

暢遊黃石公園之後，告別我的兩位遊伴，又上了灰狗巴士，本來想直奔芝加哥，但到了明尼亞波利斯（Minneapolis）又臨時決定下車，打電話給該城接待外國留學生的機構，請求接待。當時是下午，他們要我在車站等三個小時，有人下班後才能開車來接我到明州大學的學生宿舍寄宿一晚。於是我在街頭閒逛，看到一家電影院正在上演一部真 · 基利(Gene Kelly)的舞蹈片，就買票進場，原是為了打發時間。這部片子沒有情節，只有三場舞蹈，片名是《邀舞》(*Invitation to the Dance*)，我看得津津有味，想起初中時候看的《花都舞影》。看完後走出戲院，一個人走在街頭閒逛，外面天剛黑，華燈初上，事隔這麼多年，我還依稀記得那個感覺：有點孤獨和失落，但還是掩不住內心的興奮。接我的人不久就駕車來了，把我送到明州大學的一個學生宿舍，介紹一個該校的本科生，當晚就借住在他的房間裡。這又是一個經驗，原來那個時代的美國人——至少是我見到的——對外國學生十分友善，各大城市都有專門招待外國留學生的組織，後來在芝加哥過感恩節的時候，也有附近的一位基督教牧師接我們幾個外國學生到他家吃火雞。當然，這和美國南部不同，但我沒有去過南部。

在明州大學的宿舍，我和那個本科生(可能還是一年級)聊得很好，他邀我當晚去參加一個迎新舞會，英文叫做mixer，這又是一個新經驗。我有生以來還沒有看過如此盛大的場面：幾百個男女學生，個個生氣蓬勃，男生拉了女生就跳了起來。我不是不敢跳——因為我在台大有跳舞的經驗——而是不知道怎麼向洋妞介紹自己，只有作壁上觀。那一晚我得到一點感悟：我必須先「塑造自我」(self-fashioning)，這個名詞是英國文學的學者史蒂芬 · 葛林布萊首創的，原來是從他多年研究莎士比亞戲劇得來的理論，在此我不過用來形容我個人的再教育：必須全盤投入美國社會，學習如何生活、如何與陌生人交往、如何「呈現」自己。不到一年我就被美國征服了，以前在台灣學到的一切都被「解構」，價值系統完全破產。

我在美國求學的八年（1962–1970）剛好是六十年代，也是美國現代史上的轉折期，文化從保守到激進——那一代美國年輕人的價值改變過程不到十年。總的來説，我初抵美國的時候，感到艾森豪總統時代（1953–1961）還沒有完全結束，艾森豪代表的就是一種溫和的保守政治價值，所謂溫和就是不過分，不像麥卡錫主義（McCarthyism）那樣猖狂地反共。艾森豪做了八年總統，沒有任何醜聞，很受一般美國人愛戴，也代表一種道德底線，絕不越軌。我第一年見到的美國人，不論是學生還是平民，大多如此。1962年我到美國的時候，甘迺迪總統（John Fitzgerald Kennedy）剛上任還未夠兩年，次年（1963）就遭暗殺，接任的詹森總統（Lyndon Baines Johnson）於1965年左右大舉進軍越南，遂引起美國朝野的反越戰運動，美國社會的動盪和學生的左傾也從此開始，我到美國後的心路歷程不可能不受到影響。然而，當年很多來自台灣的留學生對美國社會是隔離的——主動疏離，甚至不聞不問。我走「國際路線」不僅是個人的原因，也有外在環境的影響。

在芝加哥大學「苦修」

1962年9月，我抵達芝加哥，記得那年冬天芝加哥的天氣特別冷，氣溫低到華氏零下20度。芝加哥和新竹一樣，素有「風城」（Windy City）之稱，到了冬天，寒風凜冽，到處結冰。很多從台灣來的留學生生平第一次看到雪，我幼年在河南對冬天的記憶似乎被台灣的亞熱帶氣候淡化了，到了芝加哥，最不習慣的卻是酷寒，人走在街上，手和臉都會凍僵。我沒有帶冬衣，帶來的美金只剩下兩百多元，飢寒交迫難度日，只好到那家著名的大百貨公司西爾斯（Sears）買一件最便宜的深綠色絨毛夾克，奇醜無比，我只有自我調侃，穿了這件外套，別人看我這個窮酸的樣子還以為我是個搶劫犯！芝加哥大學周圍的治安不好，夜晚時常有人搶劫。

我先住在校園旁邊的國際學舍（International House），房間很小，像監獄，裡面的餐廳食物無味，而且很貴，只好買了一個咖啡壺，在房間裡偷偷地煮意大利通心麵，更是味同嚼蠟。這一段經驗我似乎以前寫過，[1]不過這裡要重新強調的是：我的貧窮和飢餓在當時是常態，留學生個個都差不多，不像二十年後的台灣留學生，似乎個個家裡都有錢，暑假時候還回台灣度假探親，現在的大陸留學生也許更視為家常便飯。我所謂的「苦讀」，指的是身心兩方面的磨練。身體方面，挨餓是常態，果腹是為了生存，一日三餐，早餐能免則免，中飯也要省錢，只買最便宜的白麵包，夾上家裡寄來的肉鬆果腹；晚飯最麻煩，國際學舍的餐廳自助餐的價錢還是很貴，買最便宜的也需要一二美元，如此住下去會超過預算。勉強住了一個學期，只好遷離，和友人同租一間公寓，可以自己煮飯。我的室友和學長陶天翼（後來在夏威夷大學任教）比我更簡樸，連晚飯都囫圇應付過去。而我還是要學著下廚，從最簡單的炒雞蛋開始學起，早餐竟然把煎蛋做成炒蛋，一步一步地學做幾樣簡單的菜。經過多年磨練，自認最拿手的菜就是番茄豆腐炒牛肉，然而還是不敢端出來待客！

我讀蔣夢麟的《西潮》和胡適的《留學日記》，有一個印象：他們似乎從來沒有自己煮飯的紀錄，或者不值得寫，他們都拿了獎學金，生活過得太舒服了！而我的獎學金只不過是免繳學費，生活費要自己掙。其實我還是很幸運，能在芝大遠東圖書館（Far Eastern Library）找到一個搬書上架的體力工作，每週大約二十小時，月薪是一百美元，這都是得自館長錢存訓先生的照顧。他幫了好幾代中國留學生，包括我。我還選了他的兩堂課：目錄學和漢學入門。錢先生為我寫的推薦信，可能是我重新申請哈佛成功的主要因素，在哈佛拿到足夠的獎學金，生活就不成問題了。現在回想起來，這留美第一年的窮苦生活還是值得的，「苦其心志」和「勞其筋骨」並行，即使天不降大任於我，也應該作為生活教育的一環。我建議這一代的年輕人也不妨一試，即便家裡有錢，也要自力更生。我初到芝大校園，就發現在圖書館、實驗室、辦公室、餐館、咖啡店打工的年輕人大半都是學生。美國的父母把孩子送進大學，就覺得自己的責任已經告一段落，孩子應該獨立了。暑假期間，學生更應該去打工賺錢，我們留學生也往往到避暑勝地的餐館去找工作，或到中國餐館洗碗碟，我也差一點走上這條路，後來還是在芝大校園內送信，週末在費米研究室（Fermi Laboratory）看守儀器，算是閒差事，有時候和忙著做實驗的研究生聊聊天，也學到一點高科技的皮毛知識。我常說：我的「雜學」都是和不同的人聊天得來的。

相較之下，我在學業方面的壓力更大，因為事先在台灣全無準備，在台大學的是外國語言和文學，到了芝大以後，只有在台大學的兩年法文派上用場，第一年底就順利通過博士生的法文考試，不費吹灰之力。其他科目全是陌生的，我所屬的「國際關係」(Committee on International Relations)是一個跨學科的委員會，隸屬於政治系，只收少數的研究生，但名教授如雲，大多是其他科系(如政治系、歷史系和法學院)教授兼任的。最重要的教授有兩位，他們研究的方法卻全然不同，甚至背道而馳，一位是摩根索(Hans Morgenthau)教授，另一位是卡普蘭(Morton Kaplan)教授，後者是這個委員會的主任，所以新來的學生都選他的課，我也迷迷糊糊選了他的「國際關係理論」的研討課，探討的就是他自己發明的「博弈」理論(game theory)，當時這類理論剛剛走紅，我對此當然一竅不通。它的內容很抽象，簡言之，就是把所有的國家看作「玩家」(players)，國際關係就像是一盤棋，而聯合國就像一個「莊家」。我當然一頭霧水，這哪裡是我幻想中的「外交」？但我在中學時代就開始幻想的外交官夢又何嘗更實際？只想和各國大使的女兒跳舞，難道外交關係就是一場舞會？！這才頓悟到一個遲來的現實：我根本選錯了學科，它和我的興趣根本不合。也不知道芝大的這個委員會怎麼把我選上的，我猜想有兩個原因：一是我的大學成績很好，在班上名列前茅；另一個可能的原因是：這個委員會的研究生中也有來自台灣的學生，有成績優秀的先例：謝善元、齊錫生，還有我們的學長連戰，他是摩根索教授的大弟子，後來做了國民黨的領袖。摩教授對國民黨毫無好感，而且批評得很厲害，堅決主張中共應該代表中國進入聯合國，那個時候中國大陸還沒有開放，但美國支持中共進入聯合國的人卻越來越多。我來自台灣，又要學外交，似乎在為國民黨背黑鍋，心中很「不爽」。

我選了兩門摩教授的課，都是大班課，一門的題目就是他寫的那本著名的國際關係教科書：《國家間的政治》(*Politics Among Nations*)，這是一本暢銷書，書的主旨是：國際關係是由各個國家組成，所以國家利益(national interest)優先，外交也必須務實。它反對的就是右派國務卿杜勒斯(John Foster Dulles)的道德偏見外交。這本書的主題雖然不合我當時的胃口，然而內容還是很紮實，舉了很多歷史個案。後來到了哈佛，我旁聽另一位紅得發紫的國際關係教授基辛格(Henry Kissinger)的課，他一上台就引用摩根索的說法，如出一轍，其實都是源自同一個歐洲歷史傳統。摩教授更是一個典型的歐洲紳士，上課時穿深藍色西裝，背心口袋裡還裝了一個老式的袋錶，時而拿出來看看。那個時候他正走紅，到處演講，記得他上課的開場白往往是：「上週末我受歐洲某國外交部長邀請演講的時候……」，我們學生當然聽得目瞪口呆。我印象更深的反而是摩教授開的另一門課，專討論二十世紀的三大政治潮流：納粹主義、共產主義、民主論說。我第一次聽到馬克思(Karl Marx)的理論和共產主義的學術討論，這些在台灣是被禁的，因此好奇心更大。

研究中國當代政治的鄒讜教授原來也是摩教授的入門弟子，當時他剛剛出版的成名作：《美國對華外交的失敗》(*America's Failure in China*)，[2] 我也拜讀了，讀後對蔣介石和國民黨大為失望。那一年他剛好休假，所以我沒有能夠選他的課。鄒先生一直留在芝大，訓練了幾代華人學者，後來我們成了同事，我對他十分敬重。鄒先生原是國民黨元老鄒魯的後代，這本書代表了他的心路歷程和思想的改變，雖然以美國的對華外交政策為主題，但字裡行間對國共內戰時期的蔣介石和國民黨批評得很厲害。說不定受到這本書的影響，我的外交官夢也就此破滅。

我曾經說過多次，在芝加哥大學讀書如進修道院，因為校園建築都是中古哥德式的(Gothic)，那座洛克斐勒教堂(Rockefeller Chapel)是最有名的例子，就在我住的國際學舍旁邊，我每天上課時都經過。芝大四周都被幾個修道院(seminary)所包圍，身在其中的感覺就是「苦修」。[3]我從亞熱帶的台灣一頭栽進這個冷酷的世界，感受不到任何慰藉，除了偶爾和幾個同學和朋友聊聊天，每天只有讀書，過著孤獨的生活。好在認識了幾個背景相似的留學生，結為好友，包括外文系早期的同學成露茜，台大歷史系的老學長陶天翼(我的室友)，一起在圖書館工作的韓國學者崔永浩等人。但最令我佩服的是林毓生，他是芝大最有名的「社會思想委員會」(Committee on Social Thought)的博士生，他的導師就是鼎鼎大名的海耶克(F. A. Hayek)。我第一次認識毓生是在一個中國同學會的迎新舞會上，我們一見面，他就和我大談杜斯妥也夫斯基(Fyodor Dostoevsky)的小說《卡拉馬佐夫兄弟們》(*The Brothers Karamazov*)，特別是內中三個不同的吻的意義，聽得我目瞪口呆，我身邊有這本小說，但還沒有看，不禁十分羞慚，只有聽的份兒。毓生後來也多次向我灌輸他所學到的西方社會思想，真可謂振聾發聵，令我心嚮往之，很想轉系跟隨他後面，然而哪裡有資格？毓生對我也自有一番說法，因為有一晚在一家影院碰到了，我告訴他沒有吃晚飯，把省下的晚飯錢拿來看電影，記得是俄國名片、根據契訶夫(Anton

Chekhov）小說改編的《貴婦和她的小狗》（*The Lady with the Little Dog*），毓生對於我的這個「影癡」的怪癖——為了看電影可以廢寢忘食——也深為佩服，二人就此結為好友。後來他來哈佛寫他的博士論文，並拜師史華慈（Benjamin I. Schwartz）門下，我們又見面了，友情一直維持到前幾日（2022年11月22日）他在美國過世。我聽到這個消息，出奇地感傷不已，我們這一代人花果飄零，隨時會輪到我了！

好在有幾個朋友和同學的勉勵，我才不至於感到孤獨，芝大就是我的「煉獄」，否則我不會浴火重生。我一生從來沒有受過這麼強大的壓力，不但外交官的夢想被打碎了，而且感到我過往的一切——思想、感情、價值、學業、雄心大志——都徹底破滅。我的「認同危機」是從這個全盤自我否定的心態衍生出來的。我覺得自己一無是處，雖然在芝大的學業勉強跟得上，然而對我已經沒有意義。我走錯了路，不能再走下去，而前途茫茫，不知何去何從？於是突然想到轉學，大膽請遠東圖書館館長錢存訓先生寫推薦信，重新申請哈佛「地區研究—東亞」（Regional Studies—East Asia）的碩士班，竟蒙錄取。我選過錢先生的兩門為圖書館系開的漢學編目學的課，他為我寫的推薦信可能起了決定性的作用，否則轉學哈佛不見得會成功。

後來我發現，蔣夢麟、胡適、趙元任在美國念書的時候也轉了幾個科系和學校。美國有一句名言：「我的命運是我自己決定的」，我堅信這句名言，解決危機要靠自己的選擇。第一年在芝大的經驗似乎在無形之中也奠定我的學術命運，雖然我對於中國近代史一無所知，而且沒有特別興趣，在台大四年，念得最少的就是中國近代史和國際關係，各有一課，都是大一和大二的必修課，學生都在敷衍。如果真的研究中國近代史，應該進台大歷史系。我是到了芝大以後，才開始認識中國近代史，在遠東圖書館第一次接觸到中國歷史的各種史料和前人研究的著作，偶爾翻閱，無意間發現不少寶藏。當然最令我興奮的讀物還是文學，特別是五四新文學的「禁書」：魯迅、茅盾、曹禺、巴金等左翼作家的作品，禁得越厲害，我也越好奇。我迫不及待地讀魯迅，那年暑假就把魯迅的全部創作——短篇小說、散文詩和雜文——讀了一遍，因為我早聞其名，但是從來沒有看過他的作品，他的散文詩《野草》令我吃驚。我也喜歡茅盾早期的《幻滅》、《動搖》、《追求》三部曲，寫得十分大膽而悲觀，還有曹禺的戲劇《雷雨》和《日出》，令我想到在外文系讀過的希臘悲劇。無意識的閱讀，也種下後來研究中國現代文學的種子。

我的兩個心靈伴侶：音樂和電影

初到芝加哥的那一年，所讀的專業非我所願，心情落寞，不知將來何去何從，很自然便找尋我兩個心靈伴侶的慰藉：音樂和電影。在圖書館工作了兩三個月後，把微薄的工資省吃儉用，終於積存三十多塊美金，買了一個音質上好的收音機，專聽古典音樂，當時自己還沒有錢買音響系統和唱片。好在芝加哥有一個歷史悠久、聞名全美的古典音樂電台，我每天聆聽，除了滋養心靈外，還學了不少關於音樂的典故和知識。多年後我回到芝加哥大學任教，這個電台依然健在，那幾個知識淵博的節目主持人的聲音，聽來猶如老友重逢。不僅從收音機聽到24小時的古典音樂，而且幾乎每個週五下午都到城裡的交響樂廳，排隊買最便宜的學生票，坐在頂樓的位置，現場聆聽萊納（Fritz Reiner）指揮芝加哥交響樂團（Chicago Symphony Orchestra, CSO）的演奏，真可謂是「如雷貫耳」！CSO的管樂聲部——特別是銅號——一向獨享盛名，實況聽來果然如此。萊納原是匈牙利人，最擅長的曲目是李察・史特勞斯（Richard Strauss）的交響音詩：《查拉圖斯特拉如是說》（*Also Sprach Zarathustra*）、《唐璜》（*Don Juan*）、《英雄生涯》（*Ein Heldenleben*）等——這些曲目當時他已經和CSO錄製了唱片，我至今還記得走進大廳的時候看到牆上掛的就是這幾張唱片的封面，可惜我在現場沒有聽到；只記得有一場聽到（後來也錄過唱片）的曲目是黑人女高音普萊絲（Leontyne Price）演唱、萊納和CSO伴奏的貝遼士（Hector Berlioz）的《夏日之夜》（*Les Nuits d'été*）和幾首西班牙小曲，我聽後精神振奮，像是打了一劑強心針，沮喪的心情一掃而光。為了紀念這一段寶貴的聆樂經驗，我後來購買了萊納和CSO五十年末至六十年代初的大部分唱片珍藏，近來搬家，也不忘把這批價廉物美的「珠寶」（RCA Living Stereo，發行了數個版本）帶到新居。我有幸聽到萊納從CSO退休前最後的幾場音樂會，可以算是我畢生最珍貴的音樂回憶之一。

那年暑假，在芝加哥北部近郊的拉維尼亞公園（Ravinia Park，CSO的暑期演奏地）我也親眼看到大作曲家史特拉汶斯基指揮CSO演奏他自己的作品。那個時候他已臻八十高齡（也就是我現在這個年紀），只能指揮下半場，我在台下看到他慢慢走上指揮台，樂隊全體起立致敬，台下掌聲如雷，真是一代偉人，然而他的指揮風格實在不敢恭維。另一場難忘的音樂會是大提琴家史塔克（János Starker）和CSO演奏的、德弗扎克的大提琴協奏曲（*Cello Concerto in B Minor*），令我感動萬分，也親眼看到旁邊的一位老婦人落淚。這是一首我很熟悉的樂曲，聽了無數次，包括後來馬友友的演奏，但都沒有那一次印象深刻，所以屢次寫文追憶。且引用我以前寫過的一句話作結：「那一年在芝加哥，是音樂救了我，後來每次遇到難關、心情特別鬱悶的時候，就聽音樂，它是我的解藥和萬靈丹。」

音樂之外，我的第二個心靈伴侶就是電影。在芝加哥那一年，我迫不及待地看歐洲電影。當時恰逢歐洲新浪潮影片風靡全球，我在台北就看到了《廣島之戀》，到了芝加哥，當然趕著看早已在雜誌上讀到的法國新潮作品：杜魯福的《四百擊》（*The 400 Blows*）、《祖與占》（*Jules and Jim*）、《射殺鋼琴師》（*Shoot the Piano Player*），高達（Jean-Luc Godard）的《斷了氣》（*Breathless*），夏布洛（Claude Chabrol）的謀殺片，阿倫·雷奈的《去年在馬倫巴》（*Last Year at Marienbad*）；還有瑞典的英瑪·褒曼（Ernst Ingmar Bergman）的《野草莓》（*Wild Strawberries*）和《穿過黑暗的玻璃》（*Through a Glass Darkly*）；當然還有意大利的費里尼（Federico Fellini）和安東尼奧尼（Michelangelo Antonioni），後者的《迷情》（*The Adventure*）留給我最深刻的印象。它沒有故事，沒有動人的情節，只敘述一對男女在意大利各地找尋一個失蹤的第三者（男子的女友、女子的好友），二人漫無目的地在幾個小城遊蕩，似乎早已忘了原來的目的而只在找尋自己生命的意義。我看時感動萬分，連看兩場。

我往往在週末的午夜到一家二流的克拉克戲院（Clark Theater）去觀賞這些歐洲名片，看完電影已近淩晨。為了等第一班火車回學校，只好在街頭遊蕩，戲院附近都是酒吧，到處有酒鬼在街頭嬉鬧，我並不在乎，反正他們不會搶劫，最多對著我亂喊胡鬧，令我更感到彼此之間的疏離。一位社會學家理斯曼（David Riesman）曾經用一個名詞來描述這個現象："The Lonely Crowd"（寂寞的群眾），相當傳神，我不自覺地也把自己的孤獨感融入大都市的寂寞人群之中。每當我的心情沮喪至極、快跌到深淵的時候，反而會感到一種自哀自憐的暢快，也就在這個關鍵時辰，彷彿看到另一個「自我」的影子跟在後面，不是向我「告別」（魯迅的散文詩）而是在嘲笑我！這又有什麼可悲傷的？反正還沒有餓死，還可以在美國高級學府讀書，已經夠幸運的了。也許沒有人會相信，我就靠著這股「自嘲」的力量把自己從失敗的挫折中拯救了出來。白先勇曾經寫過一篇短篇小說：〈芝加哥之死〉，主要人物名叫吳漢魂，是一個在芝大讀英國文學的研究生，他在準備博士資格考試的時候，得到母親在台灣逝世的消息，但是沒有回家奔喪；到了拿到博士學位，參加典禮完畢，夜晚獨自走進芝城中心的一家酒吧買醉，並和一個妓女過夜，最後在白晝尚未降臨之前，跳密歇根湖自殺。[4]白先勇寫得十分用心，用了很多英國文學中的典故，更充滿了生活上的細節，主人公流落在異國大城市的感覺，被白先勇寫得入木三分，令我讀後十分感動，覺得自己當時的心情真和吳漢魂差不多，只不過我沒有勇氣自殺。但是在課堂上講這篇小說的時候，我也會對我的學生半開玩笑地說：「這篇小說還是不夠寫實，當年像我這樣的窮留學生哪裡有錢到酒吧買醉召妓？」這個說詞何嘗不也是我自我調侃的解脱手法？

做夢也沒有想到二十年後我會回到芝加哥大學任教，和芝加哥這個城市結了不解之緣。我對芝大和芝城的感情都不能一言蔽之，一方面在此受盡了苦頭，另一方面也在此「得救」——遇見我後半生的配偶李玉瑩（現名李子玉），那當然是二十年後的事了，芝加哥的確改變了我的一生。

參考文本

李歐梵口述，陳建華訪錄：《徘徊在現代和後現代之間》（台北：正中書局，1996），第3–4章，頁57–106。
李歐梵：《我的哈佛歲月》（香港：牛津大學出版社，2005）。

註釋

加「*」者為編註。

1* 李歐梵：〈芝加哥經驗〉，《我的哈佛歲月》（香港：牛津大學出版社，2005），頁10–11。

2 Tang Tsou, *America's Failure in China, 1941–50* (Chicago: University of Chicago Press, 1963).

3* 參李歐梵：〈芝加哥經驗〉，頁9。

4 白先勇：〈芝加哥之死〉，《寂寞的十七歲》（台北：遠景，1976），頁221–238。

6
遊學美國之二：哈佛歲月

十七年前(2004)，我剛從哈佛提前退休，一時衝動，花了很短的時間寫就《我的哈佛歲月》一書。此書可能是我的著作中流傳較廣的作品，因此看過此書的讀者可能也不少。現在重新回憶當年的似水年華，當然還是免不了有重複之處，但不知不覺間也添加了一些細節和補充，並做了點綜合性的反思。此次用對話的方式來自我拷問和反省。

哈佛的東亞研究「訓練班」

問：哈佛是名校，你在那裡做研究生前後有八年之久，後來又返回母校教書十年，十八年的歲月都獻給哈佛，值得嗎？

答：如果不值得，我為什麼要寫一本《我的哈佛歲月》，難道純是為了譁眾取寵嗎？

問：既然哈佛的大名家喻户曉，幾乎變成一個神話，你可以用自己的經驗來為我們「解魔」嗎？和芝加哥大學比較起來，有什麼不同？

答：我在上一章講過，芝加哥大學是一座修道院，老師和學生都在此苦修，希望將來有朝一日可以得道，也有花十幾年工夫也得不了道（學位）的，有的被毀了終身。和芝加哥比較起來，哈佛給我的印象寬鬆多了，神經沒有那麼緊張。兩家學府的環境很不同，芝加哥是個大都市，芝大所在地海德公園是芝加哥的南區，整個海德公園卻被四周的黑人貧民區所包圍，到了冬天夜裡，街道上冷冷清清的，沒有人出來，怕被搶劫。哈佛呢？它的所在地劍橋（Cambridge）是一個大學城，城中有兩家名校：哈佛和麻省理工學院，城中心就是哈佛園（Harvard Square），它既是連接波士頓的地鐵站終點，也是哈佛大學的校園——其實也無所謂校園，因為學校不斷地擴張，也越來越分散。從哈佛園走向查理斯河（Charles River），過了橋，那邊是甘迺迪政治學院（John F. Kennedy School of Government）和商學院的天地，則另有一番風景。英國也有一個「劍橋」，徐志摩叫做康橋，也有一條康河（River Cam），風光旖旎多了。

哈佛的規模比芝加哥大多了，學生可能比芝大多一倍，各種科系和研究中心林立，似乎也各成天地。東亞研究是「大宗」，主要包括東亞語言學系和東亞研究中心（Center for East Asian Research），後來改名為「費正清中國研究中心」（Fairbank Center for Chinese Studies），以紀念創始人費正清教授（John K. Fairbank）——他名字中間的那個「K.」字恰好就是King，大家戲稱哈佛的東亞研究就是一個費正清統治下的王國。

問：一般來自亞洲——特別是中國——的訪客開始只知道哈佛在東亞研究的名氣，後來才知道哈佛還有名列前茅的法學院、商學院、醫學院……

答：但是哈佛的教學中心依然是人文和科學學院（School of Arts and Sciences）和本科生的哈佛學院（Harvard College）。這個誰都知道，然而它背後的傳統就說來話長了。我初到哈佛的時候，也知道得有限，好在有芝加哥大學的先例，沒有失落之感，甚至覺得很容易適應。

問：我倒要問你一個更基本的問題：為什麼要到美國大學去念中國研究？

答：我初來時也曾經多次考慮過這個問題：我是否投機取巧，到美國學中文？當然也可以冠冕堂皇地回答：我是來取經的，「他山之石，可以攻玉」嘛。芝大遠東圖書館打工的時候，才深深感到這裡的中文藏書比台灣的任何圖書館都多，然後從錢存訓先生的課中得知歐美所謂「漢學」（Sinology），自有其深厚的傳統。來自歐洲的訓詁學，我從錢先生課裡學到一點皮毛，因此糊里糊塗地走進中國研究了。到了哈佛，我才聽說兩位來自台灣的學長都在史華慈教授門下學習中國思想史，於是我也跟在他們後面學習。

問：有人認為美國二次大戰後興起的中國研究本身就是一個冷戰的產物，目的是研究「敵人」——中共。

答：這種說法太簡單了，哈佛早有一個優厚的漢學傳統，是從歐洲傳過來的。我在哈佛讀的是「地區研究—東亞」，這個課程只頒授碩士學位，培養對東亞沒有什麼背景和訓練的學生。我進入這個「訓練班」之後才安心了，別的學生和我的背景也差不多，唯一的區別是我懂中文，然而我必須學日文，所以無所謂投機取巧。經過在芝加哥一年多的訓練之後，至少我知道學海淵博，既然被哈佛錄取，就要好好學習。我的「好學生情結」又回來了，然而不是死讀書，做一個書呆子，而是利用這個學術環境到處探索，我的「認同危機」也逐漸得到解脫。

問：哈佛的漢學研究屬於東亞語言學系，有幾位資深教授，包括研究古典詩詞的海陶瑋（James Hightower），研究蒙古史的柯立夫（Francis Cleaves），和那位韓國怪才方志彤（Achilles Fang），還有研究中國音樂並教授中文的趙如蘭，你選過他們的課嗎？

答：沒有。他們的大本營是哈佛燕京圖書館，而中國當代研究的費正清中心在另一棟樓裡，也有自己的小圖書館。這兩大陣營之間頗有隔閡和紛爭，外面的人看不出來。我不敢選這幾位漢學大師的課，是怕自己在漢學方面的準備不足，只能從歷史著手。講授中國古代史的楊聯陞教授早已享譽中外，只有我蒙昧無知，從來沒有看過他的著作，於是乖乖地選了他的中國通史的基本課程，從頭學起。楊先生也是余英時先生的老師，他的專長是經濟史，而我只對思想和文化有興趣。據說楊先生對有些研究近代史的學生很嚴格，但他對我十分客氣，也許是我不自覺地展現了對漢學的自卑感。記得我也是從楊先生的課上第一次聽到陳寅恪的大名和他的隋唐貴族「關中本位」的學說，讀了他的《隋唐制度淵源略論稿》。[1] 直到現今，我依然對傳統漢學存有一份尊重。

史華慈的思想世界

問：你的《我的哈佛歲月》有專章論述費正清和史華慈兩位教授，[2]還有可以補充的嗎？

答：你的問題本身就在重複。他們二人都是我的恩師，我也有說不完的記憶，特別是史華慈……

問：你的哈佛求學經驗似乎處處離不開史華慈教授，他到底是一個什麼樣的人？

答：典型的猶太人，連名字都是。

問：作為學者，他有大師的風範嗎？

答：如果大師的風範是咄咄逼人的話，他一點都不像大師。他平易近人，似乎對華人學生特別親切，他學問的博大精深，也是我們這些弟子慢慢體悟出來的。我第一年讀碩士，在他的大班課（lecture course）上也只敢聽、不敢發問，選他的研討課（seminar）才得以近距離接觸；進入博士班後，才有更多的機會到他的辦公室，和他單獨談話。無論談什麼題目，一談就忘了時間，每個學生都有類似的經驗。

對我個人而言——我還是要重複一次——史華慈不但讓我發現中國文化和思想的「新大陸」，而且也帶我進入西方思想的世界。因為在台大外文系沒有西方思想史這門課，但是班（Ben）老師（這是後來哈佛學長張灝為我們老師起的「小名」）講課時不分中西，我記得他在講課時隨口說出大量的拉丁文、德文和法文的抽象名詞。原來他在哈佛大學本科主修的是西方哲學，寫過關於法國思想家帕斯卡（Blaise Pascal）的學士論文，後來又學日文和中文，顯然班老師的學問遠遠超過任何「地區研究」的範圍。我在第一學期就選了他的兩門課：一門是中國中古思想史，一門是當代中國研究。也只有像史華慈這樣的老師才能跨越古今中外的時空，從古到今，從孔子到毛澤東思想，無所不談。然而他堅持一個論點：無論是中國或西方，其文化都是多元的。每當他提到「西方」（West）這個名詞，必加上「所謂」（so-called）一字，因為「西方」不是鐵板一塊。他認為西方至少有兩大傳統：「古希臘－羅馬傳統」和「猶太－基督教傳統」，當然還有埃及、波斯和阿拉伯文化；現代歐美文化更是多元。在課堂上，班老師不厭其煩地解釋，使我留下深刻的印象。

問：班老師又如何從傳統進入當代？

答：在為研究生開的「當代中國」研討課上，[3] 班老師展現了他的另一個面貌：作為中共黨史專家，他的開山之作就是《中國共產主義與毛澤東的興起》（*Chinese Communism and the Rise of Mao*）。[4] 這本早期著作所根據的黨史材料有限，然而他依然展露出他自己獨特的看法。我不禁納悶，為什麼像他那樣的兼通數國語言和文化傳統的奇才要去研究中共黨史？原因無他，班老師自己就是冷戰時期的產物，他做學問並不分古今中外，但也自有他心目中的價值取捨。

問：你選這門課，居心何在？

答：我選這門當代中國的課，並不是對中共黨史有什麼興趣，只覺得這是跟隨史華慈進入現代中國研究的唯一途徑，然而史教授似乎早已知道我的興趣是文學，不在政治。記得在第一堂課上他高談闊論，談到延安整風運動時無意中提到一個延安作家的名字：蕭軍，他是中共延安整風運動被整肅的對象之一。我對蕭軍一無所知，只聽説過他的名字而已，似乎在芝大遠東圖書館的書架上看到他的小説《八月的鄉村》，於是就想以蕭軍作為我的研究題目，因為他是一個備受爭論的左翼作家，可能有點意思。料不到二十年後（1981）我到北京見到蕭軍本人，並請他到美國來開紀念魯迅的會議。

問：我看過2014年你在香港報紙寫的一篇談蕭軍的文章，[5]談的是蕭軍的《延安日記》，饒有趣味，真想不到吧。

答：這就是研究現當代文學的樂趣，我和作家的交往足可以寫一本書。當年我誤打誤撞，研究蕭軍的論文竟蒙老師欣賞，後來這篇論文變成我的碩士論文，又變成博士論文的一部分。我倒要感謝我和蕭軍的緣分，多年後還見到他的孫子，他每次來香港，都請我和妻子吃飯，回報我對他祖父的「恩惠」。

除了蕭軍，我在史華慈教授的另一個研討課上提交過另一篇論文，題目是〈林紓和他的翻譯〉，這也是一個偶合。林紓就是林琴南，他是嚴復的同鄉和同代人，也是晚清翻譯界的大人物。嚴復翻譯的是西方政治思想經典，林紓擅長的是英國和法國的通俗小説。當時我的老師正在寫嚴復的研究，於是我故意在班上寫林紓，以求引起他的注意，果然成功了，此文被推薦到費教授主持的博士生刊物*Papers on China*，那是我在美國學界第一篇出版的論文。林紓和蕭軍，一前一後，把我博士論文的框架勾勒出來了，主要人物旋即登場：徐志摩和郁達夫，再加上其他幾個人物，我的博士論文就這麼拼湊出來了。這又是一個「偶合」的例子，費教授本來是希望我專門研究徐志摩的，我覺得不夠，偏偏不自量力要研究一代人的浪漫心態。如果我的兩位教授都認為這些作家不值得寫或者不是歷史題材的話，說不定我的博士論文可能就要泡湯了。

且暫時打住，待會再談，還是按部就班地敘述我就讀博士的經歷吧。

博士班和博士論文

問：你覺得值得敘述嗎？在美國念博士的「流程」都差不多：上課、考試、找論文資料、寫博士論文，有人花很長的時間，有人只花三四年。你是一個例外嗎？

答：表面上我也沒有例外，但實質上我從開頭就是一個例外，或者說是一個特例，至少在心理上，我覺得一切都太順利了。我一年就拿到碩士學位，進入博士研究，一切順理成章，似乎也沒有感受到什麼壓力，比起在芝加哥苦讀的經驗，在哈佛那幾年真是輕鬆寫意。我進入博士班，就是希望史華慈作我的指導教授。歷史系屬下的「歷史和東亞語言組」是費正清教授創辦的，史華慈教授是他的支柱，二人共同指導，然而華人研究生幾乎個個都想拜在史教授旗下；費教授也無所謂，何況他指導的美國學生本來就已經很多，應接不暇。兩位教授合作無間，史教授與世無爭，只談學問，費教授除了指導學生還打理一切行政。進入這個小團體，就等於進入費正清的「魚缸」，其他學校如果開設中國史方面的課程需要人去教，就會直接向費教授打電話，他就從這個「魚缸」裡拉出一條魚來，而我自認是這個大魚缸裡面的一條小魚。在史華慈教授的門徒中，我也不算是大弟子，因為一開始我就表示對文學有興趣，和其他研究生的路數不合，而我們的班老師雖然學通古今中外，偏偏對文學並不特別關心。兩位老師也很大度，就讓我夾在歷史和文學之間，而且鼓勵我到別系選課。

這個博士課程的要求是修讀三個歷史領域的課，一般學生都是選中國近代史作為主修，另外兩科往往是明清史和近代歐洲思想史，楊聯陞教授負責前者，後者則是由休斯教授（H. Stuart Hughes）指導。我隨著大家選了一門休斯的大班課，基本讀物就是他的那本名著：《意識與社會》（*Consciousness and Society*），[6]第一次聽到他講述法國哲學家伯格森（Henri Bergson），印象深刻。多年後，我的學生（也是這本書「對話篇」部分的訪談者）張歷君開始研究伯格森和中國五四時期的思想關係，大有收穫，令我想起這位老師的課，如今沒有人提起他了，美國學界後浪推前浪，似乎低估了休斯教授的學問。另一位令我崇拜的是政治系的哈茨教授（Louis Hartz），我旁聽他的那門名叫「民主和它的敵人」的課，也第一次聽到康斯坦（Benjamin Constant）、索雷爾（Georges Sorel）、帕雷托（Vilfredo Pareto）、加塞特（José Ortega y Gasset）等人的名字，這才開始領悟到西方現代政治思想也很複雜多元。然而當時我最有興趣的還是俄國思想史，以前說過：這是看杜斯妥也夫斯基的《卡拉馬佐夫兄弟們》之賜。這本小說本身就是一部十九世紀的俄國思想史，不過是用「多聲體」小說的形式和幾個虛構人物——特別是伊凡（Ivan）——的思想經驗營造出來的。於是我大膽地選了名教授派普斯（Richard Pipes）的俄國史，並且在暑假開始學習俄文，後來又多學一年，還是不夠用。現在回想，當年不知天高地厚，也不知哪裡來的勇氣，真是全情投入。也許這就是我做研究生和其他同學不同之處，特別愛走偏鋒和險峰，也不當一回事。

到了博士考試的時候，我希望打破慣例，一口氣考四門：中國近代史、明清史（也就是「前現代中國」〔premodern China〕）、近代俄國思想史、近代歐洲思想史，中國和外國各佔一半。這個請求後來被費教授婉拒，他發現我有一個不大不小的毛病：好高騖遠，讀歷史書不重年代，只重思想，於是才發生我博士口試時的「滑鐵盧事件」：他問了我不下二三十個年代和日期的問題，包括太平天國在哪一年哪一月攻陷南京這種瑣碎不堪的細節，故意整我。《我的哈佛歲月》中有仔細記載。[7] 現在重新反思，我還是很感謝費教授，一方面他很放縱我，給我一個 Free Spirit（我譯作「逍遙自在」）的雅號，為我爭取到兩千美金的特別研究費到歐洲旅遊，表面上是為了研究徐志摩在康橋（見下章〈「西潮的彼岸」：我的歐洲情結〉）；另一方面他也不忘提醒我，學問要做得紮實，不能天馬行空式地亂吹牛。他就用這「一收一放」的方法把我磨練出來了。更不必提他對我的論文的英文行文（style）修改之仔細，幾乎是句句斟酌、有錯必改。他自己的英文自成一體，和史華慈的完全相反，史教授喜歡用長長的句子，把思想的複雜性蘊藏在句子之中，而費教授的文體則言簡意賅，擲地有聲。我畢業後曾和費教授通信，請教一些實際問題，他有信必覆，而且信中往往有值得背誦的佳句。

費教授也有他「私情」的一面。當我構思博士論文題目的時候，他提議我只寫徐志摩的傳記，而且無意間告訴我他和夫人費慰梅（Wilma Fairbank）與林徽因是多年好友。他對這位才女推崇備至，甚至到了仰慕的地步，也許是愛屋及烏，所以要我寫徐志摩。記得我回答說：一個作家太少了，我想把多個作家合在一起寫一本集體傳記，描繪出五四那一代人的心態。現在回想起來，論文框架太大了，而背後也缺乏足夠的理論支撐，好在它的原型是傳記，所以我在作家的生平描述方面可以發揮自己的敘述技巧，把兩位主要人物——徐志摩和郁達夫——寫得相當生動。我可以揣摩徐志摩的浪漫心情，但不知如何分析他的詩作，原因無他，因為我不知道如何分析新詩的形式。後來楊牧編《徐志摩詩選》，寫了一篇序言，分析得十分到位，指出徐的詩作和英國浪漫詩人有密切關係。[8] 楊牧畢竟是一位詩人，而且在美國受的是比較文學的訓練，我當年還是文學的外行。五十年後，我終於又回到徐志摩的研究，乾脆一反當年的寫法，專門分析他的詩作，不管他的身世。我也回頭重讀郁達夫的早期小說〈南遷〉，發現他受到歌德（Johann Wolfgang von Goethe）和德國浪漫主義的影響極大。現在我已經完全脫離歷史傳記的模式，但對於思想史還是念念不忘，想繼續將之發展到文化史的領域。

我的博士論文的另一個靈感得自俄國思想史。十九世紀俄國思想家中很多人也是文學家，別林斯基（Vissarion Belinsky）就是其中一位。俄國知識分子的心態，和中國的甚為相似，也是一代接一代，例如十九世紀初（1825）的「十二月黨」（Decemberists）和十九世紀中的「西化派」與「斯拉夫派」，明顯是兩代知識分子，但有繼承關係，構成一個完整的系譜。派普斯教授在課上指定的一本讀物：《革命的根源》（*Roots of Revolution*），[9] 作者文圖里（Franco Venturi）用的就是這個方法。有一次這一位意大利歷史學家來哈佛講學，我趕去旁聽，他用意大利腔的英文口音，廣證博引，令我至今印象深刻。也許這就是哈佛的好處，可以時常聽到世界各國學界的名人演講。我甚至可以再寫一本「旁聽名家演講回憶錄」。

關於現代中國知識分子的系譜關係，我也很感興趣，但力有未逮，寫不出來。在博士論文中把林紓和蕭軍放了進去是為了方便，因為已經在課上提交關於二人的論文。有了林紓，於是也把蘇曼殊加進去，算是兩個「前驅者」（precursors）。承先必須啟後，於是又加上一章「革命浪漫主義」，以郭沫若、瞿秋白和蕭軍為代表。把這些人物合在一起，需要一條思想的主軸把他們連起來，於是才摸索到「浪漫心態」這個主題，還是從史華慈教授的班上得到的靈感，也是他的建議。當我在他班上作林琴南的報告的時候，他起初靜聽不語，我提出的一個中心問題是：林紓是一個傳統儒家，但為何如此感情充沛，翻譯《茶花女》時感動得嚎啕大哭？這個感情因素，似乎超越了儒家關於「情」的論述，那麼從現代思想史的角度又如何處理？我在班上取巧，不提出結論，倒過來向我的老師請教，這才引出浪漫主義。這個灼見（insight）雖然是老師提出的，但卻把這個棘手的問題拋給我解決。事實上，在我的博士論文中並沒有完全解決，而是採取一個避重就輕的方式，僅僅指出五四這一代人的一種浪漫心態和氣質，而不是浪漫「主義」的思想潮流——這是一個超越我的能力的大問題，只有像以賽亞·伯林（Isaiah Berlin）這種大師才可以處理。於是我斗膽寫信給他請求見面，向大師請教，那個時候伯林爵士剛好在紐約訪問演講，竟然蒙他答應，在百忙中和我談了一個鐘頭。伯林說起話來和他的演講一樣，滔滔不絕，出口成章，你根本插不上嘴，談話的細節我已經忘了，但記得他提到中國文革中紅衛兵的造反都是一種浪漫心態的表現。那個時候伯林已經在思考西方浪漫主義的緣起，1965年他在美國做了幾個演講，最後集合成《浪漫主義的根源》（*The Roots of Romanticism*），[10] 我近來（2020）終於讀了一遍。我訪問他的時候大概是1966年，中國的文化大革命剛剛爆發，現在回想起來，伯林對紅衛兵的看法，似乎也是從法國大革命的傳統去推敲的，和史華慈發表的一篇討論毛澤東的名文："Modernization and the Maoist Vision"異曲同工，[11] 也就是說：文革所代表的毛思想是一種反對現代化的理想視野。然而，伯林這本書的出發點不是法國大革命以降的浪漫傳統，而是德國啟蒙運動隱含的浪漫思想，他書中的主要人物是席勒（Friedrich Schiller）、謝林（Friedrich Wilhelm Joseph Schelling）、施勒格爾（Friedrich Schlegel），我根本無力處理這個西方思想來源的大問題。既然抓不到西方浪漫主義的來龍去脈，就只好瞎子摸象，摸到什麼就描述什麼，在最後的結論中提出所謂普羅米修斯式（Promethean）和維特式（Wertherian）兩種浪漫心態的看法，前者代表動力一面，典故出自班老師的嚴復研究一書：《尋求富強》（*In Search of Wealth and Power*），[12] 後者代表傷感一面，典故來自歌德的《少年維特的煩惱》（*Die Leiden des jungen Werthers*）。這是一種概括，不是理論。

我寫博士論文的時候，覺得中文材料很容易收集，哈佛燕京圖書館就收藏了一大堆，大多是在地下室，我近水樓台，一本一本地瀏覽。論文第一章提出的「文壇」和「文人」，也和社會學理論無關，更不知布爾迪厄是何許人也。文壇的觀念是從一本八卦式的閒書《文壇登龍術》借用的；[13] 而文人的觀念更不出奇，原來就有所謂「文人相輕」的說法，魯迅就寫過好幾篇文章。我寫這一章的目的是為五四新文學提出一個社會背景，而這個背景後來又引出從晚清到五四的出版界——也就是印刷文化繁榮——的問題，使我逐漸對晚清文學產生興趣。借用王德威的話，就是「沒有晚清，何來五四」。[14]

我的博士論文足足有一千多頁，後來奉費正清教授之命，縮減一半頁數才能出版。其實當年我收集的資料更多，都無法放進論文裡面，本想把兩位女作家——黃廬隱和丁玲——作專章論述，還有另外一章討論三位詩人——王獨清、李金髮和戴望舒，以便和徐志摩對照，並理出一個從浪漫詩演進到象徵詩的問題，但由於論文的篇幅限制和自己的能力有限，最後都放棄了。我把兩位女作家的研究觀點寫成單篇論文，在一個關於「現代中國女性和社會」的學術研討會上宣讀，被在座的多位女權主義者批評得體無完膚，就此拋棄。多年後丁玲到美國訪問，引起轟動，不少年輕女學者研究她，並視她為中國的女性主義作家的祖師奶奶，然而丁玲對於這個稱呼不感興趣。記得在愛荷華的那次聚會中(也就是她與蕭軍隔了三十多年重逢的那個關鍵時刻)她問我：「別人都在研究我，你為什麼不研究？否則我可以告訴你一個秘密：那篇〈不算情書〉中提到的『同志』是誰？就是馮雪峰！」其實我早已猜到了，但還是很高興，丁玲親自印證了我在那篇論文中的一個觀點：早期的丁玲還是把浪漫心態和革命情操混為一爐，女權主義還在其次，雖然她在延安寫了一篇名文為女性打抱不平。研究現當代中國文學的樂趣就在於此：有時候可以和你研究的對象見面。然而我還是有一個怪癖：如果我研究一個當代作家，最好和他/她保持距離，否則就失去了客觀分析和批判的視角。

我的博士論文寫了一年，1969年春天開始寫，秋天又要到達特茅斯學院(Dartmouth College)教書，夜裡才有時間寫論文，然而寫得似乎很順暢，1970年春送交哈佛研究院，也沒有論文公開答辯的儀式，更沒有什麼校外考試委員，只需要指導教授同意就通過了。我覺得過程太過簡單，學生往往順利過關，導師也容易維護自己的研究生，後來返母校任教時我極力建議加上論文公開答辯的儀式，但系裡開會沒有通過。

問：你滔滔不絕，把修習博士和博士論文研究的來龍去脈都講完了，質問者插不上嘴，也無權插嘴。現代文學這一行中很多人都看過你的《中國現代作家的浪漫一代》，似乎為你初出道打下一個基礎。

答：可以這樣說。1973年我的論文出版成書，[15]也是費教授一手促成的，沒有遭遇到任何困難。出版後反應很不錯，聽說歐洲的學者還以為美國冒出一個資深學者，怎麼以前不知道？我猜是這本書的範疇遠遠超過一般博士論文的範圍，竟然包括七個作家，另外還有文壇背景和兩章結論，幾乎是一本「巨作」。這是一個非典型的例子，而且物以稀為貴，那個時候的西方漢學並不包括現代文學，而現代史研究也很少聚焦於作家；即使寫作家也只研究一個人，如巴金、茅盾、郭沫若、魯迅。最早研究這幾位作家的學者都在歐洲，大多是捷克漢學家普實克（Jaroslav Průšek）的門徒。普教授於1966至1967年訪問美國，在柏克萊、密歇根和哈佛講學，在哈佛的時間最長，開了兩門課，我有幸都選了。這段學術因緣，我曾多次為文記載（中英文都有），《我的哈佛歲月》有一篇附錄，[16]在此就不談細節了。普實克是第一位正式在哈佛講授中國現代文學的知名學者，而且在課堂上公然宣佈歐洲在這方面的研究早過美國。美國只有一本夏志清教授的《中國現代小說史》（*A History of Modern Chinese Fiction*），[17]當然現在此書已成經典，然而在那個年代，大家還不熟悉夏先生的「路數」，加以夏先生的明確反共立場，令不少年輕左派學生不安。當時我們學歷史的人（包括我在內）都沒有文學分析的訓練，還搞不清什麼是「新批評」。在這個外在環境影響之下，我自己也走了很多冤枉路，到了自己轉行教文學的時候，才知道僅用思想史和文學史的方法還是不夠用，於是才逼自己惡補文學理論，從「新批評」理論開始讀起。當時我只對一種時髦的理論有興趣，就是愛理生教授的心理分析的歷史研究法（psychohistory，或譯「心理史學」）。他是哈佛的名教授，我有幸參加了他的研討課，學了一套他的方法，開始研究魯迅。如今他的方法似乎早已過時，沒有人用了，我反而要把他的「人生八個階段」的理論引進這本回憶錄，對他表示懷念。

哈佛的生活世界

問：你什麼時候離開哈佛？

答：我在哈佛做研究生，從1963到1969年，足足在劍橋住了七年，不過1968年的暑假和秋季在歐洲浪遊了半年，1969年在達特茅斯學院歷史系任講師一年（邊教書邊寫博士論文），這是回憶中最珍貴的一段時光，也許就是我的兩個「黃金時代」之一，另一個是台大四年（1957–1961）。

問：你在美國做研究生的平常日子是怎麼過的？

答：的確值得懷念，雖然我大多關在學院的「象牙塔」裡，自得其樂。在哈佛做研究生的生活世界當然和圖書館分不開，此外就是聽演講、參加小型討論會或工作坊，在哈佛燕京圖書館的地下室，我們研究生每人有自己的小空間，各人分到一張小書桌和書架，所以地下室的底層變成了我們的「窩」，每天在下面吵吵鬧鬧，不亦樂乎。學校的總圖書館懷德納圖書館（Widener Library）在哈佛園的中心，當年大部分本科生（特別是一年級）都住在哈佛園內的宿舍，高班生住查理斯河邊的宿舍，而女生原來屬於蕾克列芙女子學院（Radcliffe College），後來與哈佛合併，這所女校也有自己的校園和宿舍，以及圖書館。我的日常生活就在這幾個小世界裡，每天行走於神學院街和哈佛園，或泡在哈佛燕京圖書館地下室，有時也會到蕾克列芙女子學院的圖書館讀書，但醉翁之意不在「書」，而在於有機會和「克列菲」(Cliffies，此校女生的簡稱)搭訕。總圖書館的大閱覽室也是窺視女生的好地方，但我的目的反而是到館內有如迷宮的書庫去找西文書和資料，往往失落在這個龐大的迷宮裡。費正清的私人書房就設在這個迷宮的上層，只有準備博士考試的研究生才准定時入內，往往是在下午，因為費教授生活極有規律，上午必到這個書房看書，下午才上課和辦公，數十年如一日。在這間書房裡我無意間發現史華慈研究佛教的論文。我們研究生考試必讀的書這裡都有，所以不必費事在他處借閱，只要在這間書房裡看就行了。我在此瀏覽了不少早期在華傳教士的資料。

對我來說，這是一段很舒服的讀書生活。我在入學後的三年就把所有的博士生課程修完了，然後是準備博士考試，花了一年工夫。剩下的日子就是在校園裡晃蕩，隨意聽課，偶爾選一門自己喜歡的課，比如愛理生的研討課，我也旁聽大量的其他科系的課，等於重新再上一次大學。這些細節，我在《我的哈佛歲月》一書中都談過了，[18] 如今重讀該書的部分章節，發現內中我對於旁聽課程的興趣遠超過本科，也許我本來就對於外國文化有興趣，另一個原因就是我發現台灣的大學教育根基不足，既然來了這個著名的學府，就應該利用它的優秀師資和藏書「再教育」一次，或用當今流行的說法，就是「增值」。我甚至覺得，至少在人文方面，不論專修什麼學科，都需要到旁系取經。我在哈佛的同房梅廣，在哈佛攻讀語言學，但時常到鄰近的麻省理工學院聽課，等於讀了兩個語言學的博士學位，學成返回台灣之後就成為這個領域的著名學者。他是我的學習榜樣，但我的興趣不在語言學，而在文學和文化史，於是不知不覺間旁聽了不少相關的課。至今我還覺得自己在人文方面的訓練不夠，知識的範圍也不夠廣。

除了讀書聽課之外，我得以滿足我的兩大業餘興趣：聽音樂和看電影。波士頓交響樂團（Boston Symphony Orchestra, BSO）和芝加哥齊名，我剛好趕上萊恩斯多夫（Erich Leinsdorf）接任該團音樂總監的時期（1962–1969）。我聽過多次他指揮的音樂會，令我最難忘的一場是馬勒的《第三交響曲》（*Symphony No. 3*），那是我第一次實地聽馬勒（以前聽的都是唱片），坐在樓上後排，因為遲到了幾分鐘，剛上樓梯就聽到台上傳來的第一樂章開始的片段，鑼鼓齊鳴，令人振奮，從此迷上了馬勒。當時最有名的馬勒指揮家當然是伯恩斯坦（Leonard Bernstein），然而萊恩斯多夫相當自傲，在接受媒體訪問的時候回答說：「伯恩斯坦先生有他的馬勒詮釋，我有我的一套！」，毫不相讓。他也錄過華格納歌劇《羅恩格林》（*Lohengrin*）的唱片，但賣得不好，風頭被另一位指揮家蕭提（Georg Solti）搶去了。音樂是我的心靈妙藥，每當我沮喪、失意或失戀的時候，我就會猛聽音樂作為治療。然而在哈佛的那幾年心情愉快，聽音樂成了一種純粹的嗜好，我開始收集唱片，記得有一年和梅廣及另一個朋友合租一棟三層小樓，每人住一層，梅廣和我都迷上華格納，他把剛買的蕭提指揮的《指環》（*Der Ring des Nibelungen*）唱片在他房裡的音響系統播放，聲音震天，傳遍全屋。我也開始玩我的音響，這個嗜好一直持續到現今，幾乎到了「發燒友」的程度，直到近來才放棄。

我對於老電影的嗜好也是在哈佛的歲月裡培養的。哈佛所在地劍橋有兩家（後來有三家）電影院，幾乎每個週末我都會光顧影院或聽音樂會。我買了BSO的季節票，一年聽數場，每次都視為大事，而看電影則隨時有空就光顧電影院，那是另一種經驗。我和哈佛的其他學生（特別是本科生）一樣，光顧最多的就是那家布拉陶影院（Brattle Theater），我也曾在多篇文章中提過。[19] 這家電影院的老闆絕對是一個很懂電影的「影痴」（cineaste），對於經典老片瞭如指掌，往往以導演或類型系列方式把它們多次重映。我看的次數最多的就是《北非諜影》（*Casablanca*），此片早已成了經典，每當哈佛的考試時期該戲院就重演此片，以調劑學生的緊張情緒。我也寫過多篇文章介紹，[20] 但是沒有說到此片在我的心路歷程中留下的感情印記。

當時我在布拉陶影院和本科生擠在一起看，他們往往成雙結對，而我卻是形單影隻，只有從這部影片中得到一種幻想式的慰藉，特別是片中的一組回憶鏡頭：男女主人翁在卡薩布蘭卡的酒吧重逢，黑人琴師奏起那首著名的主題曲〈時光流過〉（"As Time Goes By"），鏡頭化入德軍進佔巴黎的前夕，堪富利 · 保加（Humphrey Bogart）和英格烈 · 褒曼（Ingrid Bergman）依偎著坐在敞篷車上，微風吹動了她的頭髮，他們背後是巴黎的凱旋門。這當然也是全片最有名的場景之一，我每次觀看，都有一種說不出來的感覺，就像高中時候看《金枝玉葉》

的最後一場男主角獨自一個人走出大廳的感覺一樣，現在記憶猶新，只能承認自己是一個無可救藥的浪漫主義信徒。也有朋友認為這是一種「傷感主義」(sentimentalism)的心態，不論是什麼，這就是老電影對我的魔力，每次重看時就要重溫那股浪漫或傷感的情緒，把它留在心頭，作為回憶，有時候甚至會莫名其妙地流出眼淚。也許我應該把個人回憶錄編成一部電影，過去的時光是一連串的鏡頭，每一個鏡頭剎那即逝。怪不得我在哈佛的最後一兩年買了一個八釐米的小電影攝影機，開始自己拍電影，當然自任導演和攝影師，邀請我的室友梅廣做主角。有一場戲是在一個中國留學生舞會上實地拍攝的，對對男女相擁而舞，而他一個人靦腆地站在旁邊，手裡拿著一杯酒，不知所措。此片描寫的是一個典型留學生生活的一面，片名叫做《昇華》(*Sublimation*)，這場舞會不過是一個片段，全片最後的一場戲是男主角一個人回到家裡，開始做飯，然後鋪上白色的桌布，點上蠟燭，煞有介事地把一盤盤的菜端上來，開了一瓶紅酒，又把室內角落的唱機打開，選了一張唱片：魯賓斯坦演奏的莫札特的《第23號鋼琴協奏曲》(*Piano Concerto No. 23*)的慢板樂章，最後自己一個人孤零零地吃了起來。記得在一個朋友的公寓客廳「首映」時，在場的幾個特邀的朋友看完了都拍手叫好！全片只有十幾分鐘，而且是默片，在當場「配音」的又是我自己。1969年我到達特茅斯教書的時候，又拍了一部小電影，以另一場舞會作背景，演員則是當晚所有參加party的該校教授，大家演得很開心。這兩部小電影的菲林我保存多年，後來還是遺失了。

在哈佛做研究生的生活和現在最大的不同是沒有時間的壓力，可以好整以暇，慢慢研究。我的美國同學大部分都結婚了，有的還生孩子，住在校方提供的「結婚學生宿舍」或自己租屋。單身的研究生另有宿舍，我們華人學生都在外租屋合住，而我偏偏要利用這個機會學習美國人的生活方式，因此故意和美國學生租屋合住。在劍橋我多次遷居，幾乎每年都換一個住所，剛到時自己獨居，後來找到室友合租公寓，現在還記得住過的大街小巷的名字，諸如Magnolia Avenue、Howland Street、Putnam Avenue等。近來突發奇想，希望找到陳寅恪和其他先輩哈佛留學生在哈佛的住址，竟然找到了一兩個，和我住過的街道鄰近。他們那一代是怎麼生活的？我看過余英時先生的自傳，裡面寫到他在哈佛的好友，但沒有寫到住址。這個細節看似瑣碎，對我卻很重要，因為每一個人——不論是偉人或平民——都要過日常生活，即便是做大學問，也必須照顧衣食住行。華人留學生往往聚居的主要原因就是可以煮飯，吃中國菜，我也喜歡，但還希望藉此進一步了解美國人的日常生活方式。

我記憶中的六十年代美國

問：六十年代是一個風起雲湧的時代，從二十一世紀回顧美國的六十年代，真是意義非凡，研究文化史的人是不會放過的。從你作為一個外國學生的觀點來看，有什麼特殊的感受嗎？

答：很多人問我關於美國的六十年代，我只能說我是一個積極參與的旁觀者，但是在哈佛這種貴族學校很難接觸到真正的美國平民，我的美國朋友大多是研究生和學者，都是精英和知識分子，即使如此，我還是盡可能了解他們「非學術」的一面。難能可貴的是有一年我經過友人施振民(菲律賓華僑，現已過世)介紹，與三位美國學生合租一間公寓同住，他們都是猶太人，我跟著學習他們的生活習慣和禁忌。這三位猶太人都是開明派，不保守，但也奉行猶太教儀式，頭戴小帽，在餐前吟唱，主修人類學的施振民對此特別有興趣。這三位猶太室友從來不提「浩劫」，不像我後來在芝加哥大學任教時的一個猶太學生，她連華格納的音樂也拒絕聆聽，因為華格納是「反猶太主義者」(anti-Semitist)。種族歧視在美國是一個最大也最敏感的社會問題，它的歷史悠久，根深蒂固，永遠解決不了。「反猶太」問題潛伏於社會內層，平時看不出來，然而到了緊要關頭，猶太人的勢力就爆出來了。六十年代最敏感的種族問題是白人歧視黑人，特別是在美國南部，東北部的知識分子區如哈佛感受不到。我做研究生的時候，適逢黑人運動爆發的關鍵時刻，我的華人同學大多無動於衷，偏偏我是個例外，雖然我沒有一個黑人同學或朋友，但還是非常同情黑人，並積極投入運動，甚至到華盛頓參加遊行。這個運動又和當時的反越戰運動(完全以學院的知識分子為主)連成一體，聲勢越來越洶湧。然而從台灣來的留學生參與的並不多。

我憶起一位近年過世的哈佛好友，也是博士班的同窗歐達偉(David Arkush)，我們在第一堂上課就認識了，迅即結為好友。他和我志趣相投，我們都選了史華慈的研討課，我的題目是蕭軍和林琴南，他的題目是辜鴻銘和費孝通，後來他就以費孝通的社會學作為博士論文的題目。多年後達偉和我合作編寫(翻譯)了一本書：*Land without Ghosts*[21](「沒有鬼的世界」，源自費孝通的一句話[22])，我們收集了大量從晚清到當代中國知識分子對於美國的印象的紀錄，將之譯成英文，我擔任口譯。達偉的中文本來不錯，但還是不放心，所以要我扮演林琴南的口譯者角色，逐字逐句地口譯成英文，再由他筆錄、修改、核實、潤飾，所有的研究都是由他負責，所以我很輕鬆，到他家一邊喝著酒一邊作口頭翻譯，而他則忙著打字和改寫。他的英文十分了得，我們花了不少時間斟酌中英文的字句，我也從中學到很多英文的妙處。他們夫婦對我猶如自己的親人，好到無以復加，時常請我到他們家中吃飯，順便教我調酒和飲酒的潛規則：何時飲烈酒？馬丁尼酒如何配法？紅酒白酒配什麼菜或肉？達偉的法文也十分流暢，夫婦二人都熱愛中國文化，太太Susan Nelson後來在哈佛修中國藝術史，多年後我到印第安納大學任教時，她受聘為藝術系的教授，我們成了同事。Susan本是一個職業編輯，所以義務修改我所有的英文文章，有時達偉也幫忙改正，和他們相處幾年，我學到的英文比在台大四年學到的更多。他們夫婦有兩個可愛的女兒，我一路看她們長大，有時候還作小女兒Anne的保姆，照顧她上床睡覺，我不會唱安眠歌，她就自己唱著睡覺。我從這家人學到的是一個美國小家庭的溫暖，比中國的一般家庭親密多了。沒想到多年後，達偉突然告訴我他要和太太離婚，而且已經等了很久，直到兩個女兒長大後才提出，我大為吃驚。二人離婚後各自再婚，還依然維持朋友關係。2018年達偉不幸去世，Susan把他們多年來保留的一束我的信件寄還給我，我不敢重讀，怕自己太過感傷，也不能參加他的葬禮，只寫了一篇簡短的悼文，請他的女兒宣讀。我不能說他們夫婦是典型的美國人，但的確是他們這一代美國知識分子的最佳典範，他們有國際視野，思想自由。達偉曾到台灣學中文，到北京作民俗研究，在那裡認識了他的第二夫人Hélène，她是一位說法語的加拿大人。二人婚後用法語交談。

我在哈佛的其他同學也都很國際化，有一位年紀比我們稍長的印度人Ranbir Vohra，研究老舍，他原來是印度的外交官，所以口才了得，妙語如珠，他們夫婦也常請我們到他家吃飯。我離開哈佛的時候，把我放映電影的器材（包括一個小銀幕）都送給了他，作為紀念。還有另一位印度同學Dilip Basu，曾經是我的室友，有一年我們和另外三位美國人（一男二女）租下一棟房子，五個人一人一間，廚房共用。我有幾個台灣朋友對我這種國際作風頗為不滿，有一次請吃飯，竟然言明不准我帶印度朋友來！我大怒，從此不和這班有種族偏見的華人來往。Dilip長得很瀟灑，在女生面前很吃香，不少女生打電話給他，有時候我成了他的接線生。也許是受到他的影響，我也開始約會美國女郎，先參加學生舞會，大膽請來自波士頓各校的女生跳舞，如果談得愉快，就抄下她的電話，過了一兩天就打電話在週末約會，對於美國學生來說，這是正常社交。就以這個方式，我約會了幾位美國女生，其中有一位來自芝加哥的富家，很有教養，我搭便車到她的韋爾斯理女校(Wellesley College)宿舍去接她外出,見到她戴了白手套,一副大家閨秀的樣子。三十年後,我自己開車帶妻子和來訪的朋友到韋爾斯理去看紅葉,到了那棟宿舍門口,不禁想到當年約會的這位女郎,但連她的相貌和名字都記不得了。我在妻子面前說這段故事,她莞爾一笑,不置一詞,我又加了一句:說不定她現在已經是老祖母了。

這一段「豔史」我在《我的哈佛歲月》中也寫過了,[23]下面的一段好像從來沒有披露過。參加數次舞會和約會之後,我終於交上一個十八歲的女郎,並帶她和施振民一起到檀格塢(Tanglewood)——波士頓交響樂團的暑期音樂營——去遊覽,還聽了一場音樂會,並拍照留念,可惜照片找不到了,只記得她的名字是Suzanne,在波士頓音樂學院學習舞蹈。她天真無邪,也完全不管我的種族背景,我們交往了不到一年,最後「無疾而終」。不知何故,現在回想的時候,她的形象很清楚,是一位金髮女郎,從此哈佛的華人朋友送給我一個綽號:我是個專走「國際路線」的人,追求的是金髮碧眼的洋妞。我也不以為意,自認有一套反抗中國傳統習俗的處世哲學,不願意隨波逐流像所有的華人留學生一樣,找一個同種同類的女子結婚生子,在美國成家立業。

也許我的「認同混淆」的時間太久了,而且無所不包。已經快到三十而立的年紀了,我何嘗不想成家立業、變成社會的一分子?那麼又是哪個社會?美國?中國?台灣?香港?當時在美國所有的華人,甚至土生土長的華人(Chinese-Americans),都有認同的危機,只不過大家都不願意承認而已,隨波逐流是常態。然而,到了七十年代初,來自台灣和香港的留學生發起保衛釣魚台運動，很快就發展成政治認同的危機，內部迅即開始分裂，有人嚮往大陸、認同祖國，有人依然反共，也有人支持台獨；香港的同學大多認同廣義的「文化中國」。總而言之，留學生對於中國的關懷遠遠超過美國，唯獨我是一個例外，反而深深感受到美國六十年代各種社會運動的衝擊。

其實早在1963年甘迺迪被暗殺之後，美國的社會就開始動盪不安，各種運動風起雲湧，到了六十年代末期，學生反越戰運動越演越烈，對美國傳統價值也越來越不滿。當年的口號是："Make Love, Not War!"（「做愛，不打仗！」），嬉皮（Hippies）運動隨之而生，留長頭髮，穿著隨便，抽大麻，男女同居。它還有一個代表性的口號："Drop out!"，意即遺棄正軌社會。有一部美國片《逍遙騎士》（*Easy Rider*），主角是積·尼高遜（Jack Nicholson），他飾演一個律師，離棄主流社會，和幾個嬉皮士混在一起，騎著摩托車周遊美國大陸。這部影片是一個忠實紀錄，彌足珍貴。另一部代表性的影片是《畢業生》（*The Graduate*），它從一個大學生的立場描述美國兩代人之間的代溝，批判老一代人的虛偽，鼓勵年輕人脱離家庭、自求多福。

另一個六十年代的標誌是胡士托（Woodstock），它是紐約州北部的一個農村，1969年8月，美國搖滾樂各路英雄好漢和樂團在此連續表演了三天三夜，參加這個盛會的人如今被視為真正的嬉皮代表。這是一個音樂的狂歡節，從電視上看到台上台下人山人海，個個長頭髮，不停抽大麻，講粗口，不少男女在親熱（necking），毫無顧忌。我當然沒有參加，因為我對搖滾樂毫無興趣，只喜歡一兩個民歌歌手，特別是女歌星瓊·拜雅（Joan Baez）。我雖然不能享受搖滾樂，但也免不了在衣著上受到嬉皮潮流的影響，穿著寬褲腳的長褲，打寬領帶，當然頭髮也留得很長，可惜當時拍的照片都丢失了。我暗暗地羨慕這些嬉皮的生活方式，自己絕對做不到。在哈佛廣場時常看到成群結隊印度佛教的信徒招搖而過，大多是剃了光頭的美國白人，但留了一條辮子，邊走邊跳，口中念念有詞，重複吟唱一個像是印度神靈的名字：Hare Krishna（哈瑞·奎師那），變成哈佛廣場的一景，路人看熱鬧，早已見怪不怪。這也是一種另類的離棄社會的運動，我對之毫無感覺，也許因為我是一個缺乏宗教信仰的俗人。如今這些美國六十年代的文化表徵都已經變成歷史，幾年前華裔導演李安想拍一部描寫胡士托的影片，竟然徵求我的意見，問我曾否參加過胡士托狂歡節，我只能說自己當時僅是一個旁觀者和見證者而已。當年誰還會想到，大家最唾棄的資本主義竟然席捲全球，華爾街經紀人竟然成為下一代年輕人夢寐以求的偶像！

逍遙騎士：
在達特茅斯學院首執教鞭（1969–1970）

問：你的這一段敘述，聽來引人入勝，距離現在也有半個世紀了，你那個時候也不過三十歲，你的第一份教職也從三十歲開始……

答：那又是一個意外，我的遊學經歷充滿了意外和偶然。1968年初，我正準備寫博士論文，突然收到費教授的通知，要我到達特茅斯學院作講師，原來他的一個學生（馬來西亞華僑）本來要去教書，但臨時奉命歸國，無法前往任教，於是推薦我接任。事出突然，我只提出一個條件：必須先讓我到歐洲漫遊半年才能上任，這是一個相當荒謬的要求，但是達特茅斯的歷史系主任一口答應，允許我於1969年1月開始任職，擔任講師（instructor），因為論文還沒有寫，不配做教授。這是我第一次在美國教書，但心中毫無準備，總覺得自己還是一個研究生，這個講師的教職是我的研究生生活的一部分，也可稱之為實習。

達特茅斯學院位於新罕布什爾州（New Hampshire）的一個小城漢諾威（Hanover），我在此任教的第一學期，時常在週末開車兩個小時到劍橋處理我的論文資料，我的博士論文是在這一年完成的。現在想來簡直不可思議，我似乎不把論文當一回事，心裡頭最掛住的反而是所處的社會環境。反越戰運動到了高潮，學生抗議活動在各個校園此起彼伏，連這個小學院也受到波及。學生反越戰，更反對美國帝國主義，直接把美國進軍越南視為帝國主義對第三世界的侵略，北越的解放戰爭才是真正的正義之師，而中共則被公認是第三世界的領袖。由於反越戰，激進學生對於毛澤東領導的文化大革命有一種狂熱的崇拜，因此該校教授中國歷史和文學的梅兆贊教授（Jonathan Mirsky）頓時成了校園裡的領袖人物，時常帶領學生抗議，發表煽動演說，也根本無心教書。作為他的年輕同事，我和他合開了一門課，以魯迅為題，他忙於領導學生運動，時常缺課，都是我一個人教的。我的學生中不乏激進分子，時而被警察拘捕，關在監獄裡一兩天，我則去探監，有一次學生要我在監牢鐵窗前為他們講講革命理論，於是我即席發揮，特別提到列寧（Vladimir Lenin）的《國家與革命》（*The State and Revolution*）那本小書，最後列寧說：書寫革命不如自己去發動革命，而我呢，不如列寧，連書寫革命也不成，只能給你們談革命。說著說著自己也激動起來，那是我思想最激進的時期，然而即使如此，我還是覺得自己似乎在演一場戲，那時還沒有讀過布萊希特（Bertolt Brecht），還不知道革命和表演之間的「疏離」關係，但依然感受到自己無法完全融入這個革命的美國社會。

六十年代美國年輕人的革命心態是和嬉皮風格連在一起的，在達特茅斯校園裡，這種嬉皮生活方式並不徹底，大家都沒有"drop out"——完全拋棄教學，而是在日常生活中表現一種自由和平等的態度：師生打成一片，人人平等。我本來就很年輕，剛滿三十歲，只比學生大幾歲，覺得自己也是一個學生，在課堂上講課時，起初很緊張，在講台前走來走去，上完課一個學生很禮貌地對我說：「老師，我看著你走，我的脖子都轉瘦了！」當時歷史系的幾位新聘教授都很年輕，最活躍也最受學生歡迎的都是教授非西方的課程，如非洲、中東和拉美，我和他們都變成好友，大家輪流開party，幾乎每週末都開，飲酒作樂、跳舞，時而抽大麻，每個人都興致很「高」（high）——指的不是酩酊大醉，而是醉前的高昂氣氛。我的那部小電影*Hard Rider*就是在一個派對上拍的，教授們個個願意當我的演員。我還年輕，精力過人，竟然能夠在參加派對之後半夜回家趕寫我的博士論文，而且靈感大發，寫得飛快，現在回想起來真是不可思議。在達特茅斯做講師的那一年半（1969年1月到1970年6月）我被慣壞了，當然不想離開，然而尼克遜（Richard Nixon）剛上任總統就改變法律，把一批持「J-1」簽證的人立刻趕離美國。我偏偏有這個問題，因此不得不向費正清教授求救，他竟然為我打電話到華盛頓疏通，但只能延長我的簽證一年。恰好香港中文大學有一個「哈佛燕京講師」的職位，1970年夏我就匆匆離開美國走馬上任了，有意或無意中也把自己的激進心態帶到香港，這是我的生命史中的關鍵時刻。香港部分留待以後再談。

我在達特茅斯學院任教的那一年半，生活和研究生相差無幾，覺得自己還是一個學生，一邊學習，一邊體驗生活。我在該校附近租了一個小公寓，時常請自己的學生到家裡來，也時常參加各同事和學生的party，每次聚會必抽大麻，我當然願意一試，初時沒有反應，逐漸感到大麻的味道衝進腦裡，心情開始放鬆，甚至隨意說話，事後回想都是些語無倫次的話，然而自己覺得很開心。抽大麻雖對身體沒有大礙，但也會上癮，所以我抽了幾次就停止了，自己畢竟還是放不開，對於美國年輕人的兩個口頭禪：drop out和hang loose（放鬆／隨意），還是做不到。我在課堂上講中國的文化大革命，有時候會把這兩個名詞和文革時常用的「緊抓」作對比，二者皆是革命，但方式相反。如果從文革的立場來批判，甚至可以說美國年輕人的這股「放鬆」潮流成不了革命大業，因為它的精神不夠進取，然而它也把美國人的個人自由價值發展到了極致。我的很多學生都認同文化大革命，更認同越南的解放戰爭，沒有一個人願意抽籤「中招」被拉去當兵（當時還是徵兵制）。這種心態距離二十一世紀的資本主義心態太遠了，幾乎難以理解。我在達特茅斯學院教過的幾個最好的學生後來都加入財經界，成了有錢佬，如今只有一個人還和我偶有聯絡。他在紐約的一間大出版社做編輯，多年後才告訴我：他自己是同性戀，而且數次得抑鬱症，如今康復了，和他的男性戀人生活得很好，形同夫妻。我向他祝福。

事隔半個世紀，現在回想這一段生活，猶如一場美夢，如果拍成一部電影的話，也可以稱之為「逍遙騎士」。而美國的六十年代歷史，如今也變成一段傳奇。

參考文本

李歐梵：《我的哈佛歲月》（香港：牛津大學出版社，2005）。

註 釋

加「*」者為編註。

1 陳寅恪：《隋唐制度淵源略論稿》（上海：商務印書館，1946）。

2* 李歐梵：〈費正清教授〉、〈史華慈教授〉，《我的哈佛歲月》，頁25–43。

3 這個「當代中國」研討課的正式名稱，是「共產主義中國：問題與方法」。

4* Benjamin I. Schwartz, *Chinese Communism and the Rise of Mao* (Cambridge, MA: Harvard University Press, 1979).

5* 李歐梵：〈讀《延安日記》憶蕭軍〉，《蘋果日報》（2014年4月13日）。

6 H. Stuart Hughes, *Consciousness and Society: The Reorientation of European Social Thought, 1890–1930* (New York: Vintage Books, 1958).

7* 李歐梵：〈語言和考試〉，《我的哈佛歲月》，頁67–74。

8 見〈導論〉，楊牧編校：《徐志摩詩選》（台北：洪範書店，1987），頁1–17。

9 Franco Venturi, *Roots of Revolution: A History of the Populist and Socialist Movements in Nineteenth Century Russia*, trans. Francis Haskell (New York: Alfred A. Knopf, 1960).

10 Isaiah Berlin, *The Roots of Romanticism*, ed. Henry Hardy (Princeton, NJ: Princeton University Press, 1999).

11 Benjamin Schwartz, "Modernization and the Maoist Vision: Some Reflections on Chinese Communist Goals," *China Quarterly*, Vol. 21 (March 1965): 3–19.

12 Benjamin Schwartz, *In Search of Wealth and Power: Yen Fu and the West* (Cambridge, MA: The Belknap Press of Harvard University Press, 1964).

13* 章克標：《文壇登龍術》（上海：綠楊堂，1933）。

14 見〈導論：沒有晚清，何來「五四」?〉，王德威著，宋偉杰譯：《被壓抑的現代性：晚清小說新論》（北京：北京大學出版社，2005），頁1。

15* Leo Ou-fan Lee, *The Romantic Generation of Modern Chinese Writers* (Cambridge, MA: Harvard University Press, 1973).

16* 參見李歐梵：〈普實克〉，《我的哈佛歲月》，頁177–183。

17 Chih-tsing Hsia, *A History of Modern Chinese Fiction, 1917–1957* (New Haven: Yale University Press, 1961).

18* 李歐梵：〈在哈佛聽課之一〉、〈在哈佛聽課之二〉，《我的哈佛歲月》，頁44–59。

19* 參見李歐梵：〈自序：自己的空間——我的觀影自傳〉，《自己的空間——我的觀影自傳》（台北縣中和市：印刻，2007），頁20–22；及李歐梵：〈讀書生活〉，《我的哈佛歲月》，頁66。

20* 參見李歐梵：〈自序：自己的空間——我的觀影自傳〉、〈我的「卡薩布蘭加」〉，《自己的空間——我的觀影自傳》，頁20–22、88–95。

21 R. David Arkush and Leo O. Lee, eds. and trans., *Land without Ghosts: Chinese Impressions of America from the Mid-nineteenth Century to the Present* (Berkeley: University of California Press, 1989).

22* 費孝通：〈拾壹：鬼的消滅〉，《初訪美國》（上海：生活書店，1946），頁110。

23* 李歐梵：〈初抵哈佛〉，《我的哈佛歲月》，頁24。

7
「西潮的彼岸」：我的歐洲情結

1968年的夏天，我在哈佛的學業告一段落，只剩下博士論文，題目已經定下來了，以徐志摩為主角，於是我向費正清教授提出一個不成文的請求，表面的理由就是為了重尋徐志摩在歐洲——特別是在英國康橋——的蹤跡，所以必須到歐洲找尋資料和靈感。費教授明明知道我別有用心，還是給了我兩千美金的研究費，讓我到歐洲去「遊學」半年，也算是一種稀有的獎勵。我在課堂上學到：以前西方的貴族，往往在暑假到歐洲各國——特別是意大利——遊歷，以長見聞，哈佛的本科生似乎繼承了這個貴族傳統，一到暑假就大批到歐洲旅遊，竟然安排專用的包機，於是我也趁此機會，隨著這批年輕學生踏上旅途，時當1968年5月。

至今重遊歐陸不下十數次，每次的經驗都不盡相同，現在把這些回憶積累在一起，構成一個重疊的紀錄，我暫且用一個較罕見的英文名詞palimpsest（以前的紀錄留下來的痕跡）來形容它。也許這本回憶錄本身就像是palimpsest，每次書寫（包括這一章）或述說，都是一種重寫或重述，我沒有把原來的回憶刮去，而是在上面重疊了更多的回憶，或是多次用同樣的材料，但依然保存了初次的跡象。而在這個過程中，我不知不覺地把後來的經驗和閱讀心得加了進來，甚而用後來的經驗來反思和批評先前經驗的不足，因此也構成了一個不斷學習的過程。[1]

康橋踏尋徐志摩的蹤徑

我到了英國康橋的第一天就感受到一種神奇的氣氛，似乎徐志摩的在天之靈在為我導遊，引我重踏他在康橋的足跡。抵達康橋的第一天傍晚，我一個人在皇家學院（King's College）的康河岸邊散步，坐在一個草地的座椅上，看黃昏的夜景，突然覺得自己就是坐在當年徐志摩坐過的椅子，也就是在他那篇著名的散文〈我所知道的康橋〉所描寫的地方。於是我也靈感大發，第二天早上就把這一段經驗寫了下來，記得是在一家咖啡店寫的，題目就是〈康橋踏尋徐志摩的蹤徑〉。這是我的第一篇中文散文作品，寫完後寄給台大的學生雜誌《大學雜誌》發表，我用了一個筆名「奧非歐」，明眼人一望就知道是Orfeo的中文譯名。不料這篇處女作被《大學雜誌》的編者大肆吹捧，並且擅作主張，把我的這篇長文和另一位筆名「飛揚」的歐洲留學生的幾篇描寫法國生活的文章湊合在一起，出版成一本小書，就以我的《康橋踏尋徐志摩的蹤徑》作為書名。[2] 多年後才見到這位飛揚先生，原來就是戲劇家和學者馬森，後來在倫敦大學的亞非學院任教，現居台灣。

我把這篇習作稱為「非小說」（non-fiction），用小說的寫法描寫我自己的真實經驗，以此來印證徐志摩的原文，全篇從頭到尾都是感性的記述，我故意用第三人稱，把自己包裝成一個小說人物，加上一層「存在主義」的外衣，故作世故狀，那個時候我不過28歲，還不知天高地厚，就一頭栽進徐志摩美妙文筆的浪漫美景之中。

這篇習作有兩個版本。原版真實的故事中的一段是這樣寫的：

> 到了康橋不到二十四小時，竟會於無意中重蹈四十年前徐志摩的足跡，這種巧事發生在六十年代，實在有點像一篇浪漫的小說。於是他走進一家屋頂咖啡店，要了一杯加糖的黑咖啡，裝模作樣地拿出稿紙，想把這件事紀錄下來。如果他文筆好一點的話，大可加油加醋，寫出一篇小說出來，不讓徐志摩專美於前。
>
> 咖啡喝完了，稿紙也塗滿了三四張，他正在暗暗咒罵自己在國內的時期沒有下工夫練習中文作文，卻聽見旁邊有兩個婦人在交談，所用的語言似乎是德文，但又不像德文。他好奇地抬起頭來，看見一位年約四五十歲的中年婦人正在起身向一位廿歲左右的金髮小姐告別；再仔細一望，那位小姐的左手無名指上戴了兩顆金戒指，而且正在向他微笑，這簡直有點像二十年代戀愛小說的情節：在一間幽雅的咖啡店裡，一個「文人」正在飲著咖啡作文章，鄰座的少女在向他暗送秋波，於是文人藉機攀談，奇遇由此而轉入奇緣。但是這種小說的男主角往往是有婦之夫（奉父母之命早已娶了一個舊式老婆），而女主角往往是情竇初開，「五四」時代滿腦子「挪拉」「茶花女」的新派女學生，故事的背景往往是上海法租界或英租界的一家咖啡館，現在他卻坐在一家氣氛並不十分幽雅的咖啡館兼餐廳裡，而自己正苦於寫不出好文章，「男主角」雖然仍是孤家寡人，「女主角」

確實羅敷有夫；而且還是金髮碧眼的洋婦人。

他心中想著真有這類巧事嗎？正想編造一個浪漫蒂克的空中樓閣，口中卻不覺問了一句美國腔英文：

「對不起，妳們說的是德文嗎？」

「不是，是挪威話！」女郎用不成熟的英文回答。

「那麼妳是從挪威來的？」

「不，瑞典。」

想不到他竟然在康橋遇到一個瑞典女郎！難道這是徐志摩在天之靈的作合？這種場合也不容他細想，遂與這位女郎鄰座聊了起來。不多幾分鐘，她很自然地說：

「我能坐過來嗎？」

「當然，歡迎之至！」

瑞典女郎畢竟是大膽！

「妳結婚了，是不是？」他脫口問道，話說了出口又覺得太不成體統。

「是的。」女郎也有點驚訝他的直率。

「那麼妳先生也在康橋嗎？」

「不，他留在瑞典，我一個人來這裡進一個學校，念英文。」

已婚婦人單身在外，當然是來找尋刺激的，他猜想這在六十年代的瑞典——一個性解放最徹底的國家，一定是一件尋常的事。於是他也膽子大了起來，遂邀請她晚上在原地共進晚餐，她也爽快地答應了。

我的故事和徐志摩的不盡相同。瑞典女郎不是陸小曼，婚姻很幸福，也很愛她的丈夫，說她很高興遇到一個紳士。兩人共處十幾天之後，有一個晚上，他／我把自己寫的這篇「非小說」——內中的主角就是她，寫的就是兩人的邂逅和他／我對她的感情——逐步翻譯成英文，念給她聽：

> 他恍惚看到了她眼角上的淚水。難道她——一個結了婚，六十年代的西方女郎——竟然也會生出類似的感情？或者這僅是同情、憐憫？也許他們兩個人都太沉醉於康橋的美，互相製造出一個理想的愛情故事？

後來覺得這兩段太過「酸的饅頭」(sentimental)，有傷大雅，於是後來在其他版本中把這段浪漫的豔遇完全刪掉了。[3] 這就是我的博士論文(也是我的第一本書)《中國現代作家的浪漫一代》的根源。[4]

往事如煙，我的花樣年華已逝，如今這位佳人大概已經變成七十多歲的老祖母了吧！我對徐志摩也不那麼崇拜了，反而把這位浪漫詩人放回學術研究的範疇，重新評價。

徐志摩的文學因緣

當年徐志摩在英國交遊廣闊，在康橋也交了不少名人。我沒有朋友，只認識皇家學院的一位研究員貝爾納(Martin Bernal)，承蒙他邀請我到皇家學院晚餐，他知道我在研究徐志摩，說要介紹我見一個徐志摩的朋友，原來就是鼎鼎大名的作家佛斯特(E. M. Forster)，把我嚇了一跳，原來他還在世！

（兩年後他就去世了。）當我提到徐志摩的名字的時候，他不但記得，而且顯得很興奮，當他回憶往事時，眼睛閃爍著淚光。他的小說《印度之旅》（*A Passage to India*）寫於1924年，徐志摩應該看到。[5]近年我在課堂上講徐志摩的時候，忍不住批評他對於當代英國文學的品味：他喜歡曼絲菲爾而不看維珍尼亞．吳爾芙；崇拜華茲華斯（William Wordsworth），而不知道艾略特；在皇家學院認識佛斯特，卻不知道他在寫什麼。二十年代的英國社會還處於「愛德華時代」（Edwardian era），兩次大戰之間，年輕文人蠢蠢欲動，不滿上一代作家的保守，逐漸形成一股現代主義的潮流。徐志摩身處新舊交匯的轉折點，但依然醉心於十八世紀末、十九世紀初的浪漫主義。而我自己從浪漫主義蛻變為一個現代主義者（Modernist），然而浪漫主義卻留下不可磨滅的痕跡，這些都拜徐志摩之賜。我在台大外文系讀到的現代文學大多是英國式的，如艾略特、吳爾芙和龐德（Ezra Pound），後者是個大法西斯派！唯一的例外就是卡夫卡——捷克猶太人。

值得慶幸的是在倫敦見到凌叔華女士，她已經在英國退休很久了，是她介紹我認識了徐志摩當年的好友恩厚之先生（Leonard Elmhirst），他曾是印度詩人泰戈爾（Rabindranath Tagore）的私人秘書，他邀請我到他的家鄉達廷頓堂（Dartington Hall）訪問，並送給我一份他珍藏的徐志摩書信，後來我在博士論文中引用，並在〈徐志摩的朋友〉一篇雜文中詳細敘述過了。[6]當年我只顧崇拜徐志摩，沒有利用這個寶貴的機會和凌叔華交談，她年輕時在武漢大學和貝爾（Julian Bell）有一段戀情，因此我也忽略了凌叔華和貝爾的姨母吳爾芙的關係，凌的英文自傳《古韻》（*Ancient Melodies*）就是獻給她的。[7]這一段文學因緣看似和徐志摩無關，但卻間接勾畫出另一幅中外文學關係的地圖。

1968 歐陸漫遊

在康橋住了將近兩個月，在研究上毫無進展，只不過在皇家學院找到徐志摩的一張「成績單」，沒有分數，原來他是旁聽生。八月初我終於離開英國，到歐洲大陸漫遊。用「漫遊」這個名詞，可謂名副其實：漫無目的，邊走邊看，隨時改變計劃。大抵遊覽了荷蘭、比利時、法國、瑞士、德國、瑞典、挪威、丹麥、奧地利、南斯拉夫、希臘、意大利、西班牙等國，在法國停留最久，住了一個月左右。大多是走馬看花，然而，即便如此，將近六個月的歐陸漫遊還是收穫不小，不但眼界大開，而且讓我感覺到什麼才是活生生的西方文化傳統，它和我在美國學院讀到的書本世界畢竟不同。

也許可以大言不慚地說：別人到歐洲是做遊客，享受各國各地的風景和美食，而我卻不知不覺地作西方文化源頭的尋根之旅，思想感受多過觀光印象。然而我不過是一個旁觀者和學習者，處在1968年歷史的邊緣，那是一個風起雲湧的年代，特別在東歐和法國。

我在康橋和倫敦住了兩個多月，帶來的二千美金研究費已經花掉一半。剩下的一千美金必須省吃儉用，才夠在歐陸旅遊的費用，因此我不得不用最廉價的大學生旅行方式：帶最輕便的行李，揹在背上（所以叫做backpacking）；先買好廉價的火車學生優待票，有時在公路邊翹起手指搭順風車；住最便宜的學生招待所或當地人家的客房；每天三餐省掉一餐，買最便宜的麵包果腹，偶爾肚子太餓了，晚上到小餐館打牙祭一次。我時常在各個旅遊勝地碰到美國學生，年輕男女在火車上邂逅的故事，層出不窮，就像是後來的電影《情留半天》(*Before Sunrise*)一樣。我的豔遇發生在康橋，反而當我一個人在歐洲各國遊蕩的時候，心情是孤獨的。徐志摩寫過：

> 「單獨」是一個耐尋味的現象……你要發見你自己的真，你得給你自己一個單獨的機會。你要發見一個地方(地方一樣有靈性)，你也得有單獨玩的機會。[8]

説得很有道理。我把康橋的靈性隨身帶著，像夾著一本書一樣去遊歐洲大陸，體驗各個地方的靈性，因此在各地的感覺也就不同。

維也納和南斯拉夫

體驗較深的一次是在維也納，也是我的一篇遊記文章的題目，〈奧國的飄零〉描寫的是以維也納為首都的奧匈帝國的沒落。[9]這是一次個人想像和歷史碰撞的經驗，文末提到我一個人去參觀維也納近郊的「洵布倫宮」(Schönbrunn Palace，又名美泉宮)，離開時天氣突變，濃雲密佈，電光閃閃，我頓時感到昔時皇宮貴族的陰魂不散。來此之前，我對維也納這個城市的印象和一般人一樣，只知道它是華爾滋的發源地，此次我真的來了，才發現華爾滋是為遊客而設的，真正引發我興趣的反而是奧匈帝國的歷史。

維也納當年居於歐洲文化的中心。但好景不長，1918年歐戰結束後奧匈帝國就滅亡了，奧地利變成一個小國，奧地利人說的德語口音和德國不同，甚至被德國人嘲笑，二次大戰開始就被納粹德國併吞。然而世紀末的維也納文化依然光輝燦爛，各方面人才輩出。我初遊維也納的時候，對這一段文化史一無所知，而是數年後在普林斯頓任教時學到的，特別是歷史系的資深學者休斯克（Carl Schorske）和他的名著《世紀末的維也納》（*Fin-de-Siècle Vienna: Politics and Culture*），[10] 才知道世紀末的維也納人才輩出：弗洛伊德（Sigmund Freud），語言學家維根斯坦（Ludwig Wittgenstein），指揮大師馬勒，還有小說家顯尼志勒（Arthur Schnitzler），後者是「意識流」小說的先驅者，三十年代施蟄存就已介紹出來了。

我多次重遊維也納，又看了克林姆特（Gustav Klimt）的畫展，才逐漸感受到這個城市的深厚文化遺產。

二次大戰之後，位居歐洲文化中心的「中歐」變成了蘇聯控制下的「東歐」，冷戰的鐵幕深垂，把歐洲分割為兩半，維也納成了東歐的門檻。我原定到匈牙利和捷克遊覽，這兩個國家原來都是奧匈帝國的一部分，所以捷克作家昆德拉（Milan Kundera）多次為布拉格辯解：布拉格歷史悠久，本來也是歐洲文化的中心，不能列入蘇聯控制下的「東歐」，因為蘇聯的政治文化既庸俗又野蠻。我自己卻是冷戰的產兒，把鐵幕以外的西歐視為「自由歐洲」，但對鐵幕內的東歐國家充滿了好奇。恰好那一年南斯拉夫開放旅遊，不需要辦簽證，我當然抓住這個機會進入南斯拉夫，這個東歐國家在強人鐵托（Josip Broz Tito）領導之下，走它自己的社會主義道路，對我也很有吸引力，後來內戰使得這個東歐大國四分五裂。

我對於南斯拉夫的歷史和地理一無所知，只聽說有一個古城杜布羅尼克（Dubrovnik），在亞得里亞海邊，我就去了，果然令我驚豔，這個古城還保存了黃土色的城牆，居民看來很友善，完全超乎我的想像。我趕上它的夏季音樂節，節目豐富，湊巧有傅聰的鋼琴獨奏會，豈容錯過！那個時候的傅聰年輕瀟灑（他於2020年染上瘟疫過世，享年86歲），我坐在台下，振奮萬分，一個來自中國的東方人成了西方樂壇的寵兒，我為他感到驕傲。在杜布羅尼克的音樂節還看到兩位名指揮：一位就是鼎鼎大名的卡拉揚（Herbert von Karajan），他坐在樓上左側包廂，聆聽另一位鋼琴家徹卡斯基（Shura Cherkassky）的演奏；另一位是初出茅廬的印度指揮家祖賓·梅塔（Zubin Mehta），在另一場音樂會，他和一位金髮美女坐在我的後排，我聽到他們在交談，於是回頭望了一眼，他似乎對台上的南斯拉夫指揮不滿，忍不住在台下也指揮起來。

事隔半個世紀，這些音樂細節竟然歷歷在目。據說後來在南斯拉夫內戰中，這個古城受到很大的損害，城牆也被炸壞了。都說巴爾幹半島是歐洲的火藥庫，第一次大戰也是在那裡引發的，並且直接導致奧匈帝國的解體。當年我去過的地方現在已分屬三個國家：斯洛文尼亞（Slovenia）、克羅地亞（Croatia）和塞爾維亞（Serbia）。

捷克布拉格、匈牙利

我本來的計劃是從杜布羅尼克再試著過境到捷克南部的布拉迪斯拉發（Bratislava，現為獨立後的斯洛伐克共和國的首都）。就在這個關鍵時刻，傳來蘇聯進軍捷克的消息，我當然去不成了。還記得南斯拉夫人群情激憤，在街上擺攤子要大家簽名抗議。一個當地的青年告訴我：如果蘇聯膽敢進軍南斯拉夫，他們不會像捷克人一樣溫順，必定拿起武器抗敵，看來這個國家的民族性的確慓悍。

現在回想起來，真有點神奇，我竟然身處一個歷史的轉折點：1968年的「布拉格之春」帶動了東歐的全面「解凍」，最終導致二十年後的柏林圍牆倒塌！我剛上過普實克教授的兩門課，開始對捷克漢學感到興趣，這位捷克漢學的開創者和領導「布拉格之春」的捷克共產黨領袖杜布切克（Alexander Dubček）是好友，蘇聯進軍後，他也被軟禁，1980年不幸去世，當時我在印第安納大學出版社為他編輯的論文集出版時，他已經逝世看不到了。[11] 由於這段因緣，我對捷克這個國家感到特別同情，後來多次訪問布拉格，和數位普實克的漢學家弟子結為朋友。

對於捷克的歷史和文化，我還得益於昆德拉的小說和散文，我的另一本雜文集《中西文學的徊想》中的幾篇主要文章都是寫昆德拉和布拉格。[12]

我第一次踏足布拉格應該是在八十年代中期，寫了幾篇文章，在《中西文學的徊想》中有一篇〈布拉格一日〉，描寫我隨一個旅遊團到布拉格的一日之遊，還偷偷打電話給一位地下作家，事實上那段電話交談純屬子虛烏有，算是我的另一個「非小說」的實驗之作。[13] 另外還有和一位芝加哥大學「費心生」（Fictionson）教授的交談，這個人物也是虛構的，[14] 現在想來好笑，當年我竟然如此走火入魔，就差沒有在布拉格遇到卡夫卡的鬼魂！但至少找到了埋葬他的猶太人墓地。

2017年我和妻子終於到匈牙利和波蘭遊歷，雖然走馬觀花，但對我而言，似乎彌補了一個缺陷，使我把東歐文化的版圖在心中畫得更清楚一點。在布達佩斯只停留了兩三天，然而在找尋一家餐館的途上無意間發現馬克思主義文化理論家盧卡奇（Georg Lukács）的故居，只不過是一棟普通的樓房，門前掛了一個不顯眼的牌子：「文化理論家盧卡奇在此住過」，並且註明時間。在歐洲到處可以發現類似的標誌：一間舊屋，一個銅像，一個墓地，當然還有無數的美術館和博物館，都引發無窮的歷史記憶和想像。在布達佩斯，我們還參觀了一個古色古香的老旅館，原來就是影片《布達佩斯大酒店》（*Grand Budapest Hotel*）的實地背景，全片從頭到尾洋溢著褚威格（Stefan Zweig）的「昨日世界」（The World of Yesterday）的氣氛，其實這部影片就是在向褚威格致敬。[15] 當晚在一家書吧咖啡館裡，隨意和朋友談到魯迅書中的裴多菲（Sándor Petőfi），店裡的侍者偷聽到了，立刻拿了一本他的詩集和魯迅提到的那首詩〈希望〉，當然是匈牙利文。就是這類瑣碎的偶遇，織造了我的回憶，令我又想起了十九世紀末的奧匈帝國和第一次到維也納和南斯拉夫的漫遊。

希臘和羅馬

希臘對我有一種特別的象徵意義。我的名字歐梵源自希臘神話，父母親當年學的都是西洋音樂，因此給我一個希臘的音樂神名字：Orpheús，法文是Orphée，譯成中文就成了歐梵。所以我的歐洲情結其來有自，到希臘是為了「尋根」。

也許是我期望過高，結果當然大失所望。從南斯拉夫進入希臘境內，火車窗外呈現的是一片荒野，到了首都雅典下車，看到的是一個破爛不堪的小城，連山頂上雅典娜（Athena）

的巴特農神殿（Parthenon）也在整修，白色的圓柱變得灰黑無光，難道我心中嚮往的古希臘只剩下一片廢墟？

參加了一個旅行團到各地尋幽探勝，只記得看到的最完整的古跡是一個露天劇場，它的音響效果奇佳，台上輕聲説話在遠處都能聽得很清楚，幾千年前的希臘悲劇可能就在那裡上演。在希臘旅遊，我覺得自己嚴重脱節了——眼前的現實和心目中的理想完全不符，令我心情沮喪，不但找不到古希臘的神話世界，而且感到和眼前的希臘現實也格格不入。大失所望之餘，拿到意大利簽證之後，即刻離開，到另一個歷史悠久的國家。希臘和羅馬畢竟都是西方傳統的發源地。

有學者批評：現在整個歐洲都成了一個博物館，為的就是招攬遊客賺錢！即便如此，歐洲還是有文化，而且南歐和北歐國家的文化有天淵之別。

到了羅馬，發現這個城市到處都是古跡，除了保存了古羅馬舊區——一個大城中的小城——之外，還有梵蒂岡，更有無數的教堂，幾乎每個教堂中都有珍貴的壁畫和藝術寶藏。即使每天看一兩個教堂，都要看兩三個月。意大利和希臘不同，人民生活在文化古跡裡，傳統和現代混為一爐，雖然二戰後意大利一片滄桑，但大部分古典建築依然無恙。

意大利這個國家一直生活在傳統和現代之間的危機中，用馬克思主義大師葛蘭西（Antonio Gramsci）的話説，就是「舊的正在死去，而新的生不下來」，這當然是一個危機，然而意大利人並不絕望，反而在危機中自得其樂。現代藝術就產生於傳統與現代的弔詭和糾葛之中。意大利的作家，我特別仰慕兩位當代的大師：艾柯（Umberto Eco）和卡爾維諾，都已經去世了。我很佩服艾柯的學問，讀了他的不少著作，而且很喜歡引用他的「偶合論」(serendipity)，把它移花接木，變成我自己的研究方法，我做學問往往誤打誤撞，反而可以「柳暗花明又一村」。他的小說《玫瑰的名字》(*The Name of the Rose*)是暢銷書。[16] 我最羨慕的就是他橫跨學界和小說界的地位，甚至不知不覺地學他的榜樣，做個遊走於學院內外的「兩棲動物」，可惜我寫不出好的小說。我也喜歡卡爾維諾的後現代幻想手法，誰會把忽必烈汗(Kublai Khan)從歷史上拉出來大談「看不見的城市」(invisible cities)？[17] 他的那本《給下一輪太平盛世的備忘錄》(*Six Memos for the Next Millennium*，在哈佛的演講稿)充滿了哲理，然而舉重若輕，令我羨慕。[18]

意大利的文學和電影使我對意大利的文化大為讚賞，因此我對於這個國家的整體印象也和一般人不盡相同。很多華人朋友告訴我，意大利的治安很差，他們在機場就被扒手偷走錢包；意大利人辦起事來亂七八糟，毫無效率，甚至問路都會被引錯了方向。這些我都經驗過，然而歐洲還有哪一個國家有如此悠久而輝煌的歷史文化傳統？如果一個初到西安旅遊的人不知秦漢和隋唐是何世，又如何了解中國文化傳統？

巴黎

我第一次歐遊歷程的最後兩站是法國和西班牙。

1968年是法國現代史上的關鍵時刻：一場驚天動地的學生運動爆發了，我何其幸運，竟然趕上了它的尾聲。運動爆發於1968年春天，我到巴黎的時候已經是秋天了，遲了幾個月，運動的高潮已經過去，但街上還看見圍堵警察的各種障礙物。對於我這個旁觀者來說，意義依然不凡，因為我在美國剛剛經歷了學生反越戰和黑人爭取民權運動，到了巴黎，覺得這似乎是美國運動的延續，但又有所不同，英文的標語變成了法文，沒有嬉皮、吸大麻和搖滾音樂。進入索邦（Sorbonne，巴黎大學的主要校園）的內庭，看到門前橫掛一條長長的紅色標語：「中國無產階級文化大革命萬歲！」法文讀來更長："Vivre la grande révolution prolétarienne et culturelle chinoise"。法國學生比美國的更激進，似乎也更懂得如何「玩革命」，也就是把革命當成一場表演，但一切的熱情都是真的，所有法國年輕知識分子的意識形態都是左翼——連這個名詞都是來自法國大革命的傳統！索邦的標語顯然在響應中國發生的文化大革命，法國知識分子大多仰慕毛澤東，法國新浪潮導演高達拍過一部電影，主要人物是一群年輕人，拿著《毛選》朗誦，現在看來很好笑，但我想當年高達是「玩真的」，甚至真假不分。1968年我的心情很微妙，一方面羨慕法國學生，另一方面覺得自己很疏離，畢竟還是一個過客。我在歐洲六個月，想要體驗生活，其實都在做過客，無法參與歐洲人的生活，遑論革命。然而即便如此，我還是感受良深。這也是一種歐洲情結的表現。

我住在巴黎左岸的一家便宜的小旅館，名字叫Hotel Moderne（現代旅社），[19] 其實一點也不現代，房間裡沒有浴室，洗澡需要另外付費；房間裡當然也沒有暖氣，需要花錢租一個暖爐。然而我仍然心情興奮，覺得這就是生活體驗，當年的作家和藝術家哪一個不是窮光蛋？這是法國的文化傳統。

普契尼的歌劇《波希米亞人》中的那批藝術家個個都是窮光蛋！我喜歡在巴黎街頭閒逛，特別是左岸靠塞納河的那一區，竟然發現巴金當年也在此遊蕩過，他的文章裡提到幾座法國作家的雕像，我都看到了。巴金早年在法國留學的時候，不但熱衷法國文學，而且服膺無政府主義。我也很受早期巴金的影響，幾乎想放棄我的論文題目，改寫巴金和他同代的法國留學生，後來還特別到里昂參觀了「中法大學」，收集了一些關於勤工儉學的資料，但又不敢貿然從事相關研究。多年後（1980年春）我第一次到中國大陸訪問，特別從北京飛到上海去探望巴金先生，我很想問他當年在法國的經驗，卻不敢問：他早年嚮往的無政府主義，是否來自他的法國經驗？他最崇拜的人物，除了巴枯寧（Mikhail Bakunin）和克魯泡特金（Pyotr Kropotkin，二人都是俄國人）之外，還有法國人嗎？

到了巴黎之後，我幾乎忘了徐志摩。他的那篇名文〈巴黎的鱗爪〉寫於1925年12月，[20] 應該是在翡冷翠之後，但遠較〈翡冷翠山居閒話〉[21] 為長，像是短篇小說，好事者可能又要穿鑿附會以為是徐志摩的個人經驗，我一直把它當作虛構的小說，但比不上散文〈我所知道的康橋〉。他想用同樣的浪漫手法來描寫巴黎，但是不成功，徐志摩的藝術眼光完全屬於英國式的浪漫主義。

巴黎的確是一個值得漫遊的城市，大街小巷都可以漫步。眾所周知，塞納河右岸是有錢人住的區域，除了到羅浮宮看展覽或到其他旅遊景點，我鮮少佇足。我常去的區域（也是那一個多月我日常生活的世界）是左岸的第五和第六區，包括塞納河邊和盧森堡公園，每天經過聖日耳曼大道（Boulevard

St. Germain）和那家著名的花神咖啡館（Café de Flore），相傳是巴黎藝術家聚會之地，而薩特和他的情人西蒙・波娃（Simone de Beauvoir）有時也會去坐坐——當時他們兩位還是風雲人物，薩特剛剛得到諾貝爾文學獎，但拒絕領取。我經過但不想進去，因為聞名光顧的遊客太多，我常去的一家在我住的小旅館附近，早上我到麵包店買了新出爐的麵包和當天的《世界報》（*Le Monde*），到咖啡店叫一杯咖啡，就可以泡一個上午。中飯找最便宜的自助餐店或買個三文治果腹，晚上也是如此，一日三餐就這麼打發過去了。這也算是一個現代「波希米亞人」的生活吧！我不算太窮，但研究費實在所剩無幾。

西班牙

從法國南部到西班牙，火車開到波港（Portbou）過關，多年後我才發現，原來這就是本雅明自殺的地方，現在為他豎立了一個紀念碑。1940年9月25日，這位猶太哲學家為了逃避德國納粹的追蹤，從巴黎逃到法國邊境，過境到波港，本來計劃到葡萄牙轉飛美國，卻被西班牙的警察阻止，如果早一天或晚一天就沒事了，不幸之至。當時西班牙的獨裁者佛朗哥將軍（Francisco Franco）已經當政，他本來就與德國納粹黨勾結，執政三十多年，直到1975年逝世。1968年我初到西班牙的巴塞隆納的時候，他當權下的法西斯的影子隨處可見，特別是戴著元寶形大帽子的公安警衛（Guardia Civil）。

和西班牙相關的另一位名人是英國作家奧威爾（George Orwell），我知道他寫過關於西班牙內戰的書：《致敬加泰羅尼亞》(*Homage to Catalonia*),[22]當時還沒有讀過,也不太清楚巴塞隆納是加泰蘭(Catalan)文化的大本營,而在西班牙內戰中更扮演了舉足輕重的角色。這些都是多年後逐漸積累的知識。其實我當年對西班牙歷史和文化背景的知識比意大利更差,這個伊比利亞半島的國家也有它光輝燦爛的文明,然而它的近代史卻是一部傷心史,也許它被法國的革命光環掩蓋住了。中國現代作家也很少關注西班牙的文學和歷史,似乎只有戴望舒翻譯過西班牙內戰時期的歌謠,那還是他四十年代在香港翻譯的。三十年代戴望舒到過法國,而且參加了以馬爾羅(André Malraux)為首的歐洲左翼作家反法西斯的論壇,親身感受到席捲歐洲的反法西斯左翼思潮。

西班牙是一個多元文化的國家,南部和北部幾乎是兩個不同的世界,南部——特別是名城阿蘭布拉(Alhambra)——到處看到非洲摩爾人的文化遺跡,我沒有去過之前,僅知道北部的西班牙文化。這是我多年後的領悟。而今天的巴塞隆納已經和我初訪時不可同日而語,它欣欣向榮,不僅成了西班牙的經濟中心(地位和米蘭在意大利相仿),而且是一個雙重文化——西班牙和加泰蘭——之都。

歐洲文化代表了中國和美國之外的「另類」,也與我的第一本散文集的名稱《西潮的彼岸》相關——蔣夢麟的留學自傳名叫「西潮」,指的是美國,我所謂的「彼岸」指的卻是歐洲。在我的心目中,歐洲永遠是一個多元的文化共同體,而非單一的文化霸權。歐洲之遊,也讓我體會到「遊學」的意義,也就是中國古人所謂的「行萬里路」和「讀萬卷書」之間的微妙關係。當然,康橋那一晚和徐志摩靈魂的相遇,也令我從此帶上「浪漫主義」的烙印。以後我多次到歐洲，見識更廣，思想也更開放。

重疊的回憶令人難忘，我讓自己的意識流任意翱翔，竟然引出如此多的瑣碎細節。

參考文本

奧非歐、飛揚等著：《康橋踏尋徐志摩的蹤徑》（台北：環宇出版社，1970）。

李歐梵：《西潮的彼岸》（台北：時報文化，1975〔初版〕、1981〔新版〕）。

李歐梵：《中西文學的徊想》（香港：三聯書店，1986）。

註 釋

加「*」者為編註。

1 美國文化名人維達爾（Gore Vidal）曾寫過一本回憶錄，就以此為名，見 Gore Vidal, *Palimpsest: A Memoir* (New York: Penguin, 1996)。我不敢掠美，也沒有他的自傲和憤世嫉俗的風格。

2* 奧非歐：〈康橋踏尋徐志摩的蹤徑〉，載奧非歐、飛揚等著：《康橋踏尋徐志摩的蹤徑》（台北：環宇出版社，1970），頁1–16。

3* 原版除了見於《康橋踏尋徐志摩的蹤徑》，亦收錄於李歐梵：《浪漫與偏見》（香港：天地圖書，2005），頁2–17；刪節版則見於李歐梵：《西潮的彼岸》（台北：時報文化，1981），頁117–125。

4* Leo Ou-fan Lee, *The Romantic Generation of Modern Chinese Writers* (Cambridge, MA: Harvard University Press, 1973). 李歐梵著，王宏志等譯：《中國現代作家的浪漫一代》（北京：新星出版社，2005）。

5 E. M. Forster, *A Passage to India* (London; New York: Penguin Books, 2005).

6* Leo Ou-fan Lee, *The Romantic Generation of Modern Chinese Writers*, pp. 144–155；李歐梵：〈徐志摩的朋友〉，《西潮的彼岸》，頁29–33。

7* Shu-hua Ling, *Ancient Melodies* (New York: Universe Books, 1988).

8* 徐志摩：〈我所知道的康橋〉，韓石山編：《徐志摩全集 · 第二卷 · 散文》（天津：天津人民出版社，2005），頁335。

9* 李歐梵：〈奧國的飄零〉，《西潮的彼岸》，頁61–73。

10 Carl Schorske, *Fin-de-Siècle Vienna: Politics and Culture* (New York: Vintage Books, 1980).

11 Jaroslav Průšek, *The Lyrical and the Epic: Studies of Modern Chinese Literature*, ed. Leo Ou-fan Lee (Bloomington: Indiana University Press, 1980).

12* 包括〈「東歐政治」陰影下現代人的「寶鑑」——簡介昆德拉的《笑忘書》〉、〈世界文學的兩個見證：南美和東歐文學對中國現代文學的啟發〉、〈一九八四年諾貝爾文學獎得主：捷克現代民族詩人塞浮特——訪問史維耶考斯基（F. Svejkovsky）後的雜感〉及〈布拉格一日——歐遊心影〉，載李歐梵：《中西文學的徊想》（香港：三聯書店，1986），頁95–151。

13* 李歐梵：〈布拉格一日——歐遊心影〉，《中西文學的徊想》，頁132–151。

14* 即〈費心生教授語錄〉，一共有五篇，分別在1983年4月10日、5月9日、8月3日、12月26日及1984年2月10日刊登於《中國時報》第8版「人間版」，均未曾結集單行。

15 Stefan Zweig, *The World of Yesterday: An Autobiography* (New York: Viking Press, 1994).

16 Umberto Eco, *The Name of the Rose* (London: Vintage Books, 2004).

17 Italo Calvino, *Invisible Cities*, trans. William Weaver (London: Pan Books, 1979).

18 Italo Calvino, *Six Memos for the Next Millennium* (Cambridge, MA: Harvard University Press, 1988).

19 出於好奇，我上網去查，找到一家同名的三星級旅社，也在聖日耳曼大道（Boulevard St. Germain），不知是否就是當年我住的那一家，經過現代化改裝，價錢貴了。

20 徐志摩：〈巴黎的鱗爪〉，《徐志摩全集 · 第二卷 · 散文》，頁283–298。

21 徐志摩：〈翡冷翠山居閒話〉，《徐志摩全集 · 第二卷 · 散文》，頁112–114。

22 George Orwell, *Homage to Catalonia* (London: Secker & Warburg, 1951).

8

美國的教學經歷：五幕劇

幕前獨白

在美國和香港學界教了五十年，現在(2020)終於退休了，這是我的第二次退休(第一次是2004年從哈佛提早退休)，也絕對是最後一次。回顧我的教學生涯，猶如過眼雲煙，瞬間而逝。莎翁有言：世界本是舞台。人生如戲，在這個學術的舞台上我演了長達半個世紀的戲，表面上演得很成功。然而，我還是問自己：到底從這段經歷中學到了什麼？回顧我的教學生涯，只有從頭說起。

我把在美國教書的經歷分作五幕，一幕接一幕(外加一個序幕)呈現出來，以求得一種「間離效果」的反思空間。不過舞台的佈景大同小異，都是美國的學院，雖然情節有起有落，但是大體上故事都差不多。最後的一幕留待下章。

序幕（1969–1971）

我的教學生涯應該從達特茅斯學院開始，雖然做了一年半的講師，但總覺得不能算數，因為自己還是一個博士生，論文沒有寫完，還沒有拿到博士學位，我臨時受僱，一切都沒有心理準備。在這個常春藤的小大學（學生只有幾千人），我過的還是學生生活，邊教邊學，不亦樂乎。然而好景不長，最後因簽證問題被逼離開，遠渡重洋到香港，本以為今後再也不回美國了，不料事與願違，在香港中文大學當了一年半講師就回美國了。原因是1971年春，我在香港突然收到普林斯頓歷史系教授馬厄利爾·詹遜（Marius Jansen）的電報：「你是否願意——而你的簽證是否允許——接受普林斯頓大學助理教授的職位？」事出突然，如晴天霹靂，但最後我還是接受了。這一念之差決定了此後在美國32年（1972–2004）的教書生涯。

第一幕
普林斯頓大學（1972–1976）：我的傷心地

普林斯頓和哈佛齊名，竟然請我教書？我的虛榮心作祟了，雖然不想離開香港，還是回美國冒險闖蕩一番。這是個性的一面，有機會就抓，為得到新的經驗，往往不考慮後果。到了普林斯頓，我發現這個小城環境優美，校園古色古香，我住在一間新建的教職員公寓樓，辦公室在歷史系，每天走路或騎單車上班，真是優哉游哉，逍遙自在。本以為我是個幸運兒，可以在一個理想的研究學問的地方，不料事與願違，幾乎斷羽而歸。在普林斯頓教了四年，非但在學術上毫無建樹，在感情上更經歷了意想不到的創傷(trauma)：本來打算把香港認識的美國女友也接過來結婚，但不到半年她就決定分手，普林斯頓這個美麗的小城變成了我的傷心地。

學術創傷

在普林斯頓也經歷了我生平第一次的學術創傷。當時對自己的學問毫無自知之明，以為能夠一躍而進入常春藤名校，足以證明自己的才能出眾、前途無量，豈不知普林斯頓並不把我這個哈佛博士看在眼裡。我猜普大請我，就因為我剛剛出版的一本書得到好評，也靠著這一本書得到校方的優遇，答應及早為我辦理升等。但到了第四年評審時，學校當局認為一本著作不足，必須有第二本書的篇章草稿，把升等申請退了回來，次年再議，等於把我趕出校門。晴天霹靂，似乎瞬間從天堂跌到地獄。從此我也意識到跨學科不是那麼容易，普林斯頓聘書給我的助理教授職位在歷史系，而不是教文學的東亞語言學系；我夾在歷史系和東亞語言學系之間，我所受的雖然是歷史的訓練，但多年來的興趣取向卻是現代文學，然而東亞系的同事沒有一個喜歡中國現代文學，他們認為中國現代作家沒有一個值得讀，只有老舍的北京語言還不錯。表面上該系同仁對我這個初出茅廬的年輕人頗為禮遇，請我在該系教一門現代文學課，也讓研究生選讀，但是這些學生根本不把我看在眼裡，記得有一位極聰明的學生在堂上問我：「你讀過福柯的書嗎？你說的那一套中國現代文學史根本不成系統！」我聽來刺耳，甚至感到很憤怒，但事後反思，他說的還是有道理，我確實還沒有讀過福柯的理論，因為我當時用的文學史資料都是五六十年代的中國學者寫的教科書，如王瑤和劉綬松等，只不過把內中的意識形態調和了一點。而自己靠博士論文研究收集的資料也顯然不足以應付教課的需要。失敗的情緒影響到我的下一個研究計劃——寫一本關於魯迅心理的書，此時才發現愛理生的「心理史學」不夠用，更覺徬徨無助，不知如何入手，怎麼辦？

普大的歷史系名教授如雲，但都不把我這個初出道的看在眼裡，願意和我接近的只有兩位歐洲文化史的名家：一位是達恩頓（Robert Darnton），我和他早在哈佛愛理生的研討班上就認識了，他是研究法國史的專家，寫了數本關於印刷文化對啟蒙運動和法國大革命影響的巨著，也是率先把文化史和人類學的方法結合在一起的學者。我有幸聽到他和紀爾茲（Clifford Geertz）的對話，他在這位人類學大師面前故作無知狀，因而把人類學的理論吸收了進來。另一位名師是休斯克，研究十九世紀末的維也納文化，當時尚未成書，只在課堂上講。我去旁聽，大感興趣，這位老教授真可以做我的老師，對我十分照顧，有心請我當他課上的助教，有一次還請我和全班學生到他家裡聽唱片，邊聽邊講解，曲目就是李察．史特勞斯的歌劇《玫瑰騎士》（*Der Rosenkavalier*）。他認為這部歌劇是在諷刺十九世紀歐洲歷史——維也納的貴族文化的衰落，被中產階級所取代，而幾乎成了笑柄。我從此迷上了這齣歌劇，也迷上了他的書：《世紀末的維也納》（有黃煜文的中文譯本）。[1] 普大歷史系還有幾位歐洲史的名教授，個個都是頂尖人物，連哈佛也看不起；我這個年輕教授(當時三十歲出頭)只不過是一個「點綴品」，可有可無。中國現代史這個職位在普大一向由剛出道的年輕教授擔任，六年任滿就被踢走，另換新人，所以幸災樂禍的人戲稱這是一個「旋轉門」(revolving door)。我之突然被召喚，就是因為我的前任沒有拿到長俸而離職，我對此當然茫然無知，沒想到四年之後自己也遭遇到同樣的命運。

這也是我的博士論文太早出版的結果：既然出版了，所以不算在升等資料之內，而需要另外一本新書的書稿和寫更多篇的論文！歷史系的同事對我的第一本書《中國現代文學的浪漫一代》反應還不錯，但東亞系的同事則淡然視之。東亞系的同事表面上對我很客氣，因為我不是他們請的，讓我開一門現代文學的課已經算是禮遇了，我的命運依然掌握在歷史系的手中。雖然歷史系全系的同事最終通過了我的升等申請，但還是需要通過一個更高層的關口——所謂「三人委員會」，小組成員由校長任命全校最資深、也最著名的三位教授擔任。我事後才聽說我被三人中的一人否決，我猜就是歷史系的英國史名教授史東(Lawrence Stone)。他非但是我的同事，而且還與達恩頓和我合教過一門本科生的大班課：「比較革命」，他主講英國革命，達恩頓主講法國大革命，而我這個初出茅廬的「後生小子」忝居末座講中國革命。我沒有經驗，照搬費正清的教科書，把中國革命的過程拉長，從1911年孫中山的民國革命開始，一直講到中共的革命，並先講革命前的朝代制度。大概史東教授對我的講法不滿，認為我把中國傳統官僚制度說得太簡單了，因此種下禍根。多年後，約在1998年春，他來香港中文大學參加學術會議，並作主題演講，我剛好也在中大做短期研究，還特別去旁聽。這位大師當然不記得我了。

也許我第一次到香港在中大做講師的時候(1970–1971)，朋友們慣壞了我，讓我自我感覺太過良好，覺得自己從心理學的角度研究魯迅很了不起，發前人之所未發，其實不過是癡人説夢。到了普林斯頓以後，本來希望盡快把魯迅研究寫成英文專書出版，結果竟然難產，寫來寫去就是寫不出來，而最難產的一章就是關於魯迅的散文詩《野草》的分析，如何把心理分析和文學結合在一起？我毫無頭緒。記得有一年(大概是1974年)整個暑假，我日以繼夜地寫，但寫來寫去都不滿意，事實上我不知道如何分析文本，因為我不懂文學理論，更不懂散文詩的形式，看了大量的二手中文研究材料，都解決不了我的問題，對我無用。然而魯迅的陰影揮之不去，每夜嘲笑我，變成了我的夢魘，逼我發狂。我住在普大的教職員宿舍公寓，名叫Hibben Apartments，背後是一片草地和一條小河，遙望過去應該感到心曠神怡。而當時杜維明也在普大任教，他和第一任夫人讀以玉和兒子Eugene就住在隔壁，有一年他請了勞思光教授到普大研究一年，我在香港時就認得勞先生，因而得以向他請教人生問題。維明到哈佛讀書比我早一年，出道後第一個職位就是在普林斯頓，但不到兩三年就被加州大學柏克萊分校請去了。我從來沒有和他交換過在普大的經驗(也許從記憶中壓抑了)，記得當時對他十分仰慕。普大的另一位學術「明星」是教日本文學的納森(John Nathan)，他是一個天才，在日本受過傳統訓練，日本話説得和日本人一樣，還有一位日本夫人Mayumi，她是一位畫家，送我的一幅畫我一直掛在自己臥室牆上。納森翻譯過兩位最知名的日本作家：三島由紀夫（Yukio Mishima）和大江健三郎（Oe Kenzaburo）。他在哈佛做學生的時候就演出莎士比亞，自己又拍紀錄片電影，他的個性爽朗，時常於週末在家裡開派對，我們這些同事和朋友都成了他的粉絲。他比我晚到普大一年，東亞系給予特別待遇，不到四年就給他長俸升等，而我卻在前一年斷羽而離職。我覺得他的才氣出眾，絕非教書可以滿足，果然他於我走後也離職拍電影去了。

要不是有幾位像他這樣的朋友和同事的支持，我在普大那四年就真的難熬了。記得我時而搭朋友便車到紐約看歌劇和聽音樂，調節鬱悶，又經由高友工介紹認識了舞蹈家江青，大家一起去看她的舞蹈表演。我的兩大業餘愛好——音樂和電影——又一次救了我。即使自己困在公寓裡，也可以聽唱片，我甚至把最喜歡的一張唱片的封面掛在牆上：李察·史特勞斯的《最後四首歌曲》（*Vier Letzte Lieder*），封面是女歌手舒娃茲柯芙（Elisabeth Schwarzkopf）的相片，徐娘未老，風姿卓絕，我每天看著她，向她默默訴苦。除了音樂之外當然還有電影，普林斯頓是個小城，只有一家電影院，不像哈佛的劍橋有專演老電影和世界經典的布拉陶影院。記得那年暑假，朋友們都走光了，我一個人去看電影解悶，影片的名字至今還記得：*That's Entertainment!*（《娛樂精華》），原來是米高梅公司出品的歌舞片集錦。我一個人坐在影院裡重溫舊夢，看到中學時代在新竹的國民大戲院觀賞過的無數米高梅歌舞片，再次沉醉於一連串輕歌妙舞的大場面（spectacle）之中。這也是一種發洩，看完了走出影院，心情也好多了。即便自己愛情失敗、學術事業無成，至少可以用這種方式求得自救。關於愛情失敗的創傷，在此不想重提，而學術失敗的經驗倒是值得在此重演（reenact）一次，把我和該校院長的對話如實呈現出來。

時間：1976年春天某日下午

地點：普林斯頓大學教務院長（Dean of the Faculty）辦公室

人物：院長，一個小個子的中年猶太人；「我」，一個等待升等的年輕教授，三十幾歲，衣冠不整，但打了領帶

院長：（開門，拿了一堆資料）李教授，請進，請坐。

我：（神情緊張）謝謝。

院長：你知道你現在坐的椅子，以前是誰專用的嗎？

我：不知道。

院長：你大概不會猜到的，它是愛因斯坦的椅子，也是普大優秀學術的象徵。當然我不期望你將來可以達到愛因斯坦的地位，那是不可能的，但是普林斯頓對教授的學術要求也很高，甚至比別的學校高一等。李教授，你很好，但還是達不到普林斯頓的水準，你的這些論文和書稿資料還嫌太單薄了，也許別的大學可以接受，但在普大還是不夠資格。你明年再試試申請升等吧，那個時候我希望你呈交的學術資料檔案要比現在厚得多！

我：……那麼，那麼，好吧，謝謝你的指點……（聲音微弱，唯唯諾諾，悵然告退）

全場戲大概不到幾分鐘就結束了，我又能說什麼呢？如今已經過了半個世紀，那位院長的話言猶在耳，我還是忘

懷不了，引以為恥。在普林斯頓我頓時變成一個「失敗者」(failure)，而美國社會最難接受失敗者。當我升等失敗的消息傳出後，普大歷史系的幾位年輕教授對我唯恐避之而不及，見面也不打招呼。只有東亞系的高友工教授安慰我說：「君子報仇，十年未晚」，勸我不要氣餒，將來從長計議。高友工恃才傲物，看不起現代文學，然而對我這個現代文學的學者如此照顧，也是我的福氣。

幾十年過去了，這一個經驗我一直銘記在心。如果我在普大得到升等和長俸，此後的學術生涯又會如何？也許我會變成一個普通的歷史教授，研究近代中國文化史，生活在一個表面上平穩舒適、但內心不平衡的世界，因為我得不到滿足，只好視教書為飯碗。更重要的是，現在如果我是那位院長，我同樣不會同意升等，因為我在普大四年的表現的確很平庸，非但沒有出版第二本書，而且沒有教出一個出類拔萃的研究生，原因很簡單：普大的研究生比我更恃才傲物，不會選我作指導教授。失敗不失為一個很好的教訓。

天無絕人之路，離開了普林斯頓，我才發現美國學界別有洞天。

第二幕

印第安納大學(1976–1982)：中西部的世外桃源

普林斯頓斷羽，怎麼辦？為什麼不回香港？我當時覺得無顏見江東父老，還是留在美國拼搏，死裡求生。就在這個緊要關頭，我的好運來了。老友劉紹銘為我向他的母校印第安納大學打聽，有一個古典文學的位置剛好空缺，而另一位美國教授柯文（Paul A. Cohen）也見義勇為，為我在他任教的韋爾斯理女校量身訂造一個新職位，請我上任，一片黑暗中突然見到兩道曙光，怎不興奮？我竟然可以在二者之間做一個選擇，最後選了印第安納。原來印大要找人教中國傳統戲曲和通俗小說，請來的教授臨時決定不來了，系主任羅郁正（Irving Lo）在電話中問我能不能勝任，我一口答應，其實我對戲曲完全外行，只讀過一本《竇娥冤》。原來這是柳無忌先生在印大所教的領域，他要退休了，所以留下接班人的空位，柳教授是劉紹銘的老師，對我來說，接替他這個位置是莫大的榮譽。在我的心目中印第安納大學一向是一所名校，它的比較文學系享有國際盛名，我們的老師夏濟安曾在此進修，我本來就想步劉紹銘的後塵來印第安納攻讀比較文學，但又覺膽怯，不料十多年後我竟然可以來此任教，覺得這是天意，天無絕人之路，我竟然絕處逢生。當時柳無忌和羅郁正兩位教授合譯的中國古典詩集《葵曄集》（*Sunflower Splendor*）剛由印第安納大學出版社出版，立刻成了暢銷書，[2]《紐約時報》的書評版以頭版刊出書評。羅教授很興奮，有意繼續發展中國文學的翻譯和介紹，想請我來和他合作，發展中國現代文學，對我來說，這是一個千載難逢的機會！從此我有了一個固定的目標，也從此走上現代文學研究的不歸路，近代思想史反而退居後座了。

發展中國現代文學的翻譯和研究

在印第安納大學那六年，是我最開心的時期，學術事業一帆風順，充滿幹勁，幾乎身兼二職：除了教書之外，還主持中國現代文學方面的出版業務，和該校出版社社長加爾曼(John Gallman)合作無間，而且在1980年與他同訪剛剛改革開放的中國大陸，和北京的外文出版社商量出版合作事宜，因而也結交了幾位當代中國作家，包括王蒙和劉賓雁。我相信自己的學術命運絕對是「時勢」造成的，中國開放了，文藝界逐漸百花齊放，也引起美國學生學習中國現當代文學的興趣，我恰逢其時，於是奮力而為，協助印大出版社出版了一系列中國現代文學的翻譯和研究書籍，由此建立了這個新的專業研究領域，我也成了它的開創人物之一，但不能居功，全靠學界朋友的幫助。除了羅教授之外，還有印大比較文學系的奇才歐陽楨(Eugene Eoyang)，他本來就是編輯和出版界的內行人，經驗豐富。時在威斯康辛大學任教的劉紹銘當然拔刀相助，我們三人又把芝加哥大學的余國藩也拉了進來，組成一個中西部的「四人幫」，後來還出版了一本學術雜誌：*CLEAR*(名稱是歐陽楨起的，是*Chinese Literature: Essays, Articles, Reviews*幾個英文字字首的組合)，以威斯康辛為編輯部，大家越幹越起勁。我自己的貢獻就是率先協助出版兩本當代小說的英譯本，作者都是我在台大的老同學：一是白先勇的《台北人》，一是陳若曦的《尹縣長》；前者煞費周章，後者則很順利。白先勇對自己的作品譯文很執著，最後請到翻譯界的高手高克毅先生(又名喬志高)協助潤飾譯文，才順利出版，以《遊園驚夢》(*Wandering in the Garden, Waking from a Dream*)為書名。[3]陳若曦剛出版的描寫文革的小說集《尹縣長》在華人世界引起極大的反響，然而對西方讀者則很陌生，好在葛浩文(Howard Goldblatt)和殷張蘭熙很快譯成英文，交由印大出版。

我給自己一個任務：把它在美國變成一本暢銷書，於是故意把英文書名拉得很長，否則不會引起報刊書評人的注意：*The Execution of Mayor Yin and Other Stories from the Great Proletarian Cultural Revolution*，[4] 並特意邀請最敢言的評論家李克曼（Simon Leys，本名 Pierre Ryckmans）寫一篇前言，他也一口答應了。我又打長途電話給《紐約時報》的記者包德甫（Fox Butterfield，他是我在哈佛的同學，早年在台灣就認識陳若曦）請他幫忙，果然他不負我所託，也在該報寫了一篇書評。從此在美國漢學界「印第安納」這個名字和中國文學的翻譯就連在一起，於是我們再接再厲，連續出版了蕭紅的《〈生死場〉和〈呼蘭河傳〉》（葛浩文譯）、[5] 錢鍾書的《圍城》（茅國權譯）[6] 等現代文學名著。我又開闢了一個「中國文學與社會研究」（Studies in Chinese Literature and Society）的學術系列，我把自己魯迅研究的書也列了進去，但一直難產。這兩個系列不但把印大出版社的名氣在漢學界打響，而且我自己也連帶沾光，變成一個中國現代文學的推動者和先驅人物。記得我離開普大時高友工勉勵我說：「君子報仇，十年未晚」，想不到五年後這個願望就達到了。

中西部的世外桃源

印大的名氣雖然比不上東部的常春藤名校，但我並不計較，那是一種虛榮。印大對我有恩，我也願意貢獻一份綿薄之力。況且美國中西部有人情味，住在布盧明頓（Bloomington）這個小城，我也自得其樂。這個大學城位居印第安納州（Indiana）的南部，每年春天全城開滿鮮花，因而得名。我運氣好，抵達不久就找到一間花園小屋買了下來，原來的屋主是一對德國教授夫婦，老婦人離開時再三對我說："Enjoy it, young man!"（年輕人，享受它吧！），她說這句話的時候滿面淚水，看來他們是傷心離開的，我沒有來得及問她原因，也不便問。夫婦二人把屋子佈置得美輪美奐，卻無暇享受，都留給我了，看來我真的是轉運了。從家裡到辦公室步行只需要十分鐘，辦公大樓名叫Goodbody Hall——「好身體」樓，似乎有意提醒我，正值壯年，應該好好珍惜這段時光。我自覺身體不錯，所需要的是心理的健康。這個小花城是一個理想的心理療養院，更難得的是音樂環境奇佳，印大的音樂系世界知名，吸引了不少第一流的演奏家來長期任教，包括大提琴家史塔克、鋼琴家波萊特（Jorge Bolet）以及「美藝三重奏」（Beaux Arts Trio）。此外該系尚有一個歌劇院和四個交響樂團，每天都有免費音樂會，我這個樂迷可謂樂在其中，也樂不思蜀，逐漸把東部的「常春藤」大學忘得一乾二淨，在這個中西部「蠻荒之地」建立我的新天地。音樂成了我日常生活的必需品，我聽了無數場音樂會，特別是第一流的歌劇演出，包括普契尼的《托絲卡》（*Tosca*），至今難忘。大學有一個古典音樂的廣播電台，主播人名叫麥奈爾（Sylvia McNair），後來變成著名的歌星。指揮大師伯恩斯坦也來此開大師班，我近距離看到他教一個年輕的學生如何表現布拉姆斯的樂句（Brahmsian phrase）。還有一次我竟然大膽混進史塔克的大師班，他非但不計較，而且歡迎旁聽，他授課一開始就要我們全體起立作呼吸運動，並當眾表演弓法。該校師生都知道關於他的一個傳聞：據說有一次印大的籃球隊載譽歸來，不少當地球迷到機場歡迎，剛巧史塔克也在同一班飛機上，當他下機時看見機場擠滿了球迷，還以為都是歡迎他來印大就任教授的音樂粉絲！一間州立大學能夠把球隊打造成全國第一，並不稀奇，但該校的音樂系竟然爭得前茅，和紐約的茱莉亞特音樂學院（The Juilliard School）齊名，倒真不簡單。該校校長赫爾曼・威爾斯（Herman Wells）個子矮小，但魄力驚人，膽敢在這個保守的鄉下小城建立全美唯一的「金賽性學研究中心」（Kinsey Institute for Sex Research），還有「烏拉爾和阿爾泰語言系」（Department of Uralic and Altaic Studies），研究通古斯語系（Tungus languages）的語言文化，極為冷門。當然還有比較文學和符號學（semiotics）研究，在美國學術界都享有盛名。因此在這個偏僻的大學城發展現代中國文學的研究，一點也不出奇。

中國現代文學當然是中國文學傳統的一部分，我一向主張古今不分家，所以樂意教明清通俗小說的課程，但戲曲實在不能勝任，羅主任也不勉強。由於授課的關係，我對於中國傳統小說的興趣也越來越大，發現許多可以探討的問題，也剛好和我研究的晚清文學接上線。在惡補的過程中每遇到難解的問題，就大膽寫信向哈佛的韓南教授（Patrick Hanan）求教，當時我和他並無深交，然而他有信必覆，等於為我補了一門課，我至今感激不盡；後來我們成了哈佛的同事，我邀請他和我同教一門晚清翻譯的研究生課，他也樂於參加。韓南教授虛懷若谷，做起學問一絲不苟，令我敬佩之至。但最令我佩服的是他對魯迅小說技巧的研究，他發表在《哈佛亞洲研究學報》（*Harvard Journal of Asiatic Studies*）的長文，我讀後不但佩服而且暗自慚愧自己研究的不足，在我的魯迅書中關於魯迅小說的分析部分受他的影響極大，幾乎和夏濟安師的份量相當。[7]

如今回想我在印大所教的課程，反而對現代文學方面的課記憶模糊，而印象較深的是明清小說，好在是低班課，不必講得太過深奧，於是得以暢所欲言。我的研究生不多，只有陳長房是直接受我指導的，我們同甘共苦，後來成了朋友，至今還有聯絡。老實說，當時我心不在訓練學生，而在主持出版業務，到處「拉人」——約請同行學者把他們的著作送交印大出版社出版。除此之外，經由歐陽楨的介紹，我認識了幾位印大比較文學系的教授。印大的比較文學系最早提倡中西文學關係的研究，主其事的福倫茲教授（Horst Frenz）是德國移民，但對華人學生特別好，劉紹銘和胡耀恆都是他的高足。他曾召開數次國際研討會，記得有一次請了張愛玲參加，我當時（約在六十年代中期）還是哈佛的博士生，也受邀參加，於是有機會見到這位如今成了傳奇人物的作家，到她下榻的酒店接她到會場，原來十多分鐘的路，走了將近一個鐘頭。她每看到吸引她的一朵花或一棵樹，都會駐足審視，這種細緻的觀察力令我印象深刻。如今在香港開張愛玲的學術會議的時候，也有年輕學者請我講這段經驗，我當然也不免故作渲染。

印大比較文學系還有一位名教授卡林內斯庫（Matei Călinescu），和我很談得來，原來他是羅馬尼亞的一位詩人，流亡到美國任教。我去旁聽他的一門課，講的正是現代性理論，剛成書出版，名叫《現代性的面孔》（*Faces of Modernity*，後來的修訂版名為 *Five Faces of Modernity*），[8] 此書可謂是我的理論入門，對我此後的研究影響極大，特別是關於中國現代文學中受人誤解的「頹廢」美學的詮釋。他邀請我與他合開一門新課，比較當代東歐文學和文革時期的中國文學，因而第一次介紹我看昆德拉的四本早期作品。這位同事認為：一個作家即使在政治環境最困難的時候也可以寫出「笑」來，並非「笑中有淚」，而是他看到很多現實中的荒謬和反諷。我最喜歡的一本昆德拉小說是《笑忘書》（*The Book of Laughter and Forgetting*），並用中文寫了連篇文章，其中一篇專論這本小說，[9] 另一篇則把昆德拉和南美作家馬奎斯（Gabriel García Márquez）放在一起作為世界文學的兩個見證，[10] 據說有幾位當代中國作家看了頗受啟發。我自己也因此對捷克文學著了迷。

回顧我在印大六年的生活，是我在美國教書生涯中最快活和最順暢的六年。那麼，為什麼我不留下來而又匆匆離開，接受芝加哥大學的新教職？這一個offer似乎也是從天而降，像是重演1971年離開香港中大到普林斯頓的那場戲，好在此次沒有釀成悲劇。我內心真的想在印大留下來，然而我在印大的同事（特別是歐陽楨）卻好心勸我接受芝大的職位，因為對我的學術前途有助益。芝大當然是名校，而且是我留學生涯的第一站；那一年（1962）我心理上所受的壓力也極大，為什麼二十年後（1982）再回去承受更多的壓力？最後我決定接受芝大的教職。既然改行研究文學，我自知對文學的修養顯然不足，特別在文學理論方面，幾乎是初學。自從七十年代起，芝大就是一個理論重鎮，至少在人文科學和社會科學領域，往往開風氣之先，我到那裡可以學到很多東西，而如果留在印第安納，我會生活得很舒適。也許是個性使然，明明知道到了芝加哥以後日子不會好過，我還是決定接受挑戰。

第三幕
重返芝加哥(1982–1990)

在芝大任教的挑戰

我已經花了整整一章敘述我初到美國在芝加哥大學求學的經驗，現在又回頭再講芝加哥，似乎有點重複？然而芝加哥對我的思想和學術影響太大了，而且這一次是去做教授，一共教了八年，幾乎和哈佛相等。這一齣戲實在演得很辛苦，因為這是另一場考驗，成功與否只有我自己心裡明白。表面上很光彩，此一時也，彼一時也，我在印大六年，不知不覺奠定了一點學術名聲，芝大對我也禮遇有加，余國藩教授先寫了一封情誼懇切的信，大意是說知道我在印大很愉快，所以邀請我到芝加哥乃是「明知沒有希望但還是希望」(hope against hope)我能來。天呀！我何德何能受此恭維？我在學界唯一的貢獻就是協助建立中國現代文學專業研究的新領域，然而我知道芝大偏偏不重視教授的專業領域，而是要找到「最好的」人才——什麼才是最好的？我至今不得而知。不過我很快發現芝大教授享有極大的自由，開什麼課完全由自己決定，校方無權干涉。當時的遠東系系主任哈魯圖尼恩(Harry Harootunian)是一位日本思想史的學者，但早已在西方理論界建立名聲，而且對於當時的「地區研究」——包括日本研究——持極端批判的態度，往往把他的美國日本研究同行批得體無完膚。我和他本不認識，他只是偶然聽了我的一次學術報告；那次我的題目是臨時訂的，分析林琴南翻譯的《黑奴籲天錄》(*Uncle Tom's Cabin; or, Life Among the Lowly*)的序言，不知為什麼他竟然很欣賞，於是極力鼓動遠東系同事請我來。換句話說，他關心的是我的思考和分析方法，而不是我研究的專業。記得我剛到芝大時他對我說：你教什麼都可以，系裡只希望你和另一位日本文學的同事合開一門大班課，其他課程任由你自己訂，只要不教數學或物理！由此可見芝大的學風。我在另一篇文章中也寫過，初到芝大時學校的宣傳刊物主編打電話訪問，問我「現在做什麼？」—— "What are you working on?" 我回答說正在搬傢具；她說「我才不管你的傢具，你現在研究的學術題目是什麼？」，可見該校的學術氣氛。

我在1982年秋天初抵芝加哥，就在校園附近隨便找到一個湖邊公寓，住在一棟十多層公寓大樓的三樓，這棟樓原來是名建築師凡德羅(Mies van der Rohe)設計的，完全是「極簡主義」的風格，毫無雕飾，但很注重實際功能，公寓雖小，但客廳的空間很大，窗外就是密歇根湖，一望無際。芝加哥是著名的風城，大風吹起湖水，波瀾起伏，十分壯觀；然而到了冬天，湖水結凍，一片白色，大風一起，室外的溫度立刻降到華氏零下二十多度，連露天停車場的汽車也結凍了，路上都結了冰，一不小心就會跌倒。其實我早在二十年前就領略到在此城「飢寒交迫」的滋味了。印第安納「花城」春暖花開的溫馨，竟然使我忘了這個風城的凜冽氣候。當年芝大的校長葛雷(Hannah Gray)說過一句笑話：「芝加哥的天氣和我的名字一樣！」她一語雙關，Gray就是灰色，而芝加哥除了颼風外，陰天似乎比晴天多。因此我常說：芝加哥大學是一個苦行僧修煉的好地方，連該校的哥德式的建築都像歐洲中古的修道院，而圍繞校園四周的也是幾個獨立的修道院。我一到芝大，就聽到學生之間流傳的各種傳說：有人看到全身赤裸裸跪在雪地上祈禱的博士生，也有人看到考試通不過的學生從宿舍樓頂的尖塔跳下來自殺，似乎都是芝大的哥德建築的聯想，也可能是電影《鐘樓怪人》（*The Hunchback of Notre Dame*）的鬼魂在作祟。當然也有自我作樂的方法：飲酒，芝大的師生有一個共同的去處——一家名叫Jimmy's的破爛酒吧，我當然也光顧過多次，一邊和學生、朋友或同事飲酒，一邊高談闊論，談的都是學問。

對於一個出道剛十年的教授而言，我所感受的壓力不亞於一個博士論文寫了十年還無法完成的博士生，我在普林斯頓的經驗就像一個答辯失敗而被趕走的博士候選人，這個「研究生情結」伴隨我的一生，在芝大尤其如此。好在我在印大已經拿到長俸（tenure）的副教授職位，否則到芝大升等這一關可能又通不過。然而什麼時候升到正教授，我已經不記得了，反正在我的同事面前——有的已經是講座教授——我不過是一個「資深博士後」的高級學生，享受各種教授級的優待，內心卻焦慮異常，終日為我的魯迅研究書寫不出來而發愁，最後只好把以前寫的草稿和收集的中文二手資料全部拋棄，從頭來過，從第一頁寫起，乾脆把魯迅當作一個作家，而不是「革命導師」，一步一步地追索他的心路歷程，一切以他的作品解讀為依據，終於在來到芝大五年後（1987）才勉強完成了。書中並沒有引用什麼高深的理論，只把自己的看法如實寫出來，現在看來不過是一本導論，然而在當時還很新穎。我的魯迅研究之所以難產，就是因為我不懂文學形式和文化／歷史背景的辯證關係，魯迅一生在思想和精神上求索，也不停地作文學形式上的創新，例如短篇小說、雜文和散文詩，這些創作出來的文類和文體不能僅僅當作歷史材料或與歷史無關的獨立文本對待，更關鍵的問題是他為什麼在當時的文化環境中寫出這種形式的東西。於是我不知不覺地摸索到西方馬克思主義的文化理論，特別是詹明信（Fredric Jameson）的著作，他的理論語言並不容易讀，我看不懂的時候就打長途電話到加州向鄭樹森請教，他是詹明信的高足。經過他的指引，我又看了其他相關理論著作，才逐漸開了竅。

我一生交了不少好友，這是我的運氣，所以一向認為真摯的友情比親戚關係更重要，在學術方面更是靠友人相助。在芝大我很幸運交到余國藩這樣的好友，那個時候他已經是芝大的著名教授，身兼四系：神學院、遠東系、英文系和社會思想委員會——這個委員會最特別也最有名氣，1962年我初到美國在芝大做研究生的時候，林毓生正在這個委員會特聘的海耶克教授門下攻讀，和我談了不少關於他自己的求學經驗。如今余國藩也是這個委員會的一員，我只有敬佩的份兒，得以旁聽他的一門詮釋學（hermeneutics）的理論課，後來有機會和他合開一門《紅樓夢》的課，一章一章細讀，深以為榮。真沒有想到幾年前（2015）他突然故世，我聞訊愕然，悲傷之至。

芝大的中國研究

芝大在中國研究方面的教授陣容很強，都是著名學者，例如歷史方面鼎鼎大名的何炳棣教授，還有政治系的鄒讜教授，都是我的前輩。鄒教授和我特別投緣，他後半生完全獻給芝大，訓練出無數研究生，而且特別照顧來自中國大陸的學生，除了教關於中國當代政治的課程外，他孜孜不倦地參加各種講座，閱讀各種社會科學的理論書籍。他生活簡樸，衣衫襤褸，開一輛破汽車。他退休的時候，我剛好擔任東亞中心的主任，因此特別為他主辦了一個退休慶祝會，最早來賀電的是台灣的連戰，原來也是他的學生。在中國文學方面的同事，除了余國藩外，還有一位奇才芮效衛（David Roy），專門研究和翻譯《金瓶梅》，凡二十餘年，而國藩則翻譯《西遊記》，二人分庭抗禮。芮教授原來研究郭沫若，因此收購了一大堆現代文學的中文書，後來都送給了我，他的藏書太多，辦公室的空間不夠，因此把他的一部分書存放在我的辦公室，後來我把他的一批書也帶到哈佛。其他和我比較接近的同事有艾愷和錢新祖。艾愷是意大利人的後裔，因此意大利文猶如母語，他的中文更是道地，發音比華人還標準。他以研究梁漱溟而聞名，和我則是歌劇同好，我們買好季票，和他夫婦到城裡的芝加哥歌劇院（Lyric Opera of Chicago）觀賞威爾第或普契尼的歌劇，他不但如數家珍，而且連歌詞都背得出來。錢新祖在芝大則鬱鬱不得志，時常飲酒，我在芝大認識他的時候，他已經掌握了德里達（Jacques Derrida）的後結構主義理論，但沒有同行欣賞他。可惜他英年早逝，晚年在台灣僅靠幾位學生照顧他。我和日本史的兩位教授哈魯圖尼恩和奈地田哲夫（Tetsuo Najita）也有來往，時而參加他們的派對，不醉不歸，後來才知道研究中國和日本的學者之間有「矛盾」，我夾在中間，左右為難，似乎永遠在充當這個角色，然而卻無意作和事佬，我自有我自己的看法。

我開的課大多是在總圖書館五樓的一個研究室上的，遠東圖書館的大量藏書就在隔壁，所以我在一篇文章中說：我的書房藏書有數十萬冊，根本看不完。[11] 在芝大那幾年，我每天都泡在圖書館裡，連自己的辦公室也很少去，只在圖書館地下的咖啡館見學生，有時乾脆就在咖啡館吃簡單的午餐。晚餐則到鄧文正夫婦家，文正在芝大念西方政治思想，學問深藏不露，性情溫和，他和夫人李玉瑩看我孤單得可憐，時常請我到他家吃飯，竟然成了定期「食客」，一週至少三四次。1988年文正學成返港，誰都料不到他們夫婦會分道揚鑣，又過了十二年，玉瑩竟然變成我的妻子。這一段奇緣，在我和玉瑩（現名子玉）合著的書《過平常日子》中有詳細的描寫，幾年前被翻譯大師閔福德（John Minford）看上了，譯成英文由香港中文大學出版社出版，我們感到十分榮幸。[12] 這一段我一生最珍貴的感情生活，我想留在另一章再交代。

跨文化研究中心

和我交往最密而且合作無間的友人反而不是芝大教授，而是芝大畢業的李湛忞（Benjamin Lee），他出身於芝大的人類學系，專攻語言理論。我認識他的時候，他剛拿到博士學位，有一個芝加哥的富翁很欣賞他的才華，為他設立了一個研究中心，可以獨當一面，並邀請各地學者到他的中心來聚會。Ben把這個中心命名為「跨文化研究中心」(The Center for Transcultural Studies)。我的學術生涯中有兩位Ben，都對我影響極大，一位是我的老師Ben Schwartz(史華慈)，一位就是Ben Lee。他出生在美國，中文程度不錯，人品更好，大家都把他作為摯友。他對於當代中國的文化和政治甚有興趣，所以打電話請我參加他的中心聚會，就此結了緣，成為好友。他請了一大批美國頂尖學者，譬如享譽世界的哲學家查爾斯·泰勒(Charles Taylor)，還有阿帕度萊(Arjun Appadurai)、嘉卡爾(Dilip Gaonkar)、克拉潘扎諾(Vincent Crapanzano)、費雪(Michael Fischer)等人，大多是人類學家；文學方面有米高·華納(Michael Warner)和霍奎斯特(Michael Holquist)，後者是最早把巴赫金(Mikhail Bakhtin)的理論介紹到美國學界的教授之一，近來剛去世。這些高手個個恃才傲物，對理論本身的要求很高，不是人云亦云，有時候Ben討論人類學的語言理論，十分抽象，我根本聽不懂，反而從泰勒和幾位印度學者的討論中得到很多啟發。泰勒是這個中心的常客，每會必到，向我們報告他最新研究的題目，並徵求意見，記得當時討論最熱烈的是他關於社會想像(social imaginaries)的觀念，這位名學者本人虛懷若谷，對人很親切，也接受批評，我時常問他一些基本問題，他也樂意回答。得以和這幾位高手切磋，可謂機會難得。Ben Lee想要發展亞洲視野，特別是兩岸三地的華人地區和印度，他對台港的學術情況不熟，要我介紹兩地的學者，因此我邀請了台灣的廖炳惠和香港的陳清僑來芝加哥參加數次會議，他們二人又把這幫美加學者(泰勒是加拿大人)請到台灣和香港開會，和更多本地學者交流，因此Ben結交了在港大任教的馬文彬（Ackbar Abbas），後來Abbas把Ben也請到港大教書，順便把「中心」也帶來了。所以Ben常常說：「我們的中心其實沒有固定的中心，人在哪裡，會就開到哪裡！」2001年我到港大客座一年，就是他和Abbas安排的。可惜自從2004年我遷居香港之後，很少回美國，因此也很少和他們見面交流，所以對於文化理論也落伍了，只有和Ben的夫人名作家查建英還偶爾聯絡。近來讀了建英和一位日本記者合寫的書（等於是建英的自傳），內中提到她和Ben的一班好友在芝加哥的生活，令我頓時百感交集，懷念不已。[13] Ben和建英結婚的時候，我還是他們的伴郎，事後他們告訴我，年輕的伴娘對我十分不滿，因為我太老了！

從「新感覺派」到「上海摩登」

和這些不同領域的學者交往，當然令我眼界大開，但不知不覺之間對於自己專業研究的興趣反而減低了。1987年我的魯迅研究書終於出版，想轉換一個方向，開始醞釀研究一個大問題：中國現代文學中的城鄉模式，先從比較文化理論著手，於是開始看雷蒙 · 威廉斯（Raymond Williams）的那本名著：《鄉村與城市》（*The Country and the City*），[14] 此書從英國文化的角度探討英國文學史上的城鄉關係，對我很有啟發，也間接地引起我研究上海都市文化的興趣。中國現代文學中描寫最多的是鄉村，還有城鎮，那麼到底「都市文學」指涉的是什麼？另一方面，我又覺得威廉斯所說的「農村」（pastoral）基本上是一個文學模式，有神話色彩和美學意味，和中國現代文學中的寫實主義鄉土小說頗相逕庭。這些問題需要從長計議。

這本計劃中的「大書」一直沒有實現，倒是時機湊巧，引發我研究三十年代上海都市文化的興趣。緣由是八十年代初大陸學者發現了「新感覺派」的小說，北大的嚴家炎教授還編了一個選集：《新感覺派小說選》，[15] 而上海的作家和評論家也發現此派小說的領袖施蟄存先生還健在。我在1981年第一次到上海，就聽到他的名字，後來就到他的住所拜訪，感覺到施老先生在言談之間有一股怨氣，他主編的《現代》雜誌在三十年代文壇扮演的主導角色被文學史家低估了，更不必提大陸文學史家對西方先鋒藝術的無知。於是我也動了研究「新感覺派」的念頭，然而施先生自己認為「新感覺主義」是一個日本名詞，只有在日本住過很久的劉吶鷗屬於此派，施先生不承認自己是新感覺派，而是受到歐洲先鋒派(avant-garde)的影響，那麼中國的先鋒文學和藝術何處來？這是一個比較文學和文化研究的好題目。我早在夏志清的《中國現代小說史》中看到施蟄存的名字而讀他的作品：〈將軍底頭〉，頗覺和三十年代流行的「社會現實主義」背道而馳，而有點「超現實」的味道。我自己也曾參加過台灣的《現代文學》雜誌，接觸到的是另一種美國學院派的現代主義。

於是想起夏志清先生的提醒：早在三十年代，中國文壇已經有人提倡現代文學了，帶動潮流的就是施蟄存主編的《現代》雜誌。言猶在耳，令我興趣大增，又發現這本三十年代雜誌的外文名字不是"Modern Literature"，而是法文*Les Contemporains*，可以譯為「同時代人」，我猜意指施先生和他的文學同志們都是歐洲先鋒派的同代人，趕得上時代的潮流。這一個小小的發現和覺悟使我從抽象理論中醒覺，深感理論名詞不能隨便套用，必須找到源頭和「脈絡」——context變成了我最常用的字眼。這個英文字一般譯為「脈絡」，但含義更複雜，指涉的不僅是歷史背景，還有和同時代的其他文本的關係，這個字本來就有文本連結和互涉（con-text）的意思，所以我必須雙管齊下：一方面看相關的「現代性」（modernity）理論，以及它和文學藝術上的現代主義（modernism）的關係；另一方面，還要研究上海都市文化的背景。記得幼時父母親時常掛在口頭的一個名詞：「摩登」，專門指上海人很時髦；摩登當然就是modern（或法語moderne）的譯音，往往指的是衣著打扮得時尚和富「洋味」。上海的洋味都市文化在租界，於是我開始研究租界，並到當時還在法租界的上海圖書館找三十年代的各種文學雜誌資料，試著把「新感覺派」的文學作品納入一個現代的都市文化框架之中。這就是《上海摩登》一書的由來。沒有想到又花了十多年工夫，幾乎因為一件重大事故而半途而廢。

文化反思研究計劃

八十年代開始，中美學術交流的活動越來越多，美國的魯斯基金會（Henry Luce Foundation）發起一個中美學者合作研究的項目，向幾所著名的大學發出邀請，芝大也在其內。我當時（1988）受命擔任芝大東亞研究中心的主任，這個研究項目也落到我頭上了，於是我匆匆寫了一份為期三年的研究計劃，想邀請幾位知名的中國學者來芝大探討一個大問題：文革以後的文化反思運動，希望邀請到其領袖人物李澤厚和劉再復，以及在大陸文壇呼風喚雨的文學批評家李陀，此外尚有上海最年輕的教授許子東；北大當代文學研究的新秀黃子平教授適在美國講學，於是請他講學完畢後來芝加哥；還有主持一系列西方思想翻譯計劃的甘陽，他當時正申請到芝大社會思想委員會讀博士學位，我順水推舟，也邀請他加入我們的研究陣營。美國方面就以我和李湛忞為主持人(他的「跨文化研究中心」協辦)，還有芝大的幾位同事，皆是掛名。我自己對於八十年代初在中國大陸興起的「尋根文學」大感興趣，覺得這是一種現代藝術的創新嘗試，從中國農村(特別是邊遠地區)的文化土壤裡發掘神話，並從這個角度反思主流政治文化，我認為如此發展下去，可能為中國現代文學開創一條新的藝術途徑。我的這些想法，顯然是受到當時中國大陸改革開放後文學創作和學術研究欣欣向榮的影響，不料一場突發的學生運動使得這個研究項目突然和歷史潮流融匯在一起，意義遠遠超過我原先的構思範圍，也改變了我的研究計劃的性質。許多大陸的知識分子被逼逃亡海外，我的學術研究變成了「救亡」計劃；然而我依然堅持學術，必須延續這個得來不易的文化薪火，不要隨著政治鎮壓而消亡。從文化的意義來說，這也是一個生死存亡的關頭，將來的地位說不定可以和「五四」運動相對照。我想總有一天，會有學者把這個意義重大的題目作更深層的研究(後來果然哈佛的費正清中心就以此為題開了一個學術會議)。我很幸運，原來計劃中的幾位客人，除了李澤厚先生之外都來了，形成一個研究小組，但各自有自己的研究專題。大家約法三章：堅持學術本位，專心研究文化，絕不牽涉政治。別人說我們是「芝加哥幫」，其實就是這幾個人，因此和陣容龐大的「普林斯頓幫」不同，但也互相關照。[16]

這兩年(1988–1989)是我一生中的關鍵時刻，就在這個時候，加州大學洛杉磯分校(UCLA)邀請我到該校任教。然而，我又如何放得下我在芝大新建立的研究計劃的成員？他們都是我的客人，大家剛安定下來，每週開三個多小時的研討課，輪流報告，我的研究生也參加；晚上到我家或李湛忞家看兩場電影的影碟：一場歐洲藝術電影，一場007占士邦娛樂片，週末往往到劉再復家吃飯聊天。我用這種方式讓我的客人們——都已經成了好友——定下心來，做個人想做的研究工作，不受到任何壓力。然而我自己卻公私難兩全，一方面我有責任繼續主持這個合作研究計劃，不能讓它中斷，另一方面我又不願意放棄到加州的好機會，最後勉強想出一個折衷辦法，就是縮短研究計劃，把三年改為兩年，我繼續主持，來往於洛杉磯、芝加哥數次，並設法請「芝加哥幫」的全體成員到UCLA講學幾次，如此可以至少維持兩年。魯斯基金會十分大度，竟然也同意了。如今回想起來，我內心感到萬分內疚，後來劉再復多次在公開場合感謝我的照顧，更令我不安；其實是我為了私人的理由，在緊要關頭拋棄了他們，罪過在我，自己一念之差，做了一個錯誤的決定，不僅婚姻如此，學術事業更是如此，我沒有任何理由辯解，只能怪罪自己。

第四幕
洛杉磯／UCLA(1990–1994)

UCLA是一間州立大學，和印第安納一樣，但似乎學術地位更高一點，幾乎和芝加哥不相上下。加州大學系統的資金雄厚，內中尤以柏克萊和UCLA最出名，但我來此的目的不在大學的名氣，也不在乎專業方面的師資是否同樣雄厚，老實說加州對我的吸引力就在於它是一個公立大學，不像東部的私立名校那麼勢利、自以為了不起——普林斯頓的陰影仍在我心中。當時加州的另外一間大學：加大聖地牙哥分校（University of California, San Diego）突然也邀請我，台大的老同學葉維廉、好友鄭樹森和畢克偉（Paul Pickowicz），還有日裔教授三好將夫（Masao Miyoshi）都極力爭取我去，我有約在先，只好作罷。後來聽柏克萊的魏斐德（Frederic Wakeman Jr.）說，加州的學者都沒有料到我想搬到西部來，到底是加州的什麼東西吸引了我？原來美國東西岸的名校互相對峙、各不相讓，西部的大學經費多了，就向東部挖角，但如果經濟不景氣、加州政府的預算減少，東部的私立名校又會招這些名角回來。加大教授之間流傳一句話："What if Harvard calls?"（如果哈佛打電話來〔請你〕怎麼辦？），回答是「有種的就說不！」。四年後哈佛打電話給我，我沒有說不，但與「有種」無關，因為我沒有料到自己竟然受不了洛杉磯這個大都市的市儈風氣。

洛城兕

也許來到LA（美國人都簡稱洛杉磯為LA，我也從俗）之前，我對它的幻想太多了，自幼把它和影城荷里活連在一起，這個影城製造出來的夢幻世界隨著我的成長而變換，但從來沒有幻滅。在芝加哥過了八個冷冽又陰霾的冬天之後，不自覺地開始夢想自己到了一個陽光燦爛的世界，開著一架淺藍色的敞篷汽車，穿過棕櫚樹林立的日落大道（Sunset Boulevard，這條大街我久仰其名，因為它也是一部電影的片名），奔馳而至，「LA，我來了！」(LA, here I come!)，天真浪漫到極點。LA還有一個吸引我的地方：它是二十世紀幾位著名的文學家、作曲家和演奏家的避難之地：湯瑪斯·曼、阿多諾、勛伯格、史特拉汶斯基、拉赫曼尼諾夫……這些二十世紀的大師們都曾聚集於此，我這個古典音樂迷得以親受餘澤，已經感到十分光榮了。當我聽到UCLA的東亞系和著名的羅伊斯音樂廳（Royce Hall）是在同一棟樓的時候，更是雀躍萬分，說不定將來可以溜進去聽無數場免費音樂會。

到了LA之後，我才發現荷里活只是一個名字、一個商標而已，當年的富貴榮華早已成了泡影，連我兒時崇拜的米高梅公司都早已破產了；環球公司（Universal Studios）變成一個遊樂場，專門吸引外地遊客，和迪士尼樂園打對台；二十世紀霍士公司（20th Century Fox）只剩下一個「世紀城」（Century City），還有幾家電影院和商場。倒是迪士尼音樂廳（Walt Disney Concert Hall）比迪士尼樂園對我的吸引力較大，舊廳和加里（Frank Gehry）設計的新大廳我都去過，然而LA愛樂交響樂團（Los Angeles Philharmonic）的演奏水準還是比芝加哥交響樂團略為遜色，雖然他們請來名指揮朱里尼（Carlo Maria Giulini）坐鎮，但我還是喜歡CSO的音色。和芝加哥相比，LA竟然連一個歌劇院也沒有！而坐落於荷里活大道（Hollywood Boulevard）的鼎鼎大名的「中國戲院」（Chinese Theater），是一座著名的荷里活文物，外觀已經相當破舊，我從來沒有進去過；倒是走過門前的明星手印，但反而更覺失望。總而言之，在台灣新竹的那家國民大戲院的無數個夜晚（和下午）培養出來的電影夢，幾乎在一夕之間幻滅了——明知如此，為什麼還繼續追求她的幻影？

雖然找不到我心目中的荷里活，卻遇見不少做明星夢的人，這一批批年輕人異想天開，要進入明星的行業，於是帶動了另一種行業：想從他們身上淘金發財的經理人和獨立製片家。這類人其實都是騙子，個個自稱是某某大明星的好友，正在物色一部新片的演員；或者說自己是某某影星訓練班的教員，只要你繳一個月的學費，參加這個訓練班，包你在結業時找到演電影的機會！其實都是騙錢的把戲，更不必提這種行當背後的性交易，不少愛慕虛榮的年輕女子上當。還有一種職業，是作導遊帶遊客參觀著名影星居住的大廈，也不過是在門前經過，走馬看花而已。除此之外，就是LA最享盛名的汽車文化和公路（freeways）了，似乎每個人都開一輛車，在公路上飛馳而過，而且敞篷車和名貴的轎車特別多，前者往往由一個「假明星」式的男子駕駛，穿的是敞露胸肌的襯衫，從來不打領帶。有一次我開車到學校上課，竟然在校園附近碰到一個此類狂徒，他向我大叫挑釁，彷彿想打我一拳。為什麼我從來沒有在別的城市碰到這種野蠻人？也許我注定做一個學院裡的書呆子，也許美國學院太斯文，不能代表真正的充滿暴力的美國，多年來我想融入美國的大眾文化，最終依然格格不入。在LA的經驗使我深深體會到資本主義消費文化真實的一面，絕非任何理論可以形容。於是忍不住一口氣寫了五篇「洛城咒」的文章，在香港發表，據聞朋友們看了傳為笑談。[17] 眾所周知，不少台灣和大陸的新移民喜歡到LA定居，主要原因就是氣候和暖，一年四季陽光高照；另一個原因是LA這個無邊無際的大都市，可以容納各類移民，各個種族分區而居，一般華人只和自己圈子裡的人來往，週末聚集到蒙特利公園（Monterey Park）的中國餐館去品嚐各種美味。連我也不例外，幾乎定時和三位老友——胡金銓、張錯、阿城——去聚餐，開車經過幾條大公路，至少需要一個小時以上。然而我從來不覺得自己是華裔移民，在LA四年，竟然遷居三次，最後一次還碰到大地震，半夜裡聽到外面的建築物搖動的巨大響聲，真是鬼哭神號，我第一次嚇破了膽。

學術和文化的綠洲

因此UCLA的校園成了我的避難所。我雖然討厭LA，但對UCLA甚有好感，每次從家中開車到學校的停車場，都覺得慶幸，像是回到另一個屬於自己的家，甚至流連忘返，上完課還在校園的草地上閒蕩，似乎進入一個學術和文化的綠洲，我畢竟還是一個學院裡的幸運兒。

在UCLA的同事中，有幾位對我的幫助不小，值得在此一記。一位是和我同時上任的年輕學者蘇源熙（Haun Saussy），他是比較文學系從一百多位候選人中選拔出來的頂尖學者，我們一見如故，談得很投契。我立即邀請他與我合開一門課，就以「現代主義」為題，取材不拘中外，因為他精通數國語文，特別是法文和中文，於是請他從波特萊爾（Charles Baudelaire）的詩講起，比較《惡之花》（*Les fleurs du mal*）的各種中英文譯本，包括徐志摩譯的那篇〈死屍〉（"Une Charogne"）。多年後他寫了一篇以此為題的論文，在一本雜誌發表，特別獻給我，我引以為榮。[18] 如今Haun已經是芝加哥大學的講座教授，在美國比較文學界十分活躍。另一位是成露茜，她是UCLA亞美研究中心（Asian American Studies Center）的開創人，在美國學界用英文名Lucie Cheng Hirata（因為她嫁給一個美籍日本人，所以改用他的姓）。她是我在台大外文系的同班同學，沒有讀完台大就到夏威夷大學學音樂，後改學社會學，然後到芝大修讀圖書館學，最後又回到夏威夷得到社會學博士學位。1962年我初到芝加哥，就是由她接待的，沒想到在洛杉磯又重逢了。Lucie在UCLA是名教授，她對我照顧有加，我也學到一點亞美研究的歷史和研究趨勢。另一位名教授是歷史系的黃宗智（Philip Huang），巧的是1971年他路經香港，我請他到我在中文大學的班上講過一堂課，這一次我到了UCLA他也大力支持，要我和他聯手領導學校的中國研究，他負責社會學科方面，我負責人文學科。其實我對學院政治和行政管理毫無興趣，唯恐避之而不及。黃宗智絕對是一個領袖人才，雖然個性有點「霸道」，和另一位教授水火不容，難為了他們的學生，不知何去何從。作為他們的同事，我反而可以置身事外。黃宗智辦了一個學術雜誌*Modern China*，並組織各種學術活動，我時常受邀參加，因而認識了歷史系的幾位教授，特別是佩里．安德森（Perry Anderson），他是英國人，二十歲出頭就擔任著名的《新左翼評論》（*New Left Review*）雜誌的主編，是舉世聞名的左翼文化理論家，我對他的學問佩服得五體投地，並鼓勵我的研究生去修他的課，王超華是其中之一，因而間接促成了他們的婚姻，這也是我在加州最得意的成就之一。東亞系的同事，我反而來往不多，只有系主任韓國人李鶴洙（Peter Lee）例外，他研究韓國文學和比較文學，後來還請我到首爾開會。

在UCLA我有幸收了好幾個第一流的研究生，包括陳建華、黃心村、黃海君（後來輟學）、孟悅、明鳳英、王超華、許子東等人；還有比較文學系的王斑，和幾位美國和意大利的學生；史書美一直視我為師，其實我沒有教過她，只不過看了她的博士論文，從旁提點意見而已，剛好我們研究的領域相似，但她的理論訓練更好。我之所以要把這些學生的名字一一列出來，不是想邀功，而是要感謝他們的支持，不能說是我「收」了這幾位高材生，而是大家靠各種機緣聚在一起，互相切磋學問，這才是做老師最大的安慰。我有幸在美國六所大學教過書，然而在UCLA我的研究生最多，真所謂「無心插柳柳成蔭」。

其實我到了UCLA之後，只想好好教書，並利用UCLA的良好環境發展我個人的興趣，不願意把自己束縛在中國研究的專業領域之中。我的興趣也的確太廣，時常參加和專業研究無關的活動，特別在音樂和電影方面。UCLA那間音響極好的羅伊斯音樂廳，就在我的辦公室樓下，我時常去聽音樂會，半場休息的時候從廳內走出來散步，那是校園最美的時辰，遙望四周幾棟西班牙宮廷式的建築，在溫柔的燈光下顯得既神秘又浪漫，使我暫時忘記生活中的煩惱。文學院的副院長本人就是一個大提琴家，他組織了一個四重奏團，開音樂會就請我去聽，我們也成了朋友。文學院的院長原是哲學系的教授，約我面談時從來不談我的專業學問，卻和我大談他最近看的電影。芝加哥大學的文學院長是一位音樂史的名教授，我離開芝大時他要挽留我，於是和我大談音樂，說他是阿巴多（Claudio Abbado）的粉絲，和我一樣極力支持這位意大利指揮家接任芝加哥交響樂團的總監，後來樂團請了巴倫波音（Daniel Barenboim）。如今回想起這幾位院長，也只見過幾面，談不上深交，反而覺得親切，至今還記得見面的情景，與普林斯頓的經驗有天淵之別。

胡金銓、阿城、北島、張愛玲

我在UCLA另一個常去的場所是「太平洋電影資料館」(Pacific Film Archive)，該館收藏了大量太平洋地區國家的電影資料，包括香港電影，使我得以繼續追求另一種電影夢——目標不再是荷里活，而是太平洋彼岸的香港。我對於八十年代香港電影的熱愛，是在美國培養的，先是在芝大的一個學生電影組織Documentary Film Group(簡稱Doc Films)第一次看到徐克的《刀馬旦》和吳宇森的《英雄本色》，稍後在芝加哥藝術館(The Art Institute of Chicago)的電影中心(The Film Center)參加了香港電影節，大開眼界，到了UCLA更是得其所哉，看了吳宇森導演的所有影片。既然荷里活鋪天蓋地的商業氣氛令我大失所望，只有躲進UCLA的「象牙塔」裡看香港電影。除了香港電影，還有中國大陸剛出爐的第五代導演的新潮片，特別是陳凱歌的《黃土地》，他深受尋根文學的影響，片中陝北的黃土形象把我震呆了，因此又想去研究中國當代電影，何況我在洛城的兩位老友——胡金銓和阿城——都是電影高手。1970年我初到香港就認識了金銓，後來幾乎成了他的「跟班」，隨他到新界實地去拍《俠女》，當年他紅得發紫，然而二十年後我們在洛城重逢時他卻成了一個失意文人，我請他多次到我班上演講，並介紹他認識我的學生，大談中國近代史上的典故，聊解寂寞。現在回想金銓落難在洛杉磯的情況，我還會禁不住心酸，我曾去過他的小公寓拜訪，房中到處堆滿了書，其實他是一個沒有學位的學者，對明朝歷史的掌握極為深厚，所以才會拍出《龍門客棧》這樣的名片。金銓喜歡熱鬧，在洛城他開著一輛舊的吉普車載我到處兜風，我再次做他的跟班。他和阿城志趣相投，也變成了老友，阿城在洛城住了多年，似乎生活過得不錯，修汽車，玩音響，和我們聊天説笑話，不亦樂乎。好在有這幾位朋友和同事的友誼和支持，我才能在洛城倖存，勉強渡過婚姻生活的難關。

我在LA時常懷念芝加哥，特別是我遺棄的好朋友，當然我也把「芝加哥幫」的主要成員請到UCLA演講，和我的學生交流，受到熱烈歡迎，也引起轟動。名詩人北島此時也到了美國，我早就在八十年代初在北京認識了他，在芝加哥與洛杉磯又重逢了，我當然要竭盡所能幫助他和《今天》雜誌，他為此歷經艱辛，後來雜誌終於在香港復刊。有一件趣事，現在回想起來，還覺得好笑。我在洛杉磯認識一個台大老同學，承她幫忙為《今天》募款，請了一群富婆來聽北島和我談新詩，我戲稱這是拖詩人「下海」，辛辛苦苦才募集了幾百美金。後來北島來了香港，而且成了中文大學的同事，沒想到他在香港如魚得水，反而得到不少富翁的支持，這幾年還舉辦國際詩歌節，每兩年一次，極為成功。我除了拜讀他的詩之外，也佩服他的高瞻遠矚和過人的組織能力，完全超乎一般詩人。

洛杉磯還住著一個神秘人物張愛玲，這位祖師奶奶獨自一個人租了一間公寓居住，遠離塵囂，只和一兩個人(例如在南加大任教的莊信正)偶爾聯絡。她沒有汽車代步，自己坐巴士到另一區的郵政局的信箱去拿信，來去至少要花一兩個小時。於是關於張愛玲的謠言滿天飛，台灣有一個記者竟然在她的公寓旁邊也租了一間，以便偷窺她的私生活，甚至截查她的垃圾桶，一時鬧得沸沸騰騰。我覺得應該表態了，遂開了一門研究張愛玲小説的課，在課堂上公開宣佈不提作者的私事，只研究她的作品，反而引起我幾位博士生的興趣，每一個人後來都有研究張愛玲的學術著作，成果纍纍，連我自己也在《上海摩登》的書稿中加了一章以張愛玲為主角的上海／香港雙城記。[19]

不少人把香港視為「路過」或「過渡」(in-transit)的城市，不是長久定居的地方；對我而言，正好相反，我一到香港，就不想離開，最終竟然在此定居。而洛杉磯呢？我本想在這個城市安家立業，結果都落了空，我一到就想離開。洛城是一個「不安」之都，在此勉強住了四年，感覺自己不停地在「過渡」——從單身到結婚，雖然沒有生子卻要學習如何做父親，孤家寡人的生活被小家庭所取代；從一個拼命為事業奮鬥的年輕學者到略有所成的「資深學者」，從一個專業的狹小領域試圖擴張視野；從美國東岸和中西部到太平洋的西岸。這也是一種個人經驗的冒險，令我不禁想到一部荷里活影片：希治閣導演的《北西北》，男主角被無名的歹徒追逐，從東部的紐約追到芝加哥，又從印第安納的麥田平原落荒而逃到西北部的高山峻嶺，幾乎喪命。到底是為了什麼？此片純是娛樂，沒有深意，我卻拿來作象徵式的自我解讀，我不過是一個從美國東北向西南作學術「逃亡」的異鄉人，追求的又是什麼？

在洛城剛住下來，就覺得這不是我的城市，而且自己瀕臨一個更大的危機，但不知如何應付，這種心理上的不安，使得我急於求去。所以當四年後有一天哈佛打電話來的時候，我不假思索就立刻答應了。

註釋

加「*」者為編註。

1* Carl Schorske, *Fin-de-Siècle Vienna: Politics and Culture* (New York: Vintage Books, 1980)；卡爾・休斯克著，黃煜文譯：《世紀末的維也納》(台北：麥田，2002)。

2* Wu-chi Liu and Irving Yu-cheng Lo, eds., *Sunflower Splendor: Three Thousand Years of Chinese Poetry* (Bloomington: Indiana University Press, 1976).

3* Pai Hsien-yung, *Wandering in the Garden, Waking from a Dream: Tales of Taipei Characters*, ed. George Kao, trans. Pai Hsien-yung and Patia Yasin (Bloomington: Indiana University Press, 1982).

4* Chen Jo-hsi, *The Execution of Mayor Yin and Other Stories from the Great Proletarian Cultural Revolution*, trans. Nancy Ing and Howard Goldblatt (Bloomington: Indiana University Press, 1979).

5* Hsiao Hung, *The Field of Life and Death, and, Tales of Hulan River*, trans. Howard Goldblatt and Ellen Yeung (Bloomington: Indiana University Press, 1979).

6* Ch'ien Chung-shu, *Fortress Besieged*, trans. Jeanne Kelly and Nathan K. Mao (Bloomington: Indiana University Press, 1979).

7* Patrick Hanan, "The Technique of Lu Hsün's Fiction," *Harvard Journal of Asiatic Studies*, Vol. 34 (1974): 53–96.

8* Matei Călinescu, *Faces of Modernity: Avant-garde, Decadence, Kitsch* (Bloomington: Indiana University Press, 1977)；修訂版：Matei Călinescu, *Five Faces of Modernity: Modernism, Avant-garde, Decadence, Kitsch, Postmodernism* (Durham: Duke University Press, 1987)。

9* 李歐梵：〈「東歐政治」陰影下現代人的「寶鑑」——簡介昆德拉的《笑忘書》〉，《中西文學的徊想》（香港：三聯書店，1986），頁95–103。

10* 李歐梵：〈世界文學的兩個見證：南美和東歐文學對中國現代文學的啟發〉，《中西文學的徊想》，頁104–117。

11* 李歐梵：〈「象牙塔」內的臆想——我的「書房」〉，《中西文學的徊想》，頁155–160。

12 李歐梵、李玉瑩：《過平常日子》（香港：天地圖書，2002）；李歐梵、李玉瑩：《過平常日子》（修訂版）（香港：三聯書店，2018）；Leo Ou-fan Lee and Esther Yuk-ying Lee, *Ordinary Days: A Memoir in Six Chapters*, trans. Carol Ong and Annie Ren, ed. John Minford (Hong Kong: The Chinese University of Hong Kong Press, 2020)。

13* 查建英回顧芝加哥生活的部分，見查建英、加藤嘉一著，陳卓記錄：《自由不是免費的：新十日談》（香港：牛津大學出版社，2020），頁253–272。

14* Raymond Williams, *The Country and the City* (New York: Oxford University Press, 1975).

15* 嚴家炎：《新感覺派小説選》（北京：人民文學出版社，1985）。

16 我在本書第二十章〈當代中國作家印象記〉回憶了我和中國大陸多位作家交往的經驗。

17* 李歐梵：〈我恨洛杉磯（洛城咒之一）〉、〈吃人不眨眼的大章魚（洛城咒之二）〉、〈荷里活之夢的幻滅（洛城咒之三）〉、〈不是溫文爾雅人住的地方（洛城咒之四）〉及〈幻洲洛杉磯（洛城咒之五）〉，《世紀末囈語》（香港：牛津大學出版社，2001），頁83–99。

18* Haun Saussy, "Death and Translation," *Representation*, Vol. 94, No. 1 (Spring 2006): 112–130.

19* 見該書的第十章〈雙城記（後記）〉。李歐梵著，毛尖譯：《上海摩登：一種新都市文化在中國（1930–1945）》（北京：北京大學出版社，2001），頁337–353。

9

重返哈佛：美國教學生涯的最後一幕

第五幕

重返哈佛是我的幸運，作為一個學者，我這一輩子實在太幸運了。幾次絕處逢生，隨處碰到熱心人和有心人的幫忙，在學界交到這麼多肝膽相照的好朋友。去世不久的詩人朋友楊牧有一次開玩笑說：「李歐梵沒有一個敵人！」說得有道理。在美國學界「混」了四十年，我彷彿是一個天真的求道者，走了不少歪路，也因此才能走上正途，終於找到了我真正的興趣——文學。哈佛聘請我擔任該校有史以來第一個固定而有長俸的中國現代文學教職(tenured professor)，這對我來說是一個莫大的榮譽。倒不是我的才華和造詣高人一等，而真的是靠天時、地利、人和三個因素，否則無法解釋。到了八十年代，美國的中國研究學風有很大的轉變，最主要的原因是中國大陸的改革開放政策，直接促使中美的學術交流，因此帶動美國學生對於現當代中國文學的興趣，這是「天時」；七十年代末我能夠在印第安納大學謀個職位，並積極推動翻譯和研究現代文學的計劃，都是靠了幾個同行好友的幫助，這就是「人和」；我本來是哈佛畢業的，此次被母校召回任教，似乎理所當然，這就是「地利」。當然，事後總有後見之明，當我為自己的前途掙扎的時候，是誤打誤撞的，完全靠自己對於現代文學的一股熱情。

諷刺的是：當我終於如願以償擔任這個頂尖位置的時候，我對於中國現代文學的熱情早已減低了許多，似乎也沒有什麼征服學界的雄心大志了。這是連我自己也感到吃驚的發現，原因無他，我的興趣實在太廣，不能專心於一件事業、發展一種研究、深入探討一個大題目。何況我一直認為中國現代文學本來就是中國文學傳統的一部分，也是世界文學的一部分，我之所以不遺餘力地提倡和推動，全在於當時受到傳統漢學壓抑後的一股衝勁，要建立現代文學研究在美國學界的合法地位；得到哈佛的永久教職，也算是為中國現代文學爭取到「合法性」，因此我的氣也消了。以後美國各大學也爭相開設現代文學的課程，又從現代文學作「文化研究」的轉向，到了那個時候，我已經心不在美國，想回到香港了。

哈佛是我離開美國學界的終點站，理該為我在美國的遊學生涯作一個總結，然而我已經寫了一本《我的哈佛歲月》，內中對我的求學和教書的經驗有詳細的敘述，現在不想重複，只能多作反省，再用一種自問自答的方式來重新審視這段經驗。

在哈佛教書的代價

問：你的哈佛身分是有長俸的正教授，不再擔心升等的壓力。到了這個最高學府和自己事業的高峰，你是不是可以好整以暇，享受你的名聲和地位？

答：我一向對名利漠不關心，何況被哈佛從別校請來的資深教授都是各個領域的名人，和他們相比，我又變成這個「大池塘」裡的小魚，但是已經沒有優哉游哉的自由。開始一兩年，教學的要求令我喘不過氣來。在名校任教是有代價的。

問：什麼樣的代價？

答：忙得不可開交。譬如在教課方面，就比芝加哥忙得多，且讓我舉一個例子。

哈佛很重視本科（undergraduate）教育，我到任時文理學院（Faculty of Arts and Sciences）設計出來一套新的「基本課程」（Core Program），並鼓勵資深教師設計符合要求的新課，於是我花了不少工夫設計了一門「當代視角下的文化中國」（Cultural China in Contemporary Perspectives），算是我送給哈佛的見面禮。此課主要是從邊緣和多元的角度探討當代華人文化，內容五花八門，包括各華人地區（香港、台灣、中國大陸、美國）的文化，也用了一點文化理論。因為本科生必修（從五類基本課中選幾門自己喜歡的），所以學生比較多，我的課大約七八十人左右，有時候多達一百人，所有的大班課都必須外加每週一次的小組討論，每組不超過二十人，由助教帶領，助教從本系的博士生中挑選。原來哈佛有一個潛規則：博士生念了兩三年之後，必須擔任本科生大班課的助教，以贏得助教獎學金。在哈佛做教授，有一個變相的任務就是為他的博士生找助教的工作，我這門大班課，至少有三四個討論小組，因此可以僱用三四個助教。我們每週聚會一次，商量如何教學，花了大量的時間。我全情投入，找到各門各類的讀物和影碟(包括周星馳的「無厘頭」電影)，以引起學生的興趣，沒想到卻為我的助教們提供了博士論文的題材，我的兩個高材生伍湘畹(Daisy Ng)和紀一新(Robert Chi)就從中得到啟發，探討當代華人的視覺文化風景。除此之外，還要講一兩門本科生的高班課，我每隔一年教一次中國現代文學史，聽的學生大多是三四年級的本科生和碩士生，教了三四次已經感覺悶了——這是我的個性，做一件事總只做一兩次，再重複就厭了。我最喜歡教的課，是為博士生開的研討課，每次開都換一個新題目，與自己的研究結合，也藉此開拓新的題目，真的是「教學相長」。這些課程教起來，壓力就夠大了。半年期間我開了各式各樣的課，但沒有一門令自己滿意，只有和韓南教授合開的晚清翻譯研究，大家細讀《茶花女》的篇章，對照法文原文和中文譯文，饒有興味。

問：你的哈佛博士研究生也與眾不同嗎？

答：不見得，和我在其他大學教過的都差不多。哈佛並不是高不可攀的，不知為什麼在海外名氣這麼大，甚至比在美國還大。

問：這就是名牌效應，在海外「哈佛」就靠這塊招牌，排名總是第一，「哈佛人」(Harvard Men)變成一個神話，也自以為了不起。

答：沒有這回事，至少在我接觸的教授和學生中並沒有，我從來沒有聽到哈佛同事提到「排名」的事，最多也不過説到某校的同行，和某位學者剛出版的新書。

問：那麼哈佛的特色是什麼？

答：這就回到學術領域了，我在《我的哈佛歲月》那本書裡提到，哈佛的特色就是教學資源雄厚，請到了最著名的學者來任教，各系的名聲都名列前茅，但是不一定排名第一。[1] 哈佛有一個慣例：自己訓練出來的博士生都趕出門外到他校去磨練，請來教書的都是在學界有相當地位的「資深」教授，這個做法的弊病就是哈佛教授的平均年齡比較高，很少有初出道的年輕教授。據聞這個慣例也逐漸被廢棄了。我到哈佛的時候已經五十多歲了，雖不算老，但是年輕時候的衝勁已經消磨殆盡了，在哈佛的那幾年，雖然教學和生活都很順暢，然而心裡總覺得我在「守成」——保存過去奮鬥的成果——而失去了向前繼續衝刺和發展的雄心，因此感到一股莫名的歉疚。罪過(guilt)在我，不在他人，其實哈佛對我優遇有加，處處給我休假的方便，使我得以時常到香港客座，特別在2001至2003年期間，我在哈佛僅教了一個學期，在香港有點樂不思蜀。

問：你在哈佛十年，對哈佛的貢獻是什麼？

答：談不上貢獻，只能說盡職，訓練出幾個好學生，如石靜遠（Jing Tsu）、陳建華（和我一起來哈佛的）、紀一新、伍湘畹、吳國坤、羅靚、古艾玲（Alison Groppe）等，我沒有教給他們什麼，都是靠他們自己的努力。看到他們個個學而有成，多年來我和他們保持聯絡，這也是我教學最大的安慰。

從上海摩登到晚清文學

問：除了教書，還有研究，你的《上海摩登》是在哈佛完成的嗎？

答：上世紀末完成，也就是在哈佛的第五年。前幾年教課和課業的準備工作佔了我大半時間，幾乎沒有剩餘的時間做研究，好在我的上海研究已經收集了足夠的資料，只不過沒有下筆，於是我每天的公務忙完後就寫自己的書，犧牲晚餐時間，隨便買一個pizza或三文治果腹，躲在辦公室寫到午夜，希望書稿趕在二十世紀告終之前出版。記得最難寫的是第一章「重繪上海」，描寫的是上海的都市文化風景，因為內容繁雜，所以寫來費力，再三修改都不滿意，至少修改了十多次才完成。其他各章分析「新感覺派」的幾位作家和作品，特別是施蟄存先生，我早已到上海訪問他數次，獲益極大，變成此書的主要人物；另外一位是張愛玲，反而是在UCLA和哈佛開了關於她的研究課之後，心有所感，臨時加進去的。記得在辦公室寫完書稿的最後一句，已近午夜，我關了門，走路回家，一路上突然感覺很輕鬆。

《上海摩登》如期完工後，我想另闢新的研究園地。我早對晚清文學有興趣，因此就趁機把我的博士生專題討論課變成研究晚清翻譯文學的試金石，邀請韓南教授參加，他欣然答應，這是美國第一流大學如哈佛和芝加哥的好處：鼓勵教授合作開課，甚至跨越學科。後來我在香港中文大學想如法炮製，一開始就遇到困難，下一章再敘述。我和韓南教授開晚清的課，就像在芝加哥和余國藩合開《紅樓夢》的課一樣，可以藉機向他請教，因為在這方面韓南又是開山祖師，已經發表了幾篇關於晚清傳教士文學的研究論文。然而晚清文學畢竟是一個冷門的題目，學生對此真正有興趣的不多，我無法逼迫，於是又開了其他題目的課，例如五四時期的期刊、五四新詩研究、革命小說研究等，都不算成功。只有一個冷門題目：「二張」——張愛玲和張恨水——倒是引起學生的興趣，特別是從史丹福來哈佛訪問的高材生周成蔭，她旁聽我的這門課，大受啟發，就把張恨水的小說作為她的博士論文題目，內中最精彩的一章就是分析張恨水的《平滬通車》，並用荷里活電影《上海快車》(*Shanghai Express*)作比較文本，別開生面。她後來變成我的年輕同事，我退休的慶祝會就是她全盤策劃的。

我的晚清研究計劃，至今也沒有完成。本想寫一本總覽的大書，內容包括晚清的出版業、翻譯家和小說家，以及他們的大量作品，當然也會討論林琴南；然而我發現這個構思太不切實際了，宏觀和微觀並用，我如何應付得來？於是一拖再拖，以為可以在哈佛退休後用中文寫，比較容易，結果幾乎一事無成，最終交出來的成果不過是幾篇重讀林琴南翻譯的論文和一兩篇初探晚清科幻小説的文稿而已，不勝慚愧。[2]好在長江後浪推前浪，王德威寫了一本《被壓抑的現代性》，[3]把晚清重要文本一網打盡，並提出一個新穎的理論框架；年輕一代的學者如顏健富也在繼續開拓晚清的時空想像，卓然有成。

哈佛的同事和學風

問：你在哈佛做研究生的時期，找不到研究中國現代文學的知音，甚至連你的指導教授對此也沒有太大興趣，如今哈佛任教中國文學的教授陣容比昔日更強，你應該感覺良好一點？

答：不錯，的確當今哈佛的中國文學教授陣容鼎盛，不僅如此，整個中國研究的教授陣營也大為擴張，有的後起之秀我都不認識了，只聽過大名。在文學方面，2004年我提早退休後，大家合力把王德威從哥倫比亞挖角挖過來，做我的接班人，真是哈佛之福。經過他的努力，哈佛的現代文學才進入鼎盛期，他訓練出來的研究生也多了起來。我在此應該感謝他，也要感謝我的哈佛同事，他們個個都是君子，對我諸般禮遇和照顧，令我感激不盡。

韓南教授更是我的大恩人，我能夠到哈佛來，他是背後的主要推手，然後得到其他東亞系的同仁支持。我和他合作無間，我的研究生都選他的課，而我更邀請他參加我的晚清文學討論課，有時候我自己研讀某一個文本，或對它的來龍去脈不清楚，都會向他請教。2014年他逝世後，我曾寫英文專文遙祭，[4] 他是一位道道地地的君子，個性內向，對我和我的學生特別照顧，我至今感激不盡。

在中國文學方面，除了韓南之外尚有鼎鼎大名的宇文所安（Stephen Owen），是詩詞和詩學理論的著名學者，翻譯杜甫和其他詩人的作品無數，然而也很關心二十世紀作家寫的舊體詩，認為應該是中國現代文學的一部分。我十分同意他，文言和白話文的分野不應該是分別古典和現代詩的唯一標準。宇文絕對是一個性情中人，為人豪爽，心胸開闊，喜歡喝酒，頗有詩人之風。其他學者對他的攻擊，他也不以為意。

在古典小說和通俗文學方面，韓南教授退休後，請到荷蘭學者伊維德（Wilt Idema），也是我的舊相識：他初次訪問美國的時候，就來印第安納大學講學，原想拜見柳無忌教授，卻見到了我。恰好我正在教古典小說，所以至今記得他演講的題目：狄公案和話本小說。普林斯頓的李惠儀後來也加入哈佛古典文學的陣營。前面提到的年輕學者周成蔭是成露茜的姪女，我們把她請來教當代電影，還有幾位年輕教授如商偉和普鳴（Michael Puett），大家相處甚為和諧。其他各院系（如政治學、經濟學、社會學）研究中國的教授，更是多不勝數，這裡不及一一點將了。

我初到哈佛就任時的系主任是杜維明，名義上是他代表全系請我來的，並為我安排最大的一個辦公室。我和維明同在哈佛作研究生的時候已經結為好友了，我回劍橋找到的住屋恰好在他家的對面，我住萊納街（Leonard Avenue）16號，他家是13號。他時常外出講學，不在家，他的第二任妻子Rossane忙不過來，就把三個孩子送到我家，所以我戲稱自己成了杜家保姆。杜維明的名氣如日中天，但也招來不少閒言。他是一個很厚道的人，研究儒家，但對其他各種學問——特別是宗教方面的學問——都有興趣，我稱他是當代儒學在西方的重要發言人，我也曾受邀參加了他的不少學術活動。

我和其他幾位較年輕的教授也相處融洽，如商偉（他後來被哥倫比亞請去了）、普鳴（他後來變成哈佛最叫座的教授之一）等人，時常交往，還有韓國和日本方面的同事，難得的是大家和諧共處，沒有爆發「中日戰爭」（雙方教授意見往往相左，時常爭吵）。在費正清中心，我只與柯文和戈德曼（Merle Goldman）有深交，兩位都是提拔我的恩人。其他來來往往的訪問學者多如牛毛，大多是當代中國政治的研究者或觀察家（所謂"China-watchers"），我和他們道不同不相為謀。

問：總而言之，哈佛的中國研究師資陣容，可謂全美之冠，幾乎自成一個世界。人太多了，是否也有弊病？

答：樹大招風，來來往往的訪客太多了，連招待都應接不暇，各種學術活動——包括接待派對（reception）——也多如牛毛，熙熙攘攘，每天疲於奔命，哪裡有時間讀書靜思？或者像我學生時代一樣，到其他教授的課上旁聽？

還有一個現象：我在《我的哈佛歲月》書中説過，哈佛的每一個教授都是「大頭」，也各有自己的門生和地盤，[5] 系中的事務必須全體教授參加討論，例如招聘教授，大家都要閱讀候選人的著作並參加投票。招收新的研究生的時候，教授也爭奪各自學生的獎學金，最終由系委員會決定。果然是教授治校（或治系），一切都很民主，然而我依然不習慣，因為我沒有自己的「地盤」，也不喜歡自立門戶，而更喜歡和其他領域合作，並和他系的教授互動。當我受院長之邀擔任「族群研究委員會」(Committee on Ethnic Studies) 主任的時候，就立刻把拉美研究的索摩教授 (Doris Sommer) 拉了進來，做聯合主任，因此從她那裡學到關於西班牙語和族群文化的知識和理論，十分難得。我自己在費正清中心隻手創辦的「文化研究工作坊」則完全離開了大部分同事研究的當代中國範圍，特別對所謂的"China-watching" (中國觀察，俗稱「中國通」) 嗤之以鼻，所以我為這個工作坊訂下一句口號："Anything goes except China-watching" (除了中國通以外什麼都行)，請來各個領域的各路人馬，當然不乏文化理論的高手，因而受到較保守的學生批評；然而我的業師史華慈卻時常參加這個工作坊，他雖然已經退休，但是孜孜不倦，每天都到費正清中心辦公室上班。在他的靈光保護之下，我便更大膽了，甚至把族群委員會有限的撥款也拿來請各地的名教授演講，例如哲學家查爾斯·泰勒和紅得發紫的印度裔理論家施碧娃 (Gayatri Chakravorty Spivak)。我雖然不談當代中國政治，但對於當代中國文化和學術卻是極度關心，也應該算是美國的華裔學者中最早訪問大陸、並和大陸學者交流合作的學者之一。在哈佛任教期間，我利用該校的資源，先後請來三位頂尖的年輕學者汪暉、王曉明和季進，在哈佛作長期訪問。他們三位回國後，各人在不同領域的成就，有目共睹；季進更成了我的長期合作夥伴，我最近的幾本中文學術著作，都是經由他編輯的，而且還和他合著了一本對談錄。[6]

名牌效應

問：看來你也受到哈佛盛名之累。難道在哈佛當教授，頭上就頂著一個光環？和其他大學有何不同？

答：實質上大同小異，就是忙一點，無形中責任多一點，反而在哈佛作本科生和其他學校（除了少數常春藤名校）大不相同，不同之處在於本科生的宿舍教育，和州立大學如印第安納和UCLA就大異其趣了。哈佛的本科生全部住校，一年級住在哈佛園，較高班的本科生住在各個不同的宿舍，受到各種照顧，學生每三四人住一個suite，除了三餐之外，還必須參加各類活動，可以說是一個全套的生活教育。教授也受邀和學生共餐，我初到哈佛的時候就感受到這個貴族氣氛。可惜我做了教授，不能住在宿舍裡和學生共享；其實也有這個機會，不過我沒有積極爭取，只不過在訪問期間暫時住在學生宿舍的客房，目睹學生的生活，真是令我不勝羨慕。然而當我正式上任之後，忙於教學和行政，就沒有太多時間去享受大學生的生活了。

名牌大學帶來的壓力有時是無形的，名譽的背後是期望，它的潛台詞是：你是這個學術領域的領袖了，必須有所作為，在校內舉辦學術活動，發展專業領域。在教學上，每當我走上講台的時候，就感到不安，怕本科生聽得不耐煩，反而上研究生的討論課時特別開心。有時候我真希望時間倒流，讓我回到在哈佛做研究生時優哉游哉的生活。

危機與抉擇

問：至少你的私人生活比做學生時舒服多了？

答：可以這麼說，然而在另一方面——在感情生活上，卻遭受幾次打擊。到了哈佛買了房子，我和王曉藍卻分居兩地（她在康涅狄格州的康涅狄格學院〔Connecticut College〕舞蹈系任教），感情逐漸疏遠，終於在1998年底協議離婚。在此之前，我父親突然於1995年初去世，我急著飛返台北奔喪，第一次感受到失去親人的悲痛，寫了幾篇紀念父親的文章，[7]也無濟於事。好在有妹妹李美梵和妹夫林光華負起照顧母親的責任。父親逝世後，母親堅持移民美國，我因為授課太忙，所以母親只好住在華盛頓的美梵家裡，每年暑假到我家住兩三個月，讓我略盡孝道。我又成了單身漢，精神上仍然靠幾個朋友和研究生的支持。最後竟然在簽訂離婚協議後不到兩個禮拜，就不支倒地——我的脊椎骨兩節之間的筋骨折斷（西醫學的名詞是椎間盤突出〔herniated disk〕），一天早上起身時感到劇痛，從二樓的臥室爬到一樓，現在回想起來，真的有些狼狽。那天剛好是禮拜天，哈佛診所的醫生不上班，當時我突然感到自己形單影隻，家人都不在身旁，只有一個人應付，這也是一個不大不小的危機。後來找到專科醫生，他說我可以開刀，但不能保證安全，如有意外可能要終身坐輪椅，另一個選擇就是自然康復，需要仰臥在硬地板上數個禮拜。我當然選擇了後者，他給我開了止痛藥，我吃得太多，昏昏沉沉，胡思亂想。我問自己：生命的意義何在？我的事業似乎已經到了盡頭，但在感情方面卻是一片空白，心裡很空虛，我需要換一個環境，於是就決定在2004年65歲的時候提早退休。其實我早有這個想法，只不過沒有下定決心而已。我立即在系會上提出，系裡的同事們看留不住，勉強通過了，又經過仔細考慮和篩選，最後終於決定請王德威擔任講座教授，真是深慶得人——德威不但是極出色的學者，而且絕對是領袖人才，到了他上任以後，哈佛的中國現當代文學研究才真正進入「黃金時代」。我非常感激他接了我的班，也令我的學術良心稍感安慰。

落幕後的反思

問：上面講的，你在《我的哈佛歲月》中都說過了。還有什麼值得回憶和反思的嗎？

答：近來我常做幾個惡夢，而且主題相似：在夢中我又回到哈佛去教書了，看到校園的建築老舊不堪，形同鬼蜮，我原來的辦公室也被秘書霸佔了，眼看教書的契約告終，前途茫茫，不知怎麼辦。另一個類似的主題是：我必須教一門自己不喜歡教的課，學生寥寥無幾，而我偏偏老是忘記上課，一個學期快過完了（在夢中時間過得飛快），到了最後一堂，我匆匆趕去上課，但又找不到課室，最後找到了，只剩下一兩個學生。還有一類的惡夢和開會及演講有關：我匆匆趕到演講或開會的地點，卻沒有人來，或者會開完了要趕回家——夢中的家永遠是在普林斯頓或波士頓，而飛機卻在紐約城中心起飛，驚險萬分，我又忘了買飛機票，臨時去買，趕上了班機，心中又掛念抵達之後怎麼安排交通工具回家，叫不到的士(或沒有帶足夠的錢搭的士)怎麼辦?有時候家在普林斯頓,坐地鐵迷了路,自己開車卻又怕警察來抓,因為駕駛執照早已過期……諸如此類的惡夢層出不窮,解釋同一個主題的變奏,顯然我不知不覺積累了不少焦慮的情緒,至今還無法完全紓解。

問:這些夢太透明了,不需要做心理分析。

答:不錯,我有更直接的解釋:從哈佛提前退休使我感到歉疚,覺得對不起系裡同事對我的厚待,也因此覺得自己沒有盡到教書的責任,抑或是自己教得不好,所以學生都跑光了。在普林斯頓失敗的陰影久久不散,令我下意識地感到自己不合格,想要補救已經來不及了。

問:然而你在中國現代文學研究的圈子裡享有一定的名聲,別人都説你是這個領域的著名學者,在美國爬到頂尖學府的高位,一定不簡單。你對這些讚譽怎麼回應?

答:一概置之不理,也不聞不問。我一向認為:名譽和金錢都是「身外之物」,但學問確實是無止境的。做一個學者的目的就是全心全意地做學問,西方人叫做追求真理,而真理永遠是無盡的。儒家所謂「傳道授業」,似乎為教書訂下一條金科玉律,然而我沒有什麼「道」可以傳,只能説自己還修不到那種學問的高度。在美國這三十年教書的經驗,我最大的收穫就是有幸教了不少第一流的研究生,他們都成了我的朋友。我最感到自豪的就是自始至終沒有建立任何「李氏」門派,也從來沒有把美國名校的光環強加在自己頭上,唯有在批評香港各大學競相爭排名的時候，才會大言不慚地說：我在美國名校教過書，但從來沒有人看重排名這回事，更不會計較名次，因為名校都有自己的傳統和學風，並以此為榮。我受到陶冶，終身有幸，這是難得的經驗。

問：你教過的這六間大學，各自的傳統和學風是什麼？我試著重新描繪一個系譜：你在美國東部教了三間常春藤大學（達特茅斯、普林斯頓和哈佛），在中西部教了兩間，私立和州立大學各一間（芝加哥、印第安納），西部一間州立大學（UCLA）。私立和州立大學的傳統和學風有什麼不同？

答：其實都差不多，差別在於本科生的教育和生活：常春藤私立學校的學費很貴，因為很注重本科生的生活教育，本科生都要住在宿舍，而州立大學的本科生數量很多，因為每一個州的居民都有權接受大學教育，學費也較低。近年來的趨勢是專業學院（professional school）抬頭，特別是商學院、法學院和管理學院，因此規模大資金雄厚的大學較容易發展和出名，但是學風的建立往往不是金錢可以購買的。美國有一種以本科生教育為主的小型大學（liberal arts college），學生人數很少，例如安默斯特學院（Amherst College）和奧柏林學院（Oberlin College），我初任講師的達特茅斯學院就很像這類小型大學，師生之間的關係特別密切，反而各有自己的學風。州立大學如印第安納和UCLA的本科生很多，老師照顧不了，大班課往往由研究生代理。私立大學如普林斯頓和芝加哥就不同，資歷越深、名氣越大的教授，越有義務教一門大班課。芝大的本科生人文教育有自己的傳統，以閱讀經典為基礎(所謂"Great Books")，請專人教授。

問：你自己最喜歡哪一間大學？

答：喜歡和尊重是兩回事，從上面的敘述，你可以看出來，我很喜歡印第安納，因為適逢我最困難的時候，他們救了我，我也從此找到專業上的認同——中國現代文學。我最尊重的大學不是哈佛，而是芝加哥，因為我在芝大受到思想上最大的壓力和挑戰。哈佛幾乎自成一個世界，資金雄厚，對教授十分尊重，我初到時，系裡同事把最大的一個辦公室讓給我，校方為我佈置新傢具，令我受寵若驚。說不定這也是我感到歉疚的原因之一，實在應該在哈佛多教幾年。至於UCLA，我最初只以為是洛杉磯的一小部分，我剛剛成家，原是為了在這個陽光普照的大都市安頓下來，卻沒有想到適得其反，我恨透了LA，因此才更珍惜UCLA。前面說過，我有幸在此教了幾位優秀的研究生，他們也都成了我的朋友。

如果把這三十年的教書經驗都合在一起，我只能說我太幸運了。當然我換學校的頻率也很高，生活因此不夠穩定。也有不少人一生只教一間大學，並在那裡終老，例如許倬雲先生在匹茲堡，我也很羨慕。其實不是我喜歡換學校，而是我拒絕不了各校邀請的盛意，也因為自己的個性喜歡冒險和嘗試不同環境，換個新的學校可以汲取新的經驗。最終的原因並不在我，而在時勢：我出道的時候恰逢美國學界開始開放中國文學研究的領域，現代文學受到重視，如今早已成了顯學，大部分的研究生都要研究現代文學。我到了香港以後，反而興趣減低了，選擇了文化研究，不再專教中國現代文學。

問：近年在台灣的一本雜誌《台灣中文學會通訊》中有該會會長傅朗（Nicolai Volland）的一篇文章〈「華文文學與比較文學學會」簡介〉，[8] 在文中傅朗提到1987年樂黛雲教授帶領中國代表團，到美國參加第二次中美比較文學座談會⋯⋯

答：我認識樂黛雲，她是北大教授，我早就認識她了。她很了不起，參與創辦中國比較文學學會，八十年代初她第一次訪問美國就到印第安納大學來找我，因此也認識了歐陽楨教授。她真是找對了人，因為歐陽楨本人就是印大比較文學的科班出身，而印大的比較文學系也是全美知名的。我參加這個新成立的學會——英文名稱是Association of Chinese and Comparative Literature（ACCL）——純粹是為了幫忙。中國大陸剛開放，一批非常優秀的大陸留學生來到美國，他們對比較文學都很有興趣，但有的在美國大學攻讀東亞系，研究中國文學，因此很自然地感到有這種「協會」（association）的需要，可以互通訊息，交換研究成果，並互相幫助。主要成員是傅朗文中所提的幾位，[9] 此外還有張隆溪，他現在已經是國際比較文學學會（International Comparative Literature Association, ICLA）的中堅分子和領導人物了。在ACCL成立之初，我只是盡量提供資金協助，並希望擴大會員範圍，不但包括中港台三地的學者，而且也歡迎美國和其他國家的學者參加。傅朗在文中也提到了，希望這一代的學者早已不分國籍、不分彼此了。

問：最近的一次ACCL大會在香港召開，就是在中文大學，張歷君是本地協辦人之一，還請你發表主題演講。[10]

答：而且指定我講關於香港文學的題目。我倒是記得很清楚，看到會場上來自世界各地的年輕學者，如今都是名學者了，我心裡感到很溫暖，畢竟是長江後浪推前浪。然而，如果你現在要我千里迢迢飛到美國參加學術會議，我不會答應，不但因為已經上了年紀，不想長途跋涉，而且對開會實在感到厭倦了。在美國學界剛出道的時候，很喜歡參加學術會議，生怕沒有人請我，如今剛好相反，唯恐避之而不及。

問：除了ACCL之外，你當年還參加了很多學術組織？

答：在美國大學教書，要參加好幾個學術組織，這是美國學界的常態，一點也不出奇。我做研究生時代就參加了全美「亞洲研究協會」(Association of Asian Studies, AAS)，並且訂閱該會的主要刊物《亞洲研究期刊》(*Journal of Asian Studies*，簡稱*JAS*)。除此之外，有的人還參加專業學科的學會組織，譬如研究歷史的人參加美國歷史學會(American Historical Association, AHA)等等。所以ACCL的產生自有其制度上的先例，和美國一般學會所不同的是：這個學會是樂黛雲和幾個在美國留學的中國大陸研究生發起的。此外還有一個大型的美國比較文學學會(American Comparative Literature Association, ACLA)，我當年沒有參加，但參加了美國最大的人文學科學會：美國現代語言學會(Modern Languages Association, MLA)，純是為了湊熱鬧。學會成立的目的是為了推動學術交流，但職業性的學會如AAS和MLA會員太多，參加一年一度的大會，大多是為了求職，或見朋友。初出道的時候，我對此非常熱衷，幾乎每年都參加AAS的年會，並爭取組織專題討論小組，以便在會上宣讀論文，似乎只有如此才能得到同行的公認。七十年代到八十年代這段期間我樂此而不疲，參加無數次會議，因為我要為中國現代文學的研究爭取一席地位。

參加學會還不夠，而且自己還要組織小型的會議。我第一次帶頭組織的小型學術會議就是在印第安納大學，與歐陽楨合作，請到幾位美國學界研究中國文學的「大頭」，特別是夏志清教授。會議開得很成功，但內容談的是什麼，我現在一點也不記得了，只記得在會議前一晚，各地學者到齊以後，我特別開了一個酒會，供應各種烈酒，把大家灌醉，氣氛立刻融洽了起來，我因此得到一個教訓：正式場合的會議只不過是個儀式，而真正促進交流的反而是會議之外的交談，特別是在「酒逢知己千杯少」的時候。我認識的研究中國文學的學者大多喜歡飲酒，此中豪傑是劉若愚教授，他和夏先生被稱之為「東夏西劉」，我有幸和兩位大師結交，深以為榮。劉若愚教授幾乎無酒不歡，八十年代初有一天清晨，在北京外文出版社楊憲益夫婦的寓所，我親眼目睹他們夫婦和劉教授暢飲威士忌。關於學術會議的八卦新聞我還有很多，這是寫小說的好材料，英國的學者大衛 · 洛奇（David Lodge）就寫過一本，名叫《小世界》（*Small World*），書名還有一個副標題：*An Academic Romance*。[11] 好像於梨華也寫過一本，名叫《會場現形記》。[12] 夏志清、夏濟安兄弟的書信集中，描寫學術會議的也不少。

問：夏氏兄弟的書信集的後兩卷就有不少關於美國漢學界開會的情況，你在封底的讚詞中也提到：「五六十年代美國漢學界的各路人馬，也紛紛登場。我做研究生時對他們『高山仰止』，如今讀來，不勝感慨。」[13] 談談夏氏兄弟在美國學界的情況以及你和他們的關係吧。

答：讀完夏氏兄弟的五大卷書信集，特別到了最後的兩卷，真是不勝感慨——感慨的是他們那一代的「風流人物」都過去了，而我這一代自嘆不如。夏氏兄弟《書信集》中對於美國的漢學界著墨不少，幾乎把那一代的重要人物都點將式地點出來了。各個漢學研究重鎮的領軍人物都是美國人或歐洲人，但軍中的大將很多是華人學者，他們在美國各大學的遭遇，不盡相同：有些人備受禮遇，但也有人被視為學院裡的二等公民。亞洲研究協會每年召開一次盛大的年會，吸引數千學者，大家住在大酒店，人潮洶湧，熙熙攘攘，如果冷眼旁觀的話，你可以看到有的人自鳴得意，到處向人打招呼，也有的人顯得很失落，看來似乎是來求職的，內中不少是華人。然而夏氏兄弟的書信中並沒有提到這種自卑感和心虛，反而處處顯露他們兄弟二人的恃才傲物，相互標榜，心中充滿了驕傲，畢竟他們和美國漢學界的一般學者不同。不過我們必須承認：夏濟安在美國的地位還是遜於他的弟弟夏志清。《書信集》第五卷中似乎提到：華盛頓大學——也是夏濟安在美國的落腳地——有一位著名教授衛德明（Helmut Wilhelm）有一晚飲醉酒說：美國研究中國文學的學者，只有六個人是第一流，中外各三人，美國學者是他自己、普林斯頓的牟復禮

(Fritz Mote)和哈佛的海陶瑋；華人學者就是夏氏兄弟，還有一位我不記得了，大概是陳世驤。[14]

問：是否可以再談談在美國和夏濟安先生的交往？

答：我在向他們二位致敬的文章中談過了，[15]現在要補充一點。濟安老師雖然在信中說到他在西雅圖華大和柏克萊加大受到同事——特別是陳世驤教授——的禮遇和尊重，其實他的遭遇並不好，還是沒有得到一個固定的教授職位，只好在陳教授主持的「中國問題研究中心」(Center of Chinese Studies)作一個研究員，被迫研究革命文學，剛好和我這個研究生研究的題目相合。我在哈佛的碩士論文題目就是蕭軍，於是我們開始通信，我從濟安先生得到的啟發很多，也許因為我們的路數本來就很相近。從《書信集》第五卷(1962–1965)讀到他研究延安革命小說，有的作家(如周立波)他評價很高(信件552)，[16]但就是沒有提蕭軍。他還提到後來劉賓雁寫的報告文學《本報內部消息》和茹志鵑的小說(信件551)，[17]評價都不錯。我在印第安納主持的中國現代文學翻譯系列中，就有劉賓雁的《人妖之間》，[18]那已經是他過世以後的事了，夏先生這麼早就發現這兩位作家，真可謂是「慧眼識英雄」。如果他不那麼早逝世，可以在柏克萊教現代文學，我們這些人都要飛到西部去向他討教了。

與兩位夏先生最接近的門徒是劉紹銘，不是我，然而不知何故，志清先生對我也特別照顧，甚至有時候我們二人的意見不合——例如對於魯迅的看法——他也不介意。志清先生後來也「原諒」了普實克教授對他的《中國現代小說史》的批評。我在哈佛選過普實克的課，也寫過專文回憶這位捷克漢學大師，[19] 並且認為普氏的觀點雖然左傾，但不無可取，而且在方法上源自捷克的結構主義理論和抒情文學的傳統，令我頗為佩服。這一點夏先生不是不知道。其實從二人《書信集》第五卷的記載可以窺測，他們先是批評普氏的政治傾向，但毫無謾罵，濟安師批評普氏對魯迅的觀點，也連帶批評了五四運動，極有創見（信件578）。[20] 後來他們發現普氏還是有學術良心的，因此反感也逐漸減輕許多，夏志清在哥倫比亞大學還負責招待過普實克。這也是我敬仰那一代學者的風範的原因：學術歸學術，甚至在學術高峰論劍的時候，也不失風度。因此我編普實克論文集的時候，特別收錄了普氏的書評和夏氏的反駁作為附錄。[21] 此次重讀《書信》第五卷，發現濟安師在六十年代初研究延安文學的時候，方法就與眾不同，很注重文學技巧和歷史文化的關係，所以他所閱讀的參考書中竟然有蕭萊爾（Mark Schorer）的 *Technique as Discovery*（《作為發現的技巧》，信件554），[22] 還有盧卡奇的經典 *The Historical Novel*（《歷史小說》，信件579）[23] 以前沒有注意，這次重讀，嚇了我一跳。

問：除了開會以外，在美國作為一個學者，學術的要求還有什麼？

答：當然是出版！如今香港的大學要學美國的大學，對出版的要求十分離譜，英文刊物列為頭等，本地刊物反而列為下等。我還是比較幸運，美國大學對人文學者的要求是出書——出書比發表論文更重要，現在彷彿倒過來了。我在美國教了三十多年，只出了四本英文書，編了兩本，總數實在不算多，每次出書都很順利。第一本書是我的博士論文，[24] 我的老闆費正清教授當時大展鴻圖，要把他的學生的博士論文一本本在哈佛出版，形成一個「系列」，我被選上了。我的第二本書《鐵屋中的吶喊：魯迅研究》難產，印第安納大學出版社早已等了我好幾年了，我還是寫不出來，最後出版等於是還債。[25] 第三本《上海摩登》的書稿還沒有寫完，就被哈佛大學出版社的老闆盯上了。[26] 每一家大學出版社都請外審，甚至我最近的一本關於香港的「半導遊式」的非學術書 *City Between Worlds: My Hong Kong*（《世界之間的城市：我的香港》），本是哈佛大學出版社人文部門的總編輯林賽水（Lindsay Waters）約我寫的，連書名都是他們定的，但書稿還是需要外審，我根本沒有料到（由於種種原因，這本書至今沒有中文譯本）。[27] 至於我的學術論文，大多是學術會議逼出來的，只有一次，我寫了一篇書評投稿給 *JAS*，結果遭到退稿。每一個剛拿到學位的研究生都想盡快出版自己的文章或把論文修改成書，甚至急不可耐，還沒有拿到學位，就要發表文章。我當年曾受過高人指導（是哪一位前輩，現在不記得了），他私下對我說：千萬不要寫書評，因為寫書評既浪費你的時間，你自己也得不到好處（因為升等時不算在你的出版書目之內，書評份量被壓得很輕），也不要急著和別的學者抬槓筆戰，得不償失。你出版的第一本書，往往打定江山，得到好評，你就靠這本書出名。參加學術會議是你作為學者應盡的責任，不要看得太重，但又非參加不可，因為你要靠這種制度認識同行的學者，打開學術研究的圈子。我一生都牢記這位高人的話語。

問：你時常到各地和各校演講，這是否也是作為一個知名學者的必備條件？

答：才出道的時候，有人請我演講，我當然覺得是件很光榮的事，但講多了也就無所謂了，這也是一種服務。到別的大學去做學術報告或演講，也是一種考驗，聽眾都是同行學者和學生，但公眾演講則是一種服務，內容必須深入淺出，不能當作上課。我老婆說我演講很有魔力，在台上變成另外一個人，我自己完全感受不到。我特別喜歡演講後的發問和討論，這是一種知識的交流，不但可以練習如何應對各種學術上的挑戰，更重要的是從別人的問題中汲取新的觀點，以補自己之不足，我從這類經驗中學到很多東西。學術演講或報告的好處就在於此：你料不到會在何時何地或何種場合遇到高手，因此我的演講表面上是獨白，其實背後都是在祈求對話。這本回憶錄的結構，何嘗不也是如此？可惜真的對話者難求，有時候我只好獨白，或假造質問者，以求不斷地自我反思和自我批判。至於內容本身當然沒有假造，如果把我的成長和遊學生涯寫成小說，也不見得精彩，豈能比得上歌德的《威廉·麥斯特的學習時代》(*Wilhelm Mister's Apprenticeship*)？還是平鋪直敘，直話直說。

註釋

加「*」者為編註。

1 李歐梵：《我的哈佛歲月》（香港：牛津大學出版社，2005），頁155。

2* 包括收錄於《現代性的想像：從晚清到五四》的多篇文章，如：〈晚清文學和文化研究的新課題〉、〈林紓與哈葛德——翻譯的文化政治〉、〈歷史演義小說的跨文化弔詭——林紓和司各德〉、〈見林又見樹——晚清小說翻譯研究方法的初步探討〉及〈從一本小說看世界——《夢遊二十一世紀》的意義〉等。李歐梵：《現代性的想像：從晚清到五四》（新北：聯經，2019），頁35–222。

3* 王德威著，宋偉杰譯：《被壓抑的現代性：晚清小說新論》（台北：麥田，2003）。

4* 該文章題為"In Memory of Patrick Hanan"，刊登在哈佛燕京學社的網站。"A Celebration of the Life and Career of Patrick Hanan, 1927–2014"，2023年1月28日瀏覽，http://www.harvard-yenching.org/news/a-celebration-of-the-life-and-career-of-patrick-hanan-1927-2014/。

5* 李歐梵：《我的哈佛歲月》，頁151。

6 李歐梵、季進：《現代性的中國面孔：李歐梵季進對談錄》（北京：人民日報出版社，2011）。

7* 包括〈「愛之喜」·「愛之悲」〉、〈無音的樂——追念先父李永剛先生〉及〈有音的樂——寫於父親李永剛教授紀念音樂會前〉等，收錄於邱瑗：《李永剛——有情必詠無欲則剛》（台北：時報文化，2003），頁156–173。

8* 傅朗：〈「華文文學與比較文學學會」簡介〉，《台灣中文學會通訊》，第34期（2020年7月），頁19–21。

9* 包括陳小眉、吳北玲、趙毅衡、劉康、唐小兵等。見傅朗：〈「華文文學與比較文學學會」簡介〉。

10* 2017年「華文及比較文學協會雙年會」（ACCL）於該年6月21日至23日假香港中文大學舉行，會中李歐梵教授以「香港的寓言」為題，發表主題演講。

11 David Lodge, *Small World: An Academic Romance* (New York: Penguin Books, 1995).

12* 於梨華：《會場現形記》（台北：志文，1972）。

13* 王洞主編，季進編註：《夏志清夏濟安書信集》（卷五：1962–1965）（簡體字版）（香港：香港中文大學出版社，2019），封底。

14* 〈夏濟安致夏志清（1962年7月2日）〉，《夏志清夏濟安書信集》（卷五：1962–1965）（簡體字版），頁33。

15* 李歐梵著，季進、杭粉華譯：〈光明與黑暗之門——我對夏氏兄弟的敬意和感激〉，《當代作家評論》，第2期（2007），頁10–19。

16* 〈夏濟安致夏志清（1962年7月2日）〉，頁32。

17* 〈夏志清致夏濟安（1962年6月29日）〉，《夏志清夏濟安書信集》（卷五：1962–1965）（簡體字版），頁29–30。

18* Liu Binyan, *People or Monsters? And Other Stories and Reportage from China after Mao*, ed. Perry Link (Bloomington: Indiana University Press, 1983).

19* 李歐梵：〈普實克〉，《我的哈佛歲月》，頁177–183。

20* 〈夏濟安致夏志清（1963年4月6日）〉，《夏志清夏濟安書信集》（卷五：1962–1965）（簡體字版），頁153–161。

21 "Basic Problems of the History of Modern Chinese Literature: A Review of C. T. Hsia, *A History of Modern Chinese Fiction* and C. T. Hsia, 'Appendix One: On the "Scientific" Study of Modern Chinese Literature—A Reply to Professor Průšek,'" in Jaroslav Průšek, *The Lyrical and the Epic: Studies of Modern Chinese Literature*, ed. Leo Ou-fan Lee (Bloomington: Indiana University Press, 1980), pp. 195–266.

22* 〈夏濟安致夏志清（1962年7月19日）〉，《夏志清夏濟安書信集》（卷五：1962–1965）（簡體字版），頁39。

23* 〈夏志清致夏濟安（1963年4月13日）〉，《夏志清夏濟安書信集》（卷五：1962–1965）（簡體字版），頁169。

24* Leo Ou-fan Lee, *The Romantic Generation of Modern Chinese Writers* (Cambridge, MA: Harvard University Press, 1973).

25* Leo Ou-fan Lee, *Voice from the Iron House: A Study of Lu Xun* (Bloomington: Indiana University Press, 1987).

26* Leo Ou-fan Lee, *Shanghai Modern: The Flowering of a New Urban Culture in China, 1930–1945* (Cambridge, MA: Harvard University Press, 1999).

27* Leo Ou-fan Lee, *City Between Worlds: My Hong Kong* (Cambridge, MA: Harvard University Press, 2010).

10 在理想與現實之間：香港中文大學的教學經歷

前言

我和香港中文大學結緣，早在1970年，在歷史系擔任講師一年半，三十年後（2004）又回到中大，教了16年，終於在2020年退休。這一段漫長的教學經驗，是和我在香港的生活經驗分不開的：從短期訪問到長期居留，最後變成香港永久居民。這本書「對話篇」部分的訪談者張歷君和中大的淵源更深，他曾是我的學生，如今是同行，我們切磋學問多年，他向我提出七個事先準備好的書面問題，我的回答就是這一章的內容。

（1）老師1970年夏天首次來到香港中文大學任教，究竟是什麼原因促使您選擇香港作為您教學生涯的起點——和終點？

（2）老師當年在香港文壇和文化界中有不少朋友，可否請您談談當年與文壇朋友的交往以及相關的文化活動？

(3) 1970年是冷戰時期的中段，香港處於東西方和左右兩派之間的夾縫，想必是「文化冷戰」的重要角力場。可否請老師談談您當年的所見所聞？

(4) 當年的香港中文大學大師如雲，老師可否談談您對這些學界老前輩的印象？我也很想多了解當年校園中的學術氣氛和課堂教學的情況。

(5) 老師二千年代再次回到中大任教，究竟是什麼原因促使您回到香港來，並再次選擇中大作為您這次的落腳點？

(6) 在老師看來，七十年代的中大與二千年代的中大有何異同之處？對您來說，兩個不同年代的香港是否有著不同的意義？

(7) 二千年代以後，我一直都在選修或旁聽老師的課。老師的課堂對我最大的啟發是跨學科、跨地域和跨文化的比較研究視野。老師的教學打破了中大體制既有的學科專業藩籬，並探索和實驗跨學科以至數位人文的各種可能性。個人覺得，這是老師留給中大最好的禮物。我很好奇，老師這些年來是否有意為中大開闢這個獨特的學術交流空間？您對中大人文學科的發展有沒有特別的想法和寄望？

以上是張歷君提出的問題，都饒有意義，也令我從頭回憶和反思我和中大的因緣。畢竟我在此任教，前後有十八年之久，超過在美國教過的任何一間大學。關於第一次任教（1970年8月至1971年12月）的經驗，我曾於中大五十週年校慶的時候，受中文系之邀寫了一篇文章，名為〈追憶中大的似水年華〉，[1] 全文稍加修正，爰引於後，作為本章的第一部分。

似水年華的時代：初到中大（1970–1971）

1970年夏，我初抵中文大學任教，職位是歷史系講師。我剛剛拿到博士學位，在美國達特茅斯學院任講師，並把哈佛的博士論文完成，因為簽證問題必須離開美國。恰好此時有一個「哈佛燕京學社」撥款設在中大的講師職位從缺，於是我輕易地申請到了，1970年夏，我輕裝就道，先在歐洲遨遊，中大秋季快開學前，才抵達香港。

在此之前，我從未來過香港。記得當時有一位台大外文系的老同學葉維廉在中大客座，竟然在他的一本文集中公開呼籲我離開美國回到華人地區的香港來共同為中國文化的前途效力。這一個「海妖的呼喚」(Siren's call)對我的確有點魔力，機會難得，也從未想到香港還是英國的殖民地，大多數人說的是陌生的廣東話，就那麼來了。對於這個號稱「東方之珠」的國際大都會我一無所知，只認得兩個老同學：劉紹銘和戴天，紹銘時在中大英文系任教，已經成家立業，為我這個海外浪子提供一個暫時的家，給我一種安全感。

記得第一天到了中大校園（當時只有崇基和范克廉樓），放下行李，就隨紹銘和宗教系的同事沈宣仁教授驅車從馬料水直落尖沙咀，到香港酒店去飲英式下午茶。途經窩打老道，看到這個街牌，英文名是Waterloo Road，中文名變成了「窩打老道」，幾乎笑出聲來——怎麼會譯成這個不倫不類的名字？從車窗望去，路邊一排排的洋房和店鋪頗有點「異國情調」，不禁心曠神怡，就在那一瞬間，我愛上了香港，這一個華洋雜處、充滿矛盾的小島正合我的口味。

旅美浸淫西潮多年，心中似有「回頭是岸」的感覺，因此我把剛出版的第一本雜文集定名為《西潮的彼岸》。然而思想依然西化，甚至有點左傾，略帶反殖民的情緒，我熱烈支持「中文法定」運動，認為這是一件天經地義的原則，覺得在帝國主義的殖民地為中華文化而奮鬥，更有意義。香港對我而言就是一片自由樂土，既無國民黨的「白色恐怖」，又在共產黨的「鐵幕」之外，還有哪一個華人地區比香港更自由？於是，我變成了一個徹頭徹尾的自由主義者，在統治者的眼中我當然不是良民，但又不是一個顛覆社會安定的「革命分子」，雖然一度有此嫌疑，因為我寫了一篇批評中大制度不公平的文章，竟然引起軒然巨波，鬧得滿校風雨。

思想自由是我堅信不疑的基本價值，在學院裡更應如此。於是，在我講授的中國近代史課上，我故意使用三本觀點毫不相同的教科書：一是我在哈佛的老師費正清寫的，一是台灣學者(記得是李守孔)寫的，一是中共的著名歷史學家范文瀾的著作；三本書的政治立場各異，我讓學生展開辯論，不亦樂乎。我講課時當然用國語(當時在香港尚無「普通話」這個名詞)，學生給我一個綽號：「北京猿人」——「北京」指的當然是我的標準北京官話，「猿人」呢？我自認是恭維的名詞，因為我軀體雄偉，比一般學生 ——特別是女學生 ——高得多。

因為年歲相差無幾(我剛過三十歲)，在課堂上我和學生打成一片，毫無隔閡。講課時看他們的表情，彷彿似懂非懂，也可能是膽怯，於是我進一步誇下海口說：「三個月內我要學會用廣東話講課，但你們也必須學會用國語參加討論！」這場賭注我險勝：三個月後，我竟然用蹩腳的粵語公開演講，題目是關於知識分子和現代化的問題，我的觀點完全出自金耀基先生剛出版的一本同名的書。[2] 我一口氣用廣東話講了二十多分鐘，最後在學生一片笑聲中還是改用國語講完。但是在課堂上，學生依然故我，本來會講國語的發言比較踴躍，講廣東話的依然保持沉默。

記得當時學生可以隨意跨系選課，所以我班上也有哲學系和中文系的學生，因此有幸教到幾位高足：本系的二年級本科生洪長泰，思想成熟，在《崇基學生報》上寫長文評點美國各著名大學的漢學研究，絕對是可造之才，畢業後順理成章進入哈佛攻讀研究院，卓然有成，後來成了香港科技大學的名教授，現已退休。關子尹是哲學系勞思光教授的得意門生，也來選我的課，又是一個天生的深思型學者，後來到德國留學，拿到博士後回母校擔任哲學系教授，後任系主任職位，也已退休。另一位新亞的學生郭少棠選過我的「俄國近代史」的課，他旅美學成歸國後回母校任教，曾被選為文學院的院長，現已退休。2013年時任中大文學院院長梁元生也是我當年學生中的佼佼者，我剛開課不久，他就以學生會會長的身分邀請我公開演講魯迅，後來我把講稿寫成長文在《明報月刊》發表，[3] 就此走向魯迅研究的不歸路。

現在回想起來，我自己的學問其實並不紮實，但教學熱情，思想較為新穎，所以頗得學生愛戴。記得我第一年教的是中國近代史，第二年教的是中西交通史。文史哲不分家，我不自覺地用了不少文學資料，更偏重思想史和文化史。崇基歷史系的老師不多，大家相處無間，系主任是羅球慶教授，人極熱情，對我這個後生小子十分照顧；還有一位來自美國天普大學（Temple University）的Lorantas教授，[4]我私下叫他「獨眼龍」，因為他一隻眼戴了黑眼罩。另一位屬於聯合書院的王德昭教授更是一位翩翩君子，我有時會向他請教。新亞的中文系和歷史系則大師如雲，我只有在三院歷史教授聯席會議上見過面，談不上深交。在會上我的工作是口頭傳譯，最難纏的反而是一位不學無術但熱衷權力的美國老教授（姑隱其名），他老是在會上問我："What did they say?"生怕這幾位新亞的史學大師發言對他不利，其實他們何嘗把他看在眼裡？

當時中大正處於整合的時期：崇基、新亞、聯合三院合併為一間大學。我個人反對全盤整合，認為各院應該獨立，但可以聯合成像牛津和劍橋形式的大學；然而大勢所趨，我這種自由主義的教育模式當然和中大受命成立的構想大相徑庭。我最敬仰的是新亞的傳統和精神，也覺得崇基背後的基督教教育理念有其歷史傳統，可以追溯到清華和燕京。現在反思，這是一種徹頭徹尾的理想主義，而且基於我對中國教育傳統的理解：既然名叫「中文大學」，就應該和殖民主義的香港大學模式截然不同。我在課堂上和課外與學生交談時，都是討論大問題，例如中國文化的前途、在香港作為現代知識分子的責任等等。外在的政治環境當然有影響，但當時香港的左右派的文化角力是公開的，我和雙方都保持友誼關係。然而學院內自成一個「社區」(community)，和外界保持距離，至少我自己在教導學生時，鼓勵他們超越目前的政治局限，現在依然如此。理想主義的壞處是不切實際，但也有好處，就是可以高瞻遠矚，尋求將來的願景。校園是一個最「理想式」的社區，是一群甘願犧牲物質享受和名利而熱心教育的「知識人」組成的。這一套思想本身也是一種教育的理想主義，然而我至今堅信不移。只不過面對當今功利至上的官僚主義操作模式，顯得不「與時並進」了，然而沒有理想和願景的教育制度，到底其辦學的目的又何在？

當年的中大，就是建立在一種理想上，每個人對理想或有不同見解和爭論，然而那畢竟還是一個理想的年代。追憶昔時的似水年華，當然不免把過去也理想化了，但是具體地說，當年的中大校園生活還是值得懷念的。七十年代初的新界正在發展，但還保持鄉村的純樸風貌。我的廣東話就是有時到附近鄉村買菜購日用品時和村婦交談學來的，在大學火車站買車票時也順便學兩句，清掃我們辦公的大樓(早已不存在)的工友更是我和劉紹銘的朋友。我住在崇基教職員宿舍的一棟小公寓(現在依然「健在」)，和美國女友可以到吐露港划船，向敬仰的老同事如勞思光先生請教時，則到山上的一家西餐廳雍雅山房喝咖啡。總之，對我來說這一個中大就是一個樂園，我在此如魚得水，樂不思蜀，根本不想再回美國任教。然而偏偏有一天收到普林斯頓大學一位教授的一封信，請我到該校任教。我不想走，反而幾位老友勸我走，我被說動了，1972年初，還剩下一學期就匆匆離港，我的那門中西交通史的課程，由三位老友代課：胡菊人、戴天、胡金銓，可謂是「頂尖明星陣容」，校方竟然不聞不問，這種自由尺度，在今日中大難以想像。我至今對崇基校長容啟東先生心存感激，他對我的容忍態度來自何處？基督徒的寬恕心？當年北大校長蔡元培的榜樣？我不得而知。當然不少中大高層人士聽說我要走了，也暗自高興。

這一段個人回憶，只能算是我個人心路歷程的一小部分。因為今年（2013）適逢中大建校五十週年紀念。中文系向我約稿，遂成此篇。

冷戰時期的中大

以上的這篇文章只約略提到一個引人爭議的細節：就是我和中大第一任校長李卓敏的爭執，為此還寫了一篇文章：〈我對於香港中文大學的觀感〉，曾收入我最早的一本雜文集《西潮的彼岸》。當時我完全沒有料到，文章在《南北極》雜誌及《中大學生報》刊出後，引起風波，我竟然也被學生視為「革命領袖」。[5] 如今重讀這篇舊文，實在有明日黃花之感。文中對李校長的確批評得很厲害，有點「初生之犢不畏虎」的氣勢，但出發點並不牽涉個人恩怨，而是對中大的不同理念。李校長的任務就是把三個學院——新亞、崇基、聯合——統一為一間大學，而非如我想像的英國的牛津和劍橋大學一樣，每個學院相對獨立，也各有獨立傳統和學風。我剛來到中大的時候，雖然屬於崇基學院，但受到新亞精神的感召，希望把在美國讀書八年的經驗獻給它，所以較喜歡這個英國模式，而不願把美國的「龐然大學」(multi-university)的模式帶進中大。如今看來是我「誤判」了，全世界的大學似乎都走向美國模式：特別是制度化和官僚化——韋伯(Max Weber)所謂的「合理化」(rationalization)——而且變本加厲，把大學辦得猶如資本主義的大公司。除此之外，這篇舊文所提到一些殖民制度下的不公平待遇(教授分為兩等，有「海外待遇」和「本地待遇」)如今都已經不存在了。

上面引述的回憶文章由於篇幅和主題所限，沒有仔細探討中大建校的精神和五十年來——如今已經是六十年了——的傳統。我聽友人說：中大有兩個傳統，一個是官僚制度的傳統，和所有香港的大學一樣，符合政府要求，統一運作，在國際上爭取學術優秀(excellence)的排名，鼓勵同仁申請政府的「大學撥款委員會」(University Grants Committee，簡稱UGC，我曾在該組織屬下的研究資助局〔Research Grants Council, RGC〕擔任評審委員五年)；另一方面，有所謂「中大人」的「江湖」傳統，他們關心社會，有自己的理想，要做香港文化的「江湖」俠客，為人民請命，不願到政府做高官，因此有人認為中大人就是「搗亂分子」。就我個人而言，當然傾向後者的傳統，但不是搗亂分子，而中大校方也從來沒有干涉我在課內和課外的任何行為。從1970年開始，我就是一個活躍於學院內外的「兩棲動物」，教學和研究只是我生活的一部分，當年嚮往的是做一個知識分子和文化人，而不是一個專業的教書匠。在我任講師的一年半中，有一半的時間花在文化活動，因為我一到香港就經由老友劉紹銘和戴天介紹認識了《明報月刊》的主編胡菊人，在他鼓勵之下，開始為《明月》和其他文化雜誌寫稿，我的幾篇〈魯迅內傳〉就是這樣被逼出來的：先在崇基的禮堂演講，然後把講稿整理發表。[6]後來又為其他雜誌如《盤古》(戴天主編)和《南北極》(司馬長風是主要撰稿人)寫影評和文化批評。這是一個由雜誌和出版的文化活動促成的自由公共領域，我積極參加其中的活動。

說到這裡，我還要談談戴天和他在這個冷戰時期所扮演的重要角色。他的職位是美國新聞處的編輯，他自嘲是「美帝走狗」，但深受上司(一位美國女士)的器重，給他全權主編「統戰」刊物《今日世界》和一系列美國文學經典的翻譯，包括張愛玲譯的海明威小說《老人與海》，書中的前言是普林斯頓一位教授寫的，由我譯成中文，因此得以和張愛玲「同書」演出，不勝榮幸。[7]戴天並沒有故意為美政府做宣傳，最多也不過敷衍一下，反而把「宣傳」作文化和文學用途，而私下卻和中共的統戰領袖羅孚結為好友，也把我們這些自由主義分子介紹給這位奇人。羅孚是香港左派報紙《新晚報》的主編，但事實上絕不止於此，他的文化素養很深，每天寫好幾個專欄，又要和各路人馬應酬，每晚飯局不斷。他請我吃過幾次飯，還送我一幅李可染的畫，我以為是真品，一直掛在客廳牆上數十年。我得以和曹聚仁見面，也是他安排的。羅孚落難北京的時候，戴天和我特別去探望他。這可以說是香港這個特殊環境所造成的文化現象。

近來學界掀起一陣研究「冷戰」之風，而七十年代初的香港應該是冷戰的前哨，我適當其衝，但從來沒有感覺失去言論自由，雖然有一次中大校方的一位英國高級主管私下恐嚇我，要把我遞解出境，我回答說：「你試試看！」言下之意就是要和他較量一番。當年香港的左中右各派壁壘分明，各有自己的言論和出版園地，互相論戰，然而大家似乎都遵守一個「潛規則」，可以互相往來。這個現象令我想起二十年代末三十年代初的中國文壇，不知有無學者做比較研究？當年中大校園另有一股風氣，就是師生競相討論中國的前途，有的同學參加海外留學生發起的釣魚台運動，大家所關心的都是「中國往何處去」以及海外知識分子的文化認同問題，並沒有把香港本土化，當然香港左派發動的「六七暴動」使得不少香港人開始認同「香港是我家」。1970年我到香港時，這個事件已經過去了，至少我在中大校園裡很少聽人提起，反而討論「釣魚台」更熱烈，我個人也曾為《南北極》寫過幾篇關於釣魚台歷史的文章。但基本上我對政治沒有興趣，除了積極參加支持「中文法定」運動之外，對各種運動都站在邊緣。倒是對法國新浪潮電影的興趣更大，因此後來和《中國學生週報》的幾位年輕編輯，特別是崇拜杜魯福的陸離結了緣，他們大多是中大畢業生。

中大的人文風景

回頭再說中大。七十年代初離開的時候，我知道中大管理當局對我有意見，雖然沒有明指。此後十年左右，實質上我是一個persona non grata（不受歡迎的人士）。然而就在我走後，七十年代中期以降，中大的人文風景反而變得更可觀，風雲人物接踵而來，顯然它的建校精神吸引了不少著名的華人學者，有的留下來長期任教，有的連續數年作短期訪問，貢獻他們的教學心得。台灣詩人余光中於1974年受聘來中大任教，得到學生的盛大歡迎，中大的校園裡呈現一股新的氣氛和學風，不少中文系的同事受到他的感召，不自覺地形成一個現代文人的圈子，他們大多住在校園內，因此可以晝夜「唱和」，互相激勵，遂有不少佳話和趣事。這是我從一本梁錫華的小說《獨立蒼茫》得到的印象。[8] 我錯過了這個余光中時代（他在中大十一年，1974–1985），反而十分嚮往。書中的一個主要人物，雖然屬於虛構，但讀來很像鄭樹森。他絕對是一位奇才，當年他和周英雄、李達三、袁鶴翔、王建元等人在中大創辦比較文學系，介紹新的西方理論如結構主義，乃香港學界的急先鋒，我又錯過了，但後來和他們結為朋友。當年中大的另一個「人文風景」是翻譯雜誌《譯叢》（*Renditions*），主要人物是宋淇（筆名林以亮）、翻譯大家高克毅以及散文家蔡思果等人，這批老文化人在中大為中國文學和文化打開一個新局面，但當年我對他們存有偏見，甚至覺得宋先生屬於中大高層人物，戲稱他為「高等華人」。這幾位退休後，雜誌由孔慧怡和卜立德（David Pollard）夫婦接管，直到二人退休。我也錯過了。

在這個中大人文風景光輝燦爛的時期——從七十年代初到八十年代末，將近二十年——我和中大幾乎毫無聯繫，只有兩位中大學者還記得我：一位是吳茂生，他和我的研究領域很接近，而且在牛津讀書時曾經學過俄國思想史和俄國文學，因此和我特別談得來，所以在八十年代請我返回中大演講一次，那個時候還向我介紹他的女友；後來他結婚不久，就把全家搬到美國，他在加州大學戴維斯分校謀得一份教職，開始研究三十年代上海的小報，不久就英年早逝，遺下新婚妻子和嬰兒，我聞訊傷心不已。另一位陳清僑是加州大學聖地牙哥分校的高材生，他和廖炳惠二人都是葉維廉的弟子、鄭樹森的師弟，也是中大比較文學幾位元老的接班人，和我很熟。後來他離開中大，到嶺南大學創辦文化研究系，中大只剩下王建元，遂另起爐灶，設立文化研究項目，先與現代語言掛勾，後來加入宗教研究系，而比較文學方面的研究反而式微了。陳清僑在中大期間，我們就開始合作無間，我請他到芝加哥參加我的「文革後的文化反思」計劃，他也請我數次來香港開會。1998年1月，他為我申請到中大的一筆研究費，回到香港做短期研究六個月，當時香港回歸伊始，我也很想體驗一下香港的氣氛，所以欣然歸來。樹森建議我住酒店，於是在沙田的帝都酒店訂下一間客房，他又怕我的研究費不夠開支，遂安排我到科技大學講一門課，因此也和科大連上線。科大建校之初，就要請我擔任人文學部的院長，我頗為心動，希望建立一個獨特的教育和研究環境，但就在此時接到哈佛的教職。幾年後(2003)科大請我到該校客座一年，我欣然赴任，算是補償。那是後話。

對我而言，1998年這六個月(1月到6月)在中大的短期研究，也是一個關鍵時刻，再次奠定了我和它的緣分。當時我的研究室剛好和關子尹的辦公室在同一棟樓，前文提過他曾是我的高材生，我們重逢的時候他已經成了哲學系的教授，但對於電腦十分內行，那一年他正為中大文學院建立第一座電腦連線設備，也順便教我如何用電郵，我們時常見面。也許就在那個時候，我心中萌生返回香港任教的念頭，而時任中大副校長的金耀基教授也有意請我回來，他知道我和鄭樹森很熟，也讓我向他試探是否願意返回中大任教，結果被他一口拒絕。

返回中大任教的經驗(2004–2020)

香港回歸之際，不少香港人已經移民外國，我卻反其道而行，決定回到一個華人社會，因為住在美國的時間太久了，從讀書到教書，先後四十年，幾乎過了半輩子。那個時候我已經感覺到我的學術理想和美國的學術潮流距離越來越遠，我不想用美國的那一套抽象理論做研究，而想用自己的文化實踐來肯定自己的文化認同。我是一個國際化的華人，視野越來越廣，希望用中英文雙語寫作，並從中拓展我的教學領域。2004年我接受中大「特聘教授」職位的時候，心中已經在籌劃了：香港是一個文化研究的好地方，恰是因為它本身的歷史和文化就是文化理論的試驗場，而非空中樓閣，當時的文化理論——例如後殖民、性別、公共領域、全球化，還有我想探討的多元世界主義(cosmopolitanism)，都可以在香港文化的現實中得到考驗和印證。

七十年代的中大和二千年代的中大有何異同之處？兩個年代的香港對我是否有不同的意義？當然有。從中大的立場而言，最大的不同是七十年代的中大剛成立不久，三間學院正在合併，遷到沙田的學校本部；千禧年的中大已經是一個擁有兩萬多學生的龐然「大」學，科系林立，據聞各種研究所和中心就有150多個！它已經是一間國際化的大學，在香港數一數二，在世界排名第幾？我不知道，也不關心。在七十年代的中大，特別在崇基，我還感受到一種人情味的溫暖；到了2004年我重返中大的時候，需要坐校巴上班，在校園內有時候還要向學生問路，已經感到很陌生，覺得自己是一個外來人，最多不過是數千名教職員的一分子，在一個龐大的官僚系統中運用我在美國積累的「文化資本」，為中大添增一份名氣。然而我偏偏喜歡我行我素，做自己想做的事。什麼事？第一就是擺脱專業頭銜，不再做中國現代文學的學者，因為我在美國建立了這個專業領域，也為它貢獻了三十年的生命，自問捫心無愧，回到中大就是想做自己夢想多年的事：跨越學科，甚至跨越學院和社會之間的藩籬。這個理想看似空泛，但我自認達到了。在此我要感謝中大當局對我的包容和支持。

剛回中大時，校方對我卻有不同的安排，據聞他們想請我到中文系擔任系主任，我最怕行政工作，而且做不好，所以婉拒；後來又要我加入新成立的東亞研究中心（現名中國研究中心），完全用英語教學，把美國的那一套照搬過來，以此吸引外國學生。我原則上反對這個理念，因為它對中外學生不平等，崇洋媚外，與中大的創校精神不合。當年錢穆先生定名為「中文大學」，就是為了在海外繼承花果飄零的中國文化傳統，並發揚光大，「中文」在中大的意義何止語言？自然科學的研究用英文也許無可避免，但人文方面應該以中文為主，但可以用中英雙語，包括廣東話——香港官方的「兩文三語」政策我最贊成，我認為學術國際化的真正意義是多種語言和多元文化，而非以英語和美國模式統一天下。回到中大之後，我發現我的這一套想法非但不切實際，而且太過理想，只好自己以身作則，在課堂上做實驗：以中國文化為主題的課，我用國語（普通話）主講，討論時則鼓勵學生用任何語言發問（有時候還故意開玩笑說：歡迎用德文和俄文！）。為高班研究生開的文化理論或比較文化的課，因為準備了大量外文資料，所以用英文主講，但討論時大家可以用任何語言。記得我開了一門課，比較德國威瑪時期的文化和民國初年的文化（見下文），請了一位德國學者Reto Winckler合教，我特別要他把幾篇重要的文本的德文原文也複印出來，以供參考，即使我們都看不懂，在他的解釋之下，得窺少許真諦，還是有好處的，至少可以讓學生對於一個陌生的語言得到一點印象。我本以為學生都不懂德文，結果發現班上有兩位英文系的研究生在海德堡學過德文，幾乎令我大跌眼鏡，更令我增強研習德文的野心。

我在中大的前幾年，先後「被隸屬」於文化研究學部和東亞研究中心，前者要我教一門研究生的理論課和一門本科生的大班課，於是我為研究生開了薩伊德（Edward Said）和本雅明的專題研究，講課時中英文夾雜使用，而且盡量引用法文和德文名詞，或拿來查證，有時連自己也搞不清楚，譬如本雅明一篇文章中的關鍵詞：distraction，到底德文是什麼，原意如何？為此我還找到一本塞繆爾·韋伯（Samuel Weber，當年在UCLA的同事）專門研究本雅明的語義學的書做參考。[9]這只是一個例子，細讀文本的時候就要打破砂鍋問到底，不懂的時候就盡量向高手請教或查證資料，因此要花費很多時間。這種教法，也把我從中國文學的領域裡解放出來，任意馳騁於不同文化和語言的世界，甚至也逼我多接觸一點歐洲語文。不少文化理論家的著作，其實都和他們個人的思想背景和文化實踐密切相連的，因此在教本雅明的《拱廊計劃》(*The Arcades Project*)[10]之前，我先讀了他的《1900年前後的柏林童年》[11]和傳記資料，然後看其他學者寫的關於法蘭克福學派背景的研究，然後才慢慢閱讀這本大書(英文版有一千多頁)。它本來就是一本研究巴黎都市文化史的札記，資料龐雜，我選了其中數段精彩的部分和班上同學作文本細讀和分析，而且故意走火入魔，把本雅明的「神靈」(aura，又譯靈光或氣息)帶進香港的都市文化，不亦樂乎。對於薩伊德我也有自己的看法，認為他自始至終是一個人文主義者，而不僅僅是美國學界所標榜的後殖民理論的先驅者和發言人。別人只看他的暢銷書《東方主義》(*Orientalism*)，[12]往往只看第一章關於東方主義的批判，我教學生看完全書，特別注重內中關於十九世紀歐洲語言學的背景，然後看他的晚期著作如《晚期風格》(*On Late Style*)，[13]此書雖然不夠完整，但內中有不少洞見；我也推薦學生看他的音樂理論，和他借用的音樂術語(例如「對位」〔counterpoint〕)，當然還有他關於「理論旅行」的文章。我的目的就是要求學生不要隨波逐流地照搬理論，而要尊重作者本人的原來意旨。當然，美國學者會説我對薩伊德的解釋太保守了，但我對美國理論家的「政治正確」立場十分反感，覺得他們生怕落伍，一個比一個激進，早已認為人文主義已死。薩伊德自己在晚年特別反對這種立場。

我為文化研究學部教得最成功的一門本科課是「電影經典」(Film Classics)，從卓別林的默片一直講到意大利導演維斯康提(Luchino Visconti)的冷門經典《豹》(*The Leopard*)。為了教這門課，我購買了大量經典電影的影碟，還有幾本重要的電影理論著作，把自己多年來看電影的心得都貢獻給學生了。可能選這門課的學生大多喜歡電影，所以對我的要求毫無抱怨：每次上課的前一晚必須看一部我選的經典影片，而且必須一起在學校的大教室看；第二天上課時我會把片中的幾個鏡頭和段落跟學生討論。記得最後我放映維斯康提的《豹》，全片甚長，而且節奏緩慢，但學生必須看完。我親自到場監督，發現這些年輕人都堅持到底，聽說有一個學生後來還寫了一篇畢業論文專論此片。我開這門課的目的就是把電影和文學作對比，而且把經典影片的藝術性展現出來，而不是把看電影作為視覺上的娛樂和消遣，或僅僅作為視覺理論的材料。後來我寫了一本專書《文學改編電影》，[14] 還寫了不少關於老電影的雜文，這類文章不能算是學術研究，但可以視為「小型研究」(mini-research)，我以這種形式來打破枯燥無味的學院研究模式。當然，我不需要用學術著作來升等，沒有心理壓力。我也寫了大量的音樂評論文章，出版數本書，[15] 但一直不敢在中大教一門音樂欣賞的課，自覺這方面的修養還不夠。從這個教學和寫作經驗中我得到一個結論：有時候自己的一些創意想法，都是先在非專業性的文化評論中先寫出來，然後做學術研究的「加工」，有時候到底我的學術和非學術性文章有何區別，自己也說不清。

我在中大東亞研究中心的教學經驗並不順暢。我被規劃到這個以英語教學的機構，對校方是順理成章，而對我則是勉為其難，因為理念不合。最終校方答應招生時不分國籍，等於對我讓步了，我才妥協，願意用英語和英文材料教學。記得為本科生開了一門課，名叫「中國印象」(Images of China)，探討外國人對於中國的了解和誤解，以來華旅行訪問的外國人寫的關於中國的記載為例，從馬可·波羅(Marco Polo)的中國遊記一直講到斯諾(Edgar Snow)描寫中共革命的《西行漫記》(*Red Star over China*)，[16]特別分析書中關於「二萬五千里長征」那一段的史詩筆法，結果發現學生——包括來自中國內地的學生——毫無興趣，而且程度很低，也不用功，令我十分失望。中心的主持人蘇基朗(Billy So)要我為碩士生開一門西方漢學選讀的課，我也遵命，於是選了幾本我認為最值得讀的英文漢學著作，但不局限於Sinology。當時中大同事科大衛(David Faure)恰好出版了一本歷史人類學著作：*Emperor and Ancestor*(《皇帝和祖宗：華南的國家與宗族》)，[17]我認為此書打開了一個新的研究領域，值得細讀，於是叫一位來自中國內地的學生寫一篇讀書報告，在課堂上用英文宣讀，讀時我發現她報告的英文十分到位，不像是一個學生寫的，於是問她有無抄襲，她很誠實地回答說：是從網上抄來的。我問她為什麼抄襲，她老實回答說自己的英文不好。我聽後氣得說不出話來，立刻走出教室，停止教學。看來她根本就不知道抄襲是怎麼一回事，後來她退學了，並寫信向我道歉，我反而感到不安，也許當時我的態度太過嚴厲了，沒有給她一個改過自新的機會。

我在中大教書的態度十分認真，甚至比在哈佛最後幾年教得更認真，我本以為自己教書的熱誠可以感染學生，但我錯了，至少在東亞研究中心用英語的教學經驗令我心灰意冷。那時候我剛滿七十歲，在中大的合同也期滿了，校方沒有明說，但我知道該退休了，自己也有此意，但妻子勸我，此時正是我教學最有心得的時候，不該退下來。於是我問校方有無「半職」或「研究教授」的職位，發現規章和要求甚多，比我想像的更困難，於是Billy想出一個辦法，讓我「遊走」於文化研究、中文系和歷史系，每系教一個學期，我欣然接受。事後回想，這個安排表面上不錯，實質上和客席演講（guest lectures）差不多，蜻蜓點水，在這三個系我都是一個臨時的「客人」，同事對我客客氣氣，學生上完課就離開，很少找我討論問題，但我還是勉為其難，因為這是中大對我的禮遇。中文系請我教一門魯迅研究，這是我的本行，然而授課時反而沒有什麼新的想法，後來開其他課程的時候，卻反而要提出魯迅的例子，作為比較或參照。中文系主任要我和年輕的同事多來往，我更樂於從命，於是邀請系中幾位教現代文學的年輕教授定期聚會，把中國的經典電影，如《小城之春》，作為文學教材，據説因此開了一個先例。歷史系請我教一門晚清文獻，於是我選了梁啟超和嚴復等人的翻譯，這是一門碩士課，學生的背景各異，但反應熱烈，反而比年前在東亞研究中心用英語教學的課成功多了。我為文化研究系教了一門「現代性與後現代性」（Modernity and Postmodernity），以都市文化和建築為主要領域，教得十分開心，因為請到了建築系的年輕教授劉宇揚到我的課堂上講了幾堂，後來我也回報，在他的課堂上演講文化理論，這是我的一個跨學科的教學實驗。然而我也發現，這種跨學科的教學方式，在行政上有困難：學分（credit）、預算、教授的職責和薪水（一學期教幾門課）到底怎麼算？後來發現中大奉行所謂各系預算「一刀切」（one-line budget）的制度，經費預算和分配壓倒一切教學考慮，換言之，如果要融入中大的教學模式，就必須隸屬一個科系，不能再到處遊走和外系同事合作開課了，怎麼辦？於是又想息事寧人，乾脆退休。

不料「柳暗花明又一村」，就在這個時刻，中大文學院從台灣請到一位新院長熊秉真教授，她堅持要留我，但一時也找不到適合的科系可以安置我，我也堅持不隸屬任何科系，只想隸屬文學院。她不但答應，而且為我募到一筆基金，任命我為「冼為堅中國文化講座教授」，並為我訂造了兩門課，專屬文學院：一門是比照台大「大一國文」課的古文經典選讀，只有一個學分；另一門則是為文學院各系開的博士生最高班的研究課，內容由我自訂。我欣然答應，以為終於可以打破專科的樊籠了。古文經典選讀的低班課本來是服務性質的，我的教法沒有像當年台大的「大一國文」一樣，只讀先秦和更早的經典如《左傳》和《國語》，而是選了幾篇我個人最喜歡的古文文本作為教材，例如《史記》的〈項羽本紀〉、蘇東坡的〈赤壁賦〉、韓愈的〈原道〉，後來又加上幾篇通俗小說，如《三言》裡的〈珍珠衫〉、《聊齋》中的〈畫皮〉等，最後加上魯迅的〈狂人日記〉和〈阿Q正傳〉。雖然只有一個學分（最終增加到三個學分），但課程設計煞費周章：先請兩位年輕教授徐瑋和張歷君把文本的內容和背景解釋一遍，然後由我在課堂上自由發揮，把精讀的文本和中西文化傳統中的其他相關文本連在一起，作天馬行空式的解讀。因為古典文學不是我的專業，反而覺得可以不受任何研究規範的約束，講得越來越起勁，並且請了幾位資深的同事——包括中文系的張健教授、周建渝教授和來此客座的陳平原教授——參加講授，以補我的不足。不料這門課大受歡迎，旁聽的人(包括其他科系的學生以及外面的市民，我一概歡迎)和選修的學生同樣多，連沈祖堯校長也親臨旁聽一次，並且要我把此課作為代表中大參加美國大學Coursera聯網的人文課程之一。於是在中大學能提升研究中心的友人李雅言大力協助之下，製作了中英文兩個版本的影碟，自己變成了主角。又受香港中文大學出版社的邀請，把教材寫成一本書：《中國文化傳統的六個面向》，出版後竟然還得到一個「香港書獎」，此後又出了中文簡體字版，近來聽說又有韓文翻譯版，真可謂「無心插柳柳成蔭」。[18]

此課我連續教了四次之後，覺得厭了，於是交給徐瑋全權處理，我自己另開一門「從傳統到現代」的新課，也算是此課的續集，先後得到張歷君和李思逸的鼎力相助，擔任我的助教——名副其實的助理教授。然而教了幾年，發現選的學生卻越來越少，雖然我花了很大的工夫準備，用了不少新的材料；何況這又是我的「本行」，我為此課選了梁啟超、嚴復、魯迅、周作人、胡適、豐子愷、瞿秋白等人的文章，後來又加上徐志摩、梁思成和林徽因，以及翻譯家傅雷等，每次換不同的人物和文本，可是於事無補，似乎都提不起學生的興趣。到了這個時刻(2020年春)，我知道我的教學生涯已經完結，該正式退休了。這門課成了我最後的一課，在瘟疫肆虐的季節用高科技Zoom在家裡上課，在助手趙傑鋒鼎力協助之下，我坐在書房的電腦前滔滔不絕地獨白，看到電腦螢幕上幾張陌生的學生面孔，和我的距離越拉越遠了。

我在中大教了16年，可能是中大年紀最老的在職教授之一。在中大最後的這幾年，文學院院長梁元生再三挽留，合同每兩年延長一次，每次延長我都會問：學校高層不反對嗎？他避而不答，只說我在中大教書可以"inspire"（啟迪）學生，這是客氣話。我反而要追問自己：我能帶給學生什麼？有一次在機場碰到一位內地來的學生，她說我已經變成中大的人文「一景」了，不論含義如何，我都感到不勝榮幸，然而還是要捫心自問：這十六年來我到底對中大有什麼學術上的貢獻？我寫了二十多本文化評論的書，是否算是學術？大陸有幾位年輕學者把我當作論文題目，這是否也算是一種肯定？[19] 用目前「國際化」的標準，我應該在英美學術雜誌上發表更多的論文，或出版英文巨著，但是我都沒有做，因為我自認返回香港的目的並非在此，否則我留在哈佛更方便，何必回來？我不願意再做一個美國的典型學者，也不求別人諒解，我行我素，中大校方能夠包容我這個「另類」學者，我已經感激不盡了。至少在教學上我自認盡到了責任。

跨學科的課程實驗

在中大最後幾年我還教了一門高班研究生的課程，題目叫做「重新連接」（Reconnections），為的是把人文學科的各類知識和方法重新結合，所以內容和方法必須是跨學科的。此課的另一個特色是：每年都換一個新題目，而且都是大題目，內容完全不同，換言之，每次都是新課，因此我盡量在秋季開，可以在暑假有三個月的時間準備。在美國任教三十多年，我從來沒有如此認真過，也從來沒有為自己設下如此不自量力的挑戰。

為了教這門高班課，我還請了多位不同科系的同事和其他院校的學者做客席演講，並與學生互動。我發現所有受邀請的學者教授沒有一個拒絕，都十分樂意參加，甚至還有自願旁聽的，可見大家都不喜歡孤獨，都希望得到知識和思想上的「連結」，這也是我開這門課的目的，它代表我個人為學的信念：人文精神不死，但可能會式微，我必須背水一戰，以此課來證明作為一個現代人文學者和文化人的意義。數年前，香港就有人說我是香港的唐吉訶德（Don Quixote），我引以為榮，然而我面對的「風車」卻不是幻象，而是全球化的資本主義！

現在就記憶所及，把每次開課的題目列在下面，並略加解釋：

（1）**跨學科（Interdisciplinarity）的意義和方法**：人文科學、社會科學、自然科學三者之間的關係和論爭。

（2）**現代性與現代主義（Modernity and Modernism）**：分解和闡釋這兩個理論名詞在歷史、社會、文化和文學中的各種涵義；從韋伯和波特萊爾開始，以魯迅為終結。

（3）**偶合論：重繪世界經典的版圖（Serendipities—Remapping World Classics）**：選我喜歡的近世紀中外文學名著的篇章細讀，包括《紅樓夢》、《唐吉訶德》、卡夫卡的〈變形記〉（"Metamorphosis"）、博爾赫斯（Jorge Luis Borges）的〈小徑分岔的花園〉（"The Garden of Forking Paths"）等。出發點是卡爾維諾的那篇名文：〈為什麼閱讀經典？〉（"Why Read the Classics?"），[20] 理論根據之一是薩伊德的早期著作《開端》（*Beginnings*）。[21]

（4）**圖像與書本：視覺與書寫的協商（The Image and the Book: Negotiating Visuality and Writing）**：文化研究只提視覺文化，可能認為書寫文化已經過時，我提出艾柯關於文字書寫的看法，並參照達恩頓等歷史學家對於歐洲印刷文化（print culture）的研究；視覺方面則從生理學和心理學上的視覺功能開始，再進入影視媒體。二者互相消長，似乎視覺和網絡文化佔了上風，但誰又會料到將來會發展什麼新的科技媒體？看書的人似乎少了，然而書本並沒有被電腦所取代。

（5）**比較文化史：威瑪德國與中華民國（Comparative Cultural History—Weimar Germany and Republican China）**：與英文系的德國博士生Reto Winckler合開，他從德文翻譯了各種一手資料，我閱讀後再選五四時期的相關材料做對照。教課時才發現範圍太廣，而我對於威瑪文化的閱讀也明顯不足，此課只能算是一個開頭；即便如此，卻發現那個時候德國有一位雜文家圖霍爾斯基（Kurt Tucholsky），諷刺的作風和魯迅好有一比。

（6）**歷史和記憶（History and Memory）**：以德國和當代中國為例，比較兩國人民和知識分子對於歷史和記憶的理念和實踐，德國方面當然以猶太人的浩劫為對象，看德國人如何面對這個歷史上最大的羞恥記錄。中國呢？我想到大饑荒和文革，也找到一些二手研究材料，然而沒有學生對於這個題目感興趣，是否都已經集體「失憶」？

（7）**文化史、思想史和知識史（History of Knowledge）**：此課連續開了兩次，第一次的主題是「晚清民初時期『新知』的生成與傳播」，第二次的主題則是「五四新文化運動及其遺產」。此課不僅探討相關理論，而且做了一次「數位人文」（Digital Humanities）研究的實驗，要學生直接從網絡和數據庫中找尋研究資料。在中大總圖書館先訂好一個特別視聽室，大家帶了自己的電腦，當場直接上網，把查詢結果顯示在大螢幕上。我則從我自己關於晚清和民初的翻譯中選出幾個冷門小問題，讓學生即席找答案，例如：王國維的心理學來自何處？《新青年》雜誌裡陳獨秀介紹法國文化的材料來自何處？除此之外，我還反其道而行，親自帶領學生到圖書館翻閱剛收到不久的多達數千冊的「民國籍粹」系列館藏，並且以教授身分要求圖書館管理當局允許帶學生進入閉架書庫，在管理員嚴密監視下，讓學生翻閱上世紀二三十年代的期刊和稀有藏書。這是我的一次冒險試驗，也是對近年來人文學科數據化挑戰的回應。我雖然是個外行，但得到不少專家（特別是崔文東）的協助。我鼓勵選此課的博士生把博士論文的研究作為個案討論，也有幾位研究生從中找到了從未發現的第一手材料。此課也算是我告別中大的「天鵝之歌」（*Schwanengesang*）。

中大和其他香港各大學一樣，面臨一個所謂全球化的挑戰，大家競爭排名，拼命擠進世界第一流大學的排行榜，教授則受到各種機制和規章的壓力，必須在外文（即英文）期刊上發表論文。大學的行政系統也越來越龐大，秘書每天忙得團團轉，而教授們則要填寫各種表格，不停地開會（校內的行政會議和校外的學術會議），趕寫論文，準備升等。在如此繁忙的環境裡，根本沒有足夠的時間備課，遑論思考。我的確是幸運的，幾乎置身圈外，如果我年輕三十年，來中大擔任助理教授的話，恐怕等不到升等就被辭退了！因此多年來我也寫了不少文章批評這種制度，為年輕的同事請命，[22]但都無濟於事，看來我是落伍了，也必須退休了。

2020年春，我剛過81歲的生日，上完最後一堂課，我對網上的同學說了一句「後會有期」，就此告別在中大的教書生涯。

註 釋

加「*」者為編註。

1* 收錄於李歐梵：《情迷現代主義》(香港：牛津大學出版社，2013)，頁115–122。

2* 指的是金耀基：《中國現代化與知識分子》(香港：大學生活社，1971)。

3* 李歐梵：〈「魯迅內傳」的商榷與探討〉(一) 至 (四)，分別刊登於《明報月刊》，1970年12月，頁5–10；1971年1月，頁53–60；1971年3月，頁53–58；1971年4月，頁54–62。

4* 即藍朗達 (Raymond Lorantas)。

5* 該文同時刊登於《南北極》，第18期 (1971年11月16日)，頁10–13，以及《中大學生報》，第9卷，第3期 (1971年11月15日)，頁16–17；後收錄於李歐梵：《西潮的彼岸》(台北：時報文化，1981)，頁95–106。

6* 李歐梵：〈「魯迅內傳」的商榷與探討〉(一) 至 (四)。

7* Carlos Baker著，李歐梵譯：〈序〉，海明威著，張愛玲譯：《老人與海》(香港：今日世界出版社，1972)，頁1–17。

8* 梁錫華：《獨立蒼茫》(香港：香江出版社，1985)。

9 Samuel Weber, *Benjamin's Abilities* (Cambridge, MA: Harvard University Press, 2008).

10* Walter Benjamin, *The Arcades Project*, trans. Howard Eiland and Kevin McLaughlin (Cambridge, MA: The Belknap Press of Harvard University Press, 1999).

11* Walter Benjamin, *Berlin Childhood around 1900*, trans. Howard Eiland (Cambridge, MA; London: Harvard University Press, 2006).

12* Edward Said, *Orientalism* (New York: Vintage Books, 1979).

13* Edward Said, *On Late Style: Music and Literature Against the Grain* (New York: Pantheon Books, 2006).

14* 李歐梵：《文學改編電影》（香港：三聯書店，2010）。

15* 例如《音樂的遐思》（新加坡：八方文化工作室，2005）；《我的音樂往事》（南京：鳳凰，2005）；《交響：音樂札記》（香港：牛津大學出版社，2006）等。

16* Edgar Snow, *Red Star over China* (London: Victor Gollancz, 1937).

17* David Faure, *Emperor and Ancestor: State and Lineage in South China* (Stanford, CA: Stanford University Press, 2007).

18 李歐梵：《中國文化傳統的六個面向》（香港：香港中文大學出版社，2016〔繁體字版〕；北京：中華書局，2017〔簡體字版〕）。

19* 例如高慧：《追尋現代性：李歐梵文學與文化理論研究》（北京語言大學，2009）；張濤：《理論與立場：海外中國現代文學研究「三家」論》（吉林大學，2010）；及夏偉：《李歐梵與中國現代文學學科——對其《鐵屋中的吶喊》、《上海摩登》、《中國現代作家的浪漫一代》作學術史解讀》（華東師範大學，2013）等博士論文。

20* Italo Calvino, "Why Read the Classics?," in *Why Read the Classics?* (New York: Vintage Books, 2000), pp. 3–9.

21 Edward Said, *Beginnings: Intention and Method* (New York: Basic Books, 1975).

22* 例如：〈香港為何再出不了大學問家〉，《世紀末囈語》（香港：牛津大學出版社，2001），頁36–38；〈過度管理——香港大學教育的危機〉，《清水灣畔的臆語》（香港：牛津大學出版社，2004），頁170–173；及〈一個老教授的日記〉，《情迷現代主義》，頁123–128等。

11
浪漫的追求：我的感情小史
(*Apologia pro vita sua*)[1]

前言：我的懺情錄

我自認是一個有感情的人，不是一個極端理性的思想家。我寫的第一本小說叫做《范柳原懺情錄》，[2]很多人以為這是我的夫子自道，其實是在世紀末向張愛玲的《傾城之戀》致敬之作。既然大膽用了這個題目寫小說，因此覺得這本回憶錄也該添加一章我的「懺情錄」，或可作為我個人一生感情的紀錄和見證。這一次不是寫小說，而是真實的反思。我看過不少華人學者寫的回憶錄，大多避免談到個人的感情和婚姻問題，對於自己的戀愛經驗當然更絕口不提，對婚姻和家庭生活則數筆帶過，或用幾句話對多年來妻子的照顧和支持表示感謝。也許愛情和家庭生活都屬於私事(余英時先生即作如是觀)，感情生活不能和學術相提並論，唯有王賡武先生是個例外，他和夫人結婚六十年，感情彌篤，在他近年出版的回憶錄下冊大幅引用他夫人的記錄。[3]

也許我受到自己博士論文研究題目的影響，發現五四文人不乏大膽自剖，不少作家寫過「懺悔錄」，或以懺悔錄的形式寫小說，最著名的例子就是郁達夫和徐志摩。在西方，這是一個自傳的傳統模式，從奧古斯丁(Saint Augustine)、盧梭(Jean-Jacques Rousseau)到王爾德(Oscar Wilde)，是此類文學的大家，王爾德的懺悔錄《獄中記》(*De Profundis*)更赤裸裸地敘述他對於同性戀愛人的感情和抱怨。近來讀蘇珊．桑塔格(Susan Sontag)的《記事錄》(*Journals and Notebooks*)，[4] 內中暴露女同性戀欲望的描寫直截了當，不留餘地，這類文字在中國現代文學中尚屬罕見。日記和書信當然是最主觀的文類，然而中國現代作家(如胡適和魯迅)的日記並非完全是私人紀錄，而是半公開的讀書(和買書)札記，為的是立此存照，準備公諸於世的。徐志摩《愛眉小札》、郁達夫的《日記九種》和章衣萍的《枕上隨筆》，則比較隨興，但都不是完整的「懺悔錄」。我不敢——也沒有資格——步前人的後塵，反而受到友人劉再復的一本別開生面的自傳《我的心靈史》[5] 的感召，也試圖解剖一下我個人的心靈歷程和感情結構。

浪漫主義的信徒

我的朋友們給我兩個標籤：一個是「浪漫主義」，另一個是「國際路線」。前者暗指我一段又一段的愛情波折，後者明指我在美國留學時代專「泡洋妞」，從來不和華人女性約會，離經叛道，有意無意地耽擱了結婚年齡，做了半輩子的單身漢，快到五十歲才結婚，然而十年後以失敗告終，直到第二次婚姻(我已六十歲)才體會到結婚生活的真諦。如今我已經年過八十了，想到年輕時代的荒唐行跡，不禁失笑，如果要自我反省的話，應該先問自己：為什麼我要自覺地走這條路？

我的第一本文集《西潮的彼岸》中收了一篇文章：〈為婚姻大事上父母親書〉，[6]可以說是我個人的「浪漫主義」宣言，坦言自己將「在茫茫人海中，尋求我一生中的感情伴侶，找得到，是我的幸福；找不到，是我的命運」，這句話源出徐志摩。[7]如今重讀這篇自鳴得意的文章，不禁啼笑皆非，一方面哀痛父母早已離世，一方面為我當年感情的幼稚而汗顏。也許每一個人都要經過這個階段，只是表現的方式不同；我當年學徐志摩的榜樣，自認為與眾不同，現在如果要進一步解構這個浪漫主義的情意結的話，只有重新審視自己成長的過程。我多次提過「成長小說」的模式，[8]其實我的浪漫心態也可以視為成長過程的一個很重要的元素。

我自幼就覺得自己和常人不同，到了中學時代，更覺得自己和周圍的環境格格不入，雖然表面上我是一個好學生，表現得中規中矩，但內心感到很孤獨，雖然同班同學中有幾個知心朋友，然而他們是否真的「知我心」？也許這是年輕人的常態，白先勇不是寫過一篇〈寂寞的十七歲〉嗎？小說中的主人公很內向，最後竟然在台北新公園受到一個同性戀者的引誘而不自知。[9]我沒有這個性傾向。中學讀的是男校，六年沒有接觸過女生，感情生活只能用一個動詞作代表：幻想，這是一個不切實際的行為。我對女性的幻想大多源自中學時代看過的大量荷里活電影，銀幕上呈現的女性當然都是「異國佳人」——特別是金髮女郎，對我最有吸引力。誰不會在寂寞的十七歲對異性作浪漫幻想？只不過我比別人更走火入魔，而且幻想的對象竟然在外國，覺得自己將來必定和異國佳人結婚。

不料1968年夏第一次到歐洲旅行的時候就在徐志摩的康橋遇見了一個瑞典的金髮女郎，雖然她結了婚，我還是不顧一切愛上了她，拼命追求，但都無濟於事，空留回憶，縈繞於心。我把這個突發的經驗寫成一篇「非小說」，包裝在一篇〈康橋踏尋徐志摩的蹤徑〉的長文裡，此文至少有兩個版本，後來的版本把這一段戀情全部刪除了，變成了一篇虛有其表的遊記。[10]

這一段感情經驗使我變成一個浪漫主義的信徒，到了該成家的年齡公開表示不願意從俗結婚，甚至故意用「不孝子」之名寫了一篇〈為婚姻大事上父母親書〉的公開信，批評當時的社會風氣：在美國的台灣留學生利用返家省親的機會，公開請人介紹婚姻。我的母親在鄰里和友朋壓力之下也要隨俗為我介紹女朋友，於是我才寫了那篇洋洋灑灑的「陳情書」；其實父親對我的婚姻大事從來不聞不問，後來我兩次帶美國女友來台，他非但表示歡迎，還在日記中大加讚揚，為我高興。

現在思之，我不禁自問：在故作大膽的表態背後，是否隱含一個不大不小的心理危機？我到了應該成人(adulthood)的年齡，但在心理上卻不成熟。這就牽涉到多年以來背負的一個「咒語」：我在台大結交的第一個女友(如今她已身故，她是一個天主教徒，願她在天之靈原諒我的這一段告解)在我初抵美國的時候，很誠懇地告訴我：我們只能做普通的朋友，因為她心目中的丈夫是一個成熟的男人，而且年齡應該比她大得多。這個「咒語」深藏於我的潛意識之中，現今反省，我感情的不成熟反而萌發我的浪漫心態，而且表露無遺。如果要自辯的話，這個浪漫心態似乎又和我的「歐洲情結」合拍，我的名字早已命定和歐洲有緣，因此就在書寫博士論文之前就以研究徐志摩為藉口，拿了一筆研究費，到歐洲「遊學」六個月。這第一次的歐遊（後來我還去過歐洲多次）改變了我的思想面貌。1968年寫的那篇〈康橋踏尋徐志摩的蹤徑〉長文，也代表了我個人的「感情路程」（sentimental journey）的開始，本想把自己的感情融進對歐洲文化的感受中，寫一系列的旅遊文章，作為自己的「感情之旅」的記錄，然而寫了不到三四篇就寫不下去，似乎沒有靈感了。這幾篇文章都收集在我的第一本雜文集《西潮的彼岸》之中，[11] 此書1975年在台灣初版後，竟然再版十次。多年後不少台灣的年輕朋友告訴我：他們都是看這本書長大的，我的舊文竟然成了下一代成長的印記，倍感榮幸。

1968年底歐遊歸來後，我的心態又變了。在歐洲那半年的浪遊，我似乎不問世事，然而一股革命的狂潮已經近在眼前。1968年世界發生了幾件大事：中國的文化大革命火紅展開，它帶動的革命風潮席捲全球，法國爆發學生大革命，東歐激盪，蘇聯出兵佔領捷克，美國反越戰和黑人爭取平權運動愈演愈烈，我也身不由己地一頭捲進美國反越戰的狂潮，變成了一個激進分子。1969年初，我剛滿三十歲，到達特茅斯學院擔任講師，支持學生運動，到處散佈「革命」思想，早已忘記「三十而立」這回事，婚姻大事更是丟得一乾二淨，反而贊同也羨慕嬉皮式的公開同居生活態度，但自己卻做不到。這一切的行為舉止何嘗不是一種浪漫心態在作祟？我把自己心目中的五四浪漫傳統無限延伸到現時，「革命＋戀愛」——這個三十年代的時髦口號——似乎又在美國復活了，然而我自己卻無法身體力行。

就在這個關鍵時刻，我的留學簽證發生問題，導致我在1970年夏憤而離開美國，到香港中文大學擔任講師。這一個突如其來的轉變，非但我始料未及，而且更改變了我的後半生。我的感情生活又掀起一陣意想不到的漣漪。初到任教的崇基學院，就遇見了一位來自美國的「佳人」，她剛從韋爾斯理女校畢業，學過中文，來崇基作交換學者，校方順理成章地派她擔任我的助教，二人共用一間辦公室，於是我又情不自禁地陷入情網，這是繼康橋邂逅那位瑞典女郎之後，我第二次動了真情。然而我的感情是否已經成熟？是否真的找到了我的浪漫對象？是香港造就了這段戀情，還是我一廂情願地幻想成真？不論如何，剛過三十歲的我，感情充沛，苦苦追求，竟然不到一年就向她求婚。但天不從人願，就在此時我突然得到普林斯頓大學的教職，於是次年又匆匆離港返回美國，這段戀情也告吹了。這是我第二次的「失戀」，似乎也再次證明台大女友的評價和咒語。這兩次和兩位異國女郎的戀情，雖然以失敗告終，但我心中毫不後悔，時間雖然不長，但經驗是寶貴的。和瑞典的有夫之婦的短暫戀情，在康橋美景和徐志摩在天之靈庇護之下，留下了美好的回憶，在我心中現實和幻想早已分不開了。而在香港的一段情雖然最後也不得不分手，但在事過境遷之後，並沒有留下痛苦的回憶，甚至在事隔將近五十年之後，又在香港和她見面了。我建議她先獨自去崇基校園瀏覽，晚上我請他們夫婦在沙田一家餐館吃飯，於是她帶著她的「老伴」(當年我視為情敵)來，我當然帶子玉赴會，還有當年的崇基學生(後來是院長)梁元生作見證人。那頓晚餐席上大家談得很愉快，我問她：「還記得當年的崇基校園嗎？」她回說：「一草一木都記得很清楚！」我心中感到一陣溫暖，但也知道不久之後，連這段重逢也會變成回憶，我們都老了。

遲來的婚姻

我並沒有從這兩次戀愛失敗的經驗中汲取教訓，非但沒有「回頭是岸」，反而更變本加厲，繼續追求我的「異國佳人」的浪漫幻想，於是再次失敗，幾乎又被另一位異國佳人騙了，在現實生活上受到的打擊極大，甚至影響到我在普林斯頓的學術研究，導致四年後被解僱，出奔中西部的印第安納大學。十分僥倖，我的學術生涯又復甦了，但是我的感情生活並不如意。經過多次的波折，我變成了一個感情上的「孤獨者」，每天把自己關在芝大圖書館五樓的研究室裡「苦修」，寧願過著僧侶式的生活，也不願面對一個事實：我已到了中年，我的浪漫情懷似乎消失得無影無蹤了。

這些瑣碎的個人感情生活片段，本不值一提，然而它構成了一個長期的心理困擾：為什麼我和異國女性的戀愛屢屢失敗？多年追求的理想戀人在何處？我的「歐洲情結」是否令我「失常」，抑或是我多年來的浪漫心態本身就不健全？在印第安納教書的時候，我曾經去請教一位女性心理醫生，直截了當地問她：為什麼我和美國女性交往都不順利？是否因為對西方文化的了解不足，因而連帶造成感情上的失敗？這位心理醫師也單刀直入地回答：「絕對不是文化問題，而是你找錯了對象，像你這樣條件的男子，應該是不少女性追求的理想對象，除了美國女子以外，難道沒有華裔女子喜歡你？」她這一席話，頓時恢復了我的信心。多年來還不是庸人自擾，作繭自縛？

1988年我和王曉藍女士結婚。那時候我49歲，早已過了中年，甚至也過了魯迅和許廣平結婚的年齡。這遲來的婚姻勉強維持了十年（1988–1998），最終還是分手了。至今我心中最大的遺憾，是無法報答藍藍的雙親安格爾先生（Paul Engle）和聶華苓女士對我的無限恩情，用任何語言文字也不能描述於萬一，只能暗地裡請求他們原諒。另一個內心傷痕是藍藍的女兒安霞，我時而在夢中見到她，心中存有另一股歉疚，因為在洛杉磯我初次做父親，但還不知道如何做一個好父親。幾年前上海著名作家王安憶來中大講學，她曾訪問過愛荷華，和聶華苓一家都很熟。偶爾在一個飯局上她告訴我安霞結婚了，而且生了一個兒子，給他起名叫Leo，也就是我常用的英文名，我聽時不禁熱淚盈眶。這一個感情上的缺陷，我不知道該如何彌補才好。我終於了解，原來婚姻除了愛情因素之外，也是一種承擔和責任，在這方面我顯然不足，辜負了藍藍和她的一家人。我活了大半生，感情依然不夠成熟，我的浪漫情懷似乎已隨著年紀而逐漸淡化了，然而並沒有完全流失。

離婚後不到半個月，我的坐骨神經出了問題，劇痛難熬，一個人孤零零地從二樓的臥房爬到樓下客廳去打電話求救，突然覺得自己變成了一條爬蟲，於是靈感一動，在我劇痛稍減(吃了強力止痛藥)之後，開始寫我在《信報》的專欄文章，在第一頁畫了一條像蜈蚣似的蟲，這就是我臆想中卡夫卡的小說《變形記》的主人公形象，當然也是我的自畫像。我甚至開始寫關於死亡的文章，在一篇〈我的葬禮〉[12]中自我調侃，也許就是靠著這種自嘲功夫才不至於陷入憂鬱病的陷阱。

世故與天真

2000年9月，一個新世紀的開始，我和李子玉(原名李玉瑩)結婚了，這才發現婚姻的真正意義，原來婚姻就是日常生活，表面上是「過平常日子」，[13]其實每一個時辰都不尋常。在《過平常日子》這本書中，我和子玉把我們的戀愛、結婚和婚後的生活和盤托出。朋友們大多為我們高興，但也有少數人認為我們做得太過分了。

為什麼要寫一本書？除了見證感情之外，也為我的婚姻作一個註腳。我人到六十——早已過了不惑耳順之年——才體會到什麼是真正的婚姻，它是否代表我浪漫生涯的結束？我認為不然。也許可以這麼說：在我的後半生，我的浪漫主義換了另外一個主題，或可說是同樣主題的變奏。余英時先生夫婦送給我們的賀詩中有一句話：「爛縵餘情人似玉」，[14]為的是把我的浪漫和子玉的名字連在一起，余先生似乎故意用古雅的「爛縵」二字(語出《尚書》〈卿雲歌〉)，而不用較為現代化的「浪漫」(romantic)，雖僅二字之差，但在我心中卻有不同的涵義：「爛縵」和白先勇送給我們的題詞：「人間重晚晴」遙相呼應，[15]而所謂「餘情」也有種夕陽無限好的味道；無獨有偶，友人莊因送給我們他親手寫的「晚晴軒」三個大字，更肯定了它的重要性，這幅書法至今還掛在我們家客廳牆上，和余先生夫婦的賀詩在一起。

於是我想到自己一生的感情主題，其實就離不開這兩個互有關聯的名詞：浪漫和爛縵，如果可以擅自解釋的話，我的前半生追求的是徐志摩式的浪漫激情，而後半生婚姻生活體現的卻是夕陽無限好的「爛縵」心境；前者代表一種少年萌生的感情衝動，它盲目的追求一種天真的理想，而後者才是真正愛情的體現。子玉是香港人，有人說我因此也愛上了香港，如今二者倒真的不可分割了。子玉和我早有緣分，我在芝加哥過單身漢生活的時候，她是我朋友的妻子，他們夫婦看我單身生活很孤獨，請我到他們家吃飯，於是我成了他們家的食客。不料多年後子玉的這一段婚姻也破裂了，她在香港經歷了一段憂鬱病纏繞的單身生活，自殺四次而竟然活了下來。我們二人重逢的時刻恰是二十世紀最後的一年，香港剛剛回歸，在世紀末的歷史夕陽之下，我和子玉很自然地產生情愫。這就是《過平常日子》的故事起源。

和子玉相戀，給予我一種新的活力和第二個生命，我要和她好好的活下去，攜手偕老。我在書中寫道：這種感情不是火山爆發式的激情，而是源遠流長式的「餘情」。[16] 誠然「爛縵」也有「過熟」(overripe)的意味，和少年時的天真「浪漫」大異其趣，然而我認為爛縵代表的是成熟的感情。和子玉過平常日子，每天都不平常，有甘也有苦：她的憂鬱病在我們的婚姻開始不久就復發，我們共同掙扎了半年後，返回香港就痊癒了；不料近二十年之後又再次復發，竟然時斷時續拖延了將近四年，直到現在（2022年春）才復原，內中滋味也只有我們自己才可以體會。托爾斯泰的名言在此也可以稍作修改：每一個快樂的家庭也不盡相同，因為日常生活中的境界不同，我和子玉就無法像《安娜・卡列尼娜》（*Anna Karenina*）中的Levin和Kitty一樣，到農村去生活，而必須留在城市裡，這個城市就是香港。

現在想起23年前我和子玉在香港的重逢，恍如昨日。在《過平常日子》一書的卷一詳細描述了我和子玉訂情的經過，[17]時間是1999年初夏，地點是香港灣仔的一家酒店，我受邀參加大學撥款委員會的一次會議，主持機構招待我們幾個海外委員住在那裡。有一晚子玉單獨來看我，這一段戲劇式的重逢，令我感到一股異樣的激情，於是對自己說：她就是我的妻子。這個突然感受到——但現在想來其實是水到渠成——的戀情，剛好發生在世紀末的香港，我也說不清為什麼自己的心情那麼激動，似乎有點「時不我與」，趕快抓住這個時辰，我們都不再年輕了，要把這股「餘情」化為源遠流長的「不了情」，直到地老天荒。於是我也很自然地聯想到張愛玲的小說《傾城之戀》，這股突然湧出來的「爛縵餘情」促使我寫出我的第一本小說：《范柳原懺情錄》，小說的形式是情書，還有比這種文體更主觀、更浪漫的嗎？

《范柳原懺情錄》是虛構出來的小說，但內中的感情卻是真實的。小說中的那個年輕香港女子藹麗當然出自幻想，但很多朋友說寫的是子玉，在我的心中，藹麗和子玉都是香港的化身。男主角范柳原呢？有人說就是我，我愧不敢當，他畢竟是張愛玲創造出來的傳奇人物，我豈敢掠美？只能說是向這位祖師奶奶致敬，但幾乎妨害了著作版權，險些被她的出版商告上法庭！我的小說中的范柳原已經八十歲了，是我現在的年紀；寫的時候我還不到六十，已經開始懷念昔時的香港。張愛玲小說中的香港屬於二十世紀的上半葉，我懷念的香港卻是下半葉，更確切地說，就是從1970年第一次到香港直到二十世紀末——我寫作這本小說的年代。我時常想到波特萊爾的那句名言：「現代性是短暫的，臨時的，瞬間流逝的，它是藝術的一半，另一半是永恆」，[18] 我非藝術家，又如何追求「永恆」？唯有從感情開始。我藉著一股莫名的活力，在二十世紀末前後的那幾年，寫出大量的雜文，結集出版，竟然有二十多本，內容大多是文化評論，但也有抒情的散文；前者的主題是文學、電影、音樂和建築，後者的主題就是「世故與天真」。張愛玲的心態是世故的，從她的第一篇小說〈第一爐香〉就看得出來，而我經歷了那麼多年的「歐風美雨」和多次與異國佳人戀愛的失敗後，到了晚年反而要反璞歸真，子玉就是天真的化身。這種天真不是孩子氣的無知，而是經驗磨練後的產物。在一篇短文中我故意用英文Innocence這個字眼，稚氣的天真是小寫的innocence，每個人生下來都是如此，而成長後經過多年的生活磨練依然保持的天真，才值得用Innocence這個字，也代表我在子玉身上看到的美德。[19] 英文大寫的「I」字，語意雙關，其中一個意指就是「我」，我和子玉在美國劍橋結婚後，特別找到一個英文書法的匾牌，掛在我們臥房的牆上：「Be Myself」(做我自己)。在這個現實世界，老練而油滑世故的人太多了，然而一不小心，世故就會變成憤世嫉俗。子玉經歷了那麼多的人生磨難，依然保持純真，這是我愛上她的真正原因。

我和子玉於千禧年結婚後，一口氣合寫了三本書：《過平常日子》、《一起看海的日子》[20]和《戀戀浮城》，[21]構成了一個感情的三部曲，不料二十年後，翻譯大師閔福德和他的兩位高足Carol Ong與Annie Ren將《過平常日子》譯成英文，譯名恰合我意：*Ordinary Days: A Memoir in Six Chapters*，由香港中文大學出版社出版，令我們感到無上的榮幸。[22]閔福德一眼就看出《浮生六記》的影子，引出他對於中國古典文學的深厚涵養和無比熱情，在譯文中他勤加箋注，似乎將這本小書變成「才子佳人」的現代版，躋身於眾多明清言情小說和筆記的行列，真是始料未及。要不是當年白先勇鼓勵我們把戀愛史寫出來，此書可能永遠留在我和子玉的心靈回憶之中。近日子玉心血來潮，找到一本我們珍藏的《過平常日子》初版，[23]發現書的扉頁有2017年我們為紀念這本書而寫下的幾句話：

> 十六年後偶爾翻看這本書，那股溫馨之情依然長存，我們倆都珍惜這本書，願它在許多年後——當我們肉身腐朽之後，仍然傳送真情。
>
> ——歐梵 玉瑩，2017. 8. 31

當此瘟疫蔓延、世界動盪、人心惶恐不安之時，這幾句話為我們二人帶來活著的勇氣。

註釋

加「*」者為編註。

1* 此拉丁文源自若望・亨利・紐曼(John Henry Newman)的同名著作,有「為自己的生命辯解」的意思。

2 李歐梵:《范柳原懺情錄》(台北:麥田,1998)。

3 王賡武、林娉婷著,夏沛然譯:《心安即是家》(香港:香港中文大學出版社,2020)。

4* 即蘇珊・桑塔格的日記與札記。Susan Sontag, *Reborn: Journals and Notebooks, 1947–1963*, ed. David Rieff (New York: Farrar, Straus and Giroux, 2008); Susan Sontag, *As Consciousness Is Harnessed to Flesh: Journals and Notebooks, 1964–1980*, ed. David Rieff (London: Hamish Hamilton, 2012).

5 劉再復:《我的心靈史》(香港:三聯書店,2019)。

6 李歐梵:〈為婚姻大事上父母親書〉,《西潮的彼岸》(台北:時報文化,1981),頁117–125。

7 同上,頁125。

8 見本書第四章〈台灣大學:文學教育與感情教育〉的「最好的時光:我的感情教育」一節。

9 白先勇:〈寂寞的十七歲〉,《寂寞的十七歲》(台北:遠景,1976),頁175–206。

10* 例如《西潮的彼岸》所收錄的是刪節版,《浪漫與偏見》收錄的則是完整版。見《西潮的彼岸》,頁9–18;及《浪漫與偏見》(香港:天地圖書,2005),頁2–17。

11* 包括:〈康橋踏尋徐志摩的蹤徑〉、〈徐志摩的朋友〉及〈奧國的飄零〉,《西潮的彼岸》,頁9–33、61–73。

12* 李歐梵:〈我的葬禮〉,《世故與天真》(香港:三聯書店,2002),頁57–59。

13* 李歐梵、李玉瑩:《過平常日子》(香港:天地圖書,2002〔初版〕);香港:三聯書店,2018〔修訂版〕)。

14* 全詩是:「歐風美雨幾經年,一笑拈花出梵天。爛縵餘情人似玉,晶瑩宵景月初圓。香江歇浦雙城戀,詩谷康橋兩地緣。法喜維摩今證果,竚看筆底起雲煙。」見余英時、陳淑平:〈賀歐梵玉瑩結褵之喜〉,鄭培凱編:《余英時詩存》(香港:牛津大學出版社,2022),頁85。

15* 白先勇：〈初版序：人間重晚晴——李歐梵與李玉瑩的「傾城之戀」〉，載李歐梵、李玉瑩：《過平常日子》（修訂版），頁9–17。

16* 李歐梵：〈初版自序：爛漫餘情人似玉〉，《過平常日子》（修訂版），頁21。

17* 李歐梵：《過平常日子》（修訂版），頁25–79。

18* 出自波特萊爾〈現代生活的畫家〉（"The Painter of Modern Life"）的第四節「現代性」（Modernity）。Charles Baudelaire, *The Painter of Modern Life and Other Essays*, trans. and ed. Johnathan Mayne (Oxford: Phaidon, 1965), p. 13.

19* 李歐梵：〈世故與天真〉，《世故與天真》，頁48–52。

20* 李歐梵、李玉瑩：《一起看海的日子》（台北：二魚文化，2004）。

21* 李歐梵、李玉瑩：《戀戀浮城》（香港：天窗，2007）。

22* Leo Ou-fan Lee and Esther Yuk-ying Lee, *Ordinary Days: A Memoir in Six Chapters*, trans. Carol Ong and Annie Ren, ed. John Minford (Hong Kong: The Chinese University of Hong Kong Press, 2020).

23* 李歐梵、李玉瑩：《過平常日子》（台北：一方，2002）。

12
「二十世紀」的備忘錄

前言：世紀末囈語

我生於1939年，在二十世紀活了六十年，到了「耳順」的年紀，二十一世紀降臨了，我反而感覺天命已逝，不知所措。我不知道自己還能活多久，即使活到一百歲，也不過在二十一世紀活了四十年，而在二十世紀卻活了六十年，所以我算是一個二十世紀的人。

當然，世紀的意義不能用時間的長短來衡量，對我而言，時間的觀念是主觀的，甚至是憑自己的感覺。二十世紀對我的意義重大，因為我在二十世紀經歷了大大小小的創傷，到了六十歲以後，才感到一切平靜了下來，可以和我妻子李子玉快快活活在香港「過平常日子」。[1] 似乎2000年把我的一生分成了兩段：前一段是生命體驗，後一段是生活、回憶和反思。我的學術生涯似乎也分成兩段，前一段在美國，後一段在香港；在美國用英文教學和寫作，在香港用中英雙語教學，但寫作以中文居多。我的英文學術著作只有三四本書，加上數十篇論文，大多以中國現代文學為領域，尚可以連成一氣；中文寫的以雜文居多，收集成書，竟有二十多本。雙語寫作，成了習慣，甚至在寫作時，不論是用中文或英文，下意識之間都在用兩種語言。在美國學界我只有一個身分：學者，然而在香港則刻意作「兩棲動物」，遊走於學院內外多年，最後還是回歸學府，直到2020年才從香港中文大學正式退休，這是繼2004年從哈佛提早退休之後的第二次，所以我也有兩條學術生命。從來沒有料到在香港中文大學任教竟然長達16年，比在美國任何一間大學任教的時間——例如哈佛十年、芝加哥八年——都長。我這一生似乎都是「一分為二」，沒有統一的可能，甚至我的生命旅程也被二十世紀和二十一世紀分開，雖然現在已在二十一世紀活了二十年，但依然覺得自己還是一個二十世紀的人。寫這一本回憶錄，當然免不了從二十一世紀來回顧和反思二十世紀的意義。

我把二十世紀視為「現代」，它的上半葉是我研究的題材；而二十一世紀是「當代」，是我當下生活的現實，二者的意義不盡相同，有時候在我的心中也會混在一起。我總覺得二十世紀還沒有過完。我心中也有兩個「世紀之交」：一個是十九到二十世紀之交接點（1899–1900），另一個是二十到二十一世紀的轉折點（1999–2000），這兩個關鍵時刻，我都稱之為「世紀末」，而非「世紀初」，因為我感受到的是過去對現在的壓力，和一種時不我予的焦慮感，然而「焦慮」的是什麼？難道僅僅是生命的「大限」即將降臨？或者還有其他的因素？

記得在二十一世紀的前夕，即1999年，我就感到一種無名的焦慮和不安。當時在哈佛教書，我趕著把我的《上海摩登》(*Shanghai Modern*)[2]在千禧年(2000)前出版，因為我認為這本書屬於二十世紀，它探討的是二十世紀中國都市文化的一個現象，當年顯得很「摩登」，到了二十一世紀已經過時了。我當時就感到「現代性」(modernity)是一個時間的觀念，它是有期限的，到了二十一世紀就終結了。在這個世紀之交，我也不知道哪裡來的精力，除了《上海摩登》之外，也寫了大量的雜文，敘述我的困惑和不安，後來收集在一本書裡，題名為《世紀末囈語》，內中有一篇叫做〈二十一世紀：冇眼睇〉，借用一句廣東話：「冇眼睇」，直譯就是沒眼看，也就是說，我對於二十一世紀不忍卒睹。[3]全文開頭就引了本雅明「歷史的天使」的形象：那個天使背對將來，面對的卻是進步的風暴所捲起的廢墟殘骸，也許這就是二十世紀的意義，它像是一場惡夢，夢醒的時候發現這個世界已經毀滅了。第一次世界大戰已經摧毀了十九世紀科學文明的進步之夢，本雅明更懼怕第二次世界大戰的來臨，然而戰爭終於在1939年爆發了，次年他匆匆自法國逃到西班牙邊境，最後過不了西班牙的關口，一時想不開而自殺。這一段故事，盡人皆知，但對我的啟示是，本雅明留下的這個「沒眼看」的二十世紀廢墟，是否應該由我們這一代重新審視？

反思二十世紀

其實不用我費心，為二十世紀歷史作傳的西方學者比比皆是，最著名的是兩位英國歷史學家：霍布斯邦和朱特(Tony Judt)。前者是英國左翼史家的王牌人物，寫了四本近代史的書，第四本敘述二十世紀，題目叫做《極端的年代》（*The Age of Extremes*）；[4] 後者是暢銷書《戰後歐洲六十年》（*Postwar: A History of Europe since 1945*）的作者。二人的政治觀點不同——一位是英國的共產黨員，另一位是堅信歐洲社會民主制度的自由主義者，然而二人不約而同地對於二十世紀歷史極端關注，不僅為之著書立說，而且把二十世紀作為個人回憶錄和自傳的框架。我盡可能瀏覽了他們的著作，不禁感慨繫之，特別對朱特鍥而不捨的精神十分敬佩，他晚年患了絕症，全身癱瘓，只剩下腦筋無恙，但依然坐著輪椅演講，並且出版了大量的文章和幾本自傳形式的書，其中一本就叫做《思考二十世紀》（*Thinking the Twentieth Century*），是他生前和另一位史家提摩希．史奈德（Timothy Snyder）的對話錄，當時他已經無法動手寫作或查找資料，只靠記憶和口述，此書也是他最後的遺作。[5]

霍布斯邦比朱特年長三十歲，一生幾乎橫跨二十世紀，他寫的一系列四本的近代史暢銷書，前三本描寫的是十九世紀，分別是《革命的年代，1789–1848》（*The Age of Revolution, 1789–1848*）、《資本的年代，1848–1875》（*The Age of Capital, 1848–1875*）和《帝國的年代，1875–1914》（*The Age of Empire, 1875–1914*），[6] 最後一本的名稱比較特別——《極端的年代：一個世界史，1914–1991》（*The Age of Extremes: A History of the World, 1914–1991*），極端的意義何在？如何極端？為何極端？二十世紀有兩種意識形態：一個是社會主義/共產主義，一個是法西斯主義/納粹主義，二者的起伏，變成二十世紀前半葉的主流，在後半葉二次大戰後，民主制度終於抬頭，但漏洞百出，霍布斯邦是左翼分子和共產黨員，對美國和資本主義掛勾的民主制度採批判態度。這本書原來的副標題是：「短的二十世紀」(A Short Twentieth Century)，[7] 因為在他心目中，二十世紀最重要的事件就是俄國的大革命(1917)，然而這個革命的偉大理想經過斯大林(Joseph Stalin)的極權統治而逐漸變質，蘇聯終於在1991年解體，算起來總共只有74年(如果從1914年算起，則有77年)，所以二十世紀很短。對霍氏而言，二十世紀是當代史，他自己的一生就是一個見證，因此這本書的可讀性就在於他如何把客觀的敘述與主觀的經驗和意見融合在一起。

霍氏還寫了兩本關於二十世紀的書：《斷裂的年代：二十世紀的文化與社會》(*Fractured Times: Culture and Society in the Twentieth Century*)和《趣味橫生的時光：我的二十世紀人生》(*Interesting Times: A Twentieth-Century Life*)。[8] 前者可以作為《極端的年代》的姊妹篇，縱覽二十世紀西方的文化風景，讓我們感到二十世紀文化生命更短，四分五裂，無甚可觀。我對於他的這個看法不能完全同意，反而覺得他的自傳《趣味橫生的時光》更有趣，充滿了激情，而且十分誠實，特別對於自己作為共產黨員的辯解更是毫無掩飾，原來他的少年時代是在柏林度過的，時當德國威瑪(Weimar)時代(1919–1933)末期，他被捲入革命的狂潮，激烈反抗當時剛興起的納粹主義，他就是在那個時候加入共產黨的。這兩種潮流——共產主義和納粹主義——的對峙是三十年代歐洲文化的特質，霍氏在書中花了兩章(第四、五章)描寫，熱情澎湃，他再三告訴讀者：你必須在歷史現場，才能感同身受。霍氏從來沒有脱黨，他明知斯大林大屠殺的事實，以及東歐（特別是匈牙利）反抗蘇聯的狂潮，都不為所動。我很佩服他的堅定信仰，然而也不免為他慶幸：幸虧他早已隨家移民到了英國，如果留在德國的話，命運不堪設想，因為他是猶太人。

霍氏一生享盡學術榮耀，他在書尾自稱此生沒有白過，二十世紀雖然多災多難，共產主義革命的理想也有待實現，但還是一個「趣味橫生」的時代。而朱特同樣是有歐陸背景的英國猶太人，他的視角就和霍氏不同，幾乎是全盤肯定二十世紀的意義。他把自己對二十世紀的看法，以對話方式（和另一位史家提摩希·史奈德）寫出《思考二十世紀》，並以獨白式的口述寫出《記憶小屋》（*The Memory Chalet*），[9] 又把在各種雜誌發表的雜文結集出版，定名為《重估價值：反思被遺忘的二十世紀》（*Reappraisals: Reflections on the Forgotten Twentieth Century*）。[10] 朱特認為：我們不能因為理想幻滅而遺忘二十世紀的一切痛苦與災難以及它的建樹。他的暢銷書《戰後歐洲六十年》顯然也是以此為觀點，在書中他用了大量史料來分析西歐和東歐各國在戰後的復原經歷，似乎要證明歐洲各國雖然四分五裂，但基本上形成一個命運共同體，不讓美國霸權獨領風騷。可惜在西方（特別是美國）二十世紀已經被遺忘了，現在的西方人安於淫樂，把歷史放進博物館和紀念堂藏著，不願意反思二十世紀的歷史遺產，因為這個回憶太殘暴了：世紀上半葉的標誌是戰爭和革命，希特拉（Adolf Hitler）和斯大林的大屠殺，還有內戰和冷戰，充斥著暴力，導致無數的生靈塗炭。到了下半葉，資本主義抬頭，「綁架」了自由主義，一切以利潤和市場為依歸，但世界並沒有變得更民主，資本主義反而助長了各種民族主義掛帥的強權政治（authoritarianism）。到了2001年，二十一世紀剛剛開始，「九一一」事件突然爆發，全世界又被一股新的勢力籠罩——恐怖主義（terrorism），導因是宗教（中東國家）和世俗文明（西方世界）的衝突，當代文明似乎走上了絕路。於是朱特為此提出了他的解決方案：源自西歐的社會民主（social democracy）制度，它既能維護民主和自由的價值，又能增進政府的社會福利政策。[11] 朱特死後，有人在追悼文章中指出，他的一生也充滿矛盾：作為一個歐洲人，他後半生卻生活在美國（他是紐約大學的名教授，我曾見過一面）；作為猶太人，他卻處處批評以色列；他在法國留過學，卻對法國的激進派哲學家——特別是阿爾都塞（Louis Althusser）嗤之以鼻，他對法國的文化理論瞭如指掌，卻不贊同。在不少美國學界的左派學者眼中，他是一個保守主義者，我反而佩服他的特異獨行精神。

另一位關心二十世紀的名人是法國哲學家巴迪歐（Alain Badiou），他的一本書《世紀》（*The Century*），寫的也是二十世紀，作為一個哲學家和左翼分子，巴迪歐當然不同意歷史學家的定義。如果以歷史上的大事件為劃分標準，可以有兩種分期法：一種是霍布斯邦的「革命世紀」，二十世紀從1914年（第一次大戰）或1917年（俄國布爾什維克革命）到1991年蘇聯解體，僅有七十多年；如果從1917年列寧領導的布爾什維克革命成功到1976年中國文革結束、毛澤東逝世，便不到六十年。所以這兩種算法都無法界定二十世紀的意義。作為哲學家，巴迪歐採用的方式是「讓二十世紀自己思考」，它反映在這個世紀出版的關鍵性文本——大多來自文學和哲學——巴氏以之作為思考的來源。[12]當然，文本的詮釋者還是巴迪歐自己。他認為十九世紀末到二十世紀初期的歐洲文化成果輝煌，獨創性的人物輩出，是一個前無古人的偉大時代，為了追求終極的「真實」(the Real)，不惜與傳統割裂，不停地創新，在此過程中處處展示出「一分為二」的衝擊(斷裂的二元對峙，而非辯證)；他又把殘暴、性危機、先鋒、無限、人神並滅等題目分章論述，並在書中特別以專章論述「先鋒派」(avant-garde)，認為這種藝術代表了二十世紀的真精神，並特別在第二章的開頭舉出俄國詩人曼德爾施塔姆(Osip Mandelstam)的一首詩〈世紀〉[13]作為二十世紀的象徵。[14]開頭的幾句如下：

> 我的時代，我的野獸，誰能夠
> 直瞪你的眼珠
> 以他自己的鮮血
> 黏住兩個世紀的脊梁？

巴迪歐從哲學的立場發問：這個能夠直面二十世紀的「野獸」指的是什麼？原詩的英譯似乎有點朦朧，巴迪歐把這個「直面」解釋為一種可以勇敢面對這個世紀的「主體性」，足以使年輕的「野獸」(二十世紀初年？)以鮮血的脊梁頂住。他用拉康(Jacques Lacan)的語言，把二十世紀的精神稱之為追求「真實的激情」(the passion for the Real)，一種超越模擬(semblance)寫實主義的藝術純化的破壞衝動。[15]不論我們是否了解或同意他的觀點，我們還是感受到他對於二十世紀經驗——特別是藝術經驗——的執著。然而到了全詩的結尾，這隻野獸的脊梁斷了，牠奄奄一息：

用一個無聊的微笑
你回頭看，殘忍而虛弱
像一隻野獸，以前很靈活
看到你自己鱗爪的蹤跡

到了二十世紀末，這個野獸在生死存亡之間掙扎，最終牠的脊梁斷了，是被什麼打斷的？又如何活到二十一世紀？在這本書的最後一章，巴迪歐不出所料，引用了薩特、福柯、拉康和阿爾都塞——都是清一色的法國左翼思想家，預言這個人文主義的野獸已死，將來必須從「非人文主義」或「去人文主義」(in-humanism)開始。然而他並沒有解釋：為什麼要如此？馬克思曾經說過：過去的哲學家從各方面解釋世界，可是關鍵在於改變這個世界。我覺得當今西方的哲學家——無論是左翼的巴迪歐或前納粹黨的海德格爾(Martin Heidegger)——依然在解釋這個世界，它一直在改變，而且越來越快，恐怕連哲學家也跟不上了。

那麼，文學作品是否更能反映二十世紀？張歷君提醒我看一本格拉斯(Günter Grass)的小說：《我的世紀》(*My Century*)，我看的是英文譯本，[16] 出版於1999年——二十世紀的最後一年，雖然是一本小說，其實是一百篇短篇小說的集錦，從1900到1999年，每年一篇，主角或敘事者都是小人物，從他們的眼中看世界，並以此反思德國歷史。格拉斯花了不少工夫，雖然並非每一篇都能引人入勝，但是幾乎每一篇都在反省德國歷史。我從二十世紀第一年(1900)看起，赫然發現描寫的是八國聯軍，卻從一個德國遠征軍青年士兵的視角看這個歷史上的大事件：他隨軍遠渡重洋，佔領北京，看到日本士兵在北京斬首義和團分子，他竟然把一條死人頭上的辮子帶回去送給他的未婚妻，作為結婚禮物，這使我不禁想到魯迅的阿Q。[17] 這是大手筆，不僅把一個毫無知覺的小人物帶進歷史，而且暴露了二十世紀德國的「原罪」，難怪格拉斯被視為德國的良心，「他戲謔的黑色寓言繪出被遺忘的歷史」，「他竭盡全力反思當代歷史，回顧被捨棄和遺忘的人物」——這是諾貝爾文學獎的讚詞。[18] 眾所周知，格拉斯著名的小說《鐵皮鼓》（*The Tin Drum*），就是寫一個小孩子拒絕長大，因為他看不慣他生活的世界。[19]

格拉斯的《我的世紀》就是一本別開生面的德國現代史，內容五花八門，我讀此書並非從第一頁一路看下去，而是先挑選幾個我認為關鍵的年代，再看格拉斯用什麼人物和方式來描寫。看完1900年的八國聯軍，就跳到第一次大戰的敘述，格拉斯從兩位著名作家數十年後的見面和對談開始：一位是極端反戰的雷馬克（Erich Maria Remarque），他的《西線無戰事》（*All Quiet on the Western Front*）出版後立刻被拍成電影；另一位則是以參戰為榮的榮格爾（Ernst Jünger），二人的經驗在很多細節上有很多相同之處，例如士兵頭上戴的尖頂鐵鋼盔，其實都不怎麼光榮。[20] 對二次大戰（1939–1945）的德國軍事行動，從佔領波蘭到最後節節敗退，格拉斯則用隨軍新聞記者的方式來報道，故作庸俗，更語帶諷刺。[21] 作者對二十世紀前五十年的歷史，幾乎沒有一句讚揚的話。當我讀到全書的後半部，描寫的是二十世紀的後半葉，興味反而提高了。格拉斯似乎對於戰敗後的德國情有獨鍾，因為來自個人體驗。他本人就是戰後崛起的一代作家的中堅分子，親身經歷了東西德的分裂、柏林圍牆的豎立(1961)和倒塌(1989)，當然還有六七十年代的學生運動，甚至以第三人稱提到自己作為作家的名聲(例如參加西德的一個作家團體和東德作家定期交流，以及法蘭克福書展的報道)，[22]就是沒有揭露令他悔恨終身的一段密史：在1944年他加入納粹黨的武裝黨衛隊(Waffen-SS)，直到他逝世前幾年，才自己報了出來，可能是受到良心責備。格拉斯的回憶錄《剝洋蔥》(*Peeling the Onion*)，我至今未讀，也許讀後會有新的收穫。[23]

一個世紀一百年，可以記載的何止一百個故事？格拉斯把很多資料濃縮成眾多細節和小人物，並用一種通俗的語氣(至少在英文譯文中是如此)描述出來，完全沒有「大敘述」的空洞和陳腔濫調，這是這本集錦小說最出色之處。內中大部分的細節都是事實，並非假造，譬如描寫柏林愛樂新音樂廳的設計，詩人策蘭(Paul Celan)和哲學家海德格爾的見面，只有敘述者是虛構的人物。[24]在我看來，這是一本格拉斯特意為他的世紀和他的祖國寫的一本文學備忘錄。如果必須從一個——而不是多個——小人物的眼光來看歷史，我認為德國最偉大的小說毋寧是德布林(Alfred Döblin)的《亞歷山大廣場》(*Berlin Alexanderplatz*)，從一個剛出監獄犯人的經歷，勾畫出整個威瑪時代的社會和文化景觀。[25]哲學家超越歷史，或把文學挪為己用，變成了抽象的觀念，只有文學家才會關心生活的命脈，把人物和時代作對等的處理。

「世紀」觀念的中國之旅

「世紀」這個觀念，原非出自中土，而是西方的產物，西方人認為理所當然，但傳到中國，卻經歷了一段相當長的適應過程。中國傳統觀念是甲子，六十年一甲子，以十天干、十二地支依次輪配，每六十年輪轉一次，所以暗含輪迴的意義。西方的世紀紀元則是來自耶穌誕生日，一個世紀一百年。然而世紀並不輪迴，到了十九世紀，西方的時間觀念成為現代性的一個主要表徵，而且帶來新的價值觀，認為歷史的演進是有目的的，採用「二十世紀」紀年，就表示一個新的時代的降臨，它和中國過去所有的朝代都不同。更重要的是對於空間認識的改變，進入二十世紀，中國也從「天下」變成民族國家，世界各國的一分子。在亞洲，民族國家的革命大多發生在二十世紀。

中國第一個有「二十世紀」意識的知識分子是梁啟超。他的世紀觀來自十九世紀末英國史家麥肯齊（Robert Mackenzie）的一本書，名叫《十九世紀史》（*The Nineteenth Century: A History*），[26] 經由傳教士李提摩太（Timothy Richards）和華人蔡爾康譯成中文，初名《泰西近百年來大事記》，後改名為《泰西新史攬要》，[27] 但沒有用「世紀」這個名詞；1894年連載於《萬國公報》，影響了晚清一代的維新派知識分子，特別是梁啟超。晚清的知識分子似乎並不介意書中的大英帝國主義思想，也沒有注意到「世紀」這個新觀念，直到梁啟超寫出他的親身經驗。1899年——十九世紀的最後一年——的年尾，他第一次從東京出發到美國，這是一次意義重大的旅程，他為此特別寫了日記，題名為《汗漫錄》。在太平洋途中他突然感覺到二十世紀的降臨，這也是一個巧合，當時風浪大作，他情緒激昂，百感交集，作了一首〈二十世紀太平洋歌〉，在這首長詩中他綜論天下，重繪世界版圖，對來自海洋的西方帝國主義疾呼警惕，對東亞老帝國不勝唏噓感嘆，對自己的將來則大有天下為己任的抱負，在此且引幾句：

> 驀然忽想今夕何夕地何地，乃是新舊二世紀之界線，
> 東西兩半球之中央。
> 不自我先不我後，置身世界第一關鍵之津梁。
> 胸中萬千塊壘突兀起，斗酒傾盡蕩氣迴中腸。
> 獨飲獨語苦無賴，曼聲浩歌歌我二十世紀太平洋。[28]

梁啟超抓住這個新舊世紀之交的時間界線，把時間化為空間，在太平洋中感受到二十世紀的新天地，情緒激昂。於是他斷然決定從此以後所記皆用西曆，並在日記中自我辯解為什麼用西曆：他認為當世界各國交通日密之際，必須棄習俗而就公理，而西方之「太陽曆者，行之於世界既最廣，按之於學理亦極密」，所以必需採用。[29]那時他才27歲，雄心大志，要作一個思想界的哥倫布和麥哲倫，去探索世界，實現他「世界人」的美夢。那一次旅行他只到了夏威夷，三年後(1903)他終於如願以償，得以周遊美國，著《新大陸遊記》，[30]然而對這個太平洋彼岸新冒起的大國對太平洋的野心，卻憂心忡忡。直到1918年底，第一次世界大戰結束後，他才得以赴歐洲考察，著《歐遊心影錄》，[31]對於戰後歐洲文明開始感到悲觀。他歐遊歸國後十年，就不幸離世了。因此我們可以說，梁啟超

非常自覺地把中國帶進二十世紀，但他死得太早(1929)，無法看到二十世紀的全貌。他畢竟還是一個十九世紀的人，他引用的西方思想資源——包括民族主義——也大多來自十九世紀。

幾位流亡在日本和歐洲的無政府主義者，卻把「世紀」這個觀念化為一種新的意識形態，特別是李石曾和吳稚暉，他們在法國辦的刊物就叫做《新世紀》，把這個新的時間觀念建立在革命和進化思想的基礎上，憧憬一個新的社會群體，人人自由平等，顯然有烏托邦的色彩。他們受到俄國的無政府主義者克魯泡特金的影響，強調平等和互助的精神。李石曾在1907年發表的另一篇文章中，更把新世紀和舊世紀作對比。[32] 其他民國初年的知識分子，如胡彬夏、錢玄同、鄭振鐸等人，都認為二十世紀帶來一種新精神和新價值觀，甚至新的文學現象，然而對於作為時間觀念本身的意義卻沒有自覺，直到五四運動。

五四的思想領袖之一是陳獨秀，他於1915年辦《青年雜誌》，次年改名為《新青年》，凸顯了這個「新」字，而做一個新青年的第一個條件就是具有新的「世紀感」。他為此寫了一篇文章，就叫做〈一九一六年〉，在文中提醒當代青年讀者，他們生活在1916年的現在，意義非同尋常，他說這1916年，

> 乃二十世紀之第十六年之初也。世界之變動即進化，月異而歲不同，人類光明之歷史，愈演愈疾。十八世紀之文明，十七世紀之人以為狂易也。十九世紀之文明，十八世紀之人以為夢想也。而現代二十世紀之文明，其進境如

何？今方萌動，不可得而言焉。然生斯世者，必昂頭自負為二十世紀之人，創造二十世紀之新文明。[33]

這一段自覺性極強的豪語，又較梁啟超和其他同代人更進一步，徹底宣佈二十世紀不但和過去的歷史割裂，而且「不可因襲十九世紀以上之文明」，因為「人類文明之進化，新陳代謝，如水之逝，如矢之行」，顯然速度越來越快。這也是一個極明顯的現代性的心態。[34] 眾所周知，《新青年》雜誌是五四新文化運動的主要舵手，次年（1917）陳獨秀就和胡適聯手發動文學革命，提倡白話文，比起梁啟超在《汗漫錄》中思索的「詩界革命」又邁進了一大步。[35] 白話文促使新文學的誕生，陳獨秀把胡適的「文學改良芻議」改為「文學革命」，新文化運動帶動中國文化全方位的革新，因此「五四」代表的是一個新時代的開始，於是「二十世紀」在中國幾乎變成和「現代」、「新時代」、「新紀元」的同義詞。在這一方面，陳獨秀遠較胡適更能抓住「時代的命脈」。

陳獨秀的同事李大釗對於二十世紀另有一套解釋，他心目中的二十世紀是從1917年俄國的十月革命開始。李大釗的名文〈庶民的勝利〉，[36] 第一次開啟了新的歷史觀，認為這場革命是「庶民」發起的，這個集體的民眾觀念和梁啟超的「新民」不同，更類似馬克思的「無產階級」，也和巴迪歐引過的托洛斯基（Leon Trotsky）的說法：「群眾衝上歷史的舞台」（The irruption of the masses onto the stage of History）遙相呼應，[37] 但含義更廣：它的歷史使命是和世界革命連成一氣的。1917年俄國的十月革命把李大釗所處的二十世紀的歷史意義全盤改觀了，倒是和二十世紀末的霍布斯邦和巴迪歐的看法頗為相似：這個新世紀的關鍵詞就是革命。可惜李大釗生不逢時，沒有看到中共領導的革命在中國的發展。二十世紀初的另一位革命家瞿秋白兩次以朝聖的心情到這個新成立的社會主義國家「取經」，親自體驗了李大釗所說的「庶民」社會，他稱之為「餓鄉」，把布爾什維克領導的俄國革命和中共領導的革命連成一個革命系譜，然而不到半個世紀，中蘇交惡，這個革命的連結也中斷了。張歷君論瞿秋白的近著，便曾借用巴迪歐的「真實的激情」概念，詳細闡述李大釗和瞿秋白等二十世紀初左翼知識分子的革命觀。[38]

記得我六十年代在美國做研究生的時候，研究中國現代史，「革命」是一個關鍵詞，這個時期出版的不少教科書都以革命為主題。然而曾幾何時，二十世紀還沒有過完，這個關鍵詞卻從主流話語中消失了。到了二十一世紀以後，特別是最近幾年，「革命」一詞更變得敏感起來。到了二十一世紀，「革命」的意義何在？如果李大釗和瞿秋白可以活到今天，不知作何看法？但至少有兩位著名的海外知識分子開始反思了，李澤厚和劉再復在世紀末出版《告別革命》，可謂恰當其時。[39]

二十世紀中國文學與世界文學

二十世紀的意義絕不限於政治，對我而言，文化的意義更重要。從我的學術專業——中國現代文學——的角度來看，二十世紀就是我的主要研究範圍。從晚清到五四，雖然危機重重，但畢竟是一個前所未有的大變局，也是一個思想上百花齊放的時代，西潮洶湧，而新文學也在這個時期奠定。不論當今學者如何批判或商榷，我們還是要承認二十世紀的前三十年（1900–1930）有劃時代意義。從文化的立場而言，二十世紀的上半葉就是「現代」的對等詞，只不過現代文學到底從何開始，學界還有爭論。依照中國大陸學界所通用的分期方法，近代文學的時限是1840–1919年，即是從鴉片戰爭到五四運動；現代文學從五四運動開始，直到1949年中共建國，之後就進入當代文學，直到現在。我反對這種分法，覺得文學史被政治腰斬了，應該打通這三個時期。八十年代初我訪問北大時有幸見到三位年輕學者：錢理群、陳平原和黃子平，他們發起重寫文學史，以「二十世紀意識」為框架，引起我極大的興趣。雖然他們談的是文學，而不是世紀意識，然而「把二十世紀中國文學作為一個不可分割的有機整體來把握」之後，研究的視野和方向還是改觀了許多。他們三人開宗明義地說：

> 所謂「二十世紀中國文學」，就是由上世紀末本世紀初開始的、至今仍在繼續的一個文學進程，一個由古代中國文學向現代中國文學轉變、過渡並最終完成的進程，一個中國文學走向並匯入「世界文學」總體格局的進程……[40]

偉哉斯言！在這個龐大的宏觀視野中，二十世紀文學的時間和空間的幅度延長了，然而這個過程何時完成？又如何匯入世界文學？從八十年代初到現今（2021）又過了四十年，二十世紀早已成了歷史，「後現代」已經過時，「世界文學」（world literature）經由翻譯早已成為學界的寵兒，[41]和「全球化」連成一線，有些西方理論家甚至大談「後人類」時代的降臨，連「後現代」也變成「前現代」了。那麼，「現代」和「當代」的時限是否早已拉到未來？科幻變成主要研究對象？而「二十世紀文學」作為一個觀念，是否已經結束？

我自認落伍，不願意隨波逐流，想用另一種方式來為二十世紀重新定位。我的靈感來自一位日本批評家矢代梓，他多年來收集西方哲學、文化和藝術的材料，以紀年的方式列出一個別開生面的《二十世紀思想史年表》，[42] 其最大的特色就是完全不重視政治上的重大事件，專從文化人物和事件的細節著手，以小窺大，以此勾畫出二十世紀西方思想發展的脈絡。他在書中非常注重聯繫，似乎一個人物和另一個人物的偶遇，就會燎起時代轉變的火花。他以1883年為二十世紀的起點，在這一年華格納和馬克思相繼去世，顯然意義重大，但矢代梓沒有解釋原因，讓讀者自行揣測。我的猜測是：二人既代表十九世紀的終結，也代表二十世紀的開始，因為他們打破西方音樂和哲學的傳統，開闢新的模式。我個人會選擇馬勒和尼采（Friedrich Nietzsche），二人都死於二十世紀初（尼采1900年、馬勒1911年），尼采不但改變了德國哲學家的思考方式，而且晚年從仰慕華格納的音樂轉而反對；馬勒則把十九世紀的交響樂發展到盡頭，而他的弟子勛伯格更開創了史無前例的十二音律和無調性作曲法。如果再從文學舉例，我認為托爾斯泰的逝世（1910）毋寧代表十九世紀寫實小說的偉大傳統的終結，而就在這個世紀末的維也納，小說家和劇作家顯尼志勒另闢蹊徑，用一種自創的意識流方式，描寫中產階級婦女的性壓抑，因此文化史家彼得 · 蓋伊（Peter

Gay）把他研究歐洲十九世紀中產階級文化的最後一本書，定名為《顯尼志勒的世紀》（*Schnitzler's Century*）。[43]

一個世紀或時代的終結，就代表另一個世紀或時代的開始，關鍵是二者之間如何傳承和斷裂。從十九世紀轉換到二十世紀，在歐洲——特別是維也納和巴黎——的文化代名詞是「世紀末」，而在日本和中國，最流行的新名詞是「時代」或「大時代」：時代的巨輪、時代的洪流、新時代的新潮流……此類的用語，報章雜誌隨處可見。然而在當時的中國和日本作家眼中，二十世紀新時代的代表人物是誰？恐怕就有不少爭論了。矢代梓的書中沒有特別點明，也許他認為華格納和馬克思都是承先啟後的藝術家和思想家，其他的二十世紀代表人物太多了，他們在二十世紀初歐洲（包括俄國）的各個大城市會面、開畫展、辦雜誌、發表宣言、參加博覽會，活動頻繁，矢代梓在書中羅列了很多，反映了這個新世紀前三十年的各種文化動力和動向。他的分期方式是每十年為一個時期，每期都有其代表風格，例如1901–1910年：「卡巴萊歌舞與俄羅斯芭蕾舞的黃金時代」；1911–1920年：「第一次世界大戰時期的文化人眾生相」；1921–1930年：「裝飾主義風格時代的到來」；1931–1940年：「現象學熱潮」。然而到了第二次世界大戰後的半個世紀（1951–1995），矢代梓舉的潮流幾乎全是學術理論，從美國社會學、法國結構主義和哲學，直到1995年兩位哲學家德勒茲和列維納斯（Emmanuel Levinas）相繼去世。因此照他的算法，從1883到1995年，二十世紀應該有113年，是一個很長的世紀。可惜他本人只活到1999年——二十世紀的最後一年就去世了，享年僅53歲。看來他是一個真正的二十世紀人，十分珍惜現代思想和文化遺產。此書的前半部注重文藝活動，到了後半部則越來越偏重哲學和其他學科的建樹。他的取捨似乎越來越學院化，但也反映了二十世紀後半葉西方文化的「學院轉向」。學院派人物掛帥以後，獨創性的小說家和藝術家式微了，就以音樂而言，我想來想去，想不到任何一位二十世紀後期的作曲家可以和華格納和馬勒相提並論。

矢代梓這本書談的是西方思想史，很少提到日本和亞洲。如果他寫的是二十世紀日本思想史年表的話，會舉出什麼細節和例子？我立刻想到日本著名小說家夏目漱石的一本小說：《心》，內中的主要背景是明治天皇去世那一年(1912)一位將軍為此自殺殉節，這段情節代表一個時代的結束和另一個時代的開始，小說的主要人物「先生」後來也自殺了。明治天皇逝世的一年恰好是中華民國元年，國民政府宣佈同時用西曆。日本雖然進入大正皇朝，但明治天皇逝世的意義更重大，因為他代表一個時代的結束，而在中國卻是一個時代的開始。就在那個關鍵時刻，魯迅剛從日本留學歸國，心情沮喪，原因也和文學有關。如果把這些因素串連在一起，我們必須重估魯迅早年的幾篇文章的價值，特別是他的兩篇理論文章：〈文化偏至論〉和〈摩羅詩力說〉(進一步的討論，請見本書第十六章的對話)。[44]這兩篇革命性的文章徹底推翻了梁啟超等人所服膺的物質文明進步觀和社會進化論式的現代性。梁氏認為這是十九世紀的遺產，但魯迅認為十九世紀末葉西方的思潮已變，尼采假查拉圖斯特拉(Zarathustra)之口，預言一個新的時代降臨，價值觀也隨之改變，它的特色是非物質、重個人。在〈摩羅詩力說〉中魯迅更建立一個獨特的文學系譜，表面上是浪漫主義，從拜倫（George Gordon Byron）開始，直到匈牙利的裴多菲，以詩人的形象凸顯藝術家個人的獨創性，已經含有現代主義先鋒思想的意義，也遠遠超過五四時期陳獨秀和胡適揭櫫的十九世紀寫實主義傳統。魯迅為現代文學打開一條嶄新的道路，也為他自己預設一個文學的「新生」，這是他計劃主編的一本文學雜誌的名稱，典故源自尼采的《查拉圖斯特拉如是說》。[45] 可惜他的思想太過先進，文學雜誌計劃胎死腹中。我們只能從他和周作人合編的《域外小說集》得窺一二，這兩冊用文言翻譯的短篇小說集出版後，沒有引起什麼反響，足見周氏兄弟——特別是魯迅——是走在時代前面的。[46] 我們如今回顧，更不可抹煞他的貢獻。當然，用傳統的標準，我們也可以把梁啟超的名文〈論小說與群治之關係〉（1902）[47] 作為二十世紀中國文學的開端，其實這篇文章的價值被高估了，因為梁啟超不懂文學，他把小說作為文學改變社會的利器，這是一種功利主義的看法，沒有接觸到文學本身的價值。我反而認為魯迅的〈文化偏至論〉和〈摩羅詩力說〉——二文皆寫於1907年——更能代表一種二十世紀的新思潮。我們是否可以把這一年當作二十世紀中國文學的開始？

魯迅於1918年發表在《新青年》的〈狂人日記〉，學界公認是中國白話小說的第一篇，然而捷克的漢學家普實克則認為魯迅早在1909年就寫出第一篇現代小說：〈懷舊〉，雖然仍用文言，但技巧已經十分現代。[48] 魯迅在二十年代初期寫的《野草》集中有幾篇散文詩，我讀時不僅想到尼采，還看到卡夫卡的影子，然而魯迅只知道卡夫卡是表現主義小說家，卻對其作品內容不甚了解，雖然二人是同代人。卡夫卡的〈變形記〉("Metamorphosis")發表於1915年，〈鄉村醫生〉("A Country Doctor")則在1917年，之後(1918)魯迅寫出他著名的〈狂人日記〉。我對於這種作品之間的「共時性」非常有興趣。我讀魯迅反而在卡夫卡之後，因為魯迅的作品在當時的台灣是禁書。而得知卡夫卡的大名，則和台灣大學外文系的同學創辦的一本雜誌《現代文學》有關，該刊第一期(1960)就率先介紹卡夫卡，但和1907年的魯迅境遇一樣，和者甚寡，所以《現代文學》編者之一，也是卡夫卡專號的始作俑者王文興，一不做二不休，在此後數期公開提倡新一輪的文學革命。這種態度也展現了典型的先鋒主義(avant-garde)的叛逆立場。多年後，為了追溯這一個現代文學的源頭，我才開始研究三十年代的同名雜誌：《現代》，編者是施蟄存先生，他也曾因不滿五四時期的新詩而提倡第二次新詩革命。我把兩本雜誌的內容作個粗略的比較，發現三十年代的《現代》雜誌涵蓋的範圍較六十年代的《現代文學》廣闊得多，前者是一本綜合性的刊物，後者則是專門介紹西方現代文學，充滿了學院派的色彩；前者表面上兼容並包，實際上要帶動當時整個「後五四」文壇的潮流，後者則自立門戶，發掘志趣相投的青年作家。[49]這一個差異完全是時代和環境的產物。我必須承認，雖然我也算是台灣《現代文學》的外圍分子之一，但直到和施先生作過數次訪問交談之後，才體會到卡夫卡的系譜來自布拉格的猶太文學傳統，二十世紀西方現代文學的中心不只一個。我為《現代文學》翻譯湯瑪斯·曼的一篇小說的時候，也是從英文譯文轉譯的，從來沒有想到他來自德國。因此，我領悟到二十世紀文學的範圍是世界性(cosmopolitan)的，它為世界文學奠定一個基礎，而研究「二十世紀中國文學」也必須有一個世界性的觀瞻。在這一方面，施蟄存是一個關鍵人物。

施蟄存的世紀

我為什麼認為施蟄存是一個關鍵人物？因為我聽到一個令我震驚的故事：施先生生於1905年，到了2000年他已經是95歲高齡，他的朋友和學生要為他即將來臨的百年誕辰祝壽，當時他說出一句激憤的話：「我不要活到二十一世紀，我是二十世紀人」，我聽後覺得含義深遠，絕不只限於年齡。雖然他那時候早已得到平反，在古典文學領域的名聲卓著，然而他覺得一生中最有意義的時代已經過去了。

我第一次見到施先生是在八十年代初，當時他的早期小說創作剛剛被大陸學者發現，被視為現代派的開創者。我登門造訪的目的是和他討論我的研究計劃：《上海摩登》，特別是三十年代的都市文化，我們談到西方現代文學，記得我問施先生："Modernism"(現代主義)這個字眼在三十年代是否常用？他回答說：從來沒有用過，他自認為是一個先鋒派，因為avant-garde這個名詞無論在藝術或政治立場上都是走在時代前面的，絕非「新感覺派」的頹廢。我聽後大吃一驚，於是接著問他最喜歡的西方作家和藝術家是哪些人，記得他特別強調畢卡索(Pablo Ruiz Picasso)，也和我談到弗洛伊德，但最令我吃驚的是他十分嚮往法國大革命時代的作家薩德侯爵

(Marquis de Sade)——Sadism(虐待狂)就是以他為名，施先生的小說〈石秀〉[50]也是中國現代文學中第一篇描寫虐待狂的作品，源自《水滸傳》，再次證明現代文學試驗的靈感可以源自傳統。他提倡的兩種新模式：「色情」(the Erotic)和「荒誕」(the Grotesque)，都太過大膽，不能見容於三十年代的文壇。當我提到我特別喜歡他的小說〈魔道〉[51]的時候，他不勝感嘆地告訴我：那篇小說受到當時左聯批評家的圍攻，他從此也不寫這種實驗性的小說了。其實當時左翼所標榜的蘇聯「社會主義現實主義」在藝術上才是落伍的，真正的左翼——無論是文學或是政治——是他揭櫫的先鋒派。三十年代初施先生主編的《現代》雜誌是和歐洲文藝的新潮流接軌的，因此叫做*Les Contemporains*——同時代人，也就是說他們和二十世紀同步，然而二十世紀過了還不到一半，施先生已經放棄文學創作。到了二十世紀末，現代主義本身已經變成傳統，施先生心中十分清楚他自己的境遇。八十年代初他委託一個年輕朋友賣他的西文藏書，我也買了幾本，記得內中有顯尼志勒的小說《古斯塔中尉》(*Lieutenant Gustl*)。我曾經寫過一篇短文記述這次買書的事。[52]施先生在中國最早介紹這位維也納的「意識流」小說先鋒作家，弗洛伊德認為顯氏的作品早已預示了他自己的心理分析理論。這一個「世紀末的維也納」的現代文學系譜，可以說把現代主義的文學和藝術從十九世紀帶進二十世紀，當年的中國文壇恐怕只有施蟄存一個人熟悉。

二十世紀的頭三十年是一個百花齊放的時代，然而經歷了兩次世界大戰，它的光輝蕩然無存。戰爭代表了一種斷裂：第一次大戰使得奧匈帝國瓦解，維也納世紀末的藝術潮流也隨之沒落，二十年代初興起的是另一種現代主義，以艾略特(T. S. Eliot)的〈荒原〉("The Waste Land")為代表，這篇名作充滿了廢墟的死亡的意象，反映了那一代人的絕望心情。在戰敗後的德國則是另一番景象，經濟崩潰，民主政治亂成一團，但文化欣欣向榮，左翼運動風起雲湧，反抗逐漸興起的法西斯主義。三十年代初的法國文壇更是獨樹一幟，發動世界作家反法西斯的「聯合陣線」，施蟄存經由他的好友戴望舒在法國的親身見聞，保持了《現代》雜誌的國際視野。然而三十年代的中國左翼文學，在形式創新上卻在走回頭路，施先生對此甚為不滿，他的《現代》雜誌也被解放後的文學史淹沒了。半個世紀以後，我才真正了解施先生的苦衷，他揭櫫的是一個世界文學的視野，而不是民族革命文學的主潮，然而他代表的先鋒文學本來就是二十世紀最光輝的藝術革命遺產。

施先生有充分的資格說：「我是二十世紀人」，因為他覺得自己當年站在二十世紀文藝的尖端，作為一個「二十世紀人」的意義就在於此。他自稱是左翼的同路人，卻超越意識形態的束縛。他才是一個真正的二十世紀「世界人」。然而到了抗戰爆發後，這一個國際化的環境變了，而二十世紀的意義也變了，施先生在各種壓力之下放棄了文學創作，回歸古典文學研究，雖然也卓然有成，但是施先生知道那個風起雲湧的先鋒藝術時代已經一去不返了。所以當他的學生和好友要為他慶祝百歲壽辰的時候，他的回答是：我是一個二十世紀人，不要活到一百歲。他於2003年過世，享年98歲，在二十一世紀只活了三年。

結語：無歷史感時代的記憶書寫

施先生過世的那一年，我恰好在香港科技大學擔任客座一年，「沙士」瘟疫席捲香港，風聲鶴唳，我不禁感到惘然，為什麼二十一世紀一開始就帶來災難？當時怎會想到二十年後更大的全球化災難：新冠肺炎？原來二十一世紀的「明天」並不一定更好，我寧願活在二十世紀的餘燼裡。

我發現推動我思考的不是學術理論，而是個人情緒，我依稀感覺到二十世紀所代表的「終結」和二十一世紀所代表的「開始」是全然不同的，顯然二十世紀帶給我的研究和創作靈感更多。

我在二十世紀的戰亂中出生和成長，在六七十年代——霍布斯邦所說的「黃金時代」——到美國留學任教，經歷了所有事業上的起伏，也為此寫了至少兩本學術回憶的書：《徘徊在現代和後現代之間》(與陳建華合著)，[53] 和《我的哈佛歲月》；[54] 這兩本書描寫的都是一個典型學者的經歷，毫無出奇之處。也偶爾斗膽在朋友和學生面前「吹噓」，也許人到了老年都要懷舊，我自未能免俗。2020年夏(二十一世紀已經過了二十年)，我正式從香港中文大學退休，剛過八十歲，就在我退休前一兩年，老友(也是以前的學生)張歷君要和我做訪問，對談了幾次之後，我覺得很有意義，突然感到可以寫成一本書。

這就是我這本回憶錄的由來。可惜他教學太忙，沒有時間繼續，但本書的「對話篇」完全出自他的構思，在此要特別向他表示感謝。

顧名思義，回憶錄（memoir）是一種個人的備忘錄，目的在於「重尋失去的時光」以免被遺忘。普魯斯特（Marcel Proust）小說《追憶似水年華》的原名是：*À la recherche du temps perdu*，直譯應該是「重尋失去的時間」，我認為這是一個悖論，既然時光已逝，又如何重尋得到呢？過去是回不來的，現在的我們也回不去了，除非用愛因斯坦（Albert Einstein）「平行宇宙」的方式，把過去作為多個選項，然而呈現的過去是否真實？[55] 是否合乎我意？有什麼值得回憶？回顧我這一生，彷彿自己做了一場黃粱夢，又感覺自己演了一齣戲，可以分為好幾幕和不少場景，更覺得這一生像一部電影，自己既是主角又是導演，現在還要做剪接。然而最難處理的是反省自己，這就必須用腦筋和文字了。

和施蟄存先生一樣，我感到這個新世紀和我格格不入，時間的觀念和價值變了，以前我一直以為時間是人生經驗的累積過程，而現在時間就是金錢，千金難買寸光陰。在西方現代社會，時間算得很精細，特別是財經界，一分一秒都可以化為金錢，當然這一切都要依賴新科技。但網上瞬間即逝的電腦數字和密碼令我神經緊張，甚而顫抖，每天處理電郵和手機上的信息令我煩躁不安。想在這個二十一世紀「全球網絡化」的世界中去重尋二十世紀的個人生命意義，作沉靜的反思，幾乎是不可能的事。普魯斯特在二十世紀初追憶的是十九世紀末的花樣年華，他的那個世界和過去是連成一體的，是一個持續（continuum），他得以在其中反覆徘徊，用數百字的篇幅來追憶一個暑假在姨媽家裡午覺剛睡醒，懶洋洋地品嚐一小塊瑪德蓮蛋糕（petite madeleine）浸在茶裡的滋味……如今誰還會有這個閒情？遑論成長後參加巴黎上流社會的各種餐會、茶會、舞會和家庭客廳裡的小聚會？真的像過眼雲煙一去而不復返，連看這本長篇小說的耐性也消失了。最近受佩里·安德森書評的感召，[56]上網下載英國作家安東尼·鮑威爾（Anthony Powell）的全套連環小說：*A Dance to the Music of Time*，洋洋大觀，共十二本，題目很吸引人：「隨時間之樂起舞」，原來背後都是歷史，背景都是英國社會。而現在早已沒有歷史，大家生活在電子科技模擬的「假以亂真」的世界，它時時刻刻在急速轉變，又有何歷史和回憶可言？

即便如此，我還是想寫下去，至少要證實自己還存在。

2020年9月7日初稿

2023年3月3日最後修訂

註 釋

加「*」者為編註。

1* 李歐梵、李玉瑩：《過平常日子》（香港：天地圖書，2002〔初版〕；香港：三聯書店，2018〔修訂版〕）。

2* Leo Ou-fan Lee, *Shanghai Modern: The Flowering of a New Urban Culture in China, 1930–1945* (Cambridge, MA: Harvard University Press, 1999).

3* 李歐梵：《世紀末囈語》（香港：牛津大學出版社，2001），頁138–140。

4 Eric Hobsbawm, *The Age of Extremes: A History of the World, 1914–1991* (New York: Vintage Books, 1996).

5 Tony Judt, *Postwar: A History of Europe since 1945* (London: William Heinemann, 2005).

6 Eric Hobsbawm, *The Age of Revolution, 1789–1848* (London: Weidenfeld & Nicolson, 1962); *The Age of Capital, 1848–1875* (London: Weidenfeld & Nicolson, 1975); *The Age of Empire, 1875–1914* (London: Weidenfeld & Nicolson, 1987).

7 Eric Hobsbawm, *The Age of Extremes: A Short Twentieth Century, 1914–1991* (London: Michael Joseph, 1994).

8 Eric Hobsbawm, *Fractured Times: Culture and Society in the Twentieth Century* (London: Little, Brown, 2013); *Interesting Times: A Twentieth-Century Life* (London: Allen Lane, 2002).

9 Tony Judt, *The Memory Chalet* (New York: Vintage, 2011).

10 Tony Judt, *Reappraisals: Reflections on the Forgotten Twentieth Century* (New York: Penguin Books, 2008).

11 Tony Judt, *Ill Fares the Land: A Treatise on Our Present Discontents* (London: Penguin Books, 2010).

12 Alain Badiou, *The Century*, trans. Alberto Toscano (Cambridge, England: Polity Press, 2007), p. 3.

13* 曼德爾施塔姆此詩作於1923年，有不同版本的英譯：Alistair Noon的英譯將詩題譯為"Century"（〈世紀〉），而Steven Broyde的英譯則將詩題譯為"The Age"（〈時代〉）。下文引用的詩作段落，出自Steven Broyde的英譯本。

14 Badiou, *The Century*, chapter 2, pp. 12–13.

15 Badiou, *The Century*, chapter 11, pp. 131–147.

16 Günter Grass, *My Century*, trans. Michael Henry Heim (London: Faber and Faber, 1999).

17 Grass, "1900," *My Century*, pp. 1–3.

18* "The Nobel Prize in Literature 1999 was awarded to Günter Grass 'whose frolicsome black fables portray the forgotten face of history.'" 參見"The Nobel Prize in Literature 1999"，諾貝爾獎網頁，2023年3月30日瀏覽，https://www.nobelprize.org/prizes/literature/1999/summary/。

19 Günter Grass, *The Tin Drum*, trans. Ralph Manheim (London: Vintage Books, 1998).

20 Grass, "1914–1918," *My Century*, pp. 32–45.

21 Grass, "1939–1945," *My Century*, pp. 98–116.

22 Grass, "1959," *My Century*, pp. 152–153.

23 Günter Grass, *Peeling the Onion*, trans. Michael Henry Heim (London: Vintage Books, 2008).

24 Grass, "1966–1968," *My Century*, pp. 171–182.

25 Alfred Döblin, *Berlin Alexanderplatz*, trans. Michael Hofmann (New York: New York Review Books, 2018).

26 Robert Mackenzie, *The Nineteenth Century: A History* (London: T. Nelson and Sons, Paternoster Row, 1880).

27 麥肯齊著，李提摩太、蔡爾康譯：《泰西新史攬要》（上海：上海書店出版社，2002）。

28 梁啟超：〈二十世紀太平洋歌〉，湯志鈞、湯仁澤編：《梁啟超全集·第十七集·詩文》（北京：中國人民大學出版社，2018），頁602。

29 梁啟超：〈附錄二：夏威夷遊記〉，《新大陸遊記節錄》，載《梁啟超全集·第十七集·詩文》，頁260。

30 梁啟超：《新大陸遊記》（上海：廣智書局，1907）。

31 梁啟超：《歐遊心影錄節錄》（上海：中華書局，1936）。

32 〈新世紀之革命〉，《新世紀》，第1期（1907），頁1–2。

33 陳獨秀：〈一九一六年〉，《青年雜誌》，第1卷，第5期（1916年1月），頁1。

34 同上。

35 梁啟超〈附錄二：夏威夷遊記〉，頁261。

36 李大釗：〈庶民的勝利〉，《新青年》，第5卷，第5期（1918），頁436–438。

37 Badiou, *The Century*, chapter 4, p. 41.

38 張歷君：《瞿秋白與跨文化現代性》（香港：香港中文大學出版社，2020），頁67–77。

39 李澤厚、劉再復：《告別革命》（香港：天地圖書，1995）。

40 黃子平、陳平原、錢理群：〈論「二十世紀中國文學」〉，《文學評論》，第5期（1985），頁3。

41 參見 David Damrosch, *What Is World Literature?* (Princeton: Princeton University Press, 2003)；David Damrosch, ed., *World Literature in Theory* (Chichester, England: Wiley Blackwell, 2014)。

42 矢代梓著，葉婷譯：《二十世紀思想史年表》（上海：學林，2009）。

43 Peter Gay, *Schnitzler's Century: The Making of Middle-Class Culture, 1815–1914* (New York: W. W. Norton, 2002). 蓋伊的二十世紀應該是從1914年(第一次大戰爆發)開始。

44* 這兩篇文章收錄於魯迅:《魯迅全集》(北京:人民文學出版社,2005),卷一,頁45–120。

45 見〈摩羅詩力説〉的題詞:「求古源盡者將求方來之泉,將求新源。嗟我昆弟,新生之作,新泉之湧於淵深,其非遠矣。——尼佉」,魯迅:《魯迅全集》,卷一,頁65。

46 魯迅、周作人譯:《域外小説集》(北京:中央編譯出版社,2014)。

47 湯志鈞、湯仁澤編:《梁啟超全集·第四集·論著四》,頁49–52。

48 Jaroslav Průšek, "Lu Hsün's 'Huai Chiu': A Precursor of Modern Chinese Literature," *Harvard Journal of Asiatic Studies*, Vol. 29 (1969): 169–176.

49 李歐梵:〈中國現代文學的現代主義〉,載《浪漫之餘》(台北:時報文化,1981),頁39–74。

50 施蟄存:〈石秀〉,《施蟄存文集·十年創作集》(上海:華東師範大學出版社,1996),頁172–221。

51 施蟄存:〈魔道〉,《施蟄存文集·十年創作集》,頁271–288。

52* 見李歐梵:〈書的文化〉,《世紀末囈語》,頁198–204;另外,《上海摩登》的第四章也曾提及這批藏書,見李歐梵著,毛尖譯:《上海摩登:一種新都市文化在中國(1930–1945)》(北京:北京大學出版社,2001),頁139–140。

53* 李歐梵口述,陳建華訪錄:《徘徊在現代和後現代之間》(台北:正中書局,1996)。

54* 李歐梵:《我的哈佛歲月》(香港:牛津大學出版社,2005)。

55 近年的韓劇也採用了這種科幻模式,例如《西西弗斯的神話》(*Sisyphus: The Myth*, 2021)和《The King:永遠的君主》(*The King: Eternal Monarch*, 2020)。

56 Perry Anderson, "Different Speeds, Same Furies," *London Review of Books*, Vol. 40, No. 14 (July 19, 2018): 11–20; Perry Anderson, "Time Unfolded," *London Review of Books*, Vol. 40, No. 15 (August 2, 2018): 23–32.

大學時期，19歲

1968年在康橋，瑞典金髮女郎所拍

與夏志清

與白先勇(左)、劉紹銘(中)

左起：楊牧、劉紹銘、白先勇、陳若曦、中學同學、
張南茜、李歐梵，攝於台灣

1980年左右攝於瑞典斯德哥爾摩，左起的華人：
李歐梵、李澤厚、林毓生、勞思光、余英時、張灝、高信疆

1980年，與錢鍾書先生在北京

1980年，在上海巴金先生（最右）的會客廳

與劉賓雁夫婦登長城

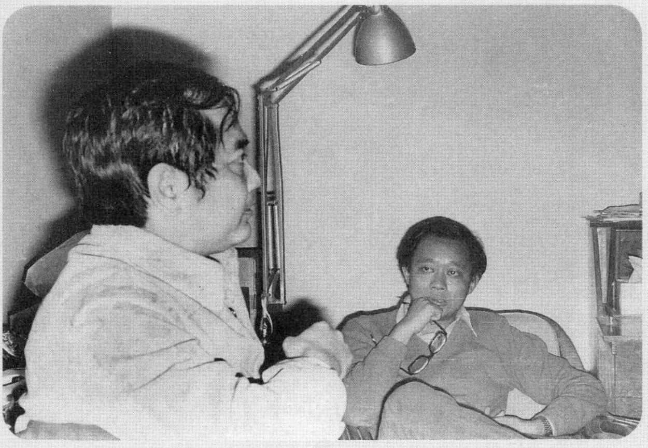

與胡金銓

左起：李歐梵、張信生、桑梓蘭、Steve Riep、黃心村、北島、白先勇、葉維廉

2004年4月，後排左起：吳國坤、陳建華、古艾玲（Alison Groppe）、唐麗園（Karen L. Thornber）、學生、伍湘畹；前排左起：李歐梵、石靜遠、沈志偉、金莉、羅靚

哈佛辦公室

與韓南教授

與宇文所安

與王德威

與李安

左起：許子東、李歐梵、劉以鬯、也斯、蘇童

2004年，與周星馳(左)在香港大學對談

2000年，和子玉的結婚照

和子玉在芝加哥

對話篇

與張歷君談我的跨文化研究

13

世紀經驗、生命體驗與思想機緣[1]

2018年10月16日，上海師範大學舉辦「與20世紀同行：現代文學與當代中國」研討會。是次口述乃應大會之邀請而錄製。

傳記研究的範式轉移

張(歷君)：您在《中國現代作家的浪漫一代》(*The Romantic Generation of Modern Chinese Writers*)裡面，一開始就談到「文壇」這個概念。我覺得您在討論「文壇」的時候，用了一點「文學社會學」的方法。您最初是怎樣想到從這個進路去研究中國現代作家的？

李(歐梵)：當時我受的是歷史訓練，做任何題目先要找資料，譬如研究丁文江，就先找丁文江的傳記資料。那時候，傳記通常寫一個人，但我想要寫六七個人，做一個group biography (集體傳記)。寫一群人、一代人的傳記，是個新觀念。當時我還不知道什麼叫做「文學社會學」，那時我在哈佛燕京圖書館，把所有現代文學的書都翻了一遍，看到一本《文壇登龍術》。我說，「文壇」這個題目有意思，在腦裡留下了印象。多年之後，賀麥曉（Michel Hockx）採用了布爾迪厄（Pierre Bourdieu）的理論，在1999年編輯了《二十世紀中國的文學場》（*The Literary Field of Twentieth-Century China*），並在2003年撰寫了專著《文體問題：現代中國的文學社團與文學雜誌，1911–1937》（*Questions of Style: Literary Societies and Literary Journals in Modern China, 1911–1937*）。他把「文壇」改成"literary field"，那已經是二三十年之後的事了。在哈佛時，我連布爾迪厄是誰都不知道。我的觀念是：任何歷史題目、任何歷史人物都需要有個背景。五四人物的背景是什麼？就是五四文壇。對我來說，文壇是一個既虛構又真實的東西，是由印刷、雜誌和辦雜誌的人共同形成的。當時有很多這種小報消息式的八卦，《文壇登龍術》就是其中之一。我當時嚴肅的學術書也看，八卦式的也看，結果發現將兩者放在一起，就變成文化研究了。

張：這種研究方向也許跟您最近想要強調的再連結（re-connection）中的「連結」（connection）概念挺有關係，就是利用跨界連結的方法，將分屬不同領域的東西重新聯繫起來，形成了您近年提倡的研究方法。

李：當時還沒有想得這樣清楚的。為什麼我老是希望跨界和連結呢？因為我個人成長的過程就是一種跨界、連結。我興趣太廣了，我從外國文學跑到中國文學，本身就是一種跨界。在摸索的過程中，我才發現，原來歷史，特別是文化史，什麼都是連在一起的，所以我開始慢慢走上這條路。當時是沒有什麼理論的，連結、跨界是後來比較時髦的名詞，英文叫做interdisciplinarity（「科際整合」或「跨學科研究」）。

什麼叫做discipline（學科或學門）？我到現在搞知識史的時候才從彼得．伯克（Peter Burke）講到discipline的問題。事隔四十年，我才知道原來我當時搞的東西，現在都可以找到理論的根據。那為什麼研究浪漫呢？就是徐志摩嘛。當時我們年輕人誰不喜歡徐志摩？我一輩子都在仰慕徐志摩，寫了很多文章，而且還到劍橋去。我當時唯一的貢獻，就是提出徐志摩一個人不能夠代表五四，還應該有別的人，跟他對等的是郁達夫。可是，那本書最大的缺憾是，我完全沒有提到郁達夫與德國有關的那一面。幾十年後，我才開始學德文，彌補這個問題。

張：我覺得有一點挺重要的，就是您很尊重歷史的場景、原來的歷史狀態。這跟現在搞理論的學者很不同——他們是用當代理論套進去的，而您的方法是回到原本歷史的場景，在這些場景裡延伸和摸索出自己的方法。

李：我當然認為歷史是要回到原來的場景——要不然就不研究歷史。有人說歷史是我們從資料裡自己創造出來的，可是，還是需要創出一個類似於當時承認的東西，否則你也不必找資料。即使我們怎麼把歷史說成是虛構、創造也好，最後reconstitution（重建）本身，怎樣重新創造，以至後來我們講的contextuality（脈絡性）的問題，還是逃避不了的。最好的理論把這些都包括在內了，二三流的理論才把別人的理論擺進來，所以我反對的不是第一流原創性的理論，我反對的是二三流的理論，以及那些亂抄別人理論的二三流學者。我這方面是一貫的，我可能老早就對理論感興趣，只是我當時沒有認識到，而是自己摸索出來的，重視歷史場景就是其中之一。

張：這牽涉到您在課堂上談到的「感覺」、「直觀」、「直覺」，內裡有種很微妙的「歷史感」。剛才您說在研究「浪漫的一代」時，是參考group biography的講法。我看您的書，發現您很重視當時的知識分子和作家的生命體驗，原來「傳記」就是您「歷史感」的來源，對嗎？

李：我的「歷史感」可以說來自哈佛的歷史研究訓練。那時候，我們研究生都在費正清（John King Fairbank）的領導之下，他的基本思路就是傳記，他讓研究生一人做一個傳記。他想我做徐志摩，我反對，說寫一個怎麼夠，我要從六七個人看一代人。費正清認為這太過分了，不行。他逼了我半年，讓我做徐志摩，我都說不行，徐志摩只能算其中一個人。結果費正清讓步了，而且給了我研究經費。我說我要去英國找靈感。哪裡有研究歷史的研究生要找靈感？我說我要到英國劍橋踏尋徐志摩的蹤跡，這是真事啊，我沒有加鹽加醋。我說要去seek inspiration，要看看劍橋聖三一學院（Trinity College）是什麼樣子。他說好啊你去，最後還找到兩千美元的研究費資助我。他的寬容大度現在是很難找得到的了。其實，從六十年代末到七十年代，費正清的學生一般都規規矩矩地做傳記，我是開始反抗的人，後來的一代更把整個費氏傳統都反掉了，認為傳記是很糟糕的。可是那時候我為什麼對費正清的路數有點反抗呢？因為我覺得它不足，做誰的傳記就偏向那一個人，對等的脈絡（context）都沒有了。從那個時候起，我就想要彌補，結果找到了愛理生（Erik H. Erikson）。

張：所以，您其實沒有放棄費正清的研究方向，只是擴大它或者超越它原本的框架。

李：不過我跟費正清在方法上一直不合，他的課我幾乎都旁聽過，但從來沒有選修過。他重要的課如清檔案、外交史等，我都沒有選，他的「東亞文明史」(History of East Asian Civilization，俗稱稻田課〔Rice Paddies〕)我就旁聽了，他也不在乎，但最後的畢業論文考試他把我整得很慘。後來我為什麼要做魯迅傳記呢？跟費正清有沒有關係？現在回想起來，也許有，也許沒有。我七十年代開始做魯迅研究，那時候做傳記的美國學者很多，有位叫米爾斯(Harriet Mills)，已經研究魯迅十幾年了，可是一直都寫不出來。那時候我不好意思佔領她的地盤，我就說我用一個新的辦法做：psychohistory(心理史學)。米爾斯做的是傳統式的傳記，她後來寫了一篇很長的文章。1981年我主持了「魯迅及其遺產」(Lu Xun and His Legacy)研討會，那個會議讓我學到很多東西，我第一次從丸山升那裡聽到關於日本學者對魯迅的研究，特別是竹內好。許多年過去了，現在竹內好已經在華文學界很知名了。

張：所以，您回到傳記這個領域，是跟愛理生有關的。你用了他的方法來談傳記。

李：對，有關係。但我後來發現他那個方法又不適用於中國人的傳記，於是我就另搞我自己的。

張：聽說您是在修愛理生的課時，開始醞釀要做魯迅研究的。當時的情況是怎樣的？

李：我是步杜維明的後塵吧，他要在愛理生的課裡講王陽明，我就想講郁達夫。愛理生不知道郁達夫是誰，他說：「研究中國現代文學的話，你為什麼不研究魯迅？」他知道魯迅，還看過一些魯迅的文章，於是我就答應下來，並突然想到魯迅有一篇〈父親的病〉。我在台灣從來沒有看過魯迅的書，後來第一年在芝加哥大學，花了一個暑假，在圖書館裡把魯迅的所有作品（除譯文集之外）都看完了，所以對魯迅的文章比較熟。我想到魯迅〈父親的病〉和甘地（Mahatma Gandhi）的經歷可以連繫起來，彼此相關、可以比較。愛理生很感興趣，於是把我收入他的研究班。我是正式註冊而不是旁聽的，所以，我旁聽自己本科費正清的課，卻修了愛理生這個跟我沒有關係的課。我非常用心聽他的課，到現在還非常懷念他，雖然他的理論現在沒有人講了。

張：愛理生是弗洛伊德（Sigmund Freud）這一脈傳下來的？

李：對，他是弗洛伊德的嫡傳，因為他是安娜·弗洛伊德（Anna Freud，弗洛伊德的女兒）的學生。不過，他有一點跟早期的弗洛伊德不一樣，他反對弗洛伊德把重要的心理問題，尤其是性的問題，都歸納到兒童時代。為了反抗這個觀點，他寫出了他很重要的書《認同：青年與危機》（*Identity: Youth and Crisis*）。他認為人成長的過程大約有八個階段，最重要的是identity confusion（認同紊亂）的階段，就是年青人不知道「我要做什麼」、「我是誰」的時候。前面的那一段理論跟弗洛伊德很接近，包括sexuality。他重視的是人變成了成人以後，人的經驗是怎麼來的。所以愛理生想到把青年甘地跟青年魯迅合在一起。他的第一本書是《青年路德》（*Young Man Luther*），第二本就是《甘地的真理》（*Gandhi's Truth*），也是講青年甘地比較多。

張：這很有趣，愛理生研究的都是奠基人物，於是他就希望您研究魯迅這個中國現代文學的奠基人物的心理。

李：對，一點也沒錯。他很滿意我的研究，其實我只是根據魯迅幾篇文章去做而已，特別是〈父親的病〉。

香港魯迅閱讀史

張：後來1970年您來香港的時候，在《明報月刊》上連載的那篇關於魯迅的長文〈「魯迅內傳」的商榷與探討〉，就是受愛理生影響後的第一個完成品？

李：對。當時《明報月刊》的編輯胡菊人認為很有意思，就拿去發表了。這篇文章引起了當時香港學界的注意，包括左派，所以才安排我和曹聚仁見面。

張：我是第一次知道老師跟曹聚仁見過面。曹聚仁在散文裡有提過您的〈「魯迅內傳」〉。

李：提過啊？

張：他有提過。

李：那即是說他看過了，他一定是不贊成的。他大概覺得，我是一個剛從美國回來的人，又是從哈佛大學回來的，而且很明顯我不是國民黨的人，我是自由主義派。雖然我不是左派的同路人，可是左派當時就是要拉攏像我們的這些人。所以，後來有一件事很有意思：羅孚拉攏我們，像戴天、胡菊人等，到最後最支援羅孚的都是我們這些人。我曾經特別到北京看他，而羅孚蒙難的時候，左派沒有人敢去北京找他，反而是戴天幫他的忙最大，但戴天自己不願意講這件事。

我跟曹聚仁見面是個偶然的機會，大概是羅孚請吃飯，一桌人，看到一個小老頭子坐在旁邊。我當時很年輕，三十歲出頭吧，然後就喝酒，喝了幾杯之後，他就說：您知不知道魯迅寫過黃詩？於是他就在一張餐紙上寫了出來，那首詩大概寫的是魯迅自己和許廣平。我當時看了覺得好笑啊，說這個不得了⋯⋯後來那首詩不知丟到哪裡去了。曹聚仁是真的寫了出來，我不是假造的。這件事完了我就忘了，後來才偶爾跟你提起來。這是我自己的八卦，我也不把它當啥；可是現在想起來，我魯迅那本書裡面的中文資料，用得最多的是兩個人的著作，一是周作人，二是曹聚仁，這你可以看得出來。

張：周作人的資料也是通過曹聚仁在香港出版的。

李：對。你這樣看的話，就連接起來了。我當時看了很多大陸出版的魯迅傳記，後來覺得都沒有用，全丟掉了。最重要還是周作人，然後就是曹聚仁的《魯迅評傳》，《魯迅手冊》我也有用過，所以我一見他就知道他是誰。我真的不記得有些什麼東西，我在註釋裡都是一個一個批判的。

張：的確，您的註釋裡引用最多的是曹聚仁。我覺得很奇妙的是，恰恰在冷戰時期，香港這個邊緣的地區開展了一種「人」的魯迅的研究。這種研究方向最初是由曹聚仁開展的，後來夏濟安談魯迅的黑暗面。夏濟安文章開篇引用的魯迅文句，跟曹聚仁在《魯迅評傳》一書開篇所引用的文句，是一樣的。所以我覺得夏濟安也可能看過曹聚仁的研究。

李：他一定看過。

張：再然後就到您的魯迅研究。雖然您們都不在香港出生，但當時都過境香港，同時都在香港開展了「人」的魯迅的研究方向。我覺得這真是一個歷史的因緣湊巧。

李：你說起夏濟安，我當然要公開承認，我也受到他的影響。夏濟安的《黑暗的閘門》裡的〈魯迅作品的黑暗面〉這篇文章出版得蠻早，大概就是在我研究魯迅的時候寫的，我一看之下，差點說我不要寫了，而他鼓勵我寫下去。夏濟安跟我有很多相似的地方：我們都是從台灣來的，到過香港，都是從魯迅的作品直接把握魯迅的，喜歡《野草》，對魯迅中文傳記的反應也很相似，覺得大陸那些用來宣傳的傳記根本沒用。所以，他就寫魯迅的陰暗面，那陰暗面是藝術的陰暗面，不是心理的陰暗面；而我則多了一點，把心理的陰暗面也寫進去了。如果把曹聚仁這條線也拉進來的話，我是迷迷糊糊地走到一個匯合點，這個匯合點剛好就是在那個時候，正好就在香港。因為冷戰，香港政府有所謂「不干預政策」，你只要不罵英女皇，什麼都可以。你們中文刊物這邊，自己鬧打好了，間諜一大堆，管你的。羅孚是公開要統戰的嘛，拉攏我們這些人，我們也覺得很好玩。為什麼香港變成了唯一的中心，一個所謂「公共廣場」？現在香港是遊客的廣場，當年是公共言論的廣場。香港自1942年以來，或者說1930年代末期，有大量的南來文人，裡面包括很多左派人士，所以這個傳統進來了。不只是上海幫進來了，而是整個中國左派文人落難到香港。我們應該把曹聚仁這些人都歸入這個左派傳統，譬如戴望舒，甚至葉靈鳳，後者也是左派的。他們中間有些人如曹聚仁就留下來了，現在應該是重新發現他，為他立傳、平反的時候了。只有香港才可以容納這些人，你一下子把這個歷史的因緣點出來了。這歷史因緣是很珍貴的，我生來有幸，第一次到香港就剛好碰到這個時候，如果我現在才第一次來香港，就不見得會定居香港。那時候一來，就覺得很欣賞這裡，原來是這個原因。百花齊放、華洋混雜，不只是人的混雜，是真正的思想混雜，是從那裡面我才覺得如魚得水，所以我也是很幸運的。

張：剛才談到〈「魯迅內傳」〉，我開始研究曹聚仁和您的魯迅研究時，發現一個很有趣的湊巧：曹聚仁談傳記研究方法，他提到了三個人，一個是路德維希（Emil Ludwig）、一個是斯特拉奇（Lytton Strachey），第三個是莫洛亞（André Maurois），而這三人形成了1930至1940年代吳爾芙（Virginia Woolf）所謂的「新傳記」（new biography）流派。他們很重視傳主跟作者、研究者的平等關係——傳主並不是「偉大的人」，他只是一個活生生的平凡人而已。這種對「人」的重視，其實是跟弗洛伊德的影響有關。剛才您說〈「魯迅內傳」〉的研究最初是發端於愛理生的理論，這恰恰就將兩者連結起來了。這不僅是一個研究方法，更是一種美學上的審美經驗，尤其是跟現代派的審美經驗有關。您過往談到自己的文學審美趣味時提過，您喜歡羅曼．羅蘭（Romain Rolland）、褚威格（Stefan Zweig）等一類作家，他們差不多都是這一個脈絡的。您能多談談這方面的審美與趣嗎？

李：這個脈絡應該是很複雜的，我這裡自己講也是迷迷糊糊的，也許應該由你們年輕學者把我的脈絡理清。當時我並不覺得我自己是屬於這個脈絡的，「新傳記」的三個人，我只知道莫洛亞。我知道吳爾芙，可是不知道她提到「新傳記」這個名詞。我當時摸索新的傳記寫法，特別是如何寫一個作家。我一直認為魯迅是一個作家，所以作家傳記對我的吸引力很大，後來我還一直關心到其他作家的傳記，譬如利昂·埃德爾（Leon Edel）寫《喬哀思：最後的旅程》（*James Joyce: The Last Journey*）我也看過。我覺得作家跟一般偉大的人物，跟政治家、哲學家不一樣，他的心理比較複雜，而且他創造出了文學文本。我那時花了很多工夫，才理清了作家的文本和作家自身之間的關係，就是：作家的意旨和文本之間有很大不同。這一點理論早就講過了，我只是不知道而已，新批評就是從這裡開始。羅曼·羅蘭我是在中學看的（褚威格最近才看），大學時代剛好碰上海明威（Ernest Hemingway）和福克納（William Faulkner），我的同學王文興發現了卡夫卡（Franz Kafka），白先勇其中一個最喜歡的作家是亨利·詹姆斯（Henry James），當時我迷迷糊糊地跟著他們，看這些早期的現代文學。我感覺自己迷迷糊糊地把十九世紀末歐洲幾個傳統連在一起，包括後期的浪漫主義——不是前期華茲華斯（William Wordsworth）那些，是後期、接近世紀末的浪漫主義，已經有點象徵派的意味了，茅盾叫它做「新浪漫主義」；然後，加上一些早期的現代主義，再添一點停留在兩者之間的各種人物，包括現實主義——現實主義沒有死，它開豁了，更複雜了。這些東西變成我的精神食糧，所以很自然當我要寫我的書的時候，如果用到西方文學的話，我就會朝向這個方面。可是我當時並沒有像早期的也斯、劉以鬯一樣，刻意找尋一種很新的、時髦的現代主義潮流，他們是比較自覺的，我不大自覺，我只能說我受到它們影響，不能說我老早就知道了。現在想起來我就覺得，這是一個大傳統，廣義從十九世紀末到二十世紀初、1920年代左右，整個歐洲的傳統，不只是英美，不只是法國，德國、奧地利、匈牙利也非常重要——我這是受休斯克（Carl E. Schorske）的影響。這些加在一起，就變成我現在的興趣。所以我的褚威格文章是隨便寫著好玩的，你也幫我找了一些資料，原來他也寫過很多傳記，我當時也不知道。最近我看過一部電影《布達佩斯旅館》（*The Grand Budapest Hotel*），我說怎麼老是講褚威格，從這裡才引出興趣來。

張：這實在很奇妙，曹聚仁也是看斯特拉奇、路德維希、莫洛亞等等，然後自己摸索出來的。1930至1940年代，中國文壇大量翻譯這些作家的傳記，但都不知道背後的理論。我覺得這個摸索的過程跟您有點像。

李：對，極端相像，我們都是在摸索的，都是「馬後炮式」的理論，多年之後才發現原來理論裡有這些東西。有一次一個年輕學者對我說：你魯迅那本書背後有很多理論，我說哪裡有什麼理論，他細細地指出了來源。嘿，我根本是摸索出來的，我當時是故意不用理論，我連愛理生的理論也去掉了，只提到了一點點。

清末民初的知識結構

張：民國知識分子和作家讀了大量的書，這些書背後其實都有它們的理論背景和傳統，但是他們可能都不知道，卻拿來用了，於是這些理論都集中體現在民國知識分子的作品裡。

李：這種對民國作家的理解，我覺得應該由你們來發揚光大。他們看了那麼多書，衝破了這麼多，走出一條新路來，自己又搞不清楚背後有那麼多理論。這方面的研究現在還不夠，廣義的文化史和知識史更如是。我們現在合作做的研究，主要就是要看這個問題。你發掘了那麼多東西，瞿秋白跟佛家、伯格森（Henri Bergson）的關係，簡直是不得了，我之前都不曉得。

張：最近這一兩年，您在課上較喜歡談晚清與民初的「新知」和知識結構的轉型問題，跟這一點有關嗎？

李：有關係的。我很早就開始對晚清感興趣，我在博士論文裡寫過林琴南，這是一個開始，可是我一直沒有寫過有關晚清的重要文章或專書，因為資料太龐大了。我早期的晚清研究也是跟其他歷史學家一樣，研究梁啟超之類，後來覺得不夠，梁啟超的文學觀也不夠，於是開始看晚清的翻譯，這才發現晚清原來有大量的翻譯。當時不知道翻譯理論，後來發現翻譯理論亦用不上，你說怎能把現成的翻譯理論用到晚清上面呢？我最近才發現，晚清研究一個難以解決的問題是，百分之八十的晚清翻譯是來自維多利亞的通俗文學的。通俗文學怎樣研究呢？所以我現在跟崔文東合作做數據庫，用一種像莫萊蒂(Franco Moretti)的方法來做，先歸納它們的敘事模式、類型、次類型等，然後特別關注婦女和主體性的關係，我覺得這是晚清研究的突破點。這些東西我現在正在做，可是我現在已經跟曹聚仁一樣變成老頭子了，所以應該讓青年學者來繼續做。我的晚清研究沒有完成，而我也不打算完成了，現在我的興趣已經回到民國時代，特別是五四、1920至1930年代的知識形成和文化史的觀念。這個文化史應該包括香港，一直延伸至1940年代甚至更晚。目前這個工作我也做不了，太龐大了。加上電影的影響，過去開電影的課時，發現視覺文化本身根本是跟印刷文化平起平坐的，所以就更複雜了。做得愈多，我愈發現，所有東西都是連在一起的，而且往往當我們以為自己在研究某個題目時，會發現另一個東西。這就是我所說的「柳暗花明又一村」，或者說serendipity(機緣巧合)，誤打誤撞——以為自己撞到一個重要的東西，卻原來另一個題目才重要。我的晚清研究就是如此，我以為研究林琴南很重要，後來卻發現其實是其他的東西。所以，將來的研究恐怕是要大家一起合作。

關於「英雄時代」、「大師時代」，讓我再重申一次：「陳寅恪以後，二十世紀沒有大師」。如果承認我們這個時代是後現代的話，怎麼會有大師呢？大師是一個現代主義的創造，是吧？之後大家都在模仿，不會再信仰什麼東西了。我另外一個聲明是：不能把老一代學者作英雄式崇拜。國內的學風，很多時候是表面上愈崇拜那位學者，背後就愈罵得他一文不值。我覺得應該把一代一代人的研究，放在一個更廣義的歷史脈絡裡面，把它們混和在一起，這樣才看得出中間的各種來龍去脈，就像你現在研究的東西。所以我要自我解構，希望大家千萬不要再拿我做論文了。如果做的話，只提我研究的那個問題，譬如說，「上海摩登」這個問題是李歐梵提出來的，但沒有完成，應該像這樣那樣的繼續做，引發更多的問題和討論。我希望大家可以互相傳承，也可以反叛，但不是代替。

張：我想，我們今天雖然再討論魯迅，但我們都很清楚這是一個歷史的象徵，或者歷史結構中很重要的一點。我們必須經過這個點，才能明白這個歷史的結構。我估計大家對老師的興趣，有一大部分是跟歷史連起來的。

李：對，也可以說我生之有幸，歷史的關鍵點我都剛好在場，譬如說1970年我來到了香港。

張：這真的很關鍵，因為1970年老師您碰到曹聚仁，兩年之後他就離世了。我個人覺得，這次相遇就「人的魯迅」的研究脈絡而言是重要的，是兩代學者交接的時刻。我覺得曹聚仁給老師的不是批評，而是給年輕學者的忠告，他希望後輩研究魯迅時不要太鑽進去，不要太理論。曹聚仁最後還講了一個聲明，他抄了一段魯迅給他的書信的內容，說他最想做的未必是魯迅傳記，而是繼承魯迅的想法，做中國社會史。我覺得您後來研究的發展，恰恰是曹聚仁希望做的事情。您的《上海摩登》(*Shanghai Modern*)根本就是中國城市文化史，老師當時有沒有看過曹聚仁這篇文章？

李：沒有，我根本不知道有這篇文章。

張：但您繼承了他想您做的方向。

李：如果用現在的說法，社會史和文化史不太一樣。社會史就是所謂sociology of literature或者sociology of knowledge，現在一般人對社會史的理解就是工人、性別、集體這些東西，調查之類什麼的。西方社會學差不多都是資料和統計吧，他說的不是這種？

張：他指的是魯迅書信裡面談到的一系列什麼賭博史、妓女史等等，中國不同面向的歷史，所以我覺得這跟老師《上海摩登》裡的城市文化史是交接的。

李：現在上海的年輕學者，如毛尖、羅崗，都將注意力集中在我的《上海摩登》，我自己並不把這本書看得那麼重要，碰上而已。而且「上海摩登」這個名字也不是我創造的，是取自一本日文書的書名。我覺得這個名字太合適了，於是就用上了。我剛巧又是碰到一個歷史交接點：剛好中國改革開放，整個上海重新繁榮起來。研究剛開始時，上海真有白先勇所謂「破落戶」的感覺，好像老的上海已變了臉，新的上海還沒有起來，當時整個意識形態還是停留在農村革命時代，哪裡有現在這種上海都市的感覺。我這本書寫得早，出版得也早，到了二十一世紀開始，全球化理論就出來了，後來再加上建築學，整個背後只有都市，什麼都沒有了。直到最近這兩三年，才開始提到鄉村的問題：難道就只有都市嗎？那鄉村怎麼辦？最近聽說設計北京CCTV總部大樓的荷蘭人庫哈斯(Rem Koolhaas),他在哈佛用視頻和中國幾十個建築師討論中國鄉村問題,我想也許建築界裡面也感受到過度都市化的問題吧,像什麼綠化的問題都出來了。現在講所謂「後人類」(post-human),一方面講AI,另一方面就講綠化和污染的問題,這些都是環境史(environmental history)。我還沒有到這個階段,我大概不會做這個方面的研究了,可是我們關心的,應該是人和自然的問題。不過講到這裡恐怕也差不多了,我覺得有意思的,反而是我跟曹聚仁的關係。所以,我的宣言就是:一本學術著作和它的作者的關係,跟一個文學作品和它的作者的關係很像,或者說是對等的,作家的意志、他要寫的東西,跟最後寫出來的作品不見得一樣,所以作品要自生自滅,作家可以不管。我八十歲了,依中國的習慣,該大家祝賀一番,喝喝酒,可是我這一次的會議來不了了。這次能夠把一些問題談出來也不是一件壞事,可是你說我有什麼貢獻,其實我沒有什麼貢獻,只此而已。有你們年青人繼續下去我就非常高興了。

註釋

1 本章的初版本題為〈世紀經驗、生命體驗與思想機緣——李歐梵和二十世紀的現代文學〉,由吳君沛先生整理、郭詩詠教授校訂,原載於《現代中文學刊》,總第59期(2019),頁4–9。謹此向《現代中文學刊》主編羅崗教授致謝。

14

文學與文化跨界研究[1]

2018年12月8–9日，復旦大學中華文明國際研究中心、復旦大學古籍整理研究所主辦了「中國文學與文化研究範式新探索——致敬李歐梵先生」國際學術研討會。李歐梵教授請香港中文大學張歷君教授對他作了一次訪談，並做成影片，在會上播放。本文依據訪談整理。

中國研究與文化研究

張：老師，這次會議主要是談中國現代文學和文化研究之間的關係。那可否請老師一開始講一下：您一向是研究中國現代文學的，為什麼中間會轉到文化研究的方向？您覺得，文化研究和現代文學研究最初是怎樣產生互動關係的？這兩個研究領域有哪些互相啟發的方面？

李：因為我這個人，對於什麼問題都有興趣。什麼方法、什麼理論都有興趣。所以，當文化研究最初介紹到美國的時候——我記得我那個時候在芝加哥大學，應該是在二十世紀八十年代末九十年代初那段時期。我在芝加哥認識一個好朋友，叫做Benjamin Lee（李湛忞）。他是芝加哥大學人類學系的博士，非常懂理論，所以我從他那裡學到很多西方的理論。這個時候，他就提到，有一些美國的理論家——語言學家、人類學家、文學批評者，開始把「文化研究」這個名詞帶進來了。這些學者在伊利諾伊州立大學開了一個會。後來大家認為，這是文化研究在美國學院裡面第一次正式打響這個名堂。我當時聽到以後，看了相關的文章。我就覺得，這個和地區研究——就是中國研究，可以互動。所以那個時候，剛好加州大學柏克萊分校的葉文心教授召集一個小型會議，就是講中國研究的方法問題，認為是不是可以和文化研究互動，我第一個響應。當時我就覺得，地區研究不能夠閉關自守，應該開放，因為地區研究的好處就是：它雖以中國為主，但應該用多種方法，做到「跨學科」（interdisciplinary），應該涉及各個領域。而文化研究，也就是interdisciplinary，也是各種方法都可以用的。我當時還以為文化研究最重要的觀點是文化，後來才發現文化研究的背後是理論，是關於文化的理論，而不是文化本身。所以，我當時非常熱烈地響應，就覺得如果這樣雙方開放的話，我們可以打通在美國的漢學閉關自守的狀況。因為，美國的地區研究逐漸被其他學科瞧不起。他們覺得地區研究沒有方法。我說，地區研究有很多方法。可是在美國就是一個field。一個領域、一個專業必須有一套方法。而地區研究沒有這一套方法。如果有的話，就是漢學。可是，漢學後來是被傳統中國研究拿去了，可以這麼講。所以，當代中國研究就和漢學分家了。現在中國內地還把中國研究和漢學混在一起——叫做「海外漢學」。其實，嚴格來講，漢學（Sinology）這個名詞，只能用在傳統中國文化研究中，只是一部分的方法。這是題外話了。所以，我就響應了。可是當時地區研究的、中國研究的，特別是當代中國研究的人，不知道我在幹什麼。那麼我就一不做二不休，在哈佛大學的費正清中心主持了一個工作坊——沒有經費的——叫做亞洲文化研究工作坊，也可能就叫做中國文化研究的工作坊，我記不清了。我的口號就是：什麼都談，不談中國政治，不談當代政治，只談文化。當時很多人認為我是離經叛道。真沒有想到，我竟然打出一條路來了。現在年輕一代的同行，都在用文化研究的辦法來研究中國的題目。

張：所以，老師您最初接觸文化研究和文化理論的時候，比較多留意哪些理論家、哪些當時的文化研究學者？

李：我當時對於文化研究還不太清楚。提高理論水平對於我來說其實是蠻迫切的。我記得，我第一年到芝加哥大學，應該是1990年，也是那個時候，我就感到一個很大的危機。就是芝加哥大學的同事個個都懂理論，包括近年過世的余國藩教授，他對hermeneutics（詮釋學）熟得不得了。我什麼都不懂。怎麼辦？所以我就覺得，我需要重新研究理論。我的理論研究方法，就是受到鄭樹森的影響。鄭樹森是Jameson（詹明信）的大弟子，我就打電話向他求教，於是就從Lukács（盧卡奇）開始看，看的是Jameson的那一套理論方式，包括Jameson自己的文章跟書。我為什麼用馬克思主義的方法？因為我是學歷史出身，我覺得這和我當時研究的中國現代文學和社會，就是用歷史社會學的方法來研究文學，非常切合。

我覺得這個方法最有用、最相關。抽象的語言理論，與我的研究不相關，我也不大懂。抽象的哲學也不行，於是我就從這裡開始了。

張：所以老師您也讀過Jameson。之前聽您說，他還評論過施蟄存。

李：因為那個時候我聽說過Jameson對於中國研究很有興趣。他開始收中國內地的學生，唐小兵是第一個，因為唐小兵在北京大學當過他的翻譯。後來我也見到了Jameson，是因為唐小兵的論文要答辯，他們要請一個校外委員，就請我去了。Jameson還請我演講，我就講施蟄存。當時我開始研究上海。他還特別說，他喜歡施蟄存的那種《魔道》式的魔幻作品，不喜歡寫實的作品。我又聽說，他正在學中文。他學中文，念的第一本書是老舍的《駱駝祥子》。聽說他學了一兩年還是兩三年，覺得太難了，沒有學下去。他懂得很多語言。所以我對Jameson非常尊敬，一直覺得這位理論大家，對學問其實是很下工夫的，不是亂吹牛的。在我看來，他對整個歐洲的文學、文化、藝術的修養遠遠超過一般研究理論的人。因為他以前是哈佛法文系出來的，他的英文、德文也好得不得了。你可以看他的英文的寫法就和德文一樣的。所以，我和Jameson有這麼一點因緣，當然不能說熟，我也不是他的學生，只見過面而已。

張：除了Jameson之外，老師還跟Anderson有比較多的來往。

李：Perry Anderson（佩里．安德森）是我到了UCLA之後，變成我的同事的。他在歷史系，我在東亞語言學系。當時我就聽到他的大名，就看他的第一本書，叫做*Considerations on Western Marxism*（《西方馬克思主義探討》）。然後，我就鼓勵我的學生去選他的課，裡面就包括王超華，後來變成了他的夫人。因為這個關係，我跟他反而有來往，而且後來蠻密切的，一直保持聯絡。我非常佩服他的學問。他是大家，所謂大家，就是整個歐洲他都可以寫。他對於各種學科——幾個專業——不只歷史，社會學、文學都很懂。所以有時候我們見面，也聊過幾次中國文學。我一直覺得，他可以說是和Jameson齊名的理論大家，而他自己也偏偏非常崇拜Jameson，他為Jameson的一本書寫序，越寫越長，竟然變成了一本書，*The Origins of Postmodernity*（《後現代性的起源》）就是這麼出來的。

張：其實老師講的這個時間點還是挺有趣的，八十年代末、九十年代初，也是中國大轉折的時候。老師在這個時間點，也剛好想起關於中國的地區研究，可以和文化研究聯繫起來。老師現在回想起來，在理論上，你覺得這個新的方向會不會跟當時的整個時代的轉換、轉折有點關係？

李：我當時沒有這種知覺，我當時迷迷糊糊的，只是感受到好個人的幾個危機感。第一個危機感從八十年代中就開始了，就是我對於文學的分析方法也不太懂，書念得也不夠，理論了解也不夠。我受的是歷史的訓練，當時受的訓練，基本上是empirical history（實證史觀），注重資料研究，不知道方法。方法是我自己摸索出來的。結果到了印第安納大學要教文學，但我對中國傳統文學懂得不多，於是只好惡補。因為當時我要講授中國傳統小說，全部要講，從漢唐一直講到明清和現代。另外就是，我那個時候開始接觸到理論。因為我想研究魯迅的時候，不知道怎麼分析，但是覺得一定要用文學的方法。我對於「新批評」(New Criticism)也不懂，只知道有新批評，也知道我的老師夏濟安是這方面的大家。可是新批評本身是什麼呢？我要從頭看起。所以很多事情都是從頭來的。到了芝加哥大學我又嚇了一跳，所有的人都有理論高招，都是大師級的人物，我算老幾嘛？我很幸運自己去了。所以這個危機感一直陪伴了我。到了九十年代中，到過UCLA，又到哈佛。我到UCLA是1990年，可是我的危機感在八十年代中、甚至在八十年代初就開始了。理論我是慢慢、慢慢地積累。所以那個時候，個人的危機感跟我的學術生涯的轉換，碰到一起了。

香港文化與邊緣論述

張：剛才講到，八十年代中後期到九十年代的這段時間，老師您剛好開始醞釀有關香港文化的討論，乃至《上海摩登》的研究也是在這個時候開始的。所以，能不能請老師講一下，究竟是什麼因緣促使您將這兩個研究聯繫在一起的？

李：現在回想起來，我對於香港文化的興趣應該是在芝加哥大學時代。那應該是八十年代中，因為芝加哥大學的學生組織了一個電影俱樂部，要演香港電影，請我去當顧問、做評論。我當時還不知道徐克是誰，關錦鵬是誰都不知道，更不用說周潤發了。所以，我看了他們的幾部片子，大為驚喜，於是就迷上了香港電影。現在回想起來，八十年代是香港電影的黃金時代。我前幾天晚上還又重溫了一遍 *The Killer*（《喋血雙雄》），浪漫得不得了。所以就在那個時候，九十年代初，我請了也斯到芝加哥來。我記得他寫了一篇論文，還寫了一首詩，叫做〈異鄉的早晨〉。他在芝加哥呆了一個暑假，我們有個工作坊，也是Benjamin Lee和我主持的。他主持的那個研究中心叫做Center for Transcultural Studies，跨文化研究中心。現在大家都在用「跨文化」這個名詞，但早在八十年代他已經開始用了。所以，這樣我們就順理成章地搞了起來。九十年代以後，我記得劉再復、李陀他們來的時候，我們就放香港電影給他們看，他們也是那個時候第一次接觸到香港電影。所以現在回想起來，我對於香港電影和香港文化的興趣，和我對於上海文化的興趣，幾乎是並行的。我的腦子裡面以為是研究上海都市文化為主，香港為輔，可是其實是並行的。所以很自然地——我就醞釀了一個「香港—上海」雙城的觀念。我也提過，寫那本《上海摩登》的書的時候，我怕寫完了沒有人看，怕賣不出去，於是加上了一章張愛玲。寫張愛玲的時候，我臨時創了一個名詞，就是"a tale of two cities"，就是上海—香港雙城記，講張愛玲在兩個城市走動，在作品裡互為鏡像。後來沒有想到，這個名詞也不脛而走，不脛而紅，大家都講起來。所以很多事情對我來說，就是一個詞——偶然，就是我們常常討論的serendipity。這個名詞的意義是：我本來以為走的是這條路，探索的是這個問題，後來從中發現我走的是另一條，或許是跟我原來走的那條路混在一起了。因為我興趣很廣，我常常同時走好幾條路。所以混在一起的時候，在一個關鍵時刻就爆發出來了。你說我有什麼先見之明？沒有。你說我有什麼方法？也沒有。可是我唯一的長處就是接受各種刺激的挑戰。刺激越多，我越來勁，我就開始探索。而且我很誠實，我探索多少我就寫多少。我沒有一個預設的架構。所以，對我來講，我到現在還是這樣。我覺得，我們做學問、探討學問是無止境的。探討得越久，我越覺自己的不足。可是已經時間不夠了，我個人的生命的時間也所餘無多了。所以很希望下一代、年輕一代的人，能夠繼續做下去，而且做得比我更好，這是我真正的由衷之言。

張：老師講到這裡的時候，我記得自己最初接觸到老師跟也斯（剛才老師談到也斯）談香港文化「邊緣混雜」的講法，大概就是九十年代初、中期，我還在念高中的時候。我當時就發現你們兩位同步去發展「邊緣混雜」這個說法。究竟當時是什麼因緣讓老師您想到這個講法的？

李：也不大記得了，如果是很同步的話，也是偶然的。因為我們兩個的個性有點像，都是世界主義者，對各種東西都很好奇。當然，他會寫詩，我不會寫。他對香港的承擔，對這個城市的深厚感情，當然我比不上。可是，他真的是第一個把我帶進香港文化的人，在象徵意義和實質意義上都是。我每次來香港就找他，他帶我去吃飯，逛西環、上環的小酒吧，都是他帶我去的。後來他又介紹我到澳門觀光，了解澳門文化。所以這樣看起來，我和也斯的因緣是從偶合到同好。至於我用「混雜」這個名詞，當時是不是用了這個名詞，現在也記不清楚了，也斯也用，現在大家都用這個名詞。「邊緣」這個名詞，倒的確和我有關，我寫了一篇文章，討論邊緣問題，也是在那個時候，我一直以為大家都講中心，我偏偏要講邊緣，我真的是想探討什麼才是邊緣的問題。我記得很清楚，在UCLA任教的時候，我寫了一篇英文文章，是杜維明辦一個會議指定我寫的，談我個人的心路歷程——一個在美國研究當代中國文學的人的感受。我就說我所處的是邊緣（margin）。那篇文章現在已經翻譯成中文了。史書美把它放在她所編的一個關於Sinophone（華語語系）的論文集（*Sinophone Studies: A Critical Reader*）裡面。我的文章叫做"On the Margins of the Chinese Discourse"，就是〈處在中國論述的邊緣〉，故意把英文字"On"變成語義雙關，既是「在」，也是「論」。在文中我就講到我和幾位從中國大陸流亡到美國的學者，怎麼在芝加哥討論文學，討論中國文化的「尋根」問題。於是從「尋根文學」的例子，才知道這個文化之根的來源是中國的邊緣，例如西藏、蒙古、西南和東北邊境地區。我受到啟發，覺得應該從邊緣的方式重新構思、了解中國的文化。所以我的「邊緣論述」就是從那個時候開始的。這個邊緣理論，其實不能算是理論，只是一種說法，一個concept，一個觀念。

張：這個關於「邊緣」的說法，後來就成了老師關於香港文化討論的重點所在。其實我很好奇，因為剛好想到一個問題，就是無論文化中國、還是中國文化的討論，在冷戰時期，很有趣，都是在香港這樣的邊緣地區出來的。這個獨特的歷史背景有沒有引發老師，去構想一個另類的中國文化圖景？雖然老師常講自己是一個世界主義者，但是您始終很關心中國知識分子，或者現代中國，或者「五四」文化等等。那這個邊緣的位置，對於您了解中國文化的這些議題，會不會有一些啟發？又或者提供了看問題的不同方法？

李：要回答這個很複雜的問題，你也可以說，我是從一個邊緣的角度來審視中國這一百多年來的文化、文學的變遷的。我記得我在哈佛有一門大班課，普通學生的課，就講這個問題。一開始我就放映徐克的《刀馬旦》這部影片，我就講，如果辛亥革命和民國早期的軍閥割據，用香港邊緣的電影角度來看，會是什麼樣子，就很好笑。這是一個邊緣論調，中心理論沒有人敢說孫中山的革命或軍閥這些東西很好笑的。你要不然大罵軍閥，要不然就是歌頌革命。香港通俗文化的基調是插科打諢式的，是無厘頭式的東西。其實，你從一個龐大的內陸、一個hinterland跳出來看的話，非但有客觀性，也可以有一種反諷性。我覺得「反諷」這個名詞，在中國文化裡面原來沒有，這是我從西方學來的。現代主義最重要的一個觀念，就是反諷，就是irony，什麼都是irony。這個反諷的意義，本身就是從反思過來的。你再思考一次，才會覺得有點好笑，這就是反諷的起點。所以，這就讓我感覺到，我們在香港當今所處的也是邊緣，歷史的中心已經離開我們了。從歷史的縱向來看，「大歷史」是從明朝以來的北京和漢唐時代的西安擴展出來的，這是大陸的文化中心。那個時候，香港根本還不存在。可是，到了二十世紀、二十一世紀的時候，整個的世界變了。換言之，就是國家與國家之間的關係，擴展到一個所謂全球化的關係的時候，這個「邊緣」就很重要了。因為「邊緣」所處的總是兩種邊界：一種是面對大陸的、內陸的、自己的國家的；一種是外向的、面向海洋的、外面的世界的。香港在歷史上，就是一邊面向外面的、西方的勢力的影響，一邊背靠中國大陸。那就要看你怎麼設身處地來處置這個問題了。我突然想到本雅明（Walter Benjamin）的「天使」寓言。我們兩個人都覺得有點像寓言中的天使一樣，面對著這種現代性的滾滾潮流，它叫做「進步」，而天使偏偏背向而行，背靠的是什麼呢？我覺得無論內還是外，雙方都是一種沉重。「邊緣」這個想法，作為一種思想資源，對我有種非常大的啟發。我什麼東西都可以從邊緣來構思。甚至於現在，我即使在中心，我還是從邊緣來構思。有人還笑說：你都是在學術中心教書的，哈佛不是中心嘛，你還做什麼邊緣呢？我說我在哈佛也是處於邊緣。人家真正的以西方為中心的研究輪不到我，雖然我對西方文化也很有興趣。大家不要以為我在哈佛是一個主流，不是那回事。我就是從邊緣的位置評論他們的東西，如魚得水，我一點都不覺得有什麼吃虧的地方，你們研究的東西，我都懂一點，但我研究的東西，你們一點也不懂。所以從這個立場，再重新remap，重新繪製新的全球化的地圖的時候，我覺得如果你們要討論所謂離散社群啦、移民啦、跨文化流動啦，或者是Arjun Appadurai（阿帕度萊）所講的那五大「圖景」啦，全部都是從「邊緣」出來的。邊緣接上邊緣，就變成一個龐大而多元的文化景象。

如果本雅明在上海

張：老師，您剛才談到本雅明，我們都知道老師您的《上海摩登》研究的方法論裡，有一部分是從本雅明來的。可不可以請老師講一下，您是什麼時候開始研讀本雅明的著作的？

李：也是從那個時候開始，就是1990年前後，我感覺到我需要一點理論的照明的時候。可是我一頭栽進本雅明的文章裡面就出不來了。我覺得這種文章正合我的口味，它不像抽象的理論，有點像文化評論。本雅明的語言好得不得了，非常耐讀，雖然是從德文翻譯過來的，可是我看的那個翻譯文本，就是大家時常引用的那兩本，*Illuminations*（《啟迪》）跟*Reflections*（《沉思》），有阿倫特（Hannah Arendt）寫的序。那個翻譯的人Harry Zohn（哈利 · 佐恩），英文文筆相當好。雖然後來我才知道，有幾篇經典文章，他翻譯得不太正確——但不能說完全錯誤。特別是那篇講「藝術品複製」的文章。後來這個緣分更有意思了，我到了哈佛之後，見到哈佛大學出版社的人文部主任Lindsay Waters（林賽水）。我一見到他，就說：你的樣子有點像本雅明。原來他正在籌備一個大專案，就是把本雅明的作品全部重新翻譯成英文出版，後來果然出版了，他還送給我三冊。所以，這個因緣對我來講，其實已經超過我的上海研究。從此我就開始看本雅明的所有重要著作，甚至間接地受他的啟發，讓我重新來讀卡夫卡，用他的辦法讀，然後用他的辦法來接觸巴黎拱廊、歐洲歷史和古代德國戲劇。我有參看後世學者對他的研究，對他的思想天分才略有所知。我對於他的個人的經歷非常地同情，甚至於同情到對他的朋友Adorno（阿多諾）有偏見，覺得他比Adorno厲害得多。後來到香港大學客座那一年（2001），我碰到Abbas

（馬文彬），他也是個本雅明迷，到現在恐怕還是迷。所以有這麼一個多重因緣。

張：剛才聽老師説，最初您讀本雅明的書，主要好像還是跟您的上海研究有關。聽説您有一次演講，裡面有一個聽眾發問，才讓您去讀本雅明。

李：肇始是因為我要去UCLA任教，他們按章辦理，要請我去做一個演講，我就講我的上海研究。當然那個時候我也聽説過本雅明，也買了他的書，但沒有細讀，可是在場有一位年輕的女教授就問我：你有沒有看過本雅明？我照實回答：家裡書都有，可是還沒看，我説我回去就看。她説：你的東西非要用本雅明的辦法不可。又是那個時候，就是八十年代末、九十年代初。我在八十年代到芝加哥大學任教的時候，就買一大堆理論書，都是在那個書店——叫做Seminar Bookstore——買的，我就拼命地買，買了擺在家裡沒有時間看，真的是這樣。所以理論對我來講，跟練武功一樣，要一步一步來，痛下苦功。可是那個時候我的功力太淺了，怎麼辦？於是我把那些理論書拿到芝大圖書館五樓我的一個小讀書室，只有一扇小窗子，像監獄一樣的，我就在那裡苦讀。除了授課之外，每天從早到晚，都泡在這間斗室裡，哪裡都不去，就這樣一本接一本地看。所以你看得出來，《上海摩登》中談到本雅明的部分不多，是最後幾章才引了一點，我不敢在全書的序言中長篇大論。其實我只用了本雅明理論的一小部分，就是那個關於flâneur（都市漫遊者）的説法，而且用得很淺薄。我就怕自己的上海那本書被某個理論掐住了。我覺得上海文化本身也有它的主體性，和本雅明研究的十九世紀巴黎一樣。這是我一貫的方法。

張：老師其實也是八十年代中期前後去上海的。這個時候老師有沒有得到什麼靈感，見了什麼人？

李：八十年代初中國開放以後，我才開始去一兩次。後來陸續去的時候就跟上海結緣了。我第一次去，為了見巴金先生，就特地飛到上海去拜訪他，在他的會客室。他住在原法租界，我最近又去看了一次，變成博物館了，沙發椅子還是那個樣子。我出來以後頗有感觸，當時的上海跟以前相比沒有大變，現在有的地方也沒有變，原法租界那幾條路還沒有變，當年我就常在那裡面散步。後來我就覺得要徹底研究一下在大都市散步的意義。也差不多在這個時候，中國文學界現代文學研究的幾位專家，特別是北大的嚴家炎老師，他編了一個集子，叫做《新感覺派小說選》。就在這個時候，我在上海也收集了那三位作家——劉吶鷗、穆時英和施蟄存——的小說，在台灣出了一個《新感覺派小說選》。兩本選集幾乎同時出版，但收集的文章不完全一樣，嚴教授寫了一篇序，我也寫了一篇序，內容也不同，可謂相得益彰。可以說就在這個時候，我就有點興趣想寫一本研究新感覺派小說的書。可是慢慢就發現這個寫法的不足，我一定要把上海的文化背景也放進去。於是就把上海研究和「新感覺派」連在一起了。當時上海研究在美國已經開始了，有兩個重鎮，一個就是柏克萊，就是魏斐德（Frederic Wakeman Jr.）和葉文心他們那幾位。魏斐德是著名的歷史學家，他早已到上海研究杜月笙、研究上海的警察，我就跟在他後面研究上海的文化。上海的好幾位文化界和學界的朋友都說，他們先見到他，不久之後就見到我。還有一個傅葆石，研究上海的電影，也是那個時候去上海的。差不多也是那個時候，康奈爾有個教授研究上海的廣告、香煙公司。所以在美國，上海學開始興起，後來成了顯學。我當時只是研究上海的文化，對於上海學本身沒有什麼大興趣。他們也把我列為上海學的一個專家，其實我不是的。可是如果把我的書和他們上海學所出的書來比較的話，我的書是唯一一本以文學為主的書，或者說把上海的都市文化作為文本的脈絡(context)。而他們研究的都是其他的東西，例如上海的經濟、社會、政治等，這些都做了出來，而且成績很好，和上海社科院的都市研究計劃剛好契合。因此我那本書顯得很特別，好像只此一本而已。現在回想起來，那本書的第一章，我不自覺地用了一種本雅明式的手法，就是作為一個作者，我假想自己是一個flâneur，漫遊在資料和文本顯示出來的「摩登」上海之中。也就是說，我的思緒在那個歷史的情境裡漫遊，看到什麼就寫什麼，然後加以分析和重組。這也是一種電影式的panoramic view(全景式的輪鏡頭)，一點一點地看，一開始就引用茅盾小說《子夜》開頭的全景，然後就假想從碼頭上岸，經過大馬路時，看到什麼百貨公司，又從百貨公司，看到什麼書店，於是就講書店，然後是電影院、跑馬場⋯⋯一景又一景，就是這麼出來的。這一招，只有一個人一下子就看出來了，就是我的那個朋友Benjamin Lee。他說：你這個寫法很特別，是不是受本雅明的影響？其他人都沒有看出來。我花了好多工夫寫第一章，至少改了不下十幾二十次，我現在跟同學講，也沒有人相信。寫初稿時，怎麼寫都不對勁，後來還跟葉文心商量。葉文心說：你的資料太多了，分成兩章吧。於是我就分成兩章，這一下子問題就解決了。所以很多人看我那本書，從前面看好像看小說一樣的，我是故意這麼寫的。可是多年後，王德威跟他的研究生說——這我是聽來的——你們千萬不要學李歐梵，學他的話，將來論文不能通過，教書不能升等。有此一說，也許是他開我的玩笑，因為他覺得我的寫法很特別，跟一般學術著作的格式不一樣。

張：剛才老師說自己的研究文章好像小說一樣，您大概也是八十年代中期開始見到施蟄存先生。聽說施先生那時候對您有很多啟發，關於這位小說家，可以請老師重溫一下您和他的交往嗎？

李：我以前寫過一篇紀念施先生的文章，談到和他的交往。我早已讀過施先生的小說，所以老早就想去拜訪他，到了上海以後，幸虧有朋友介紹，得以到他在愚園路的住所暢談，覺得他非常直爽，有問必答。記得第一次去，寒暄沒有幾句，他就說：你要有什麼問題，先寫在紙上，口頭也可以。當時很少人訪問他，所以我可以從容發問。於是我就問他：什麼是現代主義？他說沒有這個名詞，當時只用了avant-garde（先鋒派）這個名詞。然後，我就問他：你在三十年代接觸到的是西方哪一類先鋒作品？他就講了一大堆人的名字，不只是詩人和小說家，還有畫家。我現在記得最清楚的就是Picasso（畢卡索）。還有德國的Schnitzler（顯尼志勒），他翻譯過Schnitzler的幾篇小説。他還特別提到一個很怪的人，就是Marquis de Sade（薩德侯爵），虐待狂（Sadism）的創始者。我當時沒有看過相關作品，他就叫我去美國書店找。後來我終於找到了，寄給他。然後我們就開始談他當年在上海看到的外國雜誌，他最喜歡的是*Vanity Fair*（《浮華世界》）——現在是一個商業雜誌——以前是很重要的文化雜誌。裡面有很多汽車的廣告，這些一手資料，我在我的書裡面都引用了。後來幾次跟施先生見面，我們熟了以後，他就開始發牢騷了。因為他受壓很久，八十年代才被「發現」——大家尊他為中國現代主義的師父，他自己卻自嘲説他已經像是「出土文物」了。他在文革時期，因為魯迅曾寫過一篇批評他的文章，而遭批判，後來雖然得到平反，但他很不得意。我見到他的時候，他在研究古典文學了。因為我問到他的西方文學淵源，別人從來沒有問過，因此他跟我很談得來，甚至於在我面前還跟別人説他如何跟別人打官司，譬如在台灣我編的那本《新感覺派小説選》，沒有給他稿費，他就很不滿。他要去找人交涉，我説真對不起，這也是我的疏忽，下次來我把稿費親自送給你。他説跟閣下無關，這是書店的事。他是公私分明的。我還記得，有一次我的一個學生去訪問他，他禁不住也批評我，他説：你這個老師，看的當年的中國文學史上的左翼的著作太多了。他指的就是劉綬松、王瑤、李何林這些人寫的中國現代文學史。他説我受這些文學史著作的影響，把左翼當做主流，其實真正有影響力的還是《現代》雜誌。當年的左翼學者當然以革命掛帥，以社會主義、寫實主義為圭臬，這當然和他的先鋒藝術思想不太契合。後來他也告訴過我：其實先鋒藝術本身也是革命性的。施先生自己當年的思想也很左，不過他從來不服膺任何教條式的論調。由於這段因緣，我一直到現在還很懷念施先生。最近我又想到他，也就想到一位他曾經向我提到的人物，就是褚威格。所以最近我順便把褚威格的幾本小說拿來看了一下。我猜也是那個時候有人把褚威格介紹到中國。最近有一本奧地利學者 Arnhilt Hoefle（霍佛）寫的英文書，專門討論褚威格對中國文學的影響。

張：剛才聽老師講的時候我便想起來，以往已經有這個感覺，老師做研究的時候，啟發點往往都來自作家，或者作品裡面的感覺結構。這個感覺結構讓您往哪個方向走，您便哪個方向走。理論是後來才找出來的。這個好像挺重要的。老師這種做研究的方法對我有很大的啟發。老師在這個方面可以多講一些嗎？

李：對我來說，沒有好的文學作品，我們這些研究文學的人就沒有飯吃了嘛，所以作家和文本是很重要的。文學作品是作家寫的，所以作品和作家同等重要。我到現在還非常尊敬作家，而好的作品我也一讀再讀。所以作家跟作品永遠是重要的。文學理論，是因為有了好的文學作品才有了好的文學理論。這個說法是捷克結構主義的布拉格學派的那位大師，叫做 Lubomír Doležel（杜勒齊爾）提出來的，他就是研究晚清的那位 Doleželová（米列娜，Milena Doleželová-Velingerová）的前任丈夫。他說布拉格學派的理論，都是因為先有偉大的捷克作家的詩和散文，然後理論才從那裡演變出來。所以他再三告誡說：文本最重要，文本在先，理論在後。我永遠記得他給我的這個教訓。我當時跟他辯論，我覺得歷史背景也很重要，我覺得作家的背景——不只是作家身世——也要考慮。他說文本世界自成一體，語言分析第一，作家背景根本不重要。他要把我這個歷史訓練出身的「外行」帶進文本之中，我說我要把他從文本之內帶出來。可是他是一位理論大家，我算老幾？我至今還是堅持一種方法：必須先讀文本，再從分析的過程中引出「外在」的元素，然後兩者互動或辯證，決不能主題先行。這個關鍵的立場對我來講是不能放棄的。

張：最後，聽說1999年復旦大學請老師去做了一個演講？

李：對，復旦大學。我跟上海兩家大學的因緣，其實是華東師範大學比較多，也比較早。我一到上海就認得了幾位年輕的學者，有的人當年還是研究生，現在都是學界名人，如陳子善、王曉明、許子東就是那個時候認得的，他們都是華東師大的人。後來我申請一筆研究經費到上海做研究的時候，雙方的文化機構搞錯了，以為我還是研究生，其實我已經在教書了。就分配我一個指導老師，就是賈植芳老師。於是我就將錯就錯，認賈先生做我的老師，他就請我到復旦大學。所以就因為賈先生的關係，認得了像復旦的陳思和等學者。可是在這個時候，因為我去過上海好幾次了，陳建華（原來他就是復旦的博士）覺得過意不去，就在美國打長途電話給他的老師——章培恆老師，請我到復旦演講。章先生馬上打電話請我到古籍所做演講。我覺得有點不好意思，因為我是研究現代文學的。我還記得我講的就是晚清，題目是什麼我忘記了。當時就那麼幾個學者坐在那裡，章先生對我非常客氣，還請我吃飯，所以我到現在一直念念不忘。現在我非常高興，就是陳建華回到他原來的老師辦公的那個研究所了，就是古籍所。他的任務是打通古今中外，我非常贊成。

註 釋

1 本章的初版本題為〈文學與文化跨界研究 ——李歐梵、張歷君訪談錄〉，由韓小慧整理，陳建華、張歷君校訂，原載陳建華主編：《中國文學與文化研究範式新探索》(上海：復旦大學出版社，2021)，頁3–15。謹此向陳建華教授致謝。

15
「兩代人」的知識和感情系譜[1]

「南渡」或「北歸」：知識分子的抉擇

張：老師似乎對令尊令堂這一代人的歷史角色一直很關注。您的第一本書《中國現代作家的浪漫一代》，[2]也註明獻給您父母和他們那一代人。此中或含有深意？您似乎視他們為五四浪漫精神的「接班人」？您父母親這一代應該算是「五四」的後一代吧，或可稱之為「後五四」的一代？他們剛好比胡適、陳獨秀這一代人年輕了一輪，也就是十多歲。五四那一代人大多生於清朝末年，也就是十九世紀末；他們在二十世紀初——1910–1920年左右——開始嶄露頭角，五四運動把他們帶上歷史舞台。而令尊令堂這一代人和民國大致同年，也就是生於民國元年(1912)左右，在三十年代初上大學。他們畢業後剛剛要發展他們的事業和抱負時，抗戰就爆發了。這個戰爭時期，也是他們的內陸流亡時期。這段學術流亡歷史的重點當然是西南聯大——亦即北京大學、清華大學和南開大學三間著名學府撤退到雲南昆明後共同組成的聯合大學。有的大專院校如中央大學，則遷移到大後方的首都重慶。這是二十世紀中國思想史和學術史上的一個重要現象。老師近年一再在課上提及岳南撰寫的《南渡北歸》系列三大冊紀實文學著作——《南渡》、《北歸》、《傷別離》。[3] 這個三部曲系列所講述的，正是令尊令堂這一代知識分子從抗戰到內戰的經驗以及他們最後所作的選擇。書中的重點恰好就是西南聯大，還有中央研究院。

李：我都看過了。這三本書雖然嚴格來說不算是學術論著，但作者著實花了不少工夫，敘述那一代知識分子的生命體驗和學術活動，難能可貴。不過，他書中的人物大多是著名的學者和知識分子。而我的父母親是師範學校的教員，只能算是「小知識分子」，也沒有人為他們寫一本大部頭的集體傳記，而且資料也很零散，例如各個學校的校史。然而抗戰這一段又如何著手？另一個懸而未決的問題，就是他們在1949年如何抉擇？「北歸」留在大陸，還是「南渡」到香港和台灣？而「傷別離」的文化含義又是什麼？如果抗戰勝利後沒有國共內戰，這一代的大小知識分子的面貌又如何？岳南的書中有一個主要人物，就是傅斯年，他選擇到台灣；另一位關鍵人物是陳寅恪，他選擇北歸，留在大陸，但差一點就去了台灣。我的這本回憶錄只有一個「小知識分子」——我的父親，他選擇南渡到台灣。我在前面第三章裡，便分析他的這個決定。

張：記得老師曾在課上提及，岳南的書難能可貴之處，是他盡量把學術和政治分開，嘗試用一個較客觀的態度來描寫那一代的人的抉擇。老師可否再多談談您對那一代人的觀察？

李：當年不少知識分子都對國民黨不滿，因此同情共產黨或者變成其同路人，也有純學者型的知識分子（如陳寅恪）雖然鑽在學術裡面，不問世事，但私下還是瞧不起國民黨。有的是自由主義者，如胡適，批評政府，但還是站在國民黨這一邊。傅斯年公開批評宋子文，但他和他的老師胡適一樣，屬於自由主義，以批判時政為己任。傅斯年到台灣後擔任過台灣大學校長，在白色恐怖的環境中為台大開創一小片自由的思想園地。台大有一個「傅園」就是紀念他的。

張：看來學術還是離不開政治？

李：從廣義的角度來看，可以這麼說。中國知識分子從來就沒有把學術和政治分開過。中國的儒家傳統就是植根於一種政治理想：非但學而優則仕，而且要以天下為己任。我在美國留學期間，才徹底反思這個政治性的理想和學術生活有無衝突的問題。西方學術追求的是抽象的真理，所謂truth，拉丁文叫作Veritas，哈佛的校徽上就只有這個字。古希臘有兩種理想生活模式：所謂「行動的生命」（Vita Activa）和「沉思的生命」（Vita Contemplativa），這是我的老師史華慈教授（Benjamin I. Schwartz）時常掛在口邊的，他批評阿倫特太注重前者，但學者應該選擇後者，然而中國的文化傳統和政治環境不容如此。五四時期的知識分子，一方面要展開並深化「啟蒙」的計劃，另一方面卻要面對「救亡」的挑戰。所以李澤厚才會提出一個「雙重變奏」[4]的概念，言下之意就是：迫於時勢，前者逐漸被後者取代了，也因此才有劉再復所說的「沒有一張平靜的書桌」的感嘆。[5]我對於上一代或上兩代的知識分子的學術成就還是很尊敬的。因為他們在如此困難的環境中還能寫出不少可以傳世的著作，也為中國現代學術奠定了一個基本的模式，例如：歷史的分期——上古、中古、近代，而非以朝斷代；考古學的實證方法，由此而得到對上古的新認識；文學史和文學類別史（如小說史）的開創等等；還有學術的分科和文史哲以外的新科目，如心理學、社會學。這些都屬於「知識史」(history of knowledge)，也算是文化史的一部分，我們在課堂上都教過。我認為「後五四」時期，也就是從三十年代到四十年代，是研發新知識的黃金時代，由於種種原因，不少學者從文學創作改向文學研究，例如女作家馮沅君，現代主義的旗手施蟄存；或作「兩棲動物」：一邊寫小說或新詩，一邊研究學問，郭沫若、陳夢家、聞一多，都是很好的例子。我以前的研究，太注重創作方面，忽略了知識和研究跟創作的互動關係。其實我自己在香港，也扮演著這種「兩棲動物」的角色。

「兩代人」之間

張：我還是想先從一個學術理論的立場探討關於「一代人」和「同代人」的觀念。意大利哲學家阿甘本(Giorgio Agamben)在十多年前發表了一篇題為〈何謂同時代人？〉("What Is the Contemporary?")的講稿。[6] 他在演講中借用羅蘭·巴特(Roland Barthes)和尼采(Friedrich Nietzsche)的說法，開啟他對「同時代性」的思考。巴特的說法來自他在法蘭西學院(Collège de France)的講學筆記，他在講課中下了一個斷語：「同時代就是不合時宜。」尼采的說法則來自他的名作《不合時宜的沉思》。尼采認為：「這沉思本身就是不合時宜的」，他並在第二沉思的開頭寫道：

> 因為它試圖將這個時代引以為傲的東西，即這個時代的歷史文化，理解為一種疾病、一種無能和一種缺陷，因為我相信，我們都被歷史的熱病消耗殆盡，我們至少應該意識到這一點。[7]

據此，阿甘本進而提出他自己對「同時代人」的界定：

> 真正同時代的人，真正屬於其時代的人，也是那些既不與時代完全一致，也不讓自己適應時代要求的人。從這個意義上而言，他們就是不相關的。然而，正是因為這種狀況，正是通過這種斷裂與時代錯位，他們比其他人更能夠感知和把握他們自己的時代。[8]

我隱隱然感到，老師您這陣子一直在談論的「世紀」、「時代」和「輩代」等議題，與阿甘本上述的說法可以構成相當有趣的對話關係。老師可否多談談您對「一代人」和「同代人」的理解和思考？

李：你舉出阿甘本的理論，特別是他引用的尼采的警句，讓我不得不反省自己學識的淺薄。我不是哲學家或理論家，用這個觀念不是想要突出自己的重要性（這是寫自傳免不了的毛病），而是為了把自己放進歷史，套在一代人或兩代人(generations)的框架中來審視，其實這也是我寫這個回憶錄（而非自傳）的主要目的之一，和你對話的目的也在於此。我反思的出發點是：任何一個時代的人都是受到那個時代歷史規範的限制，但有時候，有些人在事過境遷之後，對這個情況會作出一點批判式的反思。尼采說得對：「這沉思本身就是不合時宜的」，但是我沒有資格像他一樣去批評他的時代和重估所有的價值。五四時期的胡適以為自己在全盤評估/批判中國傳統價值，其實他做不到。我覺得反而像施蟄存這樣的人比較符合阿甘本的定義：既不與時代完全一致，也不讓自己適應時代要求。妙的是他辦的《現代》雜誌的法文名字，就叫做 *Les Contemporains* ——「同時代人」。我以前只覺得他要和西方現代文學同步，其實他一直對他所處的時代不滿。「同時代就是不合時宜」——很多人都把這句話理解為落伍或落後的意思，但我卻認為，施先生絕對是走在時代的前面的，一直到他逝世。這是我近來的覺悟，在五四和後五四時期，很少有像他這樣的看法。

張：那麼，您覺得中國現代文學中「同代人」和「一代人」的意義是什麼？

李：有的哲學家認為，個體（self）只有從「他者」（other）來定義。我覺得，這一代人也需要從上一代人和下一代人的關係中來區分。至少我是用這種方式來反思五四那一代人，也就是說，我用這一代的眼光來看上一代，也從上一代的成就和文化遺產來反思這一代：到底我們這一代做了什麼，有什麼缺失和貢獻？這是一個大題目，我只能從我的博士論文講起。在《中國現代作家的浪漫一代》中，我已經開始作這個嘗試，可惜當時我的思想不夠成熟，並沒有把我和研究對象之間拉開足夠的學術研究距離，而且還融入不少個人的感情，似乎在藉這本書來寫我的感情自傳。現在回顧那一段求學和論文寫作的過程（見《我的哈佛歲月》一書[9]），才逐漸領悟到我這一代人畢竟和上一代人的歷史境遇相差甚遠。我做不了五四的同代人，也不能刻意模仿。即使我父母那一代人的生活世界和價值觀，也和我這一代有很大的距離，正像我和你們這一代的距離一樣，雖然在學術的交流上，你和我並沒有代溝的感覺。坦白地說，「兩代人」這個觀念，我是用來反省自己的。

張：反省自己是否也需要上一代人作為一個座標系統？

李：正是。

張：那麼，我們可否回到您的博士論文題目——「中國現代作家的浪漫一代」？您把五四一代人定義為「浪漫的一代」，似乎相當大膽？當時為什麼用這個「一代人」的觀念？您現在怎麼看？

李：記得上世紀七十年代美國歷史學界頗為時興這個「世代」的觀念。我所謂的「浪漫的一代」，指的當然是五四一代的作家和文人。但我嘗試用幾個作家作為代表，描寫那一代人的一種浪漫的情緒或心態（romantic temper）。不過我最終沒有為「浪漫」的觀念下定義，只在結論中提到他們的兩種心態：所謂「維特」（Wertherian）模式和「普羅米修斯」（Promethean）模式，對此我並不感到滿意。過了半個世紀，我也老了，不想再去追求浪漫，而希望用一個較為理性的方式來回顧五四這一代人，以及我和我父母親這一代人的思想系譜和關係。

如何界定一代人的時限？台灣年輕人的說法是每十年算一代，用出生的年份來算：譬如我出生於1939年，即民國二十八年，屬於二十年代的人，所以是「二年級」。如果生於民國三十年，就是「三年級」了。我和台灣的年輕人看法有一個基本的不同：我用的是西曆，而且不把出生年代作為一代人的標準，而是把從學校畢業進入社會的年代作為一代人的標誌。譬如我於1961年畢業，1962年留美，應該算是「六十年代」人，而我父母則是「三十年代」人。我們可以界定狹義的五四運動是從1917年到1927年，而之後的十年（1928–1937）就是「後五四」時期。但這兩代人也可以合併為一代人，特別是到了四十年代，抗日戰爭把他們的命運連在一起。在思想和知識的層面，後五四的知識分子雖然繼承了五四，但往往也有對之批判。然而，批判不是取代，而是修訂性的繼承，因為後五四一代人早已把五四文化據為己有了。因此，廣義地說，我的父母親也可以被視為五四的一代。

最明顯的一點就是：我父母親這一代人是五四新文化運動的受惠者，否則不可能到南京這個新首都上大學，而且主修的是西洋音樂（當時的中央大學還有體育系），還選修宗白華教授的美學。這顯然是蔡元培發動的美育教育的一部分，我在前面第一章裡已經敘述過了。西方音樂的專業訓練也就在這個時候（三十年代）開始，我父母親在中央大學第一次接觸到外國老師，在課堂上聽到英語、法語和德語，見怪不怪。多年後，父母親還會模仿他們的老師唐學詠上課時的口頭禪："Nous avons parlé ..."，而不是英語："We have spoken ..."，這在今天也是很難得的事。教指揮的奧國老師先用德文和法文，發現學生聽不懂，就改用英文，把父親名字的英文拼音以德文的口音讀出來：Li-Yong-Gang。在當年的歐洲，懂得三國語言是常見的事（當今的指揮家也幾乎個個如此）。因此，當我聽說父親在那個時期用世界語和一位荷蘭筆友通訊時，一點也不奇怪。我重複這些細節，就是為了提醒我的這一代和你們這一代，什麼才是真正的世界主義（cosmopolitanism）：那是一種多元多語的心態和文化實踐，而不是現在以英語獨霸、資本主義經濟一體的全球化（globalization）。因此我上課時盡量把翻譯的名詞還原成原文，而不僅用中文翻譯或替代，至少可以品嚐一點各種語言的味道——當然有時連自己也做不到。我也要求博士生寫論文時，如果用西方理論，不能僅僅依賴中文翻譯名詞，至少要註明原文或英文。

張：2017年是西南聯合大學建校八十週年，北京的中譯出版社因此重新整理出版了《西南聯大英文課》。這本書原名《大學一年級英文教本》，原編者是陳福田（Ching Fook-tan），他是「著名的外國語言學家、西洋小說史專家。1897年出生於夏威夷，哈佛大學教育學碩士。曾任美國檀香山明倫學校教師，美國波士頓中華青年會幹事。1923年起執教於清華大學。曾任清華大學外國語言文學系主任、西南聯合大學外文系主任。」[10]

按照老師您剛才提及的「知識史」研究視野，這類大專教育史和學科史文獻資料的重新出土和整理十分重要。這些教材也培育出您所說的「後五四」知識分子，並進而影響二十世紀下半葉海峽兩岸三地華人知識分子的知識結構。老師可否再具體談談令尊令堂在1930、1940年代接觸到的人文教材和文藝讀物？

李：陳福田的那本《大學一年級英文教本》不知是哪一年出版的？除此之外，還有什麼其他的英文教科書？這一個教科書的系譜有待整理。我們在課上是從印刷史的角度切入的，例如商務印書館在清末民初出版的大量教科書和字典，內中不少是從日文轉譯過來的。教科書的先驅者就是張元濟。五四時期不少作家都做過翻譯，最著名的當然是魯迅，還有茅盾，他早期就是在商務工作。在五四時期，「新文化」和「新知」就是同義詞。過世不久的德國著名學者魯道夫 · 瓦格納（Rudolf Wagner）發現了一本1923年商務出版、唐敬杲主編的《新文化辭書》，大力推薦，已經受到學界注意。[11] 五四時期出版了大量的翻譯，隨後著名的翻譯家輩出，如伍光建、傅雷、傅東華，還有在大學教外文的徐仲年、周學普、梁實秋、黎烈文（他先作《申報》「自由談」主編，後來在台灣大學教法文）。我父母親大學時代接觸到的翻譯文學作品就更多了。他們都很喜歡讀翻譯的作品，不僅是文學經典如莎士比亞（William Shakespeare），而且包括各種小說和教科書，很值得研究。我很好奇，但沒有問過我父母親：當年父親借給母親看的法國詩人拉馬丁（Alphonse de Lamartine）的詩作，是誰翻譯的？令我母親心動的是哪幾首詩？不僅是新文學領域，鴛鴦蝴蝶派的雜誌上也刊載大量的文學翻譯（大多是改寫），周瘦鵑就是一個著名的例子。母親多年後告訴我：她也受到她父親（我的外祖父）的影響，喜歡看張恨水的小說。她的三個姐妹有時候在日常談話中，都會引用大仲馬和小仲馬（Alexandre Dumas fils）的翻譯小說。有一本是大仲馬的《俠隱記》（又名《三劍客》，*The Three Musketeers*），我在台灣念初中的時候也讀過，還有《基度山恩仇記》(*The Count of Monte Cristo*)，接著才看金庸的小說。

說了大半天，我最想了解的不僅是父母親那一代人的風貌、素質和感情結構，還有他們的人生觀和知識系譜，所以才會想起他們喜歡看的文學作品。

五四與後五四的知識系譜

張：《浪漫一代》勾畫了他們的「感情結構」，您現在感興趣的是研究他們那一代的知識系譜？

李：是的，一代人的知識系譜當然要從他們的讀物——在課堂上和課堂外——看了什麼書開始研究。值得在此附帶一提的是，父親的《虎口餘生錄》中，不少詞彙和意象似乎都來自五四文學作品。他年輕時代顯然看了不少新文學，他日記中用的也是白話，但沒有五四作品的「洋味」。大概是戰爭的環境迫使他們放棄很多東西，例如大學時代的浪漫和西化，回歸鄉土中國。然而，我在前面第一章提過，即便在那個河南西部山區的鄉土環境裡，也會留下一些蛛絲馬跡，譬如我父母親渡蜜月的那家酒店「大華」名字下面的那行像是世界語的名詞(可能是小旅社的意思？)，它讓我想到朱特(Tony Judt)回憶錄中的記憶小屋(memory chalet)。[12]

張：這也是一種記憶的考掘？如果本雅明看見了，說不定會很感興趣？您的回憶讓我想起本雅明在〈柏林紀事〉(“Berlin Chronicle”)中有關「記憶」與「挖掘」的有趣思考：「語言清楚地表明，記憶不是探索過去的工具，而是過去的舞台。記憶是過去經驗的媒介，正如土地是埋葬消亡城市的媒介。試圖走近自己被埋葬了的過去的人必須扮演挖掘人的角色。」[13]

李：本雅明是都市人，他不會到鄉下來。感興趣的可能只有我一個人，因為我是父母親的兒子。那個小旅館的照片對我似乎有一種魔力，然而對於父母親恐怕已經毫無意義。

張：難怪在您的《浪漫一代》書中沒有強調上海的都市文化和現代主義，反而把浪漫和革命連成一個系譜。所以書中才會有討論郭沫若、蔣光慈和蕭軍的那一章——「浪漫的左翼」(“The Romantic Left”)，把五四的浪漫遺產和後來的革命運動連起來了。然而，您卻沒有探討當時的另一種論述——「革命加戀愛」，也就是劉劍梅研究的問題。[14]

李：那是我最不滿意的一章，寫得十分勉強，其實還有一點以賽亞·伯林(Isaiah Berlin)的影響。因為我到紐約去訪問他的時候，他正開始構思探討西方浪漫主義根源的論著，[15]也適逢中國大陸文化大革命爆發。他在會談時，便直接評論紅衛兵是一個浪漫的運動。我的老師史華慈也認為蕭軍是一個浪漫文人。我把五四的浪漫潮流和革命放在一起，當然也源自法國大革命的傳統；而我卻完全不顧德國浪漫主義文學和哲學所表現的另一個傳統，雖然引用了歌德(Johann Wolfgang von Goethe)的《少年維特的煩惱》(*The Sorrows of Young Werther*)。近來被學者關注的人物如朱謙之和他的女友楊沒累，我當時全不知道。[16]我在論文中所用的西方學術參考資料，完全是自己摸出來的。即使關於書中的兩個重要人物——徐志摩和郁達夫——的部分也有嚴重不足之處，所以在半個世紀之後，我又重新來研究我論文中的幾個中心人物：林琴南、徐志摩、郁達夫，著眼點當然大不相同。

說起來，五四和「後五四」的知識分子感情和知識取向也有不同之處。五四時期的人物個個要開風氣之先，身體力行，大膽戀愛，把個性放在前台。有的人也的確開創了一個前所未有的知識版圖——特別是西學和新知。然而到了三四十年代的後五四時期，有的人開始批判五四運動和五四的領導人物——特別是胡適，這一個趨勢很值得注意。批判就是一種反思，一種後設視角（meta-perspective），李長之就是一個最好的例子，他那篇批判五四運動的文章——認為五四不過是一個膚淺的啟蒙運動——我特別在課堂上要學生們精讀。[17]

到了我這一代，五四運動早已成為歷史，而且逐漸被人遺忘。白先勇寫過一篇小說〈冬夜〉，故事中前段有一個插曲：在美國教書的吳柱國，只講唐宋，不談民國；看到美國學生鬧學潮，忍不住說當年我就是五四學生運動的領袖，引得美國學生大笑……[18]這個嘲諷的手法背後是歷史的反諷：事過境遷以後，當時的英雄人物現在顯得好笑了。不過，當我在課堂上講五四運動的時候，無論我如何諷刺當事人，但總帶一份恭敬，甚至有幾次在美國大學的課堂上還故意穿了藍色的長袍，頸子上還掛上一條毛巾，一副五四文人的樣子。我心目中想要模仿的當然是徐志摩！在我年輕的時候，徐志摩是我的偶像，我對他崇拜得五體投地，我的第一篇散文就是〈康橋踏尋徐志摩的蹤徑〉，[19]浪漫得無以復加，當時我只有二十七八歲，甚至自己的戀愛和婚姻都要模仿他。我的另一篇「名文」是〈為婚姻大事上父母親書〉，連內中的文字都抄自徐志摩，但加上一個歷史的幌子：「您們當年的五四精神，仍然有值得效法之處，我願意繼承您們的餘緒，在茫茫人海中，尋求我一生中的感情伴侶，找得到，是我的幸福；找不到，是我的命運。」[20]好在最後找到了，那是晚年得來的福氣，不是年輕時候戀愛的成果。然而，我對於感情的執著和純真，倒的確是受了徐志摩的影響。

張：記得老師您曾向我提及，丁玲當年見到您的時候，便問您為何不研究她的〈不算情書〉以及她跟馮雪峰的關係。我近年發表的兩篇有關五四時期自由戀愛論述和馮雪峰分析丁玲時提到的「戀愛至上主義」的系列論文，最初便受到老師您這個回憶片斷的啟發。兩篇論文的主角分別是朱謙之和丁玲，一篇題為〈唯情論與新孔教：論朱謙之五四時期的孔教革命論〉，另一篇則是〈莎菲的戀愛至上主義：論丁玲的早期小說與廚川白村的戀愛論〉。朱謙之應該屬於五四的一代。他早於1935年便出版了專著《中國音樂文學史》，有論者甚至認為，這是中國「近代第一部考察中國文學與音樂關係的專著」。[21]他早逝的同居女友楊沒累生前研究「中國樂律學史」，他則一同研究「中國音樂文學史」。他和楊沒累的柏拉圖式戀愛，也因他們的情書集《荷心》的出版而轟動一時。丁玲的小說〈莎菲女士的日記〉中女主角的原型，一部分就來自於楊沒累……

李：真的嗎？我的博士論文本來還有一章專論兩位女作家：丁玲和黃廬隱，定名為「兩個解放的娜拉」，連稿子都寫好了，後來刪除了。因為我在一次學術會議上宣讀，被批得體無完膚。在文中我把五四和後五四時期對於「戀愛」的觀念先做個澄清：當年時興的是「談戀愛」而不是「做（戀）愛」，戀愛和性解放之間還有一點隔閡，朱謙之和他女友之間的故事並不奇怪。而〈莎菲女士的日記〉可能是第一篇直接暗示女性性意識的小說，相形之下，廬隱的〈海濱故人〉等小說就顯得保守多了。五四那一代繼承了晚清小說中對於「情」的肯定而更發揚光大。我的論文中也漏掉了西方幾位女權理論家（如愛倫·凱〔Ellen Kay〕）的貢獻。沒有寫女作家，我很遺憾。如果要寫的話，我也不會用當代女性理論，還是回歸歷史。五四時期的女作家還是不多，比男作家少多了。然而，根據陳建華的研究，晚清民初的鴛鴦蝴蝶派雜誌，倒是培育了不少女性作者，她們大多用筆名。有一本雜誌，從編者到作者，清一色都是女性。晚清的婦女雜誌中也發表了大批以女性為題材和討論女性地位的作品。[22] 我覺得應該先把握這個過渡期的整體文化現象，再分析五四的女性主義文本。因此，黃廬隱就顯得很重要了，她絕對是一個過渡人物。甚至在後五四這一代，包括我母親的女性朋友，都好像是從廬隱的小說中出來的一樣。她們的婚姻還是靠家長的安排和媒妁之言，相形之下，同一時期的男性作家就佔便宜了：眾所周知，魯迅、郁達夫、郭沫若等一大堆男性作家都有兩個太太，一個傳統，一個新派。胡適是個例外，他雖然從一而終，但還是和其他女性——包括一位美國獨立女性韋蓮司（Edith Clifford

Williams）——有過「戀愛」關係。張愛玲寫的那篇〈五四遺事〉就在諷刺這個現象。

作為後一代的研究者，我特別肯定情感的主體性，所以把徐志摩放在首位。他和原配夫人張幼儀的公開離婚，的確代表一種感情至上的宣言。然而，五四對於感情和戀愛的一番論述還是不能解決（用他們那一代人的說法）「靈與肉」的問題。少數作家如茅盾接觸到了，但點到即止，用現在的理論語言，就是沒有正視body和sexuality。朱謙之和他的女友的「精神戀愛」，幾乎變成他們的人生觀的一部分。我應該在我的書的結論部分討論一下。我把林琴南和蘇曼殊作為先驅者，實在有不當之處，後者是一個傳奇人物，沒有代表性。現在回想起來，我的論文唯一的貢獻就是把五四那一代人的一種感情的心態描繪了出來，和當時的思想史方法——偏重幾位思想家個人的思想，或為其作傳——有所不同。總而言之，我在論文中太重感情了，反而忘了討論浪漫主義本身的思想及其來源。

張：不過您的書出版後，還是引起中外學界的好評。

李：因為只有那一本，物以稀為貴。那本書另外一個缺點就是完全不重文學形式，把日記和小說同等看待，新詩和散文都看作歷史材料，沒有做文本分析，連情書這個「次文類」也完全沒有分析，基本上還是幾個作家的傳記。這本書從論文到出書太快，當時費正清教授正在主持一套出版系列，也把我的書列入其中，他要求我把一千多頁的論文刪掉一半，存其精華就可以立刻出版。我那個時候（1970–1971）正在香港中文大學，也根本無心仔細修改論文，草草了事。

張：但是您還是提出幾個新觀念，譬如「文壇」和「文人」，這些觀念恰好和布爾迪厄「文學場」(literary field) 的觀念暗相契合。後來的學者如賀麥曉把您的「文壇」(literary field) 概念發揚光大。

李：當時我根本不懂理論，當然也不知道布爾迪厄是何許人也。其實「文壇」是一個很普通的觀念，在二三十年代就有人用了。我在前面第十三章中便已提及，我在哈佛燕京圖書館的地下室看過一本《文壇登龍術》的八卦書。有了文壇，才有人想「登龍」出名，這也要靠雜誌編者和出版商的支持。其實另一個更重要的現象就是把新文學的作品收集在一起出版，例如《中國新文學大系》，這本來是一家出版社的編輯趙家璧的主意。有了《大系》以後，新文學本身就立刻被「經典化」了，變成了文學史，作家的地位也更鞏固。這是「後五四」時期的文人和出版商的貢獻。它的文化意義，劉禾在她的書中有專章討論。[23]

張：最後我想請您談談，您這一代和上一代知識分子在知識領域方面有什麼不同？

李：我年紀越大，越感覺到自己的不足，哪裡有資格把自己作為這一代知識分子的一員？我在《我的哈佛歲月》書中說到：上一代人的古文和國學基礎比我這一代強多了，而我這一代「在西學方面接觸面較廣，對其複雜性體會也較深刻」，[24] 如今看來也不盡然。如今反而覺得我這一代的留學生太過專業化，一般的人文知識比上一代人差得多。在文學專業領域，真正研究西學——例如英國文學——的並不多，而上一代反而顯得更出色，譬如吳宓和梅光迪，還有梁實秋，以及後來在耶魯英文系得到博士的夏志清。當然夏氏兄弟似乎又晚了一輩。總而言之，那一代人才輩出，而且特別優秀的怪才也不少，例如吳宓的好友陳寅恪，我非常佩服這位大師。當年他到哈佛留學，又到德國遊學，學的是梵文和巴利文。這是研究印度佛教歷史——以及唐史——的必要門徑。而對於中國古典經籍，陳寅恪有家學淵源，根本不需要學。我有一個奇怪的心理：與我的本行相距越遠的學者，我越崇拜。陳先生真是令我佩服得五體投地！我要感謝哈佛的另一位老師楊聯陞先生，是他教我讀陳寅恪的文章。總之，五四一代知識分子的國學修養，我這一代望塵莫及，只有余英時先生是一個例外。他比我年長十歲，我一向以師長看待。也許人越老越要回歸傳統？然而又不盡然，在西方文學和文化方面，我至今還沉迷於現代主義。這一點我已經再三表態了。

張：最近你開始重新審視五四文學，譬如在香港《二十一世紀》雙月刊發表的那篇長文：〈中國現代文學：傳統與現代的弔詭〉，[25] 還有對於郁達夫和德國文學關係的研究。[26]

李：過了半個世紀我又回到源頭，重新開始！其實一點也不奇怪。這不過是對自己學術研究的反思而已。上一代人的成就，恰好反映我這一代人——至少我自己——的不足。

註釋

1 本章為筆談稿，定稿於2023年5月。

2 Leo Ou-fan Lee, *The Romantic Generation of Modern Chinese Writers* (Cambridge, MA: Harvard University Press, 1973). 李歐梵著，王宏志等譯：《中國現代作家的浪漫一代》（北京：新星出版社，2005）。

3 岳南：《南渡北歸》（台北：時報文化，2011）。

4 李澤厚：〈啟蒙與救亡的雙重變奏〉，《中國現代思想史論》（北京：東方出版社，1987）。

5 李澤厚：〈危機壓頂的浮躁文化〉，《李澤厚對話集：與劉再復對談》（北京：中華書局，2014），頁21。

6 Giorgio Agamben, "What Is the Contemporary?," in *Nudities*, trans. David Kishik and Stefan Pedatella (Stanford, CA: Stanford University Press, 2011). 吉奧喬・阿甘本著，黃曉武譯：〈何謂同時代人？〉，《裸體》（北京：北京大學出版社，2017）。

7 吉奧喬・阿甘本：〈何謂同時代人？〉，頁19。

8 同上，頁20。

9 李歐梵：《我的哈佛歲月》（香港：牛津大學出版社，2005）。

10 〈編者簡介〉，陳福田編，羅選民等譯：《西南聯大英文課》（北京：中譯出版社，2019），封面摺頁。

11 Milena Doleželová-Velingerová and Rudolf G. Wagner, "Chinese Encyclopaedias of New Global Knowledge (1870–1930): Changing Ways of Thought," in *Chinese Encyclopaedias of New Global Knowledge (1870–1930): Changing Ways of Thought*, eds. Milena Doleželová-Velingerová and Rudolf G. Wagner (Heidelberg: Springer, 2014), pp. 1–27. 我也寫過一篇文章：Leo Ou-fan Lee, "*Xin wenhua cishu* (An Encyclopedic Dictionary of New Knowledge): An Exploratory Reading," in *China and the World—the World and China: Transcultural Perspectives on Modern China*, ed. Barbara Mittler, Joachim Gentz, Natascha Gentz, and Catherine Vance Yeh (Gossenberg: Ostasien Verlag, 2019), pp. 41–54，中譯可見李歐梵著，楊明晨譯：〈《新文化辭書》試釋〉，《方圓：文學及文化專刊》，第1期（2019年7月），頁170–191。

12 Tony Judt, *The Memory Chalet* (New York: Vintage, 2011).

13 本雅明著，潘小松譯：《莫斯科日記・柏林紀事》（北京：東方出版社，2001），頁221。Walter Benjamin, "Berlin Chronicle," in *Selected Writings*,

Volume 2, Part 2: 1931–1934, eds. Michael W. Jennings, Howard Eiland, and Gary Smith (Cambridge, MA; London, England: The Belknap Press of Harvard University Press, 2005), p. 611.

14 Liu Jianmei, *Revolution Plus Love: Literary History, Women's Bodies, and Thematic Repetition in Twentieth-Century Chinese Fiction* (Honolulu: University of Hawaii Press, 2003).

15 多年後，伯林的浪漫主義論著成書出版：Isaiah Berlin, *The Roots of Romanticism*, ed. Henry Hardy (Princeton, NJ: Princeton University Press, 1999).

16 海青：〈朱謙之：「自殺」與「自我」〉，《「自殺時代」的來臨？——二十世紀早期中國知識群體的激烈行為和價值選擇》(北京：中國人民大學出版社，2010)，頁201–243。張歷君：〈唯情論與新孔教：論朱謙之五四時期的孔教革命論〉，《現代中文學刊》，第2期(2019)。

17 李長之：〈五四運動之文化的意義及其評價〉，《迎中國的文藝復興》(上海：商務印書館，1946)。

18 白先勇：〈冬夜〉，《台北人》(台北：晨鐘，1971)，頁203–204。

19 收入李歐梵：《西潮的彼岸》(台北：時報文化，1981)，頁117–125。

20 同上，頁125。

21 何曉濤：〈編後記〉，載於朱謙之：《中國音樂文學史》(上海：世紀出版集團；上海人民出版社，2006)，頁246。

22 參見陳建華：〈「共和」主體與私密文學——再論民國初年文學與文化的非激進主義轉型〉，《二十一世紀》，第152期(2015年12月)，頁65–83；陳建華：〈演講實錄1：民國初期消閒雜誌與女性話語的轉型〉，《中正漢學研究》，第2期(2013年12月)，頁355–386等文。

23 Lydia H. Liu, *Translingual Practice: Literature, National Culture, and Translated Modernity—China, 1900–1937* (Stanford, CA: Stanford University Press, 1995), chapter 8.

24 李歐梵：《我的哈佛歲月》，頁171–172。

25 李歐梵：〈中國現代文學：傳統與現代的弔詭〉，《二十一世紀》，第172期(2019年4月)，頁32–48，後收入李歐梵著，季進編：《現代性的想像：從晚清到五四》(台北：聯經，2019)。

26 李歐梵：〈重探五四時期的新詩和舊詩——以胡適、徐志摩、郁達夫為例〉、〈引來的浪漫主義——重讀郁達夫《沉淪》中的三篇小說〉，收入李歐梵著，季進編：《現代性的想像：從晚清到五四》。

16

魯迅、現代文學與學科越界[1]

魯迅的文學系譜

張：老師在前面第十二章中曾經提及，相比於梁啟超的名文〈論小說與群治之關係〉，您反而認為，「魯迅的〈文化偏至論〉和〈摩羅詩力說〉——二文皆寫於1907年——更能代表一種二十世紀的新思潮。」您認為，魯迅這兩篇文章更能夠代表現代文學的開端，並進一步反問：我們是否可以把魯迅撰寫這兩篇文章的1907年，當作二十世紀中國文學的開端？其實2000年代以來，在魯迅研究領域裡，不少學者也開始重新關注魯迅這批早期的文言論文。但我的感覺是，學界之所以重新關注這批早期論文，主要是希望藉此將魯迅理論化。因為魯迅這些早期論文都寫得比較系統，所以比較容易以此作為基礎，進一步將魯迅的思想作理論化的闡釋。不過，我認為，我們不一定需要按上述學界的既有方向來談魯迅早期論文。個人覺得，老師在第十二章提及的一些想法，更值得我們進一步探究下去。譬如，您認為，「在〈摩羅詩力說〉中魯迅更建立一個獨特的文學系譜，表面上是浪漫主義，從拜倫（George Gordon Byron）開始，直到匈牙利的裴多菲（Sándor Petőfi），以詩人的形象凸顯藝術家個人的獨創性，已經含有現代主義先鋒思想的意義」。您的這個觀點讓我想起阿爾特（Peter-André Alt）有關「惡的美學」（Aesthetics of Evil / Ästhetik des Bösen）的研究。他認為，「直到18世紀末，一種獨立的惡的美學在進行了得到一致贊同、令人信服的研究後才發展起來。1800年前後建立了一個綱領，它試圖將藝術理解為一個獨立於宗教、倫理和法律規則的部門。假如從徹底的意義上認真對待美學的獨立性的話，這個綱領必定包括拋棄藝術實踐在道德上的自我束縛。從這個角度觀察，惡的美學，只要是建築在藝術自由的綱領上，就是一種現代派的產物，這種現代派從早期浪漫派開始，以自我反思和對其形式結構的自我評注為標誌，由中心概念的多意性意識支撐著。」[2] 換言之，「惡的美學」標誌著藝術自由與美學的獨立性。它試圖將藝術理解為不受宗教、倫理和法律規則所支配的獨立領域。值得注意的是，阿爾特將「惡的美學」視為浪漫派和現代派這個脈絡的產物。我認為，魯迅的〈摩羅詩力說〉正好繼承了浪漫派和現代派這一脈有關「惡的美學」的探討。他把握住了「現代文學」的要義，並嘗試將之置放到中國的語境，重新開展相關的討論。老師可否進一步談談，魯迅1907年撰寫的這些早期論文，跟浪漫派和現代派文學系譜的關係？

李：我一直對於〈摩羅詩力說〉很感興趣，因為魯迅在1907年撰寫〈人之歷史〉、〈科學史教篇〉、〈文化偏至論〉和〈摩羅詩力說〉至少四篇文章。[3]我的看法是將其中三篇放在一起研究。換言之，我的假設是：如果把〈科學史教篇〉、〈文化偏至論〉和〈摩羅詩力說〉並讀，魯迅顯然在做一個辯證(dialectic)：〈科學史教篇〉是達爾文主義的，可是〈摩羅詩力說〉卻是反達爾文主義的，在二者之間商榷、討論的就是〈文化偏至論〉。在我的魯迅書中，根本沒有做互文分析，也沒有談到〈文化偏至論〉和〈摩羅詩力說〉的密切關係；它們顯然是一個大問題(problematique)的兩面，一篇談近代思想潮流，一篇談文學趨勢，合在一起構成一個獨特的論述。內中的關鍵人物其實就是尼采，魯迅從閱讀尼采的哲學開始，逐漸反對達爾文所說的那些物質文明和進步之類的東西。不過，最大問題是，我們應該對於魯迅在這個時期的獨創性賦予多大價值？我和你以及崔文東再三討論的就是這一點，發現的資料越多，這個問題越難解決。

我的初步設想是：魯迅在〈摩羅詩力說〉中給我們一個嶄新的文學系譜(genealogy)，用來代替傳統的文學史觀。這個系譜的資源是從大量的日本翻譯資料來的，但靈感基本來自尼采，我的線索就是〈摩羅詩力說〉前面所引的尼采的一小段話。關於系譜學，我自己的靈感卻是得自莫萊蒂關於小說史的那本小書《圖表、地圖、樹形圖：文學史的抽象模型》(*Graphs, Maps, Trees: Abstract Models for a Literary History*)，他在書中半帶自嘲地說，他的方法來自達爾文，但實際上還是借鑑俄國形式主義。書中有各種圖表，最引人注目的是直接抄自達爾文的有關物種演化的樹形圖。[4]我研究晚清翻譯的英國「煽情小說」(sensation novels)，就借用了這個樹的譬喻，來思考這個系譜。莫萊蒂曾公開宣佈，文學史家如要研究大量的小說，根本不能從文本的藝術價值出發，只能從這些小說的模式的長期演變著手，就像達爾文研究植物和動物的演變一樣。我從他的理論得到的對稱說法就是見林或見樹——亦即宏觀或微觀——的問題。我關心的反而是如何二者兼備，見林又見樹？我的長文就以此為題。[5]寫完了還是覺得不過癮，於是不知不覺又回到魯迅早期的翻譯，湊巧崔文東也在做這個題目，他更進一步，把《域外小說集》和〈摩羅詩力說〉合在一起研究，內容就豐富多了。[6]

魯迅的三篇文章都是在二十世紀初，也就是晚清時寫的。我們大都認為魯迅是五四的先鋒，他在1907年已經走上新文學的道路，但路徑卻和胡適、陳獨秀大不相同。那時候他可能仍處於摸索階段，簡言之，他的目的就是把他在日本得到的西方文化知識做兩個系譜。要談論一個單一作家的作品很容易，談論一個觀念也很容易，但系譜卻不是那麼容易做的，必須把很多作家和作品連在一起，織造一個直接和間接的傳承關係。由於《域外小說集》和〈摩羅詩力說〉的發表時間相近，二者也有互文的關係，至少資料是來自同一個來源，這是崔文東研究的論點。魯迅當時在日本就看到德國出版的文藝雜誌，又看了很多日本人寫的關於尼采和歐洲文學的文章。這在北岡正子的著作都考證出來了，[7]李冬木也找到很多，[8]不過他們都沒有處理系譜的問題。近年崔文東在這方面下了很多工夫，初步成果驚人，已經發表了兩篇論文。[9]他從德文資料中發現了一本雜誌，名叫*Aus fremden Zungen*，直譯成英文是*From Foreign Tongues*，專門把「外國」作家的作品譯成德文介紹給讀者。《域外小說集》的封面設計和所選的部分作品，都是來自這本雜誌。我要追問的是：到底這個「fremden」指的是什麼國家？所用的「語言」（Zungen）又是什麼？很明顯，「域內」的語言是德文，這本雜誌希望把其他國家的文學介紹給德語讀者。魯迅讀過德文，然而周作人只懂英文，兩兄弟合作翻譯了《域外小說集》。[10] 那麼，周作人的英文資料又是從哪裡來的？他是否遵從魯迅對於選材的基本構思？

關於「域外」一詞的意義很值得研究，我們應該把它放在十九世紀的歷史脈絡和地理版圖中去探索。當時歐洲的中心國家是英國、法國和德國，中心國家以外的地方就是「域外」。域外有很多國家，包括瑞典、挪威、丹麥、荷蘭、波蘭、匈牙利以及希臘等，甚至連俄國也算是域外，但沒有「東歐」這個說法，東歐是二次大戰後的冷戰名詞。當時無所謂東歐或西歐，所以昆德拉（Milan Kundera）堅持認為他的祖國捷克屬於「中歐」，原是奧匈帝國的一部分。魯迅在文中很同情受壓迫的民族，這些民族究竟指的是什麼民族？我認為有的是奧匈帝國統治下的少數民族，有的是在中歐以外的小國，當時只能算是半個國家。第一次大戰後，奧匈帝國解體，這些民族各自獨立成為「民族國家」（nation-states），民族主義（nationalism）和宗教信仰的糾紛隨之而來。所以當年的地理版圖和歷史觀念跟現在的概念很不一樣。德國原來是幾個小邦合成的，其中普魯士（Prussia）最強。鐵血宰相卑斯麥（Otto von Bismarck）帶領德國成為歐洲強國，甚至主宰了隔鄰的奧匈帝國。直到第一次大戰爆發，奧匈帝國才徹底解體。魯迅和梁啟超在此時所接受的，就是這個從帝國演變到民族國家的歷史。所以在當時的歷史語境，魯迅文中所說的「被壓迫」民族指的就是這些國家。在魯迅的心目中，其領袖人物不是政治家，而是詩人和文學家。我時常感慨，奧匈帝國的文化為什麼不受中國知識分子和文人的注意？它的文化在十九世紀末、二十世紀初依然光輝燦爛，世紀末的維也納是一個中心，此時人才輩出。二十世紀初德國的學術領先，特別是科學（包括醫學），亞洲得其「真傳」的就是日本，而晚清的中國卻受到更多英、法文化的影響。魯迅到日本學醫，棄醫從文後，能看到大批的德文資料，從中汲取靈感。但〈摩羅詩力說〉裡面的英文資源又來自何處？「惡魔」這個說法，實際指的是歐洲的浪漫主義。魯迅回溯到古印度，但學界往往忽略了印度的源頭線索「Mára」（摩羅），也較少人討論浪漫主義與印度佛學的關係。

張：確實，北岡正子便主要從歐洲浪漫派的脈絡入手，對〈摩羅詩力說〉進行考證研究。她曾直接指出，「〈摩羅詩力說〉的摩羅，採自摩羅詩派即惡魔派（The Satanic School）。惡魔派的名稱，始於詩人羅伯塔・沙特（R. Southey〔引者按：或譯作騷塞〕）在其詩《審判的虛幻》中稱拜倫等人為惡魔派。拜倫、雪萊為這一派的始祖。」[11]

李：對，拜倫詩中的惡魔其實指的是基督教中的撒旦（Satan），在英國文學史中，把撒旦作為英雄的第一位詩人是彌爾頓（John Milton），他的名著《失樂園》（*Paradise Lost*）把撒旦帶進了英國文學，成為一個主要人物。到了浪漫主義興起，幾個詩人——騷塞（Robert Southey）、拜倫、雪萊（Percy Bysshe Shelley）——被視為「惡魔派」(Satanic School)，魯迅文中也提到了。這個惡魔形象怎樣從英國的拜倫傳到俄國的普希金(Aleksander Pushkin)？它傳到俄國以後又變質了，似乎變成了有知識有氣質的貴族英雄。

拜倫和普希金是同代人。十八世紀的俄國剛剛「開放」，貴族知識分子多向歐洲文化取經。他們説法文，英國文學的流入也很自然。這一點我是從俄國文學史旁敲側擊得來的。拜倫在英國受到很多批評，在其他歐洲國家卻很有名氣，而普希金也是一個關鍵人物。究竟魯迅怎樣找到兩者的關聯？這個關聯就是系譜學的第一步，好像一棵樹一樣，如果樹幹是英國文學，它可以發芽「接枝」到聖彼得堡。英國的浪漫主義也很容易從俄國傳到俄國近鄰的小國家。這些國家視浪漫詩人為英雄，代表著英雄氣質。我們現在心目中對英雄的看法是他們都習武，整天打來打去，不過，十八、十九世紀英國和俄國文學中的hero不是如此的。詩人所扮演的角色可以是一個先知，而詩在西方文學的位置從古希臘至十九世紀以來都很高，所以浪漫主義以詩人作為英雄是理所當然的。詩人的崇高地位反過來亦令詩的位置得到提升。因為詩既可以洗滌心靈，也可以振聾發聵，而作為詩人的拜倫更可以到希臘振臂高呼，乃名副其實的「精神界之戰士」(warrior of the spirit)。總而言之，當英國浪漫主義的形象被傳到其他國家時，原有的看法就一下子改變了。

告訴你一個我個人的經驗：數年前我和妻子到匈牙利旅遊的時候，和我們同去的我的學生嚴潔怡認識一位當地的年輕學者，她請我們到一家咖啡館喝咖啡。我隨口提到自己對匈牙利文學一無所知，只從閱讀魯迅的文章裡得知匈牙利有一個詩人裴多菲，引了一句他的詩：「絕望之為虛妄，正與希望相同」，不料一個侍者聽到了，立刻拿了一本《裴多菲詩選》給我看，當然是匈牙利文。後來回到我們住的酒店，竟然看到窗前廣場上矗立一個銅像，就是裴多菲！原來他是匈牙利的民族英雄。我們到聖彼得堡旅遊時，在大街上就有普希金的銅像，甚至還有他的長詩〈青銅騎士〉（"The Bronze Horseman"）的銅像。這當然更不出奇，至少可以證明這兩位浪漫詩人在該國的英雄地位。

張：這大概就是老師經常提及的在學思歷程中的機緣巧合（serendipity）。可否請您再談談尼采？眾所周知，福柯（Michel Foucault）有關「系譜學」的理論思考，正是從尼采那裡來的。

李：你提出一個理論上的問題：尼采寫過一本書《道德的系譜》（*On the Genealogy of Morals*），[12] 福柯閱讀尼采，又演繹出一套自己的解釋，那麼，面對這個雙重的系譜學理論，我們又該何去何從？研究魯迅的當代學者是否只知道福柯而不看尼采？我不敢冒昧引用福柯，還是從魯迅翻譯的《查拉圖斯特拉如是說》（*Also Sprach Zarathustra*）先找尼采的線索。崔文東告訴我，學者已經考證出來魯迅〈摩羅詩力說〉開頭的引文來自尼采的《查拉圖斯特拉如是說》的某段某節。我關心的是，他為什麼引尼采的這幾句話，究竟它的指涉意義何在？我的初步想法是，魯迅很看重源頭，他引的尼采第一句就是：「求古源盡者將求方來之泉，將求新源」，[13] 他想從「古源」的深淵中為現代文學重開一個新的源頭。我剛才提出的系譜學方法的另一個來源是薩伊德(Edward Said)所推崇的語文學(philology),但不是訓詁考證。對我來說,文本和資料就像一個洋蔥,我們要將它一層一層剝開。日本學者的考證功力我十分佩服,北岡正子幾乎花了一輩子研究〈摩羅詩力說〉,我們又能如何超越她?唯一可以做的就是把材料的來龍去脈重新組織,整理出一個文化的系譜。關於〈摩羅詩力說〉的研究,暫時仍未有人能夠梳理出不同文學和文化資源的相互碰撞關係。

張:北岡正子《摩羅詩力說材源考》的中文版本在八十年代已出版,日文版反而在很久之後才正式出版,所以,中文版只能夠算是初稿。[14] 剛才老師提及一個有趣的問題:究竟魯迅怎樣找到英國的拜倫與俄國的普希金之間的關聯?據北岡正子的考證,魯迅很可能看過由俄國無政府主義者克魯泡特金(Pyotr Kropotkin)所寫的《俄羅斯文學:理想與現實》(*Russian Literature: Ideals and Realities*)的日譯本。所以,北岡正子認為,魯迅有關普希金和萊蒙托夫(Mikhail Lermontov)的理解,有一部分參考自克魯泡特金的著作。[15]

李:北岡正子的考證是見樹(微觀)的功夫,但問題是如何兼顧見林(宏觀)的功夫。我這裡嘗試舉一個見林的例子:萊蒙托夫有本書名為《當代英雄》(*A Hero of Our Time*),[16] 是在1839年寫成的。他絕對受到拜倫影響,因為在小說中提過多次拜倫。但他敘述的是俄國知識分子。換言之,我們不能就此把他和拜倫相提並論,因為他的「多餘的人」的知識系譜和拜倫的完全不同。

在比較文學的領域裡遊走，單是考證還不夠。我們要有一個對各國文學的總體印象，例如要對英俄文學的關係有一定的認識，才能抓得準確。崔文東是我研究晚清翻譯的助手，有一次他對我説，怎麼我單靠猜測就可以十拿九穩？我回答説：這就是知識的積累，我也許會猜錯，不過晚清的大量翻譯中有些如今不見經傳的英國小説家的名字倒是被我猜對了。

回到更重要的問題：拜倫對俄國文學的影響，這是誰都知道的，不足為奇。但我們所不知道的是接下來的問題：惡魔撒旦和英雄的關係，以及英雄和被壓迫民族的關係，這也就是魯迅這篇長文的主題。魯迅在日本留學的時候，究竟有沒有一本文學史是關於浪漫主義的來龍去脈的？我本來以為是勃蘭兑斯（Georg Brandes）的《十九世紀的歐洲文學主潮》（*Main Currents in Nineteenth Century Literature*），[17] 恐怕現在也站不住腳了。原來他在書中反對浪漫主義而揭櫫社會改革的寫實主義，説不定當時魯迅同情弱小民族的文學，是來自這本書的靈感？目前我還不敢肯定。

張：之前便有研究者指出，當時魯迅翻譯的不少是大國作家的作品。

李：是的，都是大國的大作家，例如安特萊夫（Leonid Andreyev）就是俄國的大作家。我對於「魯迅的獨創性」的評價在於，在那個時代，當大家都響應嚴復、梁啟超等人的社會進化論，要從政治制度改革做起的時候，魯迅認為真正的革命是文學上的革命。只有在這個歷史脈絡中來看，才看得出這是非常了不起的。如果不用文學去改造人的心靈的話，如果沒有精神革命的話，一切免談了。這是魯迅最大的貢獻。魯迅將文學和思想真正地連結起來，我們現在已經對此司空見慣。不過，試問有多少研究思想史的人真正懂得文學？倒過來說，又有多少個研究文學的人懂得思想史？魯迅就兩邊都懂。尼采提及的superman，日文的解說會是superior species，那就是一種達爾文主義。尼采寫的是overman，即是精神上腦子比其他人強的人，我們可以將這個跟魯迅心目中的詩人形象連結起來。魯迅曾經想找一個研究過尼采的年青人翻譯尼采的著作。

張：是徐梵澄。

李：是的。現在的人連魯迅當年上了多少堂德文課和有沒有缺課都找出來了，問題是沒有人指出他當時在班上讀什麼書，如果找出他看的是什麼書，就可以理出關係。我知道他看過經典的德國作品，例如歌德。我現在仍未有一套讓人完全信服的說法，我只想提出一些線索，或者是質疑。魯迅是在不知不覺之間，開創了一些新的觀念——可你說他「不覺」，他也「覺」一點，在知覺之間，他不是完全有意識或者老早就知道要怎樣做。現在我們一看魯迅便覺得，他不讀醫了，不喜歡科學了，於是就去學文學，然後就是心靈什麼的，可沒這麼簡單。他在學醫時已開始學德文，後來他在日本又念過類似補習班的德文課；他辦了一個雜誌卻沒有辦成，這個雜誌對他的影響非常大。從現有的資料來推測，魯迅在籌劃《域外小說集》的時候，已經有了一個新文學的構想輪廓，要翻譯什麼小說他都準備好了，周作人也有幫忙。崔文東認為，大多數的小說在這本德文雜誌*Aus fremden Zungen*中都找得到。

不過裡面很多細節我就沒有時間講了。因為，其實英國文學中有關撒旦的討論，研究英國文學的都知道，沒有什麼新奇。有趣的卻是「Mára」這個觀念是怎樣出來的？是否從魯迅掌握的德文資料？我無從得知，這有沒有人研究過？

張：好像沒有，因為普遍學者都認為那只是純粹的譯名問題。魯迅只是用了中文既有的譯名，摩羅就是撒旦的翻譯。

李：佛教文獻裡面有沒有「摩羅」這個譯語？

張：有啊，這是佛教的用語。魯迅自己在文章第一節中，便已明確指出：「摩羅之言，假自天竺，此云天魔，歐人謂之撒但，人本以目裴倫（G. Byron）。」[18]

李：這應該是魯迅他自己的，德國的書應該沒有這樣說。

張：應該沒有，北岡正子找出來的「材源」都沒有。[19]魯迅在這裡選用「摩羅」的譯語，很可能是他自己想出來的。

李：魯迅對英國文學懂得多少？譬如說騷塞的東西我肯定他沒有看過，但日本的英國文學史著作他有看過。他知道拜倫的名字，但我不信魯迅看過很多拜倫的詩。

張：對。按照北岡的考證，魯迅在討論拜倫時，主要參考了木村鷹太郎的《拜倫：文界之大魔王》和《海盜》。[20]

李：這些細節要是寫出來，至少可以成為一篇獨立文章。

張：現在日本國立國會圖書館，向公眾開放了它的數位館藏資料庫。不少十九世紀末、二十世紀初的日文文獻，都能夠在網上查閱。

李：可惜的是，研究中國文學的學者大多不懂日文。我自己也在內，我在哈佛學的兩年日文(當年是必修課)，也早已還給日文老師了，哈哈。

張：我也是。

李：我現在有一個最大的困擾，就是有太多線索，而一時又得不到答案，我懷疑自己是不是在自找麻煩。一個人的自我反省是很有趣的，我現在就不太想看自己以前的文章，我認為自己應該對過去自己的每一本著作徹底批判，不是說有什麼不好，而是指出有什麼資料仍沒有找出來。關於魯迅我們就先談到這裡了。

現代文學與學科越界

張：您在前面第六章中提及，在哈佛大學念書時的中國研究（China studies）是比較注重歷史政治方面的，是您將現代文學的方向引進中國研究的領域。現在回過頭來，您能否多談關於研究方法上的看法？剛剛您已提及可以橫跨文學和思想史的學者真的比較少。

李：其實我當時沒有什麼方法，這也可能是受到業師史華慈的影響。他就從來沒有談過方法，只為思想史下過很廣的定義，反對只重思想本身的流傳而不重思想背後的文化和社會背景的研究取向。我初到哈佛的時候，什麼都不懂，當然對於中國近代史的背景知識也顯然認識不足。我的第一堂課就選了史華慈和林伯克（John Lindbeck）合教的「共產主義中國：問題與方法」[21]研究生課。哈佛全學期有十二個星期，第一和第二個星期都由史華慈講，然後由林伯克介紹相關研究資料。之後就不上課了，由學生各自到圖書館找資料進行研究。最後兩週由學生報告論文概要，兩位教授點評。當時大家討論的是中共在延安時期的整風資料，很多左翼作家到了延安都不滿當地狀況，就寫了很多批評文章，所以毛澤東才召開延安文藝座談會。那時候，戈德曼（Merle Goldman）正在寫一本名為《共產中國的文學異議》（*Literary Dissent in Communist China*）的書，[22]專門討論延安的作家和文藝政策，不過她談蕭軍的部分很少。當時我問史華慈可不可以研究蕭軍，他無所謂。在此關鍵時刻，我就寫信給夏濟安先生請教，他當時正在加州大學柏克萊的中國問題研究中心（Center of Chinese Studies）研究這個問題，對我大加鼓勵，並指點迷津。因此你可以說，我的方法一開始就跟著夏濟安的路數，至今感激不盡。我寫完蕭軍的研究論文後，戈德曼請我做她的研究助理，幫她重新查證她這本書附註裡引用的中文資料有沒有錯誤。我當時就認為自己可以不研究中國政治，而集中研究中國作家，雖然那些作家始終是受到政治影響的，或多或少也受到迫害。當我研究蕭軍的時候，讀了他的全部小說，包括別人都不注意的《第三代》。其他研究者比較重視魯迅支持的《八月的鄉村》和《五月的礦山》，把內容作意識形態式的解讀。我更偏重蕭軍自己所謂的「胡子」(東北的強盜)英雄精神，而不注重「工農兵」。我把他作為五四傳統的後人，當然也是魯迅的大弟子，因此整個論述就改觀了。我發現蕭軍揭櫫的是一種革命浪漫主義，雖然他打著現實主義的旗號，當然和「延安精神」不合。

之後，我的導師費正清說，如果我要把浪漫作家作為博士論文的題目，研究一個作家——徐志摩——就夠了，但我偏偏要寫一整代人。後來我才知道費教授夫婦跟林徽因的關係很好，多年來他的夫人費慰梅(Wilma Fairbank)一直與林徽因通信。我當時也很崇拜徐志摩，但只寫他的傳記不足以表現五四浪漫精神的全貌，而作家活動的領域是「文壇」。你曾經指出，文壇這個觀念是我發現的，這就是文學社會學，後來有位荷蘭學者賀麥曉將五四文壇和布爾迪厄的「文學場」理論連在一起。[23] 那個時候我對理論一無所知，也不知道是哪來的勇氣，就是不自量力、一意孤行研究一代作家。郁達夫和徐志摩是主角，每個人寫兩章，第一章是傳記，第二章是我的解釋。這些我都在《我的哈佛歲月》以及前面第六章中談過了。[24] 如今回顧，我的想法至少不太離譜。如果這就是一種方法，那麼勉強可說是「集體傳記」。如果在西方現代文學史上找一個例子，我想到的就是那本英國布魯姆斯伯里派(Bloomsbury Group)作家群的傳記，作者和名字都忘了。

我的業師史華慈是研究當代中共政治起家的，曾寫過關於中共黨史的專著，後來轉到思想史，中外古今皆通，但就是不太談文學。而我是學文學出身，對歷史是外行，那麼我在什麼領域能夠和他對得上話？當然就是思想史，也就是用思想史的方法來研究文學。然而文學的文本和作者的背景之間還是有距離的。以前研究西方文學的人就是太注重作家身世和歷史背景，因此被文學系的「新批評」家詬病。因為文學必須處理形式(form)和語言問題，還有類型(genre)，不能把文本僅僅當作歷史的一手材料。這是我花了很多年才逐漸領會的，也是我自己獨自摸索的。

張：那麼回過頭來看，您認為您探索的是一種跨學科的方法嗎？

李：絕對是，只是當年我「矇查查」一無所知。我們現在常用interdisciplinary這個時髦名詞，那時候根本沒有這個說法。哈佛大學人文學科的大系是歷史系和英文系。比較文學也很有名，卻是小系。中國文學屬於「遠東語言文化系」，後來改名為「東亞語言文化系」。而思想史屬於歷史，費正清也是歷史系的教授。史華慈身兼歷史和政治兩系(政治系在哈佛叫做Department of Government)，校方可說是對他十分禮遇了。科系的制度決定了學科的分類，而不像是現在的跨學科研究般，淩駕或跨越科系。直到今天，香港的大學依然以科系為學科的基地，很少不屬於任何科系的教授，我在中大是一個例外。

我做博士論文的時候，很少人專門研究中國現代文學，遠東語文系的教授大多認為中國現代文學作品沒有什麼文學價值，唯一值得看的現代作家就只有老舍。魯迅早就被政治化了，大家不喜歡。至於徐志摩作為現代詩人更是被瞧不起的，只有歷史系的費正清教授對他「情有獨鍾」。我當時所做的事就是要為現代文學和作家出一口氣。現在的狀況反而倒過來了，至少一半申請到哈佛大學念書的學生都想跟王德威念中國現代文學，人數真的太多了。

張：您將文學研究帶進思想史領域，我認為已經把原本的學科劃分打破了。

李：那是因為我的老師很寬容，讓我在思想史的領域中研究文學。

張：當時的思想史研究用的是什麼理論和方法？

李：歷史課上很少談理論，史華慈上課時引經據典，但沒有講思想史的理論。據我記憶所及，他只提到反對洛夫喬伊（Arthur Lovejoy）把思想史局限於觀念（ideas）本身的傳承，而不顧思想和社會文化環境的衍生關係。從他的治學方向來看，他是一位徹頭徹尾的「比較家」（comparatist），在課上不停地引用中西各種傳統，反覆辯證，就是我以前和你說過的「一隻手是這樣，另一隻手是那樣」（on the one hand, on the other hand）。他也不管學生聽得懂不懂，用了大量的德文和法文名詞以及寓言名詞，如 Weltanschauung（世界觀）、Ressentiment（尼采的關鍵概念「怨恨」）、Faustian-Promethean（浮士德—普羅米修斯式）。不過他思辯的能力的確驚人，我論文中摸索的浪漫主義概念，是他第一個提出來的，後來又得到伯林的印證。也許，我從這許多典故和概念中摸索出一條自己的路，談不上理論。如今，以歷史的後見之明回顧當年，那個時候海登．懷特（Hayden White）的理論書還沒有出版。我認為他是美國學界第一個把文學模式帶入思想史的人。我讀他的《元歷史》

(*Metahistory*),已經是八十年代初的事了。[25]他自然也受到福柯的影響。

在哈佛求學時代,我的幾位思想史的師兄如張灝和墨子刻(Thomas Metzger)最熱衷的理論是韋伯(Max Weber),而不是福柯和德里達(Jacques Derrida)。至於我,畢業後最先接觸的是文學理論,特別是「新批評」和馬克思主義的文化理論系譜,從盧卡奇的小說理論讀起。

張:老師似乎對於馬克思主義和左翼理論特別感興趣。

李:不錯,但純是理論上的興趣,因為它很適合用來研究中國現代文學,這是由於馬克思傳統的文藝理論較注重文學和社會的互動關係,而不僅純作文本分析。

張:換一個角度來說,中國現代文學在當時美國學界是不受認可的,所以必須找到足夠的資源——包括理論——把它在學界「合法化」,變成一門學問和研究領域。我認為這就是關鍵,因為您正正開拓了一個大家都不承認的領域。

李:是的,我的個性就是如此。現在我可以大言不慚地說,美國的中國現代文學研究是我和幾位志同道合的朋友將它建立起來的。一開始就是一個跨學科的嘗試,因此從一開始我就鼓勵大家從各科系跨越出來,並且和新興起的「文化研究」接軌,但沒有想到理論的問題。

張:似乎香港學界與美國學界的情況差不多,記得九十年代我在中大念本科的時候,現代文學在學術評價上仍不及古典文學。當時中文系的某些學長，會認為現代文學不值得花時間深入研究。

李：中國大陸的情況卻大不相同，一開始就是顯學。1949年中共建國以後最重視的是現代文學，有些學者也從研究古典轉而研究現代文學，最著名的就是北大的王瑤教授。八十年代初我第一次到中國演講時，談的都是美國的中國現代文學研究。如今，中國現代文學在美國也是一門顯學了，不過我反而覺得研究現代文學的人太多了。目前這個研究領域還有一個關於研究轉向（turns）的問題，其中一個重要的研究轉向就是文化研究的轉向。「文化研究」不可望文生義說成研究文化，它所謂的「文化」本來是專有所指的。英國幾位文學和歷史研究者對於英國學界只看重精英文學有所不滿，於是在伯明翰大學設立中心，開發文化理論。他們在左翼思潮影響下，把文學研究的目標轉向城市裡的勞苦大眾和通俗模式，後來受法國影響，越來越理論化。文化研究最早傳到美國的時候是經由新聞傳播系（communication studies），然後才擴展到其他文學科系，特別是英文系。到了美國之後，當然也被「美化」了，偏重種族和少數族裔的問題，還有女性主義，後來又要打倒文學經典。

我當時非常天真，認為文化研究就是文學與文化的跨學科研究，而研究中國文學也可以用研究文化的方式來研究，那不是很好嗎？甚至可以將中國傳統文化也連結起來，古今不分，中外兼備。我後來才發現完全不是這回事。但在種族研究方面，我還是堅持一定要將文化放進去，而不僅僅是性別，於是就跟美國的亞美研究（Asian American studies）學者合不來。他們大多是土生土長的亞裔美國人，關注少數族裔如何被白人歧視，不是中國文化。因為是第二代或第三代的亞裔，他們已經不懂中文了，只研究亞裔作家用英文寫的作品。他們更關心他們在美國怎樣受壓迫，和非裔美國人（Afro-American）的方向差不多，都是一些種族議題（race issues）。我當時不管這些，我們是做學問的。我要問的是，當中美開始交流，很多新移民來到美國，難道他們就不會傳來中國文化嗎？這些新的文化元素必須帶進族群研究（ethnic studies），當然也必須帶進亞美研究。所以，我依然相信，文學研究的文化轉向（cultural turn）豐富了中國現代文學的研究。我的說法在香港就實現了，你們的研究不但證明中國現代文學的作品中還是有很多好東西，而且它的涵蓋面很廣，包括思想史、哲學和宗教，你研究多年的瞿秋白就是一個例子。[26]

張：我認為老師這段關於學科發展史的回憶相當重要，可以幫助我們反思近年香港學界所面對的類似問題和學術困境。因為現在香港某些文化研究學者依然認為現代文學研究僅是在做文本分析，只是處理想像的東西，沒有面對社會現實，不夠「政治正確」。文學研究被視為過時，跟不上當代的理論潮流。有趣的是，文化研究明明要批判進步論和線性時間觀，但香港學界的某些文化研究學者卻又往往在有意無意之間，以文化研究理應批判的進步論意識形態來貶低文學研究。

李：在西方理論潮流籠罩之下，一切都加上一個「後」字，新的觀念都變成後設理論，現在已經開始研究「後人類」了，哪還有什麼人文精神？！人早已被物所取代，還有地球生態，我猜不久就會出現瘟疫全球化的文化理論。

張：還有人類世（anthropocene），用地質學的概念去講人類對生態的破壞。我並不反對STS（science and technology studies，科學與技術研究），個人也覺得這個研究方向很有意思。但如果因為要鼓吹STS，便主張一面倒向科學社會學或科學人類學傾斜，並藉此淘汰或取消文學研究，那麼，香港的文化研究學科發展之路，便只會越走越窄。這種發展方向也與文化研究本身的跨學科和多元文化取向背道而馳。

李：文字好像已經過時了，現在大家都只講大數據或數碼技術。我覺得如果真的如此，文化研究永遠會落後於現實，所謂理論也會受到科技的統制。我現在的看法是，現實已經夠複雜糟糕了，理論家非但沒有幫助我們理解現實，還變本加厲、不停地解構原來理解事物的角度和方法。不知我在美國認識的幾位理論界朋友對此作何感想？

張：您在前面第八章中提到在芝加哥認識的李湛忞以及他主持的跨文化研究中心（Center for Transcultural Studies）。您們合作舉辦了好幾次會議，也邀請過香港和台灣的學者如陳清僑和廖炳惠。我最感興趣的其實不是現在怎樣從事文化研究，而是當年您們如何連結不同學科範疇的學者，推動跨文化研究的發展？

李：我們的中心就是沒有中心，毫無固定組織，一班朋友各自在不同大學和科系教書，大概每年聚會四次，後來又在世界各地(包括香港)召集會議。當時的中心人物就是哲學家查爾斯·泰勒(Charles Taylor)。他是一個君子和天主教徒，心胸開放，以兩本名著享譽學界：《自我的根源：現代認同的形成》(*Sources of the Self: The Making of the Modern Identity*)[27] 和《世俗時代》(*A Secular Age*)。[28] 當時他正在研究「社會想像」(social imaginaries) 的問題。 我們也討論了公共領域(public sphere)理論。當時我們這個團體面對的最大批評是我們不夠激進(radical)，然而我們比任何學者都「跨界」，絕不以西方為中心。內中也有幾位著名的印度裔的文化理論家，如阿帕度萊和嘉卡爾(Dilip Gaonkar)，後來還辦了一個雜誌，名為《公共文化》(*Public Culture*)，算是這個中心的刊物。我和李湛忞合作無間，我在芝大主持的「中國文革後文化反思」的研究計劃，就得到他的大力協助。

張：我們仍在用泰勒論公共領域的文章和他的《現代社會想像》(*Modern Social Imaginaries*) 作教材。[29] 我問及您這段經歷的原因是，您後來在中大教書時仍不時向我提及這個跨文化研究中心，並時常懷念您這幾位學界老友。

李：是的，他們個個都聰明絕頂，學問頂尖，我從他們那裡學到很多。原在港大教書的馬文彬(Ackbar Abbas)也是其中的健將，如今也到美國去了。無論如何，美國理論界還是有很多第一流的學者。與此同時，我又覺得香港的文化研究好像一直只在跟隨英美學者那一套。你們又何必要跟著呢？你們怎樣做也很難比得上他們的。為什麼我們一直盲目的跟隨美國潮流而不在香港挖掘新的題材，試圖演繹出自己的理論，或以此和西方理論商榷？近來我發現香港有一種很有意義的場所(site)，就是社區和街坊。這才是真正的民間和本土文化。有些人(譬如兩個香港的文藝團體「影行者」和「半杯寮」)在深水埗拍攝另類的紀錄片，當地居民既是觀眾也是被拍攝的對象，一起藉影像來連繫彼此，喚起集體回憶。這也是一種文化研究，比口述歷史更生動。

註釋

1 本章主要根據2021年5月23日的訪談整理和改寫而成，定稿於2023年5月。感謝香港中文大學文學院提供研究資助，讓我們能聘請陳曉婷博士和楊明晨博士兩位研究助理，協助完成最初的資料搜集和錄音整理工作。吳君沛先生在最後階段協助核查研究資料，在此亦一併致謝。

2 阿爾特(Peter-André Alt)著，寧瑛、王德峰、鍾長盛譯：《惡的美學歷程：一種浪漫主義解讀》(北京：中央編譯出版社，2014)，頁2。

3 這四篇文章收錄於魯迅：《魯迅全集》(北京：人民文學出版社，2005)，卷一，頁8–120。

4 Franco Moretti, *Graphs, Maps, Trees: Abstract Models for a Literary History* (London; New York: Verso, 2007), pp. 67–69.

5 李歐梵：〈見林又見樹——晚清小說翻譯研究方法的初步探討〉，《現代性的想像：從晚清到五四》(新北：聯經，2019)，頁148–186。

6 參見崔文東：〈青年魯迅與德語「世界文學」——《域外小說集》材源考〉，《文學評論》，第6期(2020)，頁191–200；崔文東：〈追尋「自覺之聲」：論魯迅《摩羅詩力説》對德語世界文學史的創造性轉化〉，中國文學「典律化」流變的反思國際研討會，2021年10月23–24日（香港：香港樹仁大學中國語言文學系）。

7 北岡正子著，李冬木譯：《魯迅救亡之夢的去向：從惡魔派詩人論到〈狂人日記〉》（北京：三聯書店，2015）。北岡正子：《魯迅文学の淵源を探る：「摩羅詩力説」材源考》（東京：汲古書院，2015）。

8 李冬木：《魯迅精神史探源：個人·狂人·國民性》（台北：秀威資訊，2019）及李冬木：《魯迅精神史探源：「進化」與「國民」》（台北：秀威資訊，2019）。

9 見註6。

10 魯迅、周作人譯：《域外小説集》（北京：中央編譯出版社，2014）。

11 北岡正子：《魯迅救亡之夢的去向：從惡魔派詩人論到〈狂人日記〉》，頁34。

12 Friedrich Nietzsche, *On the Genealogy of Morals and Ecce Homo*, trans. Walter Kaufmann and R. J. Hollingdale, ed. Walter Kaufmann (New York: Vintage Books, 1967).

13 魯迅：〈摩羅詩力説〉，《魯迅全集》，卷一，頁65。

14 中文版見北岡正子著，何乃英譯：《摩羅詩力説材源考》（北京：北京師範大學出版社，1983），日文版見北岡正子：《魯迅文学の淵源を探る：「摩羅詩力説」材源考》。

15 北岡正子：《魯迅文学の淵源を探る：「摩羅詩力説」材源考》，頁250–253。北岡正子：《魯迅救亡之夢的去向：從惡魔派詩人論到〈狂人日記〉》，頁61–63。

16 Mikhail Lermontov, *A Hero of Our Time*, trans. Paul Foote (Harmondsworth: Penguin Books, 1966).

17 Georg Brandes, *Main Currents in Nineteenth Century Literature* (London: William Heinemann, 1904).

18 魯迅：《魯迅全集》，卷一，頁68。

19 參見北岡正子：《魯迅文学の淵源を探る：「摩羅詩力説」材源考》。

20 北岡正子：《魯迅救亡之夢的去向：從惡魔派詩人論到〈狂人日記〉》，頁37–46。

21 朱政惠編著：《史華慈學譜1916–1999》（上海：上海辭書出版社，2006），頁48。

22 Merle Goldman, *Literary Dissent in Communist China* (Cambridge, MA: Harvard University Press, 1967).

23 Michel Hockx, "The Literary Association (Wenxue yanjiu hui, 1920–1947) and the Literary Field of Early Republican China," *China Quarterly*, No. 153 (March 1998): 49–81.

24 見本書第六章及李歐梵：〈論文和遊學〉，《我的哈佛歲月》（香港：牛津大學出版社，2005），頁75–78。

25 Hayden White, *Metahistory: The Historical Imagination in Nineteenth-Century Europe* (Baltimore, MD: John Hopkins University Press, 1973).

26 張歷君：《瞿秋白與跨文化現代性》（香港：香港中文大學出版社，2020）。

27 Charles Taylor, *Sources of the Self: The Making of the Modern Identity* (Cambridge, MA: Harvard University Press, 1989).

28 Charles Taylor, *Secular Age* (Cambridge, MA: Harvard University Press, 2007).

29 Charles Taylor, *Modern Social Imaginaries* (Durham: Duke University Press, 2004).

17

比較文學、對位閱讀與人文重構[1]

中西文學的徊想

張：上一回我們談到魯迅的文學系譜，已經觸碰了世界文學、跨文化研究、區域研究以及中國研究等問題。這次我希望能沿著這個脈絡，繼續追問一些對我自己來說比較重要的問題。

我第一次接觸老師您的著作，是初中時在家附近的破舊小書店，買到您的《中西文學的徊想》。[2]我後來在高中時才算真正讀懂老師這本著作，因為初中時並不能完全理解。書中提到中與西兩個脈絡，「中」主要談中國現代文學與當代文學；「西」也有一部分與中國現代文學連起來，談及中國現代文學中的現代主義傾向。其他部分則主要介紹當代西方世界的文學名家，如昆德拉、馬奎斯（Gabriel García Márquez）等。書裡面列出眾多世界文學大家的名字。我從高中到大學時期閱讀的現代主義名家或當代小說家，很多都是從老師這本書得知的。或者可以這樣說，我當時像發現新大陸一樣，按照老師書中介紹的線索，去圖書館和書店，尋找那些我以前不曾知道的世界文學名家名作來學習。後來我繼續追看您的其他書，其中翻閱得比較多的是《狐狸洞話語》。[3] 另外，因為您當時推薦鄭樹森教授的著作，所以我便去看他的《文學理論和比較文學》。記得您曾為鄭樹森教授的《從現代到當代》撰寫序言。您在序言中便指出，《文學理論和比較文學》當時是您和您的研究生的「必讀之作」。[4] 可以說，我正是通過老師您推薦的讀物，才開始走進「文學理論」這個研究領域。現在我重新去翻閱您這本書時，發現您的整體架構裡有一點，跟我本科在中文系接觸到的現代文學科班訓練很不同。那就是您使用了比較文學的研究視野和方法，去分析和解讀中國現代文學的作家和作品。您能否就這一點多談一下，比較文學對您研究中國現代文學的影響在哪裡？因為您上一回提及，您在哈佛的老師費正清和史華慈等教授，他們都是思想史和歷史專業的，並非比較文學的學者。所以，我希望請老師您進一步談談，您是如何走向比較文學的研究方向的？

李：如果按學科劃分，我並沒有受過比較文學的訓練，但幸運的是，我從我的朋友那裡學到很多東西。當時香港中文大學的周英雄、鄭樹森等人開創了香港最早的比較文學研究，在此之前他們就已經開始討論。現在大家都知道鄭樹森與黃繼持、小思合作，做了不少香港文學的研究。但他另外的一大貢獻卻是比較文學。當時中大的比較文學學者除了鄭樹森、周英雄外，還有李達三以及後來的陳清僑、王建元等人。我們稱這一學派為「胃病」學派，因為他們其中不少人都是葉維廉的學生，而葉維廉得過胃病。葉維廉是我台大外文系的同學，比我高一班，是香港僑生。他也是一位詩人，在港台詩壇都很有名氣，後來也曾在中大講學。我覺得香港中文大學很可惜，如此輝煌的比較文學研究起點，卻沒有延續。港大的比較文學走的是另外一條路，以布萊希特（Bertolt Brecht）研究而著名。當時中大的比較文學以理論為主導，鄭樹森和周英雄研究結構主義，還合編了一本專著。[5]我從歷史轉向文學研究的時候，很自然地向他們學習，他們之中令我得益最多的是鄭樹森。我在數篇文章中都再三提過了，他真是一位奇才，什麼都懂，但為人十分低調。[6]我在此也不敢為他吹噓。

因此我並非從哈佛比較文學出身的。我在哈佛讀書的時代，比較文學系最著名的教授是列文（Harry Levin），他擔任講座教授多年，著作很多。我後來才看了他的幾本書，談不上有何心得。他的接班人是紀彥（Claudio Guillén），寫過一本理論名著《文學之為系統》（*Literature as System*）。[7]他們的研究路數都是以歐洲為中心，掌握多國語言，但我並沒有受到他們太多影響。相比而言，對我影響更大的比較研究，是俄國思想史和文學。我在哈佛旁聽了一門俄國現代文學的課，那位老師大概是流亡在美國的俄國移民，他在堂上大罵蘇聯文學，反而推薦我們念當年在美國還不見經傳的布爾加科夫（Mikhail Bulgakov）、阿赫瑪托娃（Anna Akhmatova）和薩米亞津（Yevgeny Zamyatin）。當然還有帕斯捷爾納克（Boris Pasternak），他的小說《齊瓦哥醫生》（*Doctor Zhivago*）剛在美國走紅，[8]被媒體宣揚為反抗極權壓迫的政治小說，其實根本不是這回事；後又改編成電影，主題變成了愛情，我認為都是以偏概全。他繼承了俄國十九世紀小說的偉大傳統，把1917年的布爾什維克革命作為歷史的背景，烘托出抒情詩的意義，因為男主角和作者都是詩人。閱讀二十世紀的俄國和蘇聯文學，不可以忽略現代詩，這也是十月革命時期和之後的偉大成就。你想想看，以賽亞．伯林第一次見到阿赫瑪托娃，一夜長談之後就愛上她了！我自己也希望多讀一點她的詩。

於是在這個基礎上，我後來對東歐文學也產生了興趣。我自認對華語文壇最大的貢獻，就是我可能是最早把東歐作家介紹到海峽兩岸文壇的人。這是《中西文學的徊想》那本小書的唯一貢獻。我為什麼喜歡昆德拉呢？因為在印第安納大學與比較文學系的卡林內斯庫教授（Matei Călinescu）合開了一門叫做「地下文學」（underground literature）的課程。我這位來自羅馬尼亞的同事認為，「地下」具有民間、體制外之意，不完全是政治反抗，在蘇聯佔領下的捷克特別流行，主要模式就是幽默和調侃。於是他就問我：「當代中國文學中有地下幽默嗎？」並介紹我看昆德拉的早期小說，如《玩笑》（*The Joke*）、[9]《可笑的愛》（*Laughable Loves*）。[10] 我看了十分興奮，於是便把昆德拉的新著《笑忘書》（*The Book of Laughter and Forgetting*）[11] 放到自己的書裡，後來又加上了在美國大紅但尚未得諾貝爾文學獎的馬奎斯。這便是《中西文學的徊想》中兩個重要作家的出現。[12] 至於評論家，我在書中只提到了喬治．史丹納（George Steiner），我到今天依然佩服他文學批評中的人文精神，雖然他是一個徹頭徹尾的「歐洲中心主義者」，而且傲慢之至。[13] 所以《中西文學的徊想》整本書的內容並沒有什麼特別嚴肅的比較文學或理論架構。

張：但您書中比較文學與世界文學的視野是十分明顯的。

李：其實當時美國學界沒有「世界文學」這個名詞，這一個名詞在美國理論界出現得很晚。我讀書時，美國理論界很熱的是弗萊（Northrop Frye）的《批評的剖析》（*Anatomy of Criticism*）[14]和法國後結構主義，教書時才讀到保羅．德曼（Paul de Man）的《不見與洞見》（*Blindness and Insight*）。[15]當時研究比較文學的研究生都要閱讀他們的書，現在的研究生可能覺得他們過時了，甚至文學理論也都過時了。

張：我覺得很可惜，1995年我進中大讀書時，並沒有太多比較文學的課。

李：因為那個時候中大的本科課程，沒有比較文學。

張：是的，只有私下和黃繼持老師談話時，他會涉及到比較文學。因為中文系覺得，文學理論、西方文學不是他們的專業。後來我之所以進文化研究學部，就是為了學習比較文學。最初這個學部的名稱是「比較文學與文化研究」。黃繼持老師當時推薦我轉到這個學部念碩士，就是去學習比較文學和文學理論。很可惜，現在文化研究學部已經沒有這個方向了。

李：教過你的很多老師都是我的朋友，也實際上教了我很多。我沒想到你當時會讀我的書。不過，我的書的對象並不是專業學者，而是像你一般的大學生；但不是香港讀者，而更多是台灣讀者。因為台灣大學有很悠久的比較文學和中外文學研究傳統。我們沒有資格寫香港比較文學學科史，但應當有人專門做這項工作。

現在比較文學改頭換面為世界文學，其原因之一是比較文學被文化理論家批評為歐洲中心主義，在此背景下就掀起所謂「經典論爭」(canon debate)。在美國學界，「canon」是一個貶義詞，具有霸權壓制的含義，與「classic」不同；而且這些經典大多是白人和男人的作品，壓迫少數族裔和有色人種，當然還有女性。那麼，被壓迫的小國家能出現經典嗎？答案是當然可以，只不過被白人霸權控制下的學界壓制了，於是美國學者們開始反思：黑人文化中有無經典？當時，非洲現代文學之父阿契貝(Chinua Achebe)和諾貝爾文學獎得主索因卡(Wole Soyinka)等好幾位黑人作家開始受到關注，大家都在讀黑人理論家法農(Frantz Fanon)的《黑皮膚，白面具》(*Black Skin, White Masks*)。其他美國少數族裔作家如湯婷婷(Maxine Hong Kingston)也被捧得很高。我為東歐文學叫好，在美國漢學界毫無影響，除了來自捷克「布拉格學派」的米列娜和她當時的丈夫杜勒齊爾。米列娜本來視我為仇敵，後來知道我熱衷捷克文學之後，才改變態度。而美國學界可能覺得，東歐文學也是白人文化的一部分，所以不太重視。我的文章〈世界文學的兩個見證：南美和東歐文學對中國現代文學的啟發〉是為中國作家和華文讀者寫的，曾通過詩人徐遲的安排，在武漢一個學術刊物《外國文學研究》上發表。[16] 張隆溪也曾在《外國文學研究》上發表過一篇評論弗萊的文章，我看到後感到很震驚，中國大陸當時已經有如此厲害的評論家！[17] 後來我才聽說我的文章竟然也廣為流傳，不少大陸作家都看過，包括王安憶，他們看了之後才開始學習馬奎斯的「魔幻現實主義」。差不多在同一時期，余華等人也開始發現卡夫卡，是否來自昆德拉的大力推薦，我不知道。他們這個閱讀脈絡與中國社科院外國文學研究所主辦的雜誌《世界文學》也有關連，袁可嘉和陳焜等人在這本學術雜誌上譯介了不少西方現代派文學作品，譬如《世界文學》早於1980年便已刊發專門介紹「黑色幽默」的文章。[18]

其實「世界文學」這個名詞在三十年代的蘇俄就出現了，與「第三國際」的對外宣傳政策有關，有一本官方雜誌就叫做《世界文學》，而第三國際派到歐洲和其他國家的文化「間諜」(agents)個個都是精通數國語言的文學的猶太人，後來大多被斯大林(Joseph Stalin)整肅死了。這一段因緣我以前在我們召集的「左翼國際主義」會議上講過。近來崔文東又發現了一本更早的德文雜誌，證明魯迅在日本看過，名叫《來自外國語》(*Aus fremden Zungen*，見本書第十六章)。[19] 所謂「外國」，就是周氏兄弟的《域外小說集》名稱的由來；它本來指的是德國以外的文學，包括東歐小國，中國的魯迅論者就直覺地視東歐小國為「被壓迫的民族」了。

現在「世界文學」的概念又被美國學者達姆羅什(David Damrosch)重新包裝後，變成一門新學問。他特別強調翻譯的意義，希望把非歐洲文學納入進來，這使得世界文學真正世界化。加之受到文化理論衝擊，現在的世界文學很注重第三世界的非歐美作家。拉丁美洲作家因此特別火，拉美理論也隨之興起，他們的文學創作和研究成就已經不亞於中國。相比而言，日本文壇和學界則開始式微。這就是世界文學消長的格局，新的作家帶動了學界的研究。但現在科技發展得太快，文學作品沒人看了，不再受到學界關注。隨著科技理論的興起，世界文學的研究也逐漸被邊緣化。這是一個令人很傷心的事情，現在學界常常把自己限制在自認為超前但其實狹隘的理論框架裡。

張：確實很可惜，也讓我們更加懷念以前的學術生態。剛才老師提到昆德拉，八十年代昆德拉中譯本開始出版，其中一個版本是韓少功翻譯的《生命中不能承受之輕》(*The Unbearable Lightness of Being*)。[20] 我九十年代一邊看著老師的書，一邊閱讀昆德拉的中譯本小說。《笑忘書》也是在那個時候看的。我覺得，沒有您的批評和介紹，我當時作為初學者是很難直接進入到他的小說世界的，因為昆德拉的小說與傳統寫法很不同。對我來說，昆德拉是小說閱讀的啟蒙課。他的小說讓我了解到，原來小說可以有這樣不同的寫法。他作為一位小說家，也對小說本身有很自覺的反思。他便寫了好幾本書，闡述他自己的小說理論，即《小說的藝術》(*The Art of the Novel*)、《被背叛的遺囑》(*Testaments Betrayed: An Essay in Nine Parts*)、《帷幕》(*The Curtain*)和《相遇》(*An Encounter*)這幾本文集。

李：他這幾本文集寫得相當不錯。

張：九十年代中國大陸也有很多關於昆德拉的評論讀本，其中也收錄了您和梁秉鈞等人的文章，可見您的文章確實對中國大陸接受昆德拉有重要影響。[21] 此外，您在《中西文學的徊想》中介紹的東歐文學，除了昆德拉外，還有塞弗爾特（Jaroslav Seifert）。[22]

李：塞弗爾特那年得了諾貝爾獎，並且聽説還是昆德拉推薦他得獎。當時我從印第安納大學轉到芝加哥大學，便詢問余國藩芝大是否有懂捷克文學的學者。他向我介紹了研究東歐語言學的史維耶考斯基教授（František Svejkovský）。史維耶考斯基給我做了介紹，並且給了我很多資料。我把採訪他的內容翻譯出來，發表在中文刊物上。這應該是華文學界有關塞弗爾特的第一批資料，我也很可能是塞弗爾特詩歌的首位中譯者。

張：塞弗爾特的詩歌是實驗性的。

李：對。我要到後來才發現哈維爾（Václav Havel）的詩歌。

張：我發現，您在《中西文學的徊想》中翻譯塞弗爾特的詩時，做了很多註解，其中便談到一些現代派源流。譬如，您在〈煙霧嬝繞〉一詩的譯註中，便提到波特萊爾（Charles Baudelaire）、魏爾倫（Paul Verlaine）、科克托（Jean Cocteau）和阿波利奈爾（Guillaume Apollinaire）。[23] 此外，在介紹塞弗爾特的文章中，您還談到亞歷山大・布洛克（Alexander Blok）、布拉格語言學派（Prague Linguistic Circle）、雅各布森（Roman Jakobson）等。這也是我學習文學理論的過程中，最早看到的關於俄國形式主義的閱讀材料。

李：史維耶考斯基一直默默無聞。我還曾將他設計成一個虛構的人物，在文章中和他對話，講自由、人性等話題，記得文章叫做〈費心生教授語錄〉。「費心生」就是「Fictionson」的中文音譯。這是以對話體的形式寫作的一系列文章，發表在台灣的《中國時報》。[24] 所以，《中西文學的徊想》的其中一個貢獻，大概就是將當代捷克文學介紹到華文世界。

張：您剛才提到哈佛的中國研究，不太重視比較文學。但有趣的是，可能因為冷戰的關係，哈佛的斯拉夫研究卻是世界知名。我在研究俄國形式主義時，就受益於哈佛圖書館館藏的大量研究資料。

李：哈佛的「戴維斯俄羅斯和歐亞研究中心」(Davis Center for Russian and Eurasian Studies) 和研究東亞的費正清中心齊名，但據我所知，他們都是研究政治和歷史為主。我在想是誰在哈佛搜集彙編了這些形式主義的資料？說不定是位名氣不大但學問很精的俄國移民。在我那個時候，哈佛斯拉夫語研究那邊很少有研究文學的；後來就有托德 (William Mills Todd III)，他是普林斯頓的弗蘭克 (Joseph Frank) 的學生。弗蘭克花二三十年寫了陀思妥耶夫斯基的傳記《陀思妥耶夫斯基：作家與他的時代》(*Dostoevsky: A Writer in His Time*)，至今仍是權威之作。[25] 弗蘭克還寫過一篇論文，題為〈現代文學中的空間形式〉("Spatial Form in Modern Literature: An Essay in Two Parts")，當時很有名。[26] 普林斯頓研究俄國文學是非常有名的，可是他們又非常保守，他們的比較文學都是歐洲中心的。

張：您在《中西文學的徊想》一書中提供的基礎信息，其實對我後來做魯迅研究也有幫助，譬如書中談到的布洛克和比亞茲萊 (Aubrey Beardsley)。談起比亞茲萊，我還記得，因為老師在《鐵屋中的吶喊》裡將比亞茲萊與魯迅聯繫起來討論，所以我本科的時候去深圳的書城搜購參考書，還特意去找比亞茲萊的插畫集。那時候只找到一本韋君琳編的《比亞茲萊黑白裝飾畫選》。[27] 我在九十年代最初仔細研讀魯迅的作品時，老師您的著作確實為我提供了一個有別於大陸主流學界的魯迅研究視野。

李：魯迅也出版過比亞茲萊的畫冊。[28] 我將比亞茲萊與魯迅連起來，確實挑戰了當時大陸的研究。因為比亞茲萊是頹廢派，而魯迅是革命導師。比亞茲萊在八十年代初期還不被大陸接受，當時獨有李陀特別喜歡我那篇探討魯迅與頹廢派關係的論文：〈魯迅與現代藝術意識〉。[29]

張：現在大陸學界也吸收了這一脈絡。

李：是的，新一代研究者在吸收。

後現代主義、對位閱讀法與人文重構

張：您這本書雖然強調現代主義，但也提到後現代理論家或文化批評家，比如哈桑（Ihab Hassan）、哈特曼（Geoffrey Hartman）、桑塔格（Susan Sontag）等。[30] 您能否談一下您對後現代的理解？您最初如何接觸到後現代？

李：哈桑是一位埃及學者，曾經提拔周蕾，他在美國學界最早提出後現代問題。佩里・安德森寫過一本書《後現代的起源》（*The Origins of Postmodernity*），[31] 梳理了後現代的來龍去脈，裡面也提到哈桑。我在美國時並不局限於自己的研究，也常常關注其他人的研究議題，由此接觸到一點後現代的理論。一開始我很反對後現代主義，但看了哈桑的文章後開始就覺得有趣。我後來讀到越來越多後現代理論，自己的文章也漸漸染上後現代的意味。特別是後現代的戲耍（play）、嘲弄（parody）、反諷等風格，對我很有吸引力。總體來説，我認為後現代有很多面貌，他們對經典的徹底解構我不喜歡，但有些面向卻很吸引我，特別是形式上的創新。不過，真正讓我肯定後現代的是建築。

張：「後現代」這個詞最初就是在建築領域提出來的。

李：我書中提到的另一個學者哈特曼，其實他的書我看得並不多，但我認識他的大弟子蘇源熙（Haun Saussy）。我們同一年到UCLA（加州大學洛杉磯分校）工作，並且合開現代主義的課程。哈特曼最早研究英詩，學問淵博，功力深厚。他是在紮實地看完諸多作品材料後才搞理論批判，而不像現在很多人缺乏基礎的文學訓練就開始做批判。

你提到的另一位文化批評家蘇珊．桑塔格，我讀得比較多，最近還在看她的兒子大衛．里夫（David Rieff）整理她的日記和筆記而成的書《記事錄》。[32] 我最初看的是她最膾炙人口的一本書：《反對闡釋》（*Against Interpretation*），它幾乎是美國知識分子人人必讀的。[33] 她所反對的「interpretation」，實際上是傳統老式的作家傳記研究。桑塔格雖然沒有拿到過學位，但聰明絕頂。她和菲利普．里夫（Philip Rieff）結婚，他們的兒子大衛整理出版了桑塔格很多著作，我從中了解到桑塔格諸多大膽的事跡。桑塔格不完全是學院派，而是被當作「紐約知識分子」(“New York Intellectuals”)，他們是二十世紀中期住在紐約南邊的一群作家、文學評論家，辦有一個精英雜誌《黨派評論》(*Partisan Review*)，夏濟安的一篇英文小說〈耶穌教士的故事〉(“The Jesuit's Tale”) 還在上面發表。[34] New York Intellectuals 這一派每個人的學問都很好。他們都與大學關係密切，但又保持距離。我當時十分佩服這樣的人。除了桑塔格，我還追看麥克唐納 (Dwight Macdonald) 和卡辛 (Alfred Kazin)，還有威爾森 (Edmund Wilson) 和喬治．史丹納，我幾乎是全看了。他們每一個都在學院裡教過課，但很奇怪，他們幾乎每位都不為學院所容；只有特里林 (Lionel Trilling) 是在哥倫比亞大學的，還有巴爾贊 (Jacques Barzun)——這人對我影響頗大，他也是在哥倫比亞教書的，後來當了院長。我當時崇拜這些人，就像你們崇拜德里達一樣。我認為他們是不得了的，可我又看得一知半解，一邊讀著一邊學英文。說到這些人，我跟夏志清就連起來了，夏志清也佩服他們。

張：您講的這些背景，對於我們了解您這一輩學人，是挺重要的。

李：當然你也可以說我們每個人都不一樣，但我這一輩裡幾個朋友都有相似的閱讀背景，如鄭樹森。

張：您能否多談一下您和鄭樹森、葉維廉的交往？其實洛楓也是這一脈的。

李：葉維廉訓練了一批學生，很多是香港人。因為他自己就是香港詩人，所以很關心香港。他的大弟子是鄭樹森，其他還有周英雄、王建元、陳清僑、廖炳惠等。葉維廉從台灣外文系畢業後到美國普林斯頓念比較文學，博士論文寫龐德（Ezra Pound），他的代表作之一《龐德的《國泰集》》（*Ezra Pound's "Cathay"*）就是以此為基礎寫成，寫出了中國古典詩歌對龐德的影響，美國學界很重視這本書。[35] 葉維廉任教的學系是加州大學聖地牙哥分校的文學系（Department of Literature），裡面有很多高手，所以鄭樹森就成了這些高手的徒弟，特別是詹明信的徒弟。葉維廉也了解這些大師的研究，但他有自己獨特的研究方向和路數，關注中國道家與詩歌的關係。他有一套特別的教學方法，會帶著學生去海邊、森林散步，以沉浸行為來理解和體驗研究內容。

張：説到這個脈絡，其實我最初對巴赫金（Mikhail Bakhtin）、新歷史主義的了解，也是通過廖炳惠的書介紹而得知的。[36]

李：新歷史主義的一個代表人物孟淘思（Louis Adrian Montrose），就在加州大學聖地牙哥分校任教。他是研究英國文學的，跟葉維廉都是他們的老師。新歷史主義的代表人物是葛林布萊（Stephen Greenblatt），在柏克萊；莫萊蒂也算是一個，在哥倫比亞；另外一個就是孟淘思。

提起鄭樹森，你知道他厲害到什麼程度嗎？他還曾給我講過南希（Jean-Luc Nancy）的理論，他曾經上過南希的課！南希我不懂，都是鄭樹森告訴我的。

張：很厲害，南希直到最近十幾年才被華語學界所認識，著作才開始被翻譯過來。

剛才我們主要是討論這個脈絡的學者對老師您的啟發，以及跟您在學術上的互動。這個脈絡構成了老師現代文學研究的基礎部分，尤其是您對世界文學如東歐的注意。所以您在《中西文學的徊想》中很早便提到安特萊夫對魯迅的影響。[37] 我還記得，我本科讀中文系時，黃繼持老師問我們是否知道安特萊夫，當時很少有同學知道，而我卻因為之前讀了您的書，所以有點了解。

李：我當時也只是簡單提了一下，現在的研究者已經有了深入研究。在書中我還提了不少蘇聯馬克思主義評論家，這倒是我很早就強調的。

張：是的，所以您研究中國現代文學時，確實有著明顯的世界文學視野。2004年，您第二次來到香港中文大學教書，曾開設薩伊德研究的課程。在這門課上，您除了講薩伊德的「晚期風格」外，一直在強調「對位閱讀法」。這種方法實際上便對應著比較文學。

李：對位閱讀法被很多人認為是我的標記。「Counterpoint」最初是音樂術語，我強調對位閱讀也是借鑑薩伊德，他在《文化與帝國主義》（*Culture and Imperialism*）中講到過。[38]

張：我的博士論文最初便是採用薩伊德的「理論旅行」（traveling theory）和「對位閱讀」的方法，這正是受到您的影響。不過後來您建議我改為借用史華慈的方法，因為史華慈直接做中國研究。

李：其實我對你並沒有強調任何理論方法，薩伊德和史華慈兩種方法你都可以放進你的論文框架裡。廖炳惠參加過一個薩伊德《東方主義》出版25週年的研討會。廖炳惠告訴我，薩伊德對於別人只將他與「東方主義」連繫起來，表示很反感。如果仔細閱讀他這一本書，其實他也談了很多關於十九世紀法國「東方學」的傳統——「語文學」，以及它和帝國主義的關係（例如拿破崙出征埃及的時候，就帶了語言學家），有褒有貶。他也反對學生亂用理論名詞，他逝世前寫的兩本書——《晚期風格》（*On Late Style*）[39] 和《人文主義與民主批評》（*Humanism and Democratic Criticism*），[40] 實際上是回歸到開放式的西方人文主義基礎，但他的政治傾向又使他關心自己的祖國巴勒斯坦，他有兩面性。美國學界只強調薩伊德很政治化的一面，很少有人關心他的晚期風格、音樂評論，因此我那時候想多講講他被人忽略的非政治的一面。我最早看薩伊德是讀他的《開端》（*Beginnings*），他原來學的是英國文學，研究康拉德（Joseph Conrad）出身。

張：您還特別提到薩伊德與維柯（Giambattista Vico）《新科學》（*Scienza Nuova*）的關係。

李：我是從薩伊德《開端》那本書得來的，但我對維柯《新科學》的了解也不算深入。我後來在台大和北大做過有關薩伊德、維柯和朱光潛的演講，列出一個人文系譜。北大的演講集是席云舒花了很多時間從錄音整理出來的，名叫《兩間駐望：中西互動下的中國現代文學》，很長的書名，但點出了我對於中國現代文學的基本研究方法。[41]

張：您強調薩伊德晚年的人文主義與語文學的關係，這些內容對我很有啟發。我在讀葛蘭西（Antonio Gramsci）的《獄中札記》（*Prison Notebooks*）時，發現他也是主張語文學。他就是以此反對布哈林（Nikolai Bukharin）的，因為布哈林主張將馬克思主義變為社會科學；但葛蘭西認為馬克思主義是歷史學，應該回到語文學的傳統。

李：葛蘭西等人所謂的語文學是歐洲中古以來的傳統。他們認為，文字是文化的載體，文字、文化與背後歷史的關係一脈相承。我們不能簡單將語文學翻譯為訓詁學，它並不是胡適所主張的乾嘉學派那種思路，那一路背後的人文力量少一點，因為都變成了文字學。我覺得中國讀者應該讀一讀我剛提到的薩伊德那本《人文主義與民主批評》；但我有幾位較激進的左翼同事，卻覺得晚期的薩伊德太保守了。而我刻意強調薩伊德人文主義的一面，可能也會被人認為保守。

張：但我想到了中國晚清的一些案例，可以相對應。譬如章太炎最初搞文字學便是受到語文學啟發，而且他是將文字學與其他學問和思想連起來，通過文字學來搞革命，只是後來的人將文字學劃分為專門的學問。所以從這個角度來説，不能簡單説語文學、人文主義就是保守。

李：章太炎把語文學連結到中國傳統上，回復傳統的道德精神，甚至他認為能夠代表中國最早文化的就是他研究的那些語言文字。這與維柯不謀而合，他們兩人的方法可以構成一種「counterpoint」。

張：在西方學術傳統中，您提到維柯的這個脈絡也很重要。威爾森在《到芬蘭車站》(*To the Finland Station*)中，便是沿著人文歷史學的脈絡，探究社會主義和馬克思主義的源流。所以這本書的開頭，便回溯到維柯和米什萊(Jules Michelet)。[42]

李：是的。說起歷史學，現在回想起來，我在學習歷史專業的過程中，所崇拜的批評家大多都是文化歷史、人文主義風格的，而不是關注技術性或抽象理論的東西。所以我一開始就把歷史與人文捆在一起，但我也是聽了史華慈的課才對中國歷史感興趣。在此意義上，我並不認為我是一個漢學家或中國現代文學研究的專業學者。我只是關注文學、歷史不同因素的碰撞以及由此產生的變化。這也是為什麼我不自覺地總是用比較的方法，而且不僅僅看到一個前景文本，更要把握到它背後的諸多歷史的「後台」。其中不僅僅涉及到前景文本自己的文化脈絡，還有其他脈絡。它當中包括主脈絡和次脈絡，就像樹的主幹和枝幹。比如魯迅的〈摩羅詩力說〉，它的主幹是「摩羅」、個人意志、反抗等關鍵詞，但我卻喜歡追問主幹如何引出一些枝幹，譬如，作為主幹的英國拜倫文學原型怎麼會變成東歐問題？前面提過，崔文東曾做過深入的研究，發現一本德文雜誌《來自外國語》，但我又要問德國雜誌怎麼流傳到日本，使得魯迅看到？為什麼這個雜誌對魯迅有如此大的影響？這就需要把現在看來表面上不直接相關的文本，從它們背後完全不同的歷史脈絡中重新找出連結來。

張：所以您近年在中大開的研究課程名叫「Reconnections」（再連結），用的正是這種方法。之前的對位閱讀法，還有近年從艾柯（Umberto Eco）借來的「serendipity」（機緣巧合或偶合）這個觀念，都可被歸入reconnections的脈絡裡。

李：是的。但其實serendipity這個觀念正好套用在我身上，因為我從來沒有一個計劃，一切都是偶然發生（serendipitous）的。但這些課現在回想起來，好像卻又都是圍繞reconnections。我們定這個名詞的時候，並沒有想過這一層。我記得，當時我是說，現在後現代什麼都是斷裂（rupture），所有東西都斷掉那怎麼行？所以不如做個相反的題目，本來叫connection，後來加上個re-，故意諷刺現在新式的寫法。

我用這種方法作跨學科的連結，不是叫口號，而是一種實踐。我每逢走一條新路的時候，都會不自覺地吸收我所能接觸到的資源，要不我就請來很多人演講，要不我就會找他們談話。所以我在這個課上也邀請了很多中大和外校不同科系的老師來客座講授，他們沒有一個人拒絕我的邀請，可見大家都有一個基本的共識。這個課就是這樣發展下去，然後我再講我已經爛熟的「現代性」課題，可我是從社會學開始的，由韋伯開始講。説來我覺得很唏噓，我認為學生都應該知道點學問的來龍去脈，打好根基，我不贊成只趨騖最新的學問。就像打武功，那些基本功是破不了的。如果總是只練最新的，破了就再沒板斧了。所以這個reconnections，我是希望重新回到人文研究的基本功，但現在看來我這一套可能過時了。

再到後來，你說中大圖書館購入了一大批「民國籍粹」系列的館藏，我們就去看。這就是serendipity，但背後其實有一條線。我的線不是由A到B到C，可能是由A到F再迂迴到C，有時候會浪費很多時間；但我覺得所謂研討課（seminar），就是師生一起探求（explore）和討論（discuss），而不是現在那種，老師把自己研究的一套講出來，學生只是跟著老師走。其實這種探索也是我的興趣，但老是不夠時間。我可是很失望呢，剛剛起了個頭，學生又要開始報告了。

張：您雖然稱您的方法是過時的、古老的，但您在講reconnection的時候正是互聯網興起的時候。所以，就「網絡追蹤」這種方法來說，未嘗不能說您所謂的「古老」也正是最前沿的。

李：我常常說著「過時」，也許是我下意識之中想與最新、最流行的東西產生對話。另外，我之所以強調人文脈絡的reconnection，也是我反對先預設一個理論的架構，這可能是受到我的業師史華慈影響的結果。

張：您這種把不同學問連起來的方法，的確與現在很多流行的理論研究不一樣。我認為，這才是最好的理論方法。因為像德里達這樣的理論家，他的理論研究也不是先做出一個架構的。他的解構本質上是一種閱讀或重讀（re-reading），在不斷重讀的過程中將人文經典裡不同層次的意義重新勾出來。這也就是您的reconnections。老師您的這門課，英文名稱是「Reconnections: China across Humanities」，中文名稱則是「人文重構：中國文化的跨學科研究」。換言之，我們正是在一次又一次的重讀和再連結中，重構中國文化多重複雜的意義網絡和跨學科脈絡。

李：是的，但你把我捧得太高了，我愧不敢當。我怎敢和德里達相提並論？

註釋

1 本章主要根據2021年6月15日的訪談整理和改寫而成，定稿於2023年5月。感謝香港中文大學文學院提供研究資助，讓我們能聘請陳曉婷博士和楊明晨博士兩位研究助理，協助完成最初的資料搜集和錄音整理工作。吳君沛先生在最後階段協助核查研究資料，在此亦一併致謝。

2 李歐梵：《中西文學的徊想》（香港：三聯書店，1986）。

3 李歐梵：《狐狸洞話語》（香港：牛津大學出版社，1993）。

4 李歐梵：〈《從現代到當代》小序〉，載於鄭樹森：《從現代到當代》（台北：三民書局，1994），頁4。

5 鄭樹森、周英雄編著：《結構主義的理論實踐》（台北：黎明文化事業，1980）。

6 見李歐梵：〈《從現代到當代》小序〉，鄭樹森：《從現代到當代》，頁1–6；又如李歐梵：〈文學理論與武功〉，《狐狸洞話語》，頁10；李歐梵：〈諾貝爾症狀〉，《世紀末囈語》（香港：牛津大學出版社，2001），頁219等。

7 Claudio Guillén, *Literature as System: Essays Toward the Theory of Literary History* (Princeton, NJ: Princeton University Press, 1971).

8 Boris Pasternak, *Doctor Zhivago*, trans. Max Hayward and Manya Harari (New York: New American Library, 1958).

9 Milan Kundera, *The Joke*, trans. Michael Henry Heim (London: Faber and Faber, 1983).

10 Milan Kundera, *Laughable Loves*, trans. Suzanne Rappaport (Harmondsworth, Middlesex: Penguin, 1975).

11 Milan Kundera, *The Book of Laughter and Forgetting*, trans. Michael Henry Heim (Harmondsworth, Middlesex: Penguin, 1981).

12 見李歐梵：〈「東歐政治」陰影下現代人的「寶鑑」——簡介昆德拉的《笑忘書》〉、〈世界文學的兩個見證：南美和東歐文學對中國現代文學的啟發〉及〈馬奎斯的《一百年的孤寂》敲醒了什麼？〉，《中西文學的徊想》，頁91–117。

13 李歐梵：〈「語言與沉默」——人文批評家喬治·史丹納〉，《中西文學的徊想》，頁77–86。

14 Herman Northrop Frye, *Anatomy of Criticism: Four Essays* (Princeton, NJ: Princeton University Press, 1957).

15 Paul de Man, *Blindness and Insight: Essays in the Rhetoric of Contemporary Criticism*, rev ed. (Minneapolis, MN: University of Minnesota Press, 1983).

16 李歐梵：〈世界文學的兩個見證：南美和東歐文學對中國現代文學的啟發〉，《外國文學研究》，第4期（1985），頁42–49。

17 張隆溪：〈弗萊的批評理論〉，《外國文學研究》，第4期（1980），頁120–129。

18 例如該刊在1980年刊登了陳焜的〈「黑色幽默」，當代美國文學的奇觀〉。見《世界文學》，第3期（1980），頁246–298。

19 崔文東：〈青年魯迅與德語「世界文學」——《域外小說集》材源考〉，《文學評論》，第6期（2020），頁191–200。

20 米蘭·昆德拉著，韓少功、韓剛譯：《生命中不能承受之輕》（北京：作家出版社，1987）。

21 例如艾曉明編譯：《小說的智慧——認識米蘭·昆德拉》（長春：時代文藝出版社，1992）就收錄了梁秉鈞的〈難忍存在的輕〉（頁208–214）；而李鳳亮、李豔編著：《對話的靈光：米蘭·昆德拉研究資料輯要（1986–1996）》（北京：中國友誼出版社，1999）則收錄了李歐梵的〈世界文學的兩個見證〉（頁575–593）。

22 李歐梵：〈一九八四年諾貝爾文學獎得主：捷克現代民族詩人塞浮特——訪問史維耶考斯基（F. Svejkovsky）後的雜感〉，《中西文學的徊想》，頁118–132。

23 同上，頁126–127。

24 〈費心生教授語錄〉一共有五篇，分別在1983年4月10日、5月9日、8月3日、12月26日及1984年2月10日刊登於《中國時報》第8版「人間版」，均未曾結集單行。

25 Joseph Frank, *Dostoevsky: A Writer in His Time* (Princeton, NJ: Princeton University Press, 2010).

26 Joseph Frank, "Spatial Form in Modern Literature: An Essay in Two Parts," *The Sewanee Review* Vol. 53, No. 2 (Spring 1945): 221–240.

27 韋君琳編：《比亞茲萊黑白裝飾畫選》（合肥：安徽美術出版社，1994）。

28 朝花社選印：《比亞茲萊畫選》（上海：合記教育用品社，1929）。

29 參見李歐梵於1986年在「魯迅與中外文化國際學術討論會」上發表的文章〈魯迅與現代藝術意識〉，收錄於李歐梵著，尹慧珉譯：《鐵屋中的吶喊：魯迅研究》（香港：三聯書店，1991），頁222–248。

30 李歐梵：〈中國現代文學中的現代主義——文學史的研究兼比較〉，《中西文學的徊想》，頁42。

31 Perry Anderson, *The Origins of Postmodernity* (London; New York: Verso, 1998).

32 Susan Sontag, *Reborn: Journals and Notebooks, 1947–1963*, ed. David Rieff (New York: Farrar, Straus and Giroux, 2008). Susan Sontag, *As Consciousness Is Harnessed to Flesh: Journals and Notebooks, 1964–1980*, ed. David Rieff (London: Hamish Hamilton, 2012).

33 Susan Sontag, *Against Interpretation and Other Essays* (London: Eyre & Spottiswoode, 1967).

34 T. A. Hsia, "The Jesuit's Tale," *Partisan Review*, Vol. 22, No. 4 (Fall 1955): 441–464.

35 Yip Wai-lim, *Ezra Pound's "Cathay"* (Princeton, NJ: Princeton University Press, 1969).

36 廖炳惠：《形式與意識型態》（台北：聯經，1990）；廖炳惠：《回顧現代——後現代與後殖民論文集》（台北：麥田，1994）。

37 李歐梵：〈浪漫之餘〉，《中西文學的徊想》，頁15。

38 Edward Said, *Culture and Imperialism* (New York: Vintage Books, 1993).

39 Edward Said, *On Late Style: Music and Literature Against the Grain* (New York: Pantheon Books, 2006).

40 Edward Said, *Humanism and Democratic Criticism* (New York: Columbia University Press, 2004).

41 參見李歐梵在北大演講的第四講「維柯—薩義德—朱光潛」。李歐梵演講，席云舒錄音整理：《兩間駐望：中西互動下的中國現代文學》（上海：上海人民出版社，2021），頁153–204。

42 Edmund Wilson, *To the Finland Station: A Study in the Writing and Acting of History* (Garden City, NY: Doubleday, 1953).

18

文化史、文化理論與認同危機[1]

文化史與文化理論

張：上一次主要談比較文學的議題，這次我希望進一步與老師聊一下有關文化史的話題。在進入正題之前，我有一個問題比較好奇，希望請老師先談幾句。您在前面第八章中提及，芝加哥大學的哈魯圖尼恩教授（Harry Harootunian）聽過您關於林琴南的一次學術報告後，對您的閱讀方式和方法論很感興趣。老師可否再詳細談一下，他當時對您講的哪一個部分感興趣？

李：那時我在印第安納大學任教，受邀到芝大做演講。當時芝大舉辦了一系列的學術工作坊，專門研究中國、日本和美國的文化關係，主持人是入江昭教授（Akira Iriye）。他是外交史的專家，以研究1930年代美中日三邊外交關係而著名，後來到了哈佛還是我的同事。他在芝加哥大學教書時和我比較談得來，我們都喜歡古典音樂，也是他主動邀請我給他們的工作坊做一個演講，題目不拘，但必須與中美或中日文學關係有關。當時他通知得我很急，我臨時想到林琴南翻譯的《黑奴籲天錄》這個文本，我的演講就講林琴南寫的《黑奴籲天錄》序言。[2] 我首先引入一個問題：為什麼林琴南作為一個中國儒家保守派，會如此同情黑人？黑人和白人的種族問題一向是美國歷史和社會上的大問題，對於林琴南而言本來沒那麼重要，但當種族問題和亡國滅種的危機連在一起的話就變得重要起來。換句話說，種族研究在美國就是「race」的問題，而在中國卻是文化和政治的問題。我從這個文化詞彙的差異講起，然後才進入文學分析。其實這部原著小說的藝術水平並不高，但影響卻很大。因為它是一種「煽情劇」(melodrama)，情節忠奸/黑白分明，融合了很強的情感因素(sentimentality)。種族問題被放進這個小說類型樣式(genre)中，而且與《飄》(*Gone with the Wind*)有互文的地方，也正是這些因素感動了林琴南。我當時在演講中其實只是講了我的這些讀後感，但在場的學者卻都很感興趣，因為之前他們沒有聽過有人以這種思路講中國文本。當時聽眾中有一位來自日本東京大學的訪問教授，他後來做了東京大學比較文學系主任，多年後他和我遇到了，還對我說記得我當年的這個演講。哈魯圖尼恩也很喜歡我對文本的解讀方法。他們都欣賞我可以從一篇短短的序言，解讀出一套道理來，並且覺得我的思路和當時一般的中國研究不一樣。哈魯圖尼恩的同事兼好友奈地田哲夫(Tetsuo Najita)也很喜歡，他是生於夏威夷的日本人，學問十分了得，後來做了美國的亞洲研究協會主席，研究德川幕府時代的商業活動。也正是我這次演講給他們的印象，這三位研究日本的學者力薦我這個初出道的中國現代文學研究者到芝大任教，再加上我的朋友余國藩的鼎力支持，最後才把我請到這間第一流的大學。我去了芝加哥後，名義上屬於東亞系，系主任就是哈魯圖尼恩。他依照該校的傳統，給了我最大的教書自由，而且校方也保證教授教課不受到干預，給我們很大的發揮空間。我想也正是這種自由的教學傳統，可以讓芝大在理論研究方面一直走在美國各大學前面。比如說，正是芝大最早把結構主義帶進人類學領域，率先把福柯這些前沿理論帶進日本乃至東亞研究領域。

張：哈魯圖尼恩確實是走理論路線的。

李：是的，其實我並不想做理論，但哈魯圖尼恩對我影響很大，他後來離開芝加哥去了紐約大學。我今天早上還在翻閱他的那本《歷史的不安》(*History's Disquiet*)。[3] 我後來帶著從芝加哥學到的皮毛理論到了哈佛，在哈佛竟然成為最提倡理論的人。我在哈佛的費正清研究中心成立了亞洲文化研究工作坊(Asian Cultural Studies Workshop)，第一次把文化研究理論帶進費正清研究中心的東亞研究。當時還有人批評我隨波逐流，那時哈佛學生也比較保守，對我很有意見。但我不認為我只是趕時髦，而是希望把「地區研究」和「文化研究」聯繫起來，開拓更寬闊的視野。偏偏哈佛的那位教日本史的教授最不喜歡理論，而且公開和哈魯圖尼恩打筆戰。直到多年後，哈佛新請來的日本史教授戈登(Andrew Gordon)態度比較開放，開始從日本史的角度研究文化理論，倒是對哈魯圖尼恩的著作有興趣。於是我和戈登聯手請哈魯圖尼恩來我的工作坊演講。哈魯圖尼恩後來也禮尚往來，請我去紐約大學演講。

張：老師您這裡談到自己將文化研究帶進哈佛的東亞研究，讓我想起，您多年以前在與陳建華老師的對談裡，提到您對文化研究的接受與一般人不同：您是將文化史帶進文化研究的領域。[4]您在前面第八章曾經提及，自己在普林斯頓結識休斯克和達恩頓（Robert Darnton）兩位著名的文化史學者。但我記得，在您的課上，您不單提到上述兩位文化史大家，還講到耶魯大學的彼得·蓋伊（Peter Gay）。您可否就此談一下，您是什麼時候開始閱讀彼得·蓋伊的著作的？

李：我很晚才開始讀彼得·蓋伊的著作。他的書我其實看得不多，我最初只看他的那本《威瑪文化》（*Weimar Culture*）。[5]他總是抓到很好的題目，在美國名氣很大，書評寫得很好，閱讀極為廣泛，不過我還是覺得他比不上上述兩位學者。

張：我其實比較關注他研究的時期和範圍。他的五卷本系列著作《布爾喬亞的經驗》（*The Bourgeois Experience*），副題是「從維多利亞到弗洛伊德」（Victoria to Freud），我覺得和您的研究興趣很像。[6]

李：這一點你說得對，我確實受到了他的影響。他把維也納當時的中產階級文化定義為「維多利亞」，其實已經和英國文化連了起來。他特別選取了顯尼志勒這位奧地利的維多利亞小說家作為主要代表人物。顯尼志勒表面上寫中產家庭生活，但實際在挖掘心理。他的小說中不少情節都與弗洛伊德的理論暗合，所以蓋伊從他的小說入手，把整個十九世紀歐洲中產階級的心理問題都寫出來了，當然是大手筆。但我還沒有仔細看，只瀏覽過他的另一本書——《顯尼志勒的世紀》(*Schnitzler's Century*)。[7]

張：他是把顯尼志勒這本書作為中產階級的傳記來寫的。

李：是的，他選的代表人物是顯尼志勒，而不是狄更斯(Charles Dickens)。這是一種交錯式的比較研究，這在他們那一代的學者比較常見。現在這一代的文化史家很難有這種廣度。

張：這其實也是您之前跟陳建華老師談到的所謂「文史哲不分家」。[8]

李：不錯，特別是在美國興起分析哲學之前的文史哲狀況。我接受的是上一輩的「老式」文化研究，譬如說洛夫喬伊的觀念史研究。現在的文化研究已經沒有人提這些了。

張：您那一輩的研究者普遍有一種獨特的跨學科傾向，跟我們今天文化研究的跨學科不同。現在的跨學科更多是跨向次文化、流行文化，但您那時候主要是文學史、藝術史和思想史之間的跨越。所以您那一輩的跨學科，較接近文化史的研究方向。

李：我們當時跨的是所謂「精英文化」(elite culture)，不理會「通俗文化」(popular culture)。但其實我在美國也很早就開始講香港的流行文化，例如流行音樂的「四大天王」(後來都當了電影明星)、八十年代的香港電影(如《刀馬旦》和《胭脂扣》)以及周星馳的無厘頭文化等。我認為香港的通俗文化代表了中國通俗文化中最有創意的一面。當然，我只是香港通俗文化的一個愛好者和感受者，不是專家。如果說到研究電影的美國專家，我覺得博維爾(David Bordwell)才是，他開了美國學界研究香港電影的風氣之先。

張：我覺得，老師您提到的這個文化史研究路向，對文化研究來說，其實是蠻重要的。現在大家都不再理會這些脈絡了，但它恰恰是文化研究能夠繼續理論化的重要基礎。現在的文化研究常常會處理流行文本，這個領域當然不乏優秀的研究著作，譬如李衣雲的專著《變形、象徵與符號化的系譜：漫畫的文化研究》。但也有部分流行文化研究者，隨意將幾個既有的理論概念套用在案例分析上，簡單演繹一下便了事。但如果回到文化史，例如剛才談到的休斯克、達恩頓和蓋伊等等，其實是可以將思想史、文學史、藝術史和社會史等分屬不同學科的研究方向和材料，創造性地連繫起來，打開新的研究視野。以我所知，法國的理論其實有很多都是從最精英的文藝思想裡轉出來的新觀點。如果沒有文藝思想這個源頭，其實很難轉出新的理論方向。這也是現在文化研究的困境，名詞好像五花八門，但真正精緻和深刻的理論推論卻越來越少。

李：因為精緻性就是精英主義(elitism)，在美國學界已經被打倒了，所以講究精緻的現在全部都在歐洲。你說得很對，這方面法國從來沒有放棄。在法國，很少有人研究通俗文化，因為他們的電影和音樂都是藝術品。很少人會去研究法國的流行音樂或rock'n roll。

張：所以從法國到意大利的理論，比如說阿甘本，不少都是從古典學轉出來的。

李：他們的訓練大多出自紮實的古典學訓練，都是精英。

張：在日本，柄谷行人（Kojin Karatani）也是從日本近代文學的研究轉到理論上。

李：他是用後結構主義來解構日本文學。我曾見過他，並親眼目睹他和德里達的那場著名爭論。他並不是第一個從日本文學進到理論的日本學者，我的日本朋友三好將夫（Masao Miyoshi）應該是最早的。三好將夫是從研究英國文學出身，後來才轉向理論和日本文學。此人見識不凡，發言大膽，一開始就得罪了幾位日本文學研究的祖師爺，但他毫不在乎。他也推廣了很多像柄谷行人這樣的日本理論學者。柄谷行人這類日本或西方左翼有一個共同特點，就是他們仍抱持著國際主義的理想。他們認為人類的命運都在被資本主義摧毀，對全球化憂心忡忡，所以希望構想出一套理論或計劃把資本主義化解掉。

張：老師指的是柄谷行人提出的「NAM運動」（New Association Movement，新聯合主義運動）？之前聽說，這個計劃已經失敗了。

李：無論如何，他們這類左翼知識分子就有一種挽狂瀾於既倒的心態。

張：我們言歸正傳，我這次之所以選擇談文化史這個議題，其實是因為我想起老師您最初加入中大文化研究學部的情形。老師您最初可能不知道，您在中大開設的課程，湊巧挽救了這個學部中差點消失掉的傳統，就是比較文學和文化史的研究方向。這大概也是老師您經常提到的 serendipity 罷。這也是為什麼系內有不少想向文學研究方向發展的同學，都希望跟您做研究。

李：我當初確實不知道。我現在有點了解了，但我已經退休了。我當時也只是希望做一點自己喜歡的題材，並沒有希望建立什麼傳統，現在退休後反倒開始對香港的文化研究學科發展前景有些擔憂。對了，香港科技大學有沒有這個傳統？

張：有的，科大的人文學科裡還有比較文學的方向。

李：那應該主要是鄭樹森建立的。當然，中大的比較文學傳統，也是他和其他幾位朋友建立的。港大的比較文學傳統更古老，很早時候由英國人建立。現在三所學校裡，中大的比較文學消失得最徹底。不過我也並不認為我在中大做的是比較文學，因為我是學歷史出身，主要喜歡思想史、文化史。今天早上我還又看了彼得·伯克的《什麼是文化史？》（*What Is Cultural History?*），[9] 講英美怎麼從思想史過渡到文化史，其中提到的大多數人我都知道。雖然我研究的和他一點關係也沒有，但這就是我自己的知識背景。

張：我當初在高中和本科時讀到的您的著作，都是關於比較文學的；但後來博士期間上您的課，學到最多的則是文化史的知識。當時您在本科講授的「現代性與都市文化」課以及幾個為研究生開設的研討課上，反覆提及休斯克、達恩頓和蓋伊這幾位文化史學者。所以我便開始留意他們的著作，找來研讀。也恰巧在2000年前後，他們的很多書都被翻譯成中文，譬如休斯克的《世紀末的維也納》(*Fin-de-Siècle Vienna: Politics and Culture*)、達恩頓的《貓的大屠殺》(*The Great Cat Massacre and Other Episodes in French Cultural History*)以及蓋伊的《顯尼志勒的世紀》等。

李：很多文化史的書也是你推薦給我的，所以我們真的是互動。我和達恩頓本人是認識的，他親自給我講過一些他的研究。我認識他，是在我們上愛理生的課上。當時我是選修的，他是旁聽的，但我們兩個在課上都像是局外人，所以便熟識起來。他是哈佛法國史專家布林頓(Crane Brinton)的學生和助教，布林頓退休時還指定達恩頓來哈佛，但達恩頓還是選擇留在普林斯頓。後來他做了哈佛圖書館館長，這也是實至名歸，他就是專門研究書籍史的。像達恩頓這樣的人很厲害，但我認識他們的時候，他們還沒有那麼出名。譬如休斯克，他在寫《世紀末的維也納》時拖了很久。我們還都以為他永遠也寫不出來，但後來完成後一出版就是名作。所以我們應該反問：為什麼學院不能等等學者？大才需要積累而出，但現在的學術環境正好相反，很焦慮急迫地催人寫，這怎麼能做大學問？詹明信也是這樣，他曾在加州大學聖地牙哥分校教了好幾年，一直沒有成果出版。但當他覺得準備好了的時候，下筆都不能自休，一本接一本，都是巨著。還有一類情形，突然寫了一本怪書，那本書卻出了名，我就屬於這類了。我並沒有很喜歡上海，怎麼會寫了本《上海摩登》? 就是出現了一個怪想法。班納迪克 · 安德森（Benedict Anderson）也是這樣，他原來是研究印尼革命的，卻無心插柳寫了一本小書《想像的共同體》（*Imagined Communities*），[10] 結果轟動整個學界和理論界。

但我現在最佩服的是佩里 · 安德森。他寫了很多書，從西方古典一直寫到英國社會，批評英國沒有好的社會學理論傳統。他娶了我在UCLA的學生王超華，我算是間接的介紹人，因為我鼓勵我所有的學生去選修或旁聽佩里的課。他們也是北島的朋友。有一次到香港來，我們見面了，他問了我一大串關於中國思想和文學的問題，包括《紅樓夢》。近年他在《倫敦書評》（*London Review of Books*）發表了兩篇長長的書評，比較普魯斯特（Marcel Proust）的《追憶似水年華》（*À la recherche du temps perdu*）和英國作家安東尼 · 鮑威爾（Anthony Powell）的系列長篇小說《隨時間之樂起舞》（*A Dance to the Music of Time*）。鮑威爾的巨著共十二本之多。佩里的書評為鮑威爾翻案，他甚至認為鮑威爾比普魯斯特更出色！在文中，他也順便把《紅樓夢》拿來比較一番，這真是大手筆。[11] 他對理論如數家珍，他為詹明信的一本小書寫的長序竟然衍變成另一本書——《後現代的起源》，[12] 如此博學的學者才令我佩服。你知道他最近在看什麼書嗎？是夏濟安的《黑暗的閘門》。他通讀了我為你《瞿秋白與跨文化現代性》寫的序言，[13] 發現了我對夏氏兄弟的態度很不同，知道我比較崇拜夏濟安。於是他自己去買來《黑暗的閘門》，我猜就是香港中文大學出版社近年出的重印本。[14] 佩里是歷史學家，也是一個馬克思主義者，他在二十多歲時就當了英國《新左翼評論》(*New Left Review*)的主編。

精神分析與認同危機

張：我在準備這次訪談的材料時，想到一個有趣的問題。我發現，老師您從愛理生的精神分析理論轉向文化史領域，其中貫串著一條關連線索，那便是弗洛伊德。愛理生本身就是弗洛伊德的女兒安娜(Anna Freud)的學生，可以說是弗洛伊德的嫡傳。他後來從弗洛伊德的精神分析理論轉出來，建立自己的心理史學和心理傳記學。而彼得·蓋伊的研究興趣和方向也明顯與弗洛伊德相關。所以我隱隱然覺得，他們好像都在弗洛伊德的影響下走出自己的研究路向，即從歷史學視野入手，重新審視弗洛伊德的遺產。可否請您再多談一下，您後來的研究興趣和方向，是否也受到過弗洛伊德影響？

李：有，但更直接的是愛理生對我的影響。我當年在哈佛上了他的研討課，當時精神分析在美國很流行。他在課上講自己是弗洛伊德學派的門生，但也批評弗洛伊德太注重童年和性，不注重成年後的性格發展，我當時就覺得很受啟發。而更讓我驚奇的是，愛理生還知道魯迅。他讓我做魯迅研究，我就跟著他研究馬丁·路德(Martin Luther)和甘地的研究路徑和方法，試著寫了一篇關於魯迅的論文，講魯迅對父親病死的情結。他那時候正在寫《甘地的真理》。[15] 我便覺得，既然他能寫甘地，我不如就寫魯迅吧。後來我放棄了對魯迅進行精神分析研究的打算。因為我覺得愛理生的理論是西方文化的產物，中國文化應該有自己的心理學吧。但我當時連中國的心理學是什麼也不知道，所以還是覺得自己也許走得太遠，太過受愛理生影響了。我的朋友都認為我應該繼續走這條路，但我後來突然就放棄了。這一放棄可不得了，我整本魯迅著作的架構也改變了。我本來是想依照愛理生心理史學的方法來研究魯迅的，就像《甘地的真理》一樣，由他的早年寫到晚年。但我當時找不到足夠的資料，沒有資料我就不敢胡亂用理論去寫。

所以我是一個被折斷的Freudian（弗洛伊德主義者），我之後就不敢再繼續研究弗洛伊德了。我哈佛的幾個朋友和我的發展方向不一樣，但我們走的路卻是很平行的。像張灝和林毓生一天到晚談韋伯，我談弗洛伊德也是一樣。他們用的是韋伯那一套。余英時的名著《中國近世宗教倫理與商人精神》，其研究架構不正是直接從韋伯那裡出來？但我就不搞了，因為我更喜歡人文與文學。當時的先進理論就是弗洛伊德。那時在美國，因為受到嬉皮士文化的影響，所以有很多New Freudians。他們部分是從法蘭克福學派出來的，他們都不搞韋伯了，因為覺得太保守。到現在弗洛伊德仍是很走紅，但我的功力就到此為止了，絕對不能稱得上是一個Freudian。

張：但我覺得這個轉向很有趣，您最後把愛理生的理論架構去掉，但卻把心理與文學和歷史連起來的路向保留下來。

李：是的，現在好像很少有人走這條路了。當下搞精神分析的人更多是走拉康（Jacques Lacan）那條路，都變成「後拉康派」（post-Lacanian）了。齊澤克（Slavoj Žižek）就是一個典型人物。

張：樹仁大學輔導及心理學系一位研究拉康的學者符瑋教授，最近請我去講「精神分析在中國」這個題目。我在準備講座材料的過程中發現，原來1949年到七十年代期間，弗洛伊德學派與華語學界的聯繫比較少。在這個背景下，您和愛理生的聯繫就很突出、很重要。雖然您剛才強調，您後來不再走愛理生或弗洛伊德的這條路，但您卻在魯迅研究中將心理與文學和歷史連起來，這個研究路向最終還是保留在《鐵屋中的吶喊》裡。其實九十年代後包括大陸學界在內，大家都重新強調魯迅的「黑暗面」，這一論點正正是從精神分析和心理史學的研究路向中發展出來的。

李：我突然記起，張京媛寫過一本《精神分析在中國》（*Psychoanalysis in China: Literary Transformations, 1919–1949*）的書。[16]

張：對，那本書主要是歷史研究，而且在九十年代才出版。1960、1970年代的華語學界，延續弗洛伊德脈絡的研究者相當少。

李：這點我倒是沒想到，因為我自己不要我就不管，可是為什麼沒有人批評我或者繼續我的研究方向？又或是用這個方法研究其他作家，例如施蟄存？

張：這也要等到八十年代之後。

李：真懂弗洛伊德的中國現代作家就是施蟄存了，魯迅也只是點到即止。現在我已經不想寫魯迅了，但我在課堂上每堂卻都會講到魯迅。當我講魯迅喜歡幽冥鬼魂、講到他的「黑暗面」的時候，還是有學者堅決反對，認為魯迅不「黑暗」。他們不理解我所說的「黑暗面」是什麼意思。倒是浸會大學的蔡元豐抓得到我這一點，能了解我的想法。

你剛才提及的關於中國精神分析接受史與我的魯迅研究之間的連繫，我自己也感到很好奇。但也許我在這個方向的魯迅研究真的走到盡頭了，可能我自己走下去也說不出什麼更深入的道理。

張：講到愛理生，另一個重點就是身分／認同（identity）的問題。我們九十年代開始談到香港與混雜身分或混雜性（hybridity）的關係，我總覺得跟愛理生的認同危機（identity crisis）這個概念有關。

李：據我所知，「identity」這個字在文化上的意義，就是愛理生發明的。雖然他的主要研究是講一般人的心理成長經驗，但他在寫《認同：青年與危機》（*Identity: Youth and Crisis*）[17]這本書時，正是1960年代美國興起學生運動的時候。他遂有感而發，講青年的認同危機。所以他的研究是受到當時美國的社會狀況影響。當時的美國年青一代也因此很崇拜他，將他視為精神導師或古魯（guru）。但不知道為什麼，那股潮流過後，大家都把愛理生遺忘了。現在文化研究裡講身分認同的問題，也完全不再理會愛理生的理論。所以我也反思，現在常常有人談及「身分認同政治」（politics of identity），其中的「身分認同」到底指向什麼？究竟可以發展出什麼理論？

張：但回到1990年代中期，當時香港的問題其實就是愛理生所說的認同危機的問題。那時候，香港人都在問：自己的identity究竟是什麼？

李：是的。這個問題香港應該有空間做純學術的討論。我覺得，這個問題是純學術的問題，不帶任何政治性。這樣的討論是有意義的。

張：香港人的認同問題或許和愛理生的個人背景有可比性。愛理生後來從歐洲逃難到美國。他在歐洲的時期也有猶太人身分的困擾。而香港很多人也是從抗戰和內戰時期開始陸續逃難而來，所以認同危機問題或許都與逃難經歷有關？

李：應該是的，愛理生在一次演講中説，他的名字「Erikson」本身就是一個文化寓言，原意是「son of Erik」。因為他是一個孤兒，被一家丹麥人收養，給了他一個名字Erik，但沒有姓氏。於是他就把自己的孤兒身分説成是「愛理生的兒子」——自我指涉，沒有祖宗。或許這種經歷促使了他發展有關認同危機和自我認同（「我是誰」）的理論。

註釋

1 本章主要根據2021年7月6日的訪談整理和改寫而成，定稿於2023年5月。感謝香港中文大學文學院提供研究資助，讓我們能聘請陳曉婷博士和楊明晨博士兩位研究助理，協助完成最初的資料搜集和錄音整理工作。吳君沛先生在最後階段協助核查研究資料，在此亦一併致謝。

2 斯土活著，林紓、魏易譯：《黑奴籲天錄》（上海：文明書局，1905）。

3 Harry Harootunian, *History's Disquiet: Modernity, Cultural Practice and the Question of the Everyday Life* (New York: Columbia University Press, 2000).

4 見李歐梵口述，陳建華訪錄：《徘徊在現代和後現代之間》（台北：正中書局，1996），頁182–187。

5 Peter Gay, *Weimar Culture: The Outsider as Insider* (Harmondsworth, Middlesex: Penguin, 1974).
6 Peter Gay, *The Bourgeois Experience: Victoria to Freud* (New York: Oxford University Press, 1984).
7 Peter Gay, *Schnitzler's Century: The Making of Middle-Class Culture, 1815–1914* (New York: W. W. Norton, 2002).
8 見李歐梵口述，陳建華訪錄：《徘徊在現代和後現代之間》，頁 181–182。
9 Peter Burke, *What Is Cultural History?*, 3rd ed. (Cambridge and Medford, MA: Polity Press, 2019).
10 Benedict Anderson, *Imagined Communities: Reflections on the Origin and Spread of Nationalism* (London: Verso, 1983).
11 Perry Anderson, "Different Speeds, Same Furies," *London Review of Books*, Vol. 40, No. 14 (July 19, 2018): 11–20; Perry Anderson, "Time Unfolded," *London Review of Books*, Vol. 40, No. 15 (August 2, 2018): 23–32.
12 Perry Anderson, *The Origins of Postmodernity* (London; New York: Verso, 1998).
13 李歐梵：〈自殺、生命衝動與菩薩行——瞿秋白與二十世紀初革命政治〉，張歷君：《瞿秋白與跨文化現代性》（香港：香港中文大學出版社，2020），頁 vii–xiii。
14 Tsi-an Hsia, *The Gate of Darkness: Studies on the Leftist Literary Movement in China* (Hong Kong: The Chinese University of Hong Kong Press, 2015).
15 Erik Erikson, *Gandhi's Truth: On the Origins of Militant Nonviolence* (New York: W. W. Norton, 1969).
16 Jingyuan Zhang, *Psychoanalysis in China: Literary Transformations, 1919–1949* (Ithaca, NY: East Asia Program, Cornell University, 1992).
17 Erik Erikson, *Identity: Youth and Crisis* (New York: W. W. Norton, 1968).

19

世界文學，或真正自由的文學世界[1]

我的世界文學夢

李：我們之前幾次主要談學術，這次可以集中談一下文學吧？

張：是的，這次我希望多了解老師您對世界文學（world literature）的理解。我記得在2013至2014的學年，老師在香港中文大學講授「人文重構：中國文化的跨學科研究」（Reconnections: China across Humanities）那門課時，主題正是「偶合論：重繪世界經典的版圖」（Serendipities—Remapping World Classics），當時選用了達姆羅什的《世界文學理論讀本》。[2]您能否談談，您當年為什麼會選定這個講授主題？我還記得，那時候應該是從歌德有關「世界文學」（Weltliteratur）的討論談起的。

李：那個年度之所以會談「世界文學」，靈感是從達姆羅什那裡來的。因為他和張隆溪聯合在香港城市大學辦了一個暑期班，主題就是世界文學。那個暑期班很特別，主辦單位是達姆羅什主持的世界文學研究院（The Institute for World Literature）。2011年第一屆在北京舉行，隨後兩年分別在伊斯坦堡(Istanbul)和美國舉行，至2014年就在香港舉辦，之後還在里斯本(Lisbon)、哥本哈根(Copenhagen)及東京等地方舉辦。[3]它以研討班的形式請幾位世界各地的學者來開課，在世界不同城市討論「世界文學」的多重意義。張隆溪邀請我講一個研討課，我自訂的題目很簡單直接，就是「世界文學與中國現代文學」("World Literature and Modern Chinese Literature: Parallels, Counterpoints, and Cross-currents")。我記得我用了達姆羅什等人編的讀本，那個讀本的特點在於提及歷史上東西方最早談及世界文學的人物和他們的思想，裡面包括印度的泰戈爾(Rabindranath Tagore)、中國的鄭振鐸，當然還有歌德。那時候，我第一次讀到鄭振鐸那篇論世界文學的文章(原載《小說月報》)，[4]我之前不知道他曾寫過這篇文章。在文中，他跟英國評論家討論世界文學的問題。我很佩服鄭振鐸的講法。但與此同時，我認為現在達姆羅什的說法，已經跟鄭振鐸他們那一代人不同了。鄭振鐸他們希望，世界文學是一體的。他們希望，世界文學既多元又一體，這樣，大家就可以交流了。不像現在國族文學(national literature)太強勢，各國都強調自己國族的文學，結果大家鬥得一塌糊塗。然而，鄭振鐸他們當時的看法，卻完全沒有國族文學所衍生的那種敵意。他把世界文學視為有自己完備的理論基礎的學問，就像科學一樣。在物理與化學等學科領域裡，沒有所謂中國的物理、日本的物理，物理就只有一種。鄭振鐸認為文學也應該如此。如斯觀點在當年實在先進，現在也沒有很多人能夠如此想。我的想法跟他完全不一樣，反而跟張隆溪比較接近，那是從比較文學的立場出發的。我認為，所有的文學，特別是現代的文學，都是從比較而來的，中國現代文學也是如此。我曾經説過：研究中國現代文學，就好像背負一個十字架，古今中外的各種文學都要懂得。[5] 比如説，中國現代文學的形式便大多從西方而來，例如新詩、戲劇、長篇及短篇小説。又或者説，中國現代文學都受到西方影響，而這個「西方」也是廣義的、多元的。所以，我一開始便從「比較」的方法入手，研究現代文學。雖然我沒有正式受過比較文學的訓練，但一直都不自覺地在「比較」。我對於美國的學界有點批評，就是理論很趕時髦，總覺得要説「政治正確」的話。但我認為，這不僅是立場問題，而是要真的敞開胸懷多讀其他國家的文學作品。當然要照顧到第三世界文學，不能只閉關自守，僅以自己國家的文學為座標。

達姆羅什很注重翻譯，他對於世界文學的初步定義是：經過翻譯而流通的文學就是世界文學。所以，流通（circulation）成為一個很重要的觀念。當然，有所謂「文化流通」（circulation of cultures），也有所謂「流通文化」（culture of circulation），二者的涵義不盡相同；由翻譯而產生的世界文學應該屬於後者，不少理論家都討論到此類問題。翻譯的機制又有主客之説，誰是主，誰是客？二者之間是否有霸權關係？各種問題也被世界文學帶出來了。如今翻譯理論在美國學界如日中天，香港的大學還有此類科系，就不用我多説了。

我在去年（2020）夏天正式退休了，現在不想搞理論了，也不搞學術研究了。長江後浪推前浪，你們這一代一定做得比我好。我現在想徹底從學術的象牙塔裡解放出來，做一點跟學術完全沒有關係的東西。但我又不會創作，只好退而求其次，讀讀以前沒有時間讀過或讀完的文學作品，特別是和我的專業完全無關的作品，例如葡萄牙詩人佩索阿（Fernando Pessoa）的詩。我邊讀邊做札記，這才發現可以寫的太多了，不知如何下筆。

張：我當年在課上最高興的，就是聽到老師講佩索阿。您沒有將佩索阿列在正式課程大綱裡，但您當時卻提及自己正在看他的書。

李：對，我當時正在看英文版的《不安之書》（*The Book of Disquiet*），[6] 現在台灣和大陸都有英文版的中譯本，十分詳盡。正是佩索阿帶我進入另一個文學世界；所以，我現在要反省，怎樣回歸到一個真正自由的文學世界？我會稱呼那為「世界文學」，也可以視之為「我的世界文學」。在我的世界文學之中，連語言也不必區分。我雖然不懂葡萄牙文，但學過一點法文，在大學時代還學過西班牙文，至今我腦子裡還留下一些殘餘的記憶，葡萄牙文應該和西班牙文很接近。另一位我想閱讀的是德國詩人里爾克（Rainer Maria Rilke），當然讀的是英文翻譯，但腦海裡想像的是德文。我的德文老師Reto Winckler（他自己是德國人，是中大英文系的博士，研究莎士比亞）教我讀過幾首布萊希特的詩，我十分喜歡。

讀這類作品的時候，可以找原文和英譯本或中譯本對照。記得我最早接觸佩索阿的作品時，竟然找到金國平和譚劍虹選譯的《費爾南多 · 佩索阿詩集》，而且是中葡對照本，那本書是我在澳門買的。[7] 澳門有一間葡萄牙文書店，香港中環也有一間法文書店。我在哈佛大學念書的時候，去過一間外文書店，裡面有很多德文書。以前我第一次到北京、上海的時候，也發現那兒有外文書店，雖然店在二樓，很少人去。天下無難事，只怕有心人，我這一生已經沒有辦法學到那麼多語言，只能想像。究竟怎樣可以想像語言呢？這就是我現在要做的實驗，我要做一個假想的跳躍。以那本《費爾南多．佩索阿詩集》為例，我強迫自己對照閱讀，心中默念葡文的原詩，用西班牙語的口音。如果不懂內中指涉的葡萄牙人的名字和身世，可以輕易在網上查詢。當遇到有些詞句看不懂，我依舊會讀下去，不求甚解，只求大致「會意」，至少可以感受一點「異國情調」。這就是我的世界文學，當然是誤讀，也是誤解；但難道必須要加上「後殖民主義」遺毒的標籤嗎？

我後來回想，我這種閱讀方法不是現在才開始的。我跟你說一個故事——我今天要故意說一些非學術的事。我第一次遊東歐的時候，大約是在八十年代初，我報名參加美國運通公司（American Express）主辦的旅行團。那是一間很大的美國旅行社，以開辦信用卡著稱。我們從西德的慕尼黑出發，經過匈牙利、捷克和東德，最後回到西柏林。經過匈牙利布達佩斯時，他們把我們安排住在最好的希爾頓酒店（Hilton Budapest）。酒店的樓底下，原是一個古跡，後來就改建成一個露天劇場。露天劇場在我入住的那天晚上剛好在演巴爾托克（Béla Bartók）所寫的歌劇《藍鬍子的城堡》（*Bluebeard's Castle*）。這個歌劇完全以匈牙利文唱的。我有這個歌劇的唱片。那是由布列茲（Pierre Boulez）指揮的唱片，但我已不記得歌詞的內容了。雖然我大概知道故事的梗概內容，卻不知道其中的細節。記得那個小露天劇場沒有舞台，只有幾排座椅，觀賞時我就坐在第一排。演員在我面前演唱，每句對白我都聽不懂，但演員表演得太精彩了，而且十分大膽。故事的大概輪廓我當然知道，說的是藍鬍子公爵和新婚夫人回到他的城堡，把內室的幾扇門打開，原來是他以前殺過的幾個妻子，最後輪到這位新婚夫人了。在兩位主角對唱的時候，匈牙利文的歌詞卻在我腦海中自然地被「翻譯」成中文，直到現在我還不知道自己編出來的歌詞跟原來的版本相差多遠。但無所謂，巴爾托克的音樂原封未動，我從中得到自我享受的樂趣就夠了。這就是我想像中的世界文學。回到美國以後，我真的寫出一篇小說式的文章，就叫做〈藍鬍子的城堡〉，刊登在台灣的《中國時報》副刊。[8]

你可以說，我這個世界文學的夢，是從我對於語言的興趣衍生出來的。很多人都比我強得多，懂好幾種語言。舉例來說，錢鍾書就如是。錢鍾書在文化大革命的時候，跟太太楊絳整天說西班牙文，用這種方法來保持他們的語言記憶。不知道當時楊絳是否已經在翻譯《唐吉訶德》。我當然沒有這麼高的語言修養，只好退而求其次，盡量一知半解地引用原文，不以為恥。我那門世界文學的課就是用這種方式講的，故意用到一些德文、法文的文本。這是我的理想，當然實踐起來差得遠。後來我們召開了一個「視覺再現、世界文學與現代中國和東亞的左翼國際主義」研討會，邀請港台許多年輕學者參加，參與者之中有的年輕學者懂俄文，譬如陳相因，其他懂日文的也有幾位。我從他們那裡得到很多助益。

張：您提及想像的故事，令我想起活地·亞倫（Woody Allen）的電影，那齣題為《情迷午夜巴黎》（*Midnight in Paris*）的影片描述男主角很仰慕1920年代的巴黎。他與妻子去巴黎旅遊，晚上卻發現自己回到1920年代，遇到那個年代活躍於巴黎的前衛藝術家和現代派作家，還受邀參加他們的聚會。當他以為自己不懂法文，無法與這些自己喜歡的藝術家和作家溝通時，卻發現他們都懂英文。我覺得，這個故事有關語言、文藝和溝通的想像，很像剛才老師談到的您的「世界文學夢」。

李：活地·亞倫拍的眾多電影之中，那正是我最喜歡的一部，還為此片寫過一篇文章：〈情迷現代主義〉。[9]我不能肯定活地·亞倫懂多少語言，但他卻能夠想像很多東西。他特別喜歡文學經典，不僅是美國作品，還有俄國小說。那部《情迷午夜巴黎》中，除了海明威和費茲傑羅（Scott Fitzgerald）外，還出現畢卡索、達利（Salvador Dalí）、曼·雷（Man Ray）以及西班牙導演布紐爾（Luis Buñuel）。

張：電影中還提到科克托。感覺他應該很崇拜那個時段的作家和藝術家。

李：不錯，上世紀二三十年代的作家都有世界性（cosmopolitan）的觀瞻，那一代的美國作家也是這樣的，所以當時的巴黎聚集了一大批美國作家。他們時常在女作家史坦因（Gertrude Stein）家裡聚會。現在的世界是「全球化」了，但過度發達的資本主義文化反而淺薄，逐漸失去了世界性和多元性，唯英美馬首是瞻，英語成了通用語言。以前大家認為懂多種語言的人很了不起，現在大家覺得懂英語就夠了，也說不定以後大家認為只要懂中文就夠了。

文學翻譯與非母語寫作

張：老師您剛才提到，除了佩索阿以外，最近還想讀里爾克的作品……

李：對，我最近想讀里爾克，馮至曾翻譯他的作品。我很佩服馮至，當時他要將德文的文本翻譯為中文，他本人的德文就很好，中文更是非常好。傅雷也是一個例子，他那輩人的中文都非常好，又懂得外語，我這一輩完全比不上他們。至於你們這一輩的香港作家，則有一個很有趣的特點，就是你們的文學書寫都滲透了學術和理論的語言。潘國靈便是一個突出的例子，他的小說充滿了理論術語，這甚至成了他的style（風格），很好玩。我以前曾經想過以幾種語言來寫一本小說，講一位英國徐娘去了直布羅陀，愛上一位非洲青少年。而那青少年來自摩洛哥，所以講法文。不過，他很反抗法國殖民主義，所以平常只願意講自己家鄉的土話。我作為敘述者在故事裡遇上他們。我可以跟婦人以英語交談，卻聽不懂她和青年之間用法語展開的吵架內容。如果要寫小說，我就是想表達這種語言上「想像的」交流。我還構想出另一個故事，以三十年代的上海為背景，講述一位華人小提琴家和他的白俄猶太情婦的故事，兩人見面幽會時要說俄文。我這種語言上「想像的」交流，你不妨理解成一種另類的「世界文學」想像。

張：老師講到的這種語言上「想像的」交流，很重要。這種「想像」在世界文學裡也是有傳統的。我記起中學時讀托爾斯泰（Leo Tolstoy）的《戰爭與和平》（*War and Peace*）便發現，除了俄文以外，書中的角色還會直接用法文交談。

李：是的，《戰爭與和平》一開頭，就有一位貴族婦人講了一大段法文，因為俄國的貴族在十八世紀都說法文。

張：還有卡爾維諾（Italo Calvino）的《看不見的城市》（*Invisible Cities*），這部小說中也有類似於老師您剛才提及的語言上「想像的」交流的情節：話說被派到邊疆省份巡查的使節，到木蘭花園朝見可汗，向可汗稟報巡查報告。這些使節中有波斯人、亞美尼亞人、敘利亞人、埃及人和土庫曼人。所以小說的敘述者這樣說道：「皇帝對於他的每一個臣屬來說都是外國人，而只有通過外國人的眼睛和耳朵，帝國才能向忽必烈汗表明自己的存在。使節們用可汗聽不懂的語言，稟報從他們也聽不懂的語言那裡得來的消息。」[10]

李：對，我記得這段。後面講敘年輕的威尼斯人馬可．波羅（Marco Polo）與眾不同，在上奏時與忽必烈汗（Kublai Khan）建立了一種另類的溝通方式。他「剛來不久，還不懂東方語言，只能靠手勢、跳躍、驚奇或驚恐的叫聲、鳥獸的叫聲或從行囊裡掏出的物件來表達」。[11] 你提到這個有關馬可．波羅與忽必烈汗的故事，讓我想起，清朝時官方就至少有四種語言，分別是漢文、滿文、蒙文和藏文。納蘭性德就是旗人，但漢文很好，詩詞第一流。我的理想就是能夠運用多種語言。

張：記得最初讀到《看不見的城市》是念本科的時候。那時候也開始同時接觸羅蘭·巴特等後結構主義者的文本理論（theories of text）。也是在這個時候，讀到老師您在《狐狸洞話語》中的一篇妙文——〈文學理論的武功〉。您在那篇文章中，諧擬武俠小說的筆法，想像不同的理論家就好像是各路英雄好漢。他們聚在一起，攻打一個名叫「文本」的城堡。

李：是的，我是故意用中國武俠小說的模式來描寫西方理論，每一個文本就像是一座城堡，那文章最先刊登在《讀書》雜誌。[12] 那是我想像出來的故事，有什麼少林解構派、武當結構派等等。我原本還想寫上十回，就是想諷刺各種理論，指出文本最後還是打不倒的，理論家只在炫耀他們的「武功」，很多人讀過後都認為此說法很有趣。你本人對理論很著迷，所以就從我這篇文章延伸出很多理論。一般讀者只認為我在批評理論，其實我寫的故事背後也有理論。

張：是的，我對這篇文章有很深刻的印象。我認為，您談理論往往是從文學的想像出發，而不是只有抽象的推論。

李：我現在總想掙脫理論，我認為偉大的理論已經過去了，現在的理論很難比得上我以前讀的經典理論如羅蘭·巴特。我當年很欣賞巴特，把他的理論視為文學作品來讀。他的法文非常好，我以前讀他的《戀人絮語》（*A Lover's Discourse*），後來應該有人把這本書翻譯為中文。[13] 那一代法國的理論家過世之後，就沒有新一代的接班人了。意大利人裡面我有兩個特別佩服，其中一位就是卡爾維諾，另一位就是艾柯。艾柯的拉丁古文修養很好。他寫的《玫瑰的名字》(*The Name of the Rose*)，其開首的題辭就很好玩：「自然，這是一部手稿」(Naturally, A Manuscript)。[14] 然後，故事引出一個關於手稿的謀殺案，換言之，也就是一個關於文本的謀殺案。我們現在又談到理論了……

張：我認為文學想像和理論思考是一體之兩面。理論如果沒有文學想像，就不能成為理論。文學想像發展到某個點，便會轉變成理論的世界觀。

李：這是一個很好的說法。我的感嘆是，現在大家只知道理論，或只看別人二手的介紹。以艾柯為例，大家已經不看艾柯的原著了，只看別人怎麼解釋艾柯。大家所知道的只是二手的艾柯，不單不看艾柯以意大利文寫的原著，連英文的譯本也不看了。事實上，他寫的《符號學理論》(*A Theory of Semiotics*)現在也很少人讀了。[15] 至於卡爾維諾，他從來都不自視為理論家，但似乎什麼都懂。我其實很佩服這類人，即使學問很深，卻不自視為理論家。從卡爾維諾的《為什麼閱讀經典》(*Why Read the Classics?*)裡面介紹的一大堆中古意大利和法國作家，可以知道他對歐洲文學經典很熟悉。他提及的很多作家，對我來說，都很陌生。[16] 另一個例子就是昆德拉，我也從他的書中認識到一些不熟悉的作家，如赫爾曼．布洛赫(Hermann Broch)。我不喜歡昆德拉後期的小說，較喜歡他早期的小說。究竟他為什麼要從捷克文改用法文創作？很多人——包括我自己——覺得他最初用捷克文寫的小說比較精彩，大多是諷刺蘇聯的暴政，後來用法文寫的小說則有點布爾喬亞式的自滿了。他後來也變成法國人了。我想他自己會辯解：變成法國人有何不可？他就是不要當捷克人。我反而覺得捷克人很了不起，因為我腦子裡想起的是捷克總統哈維爾。大家都認為，昆德拉離開祖國就等於背叛了自己的立場。我也曾抱持這種想法。不過，後來我也嘗試從他的角度再去思考，他為何要做這樣的選擇？或許，他會反駁：歐洲本是一體。曾幾何時布拉格和維也納是中心，他稱之為「中歐」。而「東歐」僅是一個冷戰時期的名詞。他為何不可以選擇到另一個十九世紀的文化中心——法國，用另一種語言來寫作？試問現在還有多少人看懂捷克文？無論如何，我還是很佩服精通多國語言的人，我這一輩子是做不到了。

對了，中國究竟有沒有這類作家？我只想到少數以中英雙語創作的作家，例如林語堂、熊式一，還有張愛玲。

張：還有哈金（原名金雪飛）。

李：哈金是另一個例子，我以前就勸過他在美國用英文寫作是不會成功的。他很有禮貌回應我，認為用英文有何不可，他就是要從頭開始學起。我也很佩服他，因為他至今一直堅持用英語來寫作。反過來說，有沒有英國人、法國人堅持用中文寫作，而不用他的母語？這就比較少了。荷蘭作家高羅佩（Robert Hans van Gulik）就曾假冒中國人，寫了一系列以唐朝宰相狄仁傑為主角的偵探推理小說——《大唐狄公案》（Judge

Dee Mysteries Series)。我又想起，我最初讀林語堂寫的《京華煙雲》(*Moment in Peking*)中文版，還以為他本來就是用中文寫的，原來那是先以英文寫的。[17] 另外，究竟又有沒有華人作家以德文或俄文來寫小說呢？

張：我想起近年有一位旅法作家叫戴思杰，著有《巴爾札克與小裁縫》(*Balzac et la petite tailleuse chinoise*)。[18]

李：對的，他先用法文寫，後來作品被翻譯成英文和中文。我看過，很喜歡這本小說。

張：他後來還寫了一本跟精神分析有關的《釋夢人》(*Le Complexe de Di*)。[19]

李：可能十分有趣，我還沒有看過。華人以外語(特別是英語和法語)寫作揚名海外的人越來越多。現在中國什麼外文作品也會翻譯成中文，包括海外華人的作品。

張：另外，程抱一(François Cheng)也是一例。

李：中、法的文化因緣很深。自從第一次世界大戰後「勤工儉學」開始，就有很多華人在法國定居，有的也用法文寫作。你提到的程抱一真了不起，已經是法蘭西學術院的院士了。他在法國學術界廣受尊重，地位也無與倫比。我只瀏覽過一本他用法語寫的關於中國詩學的理論書，看的還是英譯本。[20]

張：拉康曾在程抱一的協助下，研讀了不少中文典籍，包括《道德經》和《孟子》等。老師提及的程抱一用法語寫的關於中國詩學的理論書，指的大概是*L'Écriture poétique* *chinoise*。這本書也被譯成中文了，中譯題為「中國詩語言研究」，收入他的中文選集《中國詩畫語言研究》裡。

李：現在討論外國文學好像是政治不正確的，會被視為老是在為外國文學説話。我的回應是，現在為中國文學説話的人已經太多了，不用我再多嘴。回到歌德和世界文學的關係，我認為歌德有點被過分吹捧了。在這方面，他其實沒有什麼相關的專門論著。他有關「世界文學」的説法，只是他的朋友愛克曼（J. P. Eckermann）在《歌德談話錄》（*Conversations with Goethe*）[21] 中記下的談話片段。歌德的意思大概就是德國文學不能夠只局限於德國，要跟各國交流。歌德力捧《好逑傳》，指出中國和德國的文化不同，生活習慣很不一樣。我覺得歌德對中國文學的品味有點問題，《好逑傳》很明顯只能算是二流小説。

張：這可能是因為翻譯的局限，歌德當時應該沒能讀到太多的中國小說。

李：是的。我還有另一件事想跟你分享。早幾天我看了任白的粵劇電影《畫裡天仙》，故事結合《牡丹亭》和《聊齋》的元素，講一位女子從畫中出來。我覺得它很有趣，想起自己以前教一門本科課「中國人文經典導讀」，選了聊齋的〈畫壁〉，講一個人進去壁畫之中。《畫裡天仙》正好相反，講任劍輝飾演的書生看到畫中的美人白雪仙，從畫裡走出來，變成他的夫人，夜裡為他織布。記得我在課堂上就開玩笑説：為什麼〈畫壁〉裡的美女不跑出來呢？結果在這部粵劇電影中，美人果然跑出來了。我很喜歡這種通俗劇的改編。唐滌生之所以偉大，正是因為他看過很多通俗文學的書，知道很多故事，所以可以編出更多故事出來。大家有一個説法，書看得愈多，愈走不出來。不過，亦有人認為，書看得愈多，想像力就愈來愈豐富。我比較傾向相信後者。那齣《畫裡天仙》可能沒有一個單一的原型，而是劇作家唐滌生結合不同故事再編寫出來。如果用活地·亞倫來跟唐滌生對比的話，活地·亞倫會説，他的電影也有類似的故事。《開羅紫玫瑰》（*The Purple Rose of Cairo*）就講男主角從電影中走出來跟孤獨的女主角談戀愛，還把女主角帶進電影裡一起跳舞。

張：您提起《聊齋》的〈畫壁〉，我記得您也在那門「偶合論：重繪世界經典的版圖」的研討課上談過。

李：是的，那門課其實應該再開一次。我當時只集中討論自己喜歡的文本，沒有借用太多別人的學術二手資料，算是一種非常大膽的嘗試。當時我正好在寫一本文學改編電影的書，那是三聯書店的編輯建議我寫的，所以，那時候我看了很多曾被改編成電影的文學經典名著。[22] 我很喜歡唐滌生，但對他的生平毫無研究，總覺得他肚子裡裝了很多才子佳人的故事。他也可能是聽別人説的，因為明清就有大量此類的筆記小説。我原本也想多看看，不過沒有時間。最近我的朋友閔福德（John Minford）組織翻譯了我和妻子李子玉合寫的《過平常日子》。他在導言中就將我們的書跟十七、十八世紀的筆記體作品比較，他提及的是《幽夢影》（*Quiet Dream Shadows*）、《影梅庵憶語》（*Reminiscences of Plum Blossom Convent*）和《浮生六記》（*Six Chapters of a Floating Life*）等。[23]

張：他將您的書放在古典文學的筆記傳統之下，其實香港也有其他作家的作品可以歸入這個傳統，例如西西的《縫熊志》。郭詩詠最近也寫了一篇文章討論西西的收藏喜好，尤其談及收藏玩具。[24]我跟她討論時，認為有中西兩方面的傳統。中國就是這些筆記傳統，而西方超現實主義也有「珍奇屋」(cabinets de curiosités / Wunderkammer / wonder-room)的傳統，就是將收藏回來的物品集中在一起，那也是博物館(museum)的起源。我們認為，這兩大傳統都跟西西的作品有關。

李：我寫作時只想過《浮生六記》，其他的沒想太多。我認為文學最妙就在這裡：我們各自都接觸到不同的文本，但這些文本連繫起來，便成了上千萬個互通的文本。世界文學也就是由這上千萬個互通的文本所構成。這讓我想起博爾赫斯(Jorge Luis Borges)的名作——〈巴別圖書館〉("The Library of Babel")。如果讓我來構思一個關於圖書館的故事的話，我會想像有人將世界各國最好的文學作品收集起來，都收藏在一個最理想的圖書館裡。這個圖書館的世界沒有時間觀念，換言之，沒有時間的限制。坐在圖書館裡的人視力不會衰退，可以永遠地讀下去。你看這是多麼美好的事情。不過話說回來，我們這個世上擁有最好的「閱讀之眼」的人，肯定是博爾赫斯，但他卻偏偏是一個盲人。這難道不是造化對我們的最大諷刺嗎？

註釋

1 本章主要根據2021年7月26日的訪談整理和改寫而成，定稿於2023年5月。感謝香港中文大學文學院提供研究資助，讓我們能聘請陳曉婷博士和楊明晨博士兩位研究助理，協助完成最初的資料搜集和錄音整理工作。吳君沛先生在最後階段協助核查研究資料，在此亦一併致謝。

2 大衛．達姆羅什、劉洪濤、尹星主編：《世界文學理論讀本》（北京：北京大學出版社，2013）。

3 Harvard University, "Past Sessions, The Institute for World Literature"，2023年3月3日瀏覽，https://iwl.fas.harvard.edu/pages/past-sessions。

4 鄭振鐸：〈文學的統一觀〉，原載於《小說月報》，13卷8期（1922年8月），頁1–10；後收錄於大衛．達姆羅什、劉洪濤、尹星主編：《世界文學理論讀本》，頁65–76。

5 「中國現代文學和古代文學完全不一樣，因為每一位研究者都背了一個十字架，這個十字架就是古今—中外。」見李歐梵演講，席云舒錄音整理：《兩間駐望：中西互動下的中國現代文學》（上海：上海人民出版社，2021），頁8。

6 Fernando Pessoa, *The Book of Disquiet*, trans. Richard Zenith (London: Penguin Books, 2002).

7 費爾南多．佩索阿著，金國平、譚劍虹譯：《費爾南多．佩索阿詩集》（澳門：澳門文化學會，1986）。

8 〈藍鬍子的城堡〉（上）（下）分別在1985年12月23、24日刊登於《中國時報》第8版「人間版」，未曾結集單行。

9 李歐梵：〈情迷現代主義〉，《情迷現代主義》（香港：牛津大學出版社，2013），頁31–36。

10 卡爾維諾著，呂同六、張潔主編：《卡爾維諾文集：命運交叉的城堡、看不見的城市、宇宙奇趣》（南京：譯林出版社，2001），頁151。Italo Calvino, *Invisible Cities*, trans. William Weaver (San Diego; New York; London: Harcourt Brace, 1974), p. 21.

11 同上。

12 李歐梵：〈狐狸洞書話〉，《讀書》，第6期（1991），頁99–100；後收錄於《狐狸洞話語》，見李歐梵：〈文學理論武功〉，《狐狸洞話語》（香港：牛津大學出版社，1993），頁9–12。

13 Roland Barthes, *A Lover's Discourse: Fragments*, trans. Richard Howard (New York: Hill and Wang, 1978). 中文版：羅蘭・巴特著：《戀人絮語：一本解構主義的文本》（台北：桂冠，1994）。

14 埃科著，沈萼梅、劉錫榮譯：《玫瑰的名字》（上海：上海譯文出版社，2010），頁1。Umberto Eco, *The Name of the Rose*, trans. William Weaver (New York: A Warner Communications Company, 1986), p. 4.

15 Umberto Eco, *A Theory of Semiotics* (Bloomington: Indiana University Press, 1976).

16 Italo Calvino, *Why Read the Classics?* (New York: Vintage Books, 2000).

17 Lin Yutang, *Moment in Peking* (New York: John Day, 1939)；中文版：林語堂著，鄭陀、應元傑譯：《京華煙雲》（上海：春秋社，1945）。

18 Dai Sijie, *Balzac et la petite tailleuse chinoise* (Paris: Éditions Gallimard, 2000)；英文版見Dai Sijie, *Balzac and the Little Chinese Seamstress*, trans. Ina Rilke (New York: Alfred A. Knopf, 2001)；中文版見戴思杰著，尉遲秀譯：《巴爾札克與小裁縫》（台北：皇冠文化，2003）。

19 Dai Sijie, *Le Complexe de Di* (Paris: Éditions Gallimard, 2003)；中文版見戴思杰著，余中先譯：《釋夢人》（台北：皇冠文化，2006）。

20 François Cheng, *Chinese Poetic Writing*, trans. Donald A. Riggs and Jerome P. Seaton (Hong Kong: The Chinese University of Hong Kong Press, 2016).

21 Johann Peter Eckermann, *Conversations with Goethe with Eckermann and Soret*, trans.John Oxenford (London: Smith, Elder & Co., 1850).

22 李歐梵：《文學改編電影》（香港：三聯書店，2010）。

23 John Minford, "Editor's Introduction," in Leo Ou-fan Lee and Esther Yuk-ying Lee, *Ordinary Days: A Memoir in Six Chapters*, trans. Carol Ong and Annie Ren, ed. John Minford (Hong Kong: The Chinese University of Hong Kong Press, 2020), p. xxiv.

24 郭詩詠：〈從珍奇屋到「玩／物」書寫——論西西《我的玩具》〉，《方圓》，第8期（2021年6月），頁169–195。

20
當代中國作家印象記[1]

懷念八十年代

張：記得老師您曾說過，您和海峽兩岸的作家都有來往，很多人是您的朋友，但您卻有一個不成文的規則：作家變成朋友之後，您就不願意評論他/她的作品了。因此您有關當代文學的研究或評論文章反而不多。我想，不少讀者都會對您跟當代中國大陸文壇中不同作家的交往感興趣。可否請老師談談這方面的話題？

李：這個題目，我本來想另外寫一本專書。多年前，我曾和合作者季進在蘇州交談過幾次，並且錄了音，可惜沒有繼續。現在看來，這個願望不一定能達到。年紀大了，力不從心，何況很多作家還在世，我不願意揭人隱私。我之所以要立下這個作家變成朋友後不寫評論的潛規則，是怕失去評論家應有的距離，更不願為了友誼而胡亂吹捧。不過，我的基本態度很明確：如果一個國家和社會沒有出色的作家，它一定有問題。何況我們學者和評論家最終還是要靠好的文學作品才有飯吃。這也是「布拉格學派」的最後傳人杜勒齊爾對我說過的銘言：「沒有好的作家和作品，不可能產生好的文學理論！」因此，我對於作家有一份基本的尊敬。八十年代初中國大陸開始改革開放，文學創作欣欣向榮，百花齊放，我心情十分振奮，甚至誇下豪語：作為一個學者，今後我要為當代作家服務！

張：現在回看，八十年代整整十年，的確是一個黃金時代。老師就是在這個時候，多次到中國大陸訪問講學，因而結交了不少作家。您還記得最早是什麼時候到大陸訪問的？

李：應該是1980年春，我第一次以印第安納大學出版社編輯的身分，與印大出版社社長加爾曼（John Gallman）及同事羅郁正教授（Irving Lo）到北京，跟官方的外文出版社談合作出版的事宜，於是順便也拜訪作家協會。稍早的時候，我在美國的愛荷華已經見過最早到美國交流的兩位大陸作家：蕭乾和畢朔望。畢朔望是作協的對外聯絡人，於是他為我安排在北京的紫竹院和四位作家見面：劉賓雁、王蒙、諶容和張潔，真是印象深刻。當時文學剛剛「解凍」，有的作家（如王蒙）從下放的地方剛回來，大家似乎都有點戰戰兢兢。劉賓雁一臉愁容，但說話比較大膽。張潔剛發表了短篇小說〈愛，是不能忘記的〉，[2] 文中引用了恩格斯（Friedrich Engels）關於婚姻的理論。我覺得這是故意找正當的理論根據來保護自己，其實寫的是她自己的一段真實的愛情。記得劉賓雁當場就說：「純潔的愛情有什麼不好？何必找政治正確的理由？」記得那一天兩位女作家說話不多。劉賓雁和王蒙的名氣大，話也較多。王蒙表現得最正常，侃侃而談他多年住在新疆維吾爾區的生活經驗。想不到，後來我和這兩位作家在美國和其他地方見面多次，變成朋友。

張：這四位作家，是否可以作那個剛「解凍」時期的代表？

李：我不知道作協是怎麼選出這四位來和我見面的。有人認為劉心武更能代表，他的短篇小說〈班主任〉轟動一時，[3]被視為「傷痕文學」的代表作。我讀後反而很失望。看了劉賓雁的〈人妖之間〉[4]和王蒙的《活動變人形》，[5]才覺得頗有創意。但二人的寫作風格截然不同，劉賓雁更有社會批判性，似乎把小說和新聞報道混在一起。我數年後才從德國學者魯道夫．瓦格納那裡得知，原來「報道文學」的原型來自蘇聯。王蒙的「意識流」小說似乎更新穎，但主題反而陳舊，描寫一個黨員下放以後如何對黨忠心。

張：我最初正是因為讀到您在《中西文學的徊想》中有關劉賓雁的〈人妖之間〉的評論，才開始注意他的作品。老師您在文章中的一句評語，我至今仍記憶猶新：「一直到我第三次讀〈人妖之間〉，才恍然大悟；這篇作品，不能當作小說看，也不能用一般常用的文學技巧理論來分析它，劉賓雁所創出來的是一個新的『新聞報導文學』的形式。」[6]另外，《中西文學的徊想》最後一篇文章，正是香港雜誌《七十年代》（後改名為《九十年代》）為您做的「學人專訪」，訪問者則是雜誌主編李怡。所以，我後來翻查劉賓雁的資料時，注意到劉賓雁和陳映真1988年曾受邀在香港大學進行對談。[7]

這次對談被當時的香港報章記者稱為「海峽兩岸人士首次在港出席面對面探討問題活動」，轟動一時。當時，《九十年代》雜誌更為此組織了「劉賓雁在香港」特輯。[8]

李：不錯，這場公開對話正是由李怡安排的，我當時也躬逢其盛。當時香港的大眾都很尊重劉賓雁和陳映真二人。據說二人在香港搭的士，司機都不要收費！我和陳映真也很熟，而且很欣賞他小說中的「頹廢」色彩；把政治承擔和頹廢藝術混在一起，是他小說的特色。我並多次勸他不要低估文學的重要性，因為他為了實現自己的社會主義理想，在台灣辦了一本《人間》雜誌，賠了很多錢。他晚年回歸祖國，長期臥病於北京，最終在北京逝世。劉賓雁呢？八十年代末以後，他流落在美國多年，我們也見面多次。最後一次，我請他到哈佛，在我的研究生課上講「革命文學」的傳統。他在我家裡住了幾天，每天不停地吸煙，時而嘆氣。我知道他身在異域、心懷祖國。他們二人都是悲劇人物，精神令我敬佩。

至於王蒙，我開始的時候似乎對他有誤解，以為他用現代文學技巧來包裝他的政治忠誠意識，其實並不盡然。我對他的印象改觀，反而是他受命做文化部長的時候，他的作風毫無官架子，而且十分正直清廉。這當然都是我的主觀印象。我曾經寫過一篇學術論文，把王蒙的意識流和高曉聲的農民風格對讀。這是我少數討論當代作家的文章之一，如今早已是明日黃花，不忍卒讀了。[9]

張：老師您提到高曉聲，我記得您的《中西文學的徊想》中還有一篇高曉聲評論——〈高曉聲《李順大造屋》的反諷意義〉。[10] 對了，剛才談了好幾位男作家，老師您最欣賞的女作家是哪一位？

李：王安憶。我一早就看出她很有才華。記得在一次上海召開的國際學術會議上，還有人批評我對王安憶的評價過高。這一次我終於可以說：我對了。她的母親茹志鵑也是一位名作家，母女二人一起到了愛荷華，後來到芝加哥遊覽，還在我家小住。我為大家炒雞蛋作為早餐，記得茹志鵑還特別稱讚：「大教授還親自下廚為我們煮早餐！」其實這在美國沒有什麼稀奇，我只不過是一個窮教授，不是「領導」。說起來，八十年代還真的很值得懷念，我每年都招待數位大陸和台灣作家，還有人送我書法墨寶。每一位都留下很深的印象，每一位都值得我寫一章。如今有幾位已經過世或停筆了。那一代人當年煊赫一時，如今都從文壇謝幕了。長江後浪推前浪，新一代的作家輩出：兩位諾貝爾獎的得主高行健和莫言早已過了中年了，成了名的蘇童、余華等人也上了年紀了。但無論怎麼說，我至今依然認為八十年代的文學是光輝燦爛的。我特別欣賞八十年代中期的「尋根文學」，覺得很有潛力，可以作為拉丁美洲「魔幻現實主義」的對等作品。

張：老師講到這裡，我九十年代念本科時的回憶也回來了。我當時選修了黃繼持老師的「現代小說」課，知道他與您一樣，也特別欣賞「尋根文學」，尤其是韓少功的作品。對了，老師剛才談到茹志鵑和王安憶同遊美國的往事，讓我想起念博士時與老師您閒談，您便談到自己在美國初次遇見她們母女二人的經歷。您有關她們二人的回憶，給我留下深刻的印象。所以，我這幾年在課上講授王安憶的小說時，都會先談茹志鵑與王安憶的關係。

與北島的緣分

張：談起八十年代的文學，大概不能不談當時的詩歌創作，那是一個詩歌崇拜的年代。而這個年代的其中一位主角，則無疑是北島。記得北島最初來到中大時，我正是因為老師您的緣故，才有機會一睹這位當代詩壇明星的風采。不如老師您也談談北島，好嗎？

李：北島是我的好友。早在八十年代初，說不定就是1980年，我第一次到北京的時候，就認識了。當時我在印大和羅馬尼亞作家卡林內斯庫合開了一門課，他在課上大談東歐的「地下文學」，並問我中國大陸的情況如何？我無言以對，但心中不免好奇，不久竟然輾轉看到一本油印的《今天》雜誌，大為振奮。其後到了北京，我公務快辦完的時候，有一晚就偷偷從下榻的友誼賓館溜出來，到一個年輕人陳邁平（他現居瑞典）家裡見到了北島這位地下詩人。他高高瘦瘦的個子，態度溫文爾雅，說話聲音很輕。當晚還有另一位年輕作家在座，他們二人辯論起來。那位作家聲稱文學必須反映社會、批判現實，否則沒有前途。北島卻堅持一個完全相反的觀點：文學就是文學，有它本身的藝術規律。我當然贊成北島的看法，但斷言他的觀點不會被官方接納，因此也了解他為什麼要寫「朦朧詩」。其實他的詩作一點也不朦朧難懂，他只想開創詩歌的新意象。後來我受《黨派評論》主編的邀請，寫一篇題為〈北京書簡〉("Letter from Beijing")的英文評論，把兩位年輕作家的辯論如實交代，但把真實姓名隱去，僅以陰(Yin)和陽(Yang)代表。不過我在文中的結論是：回歸文學的論點在中國大陸沒有前途。現在看來，我是大錯特錯了。[11]

張：北島已經是世界知名了，據説曾被多次提名諾貝爾文學獎。從2009年起，他以香港為基地，每兩年舉辦一屆「香港國際詩歌之夜」，2017年更發起成立「香港詩歌節基金會」。老師您也參加過詩歌節的活動，並任座談會的主持人。

李：誰會料到今天？説到這裡，《今天》雜誌現在也是在香港出版的。我曾應北島之邀寫過一篇很長的回憶文章，細述我跟《今天》和北島的緣分。[12] 我實在很佩服他對於中國現代詩的貢獻，也更仰慕他的國際視野。幾乎當今世界各地重要的詩人他都知道，而且曾為他們的作品出版原文和中文譯文的雙語對照版。這種魄力不是一般人做得到的。

張：除了北島，八十年代還有不少年輕詩人和作家冒出來，老師也認識他們嗎？

李：認識幾位，如楊煉、宋琳、顧城等人。記得有一次漢學家馬漢茂(Hermut Martin)在德國南部的一個城堡召開世界華文文學的大會，邀請了世界各地的作家和學者，連夏志清和王德威都在座。名翻譯家閔福德帶了詩人楊煉來參加，認為他是奇才。我在第一場討論會中發表演講，題目與現代性和現代主義有關。後來，據說這幾位我仰慕的詩人對我的印象都不好，不禁令我反省當年是否有點得意忘形？那個時候我還不到五十歲，後來我改過自新，也收斂了很多。作家往往自我感覺良好，學者應該有自知之明。

張：聽老師的追憶，好像您對於北島首開風氣的詩歌創作特別感興趣？

李：也許如此。也許是小說太受人重視，而詩歌反而被忽略了。對於五四以來中國現代詩的發展，我一直持保留態度。然而，出於對當代俄國和東歐詩人的仰慕，我一直希望中國能出現像阿赫瑪托娃、葉夫圖申科（Yevgeny Yevtushenko）和布羅茨基（Joseph Brodsky）這樣的詩人，喚醒一個新時代。我因此把希望寄託在北島這一代詩人的身上。「地下詩」是一個創意的新源泉。八十年代初，我在大陸到處講學的時候，往往「醉翁之意不在酒」。每到一個地方講完後，我便會打聽有沒有新作家或詩人，往往藉這個機會見到不少「地下詩人」，其實應該說是「民間詩人」，因為當年的作家和詩人都在官方的作家協會機構之內，每月拿薪水。民間來的詩人和小說家則不在這個體制之內。當年中國最著名的詩人是艾青，他的長詩〈大堰河〉家傳戶曉。[13] 我在愛荷華見過他，但印象不深。有人把他比作中國的聶魯達（Pablo Neruda），我覺得沒有什麼好比。我認為四十年代的「九葉詩人」和五十年代的台灣詩人，如余光中、鄭愁予、瘂弦和楊牧早已超過他了。其實海峽兩岸的詩人都是從三十年代的新詩傳統衍變過來的，但他們不約而同地從戴望舒翻譯的法國詩得到更多的靈感。波特萊爾的《惡之花》(*Les fleurs du mal*) 是他們創作的模範。瘂弦說過：「這些三十年代的譯詩，在當年 (五十年代) 都是禁書。」而三十年後，北島他們新一代的大陸詩人，也是在文革晚期，從一些「禁書」(黨內的「參考資料」) 發現戴望舒的翻譯。

張：戴望舒1938年來到香港，主編《星島日報》的文藝副刊「星座」。他在香港居住了好一段時間，是香港文學史裡重要的「南來文人」，也是香港文學研究領域的熱點。最近還有一位香港新聞工作者，仔細爬梳材料，重新考證他在香港居住的「林泉居」的確實地點。[14] 戴望舒與兩岸三地文學發展之間的複雜關係，構成了一個曲折的文學史系譜，很值得進一步研究。我們已經談了一些有關現當代詩歌的話題，老師想不想回過頭來，再多談一下當代小說的發展？

李：現在研究當代小說的學者太多了，而且吹捧得太熱了，不必我再來囉嗦。

愛荷華與中美文學交流

張：那麼轉一個話題：老師認為八十年代的中美文學交流有什麼具體的成果？

李：其實當時中國和美國的作家並沒有什麼見面交流。我到愛荷華多次，都沒有見到什麼著名的美國當代作家來參加「中國週末」。據說馮內果 (Kurt Vonnegut) 就和愛荷華的淵源很深，是安格爾 (Paul Engle) 一手提拔出來的。倒是在洛杉磯有一次正式的中美作家交流大會，中國代表參加的是劉賓雁、王蒙、茹志鵑、王安憶等人，美國方面則由阿瑟・米勒(Arthur Miller)帶頭，此外還有馮內果和詩人金斯堡(Allen Ginsberg)等人。聶華苓和我也受邀參加，林培瑞(Perry Link)是我的同行，那個時候他還在UCLA任教，所以請我們參加，做評論員。會上談什麼我現在已經不記得了，只記得在宴會上見到幾位荷里活女明星，有一位坐在我旁邊，令我神魂顛倒。老實說，作家之間的交流並不容易，要靠個人的緣分。文學創作也不是專靠交流就可以成功的，而是靠作家自己慢慢看書、思考，逐漸領悟出來的。我一直認為寫作是件很孤獨而辛苦的事，有時候反而受到成名之累。然而，在八十年代的開放和交流風氣籠罩之下，作家似乎個個要打知名度。中美交流開始的時候，他們爭相到美國參觀，更想把自己的作品翻譯成外文出版，於是產生了「諾貝爾情結」。八十年代在國內，一個作家如果能在一本有名的雜誌上發表作品，就可以一夜成名，每天接到成千粉絲的信！文學評論家如李陀也能呼風喚雨，變成作家爭寵的偶像。在美國學界，這種交流顯然打開了一個新的研究領域——當代文學，於是也有幾位美國漢學家爭相翻譯剛成名的中國作家著作，如蘇童、余華和莫言。葛浩文(Howard Goldblatt)是此中高手，幾乎忙不過來，乾脆從教職退休，專做翻譯家。

到了八十年代末，快十年過去了，我自己也有點疲倦了：一方面繼續接待來美國訪問的作家，為他們服務；另一方面也開始批評大陸這種「過熱」的現象，作家成名太快不見得是一件好事。於是我開始介紹東歐和南美的文學，最早的一篇長文是〈世界文學的兩個見證〉，介紹昆德拉的《笑忘書》

和馬奎斯的《百年孤寂》(*One Hundred Years of Solitude*)。我在文章中特別提到馬奎斯的「魔幻現實主義」,用來間接批評中國五四以來現實主義技巧的不足。[15]記得在1986年上海金山召開的一次國際討論會上,我發表的論文就是以當代文學的語言和技巧為主題,竟然獲得汪曾祺的欣賞。[16]李陀曾向我大力推薦汪曾祺的作品,認為他才是當代作家的祖師爺。後來汪先生受邀到愛荷華國際寫作計劃(International Writing Program,簡稱IWP)訪問半年,還送了我一幅字。

張:講到這裡,老師可以進一步談談您和愛荷華的關係嗎?

李:愛荷華的國際寫作計劃,是美國最早發起邀請中國作家來美訪問交流的團體。早在七十年代尼克遜(Richard Nixon)訪華之後不久,聶華苓就和她的夫婿安格爾發起在愛荷華舉辦「中國週末」。我也受邀參加,後來竟然成了他們的女婿。這個「中國週末」的形式後來演變為半年的訪問,每年從大陸和台灣各請兩位作家到愛荷華作長期訪問。這些訪問作家前三個月在愛荷華參加座談活動,後三個月到美國幾個城市旅遊訪問。我任教的芝加哥是第一站,近水樓台,每年都會接待這些作家。我沒有大學的經費,完全自費招待,一切從簡。作家們到我家要睡在客廳的地板上(雖然有地毯),早上我為他們做早餐,其他餐飲在外面的便宜餐館吃,當然還為他們安排公開演講。早期來美國訪問的中國大陸作家,大多是經由這個渠道。聶華苓夫婦費盡心思,把中國作家介紹給其他國家請來的作家,大家一起生活,並開會交流。我發現一個很有趣的現象:大部分中國作家都不懂英文,所以需要翻譯，我臨時被拉去做即席口譯。這個經驗使我深感中國作家的局限性，只有少數作家如王蒙，有語言天才，來美不久就可以用英語和外人交談了。語言的限制也使得「中國週末」變成一個海外華人和大陸作家的聚會，往往導致高昂的民族情緒。甚至有一個美國華人對在座的美國人說：「你們不懂中文，活該！」我聽了很反感，我的「國際主義」不知不覺地又復甦了。中國作家個個喜歡安格爾，卻很少人讀過這位著名美國詩人的作品。我仰慕他，只向他請教關於西方現代詩的問題。他大為興奮，親自教我如何解讀波特萊爾和艾略特（T. S. Eliot）的詩，我至今感激不盡。如今他已經過世三十年了，我對他的教誨念念不忘。

張：我也讀過老師紀念安格爾的好幾篇文章。[17] 聽老師回憶當年愛荷華的國際作家交流情況，「翻譯」似乎是一個相當重要的中介環節。

李：真正的交流需要語言，我最佩服俄國現代詩人布羅茨基的一點是：他學英文的目的就是為了看懂他最崇拜的英國詩人奧登（W. H. Auden）的詩。前幾年我也學了一點德文，就是為了想多了解德國的藝術歌曲和卡夫卡的小說。話說回來，美國人也很自大，很少美國詩人願意為讀懂中國的詩詞而學中文，但至少有幾位（如蓋瑞．史奈德〔Gary Snyder〕）通過英文翻譯研讀中國古詩，開始崇拜詩人如寒山。由此可見，翻譯的確很重要，好的譯文也應該是文學。當然現今的情況不同了，中國有大量西方文學的翻譯，有的（如卡夫卡）直接從原文譯成中文。而中國作家的外國文學閱讀量（大多通過翻譯）也越來越驚人，閻連科就是一例，他的文體自成一格。我們是好友，所以我不便撰寫評論他的文章。

我所知道的民國老作家

張：老師是研究現代文學的專家，可否談談您見到的老一輩——也是碩果僅存的——民國作家？

李：這個經驗當然十分寶貴，在不同的場合我有幸見到巴金、曹禺、丁玲、蕭軍、吳組湘、卞之琳、蕭乾、徐遲、施蟄存和張愛玲等著名作家。當然還有錢鍾書，就是沒有見到沈從文。說起來話長了，又可以寫一本書，現在只好長話短說，隨便談談。

1980年，我第一次到大陸訪問，印大出版社的公務辦完後，留下來多住了幾天。因為要辦三件「私事」：一、設法見「地下詩人」，找到了北島；二、為即將在美國加州舉行的魯迅誕生百週年國際研討會邀請中國作家和學者，結果請到吳組湘和蕭軍（還有兩位官方推薦的學者）；三、最後特別從北京飛到上海，為的是去拜見巴金先生。我對巴金特別崇敬，因為他對於文革的反省文章轟動全國，我從他口中知道了一點真相；他特別敢言，剛發表的一篇紀念亡妻蕭珊的文章，暴露了文革悲慘的一面。[18] 我到他住的公寓（現在是博物館）客廳，和他閒談一個鐘頭。當時來訪者很多，而且我還有人陪同，雙方除了寒暄之外，說不上什麼話，我有點失望。在北京的時候，印大同事羅郁正教授想去拜訪錢鍾書，我當然陪他去了，還有一位外文出版社的幹部陪同。錢先生看到這個幹部不請自來，因此顯得很不高興，幾乎不理他。在錢先生面前，我只敢向他請教一些翻譯《圍城》細節的問題，因為印大出版社即將出版英譯本。[19] 他不但慷慨答應一切出版安排，而且對於譯文（出自茅國權之手）不置一詞，令我大為吃驚。事後我才想到，當時的環境使得這位德高望重的大學者十分謹慎。我是外人，不知內情，只有尊敬的份兒。後來在北大校園見了吳組湘，他騎單車過來。我們談了幾句關於魯迅的事，也是不得要領。最後我請他到美國開會，他倒是立刻答應了。這位作家的作品，在美國漢學界很受尊重（可能是夏志清教授在《中國現代小說史》中對他評價很高的關係[20]），所以要特別請他參加。至於蕭軍，則是我提名邀請的，因為魯迅的大弟子除了胡風和馮雪峰之外，就輪到蕭軍了。他也一口答應，並且主動地向我大談文革時他受到紅衛兵批鬥的故事，說他的皮肉都被打開了，鮮血滲透了他的汗衫，他依然不屈服，真是一條好漢！近來看了他的《延安日記》，[21] 發現他在延安看了很多文學方面的書，是一個信仰人道主義的作家，也很自傲，當然成了當年延安整風運動的對象之一。他的爽直個性，令我留下很深的印象。後來在美國開完魯迅會議後，我帶他和他的女兒到愛荷華，剛好碰到來此訪問的丁玲。二人四十年沒有見面，蕭軍即刻談起延安往事，一時火起，對著丁玲說：「當年在延安，你們一大隊人來找我，一個個輪流批鬥我，我就是不怕！你們要來文的武的都行，了不起到山坡打一架，誰會是我的對手？！」丁玲回答說：「事情已經過去那麼多年了，你還提它做什麼？」這段故事我寫過，也講過很多次。[22] 丁玲問我為什麼不研究她，原來美國的幾個女性主義學者把丁玲捧為中國女性主義的第一人。我不以為然，而且覺得她早期作品的文筆不佳。八十年代初丁玲帶了她的丈夫到美國四處訪問，還到處宣佈她如何感謝黨。雖然她在北大荒勞動了那麼多年，她忠誠不渝。

老實說，幾位老作家我都無法親近，只有和後來結識的兩位現代派作家——施蟄存和徐遲——比較合得來，還有曹禺。據大陸的朋友告訴我：曹禺的個性很膽小，文革時期表現得很軟弱，我聽後並不介意。他似乎是一個性情中人，他的大弟子英若誠是我在台大外文系讀書時的系主任英千里的兒子。他陪曹禺到美國訪問，並到處打聽他父親在台大的學生，我因此得以在印大見到他。當晚我們三人(還有劉紹銘)在招待所喝酒。英若誠帶來一瓶「二鍋頭」老酒，大家喝得酩酊大醉，連呼過癮！曹禺先生從他臥房門口探出頭來說：「不要喝太多，該休息了」，令我感覺十分溫馨。印大的戲劇系學生為他的來訪，特別臨時排練演出一段《日出》(當然是英譯本)。我問曹禺：這齣名劇是怎麼構思的？他回答說，就是從最後那一句台詞想出來的：「太陽升起來了，黑暗留在後面……」我頓時覺得頗有點契訶夫(Anton Chekhov)《櫻桃園》(*The Cherry Orchard*)的氣氛。英若誠告訴我：「他在清華讀書的時候，到圖書館借了不少英文劇本，發現書後的借書記錄表只有一個人的名字，就是曹禺。」劉紹銘的博士論文就是以曹禺受西方戲劇的影響為題，這段細節也為他的結論提供一個旁證。[23]

張：從這些與老作家交往的經驗中，老師有什麼體悟？是否覺得作家本人和作品有差距？或者是「文如其人」？

李：當然有很大的差距。甚至有的作家，我見面後反而覺得還是保留原先的印象較好。譬如卞之琳，我很喜歡他的詩，上課時往往用他的詩歌作為現代詩開始成熟的例證。然而見到他本人後，反而覺得他不大說話，有點木訥，跟我心目中的徐志摩和郁達夫剛好相反。五四和「後五四」這兩代的作家如今都是古人了，他們的作品是否長存為經典，被一代代的讀者閱讀，端看作品是否經得起每個時代的考驗和不同讀者的閱讀口味，甚至跟學者和評論家的研究也有關係。我個人越來越覺得，文本應該和作者徹底分開，自生自滅。也許這就是為什麼到了八十年代末，我為作家服務的熱忱也開始減低了。因為在內地被成千上萬的粉絲們捧得熱昏了頭，只有馮驥才對於這個現象有自覺心，然而也改變不了文學環境。如今到了電子媒體掛帥的時代，作家的絕世風華還能保持多久？

張：最後老師可否概略談一下，今後中國當代作家所面臨的問題和挑戰？

李：簡單地說，自從二十世紀末以後，世界所有作家所面臨的幾乎都是同一個問題：這個世界變成一體，全球經濟市場化以後，作家如何保持原有的民族傳統和語言風格？小說沒有死，文學也不會死，然而寫作的形式可能會徹底改變。印刷媒體會轉為網絡媒體，視覺和聽覺文化的改變也會影響文字寫作。這些問題只有等待以後再談了。

張：老師從中大退休後，有什麼寫作或其他計劃？

李：沒有。除了和你寫這本回憶錄之外，只想讀讀書，特別是以前錯過未讀的西洋文學和中國古典文學經典。還要聽聽古典音樂，和我老婆看看五六十年代的老電影，特別是香港中聯公司出品的粵語殘片。我老婆特別喜歡看吳楚帆，我則喜歡白燕。

註 釋

1 本章為筆談稿，定稿於2023年5月。

2 張潔：〈愛，是不能忘記的〉，《北京文藝》，第11期（1979），頁19–27。

3 劉心武：〈班主任〉，《人民文學》，第11期（1977），頁16–29。

4 劉賓雁：〈人妖之間〉，《人民文學》，第9期（1979），頁83–102。

5 王蒙：《活動變人形》（北京：人民文學出版社，1987）。

6 李歐梵：《中西文學的徊想》（香港：三聯書店，1986），頁55。

7 〈劉賓雁陳映真在港對話三個小時交談兩岸情況〉，《大公報》（1988年8月7日），頁4。

8 該次對話在1988年8月6日假香港大學陸佑堂舉行，《九十年代》並曾刊出「劉賓雁在香港」特輯，見《九十年代》，第224期（1988年9月），頁81–87。

9 Leo Ou-fan Lee, "The Politics of Technique: Perspectives of Literary Dissidence in Contemporary Chinese Fiction," in *After Mao: Chinese Literature and Society, 1978–1981*, ed. Jeffrey C. Kinkley (Cambridge, MA: Council on East Asian Studies, Harvard University, 1985), pp. 159–190.

10 李歐梵：《中西文學的徊想》，頁64-74。

11 Leo Ou-fan Lee, "Letter from Beijing: Alienation, Humanism, and Modernism in Post-Mao China," *Partisan Review*, Vol. 52, No. 2 (1985): 42–55.

12 李歐梵：〈永遠的《今天》〉，《今天》，第100期（2013），頁32–37；後收錄於北島、鄂復明編：《今天四十年》（香港：牛津大學出版社，2019），頁378–384。

13 艾青：〈大堰河——我的褓姆〉，《春光月刊》，第1卷，第3期（1934年5月），頁453–456。

14 潘惠蓮：〈重覓戴望舒在香港的「林泉居」——不在這邊在那邊〉，「微批」（2022年9月6日），https://paratext.hk/?p=4179；潘惠蓮：〈重覓戴望舒在香港的「林泉居」——不在這邊在那邊（二）〉，「微批」（2022年9月13日），https://paratext.hk/?p=4199。

15 李歐梵：〈世界文學的兩個見證：南美和東歐文學對中國現代文學的啟發〉，《中西文學的徊想》，頁104–117。

16 該會議即1986年11月4日至6日，假上海金山舉行的「中國當代文學國際討論會」。「1986年11月，50多位外國漢學家和40多位中國作家、評論家在上海金山賓館參加『中國當代文學國際討論會』，史稱『金山會議』。這是一次影響深遠的當代文學會議。汪曾祺在會上與葛浩文、金介甫、李歐梵、陳幼石、顧彬、易德波、秦碧達等國際中國文學研究者愉快交流，擴大了其人其作的海外影響。」見徐強：〈汪曾祺：「人間送小溫」〉，《人民日報海外版》（2022年1月27日），頁7。

17 包括〈有情的頑石——保羅．安格爾的詩〉、〈安格爾的死亡詩〉及〈安格爾的家園——悼念一位失去的巨人〉等，見李歐梵：《狐狸洞話語》（香港：牛津大學出版社，1993），頁71–87。

18 巴金：〈懷念蕭珊〉，《大公報》（香港）（1979年2月2日至5日），第二張，頁7；後收錄於巴金：《隨想錄》（第一集）（北京：人民文學出版社，1980），頁12–27。

19 Ch'ien Chung-shu, *Fortress Besieged*, trans. Jeanne Kelly and Nathan K. Mao (Bloomington: Indiana University Press, 1979).

20 夏志清的評價參見該書的第十二章「吳組緗」。夏志清：《中國現代小說史》（香港：香港中文大學出版社，2015），頁215–219。

21 蕭軍：《延安日記1940–1945》（上、下）（香港：牛津大學出版社，2013）。

22 例如見於李歐梵：〈讀《延安日記》憶蕭軍〉，《蘋果日報》（2014年4月13日），頁E05。

23 Joseph S. M. Lau, Ts'ao Yü, *The Reluctant Disciple of Chekhov and O'Neill: A Study in Literary Influence*, PhD dissertation (Indiana University, 1966).

後記：我的香港

> 許多許多年以前，晴朗的一日白晝，眾目睽睽，浮城忽然像氫氣球那樣，懸在半空中了。頭頂上是飄忽多變的雲層，腳底下是波濤洶湧的海水，懸在半空中的浮城，既不上升，也不下沉，微風掠過，它只略略晃擺晃擺，就一動也不動了。
>
> ——西西：《浮城誌異》

寫完這一段個人成長和求學的回憶錄，深深感到我不屬於這個新的世紀，我的時代已經過去了，我已經無法面對將來的挑戰，我的心情沉重，覺得自己正在下沉，像西西故事裡的那塊巨石一樣。西西的《浮城誌異》用畫家René Magritte(馬格列特)的「超現實」插圖，它充滿了象徵意義，西西拿來作為那個時代(八十年代)的香港的隱喻：暗示這個前英國殖民地的小島的安定是暫時性的，將來隨時可以下沉到海底。仔細看會發現，巨石上面還有一個城堡，如果巨石突然下沉海底，城堡也會淹沒，那麼住在城堡裡的人不也會陪葬了嗎？如今連作者西西自己也隨風而逝了。

一

上世紀八十年代左右，我開始對香港文化發生濃厚興趣，1997年香港回歸後，我特別從美國飛來香港，小住半年，返美後決定從哈佛提早退休，2004年接受香港中文大學教職，不知不覺變成了一個香港永久居民。我的命運也和這個城市連在一起。

回顧最近這二十年的香港經驗，我認為這個城市賜給我許多，它提供了各種文化空間，讓我得以浮游於學院內外，最特別的是允許我用中英兩種語言寫作。作為一個學者，香港的大學要求我繼續用英語寫學術論文(書本已不重要)，並且在歐美的一流學術雜誌發表，中文論文不過是次等。對我而言，這不是神奇的事，我早已司空見慣了。它甚至和我回歸的原意相反，我回到一個中英混雜、但華文讀者佔多數的地區，就是希望能使用中文寫作。在美國留學教書四十多年，我懼怕自己對中文寫作的能力越來越差，和對母語「陌生化」，所以要勤加練習，並且要擺脱美國式的學術英文文體，從中解放出來。別人聽了不相信，我卻認為這是一個不大不小的危機。訪港後我主動參與文化活動，向香港各報章雜誌的文化版投稿，並寫專欄。香港的副刊編輯限制我的字數，最多不能超過三千字，而且專欄限時交稿，因此我寫的文章大多是「急就章」，如此這般竟然寫出大量的雜文，大多是文化評論、樂評及影評，幾年下來也出版了二十多本文集，交給香港的牛津大學出版社出版，因為該社的編輯林道群是我多年的好友。有人稱這種文體為「學者散文」，其實是高估了，嚴格來說，我的文化評論文章根本談不上學術，而是一個業餘愛好者(amateur)的產物。然而，不知不覺之間，我的一些學術研究的初步構思和探討，也夾雜在這類雜文之中。為什麼不可以身兼兩種角色？

這些非學術性的文章竟然受到部分讀者的歡迎，甚至香港書展當局也選我作為2015年的「年度作家」，我認為這是一種榮譽，卻之不恭，只好接受，不料引起網上一片罵聲：「李歐梵有什麼資格做作家？香港的作家很多，怎麼輪得到他？」我不禁好奇，到底「作家」是一種什麼動物？我自認不是職業作家，最多也不過是一個文化人。美國友人和哈佛的同事說我在香港如魚得水，一點也不錯，因為只有像香港這樣的多元又混雜的國際大都市，才給我這種機會。除了寫作之外，我還在兩部香港電影中客串演出：《十分鍾情》(2008)和《一個複雜的故事》(2017)，名導演許鞍華還請我到她的一部影片中客串，可惜那場戲最終被導演剪去，但我已經感激不盡了。這就是我在香港做「業餘者」多采多姿的生活真實面，我不要名，更不要錢，只要滿足我的業餘愛好，就心滿意足了。

如今這一切早已隨風而逝。我有幸見證並參與了這個香港文化的黃金時代，是我這一輩子的榮幸。

二

為什麼我對香港情有獨鍾？我想離不開兩個因素：它的時空處境，和獨特的通俗文化傳統，前者是我創作靈感的重要來源，後者則是我眾多雜文的主題。我寫香港的都市不乏批判，特別對於它的建築，因為我對於「石屎森林」式的高樓大廈密集建築十分不滿，但也無可奈何，因為它是人口和空間逼迫下的必然產物。也有美國朋友問我：為什麼我不在美國退休，搬到一個中西部的小城，買一棟房子，享受田園式的生活？我的回答是：這是我作為都市人必須付出的代價。香港的人口密集，然而恰是在這個密集的空間臥虎藏龍，人才濟濟，相互激盪，冒出火花。因此我願意把我的「作家」榮譽拱手讓出，獻給這些深藏於香港中西混雜的文化森林中的各路英雄。最吸引我的當然是港產影片，演藝文化也不遑多讓，這是眾所周知的事實。可惜的是，這些都成了歷史遺產。

香港的時空處境也很特別，它地處中國大陸的邊緣，因此「邊緣性」變成了它不可避免的立足點。香港無法與背靠的中國大陸分離，它自身就是嶺南文化的延伸，不過更多元而混雜。我以前曾對這個「邊緣性」理論做過分析，而我自己也特別喜歡站在邊緣瞭望中心，這本來也是文化研究理論的一個觀點。可惜目前自甘居於邊緣的人也不多了。

香港是今日國際大都市中鮮見的有「時間感」的城市，從英國殖民時代的末期，約在上世紀八十年代，就開始對「大限」倒數計時，1997年回歸祖國更是一個歷史性的時間座標，下一個關鍵時刻應該是2046年——五十年不變的「一國兩制」時代的結束，那時候我恐怕已經作古，不能見證了。

這些時間點讓我深受「世紀末」這個文化觀念的吸引。並非所有的國際大都市有資格被稱為「世紀末」的城市，在我的心目中，維也納自然當之無愧，還有巴黎和里斯本，這三個大都市的文化都有頹廢的一面，而頹廢在西方美學中指的並非道德觀念，而是文化上的過熟（overripe），因而呈現一種夕陽無限好的燦爛之美，在香港電影中，我覺得王家衛的《花樣年華》所要表現的就是這種味道，而張愛玲的小說如《第一爐香》和《傾城之戀》更是如此。因此我寫了一本小說《范柳原懺情錄》向她致敬，這本不成熟的小說的寫作契機——幾乎是一種突然的靈感，喬哀思稱之為「顯現」（epiphany）——是1997年6月30日香港回歸的前夕，我特別從美國飛來見證，我感到張愛玲的鬼魂正浮遊於香港的天空，那個神奇的時辰預示了香港的「世紀末」。我故意把《傾城之戀》的時間點放在「九七」的前夕，男主角范柳原已經八十歲，早已遺棄了白流蘇，一個人住在倫敦，念念不忘留在香港的白流蘇，不停地向她寫情書。在他的第一封信中有這樣的字句：

> 流蘇，在這個歷史性的一刻，當香港的那一邊瘋狂地舉國同慶的時候，我終於了解，我們的文明是整個的毀掉了，我們什麼都完了，燒完了，炸完了，全完了。我們的時代終於結束，一個新的紀元即將開始。

范柳原所說的「我們的文明」就是一種世紀末的頹廢，在張愛玲筆下，它代表香港—上海「雙城記」最美好的時辰，如今連這個典故也過時了。

為什麼我的下沉感覺如此尖銳，甚至讓我覺得自己也到了「大限」，甚至覺得世界末日也即將降臨？聖經《啟示錄》中不是提到世界末日出現的四騎士：瘟疫、饑荒、戰爭和死亡嗎？如今樣樣俱備，2019年爆發的冠狀病毒Covid-19瘟疫席捲全球，香港自然不得倖免。我家禍不單行，妻子的憂鬱症在

2018年復發，這一次與前不同，時間拖的很長，並且有莫名的驚恐症跡象，似乎預示了瘟疫的來臨！？我的心情頓時陷入谷底，怎麼辦？也就在這個關鍵時刻，我的音響系統也失靈了，聽不到我摯愛的音樂，看不到我喜歡的老電影，周圍一片寂靜。幸虧兩位樂友適時拜訪，我據實以告，他們不久就送給我一個新的名貴擴音器（amplifier），我即刻決定搬家，換一個新環境，安定後第一件事就是打開音響聽音樂。我開始聽巴赫的無伴奏大提琴組曲，還有莫札特的弦樂四重奏，接著是浪漫無比的拉赫曼尼諾夫的《鐘聲》（*The Bells*），由此我想到希臘正教以及我崇拜的俄國小說家杜斯妥也夫斯基和托爾斯泰，我終於復活了——是音樂和文學救了我，還有我的妻子李子玉，她的憂鬱病竟然及時開始痊癒了！

前幾天突聞西西離世的噩耗，於是我又想起《浮城誌異》中的那塊巨石。不知何故，這一次在我的想像中，城堡似乎吊在巨石的下面，而腳底下的巨浪不過咫尺之遙，當它快接近海水的時候，城堡裡面的居民突然鼓起新的勇氣，群起推起這塊巨石，使它不至於墮入海中，像氣球一樣，又冉冉上升了。

2023年1月27日

農曆歲次壬寅兔年

編校後記：無巧不成書

張歷君

歐梵老師一直強調他做學問不講究方法，不會被任何僵化的理論教條和方法論框架局限自己的思考探索歷程。然而，老師在香港中文大學（中大）這十幾年的教學和研究實踐中，卻逐步形成了一套「無方法的方法」。這套獨特的方法啟發自艾柯（Umberto Eco）提出的一個概念——serendipities。老師一直都無法為這個概念找到一個完全貼合的中譯，所以他在講學和寫作的不同場合中，以好幾個不同的中文詞彙來指涉這個獨特的概念：機緣、巧合、偶然、偶合論、意外發現、歪打正著、弄假成真、陰差陽錯、柳暗花明又一村……但無論如何，serendipities卻最終成了老師在中大教學和研究等學思歷程的結晶和心得，也是這本回憶錄的敘述主線和組織原則。

正所謂「無巧不成書」，這本回憶錄的成書過程也是一系列意料之外的機緣巧合。早於2016年，中大圖書館前高級助理館長黃潘明珠女士便向我提及，中大圖書館有意啟動一項口述史計劃，為校內重要的學者和研究人員記錄和保存他們珍貴的口述回憶資料。他們希望我能參與其中，協助邀請歐梵老師參加口述訪談。我當時覺得這個計劃很有意思，便隨即向老師報告情況。老師最初有點猶疑，表示自己已出版過《徘徊在現代和後現代之間》、《李歐梵季進對話錄》和《我的哈佛歲月》等幾本口述和回憶著作，覺得再進行口述回憶恐怕翻不出新意來。但在我們再三商量後，老師最終還是答應下來。其中最重要的原因是，他考慮到自己在中大任教十幾年，比他在美國任何一所大學任教的時間都要長。他希望在自己退休前，為中大留下一份禮物——他自己在中大多年教學和研究心得的總結。換言之，這部回憶錄緣起自黃潘明珠女士和中大圖書館的口述訪問邀請，謹此致謝。

歐梵老師最初對口述訪問的主題和方向，沒有太多想法和計劃。正當此時，中國現代文學研究界開始籌備一系列的研討會，為歐梵老師這位元老級學者慶祝八十大壽。結果，2018–2019年間，香港科技大學、上海復旦大學和上海師範大學分別舉辦了三場大型研討會，一方面紀念五四運動一百週年，另方面也向歐梵老師致敬。不巧老師當時需要留在香港照顧師母李子玉女士，未能親身參與上師大和復旦的研討會。所以老師著我幫忙為他錄製訪談影片，以作會議現場放映之用。後來經陳建華教授和羅崗教授的安排，這兩次訪談的文字整理稿分別在《中國文學與文化研究範式新探索》論文集和《現代中文學刊》上正式發表，也是本書第十三和十四章的初版本。這本回憶錄的撰寫過程，亦因此正式啟動。在此謹向以下各研討會的主持人以及相關的學界朋友和前輩老師致意：王德威教授、季進教授、劉再復教授、劉劍梅教授、陳建華教授、陳恆副校長、羅崗教授、洪子誠教授、李陀老師、王安憶教授、董麗敏教授、毛尖教授、陳子善教授、倪文尖教授和張春田教授。

正如歐梵老師在本書第十二章中所言，這兩次訪談讓他「覺得很有意義，突然感到可以寫成一本書」。但事與願違，我及後於2019年夏天，因工作職位變動離開任教十二年的中大文化研究學部，老師亦決定於2020年夏天正式退休。不過，就像老師在本書的回憶敘事中一再強調的，他的人生和學思歷程總會陰差陽錯，在誤打誤撞的情況下，柳暗花明又一村。2020年5月，歐梵老師快將退休。正當我們都以為這個計劃無法延續下去之際，中大文學院主動聯繫老師，表示他講座教授任內還有一筆研究經費尚未用完，可以用來完成他手頭上的研究計劃。老師對於學術研究一向慎重其事，他隨即撰寫了一份關於回憶錄寫作計劃的研究大綱，詳細闡述回憶錄寫作計劃背後的研究理念和文學理論依據，以此作為領取研究經費的正式申請文件。感謝中大文學院的研究資助，老師隨後運用這筆經費，聘請我和兩位研究助理（陳曉婷博士和楊明晨博士），協助他進行首階段的資料搜集工作以及訪談的初步錄音整理工作。在此亦一併向陳曉婷博士和楊明晨博士致意。

正所謂好事多磨，2020年下半年至2021年上半年間，也是新冠疫情肆虐之時。為減低老師和師母受感染的機會，我們在這段期間都無法安排與老師進行親身訪談，只能以電郵和筆談的方式跟進計劃工作。我個人亦因工作職位的變動，教學工作量倍增，以致要到2021年暑假，才能與老師進行四次詳細的親身訪談(即本書第十六章至十九章)。然而，也在這一年間，老師開始根據我們為他初步搜集的研究資料，以敘述、獨白和自問自答等多種不同的形式，展開他「重尋失去的時光」的生命書寫(life writing)。及至我們與老師進行四次親身訪談時，他的回憶錄寫作已發展出一個新方向。老師當時便向我們表示，他認為自己應該撰寫一本面向文學讀者、反思自身生命經驗的「懺情錄」，而非局限於學院象牙塔條條框框之內的研究生涯回顧或總結。

感謝香港中文大學出版社甘琦社長的大力支持。甘社長適時安排林驍編輯與我們合作，為回憶錄的後續撰寫工作提供了寶貴的專業意見和協助。出版社並作出了特別的工作人員安排。在回憶錄成書的最後階段，我們組織了一個編校小組。這個編校小組的成員包括林驍編輯、余敏聰編輯、吳君沛先生和我。我們四人對回憶錄書稿進行了三重的文獻資料核對和查證工作，並為書中引述的文學、藝術、學術和歷史等方面的重要資料，補上相關文獻的註釋說明，確保回憶錄在學術上符合出版社的嚴格要求，也方便讀者追查。本書第一至十二章中加上「*」號的註釋乃編校註釋，第十三至二十章的註釋一律均為我們的編校註釋。在全書內容劃分上，本書第一至十二章乃歐梵老師自行撰寫的回憶篇章，這些篇章分別以敘述、獨白和自問自答等好幾種不同的形式書寫，是一次有關生命書寫的文體實驗嘗試。我們編校小組在這個部分主要進行文獻資料核對和查證工作，並在最後階段進行外國人名、作品題目和學術用語中譯的編輯統稿工作。至於本書第十三至二十章，則是歐梵老師和我的對談部分，內容圍繞老師個人獨到的跨文化研究治學方向展開，論題層層深入，嘗試為讀者提供進入老師豐富複雜的文學思想世界的入門階梯。這部分的篇章包括口述和筆談兩類文字整理稿。口述篇章先由筆錄者初步進行錄音文字整理，然後由老師對初稿進行內容增訂，再由編校小組成員進行文獻資料核對和查證，最後由我對照錄音進行文稿編輯和內容增訂。筆談篇章(即第十五章和第二十章)則先由我擬定初步筆談問題，然後由老師撰寫回應內容，再由編校小組成員進行文獻資料核對和查證，最後由我進行文稿編輯和內容增訂。及至全書定稿階段，歐梵老師身體抱恙，無法最後審閱書稿。因此他授權林驍編輯，全權負責最後的統稿和編輯工作。在獲得老師授權後，林編輯和我進一步商議統一修訂全書各大小標題，讓書稿的整體風格更接近「重尋失去的時光」的生命書寫。這無疑是一次愉快的合作經歷，在此一併向以下編校小組成員、封面設計師和排版工作人員致意：林驍編輯、余敏聰編輯、吳君沛先生、何浩老師、曹芷昕女士和黃俊欣女士。

2023年5月4日，歐梵老師應香港恒生大學邀請，為該校「中國語言及文化研習所十週年慶典」主講首場「名人講座」，並同時獲該校邀請出任研習所的榮譽顧問。老師是次發表的演講題為「二十世紀備忘錄」，內容取自本書第十二章。是次五四演講也在機緣巧合下，成為預告本書出版的首場活動。香港恒生大學校方相當重視是次活動，並為老師提供高規格的禮遇和隆重的接待，展示了該校對人文學者的尊重。謹向該校何順文校長、譚國根院長、張光裕教授和郭詩詠教授致意，感謝他們的悉心安排。

本書從首個訪談影片錄製至今，其間歷經五個寒暑。承蒙多位學界前輩和師友的鼓勵、支持、關懷和協助，歐梵老師這部回憶錄才得以最終成書。除了上文提及的前輩師友和工作人員，在此亦同時向以下前輩老師和學界朋友致謝：師母李子玉女士、鄧文正博士、朱順雅女士、李雅言博士、黃心村教授、吳國坤教授、羅靚教授、伍湘畹博士、北島教授、黃子平教授、張枚珊老師、陳平原教授、酈可怡教授、鄭瑞琴博士、陳國球教授、許子東教授、周成蔭教授、溫玲溢教授、崔文東教授、黃峪博士。

2023年5月20日於香港荃灣

人名對照表

兩劃

入江昭　Akira Iriye
卜立德　David Pollard
卜爾格　Father Bourg

三劃

三好將夫　Masao Miyoshi
三島由紀夫　Yukio Mishima
凡德羅　Mies van der Rohe
大仲馬　Alexandre Dumas
大江健三郎　Oe Kenzaburo
大衛・里夫　David Rieff
大衛・洛奇　David Lodge
小仲馬　Alexandre Dumas fils
小約翰・史特勞斯　Johann Strauss II

四劃

孔飛力　Philip Kuhn
巴克利　Jerome Buckley
巴里　James Barrie
巴枯寧　Mikhail Bakunin
巴迪歐　Alain Badiou
巴倫波音　Daniel Barenboim
巴爾托克　Béla Bartók
巴爾贊　Jacques Barzun
巴赫金　Mikhail Bakhtin
戈登　Andrew Gordon
戈德曼　Merle Goldman
文圖里　Franco Venturi
方志彤　Achilles Fang
比亞茲萊　Aubrey Beardsley
王爾德　Oscar Wilde

五劃

以賽亞・伯林　Isaiah Berlin
加里　Frank Gehry
加斯納　John Gassner
加塞特　José Ortega y Gasset
加爾曼　John Gallman
包德甫　Fox Butterfield
卡夫卡　Franz Kafka
卡辛　Alfred Kazin
卡拉揚　Herbert von Karajan
卡林內斯庫　Matei Călinescu
卡斯特羅　Fidel Castro

卡普蘭　Morton Kaplan
卡爾維諾　Italo Calvino
卡維爾　Stanley Cavell
卡繆　Albert Camus
古艾玲　Alison Groppe
古諾　Charles Gounod
史匹堡　Steven Spielberg
史克里亞賓　Alexander Nikolayevich Scriabin
史坦因　Gertrude Stein
史東　Lawrence Stone
史勃曼夫人　Frau Spemann
史威夫特　Joanthan Swift
史特拉汶斯基　Igor Stravinsky
史特林堡　August Strindberg
史釗域・格蘭加　Stewart Granger
史華慈　Benjamin I. Schwartz
史塔克　János Starker
史蒂文森　Robert Louis Stevenson
史蒂芬・葛林布萊　Stephen Greenblatt
史達士　Dr. A. Strassel
史維耶考斯基　František Svejkovský
司各特　Sir Walter Scott
尼克遜　Richard Nixon
尼采　Friedrich Nietzsche
布列茲　Pierre Boulez
布拉姆斯　Johannes Brahms
布林頓　Crane Brinton
布哈林　Nikolai Bukharin
布殊　Douglas Bush
布紐爾　Luis Buñuel
布萊希特　Bertolt Brecht
布爾加科夫　Mikhail Bulgakov
布爾迪厄　Pierre Bourdieu
布魯斯東　George Bluestone
布羅茨基　Joseph Brodsky
弗洛伊德　Sigmund Freud
弗萊　Northrop Frye
弗蘭克　Joseph Frank
本雅明　Walter Benjamin
甘地　Mahatma Gandhi
甘迺迪　John Fitzgerald Kennedy
田納西・威廉斯　Tennessee Williams
石靜遠　Jing Tsu

六劃

伊力・盧馬　Eric Rohmer
伊利沙伯・泰萊　Elizabeth Taylor
伊漱・蕙蓮絲　Esther Williams
伊維德　Wilt Idema
伍湘畹　Daisy Ng
休斯　H. Stuart Hughes
休斯克　Carl Schorske
列文　Harry Levin
列寧　Vladimir Lenin
列維納斯　Emmanuel Levinas
吉布靈　Rudyard Kipling
宇文所安　Stephen Owen
安・白禮芙　Ann Blyth
安東尼・鮑威爾　Anthony Powell
安東尼奧尼　Michelangelo Antonioni
安娜・弗洛伊德　Anna Freud
安格爾　Paul Engle
安特萊夫　Leonid Andreyev
成露茜　Lucie Cheng Hirata
托洛斯基　Leon Trotsky
托斯卡尼尼　Arturo Toscanini

托爾斯泰　Leo Tolstoy
托德　William Mills Todd III
朱里尼　Carlo Maria Giulini
朱特　Tony Judt
牟復禮　Fritz Mote
米什萊　Jules Michelet
米列娜　Milena Doleželová-Velingerová
米高・華納　Michael Warner
米爾斯　Harriet Mills
艾柯　Umberto Eco
艾略特　T. S. Eliot
艾森豪　Dwight Eisenhower
艾愷　Guy Alitto
西蒙・波娃　Simone de Beauvoir

七劃

亨利・詹姆斯　Henry James
伯恩斯坦　Leonard Bernstein
伯格森　Henri Bergson
佛朗哥　Francisco Franco
佛斯特　E. M. Forster
克拉潘扎諾　Vincent Crapanzano
克林姆特　Gustav Klimt
克萊斯勒　Fritz Kreisler
克魯泡特金　Pyotr Kropotkin
別林斯基　Vissarion Belinsky
利昂・埃德爾　Leon Edel
利瑪竇　Matteo Ricci
希治閣　Alfred Hitchcock
希特拉　Adolf Hitler
李克曼　Simon Leys / Pierre Ryckmans
李提摩太　Timothy Richards
李湛忞　Benjamin Lee
李察・史特勞斯　Richard Strauss
李鶴洙　Peter Lee
杜布切克　Alexander Dubček
杜明高　Plácido Domingo
杜勒斯　John Foster Dulles
杜勒齊爾　Lubomír Doležel
杜斯妥也夫斯基　Fyodor Dostoevsky
杜魯福　François Truffaut
狄更斯　Charles Dickens
貝多芬　Ludwig van Beethoven
貝爾　Julian Bell
貝爾納　Martin Bernal
貝遼士　Hector Berlioz
里爾克　Rainer Maria Rilke

八劃

亞娃・嘉娜　Ava Gardner
亞歷山大・布洛克　Alexander Blok
佩里・安德森　Perry Anderson
佩索阿　Fernando Pessoa
卑斯麥　Otto von Bismarck
卓別林　Charlie Chaplin
奈地田哲夫　Tetsuo Najita
孟淘思　Louis Adrian Montrose
孟德爾遜　Felix Mendelssohn
帕斯卡　Blaise Pascal
帕斯捷爾納克　Boris Pasternak
帕雷托　Vilfredo Pareto
彼得・伯克　Peter Burke
彼得・蓋伊　Peter Gay
忽必烈汗　Kublai Khan
拉威爾　Maurice Ravel
拉馬丁　Alphonse de Lamartine
拉康　Jacques Lacan
拉赫曼尼諾夫　Sergei Rachmaninoff

昆德拉　Milan Kundera
林在梅　Erika Lin
林伯克　John Lindbeck
林姆斯基－高沙可夫　Nicolai Rimsky-Korsakov
林培瑞　Perry Link
林賽水　Lindsay Waters
法朗克　César Franck
法農　Frantz Fanon
波特萊爾　Charles Baudelaire
波萊特　Jorge Bolet
波蘭斯基　Roman Polanski
芮效衛　David Roy
邱吉爾　Winston Churchill
金斯堡　Allen Ginsberg
阿巴多　Claudio Abbado
阿甘本　Giorgio Agamben
阿多諾　Theodor W. Adorno
阿帕度萊　Arjun Appadurai
阿波利奈爾　Guillaume Apollinaire
阿契貝　Chinua Achebe
阿倫·雷奈　Alain Resnais
阿倫特　Hannah Arendt
阿瑟·米勒　Arthur Miller
阿爾特　Peter-André Alt
阿爾都塞　Louis Althusser
阿赫瑪托娃　Anna Akhmatova

九劃

保羅·德曼　Paul de Man
勃蘭兑斯　Georg Brandes
南希　Jean-Luc Nancy
哈代　Thomas Hardy
哈利·佐恩　Harry Zohn
哈里森　Annie Fortescue Harrison
哈桑　Ihab Hassan
哈特曼　Geoffrey Hartman
哈茨　Louis Hartz
哈維爾　Václav Havel
哈魯圖尼恩　Harry Harootunian
奎勒－庫奇　A. T. Quiller-Couch
契訶夫　Anton Chekhov
威廉·古柏　William Cowper
威爾第　Giuseppe Verdi
威爾斯　H. G. Wells
威爾森　Edmund Wilson
拜倫　George Gordon Byron
施里曼　Heinrich Schliemann
施勒格爾　Friedrich Schlegel
施碧娃　Gayatri Chakravorty Spivak
查爾斯·泰勒　Charles Taylor
柄谷行人　Kojin Karatani
柯大宜　Zoltán Kodály
柯文　Paul A. Cohen
柯立夫　Francis Cleaves
柯德莉·夏萍　Audrey Hepburn
洛夫喬伊　Arthur Lovejoy
活地·亞倫　Woody Allen
派普斯　Richard Pipes
科大衛　David Faure
科克托　Jean Cocteau
紀一新　Robert Chi
紀彥　Claudio Guillén
紀爾茲　Clifford Geertz
紀德　André Gide
約翰生　Samuel Johnson

若望·亨利·紐曼　John Henry Newman
英格烈·褒曼　Ingrid Bergman
英瑪·褒曼　Ernst Ingmar Bergman
韋伯　Max Weber
韋爾克夫人　Frau Wilk
韋蓮司　Edith Clifford Williams

十劃

埃洛·弗林　Errol Flynn
夏布洛　Claude Chabrol
夏勞哀　Harold Lloyd
席勒　Friedrich Schiller
庫哈斯　Rem Koolhaas
恩厚之　Leonard Elmhirst
恩格斯　Friedrich Engels
朗西埃　Jacques Rancière
柴可夫斯基　Pyotr Ilyich Tchaikovsky
格力哥利·柏　Gregory Peck
格拉斯　Günter Grass
泰戈爾　Rabindranath Tagore
海明威　Ernest Hemingway
海耶克　F. A. Hayek
海陶瑋　James Hightower
海登·懷特　Hayden White
海德格爾　Martin Heidegger
特里林　Lionel Trilling
班納迪克·安德森　Benedict Anderson
真·基利　Gene Kelly
祖賓·梅塔　Zubin Mehta
納森　John Nathan
索因卡　Wole Soyinka
索雷爾　Georges Sorel
索摩　Doris Sommer
郝繼隆　Father O'Hara
馬丁·路德　Martin Luther
馬厄利爾·詹遜　Marius Jansen
馬友友　Yo-Yo Ma
馬文彬　Ackbar Abbas
馬可·波羅　Marco Polo
馬克思　Karl Marx
馬里奧·蘭沙　Mario Lanza
馬奎斯　Gabriel García Márquez
馬格列特　René Magritte
馬勒　Gustav Mahler
馬漢茂　Helmut Martin
馬爾羅　André Malraux
高達　Jean-Luc Godard
高羅佩　Robert Hans van Gulik

十一劃

基辛格　Henry Kissinger
屠格涅夫　Ivan Turgenev
康拉德　Joseph Conrad
康斯坦　Benjamin Constant
曼·雷　Man Ray
曼絲菲爾　Katherine Mansfield
曼德爾施塔姆　Osip Mandelstam
梅兆贊　Jonathan Mirsky
梅百器　Mario Paci
理斯曼　David Riesman
畢卡索　Pablo Ruiz Picasso
畢克偉　Paul Pickowicz
荷馬　Homer
莎士比亞　William Shakespeare
莫札特　Wolfgang Amadeus Mozart
莫泊桑　Guy de Maupassant

莫洛亞 André Maurois
莫萊蒂 Franco Moretti
陳福田 Ching Fook-tan
陶雅谷 Father Thornton
雪萊 Percy Bysshe Shelley
麥克唐納 Dwight Macdonald
麥奈爾 Sylvia McNair
麥肯齊 Robert Mackenzie

十二劃

傅良圃 Father Foley
傅朗 Nicolai Volland
勛伯格 Arnold Schoenberg
勞倫斯 D. H. Lawrence
博爾赫斯 Jorge Luis Borges
博維爾 David Bordwell
喬治·史丹納 George Steiner
喬治·艾略特 George Eliot
喬哀思 James Joyce
堪富利·保加 Humphrey Bogart
富爾登 Frances Spark Fulton
尊福 John Ford
提摩希·史奈德 Timothy Snyder
斯大林 Joseph Stalin
斯特拉奇 Lytton Strachey
斯諾 Edgar Snow
普希金 Aleksander Pushkin
普契尼 Giacomo Puccini
普萊絲 Leontyne Price
普實克 Jaroslav Pr šek
普鳴 Michael Puett
普魯斯特 Marcel Proust
湯婷婷 Maxine Hong Kingston
湯瑪斯·吳爾夫 Thomas Wolfe
湯瑪斯·曼 Paul Thomas Mann
程抱一 François Cheng
策蘭 Paul Celan
舒伯特 Franz Schubert
舒娃茲柯芙 Elisabeth Schwarzkopf
舒曼 Robert Schumann
華格納 Richard Wagner
華茲華斯 William Wordsworth
菲利普·里夫 Philip Rieff
萊恩斯多夫 Erich Leinsdorf
萊納 Fritz Reiner
萊蒙托夫 Mikhail Lermontov
費正清 John King Fairbank
費里尼 Federico Fellini
費茲傑羅 Scott Fitzgerald
費雪 Michael Fischer
費慰梅 Wilma Fairbank
賀麥曉 Michel Hockx
閔福德 John Minford
雅各布森 Roman Jakobson
馮內果 Kurt Vonnegut
黃宗智 Philip Huang

十三劃

塞弗爾特 Jaroslav Seifert
塞繆爾·韋伯 Samuel Weber
奧古斯丁 Saint Augustine
奧尼爾 Eugene O'Neill
奧芬巴哈 Jacques Offenbach
奧威爾 George Orwell

奧登　W. H. Auden
奧雷德　Meta Caroline Orred
愛因斯坦　Albert Einstein
愛克曼　J. P. Eckermann
愛門．普頓　Edmund Purdom
愛倫．凱　Ellen Kay
愛理生　Erik H. Erikson
溫德　Robert Winter
葉夫圖申科　Yevgeny Yevtushenko
葉斯柏森　Otto Jespersen
葉慈　W. B. Yeats
葛利格　Edvard Grieg
葛浩文　Howard Goldblatt
葛雷　Hannah Gray
葛蘭西　Antonio Gramsci
詹明信　Fredric Jameson
詹森　Lyndon Baines Johnson
詹鶽　Chalmers Johnson
路德維希　Emil Ludwig
達利　Salvador Dalí
達姆羅什　David Damrosch
達恩頓　Robert Darnton
雷馬克　Erich Maria Remarque
雷蒙．威廉斯　Raymond Williams

十四劃

嘉卡爾　Dilip Gaonkar
圖霍爾斯基　Kurt Tucholsky
徹卡斯基　Shura Cherkassky
歌德　Johann Wolfgang von Goethe
榮格爾　Ernst Jünger
福克納　William Faulkner
福柯　Michel Foucault
福倫茲　Horst Frenz
福路　Albert Faurot
維柯　Giambattista Vico
維珍尼亞．吳爾芙　Virginia Woolf
維根斯坦　Ludwig Wittgenstein
維斯康提　Luchino Visconti
維達爾　Gore Vidal
蒲柏　Alexander Pope
蓋瑞．史奈德　Gary Snyder
裴多菲　Sándor Petőfi
褚威格　Stefan Zweig
赫爾曼．布洛赫　Hermann Broch
赫爾曼．威爾斯　Herman Wells
齊克果　Søren Kierkegaard
齊爾品　Alexander Tcherepnin
齊澤克　Slavoj Žižek

十五劃

劉別謙　Ernst Lubitsch
墨子刻　Thomas Metzger
德布林　Alfred Döblin
德弗扎克　Antonín Dvořák
德里達　Jacques Derrida
德勒茲　Gilles Deleuze
德彪西　Claude Debussy
德萊頓　John Dryden
摩根索　Hans Morgenthau
歐陽楨　Eugene Eoyang
歐達偉　David Arkush
衛德明　Helmut Wilhelm
魯西迪　Salman Rushdie

魯道夫．瓦格納 Rudolf Wagner
魯賓斯坦 Arthur Rubinstein

十六劃

燕卜蓀 William Empson
盧卡奇 Georg Lukács
盧梭 Jean-Jacques Rousseau
積．尼高遜 Jack Nicholson
蕭提 Georg Solti
蕭斯塔可維奇 Dimitri Shostakovich
蕭萊爾 Mark Schorer
霍布斯邦 Eric Hobsbawm
霍佛 Arnhilt Hoefle
霍奎斯特 Michael Holquist
霍桑 Nathaniel Hawthorne
鮑羅定 Alexander Borodin

十七劃

彌爾頓 John Milton
戴爾默 Richard Dehmel
謝林 Friedrich Wilhelm Joseph Schelling
韓南 Patrick Hanan

十八劃

聶魯達 Pablo Neruda
薩巴提尼 Rafael Sabatini
薩伊德 Edward Said
薩米亞津 Yevgeny Zamyatin
薩克萊 William Thackeray
薩特 Jean-Paul Sartre
薩德侯爵 Marquis de Sade
藍朗達 Raymond Lorantas
魏斐德 Frederic Wakeman Jr.
魏爾倫 Paul Verlaine

十九劃

瓊．拜雅 Joan Baez
羅拔．泰萊 Robert Taylor
羅郁正 Irving Lo
羅曼．羅蘭 Romain Rolland
羅蘭．巴特 Roland Barthes
龐德 Ezra Pound

二十劃及以上

蘇珊．桑塔格 Susan Sontag
蘇基朗 Billy So
蘇源熙 Haun Saussy
騷塞 Robert Southey
鐵托 Josip Broz Tito
顯尼志勒 Arthur Schnitzler

李歐梵

香港中文大學榮休講座教授，中央研究院院士，著名作家、文化評論家、樂評人。

台灣大學外文系畢業，獲哈佛大學碩士及博士學位。曾任教於達特茅斯學院、普林斯頓大學、印第安納大學、芝加哥大學、加州大學洛杉磯分校、哈佛大學以及香港中文大學。

著有《鐵屋中的吶喊：魯迅研究》、《上海摩登：一種新都市文化在中國（1930–1945）》、《中國現代作家的浪漫一代》、《蒼涼與世故：張愛玲的啟示》、《西潮的彼岸》、《世故與天真》、《我的哈佛歲月》、《音樂札記》、《過平常日子》、《中國文化傳統的六個面向》、《現代性的想像：從晚清到五四》等書。

（上圖由中大傳訊及公共關係處提供）